文
景

Horizon

变 形 记

[古罗马] 奥维德 著

诗 艺

[古罗马] 贺拉斯 著

杨周翰 译

上海人民出版社

出版说明

　　杨周翰先生（1915—1989）是中国杰出的外国文学和比较文学学者，卓尔不群的西方文学翻译家，学贯中西，博通古今。杨先生提出的"研究外国文学的中国人，尤其要有一个中国人的灵魂"，深深影响了后辈几代外国文学和比较文学研究者。在东西方文明越来越多地注重彼此交流、互相借鉴的当下，杨周翰先生前瞻性的眼光和恢宏的视野，其价值愈发凸显。

　　《杨周翰作品集》（全六卷）是杨先生一生学术研究的重要结晶，共收入著作4种，译作8种。卷目如下：

　　第一卷 《埃涅阿斯纪　特洛亚妇女》

　　第二卷 《变形记　诗艺》

　　第三卷 《蓝登传》

　　第四卷 《亨利八世　情敌　我的国家》

　　第五卷 《十七世纪英国文学》

　　第六卷 《攻玉集　镜子和七巧板　The Mirror and the Jigsaw》

　　杨先生精通英、法、拉丁等多种语言，第一至四卷收录的是他从拉丁文、英文译出的经典译作，优雅流畅的译笔，纯粹古典的文学趣味，几十年来哺育了一代又一代年轻人的灵魂；第五、六两卷是他在英国文学与比较文学领域的重要论述，从中国学者的独特视角出发提出诸多鲜明创见，奠定了中国当代比较文学、英国文学和莎士比亚研究的坚实基础。杨周翰先生不畏艰辛的学术热情、究本求源的治学态度，令后辈学人感佩。

杨先生的作品译作、著作兼有，中文、外文错杂，题材广泛，写作和出版时间跨度大，编辑体例亦不统一，我们此次整理，以依循底本、尊重原作为基本原则重新编排，对明显的排印错误予以改正，并对格式、标点、数字用法等做了技术性的统一。

目　录

奥维德

变形记

据人民文学出版社 1984 年 5 月 "名著名译插图本" 系列之《变形记》整理

译本序

奥维德（Publius Ovidius Naso）生于公元前 43 年。这时在斯巴达克斯领导下的奴隶起义已是将近二十年前的事了；罗马的统治者恺撒在诗人出生的前一年死去，但内战继续进行直到诗人十四岁的时候，恺撒的义子屋大维（Octavianus）独揽了政权，共和国宣告终结，罗马帝国开始。因此，诗人生活的时代是奴隶主统治巩固、内战平息、帝国最强盛的时代。

诗人出身于外省山区骑士家庭（Equites），亦即商人阶级。青年时期，父亲送他到罗马学演说修辞，目的在把他培养成为诉讼师。但是奥维德并不喜欢这种职业，他热爱诗歌。当时罗马修辞学校的气氛已和共和国时代迥乎不同。在共和国时代，学校里训练演说修辞往往和实际政治结合得比较密切。据公元一世纪的演说学教科书（Rhetorica ad Herennium，公元前 86—前 82 年），当时的练习中有"意大利人 [1] 应否得公民权？""那西卡因谋害葛拉库斯而受

---

[1] 意大利人指罗马以外各族；在共和国中期（公元前三世纪末），罗马征服了意大利全岛，罗马贵族反对把公民权给予被征服者。

弹劾"[1] 等类的题目，但是到了诗人求学的时代，在屋大维的个人统治下，情况就完全变了。据罗马史学家塔西佗（Tacitus）的"论演说家的对话录"（约成于公元 81 年）的记载，这时"久经太平，民生安宁，元老院中鸦雀无声，加以皇帝纪律严明，以致雄辩之学，亦趋沉寂"。[2] 由于元老院中以及市肆（Forum）之上演说衰落，因而演说学也就沦为文字游戏了。

屋大维的统治是在表面的共和下实行军事独裁。公元 27 年，元老院给他上尊号，称为奥古斯都（Augustus）。他的权力高出于元老院之上，皇帝变成了崇拜的偶像。这时期的文学家，如维吉尔（Virgilius）在他的史诗《埃涅阿斯纪》（Aeneis）中，肯定了帝国的扩张，在第六章里，主人公埃涅阿斯（Aeneas）下地狱就预见了奥古斯都，借以暗示奥古斯都的登位是必然的。当时最有才华的诗人贺拉斯（Horatius）也脱离了共和主义，和帝国制度妥协。

在共和国末期、帝国初期，罗马的社会生活也起了显著变化。在共和国初期，社会生活比较俭朴，但到了帝国初期，罗马成了古代欧洲财富的中心。除了奴隶和五谷以外，每年都从国外输入大量的金属、大理石、麻布、纸草、皮毛、象牙、琥珀，甚至中国丝绸以及阿拉伯和印度的货物。贵族们占有大片土地，由奴隶耕作；他们本人则在罗马过着奢靡的生活，使用着成群的奴隶。据估计仅罗马一城在屋大维统治时期从事家务、教育、抄写和手工艺的奴隶即达三十万到九十万之众。罗马城中的庙宇、宫殿、浴堂、剧院、角力场林立，极尽豪华。官吏公开搜刮，据说共和国末期号称清廉的

---

[1] 葛拉库斯（T. Gracchus），公元前二世纪罗马土地改革家，为代表大土地所有者的那西卡（S. Nasica）所暗杀。

[2] 以上所引均见威尔金斯：《奥维德回忆》（L. P. Wilkinson: *Ovid Recalled*），剑桥大学出版社，1955。

执政官西塞罗（Cicero）作了一年西里西亚的总督就搜刮了二百万塞斯特（sestertius），他修饰他在罗马的住宅和乡间十几所别墅就耗费了三百万塞斯特。

屋大维曾经企图针对这种现象，通过立法，恢复道德，约束奢靡之风，但是效果不大，而诗人也正因为写了一首诗，[1] 名为《爱的艺术》（*Ars Amatoria*），而被屋大维流放到托米斯（Tomis）[2]，他过了九年流放生活，在公元 17 年死于流放所。

以上的事实对他的作品都有一定的影响。他的主要作品按写作前后有下列各种。《爱》（*Amores*）是一系列的爱情诗，共三章。《女英雄书信集》（*Heroides*）共二十一封信，诗人托古代传说中女子给丈夫或情人的书简，从妇女角度描写不幸的爱情，有的被骗，有的被遗弃，有的被逼，有的被罚，有的担心。《爱的艺术》一诗共三章，前二章的"指导"对象是男子，后一章是女子，在传授技巧的同时，诗人也反映了他那时的罗马的生活现实。但是这部作品却无疑是和屋大维道德改革政策唱对台戏，引起了屋大维的不满。诗人随着又写了一首《爱的医疗》（*Remedia Amoris*），建议不幸的情人去用狩猎、旅行、种田、戒酒或躲避写爱情诗的诗人等方法排除悲伤。这些爱情诗歌反映了罗马人的日常生活和风俗，但是主要意义在于揭开了爱情的心理，尤其是妇女的心理。此后诗人又写了《变形记》（*Metamorphoses*）和《罗马岁时记》（*Fasti*）。后者按月记载了罗马的宗教节日、传说、历史事件、风俗等等，有浓厚的热爱乡土的情绪。但是诗人只写了六个月，放逐令下，并没有完

---

[1] 诗人在《哀怨集》（*Tristia*）里说自己被流放的原因是"一首诗和一个错误"。诗大半指《爱的艺术》，错误可能指屋大维孙女尤利亚（Julia）与人私通的事被诗人知道了，或和诗人有关。

[2] 在黑海滨，今罗马尼亚。

成，直到死后才发表。在放逐之前《变形记》已大致完成，据说放逐令下，他一气把这部作品焚毁了，所幸已有传抄，因得保存。在流放期间他仍继续写作，写了《哀怨集》(Tristia) 共五章，大都是书信体，或致其妻，或致其友。有的描写流放时的海程、罗马的诀别，有的要求召回，有的写流放所的生活景物。最后一部重要作品是《黑海书简》(Ex Ponto)，共四章，内容和《哀怨集》大致相似。

《变形记》一般公认是奥维德最好的作品。全诗共十五卷，包括较长的故事约五十个，短故事或略一提到的故事约有二百。故事中的人物可以依次分为神话中的神和男女英雄，和所谓的历史人物这三类。全诗的结构可以细分为以下各个段落：序诗、引子（天地的开创、四大时代、洪水的传说）、神的故事（卷一至卷六）、男女英雄的故事（卷六至卷十一）、"历史"人物的事迹（卷十一至卷十五）、尾声。这样一个安排多少是按时间次序作出，但是有许多故事的发生时间本来很难定，因此作者又按故事的性质予以安排，例如卷一至二的故事主要围绕神的恋爱为中心，卷三、四是以酒神巴克科斯和忒拜城为中心，卷五、六以神的复仇为中心，卷六至九以雅典英雄为中心，卷九至十一以男女英雄的恋爱为中心等。

奥维德这部作品对文学的贡献在于把古代世界的神话传说总集在一起。作者的任务是把这样丰富的材料变成一部有机的、一气呵成的诗作。作者成功地完成了这一任务，全诗只有在将近尾声的地方（卷十五第 622 行），线路才折断。把不同的故事串连起来，在"希腊化"时期 [1] 的亚历山大里亚的诗人中已有尝试，但是奥维德从这里得到的启发并不多。把故事按照时代安排出次序应该算是奥

---

[1] 希腊城邦文化在亚历山大（公元前四世纪）兴起以后，日渐衰落，随亚历山大势力的扩张，希腊文化散布更广，文化中心移往北非亚历山大里亚城，直到罗马征服希腊世界为止。

维德的创举。此外他还想尽一切办法使故事串连得自然而不显得牵强。他用故事套故事的办法，他用人物轮流说故事的办法，他用婆媳对话的办法，他利用叙述挂毯上织出的故事或杯子上镂刻的故事的办法，有时他写完一个故事，接着又写一个与此性质正好相反的故事。总之诗人费尽心机，使全诗的线索不致中断。

诗人不仅通过叙述的技巧使全诗成为一部有机体，而且所有的故事都有一个共同点——变形。这些传说中的人物最后不是变成兽类，便是变成鸟形，或树木，或花草顽石。变形背后的哲学基础就是罗马哲学家卢克莱修（Lucretius）一切都在变易的观点。而主要的根据则是毕达哥拉斯的灵魂不朽说和轮回变易说（见本书卷十五）。但是诗人写故事的目的并不全在说明变易之理，有许多故事本身具有极强的吸引力，变易的结尾往往属于次要地位，诗人把它加上或则因为原来传说即是如此，或则因为要符合全诗体例。

这些故事的串连方法在今天看来似乎有勉强、机械，甚至幼稚之嫌，但我们若是历史地去看，当作者并没有一个中心人物或中心事件（如荷马的史诗），当希腊化时代的作家并没有提供更多启发，奥维德在结构上所表现出的独创性便不难看出。一三五〇年以后薄伽丘写《十日谈》，在结构上也还没有胜过奥维德，只有乔叟在这一点上比他优越。

但是奥维德的主要成就并不在于总结了古代神话传说（因为有许多神话在《变形记》中并没有被包括进去，有一些已在《罗马岁时记》中更详尽地记载了，在《变形记》中便只略略一提）或在结构技巧上表现了独创性（虽然我们还应该承认其独创性），而在于他所说的故事本身，和这些故事的说法。他对待故事的崭新的态度和叙述故事的技巧，使这些尽人皆知的故事得到了新生命，时而引起人的同情，时而引起人的厌恶，时而悲惨，时而滑稽，使故事的情调生动而有变化。

　　首先，在对故事中的神和人物的处理上奥维德表现了大胆的独创性。在荷马史诗里，神是受到尊敬的。在奥维德同时代诗人维吉尔的史诗中，宗教敬神的思想也还是牢不可破。神在史诗中象征一种超人的力量，神的是非不能拿人的是非标准来衡量。奥维德写的不是史诗，是一个新的文学类型，奥维德对神的态度几乎自始至终是不恭敬的。他在《爱的艺术》中曾说："承认神的存在是有好处的，因此我们无妨假定神存在。我们应该保存旧的宗教仪式，利用神来贯彻我们的戒条，这对社会是有好处的。这些戒条是：'不要犯罪，天神就在你身边，天神会干涉的'；'孝敬父母'；'不要欺骗'；'不要杀人'."[1] 正当屋大维要恢复旧宗教的时候，这种釜底抽薪的言论当然会导向诗人的谪戍。在他最早的诗《爱》中，他针对主神朱庇特（Jupiter）说：他的情妇"把门关上不准他进去，这比他自己的霹雳还厉害呢！"这种嘲弄天神的态度在荷马或维吉尔的史诗中是不可想象的。

　　因此，奥维德就把天神一个个从他们在天堂的宝座上搬下来，把"神格"降到凡人的水平，并且按照罗马统治阶级——皇帝和贵族——的原型赋予天神以性格。天神最突出的特点就是为所欲为、荒淫残酷。男神性格中主要因素是淫欲；女神是嫉妒和报复的心理。朱庇特利用他天神的地位打动了伊俄（Io），他引诱了卡利斯托（Callisto），骗取了欧罗巴（Europa），还作了许多类似的勾当。日神阿波罗也不例外，他死命地追赶着不愿意爱他的达佛涅（Daphne），还要假献殷勤。朱诺（Juno）除了嫉妒以外几乎没有其他特点。因为她的嫉妒，朱庇特不得不把伊俄变成牛，朱诺自己又

―――――――――

[1] 引自威尔金斯《奥维德回忆》一书。

把卡丽斯托变成熊，使朱庇特不能亲近她。女神雅典娜因为嫉妒阿剌克涅姑娘（Arachne）织布比她织得好，就罚她变成蜘蛛。拉托娜女神（Latona），因为尼俄柏（Niobe）以生了七子七女而骄傲，就把她的子女全部害死。

天神之中也有等级。在第一章开始，诗人写朱庇特召开会议，众神聚集。高级的神站在一面，低级的神站在另一面。朱庇特、日神等是大神；此外还有山神、河神、林神、海神等小神。总的说来大神是比较丑陋的，小神则比较可爱。例如伊俄的父亲，河神伊那科斯（Inachus）找不着女儿非常伤心，伊俄变牛以后偎依着父亲，把自己名字写在地上（因为变牛后不会说话），伊那科斯连声叹息，拥抱她哭泣，作者对他们父女表示无限同情。又如地府大神普路托（Pluto）抢劫普洛塞庇娜（Proserpina），被湖仙库阿涅（Cyane）看到，想要阻止他，但是他不顾她正义的呼声，劈开湖面把普洛塞庇娜掳进地府，库阿涅这时觉得，第一，自己为了救人反遭轻蔑；第二，普路托竟在她的领域内蛮横无理，滥施威权，劈开她的湖面，但也无可奈何，只有哭泣。

朱庇特按神话是天神中的主神，同时也是独裁者。他因为人类不敬天神，决心毁灭人类，但是他表面又想作得民主一些，于是召集天神会议（卷一，151—243）。我们看诗人如何描写天神会议：

> 诸神在大理石的议事堂落座，朱庇特本人则坐在高出众神之上的地方，倚着一柄象牙权杖，甩动着他头上可怕的头发，三次、四次，于是大地、海洋、星辰都震动了。他怀着义愤开口道："我现在为世界的统治权感到担心，从前当那些蛇足巨人每个都张开一百只手准备把天堂掳去的时候，也未令我这样担心。那时的敌人虽然凶狠，但他们是作为一个团体，从一个

来源来进攻的；而今天凡是咆哮的海神包围到的地方的所有的人类，我都必须消灭。我可以指着在地下流经斯堤克斯丛林的阴河水发誓，在此之前，各种方法我都试过，无法医治的部位只好用刀割掉，免得健全的部分也受到感染。我的臣民中有半人半神，有村社神，有女仙，农牧神，半羊半人神和山林神，我们认为他们还不配在天上享有席位，不过我们可以准许他们住到我们赐给他们的大地上去。但是只要以残暴闻名的吕卡翁还在设下圈套和——手里有雷霆、统辖你们诸位天神的——我作对，你们认为他们在大地上会安全么？"

全体天神听了浑身战栗……

这样的朱庇特和罗马皇帝也相去无几。而且这吕卡翁——这不敬天神的阿耳卡狄亚国王——还是卡利斯托（Callisto）的父亲呢。诗人把朱庇特写成如此怕人，企图用对小神安全的关心转移众神的视线，掩饰自己的专横与残忍，并冒充民主，这样诗人表面上给他尊严，实际上正是剥掉了他的尊严。

神的尊严在诗中处处被诗人剥掉，而显得荒唐可笑，有时甚至可耻。再举伊俄的故事为例。朱庇特追逐伊俄，怕她逃跑，就布下一阵乌云。朱诺恰巧正在向下界张望，看见乌云，非常纳闷，回头一看丈夫又不见了。她知道丈夫的老毛病，就下去察看。朱庇特预感到妻子来了，就赶快把伊俄变成白牛，朱诺追问他白牛的来历，这就使朱庇特感觉非常狼狈，只好撒谎。朱诺又进一步向他要白牛，朱庇特就陷于更狼狈的境地，为了不使妻子疑心，只好牺牲伊俄。

我们再看神使墨丘利（Mercurius）。他正在天上飞行，忽然看见地下有一美女（赫耳塞 Herse），"大吃一惊，在半空中就爱上了她"。他的信心很高，认为只要他一落地，赫耳塞必然爱他的俊美。

因此他落在地上，"并不改变自己的形貌，因为他对自己的美有充分的信心。但是尽管信心很强，他不免还要化点心思把头发梳梳光，把袍子整理整理，看上去要利落，金滚边也要显出来。他特别注意用右手拿着引梦驱梦的短杖，并让带翼的凉鞋在秀美的脚上发出光彩。"这岂不是一副满心虚荣、沾沾自喜的罗马纨绔子弟的肖像么？

又如爱神维纳斯和战神玛尔斯通奸，被日神索尔（Sol）看见，就去报告她的丈夫武尔坎（Vulcanus）。武尔坎是个巧匠，他听了很激动，手中的活计都失手落在地下了。于是他制了一张比蜘蛛网还细的大网把妻子和玛尔斯网住，然后"把象牙的双门打开，把各位天神请了进来。那两个搅在一起睡在榻上，丑态毕露，有一位爱说笑话的天神说他也情愿丢这种丑。天神们一阵大笑，这件事在天堂上一直传为新闻"。（卷四，167—189）

就这样，通过神的寓言，奥维德反映了他所熟悉的罗马上层社会的道德面貌。

在古代神话的男女英雄故事中，诗人比较注意的是某些不正常的情欲。例如特剌刻（Thracia）王忒柔斯（Tereus）淫乱姨妹菲罗墨拉（Philomela），并把她眼睛挖瞎因而引起悲剧，又如美狄亚（Medea）因为爱伊阿宋（Jason）背叛了父亲，帮助伊阿宋取得金羊毛，和伊阿宋一同逃走，又使伊阿宋的父亲返老还童，杀死王位篡夺者，但是伊阿宋却又爱上了别人，因而引起悲剧；又如刻法罗斯（Cephalus）不相信妻子对他的忠实；斯库拉（Scylla）爱上敌人弥诺斯（Minos），不惜割下父亲头发去降敌，城邦亡了，但弥诺斯仍旧把她摒弃；又如比布利斯（Byblis）对自己亲兄弟考努斯（Caunus）发生不正常的情欲；密耳拉（Myrrha）对父亲的不正常的情欲。奥维德写这些故事的时候，一般继续了《女英雄书信集》中的观点，对那些受遗弃或受迫害的妇女表示深刻同情，一切悲剧似乎都是由男子不了解热烈爱情，把女子只看作是玩弄对象这一态度所引起。但是另一方面有些妇女似乎又被描写成极其残酷，例如忒柔斯的妻子就可以杀死亲子替妹妹复仇。但是我们若是记得罗马角力士为了娱乐贵族彼此残杀，我们若记得尼禄（Nero）皇帝为了娶一女子毫不在意地杀妻弑母，那么这种残酷岂非正是现实的反映。

奥维德写这些故事时，特别强调它们的悲剧性。在罗马悲剧（如塞内加 Seneca 的悲剧）中，杀人流血是必不可少的因素。此外，奥维德也还特别强调主人公的内心矛盾和痛苦来提高故事的悲剧性。即以密耳拉的反常故事而论，作者着重描写了她内心的道德和情欲的斗争。这长久的矛盾过程——作者通过独白或其他修辞手段着意描写了这过程——使故事笼罩上一层悲剧的气氛。他固然创造了老乳媪来直接促成罪行，最后密耳拉变成香脂树后还不住流着悔恨的眼泪，但作者着眼是在矛盾演成的悲剧，以及在某种情况下人物的内心活动。在艺术创作的这一方面作者作出了很大的贡献。

但是关于古代男女英雄最优美的故事当推刻宇克斯（Ceÿx）和阿尔库俄涅（Alcyone），俄耳甫斯（Orpheus）和欧律狄刻（Eurydice），皮剌摩斯（Pyramus）和提斯柏（Thisbe）等故事。它们吸引着世世代代的读者和诗人。这些故事，情节都非常动人，结构完整，景物的描写、心理的分析以及修辞的语言在这些故事，尤其在前二则里都运用得恰如其分。刻宇克斯和阿尔库俄涅这一对恩爱夫妻在分离时的难舍难分，刻宇克斯在惊涛骇浪中的殒命，阿尔库俄涅在家里的心神不宁、求神问卜都写得非常生动。他们的悲惨命运甚至感动了天神，在他们变鸟以后，天神们指定冬至前后不准海上发生风暴，好让他们在海上安全孵卵。俄耳甫斯这位著名乐师的音乐是如此之优美，连地下的鬼神听了都受到感动，答应他从地府领回已故的爱妻，但有一个条件，就是在回阳路上，俄耳甫斯不准回头看她。但是俄耳甫斯一路上实在忍耐不住，竟回头了，他这一回首不知引起多少代读者的遗憾。在希腊神话中所没有的皮剌摩斯和提斯柏的故事里，作者把爱情不自由的一对情人的悲剧放在次要地位，因此细节和主要部分显得不很调和。莎士比亚早看到这点，因此在《仲夏夜之梦》中特别给以强调，使它变成一出悲喜剧。

《变形记》的内容是极其丰富的。它包括了许多当时久已流传的民间传说，例如代达罗斯（Daedalus）的飞行技能，弥达斯（Midas）的点金术和驴耳，皮格玛利翁（Pygmalion）的雕像等等。在乌利斯（即奥德修斯，Ulixes）和埃阿斯（Aiax）争夺阿喀琉斯（Achilles）遗物的故事中，诗人的修辞学和演说学的训练得到充分的用武之地。这部作品还描写了荒年、瘟疫、洪水、大火。在关于一对老年农民夫妇（菲勒蒙 Philemon 和包喀斯 Baucis）招待天神的亲切动人的描写里，作者似乎也反映了农村的生活。但是奥维德所反映的现实在这一类的故事中是很有限的，我们只能通过一些表面上并不反映现实的故事去寻求。例如从他所塑造的神的形象里可看出罗马的贵族社会，从他对神的态度里可看出他的对于这一社会的讥讽和否定宗教的倾向性，从他的富于修辞意味的人物内心矛盾的分析，可以看出提出这样一种创作手法的客观要求和现实基础，如果客观世界不存在罪恶，罪恶的矛盾心理也不会提到创作者的日程上。

《变形记》最后一部分处理的是罗马"历史"，以埃涅阿斯这一人物为中心。在这里奥维德和维吉尔一样体现了罗马帝国的思想，替罗马帝国寻找历史的根据。他对恺撒和屋大维的歌颂是赤裸裸的。但是他也塑造了一个富于责任感、公民感的奇普斯（Cipus）的形象，这个肯于为了罗马利益公开揭露自己的、传说中的罗马大法官和那些公开掠夺的罗马官吏形成了鲜明的对照。

奥维德的哲学思想是混乱的。他一方面相信卢克莱修"一切在变易"的唯物观，另一方面又相信毕达哥拉斯（Pythagoras）的"灵魂转移"的唯心学说。他采取两者表面相同之点——变易——来给他的"变形"找一个理论的根据。

《变形记》的总的美学价值在于它给予读者以新鲜活泼的感觉。诗人以充沛的、毫不费力的想象力使许多古老的传说重新获得生命。也正是这种想象力吸引了早期的莎士比亚。莎士比亚《爱的徒劳》中的教师（Holofernes），在批评一首情诗的时候，对牧师说："至于优美的、信手拈来的诗句，黄金般的韵调，这首诗里是没有的。你得去向奥维德领教。何以要向奥维德领教呢？还不是因为他善于嗅到幻想的香花和富于创造性的俏皮话。"

幻想、想象力、创造性、巧妙的语言——诗人用这些创造了一系列新鲜活泼的故事，创造了一系列至今还能引起兴趣的人物和情景。例如在第一章中朱庇特命令墨丘利去杀死看守伊俄的百眼怪物阿尔古斯，墨丘利就扮成牧羊人，领着一群山羊，口吹芦笙，到了那里。芦笙的声音吸引了阿尔古斯，他便喊墨丘利过来和他做伴。诗人在这里运用了巧妙的想象力把一个头生百眼、警觉力很高的阿尔古斯被音乐所陶醉而又挣扎不睡的情景写得极其简单而成功。他说墨丘利"坐了下来，东拉西扯地闲谈着，消磨时光，他又吹起芦笙，想要催闭阿尔古斯睁得老大的眼睛。但是阿尔古斯使劲和瞌睡挣扎，虽然有的眼睛睡着了，但是他还用张着的看守。他还问芦笙是怎么发明的，因为芦笙在当时还发明不久"。

又如卷八中，代达罗斯制造飞翼，"他的儿子伊卡洛斯正站在一旁，他不知道手里拿的东西将来会要他的性命，却满脸高兴地去捕捉那些被轻风吹散的羽毛，时而又用手指搓捻黄蜡。他淘气不要紧，却妨碍了父亲的奇妙的工作"。而当父子飞行在天上的时候，"下面垂竿钓鱼的渔翁，扶着拐杖的牧羊人，手把耕犁的农夫，抬头望见他们，都惊讶得屹立不动，以为他们是天上的过路神仙"。

诗人善于把现实世界不存在的事物写得合情合理，而这种合情合理的可能性也正建筑在现实基础上。

诗人这种巧妙的想象力是和他的修辞学的训练分不开的。修辞学的目的是要说服，因此它不仅要求有创见的内容（inventio），而且要求高度的修辞技巧（elocutio）。在修辞演说和生活实际日渐割裂以后，内容就变成次要，而技巧就被提得很高。因此在奥维德的故事中也往往有"以辞害意"或画蛇添足的地方。例如诗人特别喜欢描写"变形"的过程，达佛涅被日神追赶，跑得筋疲力尽，她呼喊父亲求救。"她的心愿还没说完，忽然她感觉两腿麻木而沉重，柔软的胸部箍上了一层薄薄的树皮。她的头发变成了树叶，两臂变成了枝干……"直到最后她变成了一株桂树。又如诗人描写大瘟疫的可怕，人人求神问卜，丈夫去为得病的妻子祈祷，但是祷告还没有作完，自己就已经死了，但是诗人不甘心到此为止，添一句道："手里拿着的香还有一部分没有烧完。"

又如在卷三中写阿克泰翁看见狄安娜在泉边沐浴，狄安娜一怒，就把他变成一头鹿，他又被他自己的猎犬咬死。诗人在此就仿照史诗办法开了一个四十条左右的猎犬名单。又如在卷十俄耳甫斯的音乐感动了树木，聚集在秃山上听他的音乐，这本是一个动人的场面，但是诗人的修辞学又要求他开了一个树名的清单。

诗人的修辞技巧运用得最成功的地方是乌利斯和埃阿斯争夺阿喀琉斯遗留的武器的一段。这一幕充满戏剧性的场面，不仅反映了罗马的法庭的实况，辩护师寻找理由时的无孔不入，而且生动地描写了两个不同性格间的冲突。埃阿斯在荷马史诗里以"愚勇"见称，但是奥维德若把他仅仅写成一个只有"愚勇"的人，那么冲突即不能尖锐。奥维德让他先陈述理由，他也能振振有词，一五一十把理由说得很充分，似乎乌利斯无法把他驳倒。但是诗人仗了乌利斯巧妙地用"以子之矛，攻子之盾"的办法把埃阿斯驳得体无完肤。这一场答辩使"希腊将领们听了深为感动，他们的判决证明了乌利斯的口才确实不凡"。

奥维德的《变形记》以它上述的那些特点吸引着我们，正如它吸引过历史的读者和作家。

他的全部作品在他生时非常通行。在庞培城（Pompeii）挖掘出来的废墟墙壁上有不少描写《变形记》故事的壁画和其中的诗句。在中世纪，教会虽然反对他的"异教"思想，但是僧侣们还是读他的作品，甚至在教会学校里用它作课本。最滑稽的是，据记载，阿拉贡王雅各一世在一次贵族和主教们的大集会上突然引用了《爱的艺术》中的一段，而自以为是圣经里的话。

在中世纪和文艺复兴交替之际，但丁也受到奥维德的影响，他的《神曲》中的神话部分大都根据《变形记》。但丁下地狱见到"四大幽灵"，他们是荷马、贺拉斯、卢卡努斯和奥维德。据说彼特拉克、薄伽丘的启蒙读物就是《变形记》。在英国，"现实主义奠基者"乔叟更是把《变形记》读得烂熟的，他在自己的作品里采用过《变形记》中许多故事。更重要的，他也吸取了奥维德的心理描写的方法。

在文艺复兴时期，奥维德的影响可以用早期的莎士比亚作为代表。法国的蒙田也是自小就读过《变形记》。此后，十七世纪的弥尔顿和莫里哀，虽然政治倾向、文学风格完全不同，但都喜爱奥维德的作品。据说莫里哀晚年床头经常放着一部《变形记》。这个文学巨人的名单可以无限制开下去，但是我们可以用歌德来结束，歌德常常提到他重读《变形记》的事。而他在《诗与真》中的一段回忆，既指出了《变形记》的缺点，又有力地证明了它的魅力。歌德说：

> 我用尽一切方法想要卫护我心爱的作家（指奥维德），我说，对于一个有想象力的青年来说，和天神或半人半神的人物在欢乐灿烂的环境里盘桓，亲眼看到他们的行动和恋情，是一件最有趣不过的事情……但是有人（指德国批评家赫德尔Herder）不承认，他说这一切都一无足取。他说在那些诗里找不到真正的、第一手的真实；既无希腊，又无意大利；既无原始世界，又无文明世界，从头到尾只是抄袭旧有的东西，只有一个过分有教养的人（指奥维德）才作得出这种事。最后，我就想证明说，凡是一个卓越的人物所创造的一切也都可以算作是"大自然"，而且在一切民族之中，不论新老，永远是只有诗人才能成为诗人。但是有人还是不承认这些对我有利的理由，并说这一切更是绝对地一无足取。这使我极度苦闷，我几乎因此而没有勇气读我的奥维德了。[1]

译文根据《勒布古典丛书》拉丁—英文对照本（Ovid：*Metamorphoses*，ed. F. J. Miller，Loeb Classical Library，Heinemann，London，1928），并参考莱利氏英译本（*The Metamorphose of Ovid*，tr. H. T. Riley，George Bell，London，1893），Mary M. Innes 的英译本（企鹅丛书），近出英译本如 R. Humphries 的译本，及 A. D.

---

[1] 引自威尔金斯《奥维德回忆》。

Watts 的译本（内有毕加索腐蚀版插图）均未得见。

这部作品原来只译出一半多一点，于 1958 年出版，现在把它补齐，并将原译作了一些修改。

译者

1984 年 9 月

卷一

【1-150 行】
天地的开辟，人类的创造和四大时代

我心里想要说的是体如何换上了新形的事。天神啊，这些变化原是你们所促成的，所以请你们启发我去说，让我把从世界的开创直到我们今天的事绵绵不断地唱出来。

在海、陆以及覆盖一切的苍天尚不存在之前，大自然的面貌是浑圆一片，到处相同，名为"混沌"。它是一团乱糟糟、没有秩序的物体，死气沉沉，各种彼此冲突的元素乱堆在一起。太阳还未照耀世界，月亮也还谈不到什么圆缺，大地还没有依靠自己的重量保持平衡而悬挂在围绕着它的太空之中，而海洋也还没有沿着陆地将自己的臂膊伸张到辽远的地方。有陆地之处，也有海洋，也有天空，这就是说，陆地还不坚固，海洋还不能航行，天空还没有光明。它们都还不能保持自己的形状而不变，总是彼此冲突，同在一体而冷热、干湿、软硬、轻重彼此斗争。

上帝和更仁慈的大自然，终止了这种斗争状态。他把陆地和天空分开，把海洋和陆地分开，又把清虚之天和沉浊之气分开。他解开了这些纷纭纠缠的元素，从盲目混乱状态把它们解放出来，然后各给以一定的地位，使它们彼此和谐相处。属火的轻元素上升而为天穹，在最高的所在觅到了自己的安身之处。其次，就其轻重和位置而言，轮到空气。大地比这些都重，它的元素粗大，因此它自身的分量就使它落到底下。回转游动的水在最低的地方，把坚实的陆地包围住。

天神——我也不知他是天神中的哪一位——就这样驱散了一片混沌，把它安排出一个秩序，并且把宇宙分成若干部分；然后，他首先塑造了地球，把它作成一个大球的形状，让各面都一样。其次，他又让大海伸展开来，疾风吹动，波澜兴起，冲击着被它包围的陆地的崖岸。他又创造了泉水和宽阔、不流动的池沼湖泊。他把倾泻的河流范围在陡岸之间。这些河流各在不同的地方，一部分好像被大地吞没了，流入地下，一部分流入海中；河水让无边而自由的海水吸收之后就拍击着海岸，不再拍击河岸了。随后他又命原野伸展，山谷下陷，林木盖上绿叶，以石为骨的山峦耸起。天穹的右半分成两带，左半也分成两带，当中是第五带，最热；同样，天神也费了一番心机在凝固的地球上划出五个地带。当中一带最热，不能住人，两端两带又全为大雪覆盖，其间他又安插了两带，气候温和，寒暑交替。

在这一切之上，大气高悬。气重于火，正像土重于水。天神命云、雾在大气之中各就其位，又命雷霆出现在大气之中，裂人心胆，又命风暴随同雷电出现，使人寒栗。

创世主并未准许风掌握全部天空。即使如此，尽管这些风在各自领域之内尽量各自制约，但是仍然很难不叫它们把世界吹成齑粉——这些风的阋墙之斗实在凶狠！当时东风去到了黎明之土，阿拉伯之邦，在那里，波斯的山岭浸润在晨霞之中。西方的海岸，落日照耀的地方，是西风的领域。可怕的北风则侵入斯库提亚和极北的北方。与此相对的方向是潮湿地带，终年雨雾凄迷，乃是南风的家乡。在这一切之上，创世主安置了流体的、没有分量的苍穹[1]，丝毫不染尘世渣滓。

创世主刚刚把这一切分开，各自有它的范围，接着长期被黑暗所排挤并遮蔽的星辰就开始在天空发出光明。为了使宇宙间没有一处没有自己独特的有生之物，于是星辰和各种天神便占据了天界，海洋便成了闪烁发光的鱼类的住处，陆地收容了兽类，流动的天空收留了百鸟。

但是还缺少一种生物，比万物更有灵性，擅长高奥的思维，并能辖治万物，因而产生了人。究竟是创造一切的天神想要把世界造得更完美，所以用他自己神躯的元素塑造了人呢？还是那刚刚脱离苍穹而新形成的土地还带着些原来太空中的元素呢？总之，伊阿珀托斯的儿子普罗米修斯用这土和清冽的泉水掺和起来，捏出了像主宰一切的天神的形象。其他的动物都匍匐而行，眼看地面，天神独令人类昂起头部，两脚直立，双目观天。因此，泥土本是朴质无形之物，瞬息之间却变成了前所未有的人的形状。

首先建立的是黄金时代。这个时代，没有谁强迫谁，没有法律，却自动地保持了信义和正道。在这个时代里没有刑罚，没有恐惧；金牌上也没有刻出吓人的禁条；没有喊冤的人群心怀恐惧观望着法官的面容；大家都生活安全，不必怕受审判。当时山上的松柏还没有遭到砍伐，做成船只航海到异乡；除了自己的乡土，人们不知道还有什么外邦。当时也还没有陡峭的壕堑绕着的城镇；也没有笔直的铜号、弯曲的铜角，既无刀剑又无盔甲。兵士无用武之地，各族的人民生活安全，享受着舒适的清福。大地无需强迫、无需用

[1] 苍穹（Aether），或译"以太"，大气中最高、最纯的一层。——译者注，下同

锄犁去耕耘，便自动地生出各种需要的物品。人们不必强求就可得到食物，感觉满足；他们采集杨梅树上的果子，山边的草莓，山茱萸，刺荆上密密层层悬挂着的浆果和朱庇特的大树上落下的橡子。四季常春，西风送暖，轻拂着天生自长的花草。土地不需耕种就生出了丰饶的五谷，田亩也不必轮息就长出一片白茫茫、沉甸甸的麦穗。溪中流的是乳汁和甘美的仙露，青葱的橡树上淌出黄蜡般的蜂蜜。

当萨图尔努斯[1]被他的儿子朱庇特驱逐到幽暗的地府，朱庇特统治了世界之后，就开始了白银时代，有逊于黄金时代，但仍胜过青铜时代。朱庇特把旧日春天的时间缩短，把一年分成四季，有冬有夏，有冷暖无常的秋天，有瞬息即逝的春季。世界上第一次出现了烈火一般的暑气和炎热，第一次寒风把滴水凝成倒悬的冰柱。在这个时代，人类第一次建造了房屋以避寒暑，在这以前，人们住的是窑洞、密林和枝叶树皮编造的巢窠。五谷第一次在长条的田垄间播种，雄牛第一次在沉重的耕犁前呻吟。

在这以后，第三时期是青铜时代，日子更加困苦，可怕的兵灾日逐频繁，但是人们还虔信天神。最后的时期乃是无情的铁器时代。在这劣等金属的时代里，所有的罪恶都立刻爆发了：谦逊、真理、信仰都从世界上逃走，欺骗、诡计、阴谋、暴力和可恶的贪婪代替了它们。人们迎风张起船帆，虽然水手对于航海之术还不熟悉；长期屹立在高山上的松柏做成了船舶，在陌生的海波上傲慢地跳跃前进。[2]土地在以前原和日光空气一样，是人人所得有的，如今却有人在仔细丈量，用长长的界线标划了出来。人们不仅要求丰饶的土地交出应交的五谷和粮食，而且还深入大地的腑脏，把创世

---

[1] 萨图尔努斯（Saturnus），巨人，生朱庇特。
[2] 意谓航海出外，进行战争或掠夺。

主深深埋藏在幽暗的地府中的宝贝掘了出来，这些宝贝又引诱着人们去为非作歹。铁这件凶物出现了，黄金比铁还凶。战争出现了，战争用铁也用黄金，[1] 它在其血腥的手中挥舞着叮当的兵器。人靠抢夺为生。客人对主人存戒心，岳父对女婿存戒心，就连兄弟之间也少和睦。丈夫想妻子快死，妻子求丈夫速亡；后母炮制了毒药行凶；迫不及待的儿子求神问卜打听父亲的寿限。虔诚被打倒了，天神中最小的神，正义女神，也离开了染满血迹的人世。

【151—243行】
巨人反抗朱庇特。朱庇特惩罚吕卡翁

高天也不比人间安全，据说巨人们曾想染指于天上的王位，并把大山堆积起来，高达星空。全能的天父抛出雷霆，震遍了奥林波斯，从俄萨山头把佩利翁山砍倒。巨人们可怕的躯体倒卧成一堆，据说他们的母亲大地浸透了他们湿漉漉的鲜血，又赋予他们的热血以生命，把它变成人形，唯恐她的后裔留不下一点痕迹。但是这新生的族类对天神也非常傲慢，野蛮、嗜杀而暴烈，你可以看出他们是血所生的子孙。

萨图尔努斯的儿子——天父朱庇特从天宫看到了这情况，他长叹一声，想起了吕卡翁[2] 那次罪恶的筵席——这是新近发生的事，还未为众人所知晓——心中大怒，他动的可是天神之怒啊。于是他召开会议，诸神都不敢怠慢。

天上有一条路，天空晴朗时可以看得很清楚，它的名字叫银河[3]，以洁白著称。天上诸神都是沿着这条大路来到伟大的雷

---

[1] 意谓用贿赂，买通内线，征服别人。
[2] 吕卡翁（Lycaon），阿耳卡狄亚王，他以人肉宴招待朱庇特。
[3] Via lactea 或 orbis lacteus，意为"奶路"。

君[1] 的王宫大殿的。在王宫的左面和右面是品位高的神的府邸，大门洞开，宾客络绎不绝。平民神则散居其他各处。而在这一边，那些有权势的天上居民和显赫的神祇安了家宅，这一地段，恕我斗胆说一句，我可以毫不犹疑地叫做天堂里的帕拉提亚区。[2]

诸神在大理石的议事堂落座，朱庇特本人则坐在高出众神之上的地方，倚着一柄象牙权杖，甩动着他头上可怕的头发，三次、四次，于是大地、海洋、星辰都震动了。他怀着义愤开口道："我现在为世界的统治权感到担心，从前当那些蛇足巨人每个都张开一百只手准备把天堂掳去的时候，也未令我这样担心。那时的敌人虽然凶狠，但他们是作为一个团体，从一个来源来进攻的；而今天凡是咆哮的海神包围到的地方的所有的人类，我都必须消灭。我可以指着在地下流经斯堤克斯丛林的阴河水发誓，在此之前，各种方法我都试过，无法医治的部位只好用刀割掉，免得健全的部分也受到感染。我的臣民中有半人半神，有村社神，有女仙，农牧神，半羊半人神和山林神，我们认为他们还不配在天上享有席位，不过我们可以准许他们住到我们赐给他们的大地上去。但是只要以残暴闻名的吕卡翁还在设下圈套和——手里有雷霆、统辖你们诸位天神的——我作对，你们认为他们在大地上会安全么？"

全体天神听了浑身战栗，急忙询问，对如此胆大包天的人应如何惩处。这情形就像当一帮伤天害理的暴徒用恺撒的血抹去罗马的令名的时候，全人类都惊惶失措，以为大难临头，整个世界都发起抖来一样。朱庇特见众神对他忠诚，感到高兴，就如你的臣民，奥古斯都，对你忠诚也令你高兴一样。朱庇特又发言又用手势压下众神的喧声，大家才都安静下来。朱庇特以他的威严压下了喧嚣之

---

[1] 指朱庇特。
[2] 帕拉提乌姆（Palatium）为罗马七山之一，奥古斯都在此造了宫殿，称帕拉提亚。

后，打破沉寂，说道："大家不要担心，吕卡翁已得到了应有的惩罚。不过，让我来说说他犯了什么罪，受到了什么惩罚。这时代有一件不体面的事传到了我们的耳朵里，我希望它是讹传，因此下了奥林波斯高山，我把我的神身假扮成凡人模样，走向人间。到处都是罪恶，一件件数起来，那就不知道要用多少时间了；而传闻比真实情况还好得多呢。我经过可怕的、野兽出没的麦那拉山，经过库涅勒山，穿过寒冷的吕凯乌斯的松林，来到了阿耳卡狄亚暴君的冷落宾客的家，这时近晚的黄昏已引来了黑夜。我给了一个信号，表示天神来到了，群众就开始向我祈祷，但是吕卡翁先是嘲笑他们的虔诚祷告，继而又说道：'我可以用一个很灵验的办法检验他是真神还是凡胎，这是个丝毫不爽的办法。'原来他准备在夜里趁我熟睡的时候把我突然杀死，这就是他想要用的检验真情的办法；但他还不以此为满足，他还把一个墨洛希亚族派来的人质取来，用利刃割断了他的喉咙，趁他半死不活、肢体尚热之际，一部分放在水里煮，一部分放在火上烤。等他把这菜肴放到桌上，我就挥动惩罚的火焰把房子推翻，压在主人和他的罪有应得的众家神头上。吕卡翁本人惊慌逃窜，逃到静谧的荒郊放声大叫，想说些什么，却说不出话来，他的嘴边不由自主地聚起白沫。由于嗜杀成性，他又去抢夺羊群，以屠杀流血为乐。他的衣服变成了毛，他的两臂变成了腿，他变成了一头狼，但还保存一些原来的形迹：还是灰白的毛发，凶恶的脸面，闪亮的眼睛，兽性的形象。一个家族倒了，但是应当灭亡的绝不止一个家族。凡是大地伸展所及之处，野蛮与疯狂都在统治着。你甚至可能以为存在着一个罪恶的大联盟呢！让所有的人尽快地得到他们应得的惩罚吧，这就是我的决定。"

【244-349 行】

洪水的传说

朱庇特说完这番话，有的天神表示赞同，并且还火上加油；有的则尽其本分加以默许。但是大家都因为人类遭受毁灭的威胁而感到难过，便问道，世界上若没有了人会成个什么样子？谁还来给神烧香呢？难道朱庇特想把世界移交给野兽去掠夺么？他们提出了这样的疑问，众神之主朱庇特就安慰他们，只要他们不担心，其余的事都包在他身上，他自会为他们重新创造奇妙的人类，和初次的人类迥乎不同。

说着他便要举手用霹雳火击毁全世界，但是他又怕万一这么一场大火波及了天堂圣境，会把天堂从南到北烧个精光。他又想起命运曾经注定有一天海、陆、天堂的殿宇、艰苦缔造的世界都将付之一炬。想到这里，他便把库克罗普斯[1]所锻铸的霹雳棒放在一边，心想不如用另外一种惩治的办法，用大水把人类淹死，从天空各个角落降下大雨去。

他立即把北风和凡是能把云吹散的风都关闭在埃俄罗斯的山洞里[2]，却把南风放了出来。南风飞起，翅膀上滴着水，他的可怕的面部笼罩在漆黑的黑暗里。他的胡须上，雨水是沉甸甸的，水也从他的白发上泻下来，彤云锁住了眉毛，他的两翼和长袍的褶缝间露水涟涟。他用两只大手把低垂的云彩一挤，发出震天的声响，接着从密云中落下倾盆大雨。彩虹女神伊里斯，这位身穿五彩衣的、天后[3]的信使，又把水吸起来，给云彩输送食粮。笔直的庄稼倒

---

[1] 库克罗普斯（Cycolpes），独眼巨人的通称，他们都是海神涅普图努斯所生。
[2] 埃俄罗斯是风神，埃俄罗斯的岛屿在意大利与西西里之间。
[3] 朱庇特之妻，朱诺。

下了，农夫日夜祷告的收成毁坏了，一年漫长的辛苦到头来落了一场空。

朱庇特在盛怒之下，看看自己天上落下的水还不满意。他的弟弟海神又发动海浪支援他。海神把他属下的河流都召来商议。这些河神来到了海神宫中之后，海神便道："现在不是长篇大论的时候。把你们的全部力量都用出来，现在是需要你们力量的时候。打开你们的大门，冲破拦阻你们的堤岸，让你们的河水毫无拘束地奔流。"他下完命令，各河回去，打开源头，河水就毫无遮拦地向大海狂奔而去。

海神自己也用他的三叉戟敲打着陆地，陆地害怕了，战战兢兢给水让出一条路来。各条河的河水，像决了堤一样，冲过平原旷野。不要说果园、庄稼、牛羊、人畜、房屋，就连庙宇和庙里的神像、神器都给一股脑儿冲走。就算有的房屋牢牢站稳，抵过了这场大灾难没有毁掉，但是上涨着的大浪还是把屋顶盖过，高楼也淹没在大水里。现在是海陆不分，都成了海，而且是没有岸的海。

有的人逃到山顶上；有的乘着鹰钩鼻子似的小船，在原来是他的耕地的上面摇着桨；有的扬着帆在自己的麦田上、自己的淹在水里的农舍的屋顶上行驶着；有的在榆树顶上钓着了一条鱼。也有这样的事：船锚扎进了绿草坪，月牙似的船底碰着了下面的葡萄园。不久以前苗条的山羊吃草的地方，现在丑陋的海豹在休息。水中的女仙们看见水底下有树林、有城市、有房舍，不觉大吃一惊。海豚冲进了树林，在高枝间穿梭来往，把老橡树撞得直发抖。豺狼在羊群中只顾得游泳，深黄色的狮子和老虎也只好随波逐流。雷霆般的力量也帮不了野猪，梅花鹿的快腿也跑不动了，都是因为大水冲着它们。彷徨的飞鸟长久找不着落脚的地方，飞累了，落进海里。大海现在是肆无忌惮，淹没了山岭，山峰被那陌生的海浪冲击着。大部分的生物都淹死了。没有叫水淹死的，最后因为没有吃的，也都慢慢饿死。

弗奇斯位于俄塔和阿俄尼亚 [1] 两大平原之间，当它还是陆地的时候，是一片肥沃的土地。但是在洪水时期，它却成了海的一部分，成了一大片临时的海洋。在这里帕耳那索斯 [2] 的双峰插入天表，高耸入云。丢卡利翁 [3] 和他的妻子驾着小舟在这高峰上着陆，因为海水把其余一切全淹没了。丢卡利翁和妻子朝拜了本山的女仙和山神和预卜未来的女神忒弥斯，忒弥斯这时是掌管预言的。[4] 丢卡利翁是当时最好的好人，热爱正义，妻子是女人中最敬神的一个。朱庇特看到世界全部变成了一潭死水，又看到数以千计的男人中只剩了一个，女人也只剩了一个，两个人又都是天真无邪，都信奉天神，于是他拨开云头，让北风把云吹散，让大地露出在天光之下，让天空又看见大地。愤怒的海水也跟着退落，统治海洋的海神放下了三叉戟，平息了波涛。他把海蓝色的特里同 [5] 唤了出来。特里同从海底深处冒出水面，两肩厚厚地长满了一层蛤蚌。海神命令他吹起响亮的海螺，用这个信号收回洪水和巨流。他举起空心而弯曲的海螺，特里同在海中央一吹，声音就能传到比日出日落之处更远的地方。因此，当特里同把海螺放到湿漉漉的胡子和嘴唇边，吹出了收兵的号令，不论陆地上或海里的水都听见了，凡是听见号令的水都听从约束。于是，海有了海岸，河水虽满但不盈溢，洪水退落，山峰露顶，随着水落，土地不断出现。最后，长期淹没在水里的树木露出树梢，枝叶上却还沾着洪水留下的污泥。世界

---

[1] 弗奇斯（Phocis）、俄塔（Oeta）和阿俄尼亚（Aonia），均为希腊地名。
[2] 帕耳那索斯（Parnasus），希腊山名，诗神所居。
[3] 丢卡利翁（Deucalion），普罗米修斯之子，和他的妻子是洪水中仅存的人类。
[4] 后来阿波罗（Apollo）司掌此职。
[5] 特里同（Triton），海神之子，半人半鱼，专司兴波息浪之职。

恢复了。丢卡利翁举目一看，却是空无一物，满眼荒凉，死一般的沉寂。

【350—451行】
丢卡利翁和皮拉的故事；人类和万物的再生；
阿波罗杀死巨蟒

丢卡利翁流着眼泪对妻子皮拉说道："妹妹啊，妻子啊，唯一遗留下来的女性，同族同宗之谊，后来又是婚姻，曾把你和我结合在一起，如今共同的患难又把我们结合起来了。在这旭日和落日所照临的大地上，我们两个是唯一的人群了，其他都已被海洋吞没。即便我们的生命也不十分可靠，迄今天上的乌云还使我心里害怕。假定命运把你单独救了出来，而没有救我，那么，可怜的人儿啊，你现在的心情该是什么滋味呢？你又如何独自一个忍受惊怕呢？谁又来安慰你的苦痛呢？如果大海也把你吞没了，那么我一定跟你去，也让大海把我吞没，这一点，我的妻，你可以相信。我真希望我有我父亲[1]的本领能够重新创造人类，把生命吹进塑造的泥胎。现在人类的未来就靠我们两人了。这是天意，我们是仅存的人类的范本了。"他说完，两人相对而泣。随后他们决定向天上的神明祈祷，向神签求援。于是毫不怠慢，他们并肩来到刻菲索斯河岸，此地目前虽还漫着水，却已沿着故道流动了。他们从河里掬起水，洒在衣服上和头上，然后向女神[2]的圣庙走去，庙顶还被肮脏的苔藓污染着，神坛前也没有圣火。当他们走到神庙阶前，两人双双匍匐在地上，战战兢兢地吻那冰冷的石阶，说道："如果正义人的祈祷能打动天神而发慈心，如果天神能把怒气丢到一边，那么，忒弥

[1] 丢卡利翁的父亲普罗米修斯创造了人类。
[2] 指天地之女、正义女神忒弥斯（Themis）。

斯啊，请你告诉我们，用什么方法才能补救我们人类的灾难，最温和的女神啊，帮助我们这受难的世界吧！"

他们的话感动了女神，女神向他们下达了神谕："离开这庙，把头蒙上，把你们束紧的衣服解开，你们一路走一路把你们伟大的母亲的骨头扔到你们的背后。"他们听了，久久惊讶不已。皮拉先开口，打破了沉寂，她拒绝服从女神的命令，她口唇打颤，祈求女神原谅她，她不敢扔她母亲的骨头，怕伤害她的阴魂。同时他们又回味着女神那番暧昧晦涩的话，反复思考着。最后，普罗米修斯的儿子用安详的话语安慰厄庇墨透斯[1] 的女儿道："除非是我糊涂，我看伟大的母亲指的是大地，神谕是无欺的，是从不唆使人作恶的。我认为女神说的骨头就是大地身体里的石头，她叫我们把石头扔到我们背后。"

提坦神厄庇墨透斯的女儿听了丈夫的推测，虽然有所触动，但是并不抱太大的希望，因为他们两个对天神的指示还是不甚信任。不过，按照神谕试一试又有何妨呢？于是他们走下山坡，蒙上头，解开束衣带，一路走一路按神谕把石头扔向身后。那些石头——若不是有古老的传说为证，谁能相信啊？——开始丧失它们的坚硬性，慢慢地变软，变软之后，就变了形状。当这些石头体积胀大，石质也变得柔和了，它们显出某种人形，可以看得出，但不明显，就像用大理石刚刚开始刻的雕像，轮廓还不够清楚，粗看已有点像了。那些像泥土的、潮湿的部分变成了肌肉；坚硬的部分、不能揉曲的部分，就变成骨骼；石头原来的脉络，仍然保留原来的名称。这样，就在很短的时间内，按照天神的意志，男人扔出去的石头就变成男形，女人扔出去的石头就变成了女人。因此，我们人类

---

[1] 厄庇墨透斯（Epimetheus），普罗米修斯之弟，皮拉的父亲。

的坚强性质，耐苦的能力，证明了我们的根源所自。

至于其他族类的形状则是大地按照自己的意思造成各种各样的，潮湿的泥土受火一般的太阳照射而变热，烂泥和浸泡着的沼泽发热而膨胀，万物肥沃的种子经哺育生命的土壤的滋养，就像在母胎里那样，生长起来了，到一定的时候就成了形。这情况就像七个口的尼罗河的河水从被它淹没的田地退走，又回到它原来的河床之后，新成的污泥在太阳的照射下变热，农夫翻耕，在泥土里发现许许多多生物一样。这些生物有的刚刚开始具有生命，有的尚未成形，缺少应有器官，有的在同一躯体上，一部分已有生命，其他部分还是生土。大凡湿度和温度调和得当，便能产生生命，一切生命都从这两者生发，虽说水火互不相容，但万物均由水火产生，这就是相反相生。[1] 因此，当大地经过近期的洪水变成泥泞，禀承天上太阳的温暖，又变热了，就会产生数不清的生命，她所滋生的物种，有的是以前就有过的，有的则甚新奇。

大地也正是在这当儿生出了你，巨蟒皮同[2]，虽然她并不情愿；你这条蛇是以前从未有过的，给新生的人类带来了恐惧，因为你大得可以铺满一座山的地段。这条蛇，射手阿波罗神从来不用的武器（只除射那奔鹿和野山羊时才用的），发出一千支箭，几乎把箭袋里的箭用光，才把它镇住杀死，它那乌黑的创口，毒血直流。为了使这件业绩不致因岁月的推移而被人遗忘，他建立了神圣的竞赛会，让很多人来参加，命名为皮同竞技会，纪念征服巨蟒。在这竞技会上，青年人凡是在角力、赛跑和赛车各项获得优胜者都可获得橡冠的荣誉。当时还没有月桂树，日神常随意摘一棵树的叶

---

[1] discors concordia fetibus apta est. 按贺拉斯诗简 12，亦有 Concordia discors 之语，约翰逊曾以此形容玄学派诗歌特点。

[2] 皮同（Python），为阿波罗所杀，为了纪念此事，举行"皮同竞技会"。

子编成环戴在头上，覆盖着他美丽的长发。

【452—567 行】

日神和达佛涅的故事

日神初恋的少女是河神珀纽斯的女儿达佛涅。他爱上她并非出于偶然，而是由于触怒了小爱神丘比特。原来日神阿波罗战胜了蟒蛇，兴高采烈之余，看见小爱神在引弓掣弦，便道："好个顽童，你玩弄大人的兵器做什么？你那张弓背在我的肩膀上还差不多；只有我才能用它射伤野兽，射伤敌人。方才我还放了无数支箭，射死了蟒蛇，它的尸首发了肿，占了好几亩地，散布着疫疠。你应该满足于用你的火把燃点爱情的秘密火焰，不应该夺走我应得的荣誉。"维纳斯[1] 的儿子回答道："阿波罗，你的箭什么东西都能够射中，我的箭却能把你射中。众生不能和天神相比，同样你的荣耀也不能和我的相比。"说着，他抖动翅膀，飞上天空，不一会儿便落在帕耳那索斯蓊郁的山峰上。他取出两支箭，这两支箭的作用正好相反，一支驱散恋爱的火焰，一支燃着恋爱的火焰。燃着爱情的箭是黄金打的，箭头锋利而且闪闪有光；另一支是秃头的，而且箭头是铅铸的。小爱神把铅头箭射在达佛涅身上，用那另一支向阿波罗射去，一直射进了他的骨髓。阿波罗立刻感觉爱情在心里燃烧，而达佛涅一听到爱情这两个字，却早就逃之夭夭，逃到树林深处，径自捕猎野兽，和狄安娜[2] 竞争比美去了。达佛涅用一条带子束住散乱的头发，许多人追求过她，但是凡来求婚的人，她都厌恶；她不愿受拘束，不想男子，一味在人迹不到的树林中徘徊，也不想知道

---

[1] 维纳斯（Venus），爱情女神，丘比特（Cupido）之母。
[2] 狄安娜（Diana），阿波罗的孪生姐姐，是贞洁的处女，为狩猎女神。

许门 [1]、爱情、婚姻究竟是什么。她父亲常对她说："女儿，你欠我一个女婿呢，"他又常说："女儿，你欠我许多外孙呢。"但是她讨厌合婚的火炬，好像这是犯罪的事，使她美丽的脸臊得像玫瑰那么红，她用两只臂膊亲昵地搂着父亲的颈项说："最亲爱的父亲，答应我，许我终身不嫁。狄安娜的父亲都答应她了。"他也就不得不让步了。但是达佛涅啊，你的美貌使你不能达到你自己的愿望，你的美貌妨碍了你的心愿。日神一见达佛涅就爱上了她，一心想和她结亲。他心里这样想，他就打算这样做。他虽有未卜先知的本领，这回却无济于事。就像收割后的田地上的干残梗一燃就着，又像夜行人无心中，或在破晓时，把火把抛到路边，把篱笆墙点着那样，日神也同样被火焰消损着，中心如焚，徒然用希望来添旺了爱情的火。他望着她披散在肩头的长发，说道："把它梳起来，不知要怎样呢？"他望着她的眼睛，像闪烁的明星；他望着她的嘴唇，光看看是不能令人满足的。他赞叹着她的手指、手、腕和袒露到肩的臂膊。看不见的，他觉得更可爱。然而她看见他，却比风还跑得快，她在前面不停地跑，他在后面边追边喊："姑娘，珀纽斯的女儿，停一停！我追你，可不是你的敌人。停下来吧！你这种跑法就像看见了狼的羔羊，见了狮子的小鹿，见了老鹰吓得直飞的鸽子，见了敌人的鸟兽。但是我追你是为了爱情。可怜的我！我真怕你跌倒了，让刺儿刺了你不该受伤的腿儿，我怕因为我而害你受苦。你跑的这个地方高低不平。我求你跑慢一点，不要跑了。我也慢点追赶。停下来吧，看看是谁在追你。我不是什么山里人，也不是什么头发蓬松得可怕的，看守羊群的牧羊人。鲁莽的姑娘，你不知道你躲避的是谁，因此你才逃跑。我统治着得尔福、克剌洛斯、忒涅多

---

[1] 许门（Hymen），专司婚姻之神。

斯、帕塔拉[1]等国土，它们都奉我为主。我的父亲是朱庇特。我能揭示未来、过去和现在；通过我，丝弦和歌声才能调协。我箭无虚发，但是啊，有一支箭比我的射得还准，射伤了我自由自在的心。医术是我所发明，全世界的人称我为'救星'，我懂得百草的功效。不幸，什么药草都医不好爱情，能够医治万人的医道却治不好掌握医道的人。"

他还想说下去，但是姑娘继续慌张跑去，他的话没有说完，她已不见，就在逃跑的时候，她也是非常美丽。迎面吹来的风使她四肢袒露，她奔跑时，她的衣服在风中飘荡，轻风把她的头发吹起，飘在后面。愈跑，她愈显得美丽。但是这位青年日神不愿多浪费时间，尽说些甜言蜜语，爱情推动着他，他加紧追赶。就像一条高卢[2]的猎犬在旷野中瞥见一只野兔，拔起腿来追赶，而野兔却急忙逃命；猎犬眼看像要咬着野兔，以为已经把它捉住，伸长了鼻子紧追着野兔的足迹；而野兔也不晓得自己究竟是否已被捉住，还是已从虎口里逃了生，张牙舞爪的猎犬已落在后面了。天神和姑娘正是如此，一个由于希望而奔跑，一个由于惊慌而奔跑。但是他跑得快些，好像爱情给了他一副翅膀，逼得她没有喘息的时候，眼看就追到她身后，他的气息已吹着了飘在她脑后的头发。她已经筋疲力尽，面色苍白，在这样一阵飞跑之后累得发晕，她望着附近珀纽斯的河水喊道："父亲，你的河水有灵，救救我吧！我的美貌太招人喜爱，把它变了，把它毁了吧。"她的心愿还没说完，忽然她感觉两腿麻木而沉重，柔软的胸部箍上了一层薄薄的树皮。她的头发变成了树叶，两臂变成了枝干。她的脚不久以前还在飞跑，如今变成了不动弹的树根，牢牢钉在地里，她的头变成了茂密的树梢。剩下

---

[1] 希腊及小亚细亚地名，这些地方的人都供奉日神。
[2] 今天的意大利北部及法国。

来的只有她的动人的风姿了。

即便如此，日神依旧爱她，他用右手抚摩着树干，觉到她的心还在新生的树皮下跳动。他抱住树枝，像抱着人体那样，用嘴吻着木头。但是虽然变成了木头，木头依然向后退缩不让他亲吻。日神便说道："你既然不能做我的妻子，你至少得做我的树。月桂树啊，我的头发上，竖琴上，箭囊上永远要缠着你的枝叶。我要让罗马大将，在凯旋的欢呼声中，在庆祝的队伍走上朱庇特神庙之时，头上戴着你的环冠。我要让你站在奥古斯都[1]宫门前，做一名忠诚的警卫，守卫着门当中悬挂的橡叶荣冠。我的头是常青不老的，我的头发也永不剪剔，同样，愿你的枝叶也永远享受光荣吧！"他结束了他的赞歌。月桂树的新生的枝干摆动着，树梢像是在点头默认。

【568—750 行】

朱庇特、朱诺和伊俄的故事

在忒萨利亚有一个山谷，四面的山都很陡，长满了树木。人们叫它"天培"[2]。珀纽斯河从品多斯山脚下带着泡沫飘浮的水流过此地，然后泻为瀑布，像一片白云，它喷出细雾一般的水珠，溅在下面的树巅上，音声洪大，在远处听着都震耳欲聋。这里便是珀纽斯大河神的家，是他影息之所。他坐在一个石洞里，向河水和河中的女仙们发号施令。本地方的河神首先来到，他们也不知道应该向达佛涅的父亲道喜呢，还是应该安慰他。来到这里的众河神有杨树映岸的斯佩尔齐俄斯，有奔流不息的厄尼剖斯，白发苍苍的阿皮达努斯，平静无波的安弗县索斯和埃阿斯。随后，凡是顺着水道，蜿蜒曲折，疲惫无力，归于大海的诸河，也都来了。只有伊那科斯未

---

[1] 奥古斯都（Augustus），罗马第一个皇帝，与诗人同时。
[2] 天培（Tempe），这山谷以景色优美闻名。

到，原来他藏在他幽深的洞府，在把眼泪添进自己的河水呢；他的女儿伊俄不见了，他万分难过，在哭她呢。他不知道她还是活着呢，还是已归地府。但是他既然找不着她，就以为她已不在人间，心中万分害怕。

原来朱庇特看见她从她父亲的河边回去，就说："姑娘，你真配得上朱庇特的爱情，谁要做了你的丈夫，可真幸福，来吧，到树林深处有荫凉的地方歇歇，"他说着用手指指林荫，"太阳正在天心，太热了。你若是怕一个人去会遇见野兽，那么有神保护你，即便到树林深处也是安全的。再说，我并非是普通的神，我手中掌握着统治天堂的大权，我能发出霹雷。啊，不要见我就逃跑啊！"原来她已经跑了。很快，她跑过了勒耳那牧地，和布满了树木的吕耳喀亚平原，朱庇特布下厚厚一片乌云把大地遮住，把这位逃跑的姑娘捉住，夺去了她的贞操。

正在这时，朱诺恰巧在向下界张望，忽然看见彤云密布，转昼为夜，心中纳闷。她明知这不是什么河上的烟云，也不是沼泽中升起的迷雾。她立刻四面看看，想要知道丈夫在哪里，她很明白丈夫爱干什么勾当，因为他常被她发现。她发现丈夫不在天上，就说："他一定瞒着我干对不起我的勾当呢。"说着，从天上溜下，站在地上，命令乌云散开。但是朱庇特已经预感到他的妻子来了，早把伊那科斯的女儿变成了一只白牛。变成白牛以后，她还是很美丽。朱诺看看白牛，勉强赞美了一声，接着就问是谁的牛，从哪儿来的，原来在哪个牛群里，假意儿装得不知原委。朱庇特扯了个谎说：这牛是从地里长出来的，免得她再寻根问底。朱诺就请朱庇特把白牛送给她。他怎么办呢？把心爱的人儿交出来，于心不忍；不交出去，又怕惹起疑窦。一方面觉得不交出去是可耻的，一方面爱恋之情又促使他不想交出去。爱恋之情一度占了上风，但是他继而一想，朱诺是自己的妻子和妹妹，[1] 若连一头白牛这样一件小小礼物都不舍得，她一定会疑心这头白牛并非是一头牛。

最后，朱庇特把白牛送给了她，但她还是疑心，她惧怕朱庇特，她又怕他再捣鬼，因此她就把白牛交给阿瑞斯托尔的儿子阿尔古斯去看守。阿尔古斯头上长了一百只眼睛，他睡觉的时候，他的眼睛一对一对轮流着闭上，张着的眼睛继续看守。不论他朝什么方向站着，他总有眼睛是望着伊俄的。哪怕他背对着伊俄，伊俄还是逃不脱他的目光。白天他放她吃草，但太阳落山以后，他就把她关起，无情地用绳子拴着她的脖子。她吃的是树叶、苦草，可怜她也没有床睡，躺在地上，有时连草地都睡不上，渴了就在泥沟里喝水。她想伸出两臂向阿尔古斯有所请求，却没有臂膀可伸，她想诉诉苦，却只能发出牛鸣。她听到自己的声音，惊慌失措，非常害怕。她走到她父亲的河边（她过去是常常在这里游戏的），她看见自己在水里的倒影，张着大嘴，翘着犄角，她吓得赶快逃跑。她的姐妹们——河仙奈阿斯们——也不认得她了，就连她父亲伊那科斯也不知道她是谁。但是她照旧跟在父亲和姐妹们的后面，把身体挨过去，要他们抚摩赞赏。伊那科斯老人折了一把草，举着喂她，她就舔父亲的手，又想吻他的手。她不觉眼中流下泪来，她若能说话，她一定会说出自己的名字，说出自己不幸的遭遇，请求援救。她既不能说话，就用蹄子在地上写字，说出自己变成牛形的悲惨故事。她父亲伊那科斯看了连声叹道："唉、唉！"他搂住流泪的小牛的双角和雪白的颈子说："我好伤心啊！你当真是我的女儿么？我把全世界都找遍了。今天把你找着了，反倒叫我更难受，不如没有找着。你一言不发，不回答我的话，你只顾深深叹气，只能用牛

---

[1] 神话中血亲婚配是常有的。参看恩格斯《家庭、私有制和国家起源》。

鸣来回答我。我像蒙在鼓里一样，在给你准备洞房和迎婚的火炬，希望先有一个女婿，再抱一个外孙。现在我只好从牛群里给你找个丈夫了，从牛群里去找外孙了。人死了就没有悲哀了，而我又不会死，做一个神真倒霉，死亡是会给我吃闭门羹的，我的恨真是绵绵无绝期了。"两人正在对泣，阿尔古斯瞪着繁星似的眼睛把他们分开，把女儿从父亲的怀抱扯开，把她驱向远处的草地。他独自一个蹲在一座高山顶上，从从容容地看守着四方。

天神的主宰朱庇特不忍再看伊俄受苦，他把他和七簇星之一[1]所生的儿子墨丘利叫到面前，命他杀死阿尔古斯。墨丘利毫不迟疑，穿上带翼的凉鞋，手里拿着催眠的魔杖，头上戴起魔冠，穿戴整齐之后，这位朱庇特的儿子从天上一跃，跃到人间，收起魔冠和飞鞋，只拿着魔杖。他手持魔杖，扮成牧羊人模样，领着一群山羊，在无路的田野里行走着，一面走一面口吹芦笙。朱诺的那个守卫被这新鲜的玩意儿的声音吸引住了。他喊道："不管你是谁，来，坐在我旁边这块石头上；你的羊要吃草，这儿的草最肥不过，你看这儿还有树荫，牧羊人正好歇凉。"

阿特拉斯的外孙[2]坐了下来，东拉西扯地闲谈着，消磨时刻，他又吹起芦笙，想要催闭阿尔古斯睁得老大的眼睛。但是阿尔古斯使劲和瞌睡挣扎，虽然有的眼睛睡着了，但是他还用张着的看守。他还问芦笙是怎么发明的，因为芦笙在当时还发明不久。

墨丘利神说道："在阿耳卡狄亚严寒的山麓，在诺那克里斯地方，住着许多树林女仙，其中有一个，向她求婚的人很多。她的

---

[1] 七簇星原是阿特拉斯（Atlas）的七个女儿，其中之一名迈亚，与朱庇特结合，生墨丘利。
[2] 即墨丘利。

同伴都叫她绪任克斯[1]。萨堤洛斯[2]们和住在树林深处或肥沃的田间的神们都追逐她,而她屡次逃脱。她师法狄安娜,以狩猎为业,立誓终身不嫁。她腰里束了一条带,打扮得就像狄安娜。假如她拿的弓不是牛角做的,而是像狄安娜的金弓,她就有可能被人认为是狄安娜了。即便如此,人们还是分不清。

"有一天,潘[3]瞥见了她,她正从吕凯俄斯山回来。潘的头上戴着用松针编的冠,对她说……"有话便长,无话便短,墨丘利叙述了潘向她说了一番什么话,女仙不理他的请求,奔向荒原,最后逃到两岸是沙滩、水流平缓的拉顿河。墨丘利又说,河挡住了她的去路,她就恳求河中的姐妹们把她的形体改变;又说潘只当已经捉住绪任克斯,不想他抱住的却是一丛芦苇,感叹之余,只听轻风吹过芦管,吹出一阵低沉哀怨之声;又说,这一阵新奇悦耳的声音使潘非常迷惘,便道:"就让我们以后永远通过芦管交谈吧。"因此芦笙便是用蜡把长短不齐的芦管胶在一起而做成的,一直沿用姑娘的名字。

墨丘利还要说下去,阿尔古斯的眼睛早已全都睁不开,都睡着了。他立刻不做声,还用魔杖在他惺忪的睡眼上一晃,使他睡得更熟些。然后,他毫不迟疑,举起弯刀把阿尔古斯瞌睡的头从脖根上砍落,他的断头一路流血一路滚下山坡,崎岖的岩石上沾满了污血。阿尔古斯,你倒下了;你那些眼睛里原有的光芒都熄灭了,你的一百只眼睛都浸没在同一的黑暗之中。

朱诺取下这些眼珠,用来放在她的爱鸟[4]的羽毛上,在尾巴

---

[1] 绪任克斯(Syrinx),希腊语,意为"管","笙"。
[2] 萨堤洛斯(Satyri),猴面、生角、羊蹄的林中怪物。
[3] 潘(Pan),半羊半人的林神。
[4] 孔雀。

上嵌满了星光灿烂的宝石。她不由得勃然大怒。她差遣可怕的报仇神呈现在她情敌的面前和心中，在伊俄心的深处播种了盲目的恐惧，叫她在人世间到处乱逃。尼罗河啊，她逃到你这里之后，无穷的苦难才算了结。她到达尼罗河边之后，在河岸上跪下，把头抬起来——她也只能把头抬起来 [1] ——向着天上的星辰，口中呻吟，眼中落泪，用牛鸣之声向朱庇特吐诉哀怨，请求他结束她的苦难。朱庇特就抱住妻子的头颈，求她不要再惩罚伊俄了，并说："不必害怕将来；她绝不会再招你气恼了。"他还指着阴间的斯堤克斯河发了誓。

朱诺的怒气才算平息。伊俄又恢复原来的美丽的容貌。牛毛从身上脱落，牛角也不见了，又大又圆的眼睛也变小了，又宽又大的嘴也变小了，两肩和两手也都复原，蹄子变没有了，都变成了五个脚趾。原来的小母牛在她身上没有留下一点痕迹，只有那白净的皮色还和原来一样。姑娘现在可以用两只脚站着了，她就站得笔挺。但是她还怕开口，惟恐一开口还像小母牛，最后，她才战战兢兢地说出了久已不说的话。现在在埃及，身穿麻布袈裟的僧人供奉她为神了。她到埃及后生了一个儿子，名叫厄帕福斯，据说就是她和朱庇特生的，他和他母亲在埃及各个城里一同在庙中受人供奉。

【751—779 行】

厄帕福斯与法厄同的争执

厄帕福斯有个伴侣，性情年龄都和他一样，名叫法厄同，是日神之子。有一次法厄同夸耀自己，说自己的父亲是福玻斯 [2]，并为此而骄傲，不肯屈居厄帕福斯之下，厄帕福斯这位伊那科斯的外

---

[1] 因两手已成牛蹄，无法伸手祈求。
[2] 即阿波罗。

孙不能忍受，于是说道："你母亲说的话，你句句相信，你莫非疯了；那不是你的真父亲，你是打肿脸充胖子。"法厄同听了，气得涨红了脸，但是因为感到羞愧，所以压下怒气，把厄帕福斯这番谩骂去告诉了他自己的母亲克吕墨涅，并说道："母亲，使你更伤心的是，我，一个一向敢说话、火气旺盛的人，竟无话可说！这样污辱我的话竟然让他说出口来，而我又无力反驳，真使我感到可耻。如果我真是神种，那么请你证明一下我的父亲确是神，宣告我是神裔吧！"他说完搂着他母亲的颈子，以他自己的和墨洛普斯[1]的头颅的名义，以他姐妹们的婚礼火炬的名义，恳求他母亲证明他真正的父亲是谁。克吕墨涅很受感动，但不知是由于法厄同的恳求，还是由于那些咒骂的话激怒了她，总之，她把双手伸向天空，眼望着太阳的光芒，说道："儿子，我以那闪闪发光的、既能听到我们又能看到我们的太阳向你发誓，你看到的那太阳，那统治百世的太阳，你就是他所生的。如果我说的是假话，那么就让他再也不要被我看见，让这一回它的光线照在我眼睛上成为最后一回吧！但是你也不难发现你父亲的家宅，他升起来的地方，也就是他的家，和我们这块土地是毗连着的。你如有意，你可以去那里亲自问问他。"法厄同听了母亲这番话，非常高兴，立即冲了出去，一心想到上天。他穿过自己的国土埃塞俄比亚和伸展在烈日下的印度，很快就到了他父亲升起的地方。

---

[1] 墨洛普斯（Merops），克吕墨涅的丈夫，埃塞俄比亚王。

卷 二

【1—328 行】

法厄同驾日神车的故事

　　日神的宫殿非常巍峨，高柱擎天，金彩辉煌，铜光如火，高处的屋檐上铺着洁白的象牙，两扇大门发出银色的光芒。材料好，匠心更巧：穆尔奇柏[1] 在门上刻着海浪把陆地围绕在中心，陆地像一只圆盘，陆地上面天穹高悬。在波涛中又刻着墨绿色的海神，有口吹海螺的特里同；有形态万变的普洛透斯[2]；有埃该翁[3]，两只粗壮的手臂搭在一对鲸鱼背上。门上还刻着多里斯[4] 和她的女儿们，有的在游来游去，有的坐在岩石上吹干她们的绿发，也有的骑在鱼背上。她们的外貌不同，但也并非没有相似之处，姐妹们正应如此。陆地上有人，有市集，有树林，有野兽，有河流，有河上女神，还有乡村的众神。在这上面，刻着一幅雪亮的穹窿图，左右两扇门上各刻着黄道六宫。

────────

[1] 穆尔奇柏（Mulciber），即武尔坎（Vulcanus），铸造之神。
[2] 普洛透斯（Proteus），海神，以善于变形见称。
[3] 埃该翁（Aegaeon），海神。
[4] 多里斯（Doris），海中女神，与海神涅柔斯（Nereus）生有五十个女儿，统名 Nereides。

克吕墨涅的儿子[1]登上陡直的小径来到殿前，来到他父亲的殿檐之下；他心里疑惑，不知日神是不是自己的父亲。想到这里，他立刻走到父亲面前，但是不敢走近，因为太近了，他父亲的光芒逼人，难以忍受。日神身穿紫红长袍，坐在宝座之上，身上翠玉生光。左右有日、月、年、纪侍立着，各个时辰也站立两厢，彼此距离相等。此外还有新春，头戴花冠；盛夏赤身裸体，只戴着成熟的谷穗编成的圆环；秋季浑身染着压烂的葡萄；寒冬披着雪白的乱发。

日神坐在诸神环绕之中，无所不见的眼睛望着青年法厄同。法厄同看着眼前新奇的景色心中害怕。日神便说："你来做什么？法厄同，你到我宫中来求的是什么？做父亲的决不拒绝你。"法厄同回答说："普照天下的光明，日神，我的父亲，请允许我叫你父亲，我要问克吕墨涅是否在造谣扯谎，想遮掩自己的丑事。我的父亲，请你给我一个证据，证明我真是你的儿子，解除我心中的疑虑。"他说完之后，他父亲便摘下耀目的王冠，叫他走近一些。他把孩子搂在怀里，对他说："你完全有资格做我的儿子，而且克吕墨涅说我是你父亲也完全是真话。你可以随意问我要一件东西，我必亲手交给你，免得你不相信我的话。天上的神都是指着斯堤克斯的河水发誓，我的眼睛虽然从未见过它，但是我愿它给我的诺言作见证。"他话未说完，孩子就讨他的父亲的车辇，并要求驾着父亲的飞马在天空驰骋一天。

他父亲后悔发了这样的誓，接连摇头三四次，说道："你的要求证明我说话太欠考虑了。我要能收回我的诺言有多好呢！我的儿，我不得不坦白地说，只有这件事我不能答应你。我劝你收回要求。你的希望太危险。法厄同，你的要求太过分了，你的力气和年

---

[1] 指法厄同。

纪都办不到。你是个凡人，你所要求的，是凡人所不能胜任的。你真不懂事，你所想要的，就连天上的神也是不能得到的啊。尽管他们能为所欲为，但是除我之外谁也不能代我驾驶这辆喷火的车子。甚至连奥林波斯大山的主神[1]，哪怕他手掷霹雳雾火，令人生畏，也不能驾我的车，那么还有谁比朱庇特更强大呢？第一段路程非常之陡，我的骏马虽然说清晨的时候精神抖擞，也还爬着吃力。到了中天，其高无比，俯视海洋陆地，连我都时常战栗，害怕得心直跳。最后一段途程是直冲而下，需要把得牢靠。就连在地上的海波中接纳我的忒堤斯[2]，也惟恐我会头朝下跌落下来。此外，天穹是永远不停地转动，高挂的星宿也随着旋转，快得令人头晕。我一路走，一路挣扎，才使带动一切的运动不致影响我，我才能与快速旋转的乾坤反向而行。如果你来驾我的车，你怎么办？你能逆着旋转的两极前进么？飞快转动的天轴不会把你冲走么？也许你以为天上有树林，有神的城市，有祭品丰富的庙宇吧？不然，这条路上是危机四伏，到处是吃人野兽。你即便没有走上岔路，沿着正路走了，你一路上还是得遭遇带角的雄牛[3]和你作对，遇见弓箭手、张牙舞爪的狮子、弯着长臂的野蛮的蝎子和腿爪伸向两方的螃蟹。此外，要驾驭我的骏马，在你也不是件容易的事。它们心里充满了炽烈的火焰，从口里、从鼻孔里向外喷射。它们的性子一发，脖子就不听缰绳的指挥，连我都控制不了。我的儿，你要注意，我答应了你的请求就是断送你的性命，现在改变你的请求，为时还不算晚。你当真是来找证据证明你是我的儿子么？你看，我怕你驾车，这还不是证据么？我表示了做父亲的关心，这就证明了我是你的父

---

[1] 指朱庇特。
[2] 忒堤斯（Tethys），海中女神。
[3] 这以下即指黄道的金牛、射手、狮子、蝎子、巨蟹诸宫。

亲。看哪，看我的脸。嘻，我希望你也能看见我的心，就会了解我心里充满了做父亲的忧虑！你向四面看看，看看富足的世界上的一切，陆地、海洋、天空中无穷无尽的好东西，随你要，我决不拒绝。唯有这一件事，我求你不要提，这件事不是什么荣耀，它的真名叫作'灾殃'。法厄同，你把灾殃当作好事。傻孩子，你为什么搂着我的脖颈哄我？你不必担心，我已经指着斯堤克斯河发过誓，你想要什么，我一定答应，但是你提出要求的时候，要放聪明些。"

日神结束了他的劝诫，但是法厄同不听他的话，还是提出原来的要求，热切地希望去驾车。他的父亲尽量拖延，最后无奈只好引他到武尔坎所造的高大车辇面前。车轴是黄金打的，套杆是黄金打的，轮子也是黄金打的，一圈轮辐都是银的。套圈上整整齐齐地嵌着翡翠和珠宝，日神一照，射出夺目的光彩。

雄心勃勃的法厄同看着这辆精心制造的车子，赞叹不已，正在这时，守候着的黎明女神早已在红霞万道的东方启开了两扇紫红大门，她的庭院充满了玫瑰的颜色。星辰四散，殿后的是晨星路锡福[1]，他最后一个离开他在天上的守望台。

日神看见晨星已落，大地泛着一层红光，月亮的纤细的双角已经暗淡无光，他就命令时辰女神赶快套上骏马。众时辰女神立刻执行他的命令，从高大的马厩中把口中吐火的骏马牵出来，并且喂它们吃饱仙粮，给它们套上叮当的马嚼。接着，日神用仙膏敷在儿子的脸上，免得他让炙人的火焰烫伤，又把发光的王冠戴在儿子头上，一面深深叹息，深恐发生不幸。他说："我现在说的话，你无论如何要听从：孩子，不要紧打它们，要紧紧拉住缰绳，这些马自然会快跑的，困难在于怎样控制它们。你不要笔直穿过天空的五

---

[1] 路锡福（Lucifer），即太白金星，启明星。

带，要斜穿过去，走一条大转弯的路，你要在三带的范围之内驾驶，躲着南天，也要躲开北极。这条就是你的路，你可以清清楚楚看见车轮的轨迹。要让天和地受到的热气均匀，不要走得太低，也不要走到天顶上。走得太高了，你会把天空烧光，太低了，就会把大地烧光。最安全的道路是当中的道路。不要向右拐得多，太近蜿蜒的巨蛇星座，也不要让车子太偏左，太近南天之下的神坛星座。在这两者之间前进。其余一切，我都托付给命运女神了，但愿她帮助你，好好地引导你。我说话的工夫，带着露水的夜晚已经到达西方的岸边，到达了她的目的地。我们不能再耽搁了，我们该走了。看，黎明发出光辉，黑影四散。好吧，拿住这缰绳，假如你愿意改变意图，就听我的劝告，不要驾我的车吧。现在为时还不算晚，你脚下还踏着实地，你还没有登车。你要驾车是件很愚蠢的事。让我去把光明带给世界，你安全地看着吧。"

但是青年法厄同已经登上那轻车，骄傲地站在车上，兴高采烈地握住缰绳，向那满心不情愿的父亲道谢了。同时，日神的四匹快马皮洛伊斯、厄俄乌斯、埃同和第四匹佛勒工早已嘶声震天，口吐烈火，用蹄子尽踢栅栏。忒堤斯，不晓得自己的孙儿就将送命，把栅栏打开，让马奔向一望无际的天空。四匹马一冲而出，冲开云头，飞奔而去。它们扇动羽翼，高高飞起。它们赶过了从同一方向升起的东风。日神的骏马感到车子很轻，简直不觉得有分量，而且颈轭上的分量比平日差得很远。弯肚的船舶若是没有压仓的重载，便会在波浪上左右摇摆，因为身子轻了，所以不稳，在海上乱飘。同样，日神的车辇，载重和平常不一样了，直向天空蹿去，跳得老高，像一辆空车似的。

四匹马感觉到这一点，就乱奔起来，离开了走熟的道路，和以前的跑法不一样了。法厄同这时大为惊慌失措。他拿着父亲交给他的马缰不知应该怎么办，也不知道路在哪里了。即便知道路在哪里，他也无法控制飞马。寒带的大熊星第一次被日光照热，想要违反禁律跳进海里去，但是没有成功。靠北极冰冷地带最近的巨蛇座，原来是从不伤人的，因为它冷得懒于动弹，这回也发热了，火把它烤得发起怒来。我还听说你，波俄忒斯[1]，也吓得直逃，虽然你很慢，你的牛车又使你不能快跑。

发愁的法厄同从天顶往下看，看见陆地在下面很远很远的地方，他脸色发白，心中害怕，两膝发软；光亮太强，又使他两眼发黑。他现在后悔不该驾他父亲的马，后悔发现了自己的亲生父，后悔自己提出要求。他恨不得现在做墨洛普斯[2]的儿子。他一直向前冲去，就像狂风中的船，船上的舵手把不住舵，索性放了手，由天上的神去摆布，自己只顾祷告。他有什么办法呢？天上的路已经走了许多，但是前面还有许多路要走。他把前后的路程在心里盘算一下。一会儿看看西天，命中注定他是到不了西天的；一会儿又向后看看东天。头脑发昏，他不知道怎么办才好。他既不肯放掉缰绳，又不能揪住它，他甚至连马的名字都叫不出。天空上一路都看到巨大的野兽的怪影，更加使他害怕。有一处，他看见有大蝎弯着两条臂，像一对弓似的，长长的尾巴，其余的臂膊都向两面伸开，足足占了黄道两个宫的地盘。青年法厄同见它身上冒出黑色的毒汗，想用弯弯的尾巴来螫他，他吓得浑身发冷，失去了知觉，撒开了手里的缰绳。

四匹马觉着缰绳落在背上，就乱奔起来，既然没人驾驭，它们就在人迹不到的天空任意驰骋，兴之所至，毫无目的向前冲去，把天穹深处的星辰撞翻，拖着车子在无路的空间风驰电掣而过。忽而

---

[1] 波俄忒斯（Boötes），小熊座中的主星，又名牛车。
[2] 墨洛普斯（Merops），他的继父。

升到天顶，忽而埋头向地面扑去。月亮看见自己哥哥的马在她下面奔跑，心里纳闷，云彩也烤得直冒烟。陆地烧着了，最高的地方先起火，裂开了很深的沟壑，地上的水分都干涸了。草地烧成一片白灰，树木连同绿叶一律烧光，成熟的庄稼正好是烧毁自己的燃料。但是我这会儿所惋惜的还算不了什么。许多大城市连带城墙都毁灭了；这场大火把人们一族一族烧成灰烬。山上起火，树林也连带起了火。阿托斯山，西里西亚的陶洛斯山，特摩路斯山，俄特山，都起了火；伊达山本来以泉水著名，这回也烧干了；诗神所居的赫利孔山，和俄耳甫斯还没有遭难前的海姆斯山[1]也烧着了。埃特耳甫火山，火上加火，火势无边。帕耳那索斯的双峰、厄利克斯山、肯图斯山、俄特律斯山也着了火。洛多佩山上的积雪终于被火烧化。米玛斯、丁杜马、密卡勒以及酒神所居的奇泰隆等山都燃烧了。斯库提亚的天气虽然寒冷也未能幸免；高加索、俄萨、品多斯以及比这两座山还要雄伟的奥林波斯山、凌霄的阿尔卑斯山和被云锁住的亚平宁山也都燃烧了。

法厄同看见大地上真是处处焚烧；热火使他忍受不了，他呼吸的大气就像大炼铁炉里冒出的火焰一样。他觉得脚下的车子就像烧红了似的。火烬和飞旋的火花使他再也不能忍受了，他被浓密的热烟四面包围住。在这一片漆黑之中他既不知身在何处，更不知是在往哪个方向走。他任凭飞马带着他乱窜。

据说，埃塞俄比亚人从这时起才变黑的，因为热力把他们身体里的血液吸到了表面。利比亚成为沙漠也是从这时开始，因为热力把潮气完全烘干了。这时，水中的女神都披头散发，为自己的泉水和池塘哀悼。玻俄提亚岛上没有了狄耳刻清泉，阿耳戈斯地方的阿

---

[1] 俄耳甫斯（Orpheus）是神话中的著名乐师，故事详后。他被酒神女侍们撕裂，死在海姆斯（Haemus）山前。

弥摩涅泉、科林斯地方的皮瑞涅泉也都枯竭了。河流虽然天生比较宽阔，也未能幸免。塔那伊斯[1]河的河水变成了蒸气。古老的珀纽斯河、条特拉斯山附近的卡伊科斯河以及急流奔湍的伊斯墨努斯河都枯干了。阿耳卡狄亚的曼土斯河、赞土斯河（赞土斯河将来还要遭一次火灾呢！）[2]、黄色的吕科尔玛斯河、欢跃而蜿蜒的迈安德洛斯河、特刺刻的墨拉斯河和拉孔尼亚的欧洛塔斯河也都如此。巴比伦的幼发拉底河在燃烧，俄朗特斯河和急流滚滚的特尔墨东河在燃烧，恒河、法细斯河、西斯特尔河[3]在燃烧。阿尔弗斯河在沸腾，斯佩尔刻俄斯河的两岸尽是火焰。塔戈斯河的金沙在强烈的热火下溶化了，迈俄尼亚地方的河流本来以产天鹅著名，但是天鹅都在卡宇斯特洛斯河中流烧死。尼罗河吓得向大地的尽头奔逃，把头掩藏起来，一直到今天人们不知它的源头何在。尼罗河通海的七条河口都干了，全是沙土，七道宽阔的河床，滴水全无。伊斯玛利亚的赫布路斯河和斯特律蒙河也遭到同样枯竭的厄运。西方的河流像莱茵河、龙河、波河和将要统治全世界的台伯河[4]也枯竭了。地面到处裂为沟壑，天光透入照进地府，使地府的王和王后失魂落魄。连海洋也都缩小了，不久前还是汪洋万顷，转眼间变成一片干枯的沙地。不久前淹没在深海中的高山，转眼间都暴露出来，增添了无数的新岛屿。鱼类钻进海底，海豚也无心像以往那样弯着背在海面上跳跃。海豹的尸体仰面朝天漂在水面上。人们说涅柔斯和多里斯和他们的女儿，躲在洞里还热不可支。海神涅普图努斯[5]三次想把两臂和严峻的面目伸出水外，三次缩了回去，受不了炽热的

---

[1] 即顿河。
[2] 指特洛亚战争中遭火神焚烧。
[3] 即多瑙河。
[4] 台伯（Tiberis）河，流过罗马城。
[5] 涅普图努斯（Neptunus），海神，即希腊的波塞冬（Poseidon）。

空气。

但是慈母般的大地，由于有海环绕着她，周围都是水，许多河流又在她四面交织着（虽然这些河流很快地在缩小，都钻进了她的幽暗的腑脏，躲在那里），虽然她热得发燥，还是伸出了窒息欲死的脸部，直露到颈项，用手遮着眼睛，浑身颤抖，连所有的东西都跟着震动，又向后退缩了几步，退到比平常还低些的地位，带着枯哑的声调说道："众神之主，你如果赞成，如果我罪有应得，你为什么不用雷轰了我呢？如果我注定要在火里死，让我死在你的火里；如果死在你的火里，我的痛苦倒可以减轻些。我连开口说这几句话的气力都没有了。"热烟呛住了她，"你看看我这烧焦了的头发，我眼睛里都是灰，我脸上也都是灰。我生出这么许多东西，我尽了我的责任，难道这就是你给我的报酬和奖赏么？我一年到头忍受耕犁锄头的创伤，受尽折磨，是为了这个么？我为牛羊准备出青青的草地，为人类提供出滋补的食粮——五谷，我为祭神的神坛准备出供香，是为了这个么？就算我该遭毁灭，然而你的兄弟——海洋——做错了什么？为什么按照规定他应该承受的水会缩减，会离天愈来愈远呢？就算你不考虑兄弟，也不重视我，你至少也该可怜你自己的天空啊。你向左右看看，天空从南极到北极都在起烟。假如大火把天空烧坏，你自己的宫殿也将坍塌。你看，阿特拉斯神 [1] 都在挣扎了，背上背着燃烧的天穹，使他难以忍受。如果海洋、陆地和天空三界都毁灭了，我们就又回到原始的混沌状态了。挽救那些还没有烧掉的东西，考虑一下宇宙的安全吧！"

大地的话说完了，她再也不能忍受那热力，她向自身的深处退缩，退到离地府很近的地方。全能的父请众神来作证，特别把出借

---

[1] 阿特拉斯（Atlas），北非山名，人化为巨人，肩负苍天。

车子的日神请来，向他们说，如果他还不出来挽救，一切都要遭殃消灭了。说着，他便升上天顶。这个地方他经常布下云阵，遮盖大地，并且在这里抡动雷霆，投掷闪电。但是今天他既没有用云来覆盖大地，也没有叫雨从天上降下。他打了一阵响雷，右手举起一朵雷霆，向驱车的法厄同耳边投去，把他从车上打翻，送了他的性命，他就这样用火克制了火。马匹大惊，四散逃窜，挣脱了颈套和缰绳，跑掉了。缰绳落在一处，车轴脱离了套杆落在一处，车轮破裂，轮辐又落在一处，破车的残躯断片散落一地。

法厄同，火焰烧着了他的赤金般的头发，头朝下栽了下去，拖着一条长尾在空中陨落，就像晴空中似落未落、摇摇欲坠的星。远离故乡、在天的另一方的厄里达诺斯河[1]收容了他，洗净了他余烟未熄的脸。西方水上的女神掩埋了他那遭到雷殛、并且还冒着烟的尸体，在他的墓上立了墓碑并勒铭如下："墓中死者，维法厄同，乘日神车，翱翔太空，其殁堪悲，其志维雄。"

【329—380 行】

法厄同的姊妹们变成杨树；库克努斯变成天鹅

法厄同可怜的父亲悲痛难忍，把自己的脸遮了起来，据说一整天世界上不见太阳，如果我们相信这话的话。所幸燃烧着的世界还在发光，所以这场灾难也还有点用场。克吕墨涅面对这场灾难，忧愁、失常，捶击着胸膛，把能说的话都说了，然后走遍全世界，先是想寻找儿子死去的肢体，又想去寻找他的遗骸，最后遗骸被她找到，但是已埋在异乡的河畔。她匍匐在坟上，她的眼泪沾湿了刻在大理石上的她儿子的名字，她用她敞开的胸膛温暖着它。日神的女

---

[1] 即意大利的波河。

儿们也同样哀哭着，流着泪，向死者志哀，但也无补于事；她们用手掌拍击胸膛，伏在他的坟上，日夜呼唤着法厄同的名字，但是他已听不到姊妹们的哀号了。新月变成满月已经有四次了，姊妹们还在照常哀悼（经常做就成为习惯了）。大姊菲图萨有一天正想伏到坟上，忽然抱怨说她两脚僵硬了；美丽的兰佩蒂想来帮她，忽然脚下生根，动弹不得；第三个用手去扯头发，拔下来的却是树叶；一个诉苦说她的两腿被一棵树身钩住，另一个说她的两臂变成了长长的树枝。正当她们惊讶的时候，树皮已经裹住她们的大腿，渐渐地包住了她们的下肢、胸、肩和双手，只留下一张嘴还能呼唤她们的母亲。她们的母亲又能做什么呢？她只能靠冲动的指引，一会儿跑到这儿，一会儿跑到那儿，趁还有可能，吻吻她的女儿们。但她并不满足，她试图把树皮从女儿们身体上剥下来，把嫩枝折断，但是一滴滴的血从伤口流了出来。她们之中每个人一受伤就喊道："饶了我吧，母亲，我请求你，饶了我吧，我请求你，你撕的不是树皮，是我们的身体呀！再见吧。"当她说最后这几个字的时候，树皮已把她包住了，但是眼泪还从树皮上往下流，太阳一晒，硬化成琥珀，从新枝上落下，清莹的河水接过，带走，有一天将成为罗马新娘们的首饰。

当这幻化发生之时，斯特涅鲁斯的儿子库克努斯正好在场。法厄同啊，虽说他从他母亲方面和你是近亲，但他和你更是志趣相投。他统治着利古里亚的人民和伟大的城市，但他离开了他的国土，来到绿茵覆盖的厄利达诺斯河畔和你的姊妹们所培育的森林，一路哭泣哀号。哭着哭着，他的声音变尖了，白色的羽毛把他的头发遮盖住，头颈从胸部伸长，手指变红，被一层蹼连接了起来，两翼覆盖在腰间，嘴变成了鸟嘴，但不是尖的。库克努斯变成了一个新品种的鸟——天鹅。但是他不敢飞向高空，飞向朱庇特，因为他还记得天帝曾不公正地用霹雳击过他 [1]。因此他总栖息在止水和宽阔的湖泊上，他不喜欢火，所以选择河川来安身，因为水火是相克的。

朱庇特和卡利斯托的故事

同时，法厄同的父亲阿波罗失去了往日的光辉，蓬首垢面，就像遭到日蚀一样；他厌恶光，厌恶自己，厌恶白昼，满心悲愁，悲愁之上又添了一层怒气，拒绝执行巡行世界的职责。他说道："够了，从天地开辟以来，我的命运就不平静，我讨厌这没完没了的工作，和得不到荣誉的劳动。谁愿意去赶那光明的车，就让他去赶吧。如果没有人，如果所有的天神都说干不了，那就让朱庇特自己去赶，当他拿起我的缰绳试一试的时候，他至少可以暂时放下他的霹雳火，免得让天下的父亲失去儿子。当他亲身体验到些火蹄奔马的力气的时候，他就会理解控制不住它们的人是不该杀的。"

日神说这番话的时候，所有的神都站在周围，他们都请求他不要让黑暗浸没万物，朱庇特本人也请他原谅雷殛其子的事，请求之外，他又加上权威性的恫吓。日神只得又把马套上，这些马还吓得发抖而狂野，他怀着悲愤狠狠地抽刺它们，狠狠地骂它们害死了它们的主子，他的儿子，责怪着它们。

这时，全能的天父朱庇特开始巡视天上的宏伟的城堡，看看大火引起了哪些破坏。当他看到城堡仍然完好坚固，然后又视察了大地和人间的建设。但是他最关心的是阿耳卡狄亚，他又把那里的泉和那些还不敢流动的河恢复起来，给大地铺上了草，给树披上了叶

---

[1] 指战神之子库克努斯（Cycnus）与赫刺克勒斯（Hercules）交战，朱庇特用霹雳火把他们分开。

子，让受灾的树林重新长出绿叶。当他往返巡视的时候，他忽然看见一位阿耳卡狄亚的姑娘[1]，于是停住了脚步，从骨髓里感到一股火热。这姑娘并不是以纺细软羊毛为业的，也不是专门讲究变换发式的姑娘[2]，她是狄安娜手下的一名战士。她用一颗别针把袍子扣住，用一条白带子把松散的头发束起，她有时手里拿一柄轻矛，或一张弓。在麦拉路斯山麓狩猎的女仙之中，她最受狄安娜的钟爱，但是一切恩宠都是不长久的。

当高高的太阳已经越过了中天，这位女仙走进终年无人砍伐的树林，她从肩上卸下箭袋，松了弓弦，把弓放在织满绿草的地上，躺下身子，头枕在五彩缤纷的羽箭上。朱庇特见她休息，身旁又无人守着她，于是对自己说："这回我偷偷干一回，我老婆肯定不会知道，即使知道了，挨一顿骂也值得，也值得！"他立刻扮成狄安娜的模样，对女仙说道："姑娘，我的随从里面我最爱的姑娘，你到哪个山上打猎去啦？"姑娘从草地上爬起来，说道："祝你平安，女神，在我看，你比朱庇特还伟大，这话让他听见了，我也不在乎。"朱庇特听了，笑了，他见她把他看得比他本人还重[3]，很是高兴，于是就吻她的唇，不是很有克制地吻，也不是对一个没出嫁的姑娘那样的吻。正当她开始告诉他她到哪个林子去打猎的，他一把把她抱住，打断了她的话头，极不体面地暴露了自己的身份。她用尽一个弱女子的力量反抗（朱诺啊，我愿你在场，你就会对她稍为仁慈些了），不错，她和他斗争，但是一个姑娘能战胜谁呢？谁又能打败朱庇特呢？朱庇特胜利了，回到天上去了。她憎恨这树林，因为树林知道了这秘密，她往回走的时候，几乎忘记了把箭囊

---

[1] 即卡利斯托（Callisto），一位女仙，是女猎神狄安娜的伴侣。
[2] 可能指贵族小姐或妓女。
[3] 意思是，女仙错认了人，不知对方就是朱庇特。

和箭拾起来，还有那张挂着的弓。

看啊，这时狄安娜由她的女仙们陪伴着正沿着麦那路斯高山走来，打了许多野兽，非常得意。她一眼看到这姑娘，就呼喊她。姑娘听见有人喊她，就起身逃跑，她怕又是朱庇特假扮狄安娜来了。随后，她见到还有其他女仙一道走来，她才感到这里面没有诡计，于是就参加了她们的行列。唉，但是要脸上不露出做了亏心事是很难的呀！她只管低着头走路，不像往常一样走在队伍的最前头，紧挨着女神，而是一言不发，一张羞红的脸明显地泄露了秘密。如果狄安娜自己不是个姑娘家，早已有千般现象使她感觉到这姑娘是犯了错误了。据说，女仙们已感觉到了。新月已经九次变成满月，一天，狄安娜在她哥哥日神的烈焰下打猎打得筋疲力尽，偶然来到一座荫凉的树林，这里一条小河汩汩地流着，流过铺着细沙的河床。她见到这地方，赞不绝口，用脚去试试那水，又夸奖这水真好，于是说道："这里周围没有人会闯进来，我们脱了衣服，在这清亮的河水里洗个澡吧！"我们这位姑娘涨红了脸，其他女仙都把衣服脱了，只有她找借口拖延；正在她游移的时候，其他女仙把她衣服剥了下来，这下她赤身裸体，所犯的错误就昭然若揭了。她吓得发呆，一心只想用手遮住肚子，只听女神喊道："滚开，不要玷污了这圣泉！"命令她离开女仙之群。

伟大的雷神的妻子朱诺早已知道了一切，只等适当的时候再慢慢地重加惩处。现在已没有再拖延的理由了，她的情敌已生了一个儿子，名叫阿尔卡斯（这件事本身就让朱诺恨死）。她满心怒火，用眼睛瞪着那孩子对他母亲说道："贱人，你做人可真做到家了，真会养孩子，养了孩子好让大家都知道我受的委屈，养了孩子好证明我的朱庇特做了错事。可是你是逃不脱惩罚的。我要把你的宝贝夺走，叫你和我的丈夫高兴去吧，你这狐狸精。"她说着就从正面揪住姑娘的头发，把她的头面朝下，往地上猛撞。姑娘举起两臂求饶，两臂就开始长出茸茸的黑毛，两手弯曲，派了脚的用场，手上长出钩子般的爪；当初朱庇特所欣赏的口唇变成了又宽又丑的兽嘴。为了不使她的祈求和哀恳的话能够引起同情，她说话的能力也被剥夺了，她的喉咙变哑，发出来的声音像怒吼，像恫吓，十分怕人。但是她虽然化成了一头熊，她却依旧还有思想。她以不断的呻吟来表示心中的哀痛，她把变了形的双手伸向星空，虽然说不出话，却仍感觉到朱庇特的无情无义。有多少次她不敢独自一个到树林里栖息，只能在从前自己的家门前，在自己的田野里徘徊。有多少次她被狂吠的猎狗追赶，穿越岩石，一个自己曾是猎人的人，现在却被人当做猎物，吓得逃窜。她见到别的野兽就常常躲起来，忘记了自己也是野兽；她自己是熊，但看见山坡上的熊就吓得毛骨悚然。她甚至怕狼，虽然她父亲吕卡翁也是狼群中的一头狼。[1]

现在请看吕卡翁的外孙阿尔卡斯，他已经十五岁了，全然不知他母亲的遭遇。有一回他去打野兽，在阿耳卡狄亚森林找到野兽时常出没的地方，布下了密网，恰巧遇见他的母亲，她一见阿尔卡斯就停住脚步，好像认识他似的。阿尔卡斯见她目不转睛地盯着自己，他不懂为什么她这样看他，感到一种恐惧，就向后退缩；她很想走近阿尔卡斯，阿尔卡斯正想抽一支伤人的箭射向她的胸膛，这时全能的天父把他阻止住，避免了一次罪行，同时把他们母子收去，刮起一阵旋风，把他们摄过太空，安插在天上，成为并排的两个星座。[2]

朱诺看到丈夫的情妇在群星中熠熠发光，气得发胀，她从天降

---

[1] 吕卡翁变狼见卷一，237行。
[2] 大小熊星。

下，来到白发苍苍的忒堤斯的海域，来到老俄刻阿诺斯 [1] 面前，诸神对他们俩常是怀有敬意的。他们问朱诺到此有何贵干，朱诺回答道："你们问我众神的王后为什么离开天府而到这儿来么？那是因为别一个占去了我在天上的位置！你们若不信，那么，当黑夜遮没了大地，你们可以在地极的顶端赤纬圈最小最后一圈的地方，看到在高天上新近受封的两个星座，这是对我的污辱。是呀，现在谁不愿意打击朱诺啊？谁怕得罪她啊？其实我是为她好才伤害她，只有我才这样做，看，我做出了多大的成绩！我的本事多大！我剥夺了她的人形，却把她变成了神！这就是我对那些对不起我的人所加的'惩罚'，这就是我的伟大的力量所在！朱庇特尽管可以恢复她原来的面貌，解脱她的兽形，就像他从前对伊俄那样 [2]，因为现在他既已把我朱诺休了，他有什么不可以把她娶来，安置在我的卧室里，自己当吕卡翁的女婿呢？如果你们的干女儿 [3] 受的打击和污辱能打动你们，请你们不要让熊星落到你们的碧波上 [4]，它是靠无耻的行径被接纳到天上的，把它赶走。别让那婊子沾着你们纯洁的海水！"

两位海神点头答应，朱诺登上轻车，一群五彩缤纷的孔雀拉着车穿过澄澈的太空离去了。这些孔雀只是最近由于杀死了阿尔古斯才变得这样五彩缤纷的 [5]，而聒噪的大乌鸦也是最近才突然由原来的白羽毛换上了黑羽毛。原来它早先的羽毛是银白色的，像白雪一样，完全可以和没有花斑的白鸽比美，也不输于将来有朝一日以其鸣叫向罗马报警而使罗马得救的鹅，或依恋着河川的天鹅。多嘴

[1] 俄刻阿诺斯（Oceanus），海神，与忒堤斯为兄妹、夫妇。
[2] 见卷一，728 行。
[3] 指朱诺自己。
[4] 诅咒大熊星，使它不能降落。
[5] 阿尔古斯（Argus），百眼怪物，朱诺用他的眼睛装饰孔雀的尾翎，见前。

使大乌鸦遭了殃，由原来的白色变成现在的相反的颜色。

【542—632 行】

大乌鸦变黑的故事

在忒萨利亚地方，谁也没有拉利萨的科洛尼斯那样美，不错，阿波罗神非常喜欢她，那就是说当她对阿波罗忠实的时候，或者说当她还没有被揭发的时候。但是阿波罗的鸟大乌鸦发现了她与人偷情，大乌鸦这个无情的告密者决定要揭发这罪行，就回去报告主人。另外一只喜欢多嘴的乌鸦也飞着跟了过来，很想知道所发生的一切。乌鸦听过大乌鸦此行的目的之后，就说："你此行是不会有什么好结果的，我警告你，你不要当耳旁风。你看我从前是什么样，现在是什么样，你再问问我为什么会变成现在的样子，你会发现是我的忠诚害了我的。从前有一次，有个婴儿出生，名叫厄里克托尼俄斯[1]，没有母亲，雅典娜就把他藏在一只柳条筐里，把它交给了半人半蛇的雅典王刻克洛普斯的三个没有出嫁的女儿，并且规定不准她们窥探她的秘密。我躲在一棵榆树的轻而稠密的叶丛里，侦察她们的举动。三人中的两个潘德洛索斯和赫耳塞恪守着托付给她们的筐子，第三个，阿格劳洛斯，就骂那两个胆小鬼，竟把筐子解开了，她们一看，里边是个婴儿，婴儿旁边躺着一条蛇。我就把这件事告诉了女神，我得到的报酬是女神把我从她的随从里开除了出去，并且降了级，降到了夜鸟猫头鹰之下。一切飞鸟都应当以我受的处罚为戒，不要多嘴惹祸，不过，我认为我并没有要讨什么赏，是她主动要打击我的。你可以去问问雅典娜本人，她虽然生气，也不能否认的。

---

[1] 厄里克托尼俄斯（Erichthonius），火神武尔坎向雅典娜求爱，体外孕所生的儿子。

"这件事大家都知道：我出生在佛奇斯，我父亲是大名鼎鼎的科罗纽斯，所以不要小看我，我曾经是一位公主，许多富家子弟向我求婚。但是我的美貌给我带来了灾难。有一天我照例到海边沙滩上慢慢地散步，海神看见了我，立刻心里热了起来，他就用甜言蜜语求我，后来他发现这是浪费时间，就开始用暴力，追我。我就逃跑，离开那层层碎石的海滩，在细沙地上跑得筋疲力尽，但是跑也无用。我向天神和凡人呼救，我的声音无人听见，但是却感动了一位处女神 [1]，她来援救了我这处女。正当我把双手伸向天空，两臂就开始长出了轻飘飘的黑羽毛，我想把斗篷从肩上褪下，斗篷也变成了羽毛，而且已经深深地扎根到我的皮肉里了。我竭力用双手拍打我裸露的胸膛，但是这时我已经失去了双手和裸露的胸膛。我开始跑，沙土不像从前那样绊住我的脚了，我却像在地面上飘过一样，很快我就飘上了天，从此雅典娜就收容我，作她一个清白无辜的伴侣。但是这对我又有什么好处呢？因为后来尼克蒂墨涅 [2] 顶替了我，而她是因为一次严重的过失而变成了一只鸟的。你没听说过这件事吗？全勒斯博斯无人不晓得尼克蒂墨涅玷污了她父亲的床席。她现在虽然变成了鸟，但是还意识到她犯的罪，所以她总是避开人们的目光，躲避着白昼，用黑夜来遮盖她的羞耻，所有的鸟都把她从天上赶走。"

　　对乌鸦这番话，大乌鸦回答道："我希望你还是把你这番劝告收回去吧，我才不听你这套鬼话呢。"他说完，还是继续上路，去告诉他主人说他看见科洛尼斯和一个忒萨利亚的青年睡在一起。他的主人、科洛尼斯的恋人阿波罗听说发生了这样的勾当，勃然色

---

[1] 指雅典娜。
[2] 尼克蒂墨涅（Nyctimene），勒斯博斯（Lesbos）王的女儿，误与其父发生关系，绝望中逃往林中，雅典娜把她变成枭鸟。

变，月桂冠从头上滑了下来，弹琴的拨子也落到了地上，满腹怒气，心里像火烧一样，他拿起随手的武器，张开角弓，一箭就准确无误地射中了那常和他的胸膛相偎依的胸膛。科洛尼斯被射中后，呻吟了一声，当她把箭镞拔出来的时候，她雪白的身体上流遍了鲜红的血。她说道："阿波罗，你可以报复，不过你应当先让我把你的孩子生下来，现在，在我一个人身上死了两条命了。"她就说到这里为止，她的生命已随着流血一齐流走了，肉体因失去了生命而死去，僵冷。

唉，恋人阿波罗后悔已经晚了，他痛恨自己不该听信闲话，不该这样震怒。他痛恨那鸟，是那鸟强迫他听到这件不体面的事，从而导致他的痛苦；他也痛恨他的弓和他的手，以及用手匆匆射出的箭。他抚摩着倒在地下的科洛尼斯，他竭力想挽救她，想征服命运，但已经太晚了，他施展他的医术，也毫无效果。他看到自己的一切努力都失败了，又看到焚尸的柴堆已准备好了，姑娘的尸体就要最后焚化，他从内心深处发出几声哀号（因为天神是不作兴哭泣的），就像一头年轻的母牛望见一柄铁锤高高地举到抱锤人的右耳上然后轰的一声砸在她吃奶犊子的头颅上所发出的哀鸣那样。他把馨香洒在她的胸上，但她已不能享受，他拥抱她，他怀着悔恨完成了葬礼。但他不忍看着自己的后裔也一起被焚化，因此把他从母亲的腹内取出，从火里把他取出，把他送到人首马身的喀戎 [1] 的山洞，交给他去抚养，那大乌鸦本想因为说了实话而得赏，日神却从此不准它再和白鸟为伍。

---

[1] 喀戎（Chiron），人首马身的怪物。

俄库罗厄擅作预言变成马

这半人半兽的肯陶洛斯人[1] 很高兴能抚育一个神的后代，这固然要操劳，但也是个荣誉。但请看，他的女儿忽然来了，她的金红色的头发披到肩上，她是水仙卡利克罗所生，是生在一条河的急流上的，所以取名俄库罗厄[2]。她觉得仅仅学到父亲的本领还不够，她还能占卜命运的秘密。因此当她心里感到一种预言的灵感和神的启示，好像有神附了她的身体之时，她就望着那婴儿对他说道：“孩子，快快长大，给全世界带来健康吧！人们将时常感谢你拯救了他们，你将有权使死人回生。但是将来会有一天由于你胆敢使死人复活，而遭到天神的谴责，你祖父的霹雳将阻止你继续这样做，你将由一个神变成一具没有生命的尸体，又从一具尸体再变成神，你将两次重复你的命运。还有你，亲爱的父亲，你现在是位不死的天神，由于你的出身，你将千秋万代活下去，但有一天你的四肢将被蛇咬伤，蛇的毒血将折磨着你，那时你也将求死，而天神将把你从一个永远不死的神解脱出来，让你能死，三女神[3] 将剪断你的生命之绳。”还有许多命运的秘密没有揭露，她从心底深处叹了一口气，眼泪涌出，流满双颊，说道：“命运阻止我，不准我再多说了，我说话的能力受到了阻碍。我为了我这预言的本领已经付出太高的代价，招来了天神对我的仇恨。我当初不会预言该多好。我现在的人形好像正在消失，我现在变得喜欢吃草，很想在宽阔的

---

[1] 肯陶洛斯人（Centauri），神话中的半人半马生物。
[2] 俄库罗厄（Ocyrhoe），意为“急流”。
[3] 司命运的三女神。

田野奔跑，我已变成了一匹和我同族的[1]母马了。但为什么从头到尾都是马呢？我父亲只是半人半马啊。"她的最后几句埋怨话已经听不清楚，吐词模糊了。她的声音很快变得既不像人言又不像马鸣，而像人在学马嘶，不消片刻，她果然真的嘶鸣起来，两臂变成马腿，在草地上行走。她的五指聚拢，一片薄薄的光滑的蹄角把五指包住。她的嘴变阔了，头颈变长了，长袍的裾变成了马尾，披在颈上的头发变成了鬃毛，倒向右边。她的声音完全变了，形体也完全变了，从这不寻常的变化，她又获得了一个新名称[2]。

【676—707 行】

墨丘利惩罚失信的老人

菲吕拉[3]和天神所生的儿子大为悲恸，并且向你，得尔福的神[4]，求援，然而没有效果，因为第一你不能推翻朱庇特的旨令；第二，你即使能够，你那时也不在场。那时候，你正停留在厄利斯和墨塞尼亚[5]的原野，穿着牧羊人的衣服，左手拿着从树林砍下的粗木杖，右手拿着一支七根长短不齐的苇管制成的笙。你一心在想着恋情，用芦笙吹出悠扬的曲调抒发胸怀，据说你就没有留心看守牛群，有几头溜到了皮罗斯地方的田野去了。阿特拉斯的女儿迈亚的儿子[6]瞧见了这几头牛，巧妙地把它们赶进树林藏了起来。谁也没有看见他偷牛，只有一个老头儿看见了。附近的乡下人人认得他，都叫他巴图斯。他是财主涅琉斯[7]的仆人，替涅琉斯

---

[1] 她父亲原是半人半马。
[2] 母马。
[3] 菲吕拉（Philyra），喀戎之母。
[4] 即日神阿波罗。
[5] 均希腊地名。
[6] 即墨丘利。
[7] 涅琉斯（Neleus），皮罗斯王。

在树林里和附近丰腴的草原上看守一群纯种的母马。墨丘利怕他多嘴，和颜悦色地把他拉到一边，对他说："朋友，不管你是谁，如果有人问你，你看见有牛从这儿走过没有，别说你看见了，你若肯这么办，我一定犒赏你，你可以挑一只膘肥的母牛作为报酬。"说着，他就将一头母牛给了老人。老人收过母牛说道："朋友，你去吧，不必担心。我跟那块石头一样，一定不会泄露你偷牛的秘密。"说着，他指指旁边一块石头。朱庇特的儿子墨丘利假意走了，不一会儿，他变了一个样子，变了声音又回来了，说："老乡，你看见有牛打这儿过没有？帮我个忙，有话别不说，我的牛叫人偷了。你要是说了，我送你一头母牛，外加一头公牛。"老头儿被双份的报酬所吸引，说道："你上那边山根底下就找着啦。"果然，牛在那里。墨丘利大笑，说道："你这说话不算话的人，你在我本人面前出卖我么？"说着，他就将这不守信义的人变成一块坚硬的石头，这种石头一直到今天还叫"告密石"[1]。这块石头本来没罪，但是这丑名却从古到今一直落在它的头上。

【708—832 行】

墨丘利惩罚阿格劳洛斯的嫉妒

手持蛇杖[2] 的天神，伸平翅膀，飞向天空，一面飞，一面俯瞰穆尼喀亚的田野（这是弥涅耳瓦[3] 所喜爱的地方）和吕刻乌姆[4] 的林泉（这是学者荟萃的地方）。这一天正值女战神帕拉斯的节日，年轻的姑娘们头上顶着装饰着花环的篮子去到女战神庙去

---

[1] 告密石（Index）。
[2] 墨丘利所持短杖，有二蛇盘绕，杖端有二翼，为朱庇特使节之标志。
[3] 弥涅耳瓦（Minerva），女战神，又名帕拉斯（Pallas）。
[4] 吕刻乌姆（Lyceum），雅典学校，有林泉之胜，为哲学家聚会之所。

献礼。足上生翼的神 [1] 看见她们一个个正在回家的途上，就向她们飞去，他不直飞下来，而是绕了一个弯，就像飞快的鸢鸟瞥见刚宰死的牺牲，怕围绕在牺牲周围的祭司而不敢照直飞下来，却又不肯飞远，因此在空中盘旋，鼓动着两翼，在它的目的物上空兜来兜去，馋涎欲滴；灵巧的墨丘利也同样在雅典山的上空飞来飞去，老在一处打圈子。路锡福是所有的星辰中最明亮的一颗，黄金色的月亮又比他更明亮；同样，在所有的姑娘中间，要算赫耳塞 [2] 最可爱，她是这次节日行列和同伴中的一颗珍珠。朱庇特的儿子看见这样的美人，大吃一惊，在半空中就爱上了她，心里像着了火似的。他就像巴勒亚列斯岛的弓弩所弹出的铅丸，愈飞愈热，好像原来并不热，在天空一飞倒热了。墨丘利就改变了路线，离开了天空，飞落在地上。他并不改变自己的形貌，因为他对自己的美有充分信心。但是尽管信心很强，他不免还要化点心思把头发梳梳光，把袍子整理整理，看上去要利落，金滚边也要显出来。他特别注意用右手拿着引梦驱梦的短杖，并让带翼的凉鞋在秀美的脚上发出光彩。

在住房的后面一部分有三间房子，用象牙和玳瑁装饰得非常富丽。右首一间是潘德洛索斯住的，左首一间是阿格劳洛斯 [3] 住的，当中一间赫耳塞住。阿格劳洛斯先看见墨丘利走来，很冒昧地问他姓名和访问的事由。阿特拉斯的孙子回答说："我就是替我父亲在天空送信的人。我父亲不是别人，正是朱庇特。我为什么到这儿来，也用不着瞒你。不过你必须答应：你必须忠实于你的妹妹，答应做我的儿子的姑母。我是为了赫耳塞来的。我请你帮助一个在恋

---

[1] 墨丘利穿有翼的鞋子。

[2] 赫耳塞（Herse）是雅典城的奠基人刻克洛普斯（Cecrops）的女儿之一。

[3] 赫耳塞的两位姐妹。

爱中的人。"阿格劳洛斯用贪婪的眼光望着他，神气就像不久以前她偷看女战神弥涅耳瓦黄金发的秘密时向她勒索大量黄金[1]那样。她一面望着他，一面强迫他离开。

这时女战神看见了这情况，眼中发出愤怒的光芒，深为气愤，胸口上挂的盾牌也随胸起伏。她想起了：正是这姑娘曾经违反她的命令，冒犯神意，偷看了武尔坎的无母之子，揭露了秘密。[2]如今这姑娘却想在墨丘利和自己妹妹面前讨好，还贪心无厌想讨黄金作报酬。弥涅耳瓦想到这里，立刻去到嫉妒女神的洞府。这座洞府到处都是黑色的血污，肮脏不堪，隐藏在深邃的山洞里，不见阳光，微风不到，阴森凄惨，冰人肌骨。洞里也没有炉火，永远是漆黑一片。

女战神来到洞边，且不进去，因为里面太污秽，用长枪一端敲打洞门。洞门经不起这一下，呀地开了。里面坐着的正是嫉妒女神，正在吃蛇肉，这种毒狠的人吃这种食物最合适不过。女战神一看连忙把头偏向一边。嫉妒女神很吃力地从地上站起，把吃了一半的许多蛇身丢在地上，慢吞吞地走了出来。她一看原来是弥涅耳瓦，容光焕发，穿着一身甲胄，她便望着女神的面孔发出一阵怨恨叹息之声。她的面色变为苍白，身躯也像萎缩了。她只管把眼睛斜瞟着女神，她的牙齿锈得发黑，她的前胸因为嫉妒而发绿，舌头上淌出毒汁。她从来不笑，只有看见别人难过，她才笑。她从来不睡，心事太多使她睡不着。别人的成功在她心目中是件最难过的事，她看见了，简直要愁死。她折磨别人，也折磨自己，她自己给自己惩罚。女战神虽然万分厌恶她，但是仍然简短地和她说了几句话。她说："去，用你的毒液去倾注到刻克洛普斯的一个女儿的心

[1] 作为不泄密的报酬。
[2] 事见本卷 559 行。

里。这就是我要你做的事。这个女儿名叫阿格劳洛斯。"她说完立刻走开，用枪在地上一点，升空而去。

那丑婆斜着眼睛看着女神离去，口中嘟囔了一会儿，心里想着弥涅耳瓦的成功，便老大地不高兴。她拿起缠满荆棘的拐杖，用一朵乌云披在身上，离洞而去。她走到什么地方，田野里的花朵就被她碾死，青草就变成焦黄，高大的树木就受到摧残。整个国家、城市、住宅都被她的毒气玷污。最后，她望见了雅典城，好一座优美、富庶、快乐、和平的繁华城市。她一见忍不住眼中落泪，因为在这里她找不到使别人伤心的事。她走进了刻克洛普斯女儿的房中，按照女战神所吩咐的作了，用手醮了毒汁点在姑娘的胸口上，用荆棘填满了姑娘的心房，又在她鼻孔里吹进一阵恶毒的疠气，把乌黑的毒药直敷到她的腑脏和骨头上。为了使她的毒恨有固定的目标，嫉妒女神又在姑娘眼前挂起她妹妹的图形，让她看到妹妹的幸福婚姻和俊秀的墨丘利，并且把每个细节都加以夸大。阿格劳洛斯看了之后，闷闷不乐，暗自觉得心里像刀绞似的，白天愁闷，夜晚愁闷，叹息呻吟，逐日消瘦下去，就像冰柱被一阵一阵的阳光烘化了一般。赫耳塞的幸福折磨得她人都消损了，就像用火点一堆荆棘野草，不见火光，只见这堆草慢慢地却耗尽了。她不时想死，不情愿看见赫耳塞的幸福。她时常去和严厉的父亲说赫耳塞做的事是犯罪的。最后，她索性坐到妹妹的门槛上，等墨丘利来的时候，好拦阻他。墨丘利用好言哄她求她，她却说："别说啦，我不把你赶走，我决不离开这地方。"墨丘利立刻回答说："我们得遵守条约呀。"说着，他用杖一点就把雕花的房门打开。姑娘挣扎着要起来，忽然发现坐在地上的两条腿重得不得了，不能挪动，她费尽力气想站直，但是两膝发硬，四肢冷得发麻，皮肉苍白，毫无血色。就像不治的毒癌向四面扩散，把原来没有病的地方也传染上了一样，她感觉一阵入骨的寒气一点一点地侵入胸口，堵塞了生命的管道，窒息了她的呼吸。她这时也无心说话，就是想说，声音也出不来了。她的颈项变成了石头，她的面部变僵硬了。她坐在地上，已经是一座没有生命的石像了。而且石头还不是白的，她的灵魂已经把它染黑。

【833—875 行】

朱庇特抢走欧罗巴

墨丘利因为这姑娘出言不逊，心里又不敬神，给了她这样的惩罚以后，便离开了女战神的疆土，伸开翅翼，飞上天去。到了天上，他的父亲把他叫到一边，且不提自己又陷入爱网的事，只对他说："儿啊，你一向是忠实地执行我的命令的，你现在立刻给我飞去，像往常一样，不要耽延，飞到地上，在你母亲的星宿[1]的左下方，去找一找有没有一片土地，这片土地本地人叫做西顿[2]。到了那儿，你就会看见在远处山边上有一群国王的牛在吃草，你把这群牛给我赶到海边去。"他说完之后，不久这群牛就从山边赶到海边去了，就像朱庇特所吩咐的那样。海边这个地方是堤洛斯[3]大王的女儿和堤洛斯的姑娘们常常喜欢在一起游玩的地方。天神的庄严和爱情本是互相水火的，不能在一间屋子里长久共处。因此，众神之父、众神之主，本来他右手拿着三叉雷火，点一点头就会引起地震的，这时就把天神的尊严和表示权威的杖放在一边，变成了一头公牛，混在牛群里，像别的牛一样哞哞地叫着。在嫩草上走来走去，煞是好看。他的颜色就像足迹没有践踏过的白雪一样，带雨

---

[1] 阿特拉斯的七个女儿之一。
[2] 西顿（Sidon），在腓尼基。
[3] 堤洛斯（Tyros），是腓尼基的国名，即推罗。

的南风还没有把它吹化。颈上的肌肉凸起，颈下的垂肉挂在当胸，犄角短小，但是形状完美，就像巧匠雕琢过的一样，比珍珠还要晶莹洁净。他的前额和眼睛，看了也不使人生畏，全部表情是安详的。阿革诺耳的女儿[1]看着他又是惊奇又是赞叹，因为他实在太美了，太和善了。但是尽管他好像很温顺，在开头的时候她还不敢去碰他。不一会儿，她就向他身边挪近，把野花儿送到他雪白的唇边。这位情种心里高兴，吻了吻她的手，预先尝尝未来的快乐。他真想一下子把好福享尽。他时而和她戏耍，在青草地上跳跳蹦蹦，时而又把雪白的身体躺倒在黄金色的沙地上。姑娘胆怯的心情逐渐消失，他就凸出自己的胸膛让姑娘的手拍打，随她把鲜花编的花环套在自己的犄角上。公主这时胆子大了，居然骑到了牛背上，也不知道自己骑的是什么。朱庇特就一点一点地溜开，离开了陆地，把四只假牛蹄只管往浅水里涉，愈走愈远，过不多久就背着这抢到的宝物向大海里飞奔而去。她这时十分害怕，向后一看，陆地愈来愈远，她一手紧握住一只角，一手扶着牛背。她的衣裙在风中飘舞着。

---

[1] 阿革诺耳（Agenor），腓尼基王，其女名欧罗巴（Europa）。

卷 三

【1–137 行】

卡德摩斯建造忒拜城的故事

    这时朱庇特脱去了雄牛的伪装，露出了真形，来到克里特岛的田野。姑娘的父亲阿革诺耳王不知道发生了什么事，命他的儿子卡德摩斯去找他失踪的女儿，找不到就要放逐卡德摩斯作为处分，父亲这样做真是又慈爱又狠心。卡德摩斯走遍了全世界，也没找到，朱庇特藏起来的人，谁找得到呢？卡德摩斯只好离开祖国，逃避父亲的怒火，到阿波罗神庙去求签，问一问应该到什么地方去定居。阿波罗对他说："在一片农田上，你将见到一头母犊，她还没有套过轭，拉过犁；你跟着她走，当她躺在一片草地上休息的时候，你就在这里造一座城，给它取名叫玻俄提亚[1]。"卡德摩斯刚一离开阿波罗神庙所在的卡斯塔利亚岩洞，就看见了一头母犊在慢慢地走着，并无人看管，她颈上也没有套过轭的痕迹。他就紧紧地跟着这头母犊，心中默默地感谢阿波罗指点迷途。母犊涉过刻菲索斯浅沼和帕诺佩田野，然后停住，抬起她秀美的头，头上高耸着双角，仰

---

[1]　玻俄提亚（Boeotia），意为"母犊之土"。

望高天，对空中长鸣，然后回头看了看后面跟上来的伴侣，就跪了下来，肚皮紧贴在嫩草地上。卡德摩斯谢过上苍，亲吻了这陌生的土地，并向那些不知名的山岭和平原致意。为了向朱庇特祭献，他派随从去找一处有活水的泉眼以便祭奠。

附近有一片古老的树林，从未遭过斧柯的砍伐，在树林的中央有一个岩洞，长满了灌木和柔条，形状像一座矮矮的用石头砌成的拱门，冒着许多汩汩的泉眼。在这洞的深处住着一条战神玛尔斯的蛇，它头上长着金光灿烂的冠子，两眼闪着火光，浑身充塞着蛇毒，三尖舌颤动着，牙齿有三排。当那些从推罗来的人不幸到此，把吊瓶缒进泉水，那黝黑色的蛇听到声音就从洞穴深处伸出头来，发出怕人的嘶嘶的声音。吊瓶从人们手里滑脱了，他们浑身失去了血色，一阵寒栗突然袭击着他们的四肢。那蛇盘起布满鳞甲的身躯，盘成几圈，然后又一耸身，弯成一张大弓的样子，继而又大半个身体笔直地伸向空中，俯视着整片树林，它的形体之巨大，如果全部伸展开来，就像天上大小熊星之间的巨蛇星座一样。那些推罗人有的拿起武器，有的逃跑，有的吓得既不敢拿起武器也不敢逃跑，而那蛇却毫不迟疑把他们都捉住，用它长长的躯体盘紧，用嘴里喷出来的毒气和致命的毒牙，把他们都杀死。

这时太阳已经行到中天，影子缩得最短。卡德摩斯见他的随从还不回来，心里纳闷，于是就去找他们。他拿着一面狮皮盾，一把闪亮的铁尖长矛和一柄标枪，但是他的最好的武器还是他的勇敢。他进了树林，就看见遍地是他随从的尸体，他们的敌人、胜利者的巨大身躯高踞在上方，正在吃那些可怜的尸体，鲜血从它的舌头上滴下来。卡德摩斯叫道："我忠实的朋友们，你们死得好惨，我一定要替你们报仇。"他说着，右手搬起一块大石头，用足气力把这大石块向那蛇扔去。这一击，即使一座高大的城郭和堡垒也会震动，但是那蛇却丝毫未受损伤；它的像护身甲一样的鳞甲，它那坚硬的黑皮把它保护得好好的，抵住了这强有力的一击。但是它那硬皮却敌不过标枪，标枪一下扎着了弯曲的蛇脊的正中，铁枪头深深刺进了蛇腹。蛇被刺痛，疯狂地把头弯转到脊背，看到了伤口，于是咬住插在它背上的枪柄，用力使枪柄四周松动，好不容易把它拔了出来，但是那铁枪头却仍然牢牢地留在体内。接着，它的喉咙胀满了毒汁，嘴的四周淌出恶毒的白沫，这使它原来的怒火又新添了燃料。它的鳞甲在地上磨出咝咝的声响，它喷出的黑色的毒气就像从冥河斯堤克斯洞口冒出的一样，污染着空气。它一会儿把巨大的身体盘成几圈，一会儿挺直身躯，比树还高，一会儿又像大雨后的河流凶猛冲去，它的前胸把阻碍它去路的树木统统冲倒。卡德摩斯稍稍后退，用他那狮皮盾抵挡蛇的袭击，伸出长矛去阻止那向他逼来的蛇口。那蛇大怒，用嘴去咬那铁矛头，把它咬住。毒血开始从蛇的喉咙流出，染污了绿草地，但是它的伤不重，因为它开始向后撤退，抽回它受伤的颈部，它让出一段距离，躲开对方的攻击，以免长矛伤及要害。但卡德摩斯继续逼近，把矛头直往蛇的咽喉深处扎去，一棵橡树挡住了蛇的退路，蛇的咽喉就被钉在树上了。橡树经不起蛇身的重量而被压弯，蛇尾抽打着树身，树好像发出了呻吟之声。

正当胜利的卡德摩斯谛视着被征服的敌手的巨大身躯的时候，忽然听到有人说话，但分辨不出是从什么方向来的，不过他确实听见了。只听有人说道："阿革诺耳的儿子，你只管看着你杀死的这条蛇做什么？你也将变成一条让人看的蛇。"卡德摩斯听了面无血色，久久呆立着，忐忑不安，怕得浑身僵硬，头发倒竖。

这时，这位英雄的恩神雅典娜从天上降落，叫他把土地翻耕一下，把蛇牙种上，将来会生出人来。他照办了，他用铧犁深翻了土地，按女神的吩咐把蛇牙播在地里，这些牙原来是人的种子。很快一件不能令人相信的事发生了，种过的地开始有了动静，首先从土垄里伸出一批矛头，然后又露出许多头盔，彩绘的盔顶上飘着穗毛，接着又出现了肩、胸和手臂，抬着沉重的兵器，最后，一批全身披挂的武士显现了。这情景就像节日里的剧场，当戏剧开始的时候，帷幕落下 [1]，人物出现，先看到面部，逐渐看到其他部分，当帷幕徐徐降完，人物全身出现，两脚立在台边。

卡德摩斯见到这群新生的敌人，很害怕，正准备拿起武器，只听这批刚从大地里生出来的人之中有一个喊道："住手，不要干涉我们的内战！"说着他就举起无情的刀和另一个交手，把他砍死，而他自己也被远处投来的梭镖打倒。而这投梭镖的人也没有活多久，就断了那口刚刚摄进的气。这批人就照这样子相互厮杀起来，在自己挑起的战斗中，兄弟之间彼此互相伤害，这些注定短命的青年武士的热血洒遍了他们的母亲大地，抽搐着，最后只剩下五个没有倒下，其中一个叫厄奇翁。雅典娜命令他放下武器，和其他兄弟讲和，并答应信守和平。这些人后来就成为卡德摩斯的伙伴，共同完成阿波罗神谕规定的任务——建立一个城邦。[2]

忒拜城建成了，卡德摩斯，你虽然被放逐，看来还是幸福的。玛尔斯和维纳斯做了你的岳父母，你的妻子又给你生了这样多的子女，还有你钟爱的孙儿女，他们也都成长为青年了。但是人生的最后一天终究要到来的，而在最后的葬礼没有举行之前，没有人能被称做是幸福的。

---

[1] 戏剧开场时，帷幕落到台下，终场又拉上来。

[2] 按：卡德摩斯（Cadmus），闪语"东方"。这小亚细亚民族入侵希腊玻俄提亚（公元前 2000 年末），占领了忒拜，平息了原来的部族间的内战。这故事也含有诗人对罗马内战的批评。

【138—252 行】

阿克泰翁偷看狄安娜入浴

你[1]有一位外孙，名叫阿克泰翁[2]。在你的幸福生活中，他首先给你带来了不幸。他的头上长出了犄角，他的猎狗喝饱了主人的血。你若要寻找缘故，你会发现这都是命运女神的不是，你的外孙并没有犯错。一个人走错了一步路，怎么能算犯罪呢？

这件事发生在山边，地下淌满了许多野兽的血，这时候正当中午，人影缩短，太阳和东、西的距离正好相等。年轻的阿克泰翁和猎友们正在荒野中前进，他和善地对他们说："朋友们，我们的网和长枪都滴着野兽的血了，今天我们的运气不错。等到黎明女神再一次登上红车把白昼请回来的时候，我们再继续我们打算做的事情。日神现在已经走到中天，它的热气已把地面烤裂。停止你们现在做的事情吧，把这些网子背回去。"人们照他的吩咐做了，停止了劳动。

这地方有一个长满了针松和翠柏的山谷，名叫噶尔噶菲，是围着腰带的狄安娜常来游息的地方。在山谷幽深之处，有一个隐蔽的山洞，这不是人工开凿的，而是大自然巧妙做成的，足可以和人工媲美。大自然在轻沙石上凿了一座拱门，门的一边有一道清泉，细流潺湲，流进一片池塘，池塘四围都是青草岸。在林中游猎的女神狄安娜游倦的时候，常在澄澈的池水里沐浴她那不嫁之身。这一天，她又来到了山洞，把猎枪、箭袋和松了弦的弓交给她的专管武器的侍女，另一位女仙拾起了她卸下的衣装，还有两人替她把凉鞋从脚上解下。梳头的侍女比别人更加手巧，把披在狄安娜肩上的头

---

[1] 诗人称呼卡德摩斯（Cadmus）。
[2] 阿克泰翁（Actaeon），他是卡德摩斯女儿奥托诺厄（Autonoë）的儿子。

发拢成一个髻子，而自己的头发却暂且披散着。其余的人，诸如涅菲勒、许阿勒、剌尼斯、普塞卡斯和菲阿勒就取瓮汲水，倒在狄安娜身上。

狄安娜正在池边像平日一样沐浴的时候，卡德摩斯的外孙正好完结了一天的围猎，无意中到了这座树林里，这是个陌生的地方，不知道往哪边举步才好，不觉就走进了狄安娜的山洞，这也是命中注定的。他刚走进泉水喷溅的山洞，裸体的女仙们看见有男人，便捶胸大叫起来，她们突然发出的尖叫声响遍了树林。她们赶紧把狄安娜团团围住，用自己的身体遮盖狄安娜的身体。但是女神狄安娜比众神女高出一头，别人还是能看出她身上没有披衣服，她的脸便红了起来，就像太阳的斜晖照在云上生出的红霞一样，又像黎明时刻东方的玫瑰色。尽管女仙们把她围得很紧，她还是侧着身子，向后看了一眼。她恨不得弓箭在手才好，但是这时候手里只有水，她便把水向青年的脸上泼去。她一面泄愤，把水泼去，一面诅咒他不得好结果，她说："你现在要愿意去宣扬说你看见我没有穿着衣服，你尽管说去吧，只要你能够。"她只说了这一句，但是经她撒过水的头上就长出了长寿的麋鹿的犄角，他的头颈伸长了，他的耳朵变尖了，手变成了蹄子，两臂变成了腿，身上披起了斑斑点点的皮。最后，她给了他一颗小胆。奥托诺厄的英雄儿子拔脚就跑，他也不明白为什么自己会跑得那么快。在一片清水池塘里，他看见了自己的面貌和犄角，他想说："哎呀"，但是他说不出话来。他低声叹息，他所能发出的声音只有叹息了，眼泪不觉从新长的脸上流了下来。只有神智和以前一样。怎么办呢？回到王宫去呢，还是在树林里藏起？回去，实在会羞死人；不回去，又害怕。

正在进退维谷的时候，他的猎犬看见了他。首先是"黑脚"和聪明爱叫的"跟踪者"，"黑脚"是斯巴达种，"跟踪者"是克里特岛的。接着是其他猎犬在奔跑，比风还快："凶猛"、"羚羊"、"爬山虎"，都是阿耳卡狄亚狗；矫健的"杀林神手"、凶狠的"旋风"和"猎手"、飞毛腿"插翅虎"和尖鼻子"猎户"和不久前被野猪咬伤的"灌木神"；随后是狼种"峡谷"、忠实的牧羊犬"牧人"、"捕手"、"快脚"和她的两条小狗；希库俄尼亚的细腰狗"利凿"、"奔跑者"、"咬牙狗"、"花斑"、"母老虎"、"大力"、"白毛犬"、"小白"、黑狗"黑炭"，力大无比的"斯巴达"、快腿的"狂飙"、"快"、"母狼"和她的弟弟；黑头正中有一个白斑的"捕捉手"、"黑儿"、"毛儿狗"、克里特雄狗和斯巴达雌狗生的"疯狗"和"白牙"、"尖嗓子"，还有其他，数不胜数。这一群狗正在追寻猎物，窜山跳涧，爬上人迹不到、难以攀登、无路可通的悬崖。他看见了，立刻逃命；他现在逃命的路，正是当日追逐野兽的路。他一心想喊："我是阿克泰翁！你们不认识自己的主人了么？"但是他力不从心，说不出话来。猎犬的吠声响彻云霄。"黑脚"狗先上来一口咬住他的脊背，另一条名叫"降野兽"，也上来了，"狮子"狗咬住了他的肩膀。这几条狗比方才那些出动得迟些，但是它们在山上找到了捷径，反比那些跑得快了。它们把主人缠住之后，其余的狗也赶到了，一个个把尖牙往主人身体里咬，直到后来，他身上没有一处没有伤痕。他呻吟、呼唤着，他的声音虽然不像人声，但也不是鹿所能发出的。这惨痛的呼声萦回在他所熟悉的山峦间。他屈膝跪下，好像在喊冤，又像在祈祷，他把脸转过来，默默地看着它们，用眼光代替了求救的手臂。但是他的猎友们不知他是谁，照旧呐喊，驱狗上前，一面回顾四方，寻找阿克泰翁，以为他在很远的地方。他听见自己的名字就把头转过来，但是猎友们却埋怨他不在场，埋怨他懒，不能来看看猎物被捉的景象。他倒的确很希望自己在远方，而事实上他却在场。他只希望看到自己的猎犬所作的野蛮的事，并不愿亲身体验。它们从四面八方把他围住，把嘴一味地往他肉里钻，把一个化作麋鹿的主人咬得血肉模糊。据说他受了无数创伤而死之后，身佩弓箭的狄安娜才满意了。

【253—315 行】

朱诺陷害塞墨勒；巴克科斯的诞生

人们对这件事有两种不同的看法，一种认为女神狄安娜不公正、太残忍，另一种则加以赞美，说她这样做完全符合严格的贞操标准，双方都有道理。唯独朱庇特的王后不发表意见，既不谴责，也不表示赞同，但是她高兴地看到阿革诺耳家族遭到灾难，并且已经把她的恨从她的推罗敌手[1] 身上转移到她一家的其他人的身上了。原来朱诺的凶恨未消，新近又发生了一件事，塞墨勒[2] 怀了孕，怀的是伟大的朱庇特的后代，这事使朱诺十分恼火，她正想骂，又打住了，说道："我老是骂，但是骂又有什么好处？我应当让她真正尝尝我的厉害。如果我还当得起名副其实的伟大的朱诺的称号，如果我还配拿这柄镶着宝石的权杖，如果我还是朱庇特的王后、妹妹、妻子——至少我是他的妹妹，我一定要毁灭她。也许有人认为她不过是为了偷偷情，给我们的夫妻关系带来的损害只是暂时的。可是，她怀孕了，她要的就是这个。她肚子大了，这就是她

---

[1] 指欧罗巴。
[2] 塞墨勒（Semele），卡德摩斯之女。

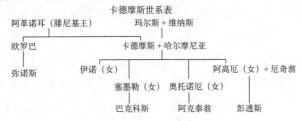

卡德摩斯世系表

阿革诺耳（腓尼基王）　　玛尔斯＋维纳斯

欧罗巴　　　　　卡德摩斯＋哈尔摩尼亚

弥诺斯　　伊诺（女）　　　　　　阿高厄（女）＋厄奇翁

　　塞墨勒（女）奥托诺厄（女）

巴克科斯　阿克泰翁　　彭透斯

犯罪的明证，她想给朱庇特生个儿子，自己当母亲，我还没有这样的福分呢！她自以为她有多美！我要让她知道不是那么回事；如果我不让她的那位朱庇特亲手把她推下阴河水，我就不是什么萨图尔努斯的女儿！"

她说完就从宝座上起身，裹在一团黄金色的彩云里，来到了塞墨勒的家门，在没有把彩云驱散之前，先扮成一个老婆婆的样子，两鬓斑白，皮肤皱褶，驼着背，步履蹒跚，并且操着老年人的声调，简直就是塞墨勒的奶娘勃罗厄。她们攀谈了半天，偶然谈到了朱庇特，老婆婆叹了口气说道："我希望那真是朱庇特，但是我对这一切都不敢相信，许多人都冒着天神的名闯进清白少女的闺房。就算真是朱庇特，那也不够，他既是朱庇特，就得拿出个信物来，表明他的爱情；他在天上去找朱诺的时候是多么伟大光辉，让他照样不变地来见你，让他披上他天神的光辉，才准他拥抱你。"

朱诺就这样鼓动着毫无猜疑的塞墨勒。塞墨勒果然就向朱庇特请求一件事，但不说明请求什么。朱庇特说："随你选择，我决不拒绝，你若不信，我可以叫汹涌的阴河之神作见证，他是一切神都敬畏的。"塞墨勒自以为神通广大，能让情人允其所请，她不知大祸临头，反觉高兴，因向朱庇特说道："我要你就像你往常去向朱诺求爱，她拥抱你的时候那样，来到我跟前。"朱庇特连忙想去封住她的嘴，但是她的话已经出口，散播到空中去了。他叹了一口气，因为她已不能把她的愿望收回，他也不能再把誓言收回。他怀着极度悲痛的心情回到天上，一昂头，召来了云雾，又召来风云闪电、雷霆和百击百中的霹雳。但是他尽可能地设法减弱自己的威力，不用那能够击落千手巨人提佛乌斯的霹雳火武装自己，因为那实在是太厉害了。他捡了那力量弱些的霹雳火，这是炼铁巨人库克洛普斯用不那么猛烈的火锻铸的，天神们把它叫做二类武器。朱庇特拿着它来到了塞墨勒的家。她的凡体如何经得住天神威力的冲击，这份合欢的礼物把她化成了灰烬。她腹中的胎儿还未完全成形，但被取了出来，据说（如果这是值得相信的话）缝进了他父亲的大腿里，等候产期。他母亲的妹妹伊诺偷偷地抚养了这婴儿[1]，后来又交给尼撒的女仙们，她们把他藏在山洞里，喂他奶。

【316—350 行】

先知忒瑞西阿斯的故事

且说这些事正在大地上按照命运的规定在发生着，两次诞生的巴克科斯的摇篮有人安全地看守着，一天，据说朱庇特让仙酿灌得醉醺醺的，早把一切忧烦抛诸脑后，见朱诺无所事事，便和她开玩笑道："说真的，在爱情这事儿上，你们女人得到欢乐比我们男人多。"朱诺不承认。于是他们就决定去问那有经验的忒瑞西阿斯[2]的意见，他对双方的感受都有过体会。因为他有一次看见两条大蛇在绿树林里交配，就用手杖去打它们，说来奇怪，这一打，使他从男人变成了女人，一变七年，到第八个年头，他又看见这两条蛇，他说："既然打你们一下有这样大的威力，能改变打你们的人性别，那么我现在再来打你们一下。"于是他就又打了这两条蛇一下，他又恢复了原来的男身，也就是他出生时的样子。因此朱庇特和朱诺请他仲裁他们俩笑谈时的争议。忒瑞西阿斯肯定了朱庇特所说的，据说朱诺听了大怒，到了一种有失身份的程度，而且是为这样一件区区小事大怒；她诅咒这位仲裁人，判他永远双目失明。但全能的天父（虽然一位天神不能勾销另一位天神已做的事）为了补偿他失去的双目，赋予他能预卜未来的本领，用这荣

---

[1] 酒神巴克科斯（Bacchus）。
[2] 忒瑞西阿斯（Tiresias），忒拜先知。参看艾略特：《荒原》。

誉来减轻他所受的惩罚。

忒瑞西阿斯的名气在玻俄提亚诸城邦传遍，有人来求卜，他的回答都是无可指摘的。但是黝黑的女河仙利里俄珀却是第一个来试探他的话是否可信的和可靠的。原来她曾被河神刻菲索斯在河曲抱住，幽禁在河水里，用暴力玷污了她。当产期到来，这位美丽的河仙生了一个儿子，尽管还是婴儿，谁看了都会爱上他，她给他取了个名字叫那耳喀索斯。她来问忒瑞西阿斯这孩子会不会活到长寿的老年，这位先知回答说："只要他不知道自己是谁就可以。"过了很久，这话还只是一句空话。但是后来发生的事——他那种不一般的痴迷和死的方式证明并非空话。

【351—510行】

那耳喀索斯和厄科的故事

那耳喀索斯[1]现在已是三五加一[2]的年龄，介乎童子与成人之间，许多青年和姑娘都爱慕他，他虽然风度翩翩，但是非常傲慢执拗，任何青年或姑娘都不能打动他的心。一次他正在追鹿入网，有一个爱说话的女仙，喜欢搭话的厄科[3]，看见了他。厄科的脾气是在别人说话的时候她也一定要说，别人不说，她又决不先开口。

厄科这时候还具备人形，还不仅仅是一道声音。当时她虽然爱说话，但是她当时说话的方式和现在也没有什么不同——无非是听了别人一席话，她来重复后面几个字而已。这是朱诺干的事，因为

---

[1] 那耳喀索斯（Narcissus），希腊文原意麻木、麻醉。他拒绝厄科的爱，陶醉于自己的美，变为同名的花，"水仙花"。

[2] 即十六岁。

[3] 厄科（Echo），意云回声。

她时常到山边去侦察丈夫是否和一些仙女在鬼混，而厄科就故意缠住她，和她说一大串的话，结果让仙女们都逃跑了。朱诺看穿了这点之后，便对厄科说："你那条舌头把我骗得好苦，我一定不让它再长篇大套地说话，我也不让你声音拖长。"结果，果然灵验。不过她听了别人的话以后，究竟还能重复最后几个字，把她听到的话照样奉还。

她看见那耳喀索斯在田野里徘徊之后，爱情的火不觉在她心中燃起，就偷偷地跟在他后面。她愈是跟着他，愈离他近，她心中的火焰烧得便愈炽热，就像涂抹了易燃的硫磺的火把一样，一靠近火便燃着了，她这时真想接近他，向他倾吐软语和甜言！但是她天生不会先开口，本性给了她一种限制。但是在天性所允许的范围之内，她是准备等待他先说话，然后再用自己的话回答的。也是机会凑巧，这位青年和他的猎友正好走散了，因此他便喊道："这儿可有人？"厄科回答说："有人！"他吃了一惊，向四面看看，又大声喊道："来呀！"她也喊道："来呀！"他向后面看看，看不见有人来，便又喊道："你为什么躲着我？"他听到那边也用同样的话回答。他立定脚步，回答的声音使他迷惑，他又喊道："到这儿来，我们见见面吧。"没有比回答这句话更使厄科高兴的了，她也喊道："我们见见面吧。"为了言行一致，她就从树林中走出来，想要用臂膊拥抱她千思万想的人。然而他飞也似的逃跑了，一面跑一面说："不要用手拥抱我！我宁可死，不愿让你占有我。"她只回答了一句："你占有我！"她遭到拒绝之后，就躲进树林，把羞愧的脸藏在绿叶丛中，从此独自一个生活在山洞里。但是，她的情丝未断，尽管遭到弃绝，感觉悲伤，然而情意倒反而深厚起来了。她辗转不寐，以致形容消瘦，皮肉枯槁，皱纹累累，身体中的滋润全部化入太空，只剩下声音和骨骼，最后只剩下了声音，据说她的骨头化为顽石了。她藏身在林木之中，山坡上再也看不见她的踪影。但是人人得闻其声，因为她一身只剩下了声音。[1]

那耳喀索斯就这样以儿戏的态度对待她。他还以同样的态度对待水上或山边的其他仙女；甚至这样对待男同伴。最后，有一个受他侮慢的青年，举手向天祷告说："我愿他只爱自己，永远享受不到他所爱的东西！"涅墨西斯[2]听见他这合情合理的祷告。

附近有一片澄澈的池塘，池水晶莹，像白银一般，牧羊人或山边吃草的羊群牛群从来不到这里来，水平如镜，从来没有鸟兽落叶把它弄皱。池边长满青草，受到池水的滋润。池边也长了一片丛林，遮住烈日。那耳喀索斯打猎疲倦了，或天气太热了，总到这里来休息，他爱这地方的幽美，爱这一池清水。正当他俯首饮水满足口渴的欲望的时候，心里又滋长出另一种欲望，他在水里看见一个美男子的形象，立刻对他发生爱慕之情。他爱上了这个无体的空形，把一个影子当作了实体。他望着自己赞羡不已。他就这样目不转睛、丝毫不动地谛视着影子，就像用帕洛斯的大理石雕刻的人像一样。他匍匐在地上，注视着影子的眼睛，就像是照耀的双星；影子的头发配得上和酒神、日神媲美；影子的两颊是那样光泽，颈项像是象牙制成的，脸面更是光彩夺目，雪白之中透出红晕。总之，他自己的一切值得赞赏的特点，他都赞赏。不知不觉之中，他对自己发生了向往；他赞不绝口，但实际他所赞美的正是他自己；他一面追求，同时又被追求。他燃起爱情，又被爱情焚烧。不知多少次他想去吻池中幻影。多少次他伸手到水里想去拥抱他所见的人儿，但是他想要拥抱自己的企图没有成功。他不知道他所看见的东西究

---

[1] 参看《艾丽丝漫游奇境》。
[2] 涅墨西斯（Nemesis），希腊神话中复仇女神。代表神的正义的愤怒，对傲慢僭越的人施惩罚。

竟是什么，但是他看见的东西，他却如饥似渴地追求着。水中幻象实际在愚弄他，他却被它迷惑住。愚蠢的青年，一个瞬息即逝的幻象，你也想去捕捉么？你所追求的东西并不存在；你只须离开此地，你热爱的对象就消失了。你所见到的只是形体的映影，它本身不是什么实体，它随你而来，随你而止，随你而去——只要你肯去。

他饭也不吃，觉也不睡，一直呆在池边，匍匐在绿荫草地上，一双眼睛死盯住池中假象，老也看不够，而丧生之祸，也正是这双眼睛惹出来的。他略略坐起，两手伸向周围的树木喊道："树林啊，有谁曾像我这样苦恋过呢？你见过许多情侣到你林中来过，你应当知道。你活了几百岁，在过去漫长的岁月里，你可记得有人像我这样痛苦么？我爱一个人，我也看得见他，但是我所爱的，我看得见的，却得不到。爱这件东西真是令人迷惘。我最感难受的是我们之间既非远隔重洋，又非道途修阻，既无山岭又无紧闭的城关。我们之间只隔着薄薄一层池水。他本人也想我去拥抱他，因为每当我把嘴伸向澄澈的池水，他也抬起头想把口向我伸来。我以为我必然会接触到他，因为我们真是心心相印，当中几乎没有隔阂。不管你是谁，请你出来吧！独一无二的青年，你为什么躲避我？当我几乎摸着你的时候，你逃到什么地方去了呢？我想我的相貌，我的年龄，不致使你退避吧！很多仙子还爱过我呢。你对我的态度很友好，使我抱有希望，因为只要我一向你伸手，你也向我伸手，我笑，你也向我笑，我哭的时候，我也看见你眼中流泪。我向你点头，你也点头回答，我看见你那美好的嘴唇时启时闭，我猜想你是在和我答话，虽然我听不见你说什么。啊，原来他就是我呀！我明白了，原来他就是我的影子。我爱的是我自己，我自己引起爱情，自己折磨自己。我该怎么办呢？我还是站在主动方面呢，还是被动方面呢？

但是我又何必主动求爱？我追求的东西，我已有了；但是愈有愈感缺乏。我若能和我自己的躯体分开多好啊！这话说起来很不像情人应该说的话，但是我真愿我所爱的不在眼前。我现在痛苦得都没有力气了；我活不长久了，正在青春年少，眼看就要绝命。死不足惧，死后就没有烦恼了。我愿我爱的人多活些日子，但是我们两人原是同心同意，必然会同死的。"

他说完这番话之后，悲痛万分，又回首望着影子。眼泪击破了池水的平静，在波纹中影子又变得模糊了。他看见影子消逝，他喊道："你跑到什么地方去呢？你这狠心的人，我求你不要走，不要离开爱你的人。我虽然摸不着你，至少让我能看得见你，使我不幸的爱情有所寄托。"他一面悲伤，一面把长袍的上端扯开，用苍白的手捶击自己的胸膛，胸膛上微微泛出一层红色，就像苹果有时候半白半红那样，又像没有成熟的累累葡萄透出的浅紫颜色，一会儿池水平息，他看见了泛红的胸膛，他再也不能忍受下去了。就像黄蜡在温火前溶化那样，又像银霜在暖日下消逝那样，他受不了爱情的火焰的折磨，慢慢地要耗尽了。白中透红的颜色褪落了，精力消损了，怡人心目的丰采也消失殆尽，甚至连厄科所热恋的躯体也都保存不多了。厄科看见他这模样，虽然心里还没有忘记前恨，但是很怜惜他。每当这可怜的青年叹息说："咳！"她也回答说："咳！"每当他捶打胸膛的时候，她也发出同样的痛苦的声音。他望着熟识的池水，说出最后一句话："咳，青年，我的爱情落空了！"他的话又在这地方引起了回声。他说声"再见"，厄科也说："再见"。他把疲倦的头沉在青草地上，死亡见欣赏过自己主人风姿的眼睛合上了。他到了地府以后，还是不住地在斯堤克斯河水中照看自己的影子。他的姐妹们——奈阿斯——捶胸哀恸，剃掉头

发，为她们的兄弟志哀。德律阿德斯 [1] 也悲痛不已，厄科重复着
她们的哭声，她们替他准备好火葬的柴堆、劈好的火把和灵床，但
是到处找不到他的尸体。她们没有找着尸首，却找到了一朵花，花
心是黄的，周围有白色的花瓣。

【511—733 行】

彭透斯不信奉巴克科斯

这事宣扬出去以后，这位先知 [2] 理所应得的声誉就传遍了希
腊各城邦，名气极大。但是万人之中独有厄奇翁的儿子彭透斯[3]
这位蔑视天神的人不以为然，他讥笑这位老人的预言，骂他是个瞎
子，看不见光明。老人摇着他的白头说道："如果你也失去双目变
成瞎子，让你看不见巴克科斯圣礼，你该多幸福啊！因为将要有这
么一天，我已经预见这一天马上就要到来了，一位新神利柏耳 [4]，
塞墨勒的儿子，要来到这里。假如你不礼拜他，你将被撕成一千块
碎片，撒向四方，你的血将玷污林木，玷污你母亲和你母亲的姊妹
们。此事一定会发生。你是不会礼拜利柏耳的，你会怨恨我这洞察
一切的瞎子。"他的话还没说完，厄奇翁的儿子早把他推到一边，
但他的话果然应验了，他的预言实现了。

说话间利柏耳已经来到，田野响起了他的信徒们的一片狂欢
声，人们纷纷奔出城来，有男有女，有主妇，有少妇，有平民，有

---

[1] 德律阿德斯（Dryades），林中女仙。
[2] 指 316 行忒瑞西阿斯。
[3] 彭透斯（Pentheus），厄奇翁之子，忒拜王，见本卷 126 行，参看前面，卡德摩斯世
    系表。
[4] 利柏耳（Liber），古代意大利司植物生长之神，后与酒神巴克科斯认同。酒神节起源
    于希腊，标志葡萄与葡萄酒输入希腊，公元前二世纪引进罗马。像在希腊一样，罗马
    酒神节主要由女信徒参加，后来男子也参加。随着节日狂欢常发生政治骚乱，公元前
    186 年元老院下令禁止，但未能禁绝。此处写的就是酒神节的故事。

贵族，混杂在一起，来参加新的庆祝典礼。彭透斯看了喊道："你们这些蛇牙的后代，玛尔斯的子孙，你们的头脑发疯了？你们这些人，战场上的刀剑、号角声、密集的枪林都没有把你们吓倒，怎么竟被铙钹声、弯角的笛声、骗人的魔法、女人的尖叫、酒醉后的疯狂、肮脏的人群、空心的鼓所征服？你们这些老人，叫我吃惊，你们穿越海洋，远道来到这儿建立了推罗城邦，安置了你们流亡在外的家神，现在竟拱手让人夺去。还有你们这些年轻的，身强力壮，同我相仿佛，你们从前拿的是武器，戴的是头盔，现在怎的却拿起了酒神棒，戴上了花冠？我请求你们要记住你们是谁的后代，你们的祖宗，蛇，它独自一个杀死了众多的敌人，你们要发扬它的精神。它为了保卫它的泉水和湖泊而死，你们也应为你们的荣誉去征服敌人啊！它杀死的是强敌，你们为了保卫祖宗的荣誉所要驱逐的是些弱敌。如果是命运不准祀拜的江山永葆，那么就让命运用攻城的武器和兵力把祀拜城摧毁，让大火和刀枪呼啸。我们虽然遭殃，但问心无愧；我们的遭遇虽然可悲，我们却不必掩饰什么；我们可以痛哭，却不必感到羞耻。可是现在，祀拜城却让一个手无寸铁的娃娃征服了，不必打仗，不必动刀枪兵马，他用的武器不过是抹着香膏的头发、柔软的花冠、金线紫线织的彩袍。你们且站到一边，我马上就要逼他交代，他的出身是捏造的，他的节日典礼是假的。阿克里西俄斯[1]不是很有勇气敢于藐视这位徒有虚名的神灵吗？他不是敢于关闭阿耳戈斯的城门不接纳他吗？难道彭透斯和所有的祀拜人都得在他面前发抖吗？快去（他对身边的奴隶们说），去给他带上镣铐，把他抓来！"他的祖父和阿塔玛斯[2]以至他的全家都劝阻他，但是白费工夫，阻拦不住。越劝他越坚决，越阻拦他越

---

[1] 阿克里西俄斯（Acrisius），阿耳戈斯王，他反对庆祝酒神节。
[2] 阿塔玛斯（Athamas），彭透斯的叔父。

暴躁，他倍增疯狂，劝阻倒反而对他不利。我常见一条河流畅通无阻的时候，它就缓缓流去，发出柔和的水声，一旦遇到大木和石块阻挡了它的去路，它就沸腾起来，泛起白沫，越阻挡越凶。

　　这时派去的奴隶们回来了，浑身是血。他们的主人问巴克科斯在何处，他们说没有看见巴克科斯。他们说："不过我们抓来了这个人，他是巴克科斯的随从，是执掌巴克科斯典礼的祭司。"说着，他们把那人交了出来，他两手被反绑着。他出生在厄特鲁利亚，信奉天神巴克科斯。彭透斯怒目打量着他，恨不得立刻惩办他，接着说道："哼，你快死了，把你处死，别人可以引以为戒。你说你叫什么名字，父母是谁，什么地方的人，为什么要信奉这新教门？"那人面无惧色，回答道："我叫阿刻俄特斯，迈俄尼亚人，我的父母都是平民百姓。我的父亲没有给我留下田地、耕牛或羊群，也没留下什么牛群。他是个穷苦人，打鱼为生，有时候钓，有时候趁鱼儿跳起来用梭镖去叉。他的本领就是他的全部财富，他把他的本领传授给了我，对我说：'你拿去吧，这是我全部所有，把我的本事继承了吧，'所以他死的时候除了一汪汪水面之外，什么也没留给我，只有水算得上是我继承的遗产。为了不老守着岩石滩过日子，我很快就学会了操桨使船，学会了辨认天上的星，那雨季出现的俄勒尼亚山羊座、七星座、大小熊星，学会辨别风向，知道哪里有可以靠泊的港口。有一回，我要去提洛斯岛，中途停泊在奇俄斯岛，水手们顺利地划到海岸。我轻轻一跳，登上潮湿的沙滩。我们在此过了一夜，第二天红色的黎明刚一开始，我就起来叫我的伙伴们去找淡水，指点他们去水泉的路。我自己就走上高岗观望风向，然后我又召唤大家，向船走去。头一个回来的是俄弗尔特斯，他说'我们来啦'，原来身后带着一个小男孩，长得和小姑娘一样美，沿着海滩走来。他说这是他在野地里捡着的一件好货。这孩子走路摇摇晃晃，好像喝醉了酒，昏昏欲睡的样子，跟在后头走路都勉强，我打量了一下他的穿着，他的脸，和他走路的样子，我所看到的一切都说明他绝不是个凡人。这是我的感觉，于是我就对同伴们说：'这个凡胎是哪位神明的化身，我不敢说，但是他肯定是神明的化身。不管你是谁，请你祝福我们，助我们一臂之力，请你原谅我手下人对你的冒犯！'有一个水手叫狄克底斯，他爬主桅杆最快，从帆缆上滑下来也最快，他却说'你用不着为我们祷告！'大家都附和他：像利比斯，黄头发的警卫墨朗土斯，阿尔奇墨东，还有厄波佩乌斯——他是喊号的，专指挥划桨手，鼓他们的气。大家贪图眼前已得的利益，瞎了眼，所以附和他。我对他们说：'我可不准把神当货一样往这条船上装，船是我的，我说了算。'我拦住他们，不准他们上船。其中胆子最大的一个叫吕卡巴斯，他因为犯了可怕的杀人罪，被驱逐出厄特鲁利亚城邦，过着流放生活，他大发脾气，见我挡着路，就用他那大拳头照我喉咙打来，我登时发了呆，幸亏我紧紧抓住缆索，不然早被他打落到海里。那群不敬神的人大声喝彩，这时巴克科斯（原来这孩子就是巴克科斯）好像被这阵喧闹吵醒，又像是酒醒，恢复了知觉，问道：'你们干什么呢？为什么吵闹？你们这些水手，告诉我，我怎么会到这儿来了？你们要把我弄到哪儿去？'普洛瑞乌斯对他说：'别怕，你说你想到哪个港口，你要到什么地方就把你送到什么地方。'利柏耳说：'你们把船开到那克索斯去！那是我的家，在那儿你们会受到欢迎的。'这些骗子指着大海和全体神灵发誓说他们一定照办，叫我张起彩船的帆来，那克索斯在我们的右边，我就张帆对准右边，忽然俄弗尔特斯问道：'你干什么，疯了？什么疯鬼附在你身上了？'大家都随声附和道：'鬼迷了？往左！'多数人向我点头示意，有几个悄悄告诉我他们的意图。我大吃一惊，对他们说：'让别人来掌舵吧！'我既不想再为他们驾船，也不想参与他们的罪恶勾当。他们都咒我，嘟嘟囔囔地骂我，其中有一个叫埃塔里翁的骂道：'你别以为我们的安全就靠你一个人！'说着，他自己走过来把我的舵抢去，不把船拨向那克索斯，而向另外一个方向开去。这时天神巴克科斯故意逗他们，假装刚发现他们要花招，从翘起的船尾上望着大海，假意哭喊道：'水手们，这不是你们答应要送我去的地方，这不是我要去的地方！我干了什么事，你们这么折磨我？你们这么些人骗我一个人，骗我一个年轻娃娃，有什么体面呀？'我听了，早已忍不住哭了，可是那帮不敬神的人却笑我，依旧划水前进。我现在要告诉你一件千真万确的事，虽然你也许不信，不过我可以用巴克科斯的名字发誓（他是最伟大的神）这是真事。船停在海面上不动了，就像停在干船坞里一样，水手们纳闷，拼命划桨，把帆都张开，企图用这两个方法让船前进。但桨被常春藤缠住，一圈一圈地把桨绕住，又爬到帆上，一大团一大团地装点着船帆。巴克科斯自己，头上戴着一顶葡萄冠，挥动着一根杖，杖上挂着葡萄叶。在他周围卧着几条老虎，还有山猫和凶狠的、浑身花斑的豹子，虽然这些都是假象。水手们有的丢了魂，有的害怕，都纷纷跳海。先是，墨东的身体开始变黑，他的脊梁变弯，清清楚楚像一个弧形。吕卡巴斯对他说，'你要变成个什么怪物啊？'就在他说话的当儿，他自己的嘴巴也变宽了，鼻子也变成钩子的样子，他的皮肤变成了坚硬的鳞甲。还有里比斯，他正想划那胶着的桨，只见自己的手忽然缩小，变得不像一双手了，只能叫做鱼鳍。还有一个水手正想举起两臂去整理搅在一起的缆绳，忽然发现两臂没有了，他背朝前一跳，他那缺了胳臂的身体就落进了海里，新长出了一条尾巴，像把镰刀，弯弯的又像上弦的新月。大家纷纷都往水里跳，溅起阵阵水花，他们有时露出水面，又沉入水底，就像一队跳舞的人戏耍着，摆动着妖冶的身躯，把海水从它们张开的鼻孔里喷出来。船上本来有二十个人（这是全部水手），现在只剩下我一个。我又冷又怕，浑身发抖，我简直快不属于我自己了，这时巴克科斯给我鼓气，对我说：'不要怕，把船开到那克索斯去！'我到了那儿，就行了入教礼，成了一名巴克科斯的信徒。"

彭透斯听了说道："他东拉西扯说了这么半天，无非是拖延时间，想要平息我的怒气。奴隶们，马上把他架走，严刑拷打，再把他送到阴曹。"厄特鲁利亚的阿刻俄特斯立即被人抓走，关进了坚固的牢房。人们正在准备各种残酷的刑具、火炉、刀斧要杀害他，忽然牢门自动地开了，据说他带的手铐没人去解也自动地落了下来。

彭透斯坚持错误，但是这回他不再派人去而是亲自出马去到奇太隆山，这山受过封，专为祭祀巴克科斯的，这里巴克科斯的女信徒们又是唱，又是尖叫。就像一匹骏马听到铜角吹起悠扬的进军号而鼓起了斗志，彭透斯听到空中飘来信徒们的长啸，心里激动，她们的嚎叫使他心里的怒火达到白热的程度。

半山坡上有一块平地，四周树木环抱，平地上没有树，从四面都看得见。这里正在演礼，彭透斯张着他那双污蔑神明的眼睛正在看，他的母亲 [1] 第一个看见了他，像发了疯似的向他奔去，用葡萄藤条狠命抽她的儿子，一面抽，一面喊道："姐妹们，你们两个，快来呀，看那头大野猪闯进我们地里来啦，我一定要用枪扎死他。"所有的人像发了疯一样一拥而上，她们从四面八方一齐聚拢，追那吓得发抖的彭透斯，他确实害怕了，因为他说话不那么火暴了，他一会儿咒骂自己，一会儿又承认自己错了。他受了伤，不住地喊

---

[1] 即下面出现的阿高厄（Agave），她是卡德摩斯的女儿。她和酒神女信徒一起打死了不信奉酒神的儿子。参看欧里庇得斯悲剧《巴克科斯女信徒》。

道:"奥托诺厄,我的姨妈,救救我吧,让你儿子阿克泰翁的阴魂打动你的心吧!"可是奥托诺厄全然不知阿克泰翁是谁,随他怎么恳求,她还是把他的右臂扯了下来,伊诺[1]又把他左臂折断。现在这可怜的人失去了双臂,再也无法伸出双臂去恳求母亲了,他把上身双臂折断处展示给他母亲看,并说:"母亲,你看!"阿高厄看了,不由得尖叫一声,忙不迭地摇头,头发都飘了起来,然后把他的头拧下来,用染满鲜血的手捧着,高声叫道:"伙伴们,看我干的,我胜利了!"说完,一双双亵渎的手立刻把彭透斯的肢体扯得稀烂,就像树叶受到秋天寒气的袭击,本来就摇摇欲坠,一阵风就会把它们从树梢头吹落一样。有了这次的前车之鉴,忒拜妇女纷纷赶来参礼这新教门,进香,在神坛前礼拜如仪。

---

[1] 伊诺(Ino),见本卷253—315行,她和奥托诺厄(Autonoë)、阿高厄都是卡德摩斯的女儿。

卷 四

【1–166 行】

弥倪阿斯的女儿们所讲的故事：

皮剌摩斯和提斯柏的爱情悲剧

但是弥倪阿斯[1] 的女儿阿尔奇托厄认为不应接受这种狂热的教礼，她胆子很大，她不承认巴克科斯是朱庇特所生，她的姊妹们也同样不敬巴克科斯。巴克科斯的祭司曾命令妇女们都来参加庆典，命令所有的女奴放下活计，和主母们一道，胸前披上兽皮，把束发带解开，戴上花环，拿上带叶的葡萄藤条；他又预言，凡是不敬神的，都将遭到神怒无情的惩罚。老少妇女都照他的指示，有的离开织机，有的放下毛线篮子，放下手头没做完的事，都去供香，喊着巴克科斯的名字，把他叫做"吼叫神"、"快活神"、"雷的儿子"、"出生两次的神"、"独一无二、有两个母亲的神"等等；此外，她们还叫他"尼萨神"[2]、"提俄涅[3] 的不剃发的儿子"、"榨

[1] 弥倪阿斯（Minyas），传说中希腊玻俄提亚的王，全家除一个女儿外都因不奉酒神而变为蝙蝠。

[2] 尼萨（Nysa），印度地名，巴克科斯幼年在此度过。

[3] 提俄涅（Thyone），巴克科斯母亲塞墨勒的别名。

葡萄机的神"、"种快乐的葡萄的神"、"夜游神"、"厄勒留斯[1]老人"、"欢呼神"、"嚷叫神",还有许多希腊人给他取的名字。巴克科斯啊,你的青春是永不消逝的,你永远是少年,你是天上最美的神,你若没有双角[2],你的头就像少女的头。你征服了东方,一直到辽远的恒河和黑人居住的印度。尊敬的神啊,彭透斯亵渎你,你把他杀了,手持双刃板斧的吕枯耳戈斯[3],你也杀了,你把厄特鲁利亚的水手们都抛到海里。你用明亮的辔头和彩色的缰绳套在一对山猫的颈上拉你的车;后面跟着一群女信徒和半人半羊神,还有一个老人,喝得醉醺醺的,拄着一根拐杖,走路摇摇晃晃,有气无力地揪住一头驼背驴。你所到之处,青年人欢呼着,妇女们同声喊叫,击鼓声、铙钹声、悠扬的木笛声,响成一片。

　　唯有弥倪阿斯的女儿们呆在家中,不参加庆祝。她们在不应该做家务事的时候,纺羊毛、捻毛线,织布并且强迫婢女们工作。有一个女儿一面用拇指灵巧地抽着线,一面说:"别家妇女抛弃了家事,在这所谓的节日去凑热闹,我们信奉的是帕拉斯[4],她才是真神,让我们一面用手做着有用的事,一面说闲话儿消遣这漫长的时候儿多好。我们每人轮流说个故事,别人听着。"姐妹们都同意,就请她先说。她想了一想,这么些故事说哪个好呢?原来她知道的故事很多。她拿不定主意是否说你——巴比伦的得耳刻提斯[5]——的故事,按叙利亚的传说,你后来变成了一条鱼,浑身长了鳞甲,在池子里游来游去。她又想说得耳刻提斯的女儿的故事,据说这女孩儿后来变成了一只白鸽,在一处城堡上结束了生

---

[1] 厄勒留斯(Eleleus),酒神庆典上人们发出的狂呼。
[2] 庆典中巴克科斯的像呈雄牛状。
[3] 吕枯耳戈斯(Ycurgus),特刺刻王,不信奉巴克科斯。
[4] 帕拉斯即雅典娜,除其他身份外同时也是司家务女工的神。
[5] 得耳刻提斯(Dercetis),叙利亚人信奉的女神,人鱼;一说全是鱼身。

命。她又想说一个女仙用符咒、药草把许多童子变成默默无言的鱼，最后她自己也变成鱼的故事。她又想说原来结白果的桑树后来怎样沾了血渍结出暗红果实的故事。她觉得最后一个故事最好。这个故事，一般人还不知道。她一面纺羊毛，一面说道：

"皮剌摩斯和提斯柏[1]这两个——一个是最俊美不过的青年，一个是东方最可爱的姑娘——比邻而居。他们居住的城市周围都有砖墙，据说是色米拉米斯[2]所建。因为两人贴邻而居，因此相识，日久发生了爱情，很想结为眷属，无奈双方父母禁止。但是两人心中的爱情的火焰是父母所不能禁止的。虽然没有人给他们传递消息，但是他们用点头或用手势来交谈。他们愈是这样把火焰压下去，火力愈是炽热。

"两家住宅隔着一道墙，在当初修建的时候墙上便留下一条裂缝。多少年来都没有人发现这条裂缝，但是有什么东西是爱情的眼睛所看不见的呢？这道裂缝就被你们这两位情人第一次发现，从这里互通款曲。从这条裂缝里你们的情话轻声地、安全地经常往返传递。时常提斯柏站在一边，皮剌摩斯站在另一边，每人倾听了对方的谈话之后，就对墙说：'可恨的墙！你为什么把有情人隔开呢？你让我们彼此拥抱，对你来说又算得什么呢？假如这种要求过分，打开一点让我们接吻总可以吧！但是我们承认我们还是很感激你，你使我们之间居然还有一线可通，使我们的话可以吹到情人的耳朵里。'他们两人各在一方就这样说了一些无补于事的话，等到夜晚，彼此告别，每人吻吻墙壁，但是亲吻却透不过去。

"第二天清晨，隔夜的星光已经隐退，太阳已经把草上的露水

---

[1] 参看莎士比亚《仲夏夜之梦》对这故事的嘲弄。

[2] 色米拉米斯（Semiramis），据神话是亚叙的王后，曾建巴比伦城，即故事发生的地点。

晒干，他们又来到墙边。他们彼此轻声叹息，发出怨声；随后他们就决定当天夜晚人静以后，设法瞒着家人逃出门外，出来以后再逃出城去。他们为了防止在荒野中彼此不易寻找，就约定在尼努斯 [1] 墓前会面，藏在树荫底下。原来在这地方有一棵大桑树，结满白色浆果，附近有一泓清泉。两人觉得这计划不错，这一天过得好像特别慢。终于太阳落在西方海中，黑夜又从这里升起。

"提斯柏轻轻把门打开，在黑暗中逃出了家，并没被人看见，脸上蒙着纱，如期到了墓地，坐在约好的桑树下。爱情使她胆子大起来。但是不提防来了一只雌狮，它刚吃完一头牛，嘴里还滴着血，口渴得紧，走到泉边喝水。巴比伦的提斯柏在月光下远远望见，两脚发软，连忙向一个土洞逃去，匆忙之中把自己一件外套跑落在地上，狮子豪饮了一阵，止住了口渴，便回到树林去，偶尔看见地上一件衣服（穿衣服的姑娘早已不在），就用血口把它扯烂。

"过了一会儿，皮剌摩斯来到，看见尘土中有野兽的足迹，立刻脸都吓白了。继而他又看见了外套，沾满血渍，便喊道：'为什么两个情人注定要在一个晚上牺牲呢？我们两人之中，她应该比我活得长才对；罪过都在我身上。可怜的姑娘，是我把你害死了，是我叫你深更半夜来到这么危险的地方，而我自己又没有先到一步。你们这些藏在山里的狮子，来吧，用你们凶狠的牙把我身体撕碎，把我这有罪之身吞吃了吧！但是仅仅祈求死亡，未免太懦弱了。'他拾起提斯柏的外套，来到约定会面的树下。他不住地吻着这件常见的衣服，他的眼泪把衣服都洒湿了。他对衣服说：'让我的血也把你沾湿了吧。'说着，他从腰间拔出宝剑，就向自己腹部扎去，随后鼓着垂死的勇气，把宝剑从滚热的伤口中抽出来。他仰面倒在

---

[1] 尼努斯（Ninus），亚叙王，色米拉米斯的丈夫。

地上，血溅得很高，就像腐朽的铅管上漏了一个小洞，水从这里嘶嘶地向外冒，直射到空中一样。桑葚上也喷着了血，变成了暗红色，树根吸饱了血，使得高挂在空中的桑葚更加发紫了。

"提斯柏这时心有余悸，但是又恐怕她的情人来了找她不着，便从隐蔽处走了出来。她的眼睛四面寻找情人，她的心也全在情人身上，她恨不得把经历过的危险立刻告诉他。她认得这个地方，也认得这棵桑树，但是桑葚的颜色使她困惑。她开始怀疑。她正在迟疑不决的时候，忽然看见地上有血，有人在抽搐，她倒退了一步，脸色白得像蜡，浑身像微风吹拂的海浪一样抖动起来。过了一会儿，她才发现死者正是她的情人，她急得直捶打自己的臂膀，扯自己的头发，又连忙抱住心爱的人，眼泪直淌进伤口，与那血液混而为一。她吻着他冰冷的嘴唇，放声大哭：'皮剌摩斯，是哪里飞来的横祸，把你一把从我手里夺走。皮剌摩斯，回答我啊！是你最亲爱的提斯柏叫你呢。你听啊，抬起头来吧！'皮剌摩斯听到提斯柏的名字，张开了沉重的眼皮，看了看她，又合上了。

"随后她又看见自己的外套，和一把宝剑的象牙空鞘，便道：'不幸的人，是你自己的手、是你的爱情，把你杀害了的。我的手也一样勇敢，也能做这件事；我也有爱情。爱情会给我力量来戕害我自己。我决定跟你一道死，人们将会说我把你引上死路，又来陪伴你了。只有死亡才能把我们分开，不，连死亡都不能把我们分开。我们两人的可怜的父母啊，请求你们答应我们一件事：忠实的爱情和死亡把我们结合在一起，请你们不要拒绝我们死后同穴。桑树啊！在你们的树阴下现在一个人躺着，很快就有两个人了。请你保持我们的爱情的标志，永远让你的果实带着深暗的颜色，表示哀悼，并纪念我们两人的流血死亡。'她说完就把宝剑对准自己胸口下面扎去，向前扑倒。可怜宝剑上她情人的热血还未冷却。她的请求感动了天神，也感动了双方父母。桑葚一熟，它的颜色就变成深红，他们两人焚化以后的骨灰安放同一只瓮里。"

【167—189 行】

玛尔斯和维纳斯偷情被揭露

她说完，过了不久，留科诺厄开始讲故事，其他姊妹们静静地听着。她说："别看太阳神，他的光明普照众星，他也是爱情的俘虏呢。我们就来说说太阳神的风流事吧。据说就是这位神第一个发现玛尔斯和维纳斯偷情的事的，他第一个亲自看到一切。他看到此事，大不以为然，就告诉了女神的丈夫、朱诺的儿子武尔坎，还指点给他看他们偷情的地方，武尔坎听了，一阵发晕，手上正打着的铁也滑落了。他立刻用细铜丝打了链条、几张网和钩子。细得眼睛都看不见，连最细的羊毛也比不过它，甚至连房梁上垂下来的蜘蛛丝也比不了它。这些网做得只要轻轻一碰，稍微动一动，就把人黏住。他巧妙地把它张在榻上。当他的妻子和她的情夫一起躺到榻上，她丈夫巧手精制的网，就把他们网住，两人还正在如胶似漆地拥抱着呢。武尔坎立刻把象牙的双门打开，把各位天神请了进来。两个搅在一起睡在榻上，丑态毕露，有一位爱说笑的天神说，他也情愿丢这种丑。天神们一阵大笑，这件事在天上一直传为新闻。

【190—270 行】

日神的爱情故事

"但是维纳斯却忘不了揭发她隐私的日神，她也照样惩办他；日神既然不成全她的好事，她也照样破坏日神的好事。日神啊，你的俊秀的容貌、你的风采、你的射向四方的光芒，对你有什么用呢？你发出的火光照射着大地，而你自己心里却有另一种火在燃烧着，你本应眼望着万物，你却只看着琉刻托厄一个人，你的眼睛属于全世界，现在却只盯住一个姑娘。你不到时候就从东方升起，过了时间你还没有落入西海，老看着她，迁延时光，把冬天的白昼拉长。有时候，你失去了光芒，你心里有病，影响了你的光明，你一发暗，凡人的心里就恐慌起来。你发暗，不是因为月亮走到了你和大地之间而把你遮没，是爱情使你黯然失色，你的心思只在她一个人身上，其他的姑娘你都不想，像什么克吕墨涅啊，罗多斯啊，还有喀耳刻[1] 的美貌的母亲啊，还有克吕提厄[2]，这克吕提厄，你虽然看不起她，她还在想着和你一起生活，就在此刻她还怀着沉痛的创伤呢。琉刻托厄使你忘记了多少旧爱。琉刻托厄的母亲是美丽的欧吕诺墨，是产香国最美的美人，但女儿长大之后，她的美貌超过了母亲，就像她母亲超过所有其他女子一样。她的父亲俄尔卡姆斯统治着波斯各城市，从贝鲁斯王传到他是第七代。

　　"在西天之下，是日神牧马的草场，这里，马吃的不是草而是长生不老的食粮，马在一天劳动之后就靠这来滋补疲倦的躯体，准备第二天工作。在马吃着仙粮，黑夜值班的时候，日神扮成欧吕诺墨的样子来到了琉刻托厄的闺房。只见琉刻托厄和十二个女奴在灯下摇着纺车纺细羊毛。他吻了姑娘一下，就像母亲吻自己疼爱的闺女那样，说道：'我有件秘密的事，女奴们，你们出去，别让一个做母亲的说件私事的权利都没有。'女奴们遵命走了，当她们走完，一个见证人不留，日神说：'我是司掌岁时的日神，我照见万物，有了我，大地上的一切才能看得见，我是宇宙的眼睛，请你相信我，我喜欢你。'姑娘一听吓坏了，两手发软，纺锤和梭子掉在了地上。她一骇怕，反显得更美了。日神不多耽搁，立即显现了真

---

[1] 喀耳刻（Circe），日神的女儿，这里的"母亲"指日神的妻子珀尔塞（Perse）。
[2] 克吕提厄（Clytie），海神的女儿。

身，恢复了原来的光彩。姑娘见这突然的显现虽很害怕，但早被日神的光彩所征服，毫无挣扎地忍受了日神的暴力。

"这却引起了克吕提厄的嫉妒，因为她对日神的爱在她心里还没有被克制住，出了个情敌，更激起她的怒火，于是就把这件偷情的事张扬了出去，还把这件不体面的事告诉了姑娘的父亲。父亲气得发疯，尽管女儿求他，举起双手指着太阳说：'是他强迫我的，我并不愿意'，但是父亲还是无情地把她埋进深坑，上面还堆上一个大沙丘。日神用他的光芒把沙丘扒开，开出一条路，好让姑娘埋在土里的脸伸出来，但是可怜的姑娘已经变成没有生命的尸体，压在厚厚的黄土下，抬不起头来了。据说，这位驾着飞奔的骏马的日神，自从法厄同死于天火之后，还没有如此悲哀过。他想用日光的力量使她冰冷的躯体恢复体温，看看她能否再活，但是无情的命运挫败了他多次的努力。他用香露洒在她身上，洒在地上，不住哀哭，最后说道：'你总有一天会伸出地面的。'立刻，那经过仙露滋润的尸体就化了，周围的土也湿漉漉地散发出香气，慢慢地一株乳香穿过土地扎下根去，上面穿破土堆冒出了新芽。

"至于克吕提厄，虽说爱情引起她的悲痛，悲痛促使她去乱说，情有可原，但是日神再也不去亲近她了，他对她的爱从此结束。因此她日渐消瘦，由于失恋而神魂颠倒。她不耐烦和女仙们来往，白天黑夜坐在光秃秃的地上，衣服也不穿，光着头，头发也不梳。她九天不吃不喝，只用露水和眼泪充饥，也不离开那地方。她只是望着日神的脸，当他从天上经过的时候，她的脸一直跟着日神转。据说她的两条腿牢牢地长在了地上，她的肤色一部分变得苍白，她的身体变成了一棵苍白的草，但有的部分是红的，面部变成了花，很像紫罗兰。她的根虽然扎得很牢，她却永远面朝太阳，她的形体虽然变了，她的爱却始终不渝。"

【271—388 行】

萨尔玛奇斯和赫尔玛芙罗狄特斯的故事

留科诺厄说完，她说的故事离奇，姊妹们听得入神，有的说这种事不可能发生，有的说真神是无所不能的。但是巴克科斯不属真神之列。姊妹们安静下来之后，大家让阿尔奇托厄说。她一面织着布，梭子在经线里穿来穿去，一面说道：

"那些听熟了的故事，我就不说了，像伊达山上的牧羊人达佛尼斯[1] 的爱情故事，有个女仙出于嫉妒把他变成一块石头，因为妒火烧起来是很难忍受的。我也不讲西通[2] 的故事，西通一反自然规律，具有双重性别，一会儿男，一会儿女。我也不讲刻尔米斯[3] 的故事，他原先是朱庇特幼年时的最忠实的朋友，现在变成了金刚石；还有阵雨所生的枯瑞忒斯[4] 的故事；还有克罗库斯和斯米拉克斯[5] 变成小花的故事。我来给你们讲一个你们爱听的新鲜有趣的故事。

"我要讲的是为什么萨尔玛奇斯泉的名声不好，为什么这泉水不能增强人的体质，相反人的身体接触到这泉水就会变得虚弱无力。这里面的缘故，无人知晓，但是泉水有这种作用却是尽人皆知的。墨丘利和维纳斯生了一个儿子，让水仙们在伊达山的山洞里抚育，

---

[1] 达佛尼斯（Daphnis），神使赫尔墨斯的儿子，能吹笛，女仙出于嫉妒，使他失明，后来他父亲把他变成石头。

[2] 西通（Sithon），只见于《变形记》。

[3] 刻尔米斯（Celmis），当瑞亚（Rhea）怀着宙斯（朱庇特）的时候，阵痛使她两手扶地，十指插入土里，从此处生出五男五女，刻尔米斯就是男婴之一，后因对母亲不敬，变为铁。

[4] 枯瑞忒斯（Curetes），也是瑞亚的儿子，他们守卫着宙斯的摇篮。

[5] 克罗库斯和斯米拉克斯（Crocus et Smilax），青年克罗库斯热恋女仙斯米拉克斯，不成功，抑郁而死，变成小黄花，女仙也变成花。

他的脸长得非常像他的父母，一认就能认出来。从他的名字 [1] 也可以看出他的父母是谁。当他刚过十五岁，他就离开抚养他的伊达山，因为他喜欢到那些没有到过的地方去走走，去看看那些没有见过的山川，他热衷于游览，所以也不感觉疲劳。他甚至来到了吕西亚 [2] 的各城市和邻近的卡利亚人居住的地方。在这里，他看到一片池塘，池水清澈见底。这里既没有沼泽芦苇，也没有水草，也没有水刺儿草，就是一池清水。但池塘周围却长着一圈嫩草和长青草。有一个女仙住在这儿，这位女仙不习打猎，不会张弓，也不练奔跑。人们都知道她是奈那斯水仙中唯一不跟随狄安娜女神的一个。据说她的姊妹们常对她说：'萨尔玛奇斯啊，拿起梭镖来，要不就拿起五彩的羽箭来，打猎去，不要老闲着，锻炼锻炼，调剂一下。'但是她既不拿起梭镖，也不拿起五彩的羽箭，也不用锻炼来调剂她的悠闲，她只在她自己的池塘里沐浴她那美丽的身体，不时地用黄杨木梳梳她的头发，在那一平如镜的水面上看看自己怎样打扮才最美。她有时候裹着一件透明的长袍，躺在软绵绵的草地或软绵绵的树叶上休息，有时候摘花消遣。正巧在她采花的时候，她忽然看见了那少年郎，她看见了就想要他。

　　"她很想走过去，但是她先不过去，先镇定一下，上下打量一下自己的衣服，整理了一下面容，认为看上去很美了，然后才过去对他说：'少年，你简直配称得上是位天神，你若真是一位天神，你也许就是朱庇特吧；你若是凡人，那你的父母可真是好福气，你的兄弟可真幸福，如果你有个妹妹，那她真是最幸运的人了，还有那喂你奶的奶娘。但是，比谁都幸福的，最最幸福的是她，就是那

---

[1] "阴阳人"（Hermaphroditus），由赫尔墨斯（Hermes，即墨丘利）和阿佛洛狄忒（Aphrodite，即维纳斯）组成。是母系社会到父系社会过渡的象征。
[2] 吕西亚（Lycia），在小亚细亚。

个将和你订终身的姑娘，就是你肯娶的那位姑娘，如果你已经有
了这么一位姑娘，那么让我偷偷地与你相爱，若还没有，那么就
让我做你的新娘吧，让我们结婚吧。'她说完，那少年的脸涨得通
红，因为他不知道什么叫爱，但是他脸一红，越发显得标致，就像
阳光下树上挂着的苹果的颜色，又像染了色的象牙，也像月蚀时的
月亮，银白色下衬出红晕，人们敲着铜器帮它但也无能为力。那女
仙不住地恳求他至少像兄妹一样吻她一下，还去搂他那象牙似的头
颈。少年喊道：'住手，不然我就跑走，离开这地方了。'萨尔玛奇
斯这下害怕了，她说：'你别走，我把这地方让给你。'说着，她就
假装离开，但是她仍然回头观望着，最后躲进一座灌木林，藏在里
面，蹲下来窥探。那少年以为现在他已是独自一个，无人看见，就
在草地上走来走去，把脚尖去蘸那惹人喜爱的水，然后又把脚伸进
水里，直没过脚腕。这清冷喜人的水立刻使少年陶醉，他把轻软的
衣服从苗条的身体上脱下。萨尔玛奇斯看到，不觉发呆，像着了魔
似的，欲火在心里燃烧，连眼睛也像在冒火，就像耀眼的日神的光
轮从镜子里反射出来光芒一样。她简直迫不及待，恨不得马上快活
一番，恨不得马上和他拥抱，简直有些遏制不住自己的疯狂了。那
少年用手掌拍打着身体猛地跳进了水中，轮流划动两臂游泳着，在
透明的池水里，清晰可见，就像有人把一个象牙雕像或白色的百合
花放在一个透明的玻璃罩里一样。女仙高喊道：'我胜利了，他是
属于我的了。'说着也把自己的衣服抛到一边，跳进了水里，少年
挣扎，她把他抱住，少年躲她，她却直管吻他，用手抚摩他，拍他
的胸，尽管他很不情愿，姑娘却从这边，从那边，黏住他不放。最
后，尽管他拼命挣扎想要逃脱，但是她像一条蛇似的把他缠住，就
如那鸟中之王捉住的一条蛇，它把蛇捉到天上，但那蛇虽然高挂在
半空，却仍缠住老鹰的头和爪，还用自己的尾巴去绕那老鹰的展开

的翅膀；又像那常青藤缠绕住大树，或像海底的章鱼捉住了一条小鱼，紧抱着不放，它的触角从四面把小鱼包紧。阿特拉斯的后代 [1] 竭力抵抗，拒绝满足女仙希望得到的快乐，但是她毫不放松，整个身体好像和少年粘合在一起了。她说：'你尽管挣扎，你这坏东西，你跑不了了。天神们，请你们答应我一件事，不要把他和我分开或把我和他分开，不要让那一天到来。'天神听到了她的请求，因为他们两个的身体已经合而为一了，两个人变成了一个人、一张脸。就如接枝一样，接枝人看到两棵树长成了一棵树，一起生长成熟，同样这两个人的身体紧紧抱在一起，已经不是两个身体，既不能叫做男身，也不能叫做女身，看来男女都不是，又都是。

"少年赫尔玛芙罗狄特斯见自己跳进池子里时是男身，池水把他变成半个男人，四肢也变柔弱了，于是他伸出双手，用已非男子的声音喊道：'父亲啊，母亲啊，我现在的名字是你们的名字拼起来的，请你们答应我一件事，让跳进这池水的男人，出来的时候变成半男人，让他一沾着水立刻就变得软绵绵的！'他的父母很感动，答应了他们那阴阳人儿子的请求，把这可怕的魔力赋予了池水。"

【389—415 行】

弥倪阿斯的女儿们变成蝙蝠

阿尔奇托厄讲完故事，姊妹们还是不停地做工，不把巴克科斯和他的节日放在眼里。忽然间一阵嘈杂的手鼓声不知从什么地方传到她们耳朵里，夹杂着弯角风笛声和铙钹声，空中散发出没药和番

---

[1] 指少年赫尔玛芙罗狄特斯，他的父亲是墨丘利，墨丘利的母亲是提坦巨人阿特拉斯（Atlas）的女儿。

红花的香气，最不能令人相信的是，她们织机上的经线变成绿色，垂着的布变成了常春藤，一部分变成了葡萄藤，原来的纺线变成了卷须，沿着经线长出了葡萄叶，一串串鲜艳的葡萄可以和紫红挂毡比美。这时白昼已过，正是昼夜难分的时刻，忽然间整座房屋好像在震动，油灯大放光明，红色的火焰把整座建筑照得通明，鬼影般的野兽嗥叫着，姊妹们在烟火弥漫的房子里乱跑，想找个地方躲起来，想在不同的角落避一避那火和光。就在她们寻找荫蔽的时候，她们纤弱的四肢上长出一层薄膜，这薄薄的翅膀把两臂包住。她们的原形是怎样失去的，因为天色已暗，她们无从知道。她们在空中飞翔靠的不是羽翮，而是靠一双透明的翅膀，她们试图说话，但由于她们身体已经缩小，所以声音也极小，她们就这样用她们微弱的吱吱声来倾吐哀怨。她们最爱往来于庭院中，不到树林里去，她们厌恶天光，只在黑夜里飞翔，她们的名字就是取自"黄昏"。[1]

【416—562 行】

朱诺陷害阿塔玛斯和伊诺

巴克科斯的神灵从此在忒拜无人不知，无人不谈，他的姨母伊诺更是到处宣扬这位新神的巨大的威力。伊诺在她的姊妹行中是唯一本人没有什么痛苦经历的一个，只有她的姊妹们的经历引起过她的痛苦[2]。她跟前有子女，有丈夫阿塔玛斯[3]，尤其是有一位神做她的养子[4]，所以她十分骄傲。朱诺看在眼里，难以忍受，

---

[1] 黄昏飞翔的动物（Vespertiliones）——蝙蝠。

[2] 伊诺是卡德摩斯的女儿，她的姊妹如塞墨勒，巴克科斯的母亲，就被朱诺害死（见卷三 261—270 行）。

[3] 阿塔玛斯（Athamas），玻厄提亚王，参看前面卡德摩斯世系表。

[4] 指巴克科斯。

于是自言自语道："我情敌 [1] 的儿子有本事把迈俄尼亚的水手们变成鱼，推到海里；他有本事让母亲把自己亲生儿子撕成碎肉；他能让弥倪阿斯的三个女儿长上翅膀，而我朱诺却什么事也办不成，只能空难过，空流眼泪，消不了恨。这情况能叫我满意吗？我的本领就这么一点点？我要向他学习该怎么办，即使他是敌人，也应该向他学习。通过彭透斯之死，他已充分表明，甚至过分表明了一个人疯狂起来能干出些什么。我为什么不让伊诺也受刺激而发疯，在疯狂之中步她姊妹们的后尘呢 [2] ？"

有一条下坡路，阴郁的杉木林把它遮得十分幽暗，它穿过无声的寂静，通向地府。斯堤克斯河的死水散发出烟雾，新死的、已经接受过葬礼的鬼魂都要经过这里下到地府去。这是一片灰暗、阴冷、荒凉的广阔地带，新鬼到此不知哪里有路可以通往地府的都市，通往冥神狄斯的阴森的宫殿。狄斯的都市有一千条大路可通，各处城门都是敞开的，就如大海接纳大地上所有的河水一样，这地方也接纳一切灵魂，人再多也不嫌它小，成群的人到来，它也不感觉人多。在这里，那些没有躯体骨肉的苍白的幽灵游荡着，有的拥到市场，有的聚在冥王的宫中，有的仿照他们生前那样在做手艺活。

朱诺离开了她天上的家，不辞辛苦来到这里，为了解恨消怒，她是肯付出这么大的代价的。她一进地府，踏上门槛，门槛经不住她圣躯的分量，发出呻吟之声，阴府的守门犬刻耳柏洛斯抬起它的三个头，同时叫唤了三声。朱诺就呼唤夜神所生的三姊妹，可怕而无情的复仇女神。她们正坐在地狱紧闭着的花岗石大门前，梳着她们的乌黑的蛇发。她们见朱诺在雾影之中出现，认出是她，就站起

---

[1] 塞墨勒，她的儿子即巴克科斯。
[2] 指死去。

来迎接她。这儿的地名叫"恶人居"，提堤俄斯[1] 躺在地上，占了九亩地的面积，把自己的腑脏掏出来让老鹰去扯；还有坦塔罗斯[2]，他老喝不着水，头上的树也永远躲着他；还有西绪福斯[3] 永远在一块大石头后面推，而石头推上去了又滚下来；还有伊克西翁[4]，老在旋转，好像在追赶自己，又像在逃避自己；还有贝利德斯[5] 因为大胆把堂兄弟们杀死，在不停地劳动，把打到的水又丢失掉。

朱诺皱着眉头看着他们，尤其注意伊克西翁[6]，然后目光又转向西绪福斯，并指着他说："为什么兄弟之中只有他在此受着无穷无尽的惩罚，而阿塔玛斯这么骄傲——他和他老婆从来就看不起我——却住着富丽的宫殿？"她又讲了一番为什么恨他，为什么到这里来的理由，以及她打算做什么。她要的是，把卡德摩斯家族推翻，要复仇三女神去挑动阿塔玛斯犯罪。她请求三女神帮她的忙，又是命令，又是许愿，又是祈求。朱诺说完，提西福涅[7] 甩动了她那已经很蓬乱的白头发，把遮住她脸的蛇甩到脑后，说道："不必长篇大论绕着弯儿说话了，你吩咐我们做的事，我们一定做到，离开这不可爱的国土回到你的美好的天上，呼吸些新鲜空气去

[1] 提堤俄斯（Tityus），巨人，因企图对拉托娜女神无礼，被罚下地狱。
[2] 坦塔罗斯（Tantalus），佛律癸亚王，因为杀子飨神，被罚下地狱，站在没胸的水里，他想喝水，水就退落。
[3] 西绪福斯（Sisyphus），阿塔玛斯的兄弟，因为贪婪，被罚下地狱，不停顿地把石头推上山去。
[4] 伊克西翁（Ixion），拉庇泰王，因企图对朱诺无礼，被罚下地狱，缚在不停地转动的火轮上。
[5] 贝利德斯（Belides），她们是五十个公主，埃及王贝鲁斯的孙女，达那乌斯的女儿，被迫和五十个堂兄弟结婚，在成婚之夜，除一个人外，全部把新郎杀死，被罚下地狱，用筛盛水去灌满水缸。
[6] 伊克西翁对朱诺不怀好意，朱庇特造了一个假像冒充朱诺，使伊克西翁受骗。这假象叫涅菲勒（Nephele，"云"），后来朱诺又强迫阿塔玛斯和涅菲勒结婚，阿塔玛斯不情愿，和伊诺结了婚，故事见前。有这段关系，所以朱诺在此特别多看伊克西翁一眼。
[7] 提西福涅（Tisiphone），复仇三女神之一，头发是无数小蛇。

吧。"朱诺高高兴兴地回去了,当她刚踏进天堂,陶玛斯的女儿伊里斯[1]就用净水洒在她身上驱除污浊。

无情的提西福涅毫不怠慢,拿起蘸过血的火炬,穿上还在淌血的红袍,腰里围上一条蛇,出了家门。随伴着她的有"悲哀"、"恐惧"、"恐怖"和脸面抽搐的"疯狂"。她到了埃俄罗斯[2]府邸门前,据说门柱吓得晃动起来,橡木双门失去了光泽,阳光也退避三舍。伊诺见此异象非常害怕,阿塔玛斯也非常害怕,准备出走,但是复仇女神这祸星挡住了去路。她摊开双臂,臂上还缠着蛇,用力甩了一下头,头上的蛇群,经她这一震,嘶嘶地叫唤起来,有的伏在她肩上,有的绕在她胸口,又是嘶叫,又是喷毒血,又是闪动着舌头。复仇女神随后从头发里拔下两条蛇来,举手把毒蛇向她的两个俘虏投去。两条蛇在伊诺和阿塔玛斯胸前乱爬,还对他们喷毒气,但是他们身上不见伤痕,受到残酷打击的是他们的头脑,此外,复仇女神还随身带着各种毒液,如刻耳柏洛斯的唾沫、水蛇许德拉的毒水,还有奇异的幻象、盲目的健忘、罪孽和眼泪、狂热的杀机,这些她都用新鲜的血和绿毒芹汁搅拌,放在铜镬里煮过。阿塔玛斯和伊诺站着发抖,复仇女神就把这致疯的毒液倒在他们胸上,一直渗进丹田。然后她举起火把快速地转动着、挥舞着,一圈又一圈,火越来越旺。朱诺的使命已经胜利地完成了,复仇女神又回到狄斯的空荡荡的领域,解下缠在身上的蛇。

埃俄罗斯的儿子阿塔玛斯立刻疯病发作,在院子里大喊大叫:"喂,你们大家快在这树林里撒网呀!我刚才看见这儿有一头母狮子,还带着两只小狮子。"他疯狂地追踪自己的妻子,就像她是一头野兽一样。他的儿子雷阿尔库斯伸着小手正在笑,他一下就从孩

---

[1] 伊里斯(Iris)意为"虹",朱诺的使女。
[2] 埃俄罗斯(Aeolus),阿塔玛斯的父亲,阿塔玛斯住在他父亲那里。

子母亲的怀里夺了过来。像甩链子似的在空中转着圈甩了两三遭，然后狠狠地往硬石头上一摔；那母亲也激动起来，也许是因为难过，也许是因为毒性散发，嚎咷大叫，失去了理性，披散着头发，跑出家门，两只裸露的胳臂抱着小儿子梅利克尔塔，一面喊着："噢吼唉[1]，巴克科斯。"朱诺听见她喊巴克科斯的名字，笑了，说道："但愿你的养子能给你带来幸福！"在海边上有一块高高的岩石，下面被海水冲出一个洞穴，雨淋不着洞里的海水，岩石的顶笔直，俯视着下面开阔的大海。伊诺因疯狂而气力倍增，一跑就跑到岩石顶上，毫无畏惧地、一往直前地，抱着孩子跳进了大海，海水经此一击泛起了一团白浪花。

维纳斯看见自己外孙女遭受冤屈，非常心疼，就向她叔叔海神涅普图努斯撒娇道："海神涅普图努斯啊，你的权利仅次于天帝，我想求你办的是一件大事，不过请你可怜可怜我的亲人吧，你亲眼看到他们跳进了无边的伊俄尼亚海，请你把他们也收做海神吧。大海应当对我多少表示一点感谢，因为当初我就是从神圣的大海深处，从水花里出生的，我的希腊名字[2]至今还显示着我的来历呢。"涅普图努斯点头表示同意，把伊诺和她的儿子的凡骨除去，赋予他们可敬的威仪，重新给他们取名，给他们新的形体，新封的神就叫帕莱蒙，他的母亲就叫琉克托厄[3]。

伊诺的侍女们跟踪寻找她，走了很远，看见岩石上她留下的最后的痕迹，她们毫不怀疑她已死了，于是深深恸哭，哀悼卡德摩斯家族的不幸。她们捶胸，扯散头发，扯开衣襟；她们大骂朱诺不公平，对待自己的情敌太厉害。朱诺不能容忍她们的指摘，说道：

---

[1] 吼唉（euoe），举行巴克科斯圣典时，人们发出的欢呼声。
[2] 阿佛洛狄忒（Aphrodite），意为"水花所生"。
[3] 琉克托厄（Leucothoë），与本卷前面日神所爱的琉克托厄是两个神话人物。

"我要叫你们也永远记得我的厉害。"她说到做到。伊诺的一个最忠实的侍女说道："我要跳海，跟王后一块去。"但她刚准备跳，她就已经不能动弹了，牢牢地粘住在岩石上，自己也变成了石头。另一个侍女正要再一次捶胸痛哭，忽然觉得两臂僵硬了；还有一个偶然把手伸到海水里，也变成了一个石头人，手还伸向海里；还有一个正在扯自己的头发，她的手指，人们可以看到，也忽然变硬了。凡是原来是什么姿势，变成石头之后仍保持着原来的姿势。有的还变成了鸟，这些鸟一度曾是忒拜女子，至今仍在那池塘上展翅飞翔。

【563—603 行】

卡德摩斯夫妻变蛇

阿革诺耳的儿子卡德摩斯不知道自己的女儿和小外孙已变成海神。但一系列的不幸和伤心事已使他难以承受，又见到许多迹象，都迫使他离开这座他亲手建造的城市，好像是这座城市的晦气而不是他自己的命运在逼他似的。于是他长期到处流浪，终于和他一起流亡的妻子 [1] 来到了伊里利亚。两人身遭不幸，加以迟暮之年，心情沉重，不由追想起家族早年的命运，谈话之间，又重温起自己受的苦。他说："我当初用长矛扎死的那条蛇是神蛇吧？那时候我刚从西顿回来，我把蛇杀死之后，把蛇牙播到土里，长出一茬人来。如果天神为此动了怒，毫不含糊地对我报复，那么我求他让我也变成一条蛇，拖着一条长身子吧。"话没说完，他果然已变成一条拖着长身子的蛇了，他觉得皮肤变硬了，长出了鳞甲，身体变黑了，上面还出现许多蓝绿色的花斑。他的前胸倒伏在地上，两条腿并成了一条，愈往下愈细，最后变成一条尖尾巴。他的两臂还没有

---

[1] 哈耳摩尼亚（Harmonia），玛尔斯与维纳斯之女，见卷三，132 行。

变，因此他伸出双臂，眼泪从他仍然保持着的人面上流下，喊道：
"来啊，我的可怜的妻，来啊，在我还没有完全变了的时候，趁我
还有手，蛇还没有全部占有我的时候来摸摸我，来握握我的手吧。"
他很想再多说几句，但是他的舌头突然裂成两半，说不出话来，他
竭力想再诉诉苦情，但发出的是嘶嘶的声音，他天生的说话能力只
剩下这么一点了。他的妻子捶打着自己袒露的胸呼喊道："卡德摩
斯，你稍留一会儿，不幸的人哪，抛掉这妖形。卡德摩斯，这是怎
么回事？你的脚、你的肩和手、你的脸色、你的脸，都到哪里去
了，就在我说话的当儿，一切都不见了。天神啊，你们为什么不把
我也变成同样的一条蛇呢？"她说完，那蛇就舔她的面颊，钻到她
的温存的胸前，好像很熟悉的样子，那蛇又是拥抱她，又是和从前
那样绕住她的头颈。凡是在场的人（他们还有随从）个个都吓呆
了。但是她只管抚摩着那蛇的光滑的颈，突然间，她也变成了蛇，
两条蛇盘绕在一起，不一会儿双双爬走，躲进附近的树林去了。现
在他们和从前一样，既不避人，也不伤人，他们还记得从前是人，
所以是很温驯的蛇。

【604—803行】

珀耳修斯和安德洛墨达的故事

但是他们虽然变了形，他们有一个外孙[1]，这对他们是个极
大的安慰，他征服了印度，印度信奉他，希腊也有他的庙，信徒很
多。只有阿耳戈斯的阿克里西俄斯[2]——阿巴斯的儿子，他和巴
克科斯本是同宗，他反对巴克科斯，关起阿耳戈斯的城门，拿起武

---

[1] 指巴克科斯。
[2] 见卷三，559行。巴克科斯是朱庇特所生，阿克里西俄斯的外孙珀耳修斯也是朱庇特
　　所生，故云"同宗"。

器抵抗他，不承认他是神裔。他同样不承认珀耳修斯[1]是朱庇特的儿子，珀耳修斯的母亲达那厄因受金雨而怀孕生了他。但是真理的力量是巨大的，阿克里西俄斯很快就后悔既不该冒犯了巴克科斯神，也不该不承认自己的外孙。现在那位神明已经被请上了天堂，而这位英雄[2]正在天上展开双翅，穿过清空，沙沙地飞着，拿着他那值得纪念的胜利品——蛇发妖，当珀耳修斯飞过利比亚沙漠上空时，墨杜萨[3]头上的血滴落下来，落在地上，变成各种不同的蛇。因此利比亚这个国多毒蛇，从利比亚，他被不同方向的风在空中吹到这边吹到那边，就像一朵云一样。他从高空望着下面的陆地，离他真远啊。他飞遍了全世界。他看见瑟缩的大小熊星三次，他三次看见伸出脚爪的巨蟹。时而风把他吹到西边，时而又把他吹回东方。看看天色已晚，他怕夜间飞行不便，就在西方的边界上，属于阿特拉斯的疆土上降落。他想在这里略事休息，等候晨星燃起黎明的火焰，等候黎明引出白昼的车辇。这是阿特拉斯的地方，他是伊阿珀托斯的儿子，身躯壮大，没有人比得上他。他统治的地方在世界的边缘上，包括西海，也就是日神驾着车马，在一天劳累之后去休息的地方。他有成千的牛群，成千的羊群，这些牲畜在草原上倒也无拘无束。周围也没有邻国来骚扰他。他有一棵树，上面的叶子都是金的，金叶下还藏着金枝金果，珀耳修斯对他说："朋友，我不知道你是否尊重别人的出身，不过我告诉你，我的父亲是朱庇

---

[1] 珀耳修斯（Perscus），希腊神话英雄，朱庇特化成金雨和达那厄（Danaë）所生。达那厄的父亲是阿克里西俄斯。因此下文称珀耳修斯为阿克里西俄斯的外孙。

[2] 珀耳修斯世系表：

$$
\begin{array}{c}
\text{阿巴斯（阿耳戈斯王）} \\
\hline
\end{array}
$$

阿克里西俄斯　　　　　　　　　普洛厄图斯
朱庇特＋达那厄
　珀耳修斯

[3] 墨杜萨（Medusa），希腊神话中三个"戈耳工"（Gorgon）之一，蛇发妖。

特，你也许喜欢英雄事迹吧，那你一定也会喜欢我。我求你允许我在这儿借宿一晚。"但是阿特拉斯想起从前帕耳那索斯山的正义女神忒弥斯曾向他转达神谕说："阿特拉斯，你那棵树上的金子总有一天会被人抢走，抢金子的是朱庇特的一个儿子。"阿特拉斯唯恐此话应验，就在果园周围砌了一堵大墙，把一条大龙放在园内看守这树。凡有陌生人到来，他一律把他们从自己土地上驱走。因此他也对珀耳修斯说："滚开滚开，不然的话你就要遭殃；你所吹嘘的英雄事迹、你的那位朱庇特都救不了你。"他不仅动口，而且还动起武来，想把对方推出去，但是对方一面用好言陈述自己的情况，一面坚决不退。但是他的气力比不过阿特拉斯——谁又能和阿特拉斯比力气呢？——因此说道："好吧，你既然连这样一点方便都不肯给我，那么让我用这个来表示我的谢意吧。"说着，他转过脸去，用左手举起墨杜萨的头。[1] 立刻，巨人阿特拉斯就变成了一座大山。他的胡须头发变成了树，肩膀两臂变成了山脊，他的头变成了山峰，他的骨头变成了石头。他每一部分都变得硕大无比——天神啊，这也正是你们的旨意呢！——结果，整个天穹和上面的无数星辰都支在他的头上了。

不久风神埃俄罗斯把风关在坚固的监牢里，明亮的晨星已经升到天空，把人们唤醒，好去工作。珀耳修斯把放在一边的翅膀绑在两只脚上，把弯刀插在腰间，迅速地破空而去。他飞过了无数部族的上空，最后他望见了埃塞俄比亚，即刻甫斯[2] 的国土。在这里，不公正的阿蒙命令人们把无罪的安德洛墨达献出，来赎她母亲

---

[1] 据神话，凡看见墨杜萨头的人都会变成石头。

[2] 刻甫斯（Cepheus），埃塞俄比亚王，安德洛墨达（Andromeda）之父。安德洛墨达的母亲，认为自己女儿可以和海中女仙们媲美，女仙大怒，即请海神派海怪在埃塞俄比亚作祟，国王向阿蒙（埃及神，相当于朱庇特）问计，阿蒙命他将女儿缚在岩石上献给海怪吞食。

的失言之罪。珀耳修斯看见她两臂绑在粗硬的岩石上，除了她的头发在轻风中微微飘动，除了热泪沿着两颊簌簌地流着以外，他真以为她是座大理石雕像呢。他一见这情景，不觉生了怜惜之意，好像痴了一样。他被她非凡的美丽迷住了，险些忘记在空中是要扇动翅膀的，待他落到姑娘身旁之后，他说："你不应该身上带着这条锁链啊，你该带那种用来拴住一双情侣的锁链啊，请你告诉我这个国是什么国，你叫什么名字，你为什么锁在这里。"最初她一言不发，因为姑娘不敢和男子谈话。她想用手遮住羞怯的脸，但是她的双手被缚住了。她的眼睛还能运转自如，但是眼睛涌出了热泪。他不住地恳求她，她又怕他疑心自己在掩盖自己的什么过失，因此就照实告诉了他自己叫什么，这是什么国，她母亲又怎样不该夸耀她的美貌。她话还没有说完，就听见海上发出一声巨吼，从远处大海中冒出一只大海怪，漂在水面上，向这边游来。姑娘失声喊叫，正好姑娘的父母也在旁边，父亲悲痛，母亲都疯癫了，两人都极可怜，而母亲更是可怜。他们也救不了她，只有捶胸痛哭，抱住锁在石头上的女儿不放。

这时这位过路人就说道："哭的时候还多着呢，得赶快救她才好。我是朱庇特的儿子，我母亲被囚，朱庇特变了一阵金雨下凡生了我，我战胜了蛇发的墨杜萨，我能振起翅膀，敢于乘着天风飞翔，我想娶这位姑娘，做你们的女婿，我认为我应当比别人更配得上她，除了这些好处之外，我现在还打算替你们做一件事，假如天神也赞助我的话。我的要求就是，如果凭我的勇敢我把她救了，你们答应把她给我。"姑娘的父母接受了这条件——谁能拒绝呢？——求他拯救女儿，还答应把国土作为妆奁。

看，海怪已经来了，就像一艘快艇，艇上的桨手两臂冒汗划着它，破浪前进，这海怪用力向前涌进，海水沿着它的两腰分开。很快它就游到离开岩石不过一箭之遥的地方。这时青年珀耳修斯纵身一跳，离开地面，升上云端。海怪看到海面上有人影，就狠命向影子扑去。这时珀耳修斯就像神鹰看见有花斑蟒蛇在田野里晒太阳一样，嗖地一声从后面飞下去抓它，又怕蟒蛇回头用毒牙咬自己，就用自己的尖爪扣进蟒蛇的鳞甲包住的脖子——珀耳修斯就这样头朝下，风驰电掣似的，从空中飞下，从上面向怒吼着的怪物进攻，把一把弯刀从刀尖到刀柄全插进了它的右肩。

海怪受到重创，一会儿冒出海面多高，一会儿又没进海里，一会儿就像被一群狂吠的猎犬所包围的野猪一样转来转去，珀耳修斯靠自己能飞，躲过怪物的张开的大口。只要是怪物身上暴露的部分，他就用弯刀砍去，一会儿砍它长满海螺的脊背，一会儿砍它的腰，一会儿砍它那尖瘦得像鱼尾的尾巴。海怪口中吐出水来，里面夹杂着深红色的鲜血。这时珀耳修斯的翅膀被水花溅透，愈来愈重，不敢多飞了。他看见海里有一块礁石，当波浪平静的时候它就凸出海面，当波浪激荡的时候便被海水淹没。他就落在这礁石上，用左手抓住礁石的边沿，用右手不住地向怪物的要害剁去。这时岸上响起一片喝彩鼓掌的声音，直冲向众神所在的天界。姑娘的父母高兴万分，以女婿之礼相待，称他为救命恩人，王朝的砥柱。

姑娘解脱了锁链也走了过来。他付出一番劳力的原因是为了她，他付出劳力得到的报酬也是她，人们提来海水，他把胜利的双手在水里洗净，他怕墨杜萨的蛇发头颅被沙石擦伤，就在地上铺了一层树叶，又在树叶上铺了一层海藻，把墨杜萨的头颅安放在上面。刚从海里捞出来的海藻还是活的，毛孔很多，吸进了妖怪头颅的精气就变硬了，枝干也都僵死了。海仙又取了些海藻来试验，也变为僵硬，她们很是高兴，就把这些枝干撒在海里，好让它们繁殖。因此直到今天珊瑚还保有这种性能：当它在海里的时候，它的枝干是柔软的，一着风就会硬化，变得像石头一样。

珀耳修斯用草皮砌了三座祭坛，左面祭墨丘利，右面祭你，女战神，中间一座祭朱庇特。他宰了一头母牛祭女战神，宰了一头小雄牛祭墨丘利，宰了一头大公牛祭你，最伟大的神，珀耳修斯只要安德洛墨达作为他的功劳的报酬，不要什么妆奁。婚姻之神和爱神摇着火把在前引路，火里添上许多异香，房屋上挂起了花环，到处是竖琴、箫管和歌唱之声，表达着愉悦的心情。两扇大门敞开，但见一座金光灿烂的大殿，殿里摆下了丰盛的筵席，刻甫斯的王公贵戚都来参加宴会了。

筵席完毕，酒神有丰富的赏赐使大家心情畅快。珀耳修斯就问起国中的人情风俗，问起国中的人民，人民的习惯和精神面貌。国王回答了他，也问道："珀耳修斯，请你也告诉我们，你怎样运用你的神勇，你用什么方法，取得墨杜萨的头颅呢？"珀耳修斯回答说在寒冷的阿特拉斯山下有个地方。四围都是岩石，保卫得非常严密。在入口的地方住着两姐妹，她们是福耳库斯 [1] 的女儿，两人共用一只眼睛。正当这只眼睛从姐姐手里递到妹妹手里的时候，珀耳修斯就巧妙地偷了过来，然后他又走了半天，也找不着路在哪里，走过荆棘丛莽和坎坷的怪石，终于来到了戈耳工们的住处。他四面一看，田野里、路旁边到处都是看了墨杜萨的脸而变成了石头的人和兽。他自己也在左手握着的铜盾里望见了墨杜萨的可怕的形象。[2] 他等候墨杜萨头上的蛇睡熟了，墨杜萨自己也睡熟了，就一刀把她的头砍下，墨杜萨流的血就变成一对飞马，珀伽索斯和克律

---

[1] 福耳库斯 (Phorcys)，墨杜萨的父亲，他有三个女儿。在神话中同称戈耳戈 (Gorgo) 或戈耳工 (Gorgona)。
[2] 这个盾牌是女战神赠给他的，拿着这张盾牌，可以见人，而不为人所见。

萨俄。

　　珀耳修斯又叙述了他经历过的许多冒险事迹，都是真有其事的。他说他曾飞过高空，看见过什么海、什么国、飞过些什么星。他说完之后，大家静静地等候他说下去。但是在座有一位贵族就问他，为什么墨杜萨三姊妹，只有她的头发是蛇。客人回答说："你所问的问题是很值得一谈的。就请你听听其中的缘故吧。她原来是个最美的姑娘，许多人都希望要娶她。她周身无处不美，而最美的是她的头发。这是有一个见过她的人告诉我的。据说有一次在女战神庙里，海神涅普图努斯把她奸污了。女战神连忙回过头去，用盾牌遮住了自己的纯洁的眼睛。为了给这姑娘以应得的惩罚，女神就把她的头发变成了一堆丑恶的蛇。因此直到今天，女神的盾牌上还刻着许多蛇，用来恐吓敌人。"

卷 五

【1-249 行】

菲纽斯抢亲的故事

　　正当达那厄的英雄儿子珀耳修斯把他的事迹说给埃塞俄比亚众领袖听的时候，王宫里忽然听到一片嘈杂之声，这声音不是什么婚礼的歌声，而是挑衅的呐喊声。宴会顿时大乱，你可以把这情景比作大海，原来平静无波，一阵狂风把它搅得波涛汹涌。为首的是菲纽斯[1]，是他鲁莽地挑起这场战斗。他摇着一柄铜头梣木长矛，说道："看，看，我来了，哪个把我的新娘抢走，我来向他报复来了。就算你有翅膀，就算朱庇特变成了假黄金[2]，你也逃不出我的掌心！"他说着就要投矛，刻甫斯喝道："兄弟，你要干什么？你犯了什么疯病要干这无法无天的事？你就这样恩将仇报？他救了我们的姑娘，你就用这么一份陪嫁报答他？你若想知道真情，那么，把她从你手里夺走的不是珀耳修斯，而是众海仙涅瑞伊德斯的严峻的神灵，是头上生角的阿蒙[3]，是那来吃我的亲生骨肉的海

---

[1] 菲纽斯（Phineus），埃塞俄比亚王的弟弟。
[2] 指朱庇特变成金雨，与达那厄生珀耳修斯的事。
[3] 见卷四，671 行。形如公羊，故云。

怪。那会儿，你就已经失去她了，那会儿她眼看就要死了。也许你这狠心人要的就是她的死，要看我难受，好减轻自己的不痛快，好像你见她用铁链捆着还不心满意足，你身为她的叔父和未婚夫，却根本不来救她。再说，是不是因为有人救了她，你倒难受了？你倒想得赏了？你既然这么看重她，当初她被绑在岩石上的时候，你就该把她救下来啊。现在有人把她救了，还免得我老而无后，就让他把她娶去吧，他有功劳，我也同意。你要懂得，我不是在他和你之间而是在他和我女儿的必死之间，选中了他。"

菲纽斯也不答话，看着刻甫斯，又看看珀耳修斯，不知道应把长矛向哪个投去。过了片刻，最后，他用全身的气力，怒气冲冲，把长矛向珀耳修斯投了过去。长矛扎住了珀耳修斯的坐榻，珀耳修斯猛地从榻上纵身跳起，拔起长矛，投了回去，菲纽斯闪到神坛后边，神坛保护了这可耻的歹徒，否则早刺透了他的胸膛。但长矛并未枉投，它刺中了瑞图斯的前额，他倒下了，转动长矛，把它从骨缝里拔出来，这时他两脚抽搐，把摆好的餐桌溅满了血。这下可真把这批暴徒惹得发火而不可遏止了，大家都把枪投过来，还有人说该把刻甫斯和他的女婿一齐杀死。但刻甫斯早退出了殿堂，喊着要"正义"、"信义"和那些司宾主之礼的神作鉴证，证明这场骚乱可不是他挑起的。这时女战神帕拉斯[1]到来了，用她的盾牌保护着她的兄弟，鼓舞他的斗志。

来犯的群众当中有一个印度青年，名叫阿替斯，据说他母亲是恒河上的女仙林姆奈，她把他在清亮的河水里养大，长得极美，富丽堂皇的衣饰更增加了他的美。他刚十六岁，还是童男，身穿一件镶金边的推罗紫长袍，胸前挂着几条金项链，头发上抹着乳香，又

---

[1] 即雅典娜和弥涅耳瓦。此处她的"兄弟"指珀耳修斯。

用一道金箍拢住。他投枪的武艺高超，不管目标多远，他也能投中，而他的弓法比枪法还要高明。他正在弯他那张强弓，珀耳修斯从神坛中央抽出一根冒烟的木柴，向他投去，一下把他浑身的骨头砸得粉碎。

阿替斯最亲密的战友、最热爱他的朋友、亚述武士吕卡巴斯见他俊美的仪表躺在血泊里，身受重创，在作垂死的喘息，就失声恸哭，拾起阿替斯使过的弓，对珀耳修斯说道："你来尝尝我的厉害，不要因为杀了一个少年就高兴得太早，你得到的不是光荣，是耻辱。"他的话还没有说完，他那穿杨箭早像一道光似的脱弦而去，却只射穿了珀耳修斯的袍子。珀耳修斯举起杀死过墨杜萨的弯刀向他刺去，正中胸膛。垂死的吕卡巴斯双目无神，好像天色渐渐黑上来了似的，但还环视四周，寻找阿替斯，一头倒在他的身旁，两人死在一起，这样，他虽死也足以自慰了。

随后埃及的美提翁的儿子弗尔巴斯和利比亚的安菲墨东，作战心切，双双滑倒在淌满一地的血泊中，当他们想爬起来的时候，对方的刀把他们拦住，一个被刺中肋下，一个被刺中咽喉。

还有阿克托尔的儿子厄律图斯，他使的是一把双刃阔斧，珀耳修斯和他交手，这回他不用弯刀，而是双手举起一个雕花大酒盆，又大又重，向他对手投去，把他打倒，他仰面朝天躺倒在地，口吐鲜血，还不住地用头磕着地。珀耳修斯接着又一连杀死了巴比伦女王色米拉米斯的后裔波利代蒙、高加索的阿巴里斯、从特萨利的斯佩尔克俄斯流域来的吕克图斯、长发披肩的赫利克斯、弗勒居阿斯和克利图斯，垂死的人成堆，珀耳修斯就踏着成堆的死人战斗着。

菲纽斯害怕了，不敢靠近敌人打交手战。他投了一枪，却误中了伊达斯，那伊达斯本来没有参加战斗，（看来也是枉然，）是保持中立的。他怒目谛视着狠心的菲纽斯说："菲纽斯，我现在既然被迫参加作战的一方，我就是你的敌人了，这敌人是你自己制造的，我现在要以伤还伤！”他从身上拔出那枪正要投回去，但是由于流血过多，他倒下去了。

随后埃塞俄比亚的贺狄特斯（他的地位仅次于埃塞俄比亚国王）被克吕墨斯杀死，许普修斯砍死了普罗托厄诺尔，林奇德斯又把许普修斯杀死，在这群人中还有一个高龄老人叫厄玛提翁，为人正直敬神，由于年老不能参战，只能舌战。他走出来，诅咒那些拿起武器杀人的人。他颤颤巍巍的双手正抱住神坛，克罗米斯一刀把他的头砍掉，头滚到神坛上，半死的舌头还在咒骂，最后在神坛的火焰里它失去了生命。

随后布罗特阿斯和阿蒙两兄弟戴着牛皮护臂，号称无敌，但也死于菲纽斯之手，护臂岂能抵挡钢刀？还有地母神克列斯的祭司安普库斯头上束着白带，也被菲纽斯杀死。还有兰佩提德斯，他是个诗人，战斗的场面对他来说本来是陌生的，他从事的是和平的事业——弹琴唱歌，在宴会和节日人们请他去唱歌奏乐助兴。他此刻正站在一旁，手里拿着不是为了作战用的琴拨，却被佩塔路斯窥见，就嘲笑他道：“到地狱里去把你的曲子唱完吧！”一枪刺穿了他的左额，他倒下了，临死他的手指还在试着拨弄琴弦，还在唱着一曲悲歌。吕科尔玛斯见状大怒，把右边门柱上的粗壮门闩拔下，朝他颈椎骨猛力打去，佩塔路斯应声倒地，像一头被屠宰了的牛。这时非洲奇努弗欧斯的佩拉特斯想去把左边门柱上的门闩拔下，他正在拔的时刻，埃及玛尔玛利达的科律图斯一枪刺中他的右手，牢牢扎在木柱上，他不能动弹，阿巴斯过去一枪刺进腰眼，把他刺死，他死了也不倒下，还是歪着身子，因为他的手钉牢在门柱上了。珀耳修斯一方的墨拉纽斯也死了，还有多吕拉斯，他是那萨摩尼亚最大的土地主，广有田产，他占有土地之广、堆积的香料之多，谁也比不过他。一支枪斜刺里投来正中他的下腹，这地方可是致命的。投枪的是巴克特利亚的哈尔库俄纽斯，他见到多吕拉斯快要断气，两眼向上翻，对他说："你田地虽多，现在只有埋你的那块地是属于你的了！"说毕，他就走开了。但珀耳修斯要替多吕拉斯报仇，从他身上拔出余温尚存的枪向哈尔库俄纽斯投去，刺中了他的鼻子，一直穿透到颈后，枪头露出。珀耳修斯的运气来了，他杀死了克吕提乌斯和克拉尼斯，这二人是一母所生，但所受的伤不同，珀耳修斯甩开有力的臂投出梣木枪，刺穿了克吕提乌斯的两条大腿，把他刺死，而克拉尼斯则因一枪刺进嘴里，咬住枪头而死。此外，倒下的还有埃及门德斯的克拉东；阿斯特琉斯，他的母亲是叙利亚人，父亲不详；埃提翁，他能卜未来，这次却卜占失误；国王的掌管盔甲的侍从托阿克特斯；还有那臭名远扬、杀死亲生父亲的阿居尔特斯。

敌人还有很多，而珀耳修斯已筋疲力尽，此时全体敌人一心一意就是要压垮他一个人。敌人团结一致从四面八方列阵向他进攻，他们既不承认珀耳修斯应得的权利，也不承认他岳父已作的诺言。在他这一方，岳父忠实地支持他，但效果不大；未婚妻和她的母亲也站在他一边，但她们也只能在宫廷里到处哀号，而她们的哀号却被战斗声和伤员的呻吟声所淹没；同时女战神贝罗娜也在血溅家神，亵渎他们，重新挑起战斗。

菲纽斯和菲纽斯的上千名部下包围住珀耳修斯一个人。向他飞来的标枪比冬天的冰雹还密，有的飞过他左边，有的飞过他右边，有的飞过他眼睛，有的又飞过他耳朵。他背靠着一根大石柱，所以背后是安全的，他要对付的是正面来袭的敌人，左面进攻的敌人是卡俄尼亚的墨尔佩乌斯，右面是阿拉伯人厄特蒙。就像一只饿慌了的雌虎听到有两群羊在两条不同的山谷里咩咩的叫，不知该向哪群羊冲去，又想同时向两群羊一齐冲去那样，珀耳修斯也同样游移不决，是攻右面好，还是左边好。他先一枪投中墨尔佩乌斯的腿，把他打发掉，听凭他去逃命；但厄特蒙却不给他喘息的时间，怒气冲冲奔来，举刀用尽全力想要砍他的头颈，但一失手砍到了大石柱的边缘上，把刀砍断，刀刃飞起，正好插进他自己的喉咙。但是飞来的这一刀并未致他的死命，只使他踉踉跄跄徒然举起空空的双手向上苍祈祷，珀耳修斯过来举起墨丘利弯刀把他刺死。

最后，珀耳修斯见自己敌不过这样众多的敌人，于是说道："既然你们自己把我逼到这地步，那我只好向敌人[1]求援了。愿意和我做朋友的，把你们的脸背过去！"他说完就把戈耳工的首级举起。"用你那魔法去吓别人吧。"特斯克路斯喊道：他正准备向珀耳修斯投出致命的一枪，却立刻变成了一座石像，定住不动了。接着，安皮克斯一刀向豁达大度的珀耳修斯胸前刺去，就在他刺过去的瞬间，他的右手僵了，向左向右都动弹不得。尼琉斯，他冒充七口尼罗河所生，手持的盾牌上面雕着七口尼罗河的图形，一半是银的，一半是金的，喊道："珀耳修斯，你看，这就是我的祖先，你死在我这样一个伟大人物的手里，你死后到了寂静的阴曹，也该感到是莫大的安慰呢。"他的话还未说完就被打断了，他的嘴还张着，你以为他还想说话，但是话已经说不出来了。厄利克斯指着他们两个骂道："你们两个定住不动，不能怪什么戈耳工，只怪你们没胆量，跟我一块冲上去，把那家伙连同他挥舞的妖器统统打倒在地！"他正想冲上去，他的脚好像粘在地上一样，不能动一动，成了一座全副武装的石像。

确实，他们得到了应得的惩罚。不过，在珀耳修斯方面也有一

---

[1] 即墨杜萨（戈耳工）。

个武士，名叫阿康特乌斯，他正在战斗，但看了戈耳工一眼，也变成了石头，有个叫阿斯提阿各斯的以为他还是活人，用长刀向他砍去，那刀当啷一响，他呆住了，他自己也变了样子，他的脸变成了石头，仍然保留着惊讶的表情。要把群众里面死亡的人一个个的名字都说一遍，那要很长的时间，战斗结束，活着的人还有二百，看见戈耳工而变成石头的也有二百。

这时菲纽斯很后悔不该发动这场不正义的战争，但是后悔也无用了。他一眼望去都是不同姿态的人像，他也认得出这些都是他的部下，他叫着每个人的名字，希望谁能救救他们，他不敢相信所见属实，就去摸一摸最靠近身边的几个人体，都是石头。他转过身，斜伸双手，好像承认自己输了似的，恳求道："珀耳修斯，你胜利了，收起那女妖头，把你的那个墨杜萨的头收起来，不管她是谁，收起来吧，我请求你！我和你作战不是因为我恨你，也不是因为贪图王位，而是为了娶妻。你对她有功，我认识她更久。我情愿把她让给你，最勇敢的英雄，别的我不要，我只求你给我活命，其余一切都是你的！"菲纽斯说话的时候，虽然他在请求珀耳修斯，却不敢正眼看着珀耳修斯。珀耳修斯回答道："胆小鬼，不要怕，我能赏给你的，我一定赏给你，对你这胆小鬼来说，我将赏给你很大的恩典。我不杀你，我要把你变成一个永久性的纪念物，我要让人们看你永远站在我岳父家里，让我的妻子从她未婚夫的塑像里得到些安慰。"说着他就举起墨杜萨的首级，甩到菲纽斯扭转过去的面前。菲纽斯力图把目光移开，但他的头颈已经硬了，连眼泪也变成了石头。他虽然变成了石头，但他的脸依然保留着胆怯的表情，两眼还做着恳求的样子，两手表示屈服，神情谦卑可悯。

珀耳修斯以胜利者的姿态携带妻子回到了家乡。到了家乡，为了替外祖父阿克里西俄斯报仇（虽说他犯不上这样做），他进攻普

洛厄图斯 [1]，因为普洛厄图斯用武力赶走了他的哥哥阿克里西俄斯，篡夺了他的城堡。但是尽管他借助武力或依靠非法夺得的城堡，他也敌不过蛇发女妖可怕的目光。

但是，波吕得克忒斯 [2] 啊，小小塞里福斯岛的统治者，青年武士珀耳修斯的人所共鉴的勇气，他所经历的多少考验与艰辛，都未能使你的心肠变软，相反，你仍然心狠难移，恨他，毫无道理地怀着无穷的愤怒；你甚至看不起他所得的荣誉，声称他杀死墨杜萨全系捏造。珀耳修斯说："让我来给你证据，保护好你的眼睛！"他说着就用墨杜萨的脸对着波吕得克忒斯的脸一照，就把他变成了无血无肉的石头。

【250—293 行】
皮瑞纽斯自取灭亡的故事

这段时间，女战神自始至终在陪伴着金雨中出世的兄弟。[3] 战事过后，她便离开了兄弟，驾起彩云，在海上取一条短路，直向九位文艺女神所在的忒拜和赫利孔山而去，她在山上降落，向这九位博学的姊妹说道："我听说这儿新出现了一处泉水，是墨杜萨所生的飞马用蹄子踏出来的，我来此的缘故就是想看看这件奇事。我是亲眼看见过这匹马从他母亲血液里产生出来的。"司掌天文的乌拉尼亚回答道："女神啊，不管你是因为什么来到我们家，我们都衷心欢迎你。你听说的事是件真事，我们的水泉确是神马珀伽索斯所凿开的。"说着她便引导女战神到了圣泉。女战神望着这马蹄踏出

---

[1] 普洛厄图斯（Proetus），阿克里西俄斯之弟，篡夺了后者的王位，所谓"犯不上"（inmeritus），可能指阿克里西俄斯不敬巴克科斯之事，见卷三，559 行。

[2] 波吕得克忒斯（Polydectes），塞里福斯（Seriphus）王，想娶珀耳修斯之母，珀耳修斯用墨杜萨的头照他，把他变成石头。

[3] 女战神弥涅耳瓦（Minerva）和珀耳修斯都是朱庇特所生。

的一泓泉水叹赏了半天；又看看周围的参天古木、石洞和草上的繁花。她说记忆女神[1]的九位姑娘真幸福，管这样的职务，[2]住这样的地方。九姐妹中有一人答道："女神，假如你的英雄气质不驱使你去作些更伟大的事业，你是会来参加我们的行列的。你方才说得很对，你称赞我们的九艺和住处也很对。只要我们生活安全，我们确实是很幸福了。但是，这是个什么罪恶都做得出来的时代，一切事情都使我们姑娘们担心害怕。我们闭上眼睛还想得起皮瑞纽斯[3]的凶恶相貌，我直到现在还惊魂未定呢。这个蛮王带领了特剌刻的军队占领了陶利斯和福喀斯[4]的土地，建立了非正义的统治。有一次恰好我们到帕耳那索斯庙去，被他看见了，他便假意装出敬神的样子说：'记忆女神的姑娘们，'——原来他已经认出是我们——'不要再走了，请你们赶快进我家里来躲躲阴沉沉的天气和大雨吧。'——这时本来正在下雨呢。——'比我这家还不如的茅屋还蒙天神光临过呢。'他的话打动了我们，天气又坏，我们就答应他，走进了他的大门。一会儿，雨停了，北风把南风降伏，乌云飞快地散开，露出了明朗的青天，我们想继续上路了。但是皮瑞纽斯关上了大门，想用暴力对待我们。我们赶紧插上翅膀飞走。他也爬上屋顶，好像要追赶我们，向我们喊道：'任凭你们走哪条路，我一定追来。'他就这样发了疯似的，从堡垒上一蹿，却头朝下栽了下来，骨头摔得粉碎，污血把土地都染红了。"

---

[1] 谟涅摩绪涅（Mnemosyne）与朱庇特生九位文艺女神。
[2] 她们分掌九种文学艺术科学：历史、悲剧、喜剧、抒情诗、舞蹈、史诗、情诗、天文、宗教诗歌。
[3] 皮瑞纽斯（Pyreneus），是特剌刻（Thracia）的王。
[4] 离诗神之山帕耳那索斯不远的地方。

皮厄鲁斯的女儿们与文艺女神赛歌；
冥王普路托抢走普洛塞庇娜

　　这位文艺女神话还没说完，只听空中有鸟飞的声音，只听在高高的树梢上有什么东西在招呼她们。女战神抬起头来观看，心想是什么东西发出这样清楚的声音，像人说的话一样。她以为是人在说话，但是实际上是一只鸟儿。在枝丫间一共落着九只鸟，都在悲叹自己的命运。它们是九只喜鹊，能学各种声音。女战神正在纳闷，有一位文艺女神便对她说道："不久以前，它们在一次竞赛中失败，才变成了鸟类中的一个新族。它们的父亲是豪富的佩拉城的王皮厄鲁斯，母亲是派俄尼亚的厄维佩。她生了九个女儿，每次都是难产。九姐妹非常愚蠢，自以为九是个大数，就骄傲起来。她们游遍了海摩尼亚和阿凯亚的许多城市，来到我们这里，向我们挑战，要竞赛唱歌。她们说：'你们不要再欺骗那些愚昧无知的人了，你们哪里会唱什么歌呢？你们这些忒斯庇埃 [1] 的女神，敢来和我们比赛么？不论声音或技术，我们都不会输给你们，我们的人数也和你们相等。如果你们输了，就把墨杜萨的泉水和玻俄提亚的阿伽尼珀泉都让出来给我们；我们若输了，我们愿把从厄玛提亚一直到派俄尼亚雪山的一片平原让给你们。我们请女仙们来作裁判。'

　　"和她们比赛真是可耻，但是任凭她们嚣张更是可耻。因此就选定了女仙们作裁判，女仙们指着自己的溪流宣了誓，在天然的石凳上坐定。于是也不抽签，就由挑战的人先开始。她唱的是天神和巨人之间的战斗，巨人许多不应得的荣誉，而贬低了伟大天神们的

---

[1] 忒斯庇埃（Thespiae），玻俄提亚的一个城市，文艺女神所在之处。

事迹。她唱道：巨人堤福俄斯从大地的腑脏中冒出来，把天神们吓得胆战心惊，一个个转身逃跑，跑得疲倦不堪，躲到埃及和七条河口的尼罗河去了。大地之子、巨人堤福俄斯[1]一直追到那里，众神纷纷变了原形。她说：'朱庇特把自己变成了领队的雄绵羊，因此直到今天在利比亚他的显相还是双角弯弯的绵羊。日神阿波罗吓得变成了一只乌鸦，酒神巴克科斯变成山羊，日神的妹妹变成了一只猫，朱诺变成了一只雪白的母牛，爱神维纳斯变了一条鱼，而墨丘利变成了鹭鸶。'

"她一面用竖琴伴奏，一面这样唱着，并且向我们姐妹挑战——也许你没有工夫听我们唱吧？"女战神说："不要瞎担心，把你的歌按照次序唱给我听吧。"她说着，轻快地在林荫下坐定。这位文艺女神就接着说道："我们就推卡利俄珀[2]起来唱。她用藤叶环束住披散的头发，站起来，用手弹着琴弦，就唱了这样一支歌，'头一个用犁垦地的是女神刻瑞斯[3]，她头一个给世界提供了五谷和成熟的粮食，她头一个制定法律。一切都是刻瑞斯的赏赐，我一定要唱一支歌来歌颂她。我希望我的颂歌能配得上她，毫无疑问，她是值得我歌颂的。

"'巨大的三角岛[4]压住了堤福俄斯，它的重量堆在了这巨人身上，因为他竟敢和天神们较量高下。他不服气，屡次挣扎想要再起。然而他的右手被佩罗路斯揪住，左手被你，帕库诺斯，按倒。利吕拜翁[5]压在他腿上，埃特纳火山压住了他的头。堤福俄斯仰

---

[1] 堤福俄斯（Typhoeus），曾和天神作战，把天神击败，后来朱庇特用雷火把他打败，压在意大利南端西西里岛下。
[2] 卡利俄珀（Calliope），史诗女神。
[3] 刻瑞斯（Ceres），五谷稼穑女神。
[4] 三角岛（Trinacria），暗指意大利西西里岛，形如三角故云。
[5] 佩罗路斯（Pelorus）、帕库诺斯（Pachynos）、利吕拜翁（Lilybaeum）是西西里的三岬。

面躺着，恶狠狠地从口里喷出灰沙和火焰。他时常想用尽全身力气推开压在身上的土地，把高山和城市拱翻，这时候就发生了地震，连在寂静的地府中的神都害怕了，他怕地壳裂开大缝，天光透进地府，把鬼魂们吓坏。他唯恐发生这样的灾难，因此就离开了幽暗的国土，驾起黑色骏马拉的车子，仔细地巡视了西西里岛的基础。他检查一遍，感觉满意，各处都很牢固，这才放心。爱神维纳斯正坐在自己的山上 [1]，看见地府之神跑来跑去，便搂着自己的儿子小爱神说道："儿啊，你是我的左右臂，我的威力全靠你才能施展，你现在把这些征服一切的飞箭拿起来，去射那三分天下有其一的大神去。[2] 你统治着众天神，包括朱庇特。你征服了海上众神，包括统治他们的涅普图努斯。那么，统治地府的神为什么倒是例外呢？你为什么不扩大你母亲统治的领域和你自己统治的领域呢？三分之一的宇宙现在摇摇欲坠。[3] 甚至在天堂，没有人看得起我们，我为此苦恼了很久，我的影响，爱情的影响一天天减弱。你没有看见女战神和女猎神都背叛了我么？ [4] 连刻瑞斯的女儿 [5] 也想和她们一样终身不嫁，我们决不能允许。假如你还看重我们两人的威权的话，就请你看在它的分上，把普洛塞庇娜和她叔叔 [6] 用爱情结合起来。"维纳斯说完，小爱神就遵照母亲吩咐把箭解下，从一千支中选了一支最锋利、最准确、最听弓的话的箭。他用膝盖抵住角弓，拉开了柔顺的弓弦，用带着倒刺的箭矢一射就射透了普路托的心。

"'在亨那 [7] 城外不远，有一个深邃的池塘，名叫佩尔古斯。

[1] 西西里岛上厄律克斯（Eryx）山属于爱神。
[2] 地府之神普路托（Pluto），与海神涅普图努斯，天神朱庇特分治宇宙。
[3] 指地震。地府之神尚无配偶，爱情的势力尚未侵入地府，应乘此时机占据地府。
[4] 帕拉斯和狄安娜都立誓不嫁。
[5] 即普洛塞庇娜（Proserpina），未来的地府之神的配偶。
[6] 普洛塞庇娜是朱庇特和刻瑞斯之女，普路托是朱庇特之弟。
[7] 在西西里岛的正中央。

池上天鹅的歌声比利比亚的卡宇斯特洛斯河上的天鹅的歌声还要嘹亮。池塘周围的高岗上有一片丛林，像一把伞似的遮挡住炽热的阳光。枝叶发出沁人的清凉，湿润的土地上开着艳丽的花。这地方真是四季如春。普洛塞庇娜这时候正巧在林中游戏，采着紫罗兰和白百合，像个天真的姑娘那样一心一意地在把花朵装进花篮里，插在胸前，她想要比同伴们采得多些，不想却被普路托瞥见了。他一见钟情，就把她抢走，爱情原是很冒失的，姑娘吓坏了，悲哀地喊着母亲和同伴们，只是叫母亲的时候更多些。因为她把衣服的上身撕裂了，她所采的花纷纷落了出来，她真可以算是天真的姑娘，就在这样的关头，还直舍不得这些花呢。抢亲人驾车疾驰，鞭策着骏马，口里喊着每匹马的名字，把那染黑了的缰绳一味地在马颈和马鬃上抽打。他驰过许多深渊，驰过充满硫磺气味从地下沸腾而出的帕利齐湖[1]，驰过巴齐斯族从希腊两海之间的科林斯逃亡出来在大小两港之间所建立的都市。[2]

　　"'在库阿涅和皮萨的阿瑞图萨之间有一道海湾，夹在狭长的地岬之间，在这里住着西西里最有名的女仙库阿涅，库阿涅湖就是因她而得名的。她站在湖中，露出半截身体，认出是普洛塞庇娜，便向普路托喊道："你不准再向前走了！你怎能作刻瑞斯的女婿呢？她明明不愿意。你应该向姑娘求爱，怎么倒抢起来了？假如你允许我将小比大的话，我嫁给阿那皮斯也是因为他先向我求爱，我才答应他的恳求，岂是像这位姑娘这样因为害怕暴力才嫁人呢？"她说完便伸出双手，拦阻了普路托的去路。这时普路托心中怒火早已按

[1] 帕利齐湖（Palici），西西里岛上两个湖的名字，据传说原是兄弟二人。
[2] 巴齐斯（Bacchis）是希腊科林斯（Corinth）城的王，其子孙因奢华和野心被逐，到西西里建立了西拉库斯（Syracuse），即西西里首府。科林斯位于爱琴海和伊俄尼亚（Ionia）海之间。西拉库斯城有大小二港口。

捺不住，拼命赶着威势逼人的骏马，右手挥舞着宝杖，向湖水打去，湖底出现，泥土里打开了一条路直通地府，战车便直冲下去，消失在深邃的地穴里去了。

"'但是库阿涅一方面替被抢的女神难过，一方面眼看自己在湖上的权利被人践踏，心里暗暗伤感，难以自抑，不觉大哭起来，哭着哭着自己也化为湖水了。方才还是统治这个湖的女神，现在也变成水了，你分明可以看见她肢体瘫痪，骨骼软化，指甲失去了硬度，柔软的部分像深色的头发、手指、腿、脚先融化；柔软的东西变水本来不难。然后肩、背、腰、胸也都消失在水里。最后，血管中的活血没有了，只有清水在血管里流动，凡是你能用手把握得住的都没有了。

"'再说刻瑞斯这时焦急万分，走遍天涯海角，只是找不着女儿。不论头发上还沾着露水就已起身的黎明女神，或黄昏时出现的金星，都从没有看见她休息过。她在埃特纳火山上点起两根松木火把，在寒霜黑夜之中，无休止地行走着。等到温暖的白昼来临，星辰稀疏了，她还是在找自己的女儿，从日落到日出一刻不停。她走得又累又渴，在没有泉水可以润润喉咙的时候，可巧看见前面有一所茅屋，便去打门问讯。老媪开门看见了她，她便问老媪讨口水喝，老媪便舀一碗甜水给她，上面飘着些炒谷。她正在喝水的时候，有一个莽撞无礼的孩子老看着她，笑她，说她馋嘴。她一气便把喝剩的残水连同炒谷泼了他一脸，他的脸上立刻长出许多斑点，手变成了脚，又多长出来一条尾巴；他的身材也缩小了，免得他个子大力气大为害也大，他变成了一条蜥蜴，一条比平常蜥蜴还小的蜥蜴。老媪大惊而哭，伸手想去抚摩它，但是它逃走了，找了个地方躲藏起来。它的名称 [1] 和他的身体很相称，因为他身上长满了

---

[1] 蜥蜴名"星虫"（Stellio），因为它身上有星状斑点。

白点。

"'刻瑞斯历尽千山万水，真是一言难尽。没有一处她没有找过，最后回到了西西里。在西西里岛上她还是东寻西找，不觉来到库阿涅湖。可惜库阿涅女仙已经变成水了，否则她一定会一五一十都说出来的，但是她尽管想说，她却既无嘴又无唇，说不出话来。即便如此，她照样还是显示了一些迹象：她把普洛塞庇娜的腰带飘到水面，这是普洛塞庇娜无意中失落在水上的。她母亲看着眼熟，知道是女儿的东西，这才猛醒，晓得女儿被抢了，于是拆散头发，用手再三捶击胸膛。这时她还不知道孩子在哪里，她只是一味地咒骂土地，骂它忘恩负义，白白把庄稼送给它了。她尤其痛诟西西里的土地，因为正是在西西里的土地上她发现女儿丢失了，她一气就用手把耕地的犁砸碎，把灾害降给农夫和牲畜，让已经耕好的土地不长庄稼，让地里的种子腐烂。西西里的土地肥沃是举世闻名的，如今却名不副实了。五谷刚刚抽芽，不是干旱就是水涝，因此都死了。星位风向也都不利，地里一下种，贪吃的鸟儿便把种子都吃光，乱草和荆棘把麦子活活窒死。

"'这时阿瑞图萨 [1] 从她的池沼中抬起头来，把湿淋淋的头发从额角拢向耳后，向刻瑞斯女神说："走遍全世界寻找姑娘的母亲，丰收的赐予者，不必这样永无止境地劳碌奔波了，也不要对土地生气了，土地一向是忠实于你的。这片土地并没有过错，它也是不得已才给强徒开了一条路。我并非在给我自己的国土求情，我原不是本地人。我的故乡是庇萨，我是从厄利斯 [2] 来的，在西西里我是个外乡人。但是在所有的国土中我却最爱西西里，西西里已经成了我的故乡，我的家就在这儿，我求你仁慈为怀，救救它吧。至于我

---

[1] 阿瑞图萨（Arethusa），西西里首府西拉库斯对面的小岛上的小湖。此处指湖上女仙。
[2] 厄利斯（Elis），在希腊西南部。

为什么离乡背井横渡大海来到西西里，以后有时间等你心情坦适，面有笑容的时候再告诉你。在我面前坚实的大地裂开了一条路，我走过了地府的最深处，我一出地面已经到了这里，一看天上星辰都是陌生的，当我在地府斯堤克斯河边走过时，我亲眼看见普洛塞庇娜。她露出忧戚的神情，面有惊慌之色。但是她已身为王后，黑暗世界的伟大王后，地府君王的威风凛凛的配偶了。"母亲一听之后就像泥塑木雕的一样，半天不动，就像丧失了理智的人。一阵惊讶之后，接着又是一阵痛苦。她就驾车直向天庭而去。到了天庭，她面容阴郁、头发散乱、满心愤怒，走到朱庇特面前说道："朱庇特，我为了我的孩子，也就是你的孩子，来此向你有所请求。即便你对于我这个做母亲的不很关心，至少她是你的女儿，应该会打动你一个做父亲的心吧。不要因为我是她母亲，你便不关心她了。我寻找了许久的女儿终于被我找到了。找到了接不回来又有什么用处？况且只是知道她在哪里，也不能算找到了。他若肯把她交还给我，那么我决不计较他的抢劫行为；就算我的女儿嫁给强盗不能算委屈，但是你的女儿不应该嫁个强盗啊。"朱庇特回答说："不错，她是我们的孩子，是你的和我的；她是我们抚养大的，是我们爱情的标志。但是只要名正言顺，这件事有什么害处呢，只会增加好感。有他这样个女婿也并非耻辱，只要你答应就成。其他方面他有什么缺陷且不管，他是我朱庇特的弟弟，这还不够么？况且其他方面他也没有什么缺陷，他也并不比我低一等——只是碰巧他统治的是地府罢了。不过如果你真是想把他们拆散，普洛塞庇娜可以回到天上来，不过有一个条件，要她在下界饭食还不曾沾唇才成。这是命运之神所规定的。"

"'他说完之后，刻瑞斯还是决心要女儿回来。但是命运之神却已另有安排了，原来普洛塞庇娜已经吃了东西了。她在花园里散步的时候——她哪里懂得——她从倒垂的树枝上摘下了一颗红里透紫的石榴，剥下黄皮，吃了七粒石榴子。看见她吃石榴的只有阿斯卡拉福斯。他是地府中的河神阿刻隆和颇为知名的河仙俄耳佛涅在下界黑暗的林荫中所生的。这孩子看见了，并且宣扬出去，结果使普洛塞庇娜回不得人间，她非常气恼，就把这告密的孩子变成了一只凶鸟，并用地府火河中的水洒了他一脸，脸上就生出鸟嘴，长了羽毛，还长了一对大眼睛。小孩子失去人身，披上黄翼，头也变大了，指甲变成了鸟爪，手臂变成了翅膀之后举动非常困难。他变成了一只丑鸟，专门预报凶信，一句话，他变成了一头讨厌的猫头鹰，给人类带来不祥的预兆。

"'不错，他的嘴呱呱乱说，这种惩罚是理所应得的。但是你们这些人鸟 [1] 为什么身上是鸟毛鸟爪，而面貌却还是女孩儿的面貌呢？是不是因为当普洛塞庇娜在采摘春花的时候，你们这些善于歌唱的姑娘们在陪伴着她呢？你们在陆地上到处找她找不着，你们就要求能用翅膀拍着波浪漂浮在海上，好在海上也去找寻她么？天神答应了你们的请求，你们就突然发现自己的肢体上长出了黄金色的羽毛。但是你们怕失去美妙动听的歌喉和能唱的天赋，你们便保留了女子的面貌和人声。

"'且说朱庇特这时很为难，一面是兄弟，一面是伤心的妹妹，[2] 于是他就把轮转着的一年分为两半。普洛塞庇娜就分掌天地两界：半年和母亲过，半年和丈夫在一起。立刻她的心情和面容都改变了。本来在丈夫面前是愁眉苦脸的，现在已是笑逐颜开，像是乌云遮盖的太阳，当云散以后，又露出了阳光。

"'这时慈祥的刻瑞斯母女重圆，心里高兴，就问你——阿瑞图

---

[1] 指塞壬（Sirenes），是水上的女仙，人首鸟身，善以歌声引诱旅人。
[2] 刻瑞斯是朱庇特的妻子和妹妹。

萨——为什么逃走，为什么变成现在的圣泉。泉水听说，肃静下来，女仙从深渊里抬起头来，用手挤干绿发上的水，就把从前厄利斯河如何追求她的故事说了一遍。她说："我原是住在阿开亚的一个女仙，我最爱在林中翱翔，用罗网打猎。我虽然不求美名，虽然体格健壮，但是人人都说我美。大家赞我美，我并不高兴；别的姑娘有了天赋的美貌是会骄傲的，但是我是个乡下姑娘，长得美反叫我害臊，我认为叫人看了喜爱是不对的。我记得有一天打猎打累了，从斯丁法利亚树林回家，天气很热，一累就觉得加倍的热。我走到一条小溪边，溪水上一点漩涡都没有，流得一点声响也没有，清得见底，水底下的石子都历历可数，那水就像没有动似的，银色的杨树和柳树受到溪水的滋润，在斜岸边搭起了天然的凉棚。我走到水边，先用脚探探，又走到没住膝盖的地方。我还不满意，就把衣服脱了，挂在垂柳上，光着身体跳进水里，我正在打水，扑水，舞动双手，游来游去，玩着千百种花样的时候，我觉得水底下有人在低声说话，我吓得赶紧跳上了最近的河岸。阿尔弗斯在水里喊道：'阿瑞图萨，你匆匆忙忙地要到哪儿去啊？为什么这么忙着跑啊？'他哑着喉咙喊了我两遍。我衣服也来不及穿就跑了，原来我的衣服在对面岸上呢。他就更加追得紧了，心里充满了爱火，正因为我没穿衣服，我在他眼中诱惑力显得更大了。我在前面奔跑，他在后面紧紧追赶，就像老鹰追赶惊惶的鸽子，鸽子躲老鹰一样。我跑过俄尔科墨努斯城、普索菲斯城、库勒涅山、迈那罗斯山、清凉的厄吕曼图斯河和厄利斯河。他跑得不比我快，但是我的气力不足，不能够始终快跑，而他却能持久追赶，尽管这样，我还是穿过平原，翻过长满树木的高山，翻过岩石断崖，经过人迹不到的地方，一径跑下去。我背着太阳跑，假如不是因为害怕而看错了的话，我看见追我的那个人的影子已经跑到我前头，我千真万确地听见后面怕人的脚步声，他喘的气把我头发都吹动了。我这时已经筋疲力尽，便高声喊道：'狩猎女神，快来救我吧，我要被他捉住了，女神啊，请你念我替你背弓背箭之劳，救救我吧！'女神听见，在我周围撒下一片浓雾。追我的那个河神就在我周围打转，在迷雾里像摸黑一样在找我。有两次他已经到了女神把我藏起来的地方，但是他不知道，还连连喊道：'阿瑞图萨，阿瑞图萨！'那时候我的心情真紧张。我就像羊圈里的羊听见圈外狼嗥一样，又像躲在刺草里的兔子，看见了狗鼻子，一动都不敢动。但是他也不再往前追赶，因为他看见前面没有我的脚印。他就守着这地方，守着这一团云雾不走。我四肢直冒冷汗，深蓝色的水珠像雨点似的在我身上流。我的脚放在哪里，那里就是一汪水，我的头发上也流下水点来，说时迟那时快，我早已变成一条溪流了。但是他见了这一泓溪水还认得是我，于是他也抛去人形，又变回河水，和我合为一流。我侍奉的狩猎女神就使地上裂开一道缝，我一蹿，就蹿下了地心，就流到这俄耳堤癸亚岛上来了。我爱这座岛，因为它的名字正是我所侍奉的女神的名字，[1] 而且它也是最先把我接回地上的。"

"'阿瑞图萨的故事讲完了。丰产的女神刻瑞斯把双龙套在车前，拉紧缰丝，升上天空，在天地的中间飞驰。一直来到女战神的城堡。[2] 她把自己的飞车交给特里普托勒摩斯 [3]，给他许多种子，命他去撒种，一部分撒在没有开垦的土地里，一部分撒在长久休耕的田地里。这位青年就在欧洲和亚洲的高空上驰骋着，终于来到了斯库提亚，这里的王名叫林科斯。他进了王宫，国王便问他怎么来

---

[1] 俄耳堤癸亚岛即提洛斯岛 (Delos)，狩猎女神狄安娜生于该岛，所以又名俄耳堤癸亚岛 (Ortygia)。

[2] 指雅典。

[3] 特里普托勒摩斯 (Triptolemus)，厄琉辛 (Eleusin) 的王。

的，来作什么，姓甚名谁，家乡何处。他说："我的家乡是遐迩闻名的雅典，我的名字叫特里普托勒摩斯。我也不是乘船渡海来的，也不是起旱来的，我是经过空中的道路而来的。我带来了刻瑞斯的礼物，你把这些礼物撒在广阔的田野里，就会出产丰富的收成，和非野生的食粮。"野蛮的国王听了很嫉妒，他想自己居功，于是就款待来客，等到客人酣睡了，他就带了刀要害死客人。正当他举刀向客人胸膛刺去的时候，刻瑞斯把他变成了一只山猫，她叫这位雅典青年驾起龙车升空而去。'

"我们的大姐的歌儿唱到这里为止，我现在已经复述完毕。女仙们一致公认赫利孔山的文艺女神胜利了。输了的九姐妹就谩骂起来，我就回答说：'你们挑战，受到了惩罚，这还不够，还要谩骂，我们的耐性也不是没有底的，我们就要开始惩罚你们，来发泄我们的愤恨。'那九姐妹还是嘲讽和讥笑我们的警告。但是正当她们要开口说话并且大声傲慢地挥舞着双手的时候，只见从她们手指上长出了羽毛，臂上长出了翅膀，大家相对而视，只见对方的脸变硬，变成了鸟嘴，从此树林中又多了一种新鸟。她们想拍胸恸哭，不想举起两手扑打的时候，身体倒飞上天了，变成了喜鹊，唧唧呱呱，在树林中人人厌恶。直到今天虽然变了鸟形，她们当初说话的本领，那种嘶哑的聒噪，那种口若悬河的兴致，依然未改。"

卷 六

弥涅耳瓦惩罚织女阿剌克涅 [1]

女战神弥涅耳瓦听完了这故事，表示很赞成文艺女神所唱的歌，也认为她们的愤怒是有道理的，于是她自言自语道："仅仅称赞别人是不够的，我自己也应受人称赞才是，我不能让人随便轻视我而不给他们惩罚。"她说着便想起阿剌克涅这个迈俄尼亚 [2] 地方的姑娘。她听说这姑娘自以为纺织羊毛比她还好，不肯服输。这位姑娘很有名气，这既不是因为她出生的地方了不起，也不是因为她门第高贵，只是因为她手艺巧。她的父亲叫伊德蒙，是科罗丰地方的人，经常替她用弗凯亚地方出产的深红颜料染那吸水的羊毛。她母亲已经去世，不过她也是个出身低微的女人，和她丈夫一样。但是，阿剌克涅姑娘因为手巧，所以迈俄尼亚各个城市无人不晓，虽然她是贫苦小家出身，住在许派帕小镇上。时常，林中的女仙们离开特摩路斯山坡上的葡萄园，帕克托罗斯的水上女仙们离开自己的河流，来看她的精巧的纺织。不要说她制成的成品看着令人高兴，

---

[1] 阿剌克涅（Arachne），她是小亚细亚吕底亚染匠伊德蒙（Idmon）的女儿，精于纺织。
[2] 吕底亚的古名。

就是看她纺织也令人高兴，真是又优美，又灵巧。她把粗羊毛绕成线球也好，或者搓线也好，或者往纺杆上添絮白云似的羊毛也好，或者拉线也好，或者熟练地、优美地把纺锭捻转也好，或者用针刺绣也好，你可以断定这准是弥涅耳瓦教给她的。但是她不承认，只要一提这位伟大的女神是她师傅，她便生气，她说："让她跟我比比好啦，我若输了，怎么罚我都成。"

弥涅耳瓦听说，就变成一个老婆婆，头上戴了灰白的假发，四肢颤颤巍巍，拄着一根拐杖，向她说："老年人至少有几件本事是不能小看了的；年纪大了才有经验。不要轻视我的劝告。你纺织羊毛，你尽管在凡人中间去沽名钓誉好啦，在女神面前你须要让一着才是，你应该低声下气向她赔个不是，你这莽撞的姑娘。你向她赔不是，她一定原谅你。"但是她向老太婆瞪了一眼，把手里的毛线往地下一摔，怒气满面，简直就想打她一顿似的。她对伪装的弥涅耳瓦说："你这老糊涂虫，老得都快走不动了，你是活得不耐烦了吧。你要是有女儿、儿媳妇的话，去和她们去说吧。我会管我自己的事情。你的劝告完全白费，我的意见并没有改变。你那位女神为什么不亲自来一次呢？她为什么躲着我不跟我比赛呢？"女神便道："她已经来到了！"说着就脱去老婆婆的伪装，显露了天神真相。女仙们和附近来看的人都拜她，只有阿剌克涅不怕。尽管如此，她脸上也稍微不由自主地红了一下，就像黎明的红霞照映天空，等到太阳上升，红光就退落了一样。但是她还坚持比赛，而且她的自信已经发展到顽固的地步。在好胜的心情下，她奔向自己的灭亡。朱庇特的女儿弥涅耳瓦并不拒绝，也不再给她警告，或推迟比赛。她们毫不迟疑就在另一个地方支起织布机，各自铺上经线，经线绕过机梁，用机杼把经线分开，然后用梭子织上纬线，手指穿来穿去忙个不停，纬线织上，连忙拢紧。她们束紧腰带，紧张工作，熟练的手在机上移过来移过去，一心工作，忘了疲劳。她们用紫红色的线织着布，这种线都是在腓尼基的堤洛斯地方用铜釜煮染过的。由深入浅，由浅入深，丝毫不露痕迹，就像雨后天晴，天空高挂的彩虹一样，尽管它有千百种颜色，但是肉眼绝看不出一种颜色怎样就变成了邻近的另一种颜色。相邻的颜色分别不显，但是两端边缘上的颜色却迥乎不同。她们还添上一些柔软的金线，描绘出古代的故事。

弥涅耳瓦织的是战神玛尔斯在雅典的神山，描写的是一场争执，最后牵涉到这座山的命名的故事。[1] 十二位天神高坐在宝座上，气象森严，朱庇特坐在正中，每位天神各有特点。朱庇特俨然就是众神之王。海神站着，用三叉戟向嶙峋的岩石敲击，岩石被敲出一条缝来，海水从缝里涌出，象征着要占领雅典城，把它据为己有。女战神把自己也绣在上面，手持盾牌和尖矛，头戴战盔，盾牌保卫着前胸，她用尖矛击地，地上便长出一株浅绿色的橄榄，挂满了果实。众神用惊讶的神情谛视着。最后她又绣上胜利女神的肖像。但是她想应该再织些故事来警告对方，好让她知道渎犯天神会得到什么结果。因此她在四角织了四幅比赛图，每幅都是色泽鲜明，具体而微。一角上她织了洛多珀和海摩斯，由于胆敢僭称自己是至尊天神，原来是人，如今变成了两座荒山。第二个角落里她绣上了侏儒国女王革拉涅[2]的不幸遭遇，她和朱诺相争输了，变成了仙鹤，和自己的人民作战。第三个角落里她绣上安提戈涅 [3] 的

---

[1] 玛尔斯杀死海神涅普图努斯的儿子，被海神控告，玛尔斯在雅典的这座山上受审，以后此山便名阿瑞俄帕戈斯山（Areopagus），意即战神山。女战神所织的故事便是审判的场面。

[2] 革拉涅（Gerane），由于人民崇拜她，她便忘其所以，藐视朱诺和狄安娜，被变成仙鹤，专门与矮人作对。

[3] 安提戈涅（Antigone）是拉俄墨冬（Laomedon）的女儿，以发美见称，自谓可以和朱诺比美，因而受惩。

故事，安提戈涅也是因为敢和朱庇特的王后朱诺作对而被朱诺变成一只鸟，特洛亚和特洛亚的国王拉俄墨冬也莫可奈何，她身上披上白色羽毛，一张嘴呱呱叫着，原来已是一只白鹭了。最后的角落里绣的是喀倪剌斯 [1] 丧女的故事，他正抱着神庙的石阶，而这些石阶原来是他的女儿们的四肢。他匍匐在石头上像在哭泣。女战神随后在整幅图画的四周织上一圈象征和平的橄榄叶。她停止了工作，这件作品以她自己的橄榄树为结束。

　　阿剌克涅描绘的是欧罗巴被伪装的公牛 [2] 欺骗的故事。那头牛和真牛一样，海水也和真的海水一样。欧罗巴好像在回顾自己已经离开的陆地，好像在喊叫自己的同伴，又怕海浪冲击她，把一双脚尽量往上提。她又织出阿斯忒里亚 [3] 被一只奋力的老鹰抓住的情景。她又织出了天鹅翼下的勒达 [4]。她又添了一个朱庇特变成半羊半人的怪物和可爱的安提俄珀 [5] 生下孪生儿子的故事。她刻画了朱庇特如何假扮安菲特律翁来骗你阿尔克墨涅 [6] 的故事；又描写了朱庇特变成一阵金雨骗取了达那厄；又织了朱庇特把埃癸娜 [7] 变成火焰的故事；又织了朱庇特假扮牧羊人拐骗谟涅摩绪涅 [8] 的故事，变成一条花蛇骗了得俄的女儿 [9] 的故事。海神涅普图努斯啊，你变成凶狠的雄牛诱骗卡那刻 [10] 姑娘的故事被她描绘下来了。海神啊，你伪装成厄尼佩乌斯河，生下了巨人；你扮成

---

[1] 喀倪剌斯（Cinyras），亚述国王，他的女儿也因敢和朱诺比美，变成庙前石阶。

[2] 指朱庇特。

[3] 阿斯忒里亚（Asterie）是巨人之女，朱庇特变鹰将她攫去。

[4] 勒达（Leda）是斯巴达王后，朱庇特变为天鹅将她占有。

[5] 安提俄珀（Antiope），玻俄提亚的公主。

[6] 安菲特律翁（Amphitryon），忒拜王；阿尔克墨涅（Alcmena），是他的王后。

[7] 埃癸娜（Aegina），河神之女，受朱庇特引诱后，被化为火焰。

[8] 见卷五，268 行。

[9] 得俄（Deo），即五谷女神刻瑞斯之女，普洛塞庇娜。

[10] 卡那刻（Canace），风神之女。

了雄羊骗取了比萨尔忒斯的女儿；你变作一匹马和金发的、温和的五谷女神刻瑞斯恋爱；你变成一只鸟，和蛇发的墨杜萨生了飞马；你化作海豚和墨兰托相爱。这些形象连带事件发生的地点，阿剌克涅都织出来了。她又描绘了日神伪装乡下人、伪装老鹰、伪装狮子、伪装牧羊人骗了马卡柔斯的女儿伊塞。她又织出酒神用一串假葡萄骗了厄里戈涅的故事，巨人萨图尔努斯变了一匹马生出半人半马的怪物喀戎。[1] 这匹布的周围一圈织满了花朵和盘绕的藤叶。

这件活计，不要说女战神，就连嫉妒女神也挑不出一点毛病。金发女神见她织得好，非常气愤，就把这块织成的锦绣连同上面描绘的天神的丑事撕碎，用手里的梭子连连在阿剌克涅的头上敲了三四下。可怜这姑娘如何忍受得了，就套个圈儿上吊死了。女战神见她上吊了，心中怜惜，把她解了下来，说道："坏姑娘，你还是活下去吧，但是你老得悬在空中，你的族类也要受到同样的处罚，使你们将来世世代代得不到安全。"说着，她转身走开，一面用地府的毒草的汁液洒在姑娘身上，姑娘的头发一沾毒汁就脱落了，耳朵鼻子也脱落了，头部缩小了，整个身体也收缩了，纤长的手指变成了腿，其余都变成了肚子。她从此永远纺着线，她变成了蜘蛛，还像往日一样地织呀织呀。

【146—312行】

尼俄柏因骄傲受惩罚

吕底亚全国哗然，这故事传遍了佛律癸亚诸城，全世界无人不谈论此事。尼俄柏[2] 在没有结婚以前，原是认识阿剌克涅的，那

---

[1] 参看卷二，630行。
[2] 尼俄柏（Niobe）、佛律癸亚（Phrygia）和吕底亚（Lydia）的王坦塔罗斯（Tantalus）之女。

时尼俄柏还住在迈俄尼亚的西皮罗斯山旁。她听了她同乡姑娘阿剌克涅的遭遇以后，并不引以为戒，并不对天神让步，也并不口中尊敬天神。有许多事本来是可以使她骄傲的，例如她丈夫的巧技，[1] 他们两人高贵的出身，他们的权威，这些固然也使她高兴，但她偏偏要认为自己的儿女最足骄傲。她本来可以算作是最幸福的母亲的，可惜人家没说，她自己已先把自己看作是最幸福的母亲了。有一天，未卜先知的神巫忒瑞西阿斯的女儿曼托受了神的感召在忒拜的大街上一面走一面逢人便宣布道："忒拜的妇女们，去到拉托娜 [2] 庙去，去向她和她的两个孩子进香祷告去，头上要戴上桂叶冠。我宣布的是拉托娜的命令。"大家都听从她的吩咐，所有忒拜的妇女头上都戴了桂冠，在祭坛前焚香祝祷。

看，尼俄柏也来了，许多人陪伴着她。她穿着金线绣成的佛律癸亚式的长袍，非常引人注目；她面容秀丽，只可惜挂了点怒气。她把优美的头一昂，头发落在两肩。她停下脚步，把身体挺直，骄傲地向四面一望，说道："你们疯了么？你们只知道敬奉听说过的神，却不敬奉亲眼看见的神。你们为什么在这神坛前朝拜拉托娜，我也是神，为什么不给我烧香？我的父亲是坦塔罗斯，凡人中只有他曾经和天神同桌进过餐；我的母亲是七星之一；我的外祖父是双肩擎天的神阿特拉斯；我的祖父是朱庇特，而且，使我感觉骄傲的是朱庇特也是我的公公。佛律癸亚各族人民都敬畏我。我是卡德摩斯 [3] 王朝的王后，忒拜城是我丈夫用琴声感动顽石建造起来的，忒拜的人民都公认他和我是忒拜的统治者。在我的宫殿里，我眼光

---

[1] 她丈夫安菲翁（Amphion）是忒拜（Thebae）王，善奏琴，琴声感动石头，石头自动筑成忒拜城墙。

[2] 拉托娜（Latona），日神阿波罗和狩猎女神狄安娜之母。

[3] 卡德摩斯（Cadmus），腓尼基王之子，欧罗巴之兄，是忒拜城邦的创立者，他的故事见卷三，卷四 563—603 行。

所见之处，无处不是堆积的宝贝。此外，我的美貌可以和天上的女神相比。这些都不算，我还有七子七女，七个儿媳七个女婿。你们应当先问问有没有可以使我骄傲的理由，再去大胆地朝拜拉托娜而不拜我也不迟啊！拉托娜的父亲科俄斯是个无名之辈，拉托娜自己有一次要养孩子，[1] 大地虽然无边，连一席地都不给她。天、地、海都不收容你们这位女神，宇宙之大无处容身，她简直像个流亡者。最后还是提洛斯岛可怜她无家可归，对她说：'你在陆地上漂流，我在海上漂流'，[2] 才给了她一席不稳定的立足之地。在岛上她生下两个孩子，只够我的七分之一。谁能否认我的福气大呢？谁能怀疑我的福气不长久呢？我要什么有什么，我还怕什么？命运女神是伤害不到我头上来的。就算她把我所有的东西夺走许多，我还可以剩下许多呢。我的福气把一切忧虑都冲散了。假定命运女神把我许多儿女夺走，无论如何也不会只剩下两个，像拉托娜那样。她只有那两个孩子，其实和无儿无女的人也差不多。快给我走开，你们供过的祭品足够了，把花冠都给我摘下来吧。"她们都摘下了花冠，祭祀未完便离开了，但是她们口中不说，心里还是尽力向女神祝祷。

女神拉托娜很是气愤，在铿托斯山对日神阿波罗和狄安娜说："我是你们的母亲，我生养了你们，感觉很骄傲，除了朱诺以外，对任何女神我都决不服输。现在有人怀疑我的尊严地位了。孩子们，你们要不帮助我，那么我的祭坛前将要世世代代断绝香火了。我气愤的还不止此。坦塔罗斯的那个女儿不仅使我蒙受损失，她还侮辱我。她居然敢说她的儿女比你们强，还说我无儿无女！就让她尝尝无儿无女的滋味吧！她的那张亵渎神明的嘴和她父亲简直差不

---

[1] 指生育日神和狩猎女神。
[2] 提洛斯（Delos），原是一座浮动的岛，为了帮助拉托娜生产，才固定不动。

多。"[1] 拉托娜说完，本想接着恳求儿女，这时日神打断了她的话头，说道："不用多说了，抱怨半天反而耽误了处罚！"狩猎女神也这么说。于是兄妹二人立刻飞上天去在卡德摩斯的城边落下，周身有云气笼罩着。

在城墙边有一片平坦的场子，战马经常在这里驰骋，马蹄和战车早把这片土地辗平。安菲翁的七个儿子有些正在这里骑着骏马，牢牢坐在披着提洛斯紫毡的马背上，手里握着金丝缰绳。其中有一个是伊斯墨努斯，是他母亲的头生儿子，他正骑着战马绕场盘旋，他勒紧缰绳，战马口飞白沫。忽然他大叫一声："哎呀！"胸前中了一箭，缰绳脱手，慢慢从马的右肩前跌落地下。接着，西皮罗斯听见半空箭声嗖地一响，立刻放马跑去，就像船主看见云起，知道风暴来临，赶紧张起所有船帆，让每一张帆都吃着风，加紧逃跑那样。正当他逃跑之时，那支箭是任何人也躲不过的，早把他赶上，正插在他的后颈上，颤动个不停，而铁的箭头早从前面咽喉透过去了。他向前扑倒，从马头上栽下去，落在马脚边，鲜血染了一地。不幸的菲狄姆斯，还有和外祖父同名的坦塔罗斯，这时已经练完经常练习的马术，正在演习适合于青年的角力比赛。这时，他们两人正紧紧抱在一起，胸对着胸，不可开交，忽然拉满的弓上发出一箭，把他们两个一同射透。两人同声哀号，一同倒下，在地上疼痛难当，四肢抽搐，两人同时瞑目，同时气绝而死。阿尔菲诺尔看着他们死了，捶胸大恸，跑过去抱起他们僵冷的尸体，正在表示兄弟般的哀悼之际，他自己也倒下了。原来阿波罗一箭正中他肋下，把他射死了。他把箭拔出来，箭矢上钩住的腑脏也带了出来，鲜血喷得好高。但是年轻的达玛西克彤受的伤还不止一处呢。一箭正中他

---

[1] 指坦塔罗斯曾经揭露天神秘密，这是极不尊重神明的行为。

的小腿和大腿之间，膝盖的后部。他正想用手把这支可能致命的箭拔出来的时候，又飞来第二支箭穿透喉咙，只留下箭尾露在颈后。鲜血涌上来把箭冲出来，又向空中喷射。伊里俄纽斯是最后一个；他伸出双手，向天祈祷，但这又有什么用处？他说："各位天神，饶了我吧。"他不知道他是无需向一切天神祈祷的。[1] 阿波罗很受感动，起了恻隐之心，但箭已发出，无法收回，因此这青年也被射倒，所幸是"轻伤"，箭中心脏，并不算深。

一时这事早传开了，人民哀恸，尼俄柏自己的朋友们也都伤心落泪。做母亲的尼俄柏这才知道发生了横祸。她非常吃惊，吃惊的是这件事怎么居然发生了；她非常恼怒，恼怒的是天神们居然敢这么大胆，居然有这么大的威力。至于做父亲的安菲翁，早已一刀刺进自己胸膛死了，因而他结束了自己的生命，也结束了悲痛。至于尼俄柏，那真是前后判若两人，不久以前她还把人们从拉托娜的神坛前驱散，在大街上高视阔步，她的朋友见了哪个不羡慕，如今连她的敌人看见了她也都觉得可怜。她匍匐在儿子们僵冷的尸体上，疯狂地乱吻着他们，这是最后一次了。她向天举起苍白的手臂，呼喊道："残忍的拉托娜，我伤心，你可称心如意了吧！我难过，你可心满意足了吧！好吧，把你那吃血的肚肠填满吧！我的七个儿子死了，就像我自己死了七遍一样。你去为你那可诅咒的胜利高兴吧，欢呼吧。这算胜利吗？我虽然不幸，你虽然幸福，我的还是比你的多。虽然死了这么许多，胜利还是属于我！"

她刚说完，只听弓弦当的一响。大家都惊慌失措，只有她不怕，她的不幸使她胆子壮了。她的女儿们这时正站在兄弟们尸床旁边，头发散乱，身穿黑袍。其中一个正在把一支箭从一个兄弟的肚

---

[1] 意谓"只须向拉托娜祈祷便够了"。

皮上拔出来，忽然应声而倒，伏在他的尸体上，失去知觉，已经死了。第二个女儿正在安慰母亲，忽然不说话了，不知哪里受了伤，痛得直不起腰来。她双唇紧闭，气绝而亡。另一个正想逃跑，但是白费心机，也倒下了。另一个倒在自己妹妹身上，一个死在隐蔽之处，一个浑身战栗人人可见，也倒下了。到此为止已有六个女儿受了各种伤，死去了，最后还剩下一个。母亲弯着身子，用自己的袍子掩护着她，一面喊道："给我留下一个吧！这是我的最小的姑娘！我的孩子都死光了，我求你给我留下这个最小的吧！只留下一个！"她还没有祷告完，她要拯救的孩子早已没救了，早已死了。这时这位无儿无女的母亲，望着周围儿女和丈夫的尸体，坐在地上，悲痛得直像木雕泥塑的一样。她的头发在风中也不飘动，她的脸苍白而无血色，满面愁苦，两眼呆呆地望着，看上去一点生气都没有了。连她的嘴都不说话了，舌头冻住在上颚，血管也不搏动了，头颈不能弯，手臂不能抬，两脚不能走路。她的五脏六腑也都变成了石头。但是她还在流泪。忽然一阵狂风把她吹回了家乡。狂风把她吹落在山峰上，她还是流泪，直到今天眼泪还从这块白石上流出来。

【313—381行】

乡人变蛙的故事

女神这一怒，使得男男女女无不惶恐，比以前更加虔诚地信奉这位生下兄妹两神的母亲了。世上的事情往往如此：近事常会勾引起往事。有人这时便谈起下面这个故事。"在吕喀亚的肥沃的田野里，古时候有几个农民，他们也因为怠慢了这位女神而吃了苦头。知道这件事的人并不多，因为那些遭殃的人并非高贵门第出身的人，但是这件事却也令人惊奇。那因此而出名的池塘，我是亲眼看见过的。当时我父亲还在世，但是已经上了年纪，身体衰弱，不能出远门，就叫我到吕喀亚去赶回来几头精壮的公牛，并且派了一个本地人给我带路。我们两人在草原上看见一个小湖，在湖心里，有一座古老的神坛，祭祀多了，早被烟火熏黑了，神坛周围长满了摇曳的芦苇。我的带路人停止脚步，战战兢兢低声说道：'求你大慈大悲！'我也跟着低声说道：'大慈大悲！'我就问我的向导这座神坛是祭水神用的呢，还是祭林神用的，还是祭本地什么神用的。他回答道：'不是的，这座神坛不是祭什么本山本土的神用的。这座神坛祭的是她：就是被天后朱诺放逐出人间、游动的浮岛提洛斯几乎不敢收留的那位女神。[1] 在岛上，倚着棕榈树和橄榄树，不管朱诺是否高兴，她生下了一对孪生兄妹。后来连岛上也呆不住，虽然刚做母亲，也不得不怀里抱着一对刚才呱呱坠地的小神逃跑，怕的是朱诺追赶。她一跑跑到吕喀亚的边境，正是喀迈拉[2]的家乡，烈日当空，照射田野，女神走了一路，非常疲倦，又是太阳晒，又是口渴，看看要晕倒了，孩子又饿得把她的奶也都吃干了。正巧这时她看见山沟里有一个不大的湖，有几个乡下人在摘柳条、芦苇和长在湿地上的茅草，拉托娜走到水边，跪在地上想喝点清凉的湖水解渴。但是这些乡民不准她喝水，她就向他们恳求道：'为什么你们不准我喝水？喝水是人人能享有的权利。大自然创造了太阳、空气和水，不是让谁私有的。我要求的是人人能享有的权利，虽然如此我还是向你们好言相求。我并没有打算在你们池子里洗脚、洗澡，我只想喝点水解渴。我现在说话，嘴是干的，一点津液都没有，我的喉咙都快裂了，我的嗓子都快没有声音了。喝一口水，对我来

---

[1] 指拉托娜，她被朱庇特爱上，引起朱诺的嫉妒。
[2] 喀迈拉（Chimaera），狮首、羊身、蛇尾的怪物。此处指吕喀亚（Lycia）境内一山，山峰多狮，山腰牧羊，山脚产蛇。

说，就和仙露一样。我坦白说，喝一口水就等于救我一命；是的，你们若是准我喝水，就是救我一命啊。再说这两个孩子，你们看了不动心么？你们看他们在我怀里把小手儿直往外伸。'正巧这时两个孩子把手伸出来了，女神这番和善的话，谁听了会不感动呢？但是，随她怎样祈求，他们坚决不肯，并且恐吓她，骂她，要她走开。他们这样还不满意，他们把手脚都浸进水里，把水底轻软的泥土都搅了上来，还在水里恶意地跳来跳去。女神一怒，忘记了口渴，她也不再向这些卑鄙的人恳求了，忍无可忍，只好拿出女神的威严来说话了。她两手伸向天上，说道：'你们在这池塘里生活吧！'女神的祷告果然实现了。他们喜欢在水里，有时全身浸没在水里，有时把头露出来，有时顺着水面游泳。有时他们坐在芦苇岸上，有时又跳回清凉的池水。但是直到今天，他们还是和从前一样：一开口就是乱吵乱骂，即便沦为水族，仍是那样毫无羞耻；即便浸没在水里，他们还想继续骂人。他们的声音也嘶哑了，他们的喉咙胀大了，他们不停地吵嘴，结果嘴巴也长阔了；他们昂着头，结果后颈和背长在一起了。他们的背是绿的，他们身体上最大的一部分——肚皮——是白的。他们是新变成的青蛙，在泥塘里跳来跳去。"

【382—400 行】

玛尔希阿斯被剥皮的故事

这位不知名的说故事的人讲完吕喀亚乡民遭到毁灭的故事之后，另一个人也想起了一个故事，说的是拉托娜的儿子在一次吹风笛的竞赛中胜了一个萨蒂尔[1]，并惩罚了他。这萨蒂尔喊道："你

---

[1] 萨蒂尔（Satyr），半人半羊的怪物，他向阿波罗挑战比赛吹笛，阿波罗胜利，剥了他的皮。

为什么剥我的皮？我再也不干了，再也不干了，为了吹笛子，不值得。"他直管喊叫，阿波罗还是把他周身的皮都剥光，浑身成了一整片伤，血到处流着，神经暴露在外，血管闪动着，却没有皮包着，肠子在搏动，胸间的肝肺历历可数。那些乡民、林神、其他的萨蒂尔、他所爱的奥林波斯[1]、女仙们都哭了，在山上牧长毛羊和双角牛的牧人也哭了。肥沃的大地被眼泪浸湿，浸湿了的大地又承受着他们的泪，被深深地吸进了地脉。大地把眼泪化成了泉水，涌出地面，又从源头沿着斜谷急速流入大海，这条溪流就以这萨蒂尔的名字玛尔希阿斯命名，是佛律癸亚最清澈的一条溪流。

【401—411 行】

珀罗普斯装象牙肩的故事

这些故事讲完之后，人们立刻又想到眼前发生的事，大家对安菲翁和他子女之死感到哀痛。大家都责备那个做母亲的，但据说在这情况下，却有一个人为她洒了一滴同情之泪，那就是她的兄弟珀罗普斯。他把自己的衣服从肩上扯下，露出了左肩上的象牙。他出生的时候，左肩和右肩，颜色和血肉都是一样的，后来他的父亲把他肢解了[2]，天神又把他四肢复了位，天神见他四肢俱全，只缺颈部和上臂之间一块，于是就用象牙补上这块空缺，这样珀罗普斯才又成为一个完整的人。

---

[1] 是这个萨蒂尔的徒弟和朋友，不是神山。
[2] 珀罗普斯（Pelops），坦塔罗斯之子。在他婴儿时，他父亲请众神宴会，把他杀了，做成菜肴，要考验众神是否有神慧。众神都看穿他的诡计，不吃，只有刻瑞斯无心中吃了肩头肉。众神后来把他补好，惩罚了他的父亲。参看卷四，458 行。

普洛克涅和菲罗墨拉姊妹复仇

周围的王公们都来到忒拜，附近城市也请他们的君主前来慰问。阿耳戈斯和斯巴达、珀罗普斯的故乡米刻奈、还未遭到狄安娜残酷惩罚的卡吕冬、肥沃的俄尔克墨努斯和盛产铜器的科林斯、好战的麦塞涅、帕特莱和低洼的克列翁涅、涅流斯的城市皮洛斯、还未受皮特乌斯统治的特洛曾、还有被两海之间的地峡封住的所有其他城市，以及地峡以外望得见的城市。但是谁能相信呢？只有雅典毫无动静。原来是战争使它不能前来尽礼，大批蛮族从海外入侵，兵临雅典城下，居民正十分恐慌。

特剌刻的忒柔斯[1]派兵来援救，驱散了蛮族的军队，由于他的胜利，他赢得了极大的名声。他既有资财，兵力又雄厚，而且他又是格剌狄乌斯[2]的后代，于是雅典王潘狄翁[3]就把女儿普洛克涅[4]许配给他，结成姻亲。但是在结婚这天，婚姻之神朱诺、许门[5]和文艺女神都没有出席。打着火炬引导新郎新娘入洞房的是三位复仇女神，她们的火把是在火葬场上偷来的。替新郎新娘铺好床褥的也是她们，凶鸟猫头鹰在洞房的屋顶上盘旋一阵落在屋脊上。普洛克涅和忒柔斯就在这样的恶兆下成了夫妇。但是特剌刻的人都为他们的婚姻高兴，感谢神灵。他们并且把潘狄翁的女儿和他们的显赫的国王成婚这一天，又把伊堤斯[6]出世这一天，都规定

---

[1] 忒柔斯（Tereus），特剌刻的王。可以大致的说，这以前是有关天地开辟和神的故事，这以后多是人间英雄（主要为伊阿宋和忒修斯）的故事。

[2] 格剌狄乌斯（Gradivus），即战神玛尔斯。

[3] 潘狄翁（Pandion），雅典王。

[4] 普洛克涅（Procne），由于她后来变为燕子，这名字遂被用来转喻燕子。

[5] 许门（Hymen），司婚姻的女神。

[6] 伊堤斯（Itys），他们的儿子。

为庆祝的日子。事情办得妙不妙，我们凡人是不知道的。

　　巨人索尔[1]带动运转的年月过了五秋，有一天普洛克涅向丈夫娇声说道："你如果还喜欢我的话，你让我去探望我的妹妹吧；不然就把我的妹妹接来，你可以和我父亲说，我妹妹来了，住一阵就叫她回去。你如果能让我和我的妹妹会个面，那真是莫大的恩典了。"忒柔斯于是就令人放船下海，一路摇桨张帆，早已到了雅典港口。于是他舍舟登陆，不一刻来到岳父跟前，两人握过右手，互道寒暄。他刚要说自己受了妻子的委托到这里，来接姨妹去小住，即刻送回，忽然菲罗墨拉[2]自己进来了。她衣装华美，但是人品却更加娇美。我们常听说水中女仙，还有林木深处的林仙；她们若穿上这样华丽的衣服一定和她差不多。忒柔斯一见这位姑娘，立刻爱上了她，就像烈火点燃干柴、枯叶或麦秸一样快。她的美貌却也值得人爱。至于忒柔斯，他天性好色，他那国家的人本来又淫乱，因此他的天性和部族的性格都在他心里燃烧起来。他很想贿赂菲罗墨拉的贴身侍从和她的忠心奶娘，甚至想用贵重礼物直接去引诱姑娘，倾国倾城在所不惜。不然，就用武力把她抢走，再发动流血战争把她保住。他的欲念无法抑制，天下没有一件他不能做，不敢做的事。他的欲火在心里燃烧，胸腔简直包它不住了。他不愿再多迟延，又再三急切地提出了普洛克涅的要求，假他人之名，以成全自己的私愿。情欲使他振振有词，有时话说得太殷切了，他就推托是普洛克涅的意思。他甚至在恳求之上还加上许多眼泪，好像这也是普洛克涅吩咐他做的。天上的神明！盲目的黑夜在统治着凡人的心啊！忒柔斯心中想做的是无耻的勾当，而人们反把他当作心地善良的好丈夫，他心怀叵测，反而赢得了好名声。不仅如此，菲罗墨拉

---

[1] 索尔（Sol）是日神，但与日神阿波罗不同。
[2] 菲罗墨拉（Philomela），由于她后来变为夜莺，这名字遂被用来转喻夜莺。

自己也有同样的愿望；她搂着父亲的脖子撒娇，要求他准许她去和姐姐会面；她说去一趟对自己有好处（岂知后患无穷！）。忒柔斯两眼盯住她，想象自己已经把她抱在怀里。他见她吻她父亲，搂住父亲的脖子，他感觉心痒难熬，就像在欲火上加柴加油一样。她每次拥抱父亲，忒柔斯恨不得自己变成她的父亲，但是即便他变成了她的父亲，他的心地也不会更纯正一些的。父亲在双方的恳求下答应了。姑娘高兴得不得了，谢过父亲，可怜哪，她还以为这回两姐妹的心愿可都成全了，谁想到两姐妹就此遭到不幸呢！

日神一天的工作已将完毕，他的骏马正向西天奔驰。人们摆下了丰盛的筵席，把酒倾在金杯里。吃完晚餐，大家睡下安息。但是特刺刻的王虽然休息了，他心里还像油煎一样思念着她。他想起她的神情举止和她的双手，他并且还任意想象那些没有看到的部分，使自己难忍难熬，辗转不寐。终于天亮了。忒柔斯告辞，潘狄翁紧握着女婿的手，把女儿托付给他，眼中落下泪来。他说："亲爱的孩子，父女之情使我不得不答应，我的两个女儿既要这样，而你，我的忒柔斯，也希望如此，因此我就把她交付给你，请你照顾。你是有荣誉的人，我们是亲如骨肉，看在天神的分上，我求你保护她，像父亲一样疼爱她。日子再短，对我来说都是长的，你要尽早把她送回来，她是我风烛残年中唯一的安慰。菲罗墨拉，你如果爱我的话，也要尽早回家。你姐姐一个人嫁到远方已经够了。"他作了最后的嘱咐，和女儿吻别了。他说这些话的时候，慈父的眼泪不住往下流。他叫他们两人伸出右手，紧紧握住，表示守约不渝，并且要他们替他问候他的女儿和外孙。这时他已泣不成声，连再见都说不出口了，心里感觉兆头不对，不觉战栗起来。

菲罗墨拉安全登上画船，船桨在海中搅动，离开了陆地，忒柔斯这时便喊道："我胜利了！我所祈求的东西被我运走了！"这个野蛮的家伙高兴得不得了，简直有些按捺不住，两只眼睛死盯住她，就像朱庇特的贪鹰用钩爪擒住了一只野兔把它放进了自己危巢一样：被捉的无路可逃，抢劫者望着猎物馋涎欲滴。

　　不久，旅程终结，弃舟登陆，忒柔斯到达了自己的国土。他把潘狄翁的女儿一把拖到一片古木参天的树林，树林深处有一间小屋，就把她关进屋里。菲罗墨拉脸色发白，惊慌不已，哭着问她姐姐在哪里。忒柔斯这时向她宣布自己的无耻意图，用强力把她压倒。可怜她一个姑娘家，孤零零一个人，一会儿喊父亲，一会儿喊姐姐，不住地呼喊天上的神明。但有什么用处？她就像一只羔羊被灰狼咬伤之后，扔到一边，还在惊慌不已，不敢相信自己已经脱离险境；又像一只鸽子，羽毛上洒满了自己的鲜血，惊魂未定，还怕鹰爪再来捉它。及至她神智清醒过来，她就乱扯自己披散的头发，像是送丧举哀那样，捶打撕扯自己的两臂。她伸出双手哭道："你这野蛮的强盗，你看你干的伤天害理的事！我父亲的嘱咐，他那慈祥的眼泪，我姐姐的恩情，我姑娘家的身份，你们夫妻的盟誓——这一切你竟全然不顾么？你把伦常都搅乱了，我变成了你的姬妾，顶替了我自己的姐姐，你变成了我们两个人的丈夫。普洛克涅反倒成了我的仇人。你这丧尽天良的人，为什么不把我杀死，一不作二不休，岂不好么？与其让你做对不起我的事情，倒不如先让你把我杀死了更好，那我死了做鬼也落得个清白的身子。天上的神明如果鉴察，如果天上还有神明，如果万物没有随我而毁灭，总有一天你会得到应得的报应。我自己就会抛却脸面，把你做的事情当众宣布，如果有机会，我一定到人烟最稠密的地方把你干的事宣扬出去。你如果把我关在这树林里，我也一定让我的呼声传遍树林，让顽石听了也落泪。我的呼声将会升上天去，如果天上还有神明，他也会听见。"

那野蛮的强徒听了这些话又气又怕。于是从腰间把宝剑抽出剑鞘，一把揪住她的头发，把她两臂牢牢地反绑起来。菲罗墨拉看见宝剑，高高兴兴地把胸膛挺出来让他砍，心里但求速死，口里骂他强徒，一面喊着父亲的名字，一面挣扎着要说话，他就用一把镊子把她的舌头夹了出来，用无情的宝剑把舌头砍下。舌根在口内不住抖颤，砍落的舌头在黑色的土地上蠕动，发出轻微叹息，就像斩断的蛇尾在抽搐扭转，并且最后挣扎着向主人的脚边移去。据说，那昏暴的国王在干了这种不能置信、骇人听闻的罪行之后，还在那受到残害的身体上一再地发泄他的兽欲。

　　他犯下这样的大罪之后，居然还有脸回去见普洛克涅。她一看见他，立刻就问妹妹在哪里。他假作难过，叹了一口气，捏造了一篇谎话，说她妹妹死了，他怕她不相信，还流了几滴眼泪。普洛克涅听说，就把镶着宽金边的袍子从身上褪下，换上黑色的衣装，建立了一座衣冠冢纪念妹妹，诚心诚意地双手献了祭礼，痛哭妹妹的苦命，哭起那不该哭的人了。

　　转眼之间日神早已走完黄道十二宫，一年已过。菲罗墨拉真是无计可施。她的周围有人把守，堵住了逃走的路；大石砌成的一道坚固的围墙把她的茅屋团团围住。她说不出话，有冤也不能诉。但是情急生智，路尽逢源，她正在织布，便巧妙地在白地上用紫线织出了一篇文字，把她受到的屈辱都说了出来。她把布织完，便交给她唯一的女仆，打着手势求她把这块布带去交给王后。那老婆婆照她的吩咐把这块布交给了普洛克涅，却并不知道其中奥妙。野蛮的暴君的妻子打开一看，才知道妹妹原来遭受了冤屈。说也奇怪，她看完一言不发。话到唇边，一阵伤心又把话堵住，同时她也找不到合适的词句来表达她的愤恨。她要哭又哭不出来，她也顾不得什么是非，一心想着报仇。

正巧这时是特剌刻的主妇们庆祝三年一度的酒神节。庆祝的仪式是在夜晚举行的，到了夜间洛多珀山上响遍了铜钹的清脆的声音。到了夜间，王后离开了家，穿着节日的装束，带着庆神的武器。她头上戴葡萄藤冠，左半身披着鹿皮，肩着一根轻巧的花枪。她和跟随着的一群侍从飞快地穿过树林，悲哀使她疯狂，她疯狂得真是可怕，巴克科斯神啊，她倒像是在模仿你呢！[1] 最后她到了隐蔽在林中的茅屋，高声喊道："欧吼唉！"接着她就破门而入，揪住妹妹，把她装扮成庆祝酒神的女祭司，用葡萄叶把她脸遮盖住，她妹妹莫名其妙，被姐姐拖着就走，一直回到姐姐家里。

菲罗墨拉发现自己进了仇人的家门，惊慌万分，脸变得和死人一样苍白。普洛克涅把她领到一个无人的去处，脱去她的女祭司的装扮，露出她羞愧而苍白的面庞，把她一把搂在怀里。但是菲罗墨拉不敢抬头看姐姐，觉得自己做了对不住姐姐的事。她眼望着地下，恨不得赌咒发誓，呼请天上神明来给她作见证，来表白她的耻辱乃是别人强加给她的，但是她只能靠手势来代替说话。但是愤怒在普洛克涅的心中燃烧，不可遏止，她责备妹妹不该啼哭，说："这不是哭的时候，这是动刀子的时候，如果你有比刀子更厉害的武器，正是用它的时候了。妹妹，我现在什么事都干得出。我可以放一把火把这宫殿烧光，把对不起我们的忒柔斯投进火里烧死；我可以把他的舌头割掉，把他的眼睛挖出来，把他给你带来耻辱的器官割下来，杀他一千刀，把他的罪恶的灵魂从他身体里杀出来，我准备做一件了不得的事，但是究竟是怎么样一件事，我还没有决定。"

普洛克涅正在说话，忽见伊堤斯走来。她心想，有了，就是这主意。她无情地望着他，说道："你真像你的父亲！"她不再说下

---

[1] 即模仿酒神醉后的神态。

去，心里盘算着一件骇人的事，内心的愤怒在沸腾。但是孩子走了过来，向母亲问好，搂住母亲的头颈，吻她，非常天真可爱。她做母亲的心受了感动，怒气消散，眼睛不由自主地就湿了，眼泪夺眶而出。但是当她发现自己意志忽然动摇，母爱忽然过分了，于是她把脸转向妹妹，不看儿子。但是她仍然一会儿看看这一个，一会儿看看那一个，说道："为什么一个会说这么好听的话，而另一个却没有了舌头就说不出话呢？为什么他叫我母亲，而她却不能叫我一声姐姐呢？潘狄翁的女儿呀，你要记住你是谁的妻子！你想对你的丈夫不忠实么？但是对忒柔斯这样的丈夫忠实——那真是罪过！"她二话不说，拉起伊堤斯就走，就像老虎在恒河边上大丛林中捉住一只小鹿一样。她把他拖到王宫的深处，那孩子自知性命不保，伸出双手恳求，大叫"母亲呀！母亲呀！"想要去搂住母亲的脖子。但是普洛克涅一刀就砍进了他的肚皮，面不改色。这一刀足够把孩子杀死的了，但是菲罗墨拉还上前把他喉咙割断。尸首还没僵冷，还有一丝生命，她就把它肢解了。一部分扔进铜釜里去煮，一部分放在火上去烤，满屋里血渍斑驳。

普洛克涅随后就请丈夫来赴宴，她丈夫也莫名其妙。她伪称这次宴会是按她家乡习惯举行的，只有丈夫可以享受，并将侍从奴仆一律斥退。忒柔斯独自一个坐在祖传的宴会宝座上，开始大嚼自己的骨肉。他这时完全蒙在鼓里，说道："去把伊堤斯找来！"狠心的普洛克涅再也忍不住心中的快活，很想把害死儿子的消息说出来，她说："你要找的人在你肚里呢。"他向四面看看，又问孩子在哪边。正在他第二次问孩子、叫孩子的时候，菲罗墨拉就像她方才的样子，披散着头发，浑身溅满血迹，跳了出来，把伊堤斯的血肉模糊的头颅向忒柔斯面前掷去。她真想能说话，用适当的语言来表示她的高兴。忒柔斯大叫一声，一下子把桌子推翻，喊着地府中毒蛇缠头的复仇女神的名字。他恨不能劈开自己的胸腔，把方才所吃的可怕的菜肴挖出来，把自己的骨肉倾倒出来，这时他失声而哭，把自己叫做儿子葬身的坟墓。随后，他抽出宝剑就向潘狄翁的两个女儿追去。这两个雅典女子逃跑的时候，身体仿佛有翅膀驾着似的，啊，果然有翅膀，一个飞向林中，一个飞上屋顶。[1] 直到今天她们胸前行凶的痕迹还未消退，它们的羽毛上还有血迹。忒柔斯又是悲痛，又是急于报仇，在后面加紧追赶，但是他自己也变了一只鸟。在他头上长出了一个冠，他的宝剑变成长长的鸟嘴，他变成了一只田凫，[2] 它的嘴就像一把武器。潘狄翁听到这悲惨的消息之后，天年未尽也便踏进了地府下界。

【677-721 行】

玻瑞阿斯娶俄利提亚

厄瑞克透斯 [3] 接过了潘狄翁的王杖和国家的统治权。他主持正义，在武力方面更为强大。他生了四男四女，女儿中有两个长得一样美。一个叫普洛克利斯，她嫁了埃俄罗斯的孙子刻法罗斯，使他生活幸福；一个叫俄利提亚，玻瑞阿斯 [4] 爱上了她，但由于忒柔斯和特剌刻人的关系，他的爱情受到了挫折，久久娶不到他心爱的人，同时他求爱的方式是宁肯祈求，不肯用暴力。但当用软的办法达不到目的时，北风神便不由得发怒而变得粗暴起来，这本是他的本色，通常的脾气。他说道："我活该！我为什么要放下自己的

---

[1] 神话上一般认为普洛克涅变成夜莺，菲罗墨拉变成燕子，但罗马作家认为普洛克涅变为燕子，菲罗墨拉变为夜莺。
[2] 古人认为田凫喜在污泥之中，用以象征忒柔斯的污秽的品德。
[3] 厄瑞克透斯（Erectheus），潘狄翁之子，雅典王。
[4] 玻瑞阿斯（Boreas），北风神，特剌刻在希腊以此，忒柔斯为特剌刻王，由北方的风神联想到给她家族带来不幸的北方的特剌刻人，所以不愿下嫁。

武器——凶狠、暴力、忿怒和恐吓不用,而要去用和我不相称的办法——祈求呢?我是用惯了暴力的,我用暴力驱散阴沉的乌云,我用暴力震撼大海,吹倒粗壮的橡树,叫白雪冻结,用冰雹捶打大地。同样,当我在广阔的天空和我的兄弟们遭遇,天空就是我的战场,我也和他们展开激烈的搏斗,半空中响彻了我们交锋的声音,云缝里蹿出迸发的火光。同样,当我下到地府的洞窟,猛力用我的背去拱那洞穴的最深处的时候,全世界为之震动,鬼魂为之不安。我应当用这办法娶妻,我不应该祈求厄瑞克透斯做我的丈人,我应该强迫他。”玻瑞阿斯一面说着这些话,或和这些话不相上下的话,一面振起双翼,以横扫一切的力量吹过大地,使广阔的大海扬波。他拖着布满尘土的长袍,掠过众山峰,扫过地面,裹着一团黑气,用他褐色的双翼抱住他心爱的俄利提亚,但她早已吓得瑟缩发抖了。他抱起她就飞走,越是飞,他的激情的火扇得越旺。这抢亲的强盗不停顿地在空中飞,最后才到了齐科涅斯人[1]居住的城市。在这里,这位雅典姑娘就做了寒冷国国王的王后,又做了母亲,生了一对孪生兄弟,完全像他们的母亲,只是长了一对像父亲那样的翅膀。但是这对翅膀据说不是一生下来就有的。当这兄弟两个——一个叫卡拉伊斯,一个叫泽特斯——还是黄发垂肩,脸上无髭的时候,他们并没有翅膀,此后不久,当他们颊旁开始长出黄须,他们的两肩才长出鸟一样的翅膀来。他们的童年过去,长大成人,便随着米尼埃[2]人漂过无名大海,乘着第一艘船去寻找闪闪发光的金羊毛去了。

---

[1] 齐科涅斯(Cicones),希腊以北特剌刻地方的部落,泛指北方,北风神的家乡。
[2] 米尼埃(Minyae),玻俄提亚的一族,都城俄尔科墨努斯(Orchomenus),伊阿宋取金羊毛即从此出发,随他出发的都是米尼埃人。

卷七

【1-349 行】

伊阿宋和美狄亚的故事；

美狄亚热恋伊阿宋，帮他取得金羊毛；

伊阿宋娶回美狄亚；

美狄亚使埃宋返老还童，又杀死珀利阿斯[1]

米尼埃人[2]驾着忒萨利亚的船在大海上航行。他们见到菲纽斯在永恒的黑暗中度着残年，北风之神的子孙替这位不幸的国王驱散了怪鸟。[3]在卓越的领袖伊阿宋领导下，他们冒了许多风险，最后才到达混浊、奔腾的法细斯河[4]的河口。他们晋见了国

---

[1] 伊阿宋（Jason）的父亲是忒萨利亚（Thessaly）地方伊俄尔科斯（Iolcus）的王，名叫埃宋（Aeson），他的王位被异父同母弟珀利阿斯（Pelias）所篡夺。伊阿宋长大之后，想索回王位，珀利阿斯答应交还，但伊阿宋必须先到科尔喀斯（Colchis）去取得该国国王的金羊毛。金羊毛有龙看守，但他得到科尔喀斯王埃厄忒斯（Aeětes）之女美狄亚（Medea）的帮助，终于取得金羊毛，并娶回公主美狄亚。伊阿宋及其同伴，在神话中称为"阿耳戈航海家"（Argonautae）。阿耳戈（Argo）是那船名。

[2] 米尼埃（Minyae），指忒萨利亚人，即伊阿宋及其水手们，即"北风的子孙"。

[3] 菲纽斯（Phineus），他是特剌刻地方的王，因为把儿子的眼睛弄瞎，神也罚他做瞎子，并派怪鸟折磨他。伊阿宋等经过特剌刻时，替他驱散了怪鸟，他为酬谢他们，给他们指点出前进的方向。

[4] 法细斯（Phasis），在科尔喀斯境内。

王，向他索讨佛里克索斯[1]赠给他的金羊毛，国王答应，但是条件苛刻，其中包含巨大的危险。正在这时，国王的女儿美狄亚忽然疯狂地爱上了伊阿宋。她内心里斗争了很久，但是理智终于敌不过恋情，她说道："美狄亚，你的斗争完全是白费的。不晓得哪位天神在和你作对呢。我不知道这是否就是所谓的爱情，或者至少是类似爱情的东西，否则为什么我会认为我父亲的条件太苛刻了呢？这些条件的确是苛刻，否则为什么我和他初次见面我就替他担心，怕他断送性命呢？我担心的原因何在呢？不幸的姑娘，算了吧，假如你能够的话，把你胸中感到的爱情的火焰扑灭了吧。咳，我若能够就好了！但是有一股奇怪的力量吸引着我，使我不能自主。欲望劝我这样作，理智劝我那样作。我明白哪样作法比较好些，我也赞成那样做，但是我听从的却是坏办法。你是国王的女儿，怎么居然爱上一个陌生人，想和一个异乡人结婚呢？这个国家里也有值得你爱的人啊。至于那个人的生死问题，要由天神来决定。但是我仍愿意他活下去！我即便不爱他，我也可以作这种希望吧。伊阿宋有哪件事做错了呢？凡是有侧隐之心的人，哪个不怜惜他的青春年华、高贵出身和英雄气概呢？就算他没有别的好处，谁又能看见他那俊美的仪表而不感动呢？毫无疑问，他已经感动了我的心。我若不帮助他，他就会让公牛喷出来的火焰烧死，他就会遭遇到他自己种在地里、又从地里生长出来的敌人[2]，他就会被贪吃的龙当一头野兽那样吃掉。我若听其自然，那我就不得不承认我是禽兽投胎，铁石心肠的人了。但是我为什么不能见死不救，为什么不肯忍心看着他

---

[1] 佛里克索斯（Phrixus），阿塔玛斯之子，由于受后母的迫害，与妹赫勒（Helle）同乘金羊逃走，羊飞渡海峡时，妹妹堕入海中（此峡因名 Hellespont），他安然逃到科尔喀斯，将羊献给了神，为表示感谢，将羊毛就赠予了科尔喀斯王埃厄忒斯。
[2] 国王埃厄忒斯所提条件之一是要伊阿宋把一些蛇牙种到地里（这些蛇牙是卡德摩斯种剩的，参看卷三，104—137行），详下。

死呢？我为什么不促使公牛、土里生长的战士和永不闭目的龙去杀害他呢？天神啊，我求你们不要待我这么坏吧！但祷告有什么用处，我应当行动。那么，难道要我出卖我父亲的王位么？难道要我出力保全一个异乡的陌生人，等我救了他，好把我抛弃，扬帆逃逸做别人的丈夫，而我——美狄亚——却留下遭受处分？如果他做得出这种事，如果他竟能爱别个女子，而不爱我，那么就让这忘恩负义的人死吧。但是看他那堂堂的相貌、高贵的心灵、文雅的风度，倒不像是会欺骗人的，不像是会忘记恩德的。我倒不必担心。而且，我一定要他先立下盟誓，而且要求天神给我们的誓约作见证。这样，一切就都妥帖了，你还害怕什么呢？立刻行动起来，不要再拖延了！伊阿宋会永远感激你，他一定会庄严地和你缔结婚姻。所有希腊城市里，成群的妇女将向你欢呼，因为你拯救了他。那么，我就非得离开我的妹妹、弟弟、父亲、祖国和祖国的神，乘风远飏了么？我的父亲是个严厉的父亲，我的弟弟还只是个孩子，我的祖国原是蛮荒之地，我的妹妹原是愿意我这样做的，而最高的神明只存在于我的心里。我舍弃的并不是什么了不起的东西，而我将要获得的却是件了不起的东西。我将赢得希腊青年[1]的救主的称号，我将看到美丽的希腊国土，和这里都已闻名的许多城邦，我将看到许多文明国家的文化和艺术，而且我将占有全世界的财富都换不了的那个人——埃宋的儿子。有他做我的丈夫，人们会把我唤作上天的宠儿，我的头也就不难碰到天上的星辰了。有人说，在大海的中央有两座山会彼此相撞；[2]水手们最怕的卡里勃底斯[3]时而把海

---

[1] 指阿耳戈船的水手，这些水手都是选自希腊贵族青年。

[2] 据传说在黑海入口处，有二小岛名叫辛普勒加得斯（Symplegades），任何东西想从中间穿过，两岛就互撞，把这东西夹碎。此地为伊阿宋回国必经之处。

[3] 卡里勃底斯（Charybdis），意大利和西西里之间的险滩、漩涡。

水吸进，时而又把它吐出；还有贪吃的斯库拉腰间生着许多野蛮的狗头，在西西里海中狂吠。[1] 但是我抱着我心爱的人，我躺在伊阿宋的怀里，我将乘着无边的海浪前进，我拥抱着他就什么都不用怕了，即使害怕，也只是为我丈夫而害怕。但是，美狄亚，你把这种结合叫作婚姻么？你怎么把失德的行为美其名为婚姻呢？考虑一下吧，你打算做的事是莫大的罪过啊，趁现在还不晚，及早回头吧。"她说完之后，在她面前呈现出"正义"、"孝道"、"廉耻"，而爱神却失败了，在准备逃跑。

她走到赫卡忒[2]——珀耳塞斯的女儿——的古老的祭坛前，这祭坛在树林深处，有浓荫遮盖。这时她已经拿定主意，爱情的火焰已经扑灭、消散。但是当她看见伊阿宋，爱情的火焰却又燃着了。她的面颊通红，忽而又苍白无色，就像死灰之下的星星火花，一阵风吹过，又燃烧起来了，又恢复了原来的热力和生命。她的爱念原来已是一堆烧过的柴火，你以为已经快灭了，不想她看见这位青年英雄站在面前，又发出熊熊的光芒。正巧这天埃宋的儿子比往常更为漂亮，因此你得原谅她又爱上了他。她谛视着他，她的眼睛死盯住他的脸，就像从没见过他似的。在这种如醉如痴的状况下，她以为眼前的这张脸简直不是凡人的脸，她真觉得难舍难分。这位异乡的客人开始和她说话，握住她的右手，低声求她帮助，并且答应和她结婚，作为报答。她听了，流泪说道："我要走的这一步，我看得很清楚。我万一失足，也不是因为我不知道这一步的危险。失足只是为了爱情。我一定帮助你，保全你的性命。你如果不死，就得实践你的诺言。"他指着那三位一体的女神的

---

[1] 斯库拉（Scylla），前者对面的一片礁石，原为女妖，腰间长出狗头。
[2] 赫卡忒（Hecate），巨人珀耳塞斯（Perses）之女，古代诗人常把她和天上的月神、人间的狩猎女神和阴间的王后等同起来，故诗人下文称她为"三位一体"。

神坛，指着林中的众神，指着未来岳父的无所不见的父亲，[1] 指着自己的成功和将要经历的危险起誓说他一定谨守诺言。她相信了；立刻给了他一支魔草，教给他用法。他这才高高兴兴地回到了自己的住所。

第二天的黎明驱散了闪烁的星光。蜂拥的人群都聚集在比武场上，站在高冈上。在人群之中坐着国王，他身穿紫袍，拿着表示权威的象牙王杖。看！铜蹄的公牛出来了，铁一般的鼻孔中喷出火焰。地下的青草沾着了它们的热气都黄萎了。这两头公牛就像鼓风炉似的在呼吼着，又像石灰窑里浇水，发出嘶嘶的响声和炙手的热气；公牛的身体里幽禁着烈火，它们的胸膛和干裂的喉咙发出隆隆的雷鸣。但是埃宋的儿子仍然前去迎战。当他向前走去的时候，这两头凶恶的牛把可怕的脸只管望着他，伸出带着铁尖的犄角，把双瓣的蹄子只管在土里扒，满场都是它们的吼叫和浓烟。米尼埃人早吓得都和僵尸一样了；但是伊阿宋却直向两条牛走去，一点不感觉到热气，因为魔草的力量强大无比。他毫不害怕，用手抚摩着它的下垂的颈皮，把沉重的耕犁套在它们的脖子上，叫它们拉，耕开了从未被铁犁耕过的土地。科尔喀斯人大为惊讶；而米尼埃人却大声欢呼起来，来鼓舞他们的英雄的勇气。然后他从铜盔上取下蛇牙，播种在犁过的地里。这些浸透了强烈毒汁的种子在土里变软了，膨胀了，变成了新的形体。就像婴儿在母体内逐渐变成人形一样，五官四肢逐渐长全，等到完全成形了，才出世呼吸人间的空气；同样，当大地把他们完全孕育成了人形，他们就从丰腴的土地里滋长了出来，最足令人惊奇的是，每人手中都有刀枪，丁当作响。这些人举起尖头长矛要向伊阿宋掷去，希腊人一见，立刻脸都沉下来

---

[1] 指日神（埃厄忒斯的父亲是日神索尔）。

了，心里充满了恐惧。已经救过他的美狄亚，这时也恐慌起来。她看见许多敌人围攻他一个，她的脸色都苍白了，她坐了下来，忽然感到浑身发冷，脸上失去了血色。她惟恐她给他的魔草力量不够，就念了一道咒，把自己全副魔法都使出来了。于是，他把一块大石向敌人丛中一扔，转移了他们的目标，使他们彼此互相殴打。这些土里生长的兄弟们就这样彼此残杀而死[1]。希腊人都来向胜利的青年祝贺，热烈地拥抱他。异邦的姑娘[2]，你也很想拥抱他；但是由于羞涩，你却不能如愿。你心里实在想拥抱他，但是人言可畏，你不敢这么做。你能做的事，你做到了：你默默地望着他，心里非常高兴，感谢你自己的神术，感谢赏给你神术的天神。

除此以外，还须用药草把那永不闭目的恶龙[3]催入睡乡。这条龙有一角，有三叉的舌头，有钩子似的牙。它守住金羊毛。伊阿宋把一种催眠的草汁洒在龙身上，念了三遍催眠咒语，这道咒语力量之大是能使汹涌的大海和奔腾的河流都平息的。这条龙的眼睛从来没有睡着过，这时却逐渐瞌睡起来了，埃宋的英雄儿子因而就取得了金羊毛。他夺得金羊毛，煞是高兴；他携带着第二件胜利品——赐给他金羊毛的人，他的妻子——胜利地如期回到了伊俄尔科斯海港。

忒萨利亚的年老的父母纷纷拿着礼物来欢迎他们的儿子们安全抵家，在神坛上烧起香来，把角上涂金的牺牲宰了献神。但是埃宋却没有来参加欢乐的行列，因为他风烛残年，眼看就要与世长辞了。埃宋的儿子便道："妻呀，我对你实说，我的命是全亏你挽救的。虽然你把一切都给了我，虽然你的恩惠已经远远超出我的希

---

[1] 参看卷三，104—137 行，卡德摩斯种人的故事。
[2] 指美狄亚。
[3] 恶龙（draco）或作蛇。

望，不过如果你的符咒能够办成这件事——而你的符咒又有什么事不能办呢？——请你从我的寿数里减去几年加给我的父亲吧。"说罢，他不禁大哭起来。他的孝心感动了美狄亚，美狄亚想起自己的父亲被她抛弃在家里，他的处境和伊阿宋父亲的处境又是多么不同啊！但是她没有把这种情感表露出来，却回答道："丈夫，你说的话可真是冒犯天神。你以为我能把你的寿数转让给别人吗？莫说赫卡忒不允许，你这样要求也不对。但是，伊阿宋让我来办一件超乎你所要求的好事吧。只要三位一体的女神肯帮助我完成这件大事，我就不需要用你的寿数，只需用我的法术就能够延续你父亲的寿命，使他返老还童。"

这时距离新月的双钩聚拢变成圆月还有三夜的时光。不久，月亮就滴溜滚圆照耀着大地了。美狄亚穿上宽大的长袍，赤着脚，头发不梳，披散在肩头，离开了家，独自一个走向死寂的午夜。人、禽、牲畜都已沉沉入睡；丛林边早已鸦雀无声；树上的叶儿静静地倒垂着，丝毫不动，寒露中一切寂静无声。只有天上的明星在闪烁。她把双手伸向星空，转了三次身，把溪流中的水在自己头上洒了三遍，并且还哀号了三声。然后她跪在硬地上，祷告道："黑夜啊，忠实地保守我的秘法；天上的明星，你发出金光，和明月在一起继承着白昼的火焰；三位一体的赫卡忒，你是知道我们的心意的，你是会来帮助法师们施符做法的；大地啊，你替法师们准备了法力无边的药草；和风与烈风；高山、溪流和池沼；你们这些林中的众神，黑夜的神祇——请你们都来和我团聚吧。靠你们的帮助，在我需要的时候，我可以叫溪水退回源头，使两岸惊奇不已；我可以念咒使澎湃的大海平静，使平静的大海兴起波涛；我可以驱云，聚云；我可以驱风，呼风；我可以用咒语把蛇口打开；我可以把岩石和大树连根从土里拔起；我可以使树林搬家，可以使高山动摇，大地震荡，使幽魂从坟墓中走出来。月亮，我也能把你从天上摘下，尽管有特墨萨的铜锣来解除你的痛苦。[1] 就连我祖父日神的战车，在我歌声影响之下也会黯然失色。我的符咒可以使黎明女神苍白。你，伊阿宋，靠我法术的帮助，降伏了火牛，把耕犁套在它们从没有受人控制过的颈上。你把蛇牙变成的野蛮人的袭击变为他们自己对自己的残杀。你把从不睡觉的守龙催眠了，把它骗过去了之后，你就把金羊毛又带回到希腊的城邦。我现在需要仙露，使老人重得青春，返回少年。仙露是会起这作用的。天上的明星发出光彩了，我的飞龙车就在手边，这都不是平白无故的。"飞龙车是天上派下来的，她上了车，用手中的纤细的缰绳拍拍龙颈，就飞上天去了。她向下面一看，下面已是忒萨利亚的天珀山谷，便把龙车转向她所熟悉的区域。她走遍了忒萨利亚的名山——俄萨、珀利翁、俄特吕斯、品多斯以及比品多斯还伟大的奥林波斯——看遍了这些山上的仙草。她捡那些中意的草，有的连根拔起，有的她用弯弯的铜镰刀割断。她又在阿皮达努斯和安佛吕索斯河边采集了不少的草。厄尼佩乌斯河，你也做了贡献。珀纽斯和斯佩尔刻俄斯河以及芦花荡边的琥珀城，都贡献了一些东西。在欧波亚的安特东城她采了一篮长寿草，这长寿草后来被格劳科斯吃了才出了名[2]。

她乘着飞龙车九天九夜走遍了各国，最后回来了。那龙仅仅闻到了草香，多年的龙皮竟然脱落。美狄亚到家之后，先不进去，却停在门外，在露天地里，也不准丈夫拥抱她，她用草皮堆成两座祭坛，右面的祭赫卡忒，左面的祭青春之神。她从树林里采来了树枝，把祭坛四周装饰起来，又在旁边掘了两道沟，然后行起礼来，

---

[1] 塞浦路斯（Cyprus）岛的城市特墨萨（Temesa）产铜器。在古代，当月蚀的时候，人们敲铜器吓退蚀月的阴影。

[2] 格劳科斯（Glaucus），玻俄提亚渔夫，他的故事见卷十三，906—968 行。

她把尖刀刺进一只黑绵羊的喉管，把血注入沟里。然后她又把几碗水酒浇进去，又倾注了几碗余温犹存的奶，同时，她口中念念有词，唤起地上的神祇，并且向地府之神和他夺来的妻子祝祷，祈求他们不要早早地就把生命从老人的躯体夺走。

她低声祷告了半晌，使所有这些神祇都感觉满足，然后她又命人把年老体衰的埃宋抬到露天地里。她念了一道咒语，老人就进入了深沉的睡乡，像死去一样，美狄亚把他平放在青草铺成的褥子上，她叫伊阿宋和所有的侍从都远远避开，并且不准他们的凡眼偷看她的秘密法术。他们遵照她的命令走开了。美狄亚像酒神的女法师似的披散了头发，围着神坛的烈火行走，把劈开的树枝蘸着沟里的乌血，然后把这带血的树枝在神坛的火上点着。她用火、水和硫磺，每样三道，使老人的躯体纯净。

同时，铜釜里煎的药已在沸腾，漂起一股股白沫。在釜中她煮的是忒萨利亚采集的树根，此外还有花草、种子和一些苦汁。她又加上一些东方极远处觅来的石子，和大洋的潮汐所冲刷的沙土。她又加上月圆时所收集的寒霜，主凶的枭鸟的羽翼和肉，和能够变成人形的豺狼身上的腑脏。此外，釜中还有齐努普斯的[1] 水蛇的鳞皮，长寿鹿的肝，她又加上九世不死的乌鸦的卵和头。这蛮邦的女子用这些和上千种叫不出名字的东西，调制好了这副凡人所不能制的药剂，她用一根久已干枯的橄榄枝在锅里搅拌，使上下掺和均匀。忽然这根枯枝在热汤里搅动片刻之后，发出绿色，不久竟长出叶子来，转眼之间早已橄榄累累了。釜中泡沫飞溅出来落在地上，凡是溅着的地方，土变绿，繁花细草就生长出来。美狄亚见到这情况，便将小刀抽出，割断了老人的喉管，让衰老的血液流尽，用釜中药汁灌进

---

[1] 齐努普斯（Cinypus），非洲的河。

他的血管。这药汁一半从埃宋的伤口灌注进去，一半从口里喝进去，立刻他的苍白的须发又变成漆黑，人也不瘦了，苍白憔悴的面容也消失了，深凹的皱纹也被新肉填平，四肢宛似少年那样健壮。埃宋心里充满了惊讶，根据他的回忆，这是他四十年前的景象啊。

酒神巴克科斯在天上看见这奇迹，经过探听，他了解到他的奶娘们也可以用这方法重得青春，于是他也从美狄亚这里讨了些药去。

美狄亚不能尽做好事，[1] 她假装和丈夫吵翻，逃往珀利阿斯的家中求援。珀利阿斯王也已经很大年纪，因此他的女儿们就非常款待她。狡猾的美狄亚假装表示友好，很快就赢得了她们的信任。她就把她以前做过的奇事讲述给她们听，特别把埃宋返老还童的事讲了半天，珀利阿斯的女儿们不由得暗暗希望借她的法术好叫她们自己的父亲也重返青春。她们于是求她帮忙，无论多大的报酬她们都肯出。她半晌不作答复，作出一副犹豫沉思的样子，故意让这些求她的姑娘们提心吊胆。最后，她答应了，并且对她们说："为了使你们更相信我，请你们在你们羊群中捡一头最老的领队羊拿来试验我的汤药。"人们立刻牵来了一头不知道有多老的卷毛公羊，两角弯弯，绕过额头。女法师用一把忒萨利亚的快刀割断了公羊的干瘪喉管，血液枯竭，刀上几乎没有血迹。她把羊的尸体投进一个大铜锅，把药力强烈的汁液也倾注在锅里。羊的身体见药就收缩了，它的两角也烧化了，但是随着两角的消失，它的老态也消失了。只听锅里发出微弱的咩咩声，大家正在纳闷，猛地从锅里跳出一头羔羊，跳跳蹦蹦，寻找奶头吃奶去了。

珀利阿斯的女儿们见了，惊讶不已。美狄亚的话如今完全灵验

---

[1] 意即也要借治衰老为名，去做杀人的"坏事"——即杀死篡夺埃宋王位的珀利阿斯。实际是说："做好事，做到底。"

了，她们便更加热切地恳求她。日神三次把投进希伯洛斯河流的骏马从车上解下，[1] 到了第四夜，星辰在天的时候，埃厄忒斯的背信弃义的女儿在火上烧起清水，在清水里加进毫无药力的药草。她念了符咒，国王昏昏睡去，像死了一般，浑身松弛，连国王的禁卫也都睡着了。国王的女儿们听从美狄亚的吩咐，跟着她进了父亲的寝室，站在御床周围。美狄亚说："你们这些懒鬼，还等什么？还不拔出刀来，放出他那老朽的血液，好等我把少壮的血液灌进他的血管。你们父亲的生命和青春全操在你们手里呢。你们如果还爱你们的父亲，你们如果还抱着希望，那么你们就应该尽你们的责任，用你们的刀尖把他的衰老的年纪挖出来，钢刀一落，枯朽的血液便流出来了。"她们受到这几句话的激励，每个人都想表示对父亲的敬爱，都争先恐后去干那亵渎的勾当；每个人都怕忤逆，都争着做忤逆的事。但是，她们究竟不忍看见自己弑父的行为，她们都把眼睛转过一边，把脸转了过去，用手盲目地、狠心地砍了下去。老人血流满身，仍然想用两肘支起身体；半身血肉模糊，仍然想从床上起来。尽管周围都是刀剑，他仍然伸出苍白的臂膀喊道："女儿啊，你们这是做什么呢？什么东西使你们武装起来，杀害父亲呢？"她们这时失去了勇气，手垂了下来。他还想继续说，但是美狄亚砍断了他的喉管，把他遍体鳞伤的身体投进了沸水。

【350—390 行】

美狄亚在逃亡途中所见

这时，她若没有乘飞龙车逃逸，她是必然会遭到报复的。在天上，她飞过林木葱郁的珀利翁山，这是喀戎 [2] 的故乡。她飞过俄

---

[1] 希伯洛斯（Hiberus），指今天的西班牙，意谓西方。即过了三天。
[2] 参看卷二，630 行。

特利斯和以老克兰布斯[1] 的事迹而著名的那一带地方，这里在丢卡利翁[2] 那次洪水中，沉重的大地沉入无所不包的大海之中，克兰布斯因有女仙的帮助被举到天空，因而逃脱了洪水，未被淹毙。她又飞过左边的埃俄利亚的皮塔涅[3] 城，这里有一座石制的长蛇雕像。她飞过了伊达山林，在这里，巴克科斯把他儿子偷来的一头雄牛藏起，又把它变成一头鹿；在这里，科吕图斯[4] 的父亲葬在一堆小沙丘下面；在这里，变为狗的妇人迈拉[5] 的怪叫声使田野的人听了发抖。她飞过欧吕皮路斯的城市，在这里科斯的妇女们在赫剌克勒斯一伙人离开后，头上生了角[6]。她飞过日神所爱的罗得斯岛。她飞过雅吕索斯的忒尔喀涅斯，这忒尔喀涅斯[7] 的眼睛看见什么，什么就变丑，朱庇特十分厌恶他们，把他们淹没到他弟弟涅普图努斯的海里。她还飞过克阿岛上古老的卡尔泰阿城，在这里，阿尔齐达玛斯有一天将要大吃一惊，看到从自己女儿身上生出一只和平鸽。接着她又看到许利叶[8] 的湖，看到天佩谷，这地方因库克努斯突然变成天鹅而出了名。在这里，菲利乌斯[9] 奉少年库克努斯之命驯服了不少野禽和一头猛狮，交给了库克努斯，库克努斯还叫他驯服一头野牛，他也照办了，但库克努斯常常蔑视他

---

[1] 克兰布斯（Cerambus），在洪水时期，他变成甲虫，免于淹死。

[2] 参看卷一，318—349 行。

[3] 皮塔涅（Pqne），在小亚细亚。

[4] 科吕图斯（Corythus），他的父亲就是特洛亚王子珀里斯。

[5] 迈拉（Maera），即赫卡柏，特洛亚灭亡之后，她沦为乌利斯的奴隶，骂不绝口，见杀，变为狗。

[6] 赫剌克勒斯把他掳获的牛群赶过她们的田地，引起她们的不满，她们又诅咒朱诺，朱诺把她们变成牛。

[7] 忒尔喀涅斯（Telchines）是罗得斯岛上祭司家族。

[8] 许利叶（Hyrie），玻俄提亚湖泊，原是库克努斯的母亲，她以为儿子已死，哭泣流泪，化为湖泊。库克努斯是许利叶和阿波罗所生，因与朋友争执，一怒想跳崖自杀，在半空中被阿波罗化为天鹅而得救。

[9] 库克努斯的朋友。

的友情，使他很生气，因此没有把最后这头野牛给他。少年很不高兴，说道："你不给我，不要后悔。"说着就纵身跳下高崖，大家以为他一定摔死了，不料他却变成了一只天鹅，展开雪白的羽翼，飘浮在半空。他的母亲许利叶，不知道儿子得救了，化作泪水，变成了湖泊，名叫许利叶湖。在这一带附近，就是普列乌朗城，在这里，俄菲乌斯的女儿孔贝为了逃脱儿子们的陷害[1]，扇动双翼飞走了。接着，美狄亚又望见下面卡劳瑞阿岛上的田野，是拉托娜的圣地，岛上的王和王后都变成了鸟。在她右方是库勒涅山，在这里墨涅弗朗像畜生一样和母亲乱伦，亵渎了这墨丘利出生的圣山。在远方，她又看到刻菲索斯河[2]在悼念他的孙子，因为阿波罗把他变成了一头臃肿的海豹。她又看到欧墨路斯的家，他正在哀悼他那变成了飞鸟的儿子。

【391—424 行】

美狄亚复仇[3]；美狄亚设计毒死忒修斯不遂

最后，美狄亚所乘飞龙车降落在以圣泉闻名的科林斯。据古代传说，这里的人最早是因菌类受雨的滋润而产生的。美狄亚施用毒计把伊阿宋新娶的妻子烧死，从地岬两岸的海上可以望见王宫一片火光。她又举起罪恶的刀染上自己的孩子的血，用罪恶的手段报了仇，然后这位做母亲的就逃走了，免受伊阿宋的武力报复。她乘上提坦神所生的飞龙来到了雅典城——雅典娜女神的城堡，在这里，

---

[1] 不详。

[2] 参看卷三，343，407。

[3] 美狄亚原是科林斯城的合法继承人，但居民选伊阿宋为王。美狄亚为了报复，杀死伊阿宋的新妻格劳刻（Glauce），又杀死自己两个孩子，出走。

古代最可尊敬的女子菲涅和年迈的珀里法斯[1]曾并肩齐飞，还有波吕佩蒙的孙女阿尔库俄涅[2]也生出翅膀，振翼飞翔。在这里埃勾斯[3]接待了她，这是他做的唯一一件错事，他不但尽了地主之谊，而且和她结了婚。

这时忒修斯来到了雅典，他父亲不知道他是自己的儿子。忒修斯在此之前建立过武功，给两海之间的地岬带来了和平。美狄亚想消灭他，在杯子里和了毒药，这是她从前从斯库提亚沿岸带来的，据说是从阴府看门狗刻耳柏洛斯的牙演化出来的。在斯库提亚有个山洞，洞口幽暗，有一条下坡路通往地府。大力士赫剌克勒斯沿着这条路下去，用金刚石把刻耳柏洛斯捆住，拖了上来。那狗拼命挣扎，扭转头，躲避白昼与阳光。它那三张嘴发疯似的嗥叫着，吠声传遍了辽阔的天空。它口中的白沫溅到青草地上，人们都说白沫在草地上扎了根，受到潮湿肥沃的土地的滋养，就获得了毒性。因为它们长在石头上，所以当地乡人把它们叫做"石花"[4]。埃勾斯不知美狄亚的诡计，亲自把这毒药端给了客人，其实是自己的儿子。忒修斯蒙在鼓里，端起杯子正要喝，这时他父亲忽然认出忒修斯所携的宝剑的象牙柄上刻着的家徽，一下子把他已经举到口边的杯子

[1] 珀里法斯（Periphas），雅典王，受人民爱戴，引起朱庇特的嫉妒，想杀死他，经阿波罗求情，才把他和王后菲涅（Phene）分别变成鹰和鹗。

[2] 阿尔库俄涅（Alcyone），她父亲斯喀戎（Sciron）因为她不贞，把她推进海里，化为翠鸟。

[3] 埃勾斯（Aegeus），雅典王；忒修斯的父亲，忒修斯自幼和母亲在一起。

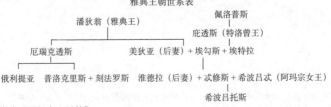

雅典王朝世系表

[4] 意为"不长在土里的"。

打掉。美狄亚立刻念咒呼来一团黑旋风，驾风逃走，幸免于死。

弥诺斯要向雅典宣战

　　埃勾斯虽然庆幸儿子得救，但是一想起这样一件罪大恶极的事险些得遂，心里仍有余悸。他在神坛上点起火来，给众神献上供品，他举起斧头向那角缠彩带的雄牛的粗壮后颈砍去。据说这一天是雅典最值得庆祝的一天。长老们和普通百姓在一起欢庆，一起唱歌，乘着酒兴说笑着。他们对忒修斯说："伟大的忒修斯啊，你在马拉松创造了奇迹，把克里特岛的公牛杀死；克罗米翁 [1] 的农夫得以安全种地，不必怕野猪袭击，这都是你给他们的恩典啊。由于你，厄庇道洛斯才能见到武尔坎的手持铁棒的儿子 [2] 倒下了；刻菲索斯河两岸的人才能见到残暴的普洛克儒斯忒斯 [3] 这一害被除掉；克列斯的厄琉西斯城才能见到刻耳库翁 [4] 之死。辛尼斯 [5] 滥用他的膂力，他能把树身扳弯，把松树压弯到地面，一松手把人弹到半空中，他也死在你的手里。你杀死了斯喀戎 [6]，通往阿尔卡托厄和勒勒格斯城市的道路才安全通畅，他的尸体，陆地和海洋都不肯收容，一直在海上漂泊，据说最后变成了岩石，这座岩石至今还叫斯喀戎岩石。我们如果算算你的年纪和你的成就，你的成就远远超过你的年纪。勇敢的英雄，我们当众为你祈福，我们为你喝

---

[1] 克罗米翁（Cromyon），科林斯附近村落。这些都是忒修斯的功绩。

[2] 珀里斐忒斯（Periphetes），他用铁棒拦截客商，为忒修斯所杀。

[3] 普洛克儒斯忒斯（Procrustes），著名强盗，他捉住行人，放到一张床上，比床长的部分，他就砍掉，不及床的长度，他就把人拉长。西方至今有"普洛克儒斯忒斯的床"一词，形容强迫一律。

[4] 刻耳库翁（Cercyon），厄琉西斯（Eleusis）城的王，凡过境行人都必与他角力，输的就被杀死，后为忒修斯所杀。

[5] 辛尼斯（Sinnis）也是一个强盗，他把行人绑在树梢，把树扳弯，把人弹出去摔死。

[6] 斯喀戎（Sciron），又一名强盗，他把人从岩石上推入海中淹死。

干这杯酒。"王宫里回响着民众的赞美声，欢乐人群的祝福声。全城没有一处容得下悲哀。

但是，世界上从来没有过清一色的欢乐，总有些不如意的事夹杂进来。埃勾斯看到儿子回来十分高兴，但是又发生了一件令他担心的事。弥诺斯[1]在准备战争。弥诺斯有强大的陆军，又有强大的海军，这些都不可怕，最可怕的是他要发动义军为儿子安德罗格乌斯报仇的决心。但是，在他没有发动战争之前，他首先乘坐他主力所在的快速舰艇巡弋各处海域，招募作战的友军。他联合了阿那佩岛和阿斯提帕莱阿岛，他答应给以报酬争取到了前者，他用武力威胁争取到了后者。其他同盟有：不高的米科努斯岛、石灰土壤的齐莫路斯岛、香草遍地的希洛斯岛、平展的塞利佛斯岛、盛产大理石的帕洛斯岛，还有希弗诺斯岛。希弗诺斯岛上的女子阿尔涅出于贪欲，接受了别人的黄金，罪恶地出卖了自己的岛国，变成了一只鸟，黑爪、披着黑翼的寒鸦，变成鸟之后，她仍然喜欢黄金。

但是俄利阿洛斯、狄杜迈、特诺斯、安德洛斯、居亚洛斯、盛产光泽的橄榄树的佩帕雷托斯都不肯支援克里特海军。于是，弥诺斯向左掉转船头，驶向俄诺皮亚，这是埃阿科斯的国土。古人称这岛为俄诺皮亚，但埃阿科斯用他母亲的名字把这岛命名为埃癸娜。一大群人奔出来欢迎弥诺斯，想认识一下这位名人。忒拉蒙、比他小一些的珀琉斯和排行第三的福科斯[2]都迎上前去，埃阿科斯本人也来了，但因年纪大了，行动迟缓。埃阿科斯因问弥诺斯因何到此。弥诺斯这位统治着一百座城市的君主，一想起儿子的死心里就难过，回答道："我为我儿子起兵报仇，所以来请求你援助，希

---

[1] 弥诺斯（Minos），克里特岛的君主，他的儿子在雅典角力获胜，被雅典人害死。

[2] 三人都是埃阿科斯（Aeacus）的儿子，忒拉蒙（Telamon）长子，珀琉斯（Peleus）次子，福科斯（Phocus）最小，为异母所生。埃阿科斯是埃癸娜岛（Aegina）的王。

望你参加这场正义的战争，以使死者能得到安息。"埃阿科斯说："你的请求落空了，我的城邦无能为力，因为我这国家和刻克洛普斯[1] 关系最密切，我们有同盟的关系啊。"弥诺斯听了很失望，他告别时对埃阿科斯说："你将为你们的同盟付出很高的代价的。"他用战争威胁埃阿科斯，他认为这比真正动武，从而过早地消耗自己兵力好些。

当克里特的舰队从俄诺皮亚的城头还能望见的时候，一条雅典船早已张满帆到来了，并驶进了这友邦的港口，带来了刻法罗斯[2] 和雅典的问候。埃阿科斯家族的人虽然很久没有和刻法罗斯会晤过了，仍然认得他，于是过去握手，领他到他们父亲的宫中。这位英雄身上依然保存着往日的丰采，吸引着众人的目光。他手执从本国带来的橄榄枝，左右各有一人，年岁比他小，一个是克吕托斯，一个是布特斯，都是帕拉斯的儿子。

【501—660 行】
埃阿科斯叙述克里特岛的大瘟疫

刻法罗斯和埃阿科斯互道寒暄之后，刻法罗斯说明了来意。他说雅典人派他来求援，并说两国之间在祖先的时候原是订过盟约的。他又说弥诺斯不仅想吞并雅典而且想吞并全希腊。他凭着一口辩才，陈述了来意之后，埃阿科斯左手倚着权杖的把柄说道："雅典啊，你不必请求援助，只管取去便了。我们岛国的武力，我们国家所能供应的一切，你尽管自由支配。我们有的是人力，我自己的军队绰绰有余，还可以配备敌人。感谢天神，这几年年成好，我没有理由拒绝你的请求。"刻法罗斯回答说："但愿如此，但愿你们

---

[1] 刻克洛普斯（Cecrops），雅典王，参看卷二，555 行。
[2] 刻法罗斯（Cephalus），雅典王子，埃俄罗斯之孙。见卷六，681 行。

城邦人口兴旺。说实话，当我来到这里的时候，我看见许多年纪相仿佛的青年，我着实高兴。但是我上次来访问的时候见到的一些青年，这回却没见到。"埃阿科斯叹了一口气，回答道："这件事说起来真不幸，幸而结果还好。如果我只向你说后半段，不说前半段，那多好呢！现在让我按照发生的次序向你叙述一遍，我现在也不拐弯抹角耽误你时间，你方才念念不忘的那些青年早已成为青冢中的白骨了。我的国民大部分都随他们消亡了！天神朱诺厌恶我们国家，因为我们的国号是以她的敌人为名的，[1] 因此她在我们的人民头上降下可怕的瘟疫。我们不知道瘟疫的起因是什么，以为是人间的疾病，因此我们一直用医术来和它斗争。但是瘟疫的破坏力远远超过我们的能力，我们变得束手无策。最初，天空忽然昏黑，紧紧笼罩着大地，乌云里蕴藏着一股抑郁不伸的热气。如此者经过月亮四次圆缺，忽然吹来了南风，带来疫疬之气。随着，我们的井泉池塘也都感染上瘟气，千万条毒蛇在荒芜的田间蜿蜒而行，河水也染上了毒。一触就能引起死亡的瘟疫起初还只在犬、鸟、羊、牛和野兽之间散播。不幸的农夫眼睁睁看着自己健壮的耕牛在耕地的时候就倒在田垄间了。羊身上的毛自己就脱落下来，身体消瘦了，发出悲鸣之声。气宇轩昂、在比赛场上赫赫有名的骏马，也失去了当日不可一世的雄心，把当日的光荣全丢在脑后，却在马厩里呻吟，注定要不光荣地死去。野猪忘记了野性，麋鹿忘记了怎样飞跑，野熊也忘记了怎样去袭击强大的羊群了。所有的禽兽都好像瘫痪了似的。在树林里、田野里、大路上，到处都是腐臭的尸体，气味熏天。说也奇怪，狗也好，鹰隼也好，灰狼也好，都不去碰它。这些尸体就在地上腐烂，发出臭气，把瘟疫散布到远近各方。

---

[1] 指克里特王国所属的埃癸娜岛，埃癸娜（Aegina）原是水仙，被朱庇特抢到岛上，因而引起朱诺的嫉妒。

"最后，瘟疫蔓延了，可怜的乡民也传染上了，并且开始在大城市的城郭以内猖獗起来，最初的征候是患者感觉五脏如焚，体内的火把脸部烧得通红，人就喘不过气来了。舌头发粗，并且肿胀；口吐热气，嘴唇干燥，不能闭口，吸着污浊的空气。患者在床上睡不住，也不肯盖被，只面朝下趴在地上，但是他们的身体并不能得到地上的凉气，相反，地面倒反而被他们的身体烤热了。谁也制止不住瘟疫，甚至医生也都染上了病，他们的医道反害了他们自己。任何人愈和病人亲近，侍候他愈周到，那么他本人也就死得愈快。人人感觉求生无望，得了病只有死路一条，因此他们就纵情放肆起来，不管所做的事对他们有无用处，因为一切都是没有用处的了。他们到处不顾羞耻地乱睡，他们睡在井泉边、溪流边、池塘边。只要还有一口气，他们就拼命饮水，但是随便饮多少也不解渴。许多人连爬起来的气力都没有了，就只好死在水里，别人就喝这水。许多可怜的人在床上实在感觉烦躁，就从床上跳起来；没有气力站不起来的人，就翻身滚到地上。人人从自己的家里逃出来，因为每个人的家在他眼中都是一片死地。由于大家不晓得瘟疫的原因何在，每个人都把自己的家看作是祸源。你没有看见他们只要两脚还站得住，就还在街头半死不活地踯躅着，有的人则睡在地上，流泪哀哭，还在最后挣扎着想睁开眼睛，把双手伸向苍天，但是苍天这时却像一块盖死人的黑布。那些被死神赶上的人，都在呼出生命的最后一口气息。

"我当时怎样感觉呢？我厌恶生活，我想和我的人民共患难，这不是很自然么？我举目四望，到处乱堆着死尸，就像摇撼苹果树，烂熟的苹果落满一地；又像风吹橡树，橡子落满一地一样。你看那边高岗上那座庙宇，庙前有一条长长的石阶。那是朱庇特庙。哪一个没有到那里去祭献过呢？但是徒然。时常丈夫去为妻子祈祷，父亲去给儿子祈祷，但是祷告辞还没有说完，就死在无情的祭坛之前了，手里拿着的香还有一部分没有烧完。时常人们把祭神的牛牵到庙里，祭司还在祷告，把醇酒浇在两角之间的时候，那牛不等刀落就倒地而死。我也曾为我自己，为我的国家，为我的三个儿子，祭过朱庇特，正在这时，祭献的牺牲发出了悲鸣，也不等我刀落，便突然倒在地上，待我用刀砍它，刀上也没有沾上多少血迹，它的腑脏已经染了疾病，已经不灵验了。我见到有许多尸体抛掷在庙门前，不仅如此，就连神坛面前也抛掷着许多尸体，真是罪过，真是亵渎了神明！有的人自缢而死，因为他们怕死，所以就以死攻死，否则就故意出门去染上病，以求速死。尸首也没有人按照习惯抬去掩埋，因为城门被送葬人拥塞，一时抬不出这许多尸首。尸首就只好任其弃置地上，无人埋葬，或则高高地堆在火葬柴堆之上，更谈不到举行仪式。事到如今，大家也顾不得什么对死者要恭敬了，大家争先恐后地抢柴堆，[1] 去偷别人的火把来点自己的柴堆。也没有人在死者面前哭丧了。老主妇、新媳妇、老少男子的魂灵，没有亲人哭送，就这样悠悠荡荡地离开了人世。最后连落葬的坟地，焚尸的柴火也都一点没有了。

"这种悲惨的景况使我手足无措，我就向朱庇特呼吁道：'朱庇特啊，如果你真像大家所说确是爱过阿索波斯的女儿埃癸娜的，如果你，我们伟大的天父，不齿于做我们的父亲，那么请你把我的人民还给我，否则就请你也把我送进坟墓吧。'他发出一阵闪电和雷鸣表示同意。我说：'你给我的朕兆，我接受了。我希望你所昭示的天意是个吉兆。我相信这就是你给我的信物。'恰巧旁边有棵橡树，枝叶异常繁茂，橡树是朱庇特的树，这一株又是多多那

---

[1] 用来焚化自己已故的亲人。

城[1] 的种。在树上我们看见有一大队采集食粮的蚂蚁，用小嘴衔着很重的谷子，沿着褶皱的树干在爬。它们数目的众多使我惊奇，我说道：'至善无上的天父，请你赐给我像这些蚂蚁这样多的臣民吧，把我的空城充实起来吧。'高大的橡树开始摇撼，树枝摆动，天上也没有风却发出啸啸的声响。我吓得四肢战栗，头发倒竖。但是我仍旧吻了土地，吻了橡树。虽然我自己对自己说，这是没有希望的，但是我还是抱着希望，在心里暗暗祈求。到了夜晚，身体疲倦，睡眠催我入了梦乡。我恍惚看见那棵橡树仍然屹立在我面前，还是那么多的树枝，树枝上还是那么多的蚂蚁，橡树似乎还像方才那样摇撼，把一队采粮的蚂蚁都摇落在地上。这群蚂蚁忽然之间好像愈变愈大，从地上人立而起，瘦小的身体也变没有了，许多脚和漆黑的皮色也变没有了，长出了人的肢体和形象。一觉醒来，梦中所见，我也未曾介意，心中依然伤感，认为天神也无能为力。但是忽然宫中传来一阵乱哄哄的声音，我好像听到久未听到的人声。我还以为这是梦神的把戏，正在这时我的儿子忒拉蒙跑了进来，推开了门，喊道：'父亲，快去看，你做梦都不会梦到，这是超乎你的希望的事！快出来。'我走了出来，我看见许多人，正是我在梦中所见的，我当时眼睛是清醒的，我认得出就是那些梦中人。他们走来，对我山呼万岁。我向朱庇特道了谢，我把我的无主的城市和田地，分给了我的新臣民，我把他们叫作密耳弥多涅斯[2] 以表示这一族人的渊源。你已经看见了他们的外表，他们以前的习惯至今他们还保存着，他们非常勤奋，不怕劳动，轻易不把已经获得的东西放手，而是把它保存起来。这些

---

[1] 多多那（Dodona），这城附近有橡树林，林边有朱庇特庙。
[2] 密耳弥多涅斯（Myrmidones），意云"蚁人"；字中 Myrmex，希腊语为"蚂蚁"，故有密耳弥多涅斯族是蚂蚁变来的传说。

人年岁都相当，勇敢也不相上下，只待把你吹来的东风变成南风，他们就会随你去作战。"

【661-865 行】
刻法罗斯和普洛克里斯相互猜疑，演成悲剧

他们就这样谈谈说说消磨了永昼，黄昏的时候就用来宴饮，到了夜晚，各自就寝。等到朝日的金轮再度射出光芒，东风还没有停息，还不能扬帆归去。刻法罗斯的两个同伴——他们是帕拉斯[1]的儿子，年纪比刻法罗斯小，来见刻法罗斯。他便带着他们去见国王。国王这时还在高卧未起，国王的儿子福科斯在殿门口迎接他们，另外两个王子——忒拉蒙和他的弟弟——正在征调军队，准备远征。福科斯把雅典客人引进内殿，一个极为华丽的去处，大家落座。福科斯见刻法罗斯拿着一根金尖标枪，标枪的长柄是一种未曾见过的木料制成的。寒暄了几句之后，他突然说道："我一向喜欢在树林中猎取野兽。我一直在奇怪你手里的标枪是什么木料制成的。如果是黄杨木，那么颜色应该是深黄的；如果是樱桃木，那么上面应该有疙瘩。我实在不知道是什么木头，不过我从来没有见过这么一根美好的标枪。"两个雅典青年中有一位回答说："这标枪非但好看，它的用处更会叫你惊奇，它能百发百中，毫无闪失，而且发出去之后，它会自己飞回，沾满血迹。"年轻的福科斯一听更加惊讶，极想知道何以会如此，想知道这标枪是哪里来的，是谁赠送的。刻法罗斯回答了他所问的问题，但是他却不愿意告诉他他所付的代价，因为这是件丢脸的事。他缄默了一会儿，忽然感到丧失妻

---

[1] 帕拉斯（Pallas），雅典王潘狄翁之子。

子的悲哀，不觉落下泪来，说道："女神之子啊，[1] 使我流泪的是这把武器。说出来谁能相信？如果命运之神给我很长的寿命，我哭泣的日子还多着呢！这标枪毁灭了我和我的妻子。我但愿不曾有过它！我当初的妻子叫普洛克里斯。[2] 也许你听到过被俘虏的俄瑞堤伊亚[3] 这名字吧？她们是姐妹。按照两人的容貌仪态而论，普洛克里斯是更值得一提的。她的父亲厄瑞克透斯把她许配给了我，我十分爱她。人人说我幸福，我确也幸福。但是天神们却给我安排了另一套命运，不然的话我至今还是幸福的人呢。事情发生在我们结婚后的第二个月。我正在张网捕捉长角梅花鹿，忽然在那常开不谢之花的许墨托斯山巅出现了黎明女神，她驱散了黑夜的暗影，看见了我，把我强夺去。请黎明女神原谅我实话实说了。但是我真正爱的是普洛克里斯，这是千真万确的事，正像黎明女神的脸上是玫瑰色、她所司掌的是日和夜的门户、她所饮的是仙露一样真确。我心里，我口头上只有普洛克里斯。我不住讲着我的燕尔新婚和合卺良辰。黎明女神大为不欢，说道：'不要抱怨了，你这无情的少年。你去守着你的普洛克里斯吧！假如你有一丝先见之明的话，你会后悔当初不该和她结合的。'她一怒之下，把我打发回去了。我在归家的途中，心里反复思考黎明女神的话，我就开始疑心，可能我的妻子已经对我不忠实了吧。她年轻美貌，很可能做出对不起我的事。但是她的为人却又使我放心。不过我离家已久，而且我方才离开的那位黎明女神本人就是不忠实的典范，此外，正在热恋中的人总是疑神疑鬼的。我于是决定想看看我是否有担心的理由，决定

---

[1] 福科斯（Phocus）是海中女仙（Nereid）之一的普萨玛忒（Psamathe）和埃阿科斯所生。
[2] 普洛克里斯（Procris），雅典王厄瑞克透斯（Erechtheus）的女儿。
[3] 俄瑞堤伊亚（Orithyia），被北风之神掳去，见卷六，683 行。

用贿赂去试探她的贞操。黎明女神见我嫉妒，便来帮忙，改变了我的相貌（我当时好像感觉到我在变）。我就这样进了雅典城，回到家里，没有人把我识破。家中一切如常，并无破绽，只是国家上下因为主人不在而表示挂念。我用尽千方百计才见着厄瑞克透斯的女儿，我一见她，勇气全消，几乎想放弃我所计划的试探她的企图。我几乎忍不住把实话向她坦白，几乎忍不住要想亲吻她——我原应该如此。她面带愁容，但是谁也比不上她那含愁带闷时的娇媚。她正在怀念被人抢去的丈夫，悲痛不已。福科斯，你可以想象她有多美，悲愁把她的美貌越发衬托了出来。不消说，她的贞洁屡次打消了我引诱她的意图。她屡次说：'好女不事二夫。哪怕他在天涯地角，只有他能够得到我的欢心。'只要这个丈夫不是糊涂虫，试探贞操到此也足够了。但是我还不知足，继续努力，直到毁灭为止！我向她许愿说，她若肯和我恩爱一夜，我一定给她很大一笔钱，并且还加送她许多礼物，最后我逼得她有些动摇了。我胜利了，但是很痛心，我喊道：'淫妇！我假扮了别个汉子来勾引你，我不是别人，正是你的亲丈夫。你这奸诈的妇人！你可被我捉住了，我可以亲眼作证。'她一言不发，羞惭满面，离开了丈夫，跑出了家门。她痛恨我，她厌恶所有的男子，只在山林中踯躅，过着狩猎女神的生涯。剩下了我一个人，欲火烧穿了我的骨髓，我求她原谅，我承认自己错了，并且说如果别人也用这么多的礼物引诱我，我也会屈服的。我向她坦白之后，她的情面也总算恢复了，她才又回来，我们两人又重新和谐地过了几年。她本人回来了还不算，她还送给我一条猎狗作为礼物，这是狩猎女神狄安娜送给她的。她对我说：'这条狗比任何别的狗都跑得快。'她还送我一根标枪，就是我手里拿的这根。你愿意听听这两件礼物的故事么？你听听这奇怪的故事吧，这故事的新奇一定会使你惊讶。

"拉伊俄斯的儿子，俄狄浦斯[1]在解答了前人所不能理解的谜语之后，斯芬克斯[2]一头栽倒在地，早不记得怎样向人提谜语了。此后，在忒拜立刻又出现了一个怪物（当然，慈祥的忒弥斯[3]对这种东西是不会不加惩罚的），许多乡间的居民害怕万分，既怕自己被怪物害死，又怕它害死牲畜。我们这些附近的青年就把广大的田野团团围住，撒下猎网。但是这野兽跑得飞快，一跳就跳过了网子，甚至越过网罗的最高的网绳。我们就解开猎犬去追，但是怪兽照样逃脱，像飞鸟一样快，一百条狗也莫奈何它。众猎人就来找我，求我放出莱拉善斯（就是我妻子送给我的那条猎犬的名字）。它其实早就想挣脱系它的缆带，它的头颈一味地向前伸。我们还没有把缆带完全解开，它早已无踪无影了。它比什么枪都快，它比弩机上射出的铅丸还快，它比戈耳图恩城[4]的彤弓上发出的芦箭还快。附近有一高山，俯临周围的平原。我攀登到高山的峰顶，去看猎犬追逐怪兽的奇景，忽然怪兽好像被猎犬捕获，忽而又像从狗嘴里逃脱。怪兽很狡猾，它不沿着直线逃跑，而是躲躲闪闪，兜着圈子，使敌人捉它不着。但是猎犬逼得很紧，步步跟随，好像要把它捉住了，但是实际上并没有，一咬咬了个空。我于是拿起标枪来助战。正当我右手托起标枪，手指套进皮圈去的时候，我偶尔向旁边看了一看，等我再看原处的时候，真奇怪，在原野上什么都没有了，只有两座大理石像，一个像是在逃跑，一个像是已经追上。无疑这一定是跟随着它们的天神的旨意，不让它们任何一个胜利。"他说到这里，便默默无语。福科斯问道："那么，标枪又做了些什

---

[1] 俄狄浦斯（Oedipus），忒拜王拉伊俄斯（Laius）之子。
[2] 斯芬克斯（Sphinx），女首狮身怪物，她的谜语是"早晨四足，中午两足，迟暮三足的动物是什么"，不能答者都被她害死。
[3] 忒弥斯（Themis），正义女神。
[4] 戈耳图恩（Gortyr），在克里特岛。

么对你不起的事呢？"刻法罗斯便接着叙述了标枪的过失：

"福科斯，我正应了乐极生悲的话。让我先谈谈我的快乐吧。埃阿科斯的儿子，我结婚的头几年我们夫妻过得非常和美，生活幸福，回想起来是多么使人高兴。我们真是相亲相爱，如胶似漆。即使朱庇特爱上了她，她也不会把我放弃；至于我呢，任何女性包括爱神在内也不会从她的怀抱把我勾引去。我们两人心中的爱火同样地热烈。在清晨，太阳的光芒刚刚沾着山峰，我带着青年人好动的心情老早就到树林里去打猎。我不携带随从，也不携带马匹、嗅觉灵敏的猎犬或百结的网罗。我只带了我的标枪，就很安全了。等我打了一阵猎，杀够了野兽，我总是回到绿荫之下，在山谷间吹来的凉风中乘凉。我恳求清风快来，吹散我身上的热气，我等待着清风，她使我在劳动后得到休息。我记得我常叫道：'奥拉^[1]啊，快来，来恢复我的疲劳，我欢迎你到我的怀抱里来，你若来了，就可以消除我身上的热焰。'真是命中注定，我有时还加上这样一句更加亲昵的话：'你能给我最大的欢乐，你能使我重新振奋，使我得到快慰，你使我爱去林泉和杳无人迹的地方。'不想这话被人偷听去了，他听到了我这些模棱两可的话，以为我不断呼唤的奥拉是个林中女仙的名字，认定我和她发生了爱情，马上很莽撞地跑去向普洛克里斯告密，说我对她不忠实，并且低声把他听见的话重复了一遍。情人是容易轻信的。我后来听说，普洛克里斯立刻感到万分痛苦，忽然昏迷过去，等到苏醒过来，她叹她自己命苦，受了命运的残酷折磨，埋怨我不该对她不忠实。告密的人原是捕风捉影，她也就为这莫须有的事感到忧虑悲伤，可怜她就像面临着实有其人的情敌一样。但是她虽然内心悲痛，她还时常希望自己弄错了，她所听

---

[1] 奥拉（Aura），风，清风。

到的全是谣言，她觉得除非亲眼目睹，是不能相信丈夫会做出这种对不起她的勾当的。第二天清晨，黎明驱散了黑夜，我又离家到树林里去，我打猎很有收获，行猎完毕又躺在草地上喊道：'奥拉，来吧，来安慰我的疲劳。'正在说话的时候，我忽然听到好像有人在叹息。我又叫道：'亲人，快来吧。'忽然落叶中发出轻微的窸窣声。我以为是野兽，就把标枪投去。但是原来是普洛克里斯，她两手按着她胸口的创伤，哭道：'我真是不幸啊！'我一听是我的忠实的妻子的声音，吓得几乎疯狂了，我就向声音所在地蹿去。我发现她已经是奄奄一息，她衣服散乱，全是血渍，好惨啊！她正在把她赠送给我的标枪从胸口拔出来呢！我温存地用手把她扶起，我觉得她的身体比我自己的还要宝贵。我连忙扯开她胸前的衣襟，把伤口包扎好，不让它流血，默默祷告，求她不死，免得我的罪孽洗不清。她虽然早已没有了气力，但是还做了最后的努力勉强说了这么几句话：'我求你看我们爱情的分上，看在上天的天神和我自己的天神的分上，看在我为你所做的一切的分上，看在我到死还对你表示的爱情的分上，看在促使我灭亡的爱情的分上，不要让这个奥拉顶替我吧！'我终于明白了，原来是这个名字造成的错误，我于是把真情对她说了，但是说了又有什么用处呢？她一头倒在我怀中，流血过多，昏厥过去了。她偶尔睁开眼睛，不看别的，单只看看我，把最后一口灵气呼在我的口上。但是她临死的时候，似乎是满意的，脸上露出愉快的神情。"

这位英雄一路说，一路哭泣。这时埃阿科斯带着两个儿子和新征的兵士走了进来，刻法罗斯伸出坚强的双臂向他们表示欢迎。

卷 八

【1–151 行】

弥诺斯围攻墨伽拉；斯库拉的故事

路锡福驱逐了黑夜，引来了光辉的白昼，东风停息，湿云上升。和缓的南风吹送着刻法罗斯上了归程，埃阿科斯的几个儿子也随他同去。他们一路顺风，比他们预料更早就到达了目的地。同时，弥诺斯王[1]却正在扫荡墨伽拉沿海一带，想用兵力攻打阿尔卡托俄斯[2]的城市。墨伽拉的王叫尼索斯，一头令人起敬的白发，在白发中有一绺鲜红的头发，这一绺头发是王国的安全所系。

新月露角已有六遭，战争仍不分胜负，胜利女神在双方之间飞来飞去，迟迟不决。墙上有一座高堡。这段城墙能发出乐声，因为据说从前拉托娜的儿子阿波罗曾把他的黄金七弦琴倚在这里，那乐声就粘附在城墙的石头上了。在和平的日子里，尼索斯王的女儿[3]常登上这高堡，用小卵石往城墙石头上投，听它发出的声响。

---

[1] 克里特王，见卷七，456 行。

[2] 阿尔卡托俄斯（Alcathous），见卷七，433 行，珀罗普斯之子（卷六，404 行），墨伽拉城的缔造者。墨伽拉（Megara）在希腊本土，雅典以西。

[3] 斯库拉（Scylla），墨伽拉王尼索斯（Nisus）之女。与卷七，65 行及其他地方提到的斯库拉是不同的两个人物。

现在发生了战争，她仍然常常登上高堡，从这里眺望下面残酷的战斗。战争一天天拖下去，一些将领的名字她都叫得出来，能根据他们的兵器、坐骑、服饰和箭矢判断是哪个克里特将领。在克里特将领中，她最熟悉的是欧罗巴的儿子、克里特军的统帅[1]，而且熟悉得过分了。弥诺斯头上如果戴了一项插翎盔，在她心目中就觉得他戴了盔有多美；弥诺斯如果拿着一面耀眼的铜盾，铜盾拿在他手里也是再合适不过的；他用足膂力投出柔软的标枪，姑娘就赞美他的力气和投枪的技术；他把箭搭在弓弦上，把弓张满，她就发誓说阿波罗张弓射箭正是这个样子。弥诺斯若是不戴盔，露出脸面，身穿紫袍，骑着一匹白马，马背上披着锦绣，马嘴边流沫，弥诺斯操着缰绳，这时候尼索斯的女儿就会像失魂落魄似的，完全丧失了理智。她叹道，那枪拿在他手里该是多么幸福啊，那缰绳操在他手里该是多幸福啊。她感到一种冲动，如果可能的话，她将顾不得自己是不是一个姑娘家，真想冲进敌阵来到他的跟前，她真想从高堡上跳下去，跳到克里特人的营垒，或把包着铜皮的城门打开让敌人进来，或做出任何其他的事来，只求弥诺斯喜欢。她坐在高堡上望着弥诺斯的白色的帐篷，说道："这场可悲的战争，我不知道是应该为它高兴，还是为它难过。我难过，因为我所爱的弥诺斯是敌人。如果没有这场战争，我就永远不会认识他！如果他收容我为人质，他就可以放弃这场战争，我就可以陪伴他，成为和平的保证。世上最美的人啊，如果生你的母亲[2]也跟你一样美，就难怪天神爱上了她。假如我能长上翅膀，飞到克里特王的营帐，向他吐诉我的衷情、我的爱，问他肯出多少嫁妆娶我，那对我来说可真是三倍的幸福。但是他可不能要求得到我父亲的王国，因为我宁肯放弃我

---

[1] 指弥诺斯。
[2] 指欧罗巴。

梦寐以求的婚事，也不能为了婚姻而背叛，虽说许多人认为被别人征服也有好处，只要征服者讲理、讲仁慈。他为他儿子报仇、打这场仗，[1] 无疑是正当的，理在他那一边，他又有强大的兵力捍卫他那理儿。我肯定我们是要输的。如果这就是我们城邦的前途，那他一定会打开我们的城门，既然如此，何如我这个爱他的人去把城门打开呢？这样，他就不必拖延时日，不必杀人，不必自己流血，就可取胜，岂不更好？这样，我就不必担心有谁会冒冒失失地一枪刺进你弥诺斯的胸膛，我说'冒冒失失'，因为除非那人是个冒失鬼，谁也不会心肠狠到敢于向你刺这无情的一枪的。"

　　想到这里，她很得意，决心以自己的国家作为妆奁，去投奔弥诺斯，从而中止战争。但是仅有决心还不够。她对自己说："城门出入有卫兵把守，我父亲掌握着城门的钥匙。我真不幸，我最怕的就是他，他是我实现愿望的唯一障碍。我真愿天神把我变成一个无父之人！但是人人可以做主宰自己的神；只希望而不行动的人，命运女神是拒绝保佑的。换一个姑娘，有着和我一样强烈的欲望，早已把一切阻碍着她的爱情的东西消灭掉了，而且很乐意。为什么我要比别人软弱？我也敢穿火海上刀山，现在的问题不是什么刀山火海，只是我父亲的一绺头发，这绺头发对我来说比黄金还珍贵，这绺深红色的头发是我幸福的所在，它能实现我的心愿。"

　　她说话的当儿，最能医治人间忧虑的黑夜来临了，随着暗影的来到，她的勇气也增强了。人声初静，人们经过一天的愁苦，睡眠开始占据了他们疲倦的心，那做女儿的悄悄地走进了父亲的寝室，把她父亲命运所系的那绺头发剪了下来，真是罪恶的勾当啊！她拿着这可诅咒的赃物，直奔敌营，来到弥诺斯王面前，自信一定会受

---

[1] 参看卷七，456行。

到欢迎。弥诺斯王吃了一惊，她对弥诺斯王这样说道："是爱情指使我干这罪恶勾当的。我，斯库拉，尼索斯王的女儿，把我的国和家都交给你，我不要别的报酬，只要你。把这爱情的信物，这绺紫红色头发拿去吧，你要相信，我给你的不是什么我父亲的头发，而是他的头！"她伸出罪恶的手把这件礼物献了过去。弥诺斯一见这献上的礼物，连忙躲开，对这样一种违反天性的行为他感到震惊，因回答道："你真是我们时代的耻辱！我愿天神把你赶出世界，我愿大地和海洋都不收容你！我绝不能容忍你这样一个妖孽踏上朱庇特的摇篮、我的领地——克里特岛。"

他说完之后，就向战败的敌人提出极其公平合理的条件，然后下令解缆，叫桨手在铜头船上各就各位。斯库拉见克里特船舰拖下了水，漂在海上，又发现克里特的王并没有犒赏她干的坏事，再祈求也没有用了，于是骤然一变而狂怒起来。她高声喊道："你要逃到哪里去？你为什么要抛弃帮助你成功的人？我把你看得比我的祖国、比我的父亲还重啊！你要逃到哪里去，你这狠心的人？固然因为我犯了罪你才获得胜利，但这也是我的功劳啊。我给你的礼物，我对你的爱，难道不能感动你么？我的一切希望都集中在你一个人身上啊！我现在被你遗弃，我该走哪条路呢？回到我祖国怀抱吗？它已经灭亡了，就算它还存在，它也会向我关上大门，因为我出卖了它！回到我父亲身边？我已经把他当礼物送给你了！我的同胞恨我，恨得有理；各邻邦又怕我树立的坏榜样。我被放逐出这个世界了，只有克里特可能向我敞开大门。如果连你也拒绝收容我，连你也忘恩负义抛弃我，那你还算得上是什么欧罗巴的儿子，你不过是不好客的西尔提斯[1]、阿尔美尼亚的母老虎、南风激荡的卡里勃

---

[1] 西尔提斯（Syrtis），非洲北岸外流沙。

底斯[1]。你也不是什么朱庇特所生的，关于你出生的传说是一派谎言！生你的父亲是一头地地道道的、凶狠的、不懂得爱母牛的野牛。[2]尼索斯，我的父亲啊，你惩罚我吧！被我出卖了的城市，我现在受罪，你们高兴吧！因为我承认你们恨我是有理由的，死是我应得的。但是，我要死也应该由我损害过的什么人来把我杀死。为什么要由你——靠我的罪恶而取胜的你来惩罚我犯的罪？我对我祖国和父亲犯的罪，对你来说，是件功劳！说真的，配得上做你妻子的是她[3]，她利用木制模型骗过了那头凶猛的公牛，怀上了那半人半兽的怪胎。我说的话传到你的耳朵里了没有？还是把你的船吹向前去的风，把我的话也吹散了，你这忘恩负义的！现在我才明白，帕西淮爱公牛不爱你并不奇怪，因为你比那公牛更野蛮。可怜的我啊！他在叫水手们加速，船桨击着海水，发出啪啪的声音，在他眼里，我和我的土地愈退愈远了。弥诺斯，你这么做是徒然的，你想忘记我的功劳也是徒然的。即使你不情愿，我也跟定了你了，我要抱住弯弯的船尾，让它把我拖过大海去。"

她的话刚说完，她就跳进水里，借情欲产生的力量，向船游去，抓住了克里特人的船，成了一名不受欢迎的伙伴。她父亲看见了她（原来他刚刚变成一只棕毛海鹰在空中飞翔），他飞过来想用他的钩嘴啄他揪着船尾的女儿。她一害怕，手一松，正要跌落，只见一阵轻风在她没有触到水面之前，就像一片羽毛一样把她托起。原来她已变成了一只鸟，人们给它取名叫"齐利斯"[4]，因为她剪

---

[1] 卡里勃底斯（Charybdis），见卷七，63行。
[2] 朱庇特爱上腓尼基公主欧罗巴，扮成公牛，生弥诺斯。
[3] 帕西淮（Pasiphae），弥诺斯的王后，爱上一头公牛，巧匠代达罗斯（Daedalus）做了一个母牛模型让帕西淮藏在里面，公牛与之交配，生半人半牛的弥诺陶洛斯（Minotaurus），弥诺斯把它关进迷宫。斯库拉提到这件事，意思是，弥诺斯还不配娶她斯库拉呢。
[4] 齐利斯（Ciris）可能源出希腊语"剪"。

了她父亲一绺头发。

【152—182 行】

弥诺斯造迷宫

弥诺斯回到了克里特，下了船，就向朱庇特还愿，献上了一百头公牛，把胜利品挂起来装饰自己的宫殿。王室的丑闻一天天在扩散，国母的肮脏的勾当连同她生出来的那半人半牛的怪物也越来越遮盖不住了，于是弥诺斯就决定要消除这家丑，把这怪物关进一个复杂的、布满了死胡同的地方。代达罗斯是个著名的、技艺高超的建筑师，他建造了这座迷宫，他把通路和死路搅乱，造了许多歧路，把人的视线引向错误的方向。就像佛律癸亚平原上的麦安德尔河[1]，往返曲折地流着，像戏耍似的，它回过身来就望见自己的另一段从对面流过来；它一会儿向源头方向流，一会儿向大海方向流，永远在改变方向。代达罗斯也是这样在迷宫里造了无数曲曲折折的路，连他自己也几乎找不到通向入口的路，这建筑可真能把人迷住。

弥诺斯把那半人半牛的妖物关在这里。弥诺斯用雅典人的血喂了它两次，九年过去，该第三次喂它的时候[2]，它就被消灭了。埃勾斯的儿子[3]靠弥诺斯的女儿阿里阿德涅姑娘的帮助，绕着一球线，找到了以前从来没有人能找到的、难以找到的入口，他立刻抢了姑娘，乘船到了狄阿岛，到了这里他就不讲情义把姑娘抛弃了。阿里阿德涅被抛弃之后，正在大声恸哭，巴克科斯把她抱在

---

[1] 麦安德尔（Maeandrus），英语、法语仍有此词，意为"曲折蜿蜒"。

[2] 按传说，每年弥诺斯要雅典人交出七个童男，七个童女喂它，最后它被忒修斯杀死。

[3] 埃勾斯，雅典王，见前。其子即忒修斯。忒修斯随送童男女的人员到克里特岛，入迷宫杀死半人半牛妖物弥诺陶洛斯（Minotaurus），但困在迷宫里，弥诺斯的女儿阿里阿德涅（Ariadne）把他救出，一同逃离克里特，到了狄阿（Dia）岛。

怀里，给她帮助，他把姑娘头戴的冠抛到天上，好让它变成星座，永放光明。那冠飞过淡淡的天空，当它飞的时候，上面的宝石都变成了耀眼的火，但还保持冠的形状，驻留在力士星座和负蛇者星座之间。

【183—259行】
代达罗斯和伊卡洛斯飞行的故事

再说代达罗斯痛恨克里特岛，痛恨长久的流放生活[1]，思念故乡，但是幽禁在岛上，四面是海，不得归去。他说："虽然他把海陆的道路堵死，天空还有路，我何不升天而去。弥诺斯控制了一切，他却并不能控制天空。"他一面说，一面心中盘算如何制造一种前所未有的机械，来改变自然的规律。他采集了许多羽毛，按大小长短把它们排列起来，你一看就觉得像是天生按照斜度长成的似的，很像那旧式农民用的排笙，上面的芦管，一溜儿愈来愈长。他沿着羽毛的中央和一端用线和黄蜡把它们串连起来，安排停当以后，又把它略微扭弯，就像真鸟的翅膀一样。他的儿子伊卡洛斯正站在一旁，他不知道手里拿的东西将来会要他的性命，却满脸高兴地去捕捉那些被轻风吹散的羽毛，时而又用手指搓捻黄蜡。他淘气不要紧，却妨碍了父亲的奇妙的工作。最后巧匠代达罗斯把东西做出来了，把一对翅膀缚在身上，不住扇动，却早悬到半空去了。他又把飞行的技术教给他儿子说："伊卡洛斯，我警告你，你不要飞得太低，也不要飞得太高。太低了，翅膀沾水就会变重；太高了，太阳的热就会把它烧坏。你飞行的时候，要介乎高低之间。还有，

---

[1] 代达罗斯（Daedalus）因自己的外甥也很巧，把他杀死，自己被雅典法院判处死刑，乃带着儿子伊卡洛斯（Icarus）逃亡到克里特岛。因为他身怀绝技，弥诺斯不准他离开岛，把船只都封锁起来。

你不要向北极大熊星座飞，也不要向猎户[1]腰间的出鞘宝刀飞，你要跟着我飞。"同时他又教了他飞行的规则，然后把一双奇异的翅膀装在儿子肩上。老人一面工作，一面说话，一面却不住流泪，两手抖颤。他吻了儿子一下，从此再也休想吻他了！他鼓起双翼，飞上天空。他在前面引导，不时为儿子担心，就像老鸟领小鸟离开危巢，凌空而飞一样。他不断鼓励儿子跟着他飞，教他怎样掌握飞行这门危险的技术，一面自己鼓动着双翼，不时地回顾。下面垂竿钓鱼的渔翁，扶着拐杖的牧羊人，手把耕犁的农夫，抬头望见他们都惊讶得屹立不动，以为他们是天上的过路神仙。在左面，他们早飞过了朱诺的萨摩斯岛、提洛斯岛和帕洛斯岛；在右面，他们飞过了勒宾图斯岛和盛产蜜蜂的卡吕姆涅岛。伊卡洛斯愈飞愈胆大，愈飞愈高兴，面前是广阔的天空，心里跃跃欲试，于是抛弃了引路人，直向高空飞去。离太阳近了，太阳炽热的光芒把粘住羽毛的芬芳的黄蜡烤软烤化，伊卡洛斯两臂空空，还不住上下拍打，但是没有了长桨一般的翅膀，也就扑不着空气了。他淹死在深蓝色的大海里，直到最后他口里还喊叫父亲的名字。后人就给这片海取了少年的名字。那不幸的父亲（现在也不成其为父亲了）也叫道："伊卡洛斯，伊卡洛斯，你在哪儿？我到哪儿去找你呢？伊卡洛斯。"他一再地这样喊叫着。不久，他看见了漂浮在海面上的翅膀，他诅咒自己的巧艺。他盖了一个坟把孩子的尸体掩埋，这个地方[2]也因他的孩子而得名。

代达罗斯正在埋葬不幸的儿子的时候，忽然有一头聒噪的山鸡从泥沟里向外望他，不断地拍着翅膀，发出高兴的声音。这种

---

[1] 星座名。
[2] 即萨摩斯岛（Samos），又名伊卡洛斯岛。

鸟[1]在当时还是一种新鸟，以前没有见过，只是新近才变出来的。代达罗斯，这只鸟发出来的是谴责你的声音啊！原来代达罗斯的妹妹把自己的孩子送来请代达罗斯教他手艺，这孩子刚过十二岁，人很聪明。她却不知道命运另有打算。这孩子看见一条鱼脊骨，就按照它的形状，在一条铁片上刻了许多齿，发明了锯。他又发明过一件东西，他用两根铁棍，一头连在一起，再把两棍分开，一棍站住不动，另一棍便能画出一个圆来。代达罗斯非常嫉妒这孩子，于是把他从女战神的巍峨的神庙上推下来摔死，撒谎说是他自己跌死的。但是女战神最爱聪明人，把他救了起来，把他变成一只鸟，给他装上羽毛，让他在天空飞。他生前的聪敏现在都长在两翼和两脚上了。但是他还保持自己原来的名字。这鸟飞得不高，也不在树顶上或岩石顶上筑巢，它总是沿着地飞，在矮丛中生蛋，因为它总记得当初是跌死的，所以总怕到高的地方去。

【260—546行】

围猎卡吕冬野猪

代达罗斯倦于东奔西跑，于是在埃特那定居下来，埃特那王科卡路斯应他的请求，动了干戈，号称仁君[2]。再说雅典，由于忒修斯的功劳，不必再悲悲切切地去纳贡了[3]。各庙宇张灯结彩，雅典民众欢呼女战神弥涅耳瓦和朱庇特和其他神祇的名字，并给他们献上礼物、贡香、带血的牺牲等来还愿。忒修斯的名声很快就传遍了全希腊，富饶的阿凯亚的各族人民凡遇到大险大难都来向他求援，卡吕冬也来求他帮助，虽然它自己已有一位英雄人物——墨勒

---

[1] 山鸡。
[2] 勒布版（Loeb）编者认为此句没有意义，原文可能有误。
[3] 指贡童男女，喂半人半牛妖怪。

阿革洛斯[1]。来求援的原因是国内来了一头野猪，它是狄安娜的仆人，要替狄安娜报仇。原来据说卡吕冬王俄纽斯为庆祝丰年，把第一批收获的粮食献给了刻瑞斯，把酒献给了巴克科斯，把橄榄油献给了弥涅耳瓦。从司掌农业的神开始，天上所有的神都得到了他们所向往的礼物，据说只有狄安娜的神坛前，无人过问，无人进香。神也会动怒的。狄安娜说道："这我可不能忍受，非惩罚不可，人家可以说他们不尊敬我，可不能让人家说我连报复都不报复。"她一气就派了一头野猪去到俄纽斯的土地去报复。这头野猪和厄皮鲁斯青草地上的雄牛一样大，西西里田野里的雄牛比它还小些。它两眼充血，闪闪发光像冒火一样，它的脖子又梗又高，它的鬃毛笔直像一根根长矛那样竖着。它粗声粗气地吼着，口里喷出来的热沫溅到宽阔的肩上流下来，它的牙可以和印度象的牙比美，它嘴里喷火，一吹到树叶，树叶就燃烧。它一会儿践踏那刚出苗的庄稼，一会儿又糟蹋那已经成熟的庄稼，把谷穗掐断，断送了农民的希望，农民只好哭泣。打谷场和谷仓所等待的收成都付诸流水了。一串串沉甸甸的葡萄连同枝叶，还有那些浆果和带青的橄榄枝，也都被它夷平。这凶狠的野猪还袭击羊群，牧羊人也好，牧羊犬也好，都保护不了羊群，勇猛的公牛也保护不了牛群。百姓们纷纷逃亡，直到躲进城墙圈里之后才感到安全。最后，墨勒阿革洛斯和一批精选的青年热心于立功，走到了一起。其中有斯巴达王的一对孪生子[2]，一个是著名的拳击手，一个是著名的骑手；有伊阿宋，他造过世界上第一艘船；有忒修斯和珀里托俄斯，他两个是形影不离的好朋友；还有忒斯提俄斯的两个儿子；有林克乌斯和跑得飞快的伊达

---

[1] 墨勒阿革洛斯（Meleager），卡吕冬王俄纽斯（Oeneus）的儿子。卡吕冬（Calydon）在希腊中西部。
[2] 卡斯托耳（Castor）与波鲁克斯（Pollux）。

斯；有已经不是女身的凯纽斯[1]；勇武的留齐普斯和神枪手阿卡斯图斯；希波托乌斯；德吕阿斯；阿敏托尔的儿子佛尼克斯；阿克托尔的两个儿子和厄利斯来的弗琉斯。忒拉蒙[2]也来了，还有伟大的阿喀琉斯[3]的父亲；随同菲列斯的儿子和玻俄提亚的伊俄劳斯来的还有不知疲倦的欧吕提翁和赛跑优胜者厄齐翁；洛克利亚的勒勒克斯，帕诺佩乌斯，许琉斯和好斗的希帕索斯；风华正茂的涅斯托耳[4]；还有希波科翁从古阿米克莱派来的一些人；珀涅罗珀[5]的公公和阿耳卡狄亚的安凯乌斯；还有安皮克斯的儿子，他是位先知[6]；还有俄克琉斯的儿子[7]，他此时尚未毁在妻子之手；还有特格阿的阿塔兰塔[8]，她是阿耳卡狄亚森林的骄傲。一支磨光的别针扣住她的衣领，发型简单朴素，拢成一个髻，左肩上挎着一个象牙箭囊，左手拿着一张弓，走动起来，箭在箭囊里哗啦哗啦地响着。至于她的面貌，若说她是个少年郎的，那就像个姑娘，若说是个姑娘的，却又像个少年郎的。卡吕冬的英雄墨勒阿革洛斯一见她就看中了她（但是天神不许可），藏在内心深处的爱火侵蚀着他，他说："谁要是被她看中，该有多幸福啊！"当时的情况和他自己的腼腆不允许他再多说了，跟前还有更重要的事要做，还有一场大战斗。

平原边上有一片密林，这片树林从来未经斧柯，从这里望去是一片坡地。猎猪的英雄们来到这里，有的就把网张起来，有的把拴

---

[1] 他出生时是女婴，后变为男青年。

[2] 见卷七，476、669行。

[3] 阿喀琉斯（Achilles），特洛亚战争中，希腊名将，其父忒拉蒙是忒拉蒙的弟弟，见卷七，477行。

[4] 涅斯托耳（Nestor），特洛亚战争中，希腊老帅，此处是他青年时期。

[5] 珀涅罗珀（Penelope），希腊奥德修斯的妻子，她的公公指莱耳忒斯（Laertes）。

[6] 即摩普索斯（Mopsus）。

[7] 安菲阿劳斯（Amphiaraus），他的妻子为了一条金项链把他出卖。

[8] 阿塔兰塔（Atalanta）有二，这里指阿耳卡狄亚的雅西翁的女儿。

狗的项圈解开，有的急于冒险，径自跟着野猪留下的足迹去找野猪去了。这里有一片洼地，雨水沿着小沟从上面都汇集到这里，汇成一个湖，湖边长着垂柳、轻盈的菖蒲、芦苇、杞柳、长莎草和莎草下面的短苇。野猪受惊，猛地从这里冲出来，向敌人冲去，就像乌云相撞，激出的电火一样。它奔过之处，林木摧折，大树也被它撞断。青年猎手们高声喊叫，他们强有力的手举起标枪，宽刃铁枪头朝着前方，准备投出。野猪向前冲去，那群猎狗想去阻拦，它早把那些猎狗驱散，它横冲直撞，赶走了那群狂吠的猎狗。厄齐翁投了第一枪，没有投中，只使一棵枫树受了轻伤。第二枪，若不是用力过猛，看来是能够如愿以偿地击中猪脊的，可是投得太远了，这第二枪是帕嘎萨[1]的伊阿宋投的。安皮克斯的儿子说道："日神啊，我过去和现在一直崇拜你，让我这一枪投出去准确无误地击中我想要击中的目标吧！"神尽其所能答应了他的请求，枪击中了野猪，但野猪并未受伤，因为当那枪飞在半空中的时候，狄安娜就摘掉了枪头，只是那没有枪尖的木枪棒打中了野猪。野猪越发暴怒，好像雷电激起的烈火在焚烧。它眼里冒光，从腹中喷出火焰，像弩弓射出的一颗石弹飞过空中，直奔城墙和布满兵丁的堡垒那样，这头杀气腾腾的野猪对准目标，直冲众青年猎手而去，把守卫在右面的欧帕拉姆斯和佩拉恭撞翻在地，同伴们把他们扶了起来，但是希波科翁的儿子厄奈希姆斯却未能逃脱野猪致命的一击，原来他一害怕转身想跑，忽然小腿抽筋，肌肉松弛了。涅斯托耳还没有等到特洛亚战争时期也险些丧了命，幸亏他用尽全力撑着枪杆一跳，跳上了旁边一棵树的树枝上，获得安全，从这上面他俯看着他刚逃脱的敌人。那野猪恶狠狠地在一棵橡树的树干上磨它那使钝了的牙，气势

---

[1] 帕嘎萨（Pagasa），忒萨利亚港口，取金羊毛的船由此出发。

汹汹，武器磨好，它信心倍增，用它那弯嘴一下子咬开了巨人希帕索斯的大腿。这时，那对孪生兄弟卡斯托耳和波鲁克斯（他们还未变成天上的双星），骑着比雪还白的白马，并辔过来，十分引人注目；他们一齐举枪投去，枪在空中抖动而过。他们本来能够刺伤野猪，但这满身尖刺的野猪躲进了密林，马无路可入，枪也进不去。忒拉蒙想去追赶，但他太急切大意，绊着了树根，面朝前跌倒了。珀琉斯过来扶他起来，这时候阿塔兰塔把飞箭搭在弦上，弯弓射出，那箭擦过野猪的脊梁，插进耳下的部位，点点滴滴的鲜血染红了鬃毛。她看到一箭射成功了，十分高兴，不亚于墨勒阿革洛斯，因为据称墨勒阿勒洛斯是第一个看到血，第一个指给同伴看的人，一面还说："好勇气，荣耀应归于你。"大家都觉得羞愧，于是互相鼓励，一面呐喊，一面鼓气，一面乱投枪。成堆的枪投出去反而有害无益，互相妨碍，打不着目标。这时，阿耳卡狄亚的安凯乌斯拿着双头斧，怒气冲冲要把自己送上死路，喊道："青年们，学学我，看看一个男子汉的枪法比妇道人家要强多少，让我来结果它！就算拉托娜的女儿[1]亲自用弓箭保护它，我也要亲手把它消灭，管她什么狄安娜！"他腆着胸脯说出这样的大话来，双手举起双刃斧，踮着脚，俯身向前，准备投斧，那野猪已向这位勇士冲来，一对牙插进了他小腹上部，这乃是最致命的部位。安凯乌斯倒下了，一团团的肚肠夹杂着大量鲜血流了出来，地上湿漉漉的都是血。伊克西翁的儿子珀里托俄斯向敌人冲去，他粗壮的右手摇撼着一柄猎枪，忒修斯看到连忙喊道："不要靠近它，我最亲爱的人，我的命根子[2]，保持一定距离也可以显示勇敢，安凯乌斯已经因为冒失送了命。"他说着就把自己的铜头重矛投了出去。他投得很准，本来

---

[1] 即狩猎女神狄安娜。
[2] 两人是亲密朋友，故作如此的称呼。

可以击中目标，但是一棵橡树的长满叶子的树枝把它挡住了。这时埃宋的儿子伊阿宋上来一枪，但运气不佳，投歪了，把一条不该死的猎犬击毙，枪穿过狗的腹部，把它钉住在地上。墨勒阿革洛斯的运气不同，他投了两枪，第一枪落在地上，第二枪正中野猪的背。那猪发疯一样，围着圈团团转，嘴里喷出嘶嘶作响的白沫和鲜血，这位击伤野猪的英雄毫不迟疑奔上前去，把它激怒，最后举起闪亮的枪扎进了猪的肩头。伙伴们一阵欢呼，拥向这位胜利者去和他握手，望着那躺倒的、占了大片土地的庞然大物，惊讶不已，还有点不敢去碰它，每人只用自己的枪在野猪的血里蘸一蘸。

接着，墨勒阿革洛斯一脚踏着那能致人死命的猪头，对阿塔兰塔说道："阿耳卡狄亚的姑娘，把我应得的战利品拿去吧，让我和你一起分享这光荣吧。"说着他立刻把那张鬃毛倒竖的野猪皮和那长着一对大牙的野猪头送给姑娘。送礼的人连同礼物，都使她非常欢喜，但其他的人却很不乐意，都嘟嘟囔囔起来。其中忒斯提俄斯的两个儿子[1]伸出双臂高声叫道："姑娘，你放下，不要把我们应得荣誉劫走，你不要仗着你美就自以为了不起，以为你的这位情人会永远偏向你。"他们说罢就从她手中把礼物夺走，也就等于从墨勒阿革洛斯手里剥夺了送礼的权利。玛尔斯的儿子[2]怎能忍受，他气得直咬牙，喊道："抢别人荣誉的强盗，你们要懂得行动和恐吓可不一样。"说着一刀就罪恶地扎进了毫无提防的普莱克希普斯的胸膛。他的兄弟托克修斯正在彷徨不知所措，想跑去为兄长报仇，又怕遭到兄长的同一下场，墨勒阿革洛斯不给他时间犹豫，趁杀了第一个的枪还热，又把它插进了他同胞兄弟的热血之中。

---

[1] 他们是墨勒阿革洛斯的舅舅。
[2] 墨勒阿革洛斯，战神玛尔斯的后代，故云。

阿尔泰亚[1]正在庙里为儿子的胜利祭神，只见人们把她两个弟弟的尸首抬来，她捶胸痛哭，她的悲惨的哭声传遍全城，她脱下绣金袍，换上黑色服。当她知道是谁杀了人，一切悲痛都消失了，把眼泪变成了复仇的意志。

当忒斯提俄斯的女儿临产的时候，命运三姊妹在她炉子里添了一段木头，她们一面用手捻着生命之线，一面念念有词说道："新生儿，我们给你的寿命和这段木头一样长。"三位女神唱完这句话之后就走了，做母亲的赶忙从火里把这段燃着了的木头抽了出来，洒水把它浇灭。长期以来，这段木头就被藏在一个极端秘密的地方，木头被保存了，就等于这少年的命被保存下来了。现在，这位母亲把木头取出，命令家人取来松木和劈柴，堆成一堆，叫他们把火点着，这火对墨勒阿革洛斯是极不利的。她四次试着把木头投进火里，四次停了下来，这时母子之情和姊弟之情在她心里斗争起来，两种不同的名分在她一个人的胸中扯来扯去。有时她想到这将是犯罪行为，她的脸色由于害怕，变得惨白；有时心中燃起怒火，眼睛都发了红；有时她的表情很凶狠，好像在威胁什么人似的；有时她又使人觉得很可怜；有时她心中的怒火把她的眼泪烧干，但是眼泪依旧会涌出来。就像一条船，风往一面吹，潮水又逆着风向流，它感受着两方面的冲力，左右飘荡不知所从，忒斯提俄斯的女儿也是在两种感情之间游移，不知所从，她的怒气轮番儿起落。最后，姊弟之情战胜了母子之情，她准备用血来安抚同胞血亲的亡魂，用亵渎来表示虔敬。吞蚀一切的火焰烧旺了，她说道："让这堆柴来焚化我自己生养的骨肉吧。"她无情的手拿起那能致她儿子死命的木头，她，可怜的母亲，走到埋葬她儿子的祭坛前，说道：

---

[1] 阿尔泰亚（Althaea）是忒斯提俄斯（Thestius）的女儿，墨勒阿革洛斯的母亲。

"三位复仇女神啊，欧墨尼得斯，请看这可怕的仪式。我要报仇，我要做一件有罪的事。死必须用死来补偿，罪上必须加罪，毁灭之上必须再加毁灭。让这个可诅咒的家族在重重的悲哀之下灭亡吧！难道应该让俄纽斯因为儿子[1]的胜利而继续感到幸福，而忒斯提俄斯[2]却绝了子嗣？最好让两家都尝尝痛苦。只是，弟弟们啊，我希望你们的新赴阴府的灵魂能感觉到我在献礼，接受我这高代价的祭品——我所生的那个业障。哎呀，我匆匆忙忙到哪儿去？弟弟们，原谅我一个做母亲的吧！我的手举了起来又只好放下。我承认我的儿子该死，但是我又不忍心由我来处死他。那么，就不惩罚他么？任他活下去，保持他的胜利，因为自己的成功而狂妄自大，还照旧统治着卡吕冬么？而你们却死了，成了微不足道的灰土，瑟缩的幽魂！这是我无法忍受的。让那罪人死吧，让他父亲的希望、他的王国、他的祖国和他一起毁灭吧！但是做母亲的情分又到哪儿去了呢？亲子之间的庄严的纽带又到哪里去了呢？我十月怀胎所受的痛苦又到哪儿去了呢？你倒不如在婴孩的时候就在火里烧死，省得我现在痛苦。你靠我抚养活到现在，你现在死也应得。你就自食其果吧。你把我两次赋予你的生命还给我，一次是你的出生，一次是我把木头从炉火里抽出，否则就让我追随两个弟弟进入坟墓！我想这样做，又不能这样做。怎么办？眼前我看到的只是我两个弟弟的致命创伤，他们遭到杀害的情景，而母爱和母亲的名分却又瓦解了我为他们复仇的意志。可怜的我啊！弟弟，你们不该胜利，但是你们定将胜利[3]，只是让我也能得到我给你们的安慰，让我跟你们一道去吧。"她说完，转过脸去，抖抖颤颤地用手拿起那段生死攸

---

[1] 即墨勒阿革洛斯。
[2] 她和她两个弟弟的父亲。
[3] 意为战胜了她的犹豫。

关的木头，投进了火里。当那木头被火焰勉强抓住而开始燃烧的时候，它发出了，好像是发出了，呻吟之声。

墨勒阿革洛斯对此事一无所知，而且也不在场，却被那火焰燃着，只感觉腹内藏火，在烧他的腑脏，他以极大的毅力忍住剧痛。但是他意识到他肯定就要这样不光彩地、不流血地死去了，这使他感到伤心，认为安凯乌斯负伤而死是幸福的。他呻吟着，用最后一口气呼喊着高龄的父亲、弟兄们、纯洁的姊妹们、同床共枕的妻子的名字，也许还有他母亲的名字。火越烧越烈，痛苦也加大了，然后火与痛苦都消减了，同时都熄灭了，他的神魂慢慢地散入轻空，一层白灰慢慢地盖住了余烬。

巍峨的卡吕冬倾圮了。青年人、老年人、民众和领袖无不恸哭，住在欧厄努斯河边的卡吕冬妇女们扯乱了头发，抽打着胸膛。墨勒阿革洛斯的父亲匍匐在地，他的白发和脸面沾满了污浊的尘土，高喊着自己活得太久了。至于他的母亲，自知做了一件可怕的事，已经亲手惩罚了她自己，一刀插进自己腹部，结束了性命。纵令天神赋我一百张嘴，一百条能说话的舌头，海一样无边的才华，赫利孔的全部灵感，我也很难描写墨勒阿革洛斯可怜的姊妹们的悲哀的言辞。她们不顾是否体面，把胸膛捶得青一块紫一块，趁墨勒阿革洛斯尸体还在眼前，她们抚摩了又抚摩，吻了他又去吻那停尸床。后来，他烧化成骨灰，她们又把骨灰收集起来，紧紧地抱在怀里，随后她们又扑在他的坟上，抱住刻着他名字的墓碑，眼泪浸透了碑上的名字。最后，狄安娜见帕尔塔翁[1]家族已经覆灭，十分满意，让她们身上长出羽毛，两臂伸直变成翅膀，她们的嘴变成角质的嘴，在变成了鸟[2]之后，把她们送上了天空，但是她们之中

---

[1] 帕尔塔翁（Parthaon），卡吕冬王，俄纽斯的父亲，墨勒阿革洛斯的祖父。
[2] 墨勒阿革里得斯姊妹（Meleagrides），意为珍珠鸡。

只有戈尔格和伟大的阿尔克墨涅的儿媳 [1] 除外。

【547—610 行】

阿刻罗俄斯款待忒修斯

这时，忒修斯完成了共同围猎野猪的任务，就要回到厄瑞克透斯一度统治过的雅典城去，但是半路上让雨水灌肿了的河神阿刻罗俄斯 [2] 拦住了他，强把他留住，对他说："远近闻名的雅典人，到我家里来吧，河水能把你吞掉，不要冒险。它常把壮实的大树冲走，把石头沿着斜坡的河床轰隆隆地卷走。我看到过河边的大牲畜圈连同牲畜一齐被冲走，在水里，牛力气再大，马跑得再快，都归无用。当河水接受了山上融化的雪水而暴涨，多少年轻小伙子都淹死在汹涌的漩涡里。安静地等着吧，这样做比较安全，一直等到河水复位，河床上出现涓涓细流再说。"忒修斯回答道："我接受你的邀请，也接受你的建议。"他说到做到。他走进河神的洞窟，这是用多孔的浮石和粗粝的灰石筑成，地上湿漉漉地长着一层柔软的绿苔，天花板上敷着紫贝和螺鼓，相互间隔着。这时，太阳一天的路程，三成已经走了两成，忒修斯一行斜倚在榻上休息。伊克西翁的儿子珀里托俄斯躺在这儿，特洛曾的英雄勒勒克斯躺在另一处，他的两鬓已有稀疏的白发，此外还有其他被河神视为上宾的人。主人好客，客人十分愉快。说话之间，赤脚女仙们早把佳肴摆到桌上，筵席撤去后，又用宝石杯斟上酒来。这时大英雄忒修斯看见眼前面有一片大水，因指着问道："那是什么地方？请你告诉我那个岛叫什么名字，看上去好像不止一个岛。"河神回答道："是的，你看

---

[1] 即大力神赫剌克勒斯的妻子得伊阿尼拉 (Deianira)。阿尔克墨涅 (Alcmene)，忒拜王安菲特律翁的妻子，朱庇特与她生赫剌克勒斯。
[2] 阿刻罗俄斯 (Achelous)，希腊西北部大河。

见的不是一个岛，是五个岛，太远了分不清了。我告诉你之后，那
么狄安娜受了侮慢对卡吕冬做出来的事也就不足为奇了。这些岛原
本都是女水仙，一次她们杀了十头牛，请了乡间的许多神祇，来
参加她们的节日庆祝，她们跳起节日的舞蹈，可就是忘记请我。我
的肚皮都气鼓了，我的河涨满了水，涨到不能再满，我的浪潮和心
潮一样怒不可遏，把树木从树林冲走，把田野冲走，这时女仙们才
想起我来，太晚了，我把她们连同她们站立的地方一齐冲到大海里
去了。我河水的浪头和海浪合力把那块土地冲裂，分成你现在看到
的几块，这几个立在海中的岛屿叫厄齐那德斯。但是，你看，在远
处，远离其他小岛，还有一座岛，她是我最心爱的，水手们叫她佩
里墨勒。我爱上了她，我剥夺了她的姑娘名分。这件事激怒了她的
父亲希波达玛斯，他把他女儿从崖壁上抛到海里，把她处死。但是
我把她抓住，她一面漂在水上，我一面托着她，对海神说：'海神
啊，命运让你掌管动荡不定的大海这个领域，我求你帮我一把，
救救这被残酷的父亲淹死的人，涅普图努斯，给她安插一个地方
吧，再不，就把她变成一个地方。'我正说着，一块新陆地出现
了，把她漂浮着的肢体抱起，她的肢体变了形，在这上面生出了
一座大岛。"

【611–724 行】
菲勒蒙和包喀斯敬神得好报

　　河神说完，沉默不语。这段神奇的故事人人听了都有所感动。
但是在座的有一人却讥笑大家如何竟相信这种神话。这人看不起天
神，他的性情非常高傲。他就是伊克西翁[1]的儿子，名叫珀里托

---

[1] 伊克西翁（Ixion），希腊忒萨利亚地方拉庇泰人的王，他的儿子珀里托俄斯（Pirithoüs）
　　也参加了会猎。

俄斯。他说："阿刻罗俄斯，你这话真是奇谈，你把天神看得太了不起了，他们怎么会叫人改变形状呢？"大家听了，大吃一惊，很不以他的话为然，尤其是年高、有见识的勒勒克斯[1]，他说道："上天的威力是无穷的，是无边的；天神想做什么，必定做到。你若不信，请看在佛律癸亚的山上有一棵橡树，旁边还有一棵菩提树，两棵树并排站着，周围有一道短墙。我亲身到过这地方，因为有一次庇透斯[2]派我去佛律癸亚，去见他的父亲，他的父亲曾经一度统治过这地方。离我才所说的地方不远有一片沼泽，原来是住人的陆地，现在变成了泽国，是鱼鹰、野鸭出没的地方。有一次朱庇特假扮了凡人的模样，带着自己的儿子墨丘利——就是巨人阿特拉斯的外孙，手持神使的蛇杖，足下生翼的那位天神——到了这里。他们想要投宿，敲了一千家门，家家都闭门不纳，只有一家肯收容他们。这户人家显然很贫苦，房顶是麦秸和水边芦草盖的。主妇是虔诚的老婆婆包喀斯，老翁菲勒蒙和她年纪相仿佛。青年的时候，他们是在这间茅屋里结婚的；如今也在这间茅屋里白头偕老。他们虽然清苦，但是他们安于贫穷，也就不觉太苦；他们能忍受清贫，倒也怡然自乐。到了他们家中不必询问谁是主人谁是仆人，一家只有他们两口，他们既是主人又是仆人。两位天神到了这户贫苦人家，弯着腰跨进了矮门，老翁搬出一张凳子，请他们坐下休息，老婆婆包喀斯又在长凳上铺了一条粗布罩子，然后把炉中微温的余火拨了一拨，把这昨天烧剩的火重新煽旺，然后续上枯叶树皮，凭一口衰老的气息，吹出了火苗。然后她又从房梁上取下劈得很细的柴和干枝，把它们折断，添在火上，上面坐了一个铜锅。她又把丈夫从灌溉得很好的菜园里取来的一棵菜，剥掉了外边一层菜叶。同

---

[1] 勒勒克斯（Lelex）也是猎猪英雄之一，见前。
[2] 庇透斯（Pittheus），希腊特洛曾地方的国王，见前。

时，老翁也用一根叉棍从乌黑的梁上托下一挂熏肉，这是他们长久以来不舍得吃的，他割下一条肉，放在水里去煮。他们一面做饭，一面谈话消遣，时间不知不觉就过去了。墙上挂了一个木桶，木桶有个弯柄，挂在一个钩子上。桶里倒了热水，让客人洗脚。屋里有一张榻，榻的架子和四条腿都是柳木制的，在榻的中央他们铺了一张草席，在草席上又铺了一张床单，这张床单除非节日是轻易不拿出来使用的，然而这张床单并不是什么贵重物品，而且用得也很旧了，倒很配得上这张榻床。两位天神斜倚在榻上休息。老婆婆掖起衣裾，两手抖抖颤颤地摆起桌面来。但是三条桌腿，有一条太短，她便用一块破瓦片把它垫平。桌子摆平以后，又在桌面上抹了一层绿薄荷。然后，她在桌子上摆了一些真诚的女战神的果子——黄绿两色的橄榄——和用酒糟浸过的酸枣，还有莴苣和胡萝卜，奶酪和温火煮熟的鸡蛋。这些都用瓦碟子盛着。上完这些菜以后，又摆上一个雕着花纹的大酒碗（这也是一件瓦器，在他们已很珍贵了）和几只里面烫上黄蜡的木酒盅来。不大工夫，火上的肉早热气腾腾的熟了，又筛上新酿的酒来。吃完，把杯碗收拾一边，好上第二道菜：核桃和无花果、干枣、梅子，还有一提篮的香苹果、新摘的紫葡萄，桌子当中放了一份洁白的纯蜂蜜。除此以外，还有老人们满脸表示的欢迎，毫无冷淡或舍不得的意思。

"但是两个老人看看酒碗里一喝光，却会不添自满，酒又盛得满满的。两个老人看见这情况又惊奇又害怕，颤颤巍巍举起双手不住祷告，请求天神不要责怪他们的粗茶淡饭。他们还有一只看家的鹅，正想过去把它杀了敬客，不想这只鹅逃得飞快，两位老人用尽气力，费了半天工夫，也没有捉住。最后这只鹅逃到天神身边，像是要求天神救救他。天神就劝他们不必杀鹅了，并且说道：'我们是天神，这个地方不敬天神，我们一定要给他们应得的惩罚，但是你们除外。现在，请你们离开家，跟我们到那边高山上去吧。'两个老人听从吩咐，扶着拐杖，挣扎着走上山坡。他们爬了半天，离山顶还有一箭之遥，回头望时，只见平地上一片汪洋，只有他们的房子没有淹没。他们两人正在惊讶，正在替左邻右舍伤心，不想原来两人住还嫌小的房子早已变成了一座庙宇。原来是木头柱子，现在是大理石的柱子，黄草铺的屋顶变成了黄金，两扇门上雕着各种纹彩，房子周围也都是大理石铺地。朱庇特不慌不忙地说道：'善良的老人，和你一样善良的妻子，你们说吧，你们要什么报酬。'老翁和老婆婆商量了一下之后，便把他们的共同的决定向天神宣布道：'我们请求当你的祭司，看守你的庙宇，我们两人终身相伴，也愿同日而死，我不愿看见妻子的坟墓，我也不愿她埋葬我。'天神答应了他们的请求。他们一直看守着神庙，最后，他们年纪实在大了，有一天两人正在庙前话旧，包喀斯忽然看见菲勒蒙身上长出树叶来，菲勒蒙也看见包喀斯身上长出树叶，眼看脸面快变成树梢了，他们同声说道：'亲爱的伴侣，再见吧。'话未说完，树皮长拢，把他们的嘴盖住了。一直到今天，那地方的农夫还向过客指着两棵双干并生的大树。这些事是一些诚实的老人告诉我的，他们没有理由骗我。我亲眼看见树枝上挂着许多献给他们的花环，我自己也献了一个花环，我说：'天神眷顾的人本身就是天神；崇拜天神的人也将受别人崇拜。'"

【725—884 行】

尼律西克同受到饥饿的惩罚

勒勒克斯讲完之后，故事本身和说故事的人使全体都很感动，尤其是忒修斯。他很想再听一些天神们的奇事，但卡吕冬的河神用肘撑住榻上对他说："最勇敢的英雄，有些人变成了新形体，一直保持不再变，有的就能够变成不同的形体，比如普洛透斯[1]，他住在陆地包围着的大海里，就有人看见他变成了一个青年，有时候又变成一头狮子，有时候是一头发狂的野猪，有时候又变成一条蛇，没有人敢碰，有时候头上生角，变成一头公牛。人们也常见他变成一块石头，一棵树，有时候又变成水，流成一条河，有时候又正相反，变成了火。

　　"厄律西克同[2]的女儿，奥托吕科斯的妻子也有这本领。厄律西克同这个人是鄙视天神的，也不肯在神坛前焚香礼拜。大家都说，他有一次用斧头砍了五谷女神刻瑞斯的树木，用铁器冒犯了她的古老的丛林。树林里有一棵大橡树，非常坚实，本身就像一片树林。树的四周挂满了布匾，木匾，花环等物，证明这棵树是非常灵验的。林中的女神时常在这树下舞蹈庆祝，她们手牵着手拉成一圈，围着大树，大树的周围足有三五一十五肘。它的高度和其余的树相比，正如其余的树和树下的草相比一样。虽然如此，厄律西克同还是要用斧砍，他命令奴隶们把这棵神圣的橡树砍倒。但是奴隶们退缩不前，他一见就从一个奴隶手里夺过一把斧头，说道：'不要说这棵树只不过是女神心爱的树，即便是她本人，我也要叫她头颅落地。'他说完，举起斧头，就要斜砍下去，这时刻瑞斯的橡树抖动起来，发出低沉的呻吟，同时树叶和橡果也变得苍白了，修长的树枝也黯然失色。当这不敬的斧子砍进树身时，树皮裂开，流出鲜血，就像祭坛前献神的大公牛被砍断头颈鲜血涌流一样。大家都惊慌失措，其中有一人，很是勇敢，想去阻止他，不准他干这罪恶

---

[1] 普洛透斯（Proteus），海神，经常变换形体。英语有 Protean 一词——"变幻无常"。

[2] 厄律西克同（Erysichthon），忒萨利亚王的儿子，因砍倒五谷女神刻瑞斯的树木，受到饥饿的惩罚，最后吃自己的肉。奥托吕科斯（Autolycus），墨丘利的儿子，神话中著名的贼，他的女儿生乌利斯，木马计里的西农（Sinon）也是他的后代。

的勾当，并按住了他的斧头。但是忒萨利亚王子看了他一眼，说道：'你倒尊敬天神，且吃我一斧！'说着，他暂不砍树，转过身来就向那人砍去，人头落地。接着他又一斧一斧地向橡树砍去，这时树身里发出声音道：'我是刻瑞斯最心爱的女仙，我就住在这棵树里，我现在临死要发出预言：我死了不要紧，可是你干这事，报应就在眼前！'他是造孽造到底，这棵橡树挨了数不尽的斧头，又被绳子拉拽，终于倒在地上，它一倒把周围一大片树木也都压倒了。

　　"林中众女仙眼见自己和自己的树林遭受这样的损失，吓得不知如何是好，她们怀着哀痛的心情，穿起黑色丧服，去见刻瑞斯，要求她惩罚厄律西克同。美丽的女神答应了她们的请求，她点点头，田野里沉甸甸垂着的成熟五谷也跟着不住抖动。她在心里盘算着惩罚的办法，这种惩罚之惨一定会引起人们的怜悯，但他咎由自取，谁又会怜悯他呢？这办法便是让饥饿来折磨他。但是女神本人不能够去找饥饿之神，因为命运之神不允许她们二神会面，因此刻瑞斯便唤来一名山灵，是一名山中的女仙，对她说：'在寒冷的斯库提亚的最远的边界上，有个去处，那地方阴暗而荒凉，不生五谷，更无树林。懒惰的寒冷之神在那儿住，此外还有苍白、恐惧和面黄肌瘦的饥饿女神。你去请饥饿女神，叫她钻进那万恶囚徒的肚皮里去。请她永远不要叫他感觉吃饱了，让他吃完我所能供给的一切还不觉饱。路虽远，你不必害怕，你可以驾驶我的飞龙车，升空前去。'说毕，她把缰绳交在女仙手中。女仙驾着借来的龙车，飞过长空，到了斯库提亚，在一座秃山顶上，人称高加索斯的，把飞龙从车套上解下。然后她就去寻找饥饿女神，她发现她在一片满是大石的田野里连抓带啃地拔那寥寥无几的野草吃。她的头发是乱蓬蓬的，眼窝深陷，面色惨白，嘴边吐出令人作呕的白沫，颈部满是粗皮，肉皮又干又硬，可以看透肚肠，坐骨只包着一层皮高高凸起，而两腰凹进，肚子只有肚子的部位，[1] 胸部好像是悬空的，像是挂在脊椎骨上的架子，因为人瘦，因此关节就显得特别大，她的膝盖肿胀像圆球，踝骨胀大，凸出在外。

"女仙在远处看见她，不敢走近，就在远处传达了女神的命令。她虽然停留不久，虽然站在远处，虽然刚刚到达，但是她已然感觉饥饿。于是，她驾起龙车，升向高空，返回忒萨利亚去了。

"饥饿女神和五谷女神各自的职能虽然永远是背道而驰的，但是饥饿女神还是执行了五谷女神的命令，驾着天风就飞到了指定的地点，她一直走进那冒犯神明的王子的寝室，这时正是夜晚，他正在酣睡。她就用那皮包着骨头的两臂把他一把抱住，向他的喉咙、胸口和嘴里吹气，把自己的精气吹进他的身体，把馋欲送进他的血管。她的职务完毕，便又离开这丰饶的国土，回到贫瘠的家乡和常住的洞穴去了。

"温和的睡眠之神还在厄律西克同身上安详地飞翔，抚摩着他。他在睡梦中梦见自己在吃酒席，嘴不断地一张一合，但是咬不着东西，牙齿都嚼痛了，一味的咽，却是没有食物下肚，因为筵席上摆的只是食物的幻影。待他醒来，但觉饥肠如焚，恨不得狼吞虎咽饱吃一顿才好。他立刻传令，叫人把山珍海错只管抬来，不一时，面前摆了几桌酒食，他还喊吃不饱，身在丰富的筵席之间，却还寻找筵席。举国之人都吃不完的东西，他却嫌不够。好比陆地的河流都归大海，但是大海永远不满，不住地把远方流来的河水吞进去；又好比大火，从不怕柴多，无穷无尽的木柴尽管堆上去，愈堆火势愈盛，柴愈多，火倒反而愈贪心；冒犯神明的厄律西克同也是这样，

---

[1] 意谓并无其物。

他把这些酒席全部吃光，还要吃。肚子里吃进去的东西，只能引起他的食欲；他愈吃得多，肚子里愈空虚。

"他的饥饿的肚皮就像无底洞一样，早把祖先储存的粮食消耗殆尽；但是他肚里的饥饿的精气却并没有耗掉，虎狼般的贪欲仍未满足。最后，他把家财完全吃光，就剩下了一个亲生女儿（他简直不配做她父亲），他因为坐吃山空，只好连女儿都卖了。这姑娘很有志气，不肯为奴，伸手向附近的大海呼吁道：'救救我吧，不要叫我沦为奴隶，海神呀，我的身体早已属于你了，救救我吧。'原来海神涅普图努斯曾经眷恋过她，不好拒绝她的请求。虽然买她的奴主追着她，但是转眼之间海神把她变成男形，穿着渔夫的衣服。奴主看着这人，说道：'嘿，你这把鱼钩藏在小小钓饵里的人，你这拿着竿子钓鱼的人：我愿大海平静，水中鱼儿相信你钓饵里没有鱼钩，被你钓着。请你告诉我，你可看见方才有一个女子站在海边，衣服朴素，头发凌乱，我明明见她站在海边，她的脚印也到此为止。'她知道海神垂怜，答应了她的请求，她觉得有人来向她打听她自己，反觉有趣，便回答说：'先生，我也不问你姓甚名谁，我只请你原谅，我的眼睛一直看着这一汪水，从没有向四处张望，我一心都放在打鱼上。你若不信，我愿海神从此在我打鱼的时候不给我帮助，说实话，半天来除了我，既没有男人更没有什么女子在海边上站过。'奴主信以为真，转身离开了沙滩，完全被她蒙过。不久她又变回女形。但是她父亲发现她能变形，就一再把她出卖。她有时变成母马，有时变成鸟，有时变成母牛，有时变成鹿，逃回家来，就这样用这不太公道的办法养活她父亲，最后，这些东西都吃完了，还不解饱，这个可怜人竟用牙咬自己的肉吃，用自己的身体来喂养自己。

"但是我为什么老讲别人的故事呢？年轻的朋友们，我自己也常变形，但是我能变的形体有限。有时候我变成现在你们看到的样子，有时候我要变成蛇，有时候我又变成领队的牛，我的力气全在两只角上——只要我是牛，力气就在角上。现在你们已经见到，我前额上一边已经缺了一件武器了。"他说完，不住长叹。

卷 九

【1-88 行】

河神阿刻罗俄斯为争妻室与赫剌克勒斯角力

涅普图努斯的英雄儿子[1] 就问那河神为什么要叹息，为什么头上断了一个角。这位卡吕冬境内的河神用一根芦苇把散乱的头发扎起，回答道："你这是派了我一个苦差事啊。谁打输了还愿意再讲那战斗的经过呢？不过，我来说说事情的经过吧，我能和他角斗也是很光彩的，输给他也算不得耻辱，战胜我的人是一个如此伟大的人物，这对我来说要算是个莫大的安慰了。你也许听到过得伊阿尼拉[2] 的名字，她从前是一位最美的姑娘，许多求婚人都争先恐后希望娶到她。我也和大家一起到她父亲家里去求婚，我对他说：'帕尔塔翁的儿子[3]，把我收作你的女婿吧。'赫剌克勒斯也说了同样的话。其他求婚的都放弃了，让我们两个去争。赫剌克勒斯说，姑娘嫁给他，就可以有朱庇特这样一个公公，又讲了他那些著

---

[1] 忒修斯，一般传说是雅典王埃勾斯（Aegeus）的儿子，但也有一说是海神涅普图努斯的儿子。
[2] 见卷八，544 行。
[3] 见卷八，542 行。

名的劳绩，以及他如何完成了他的义母朱诺命令他做的事。我反对道：'神向凡人让步太可耻了（此时他还没有成神），你看，我是水的主宰，我的水沿着倾斜的河道流经你的国土。你收我做女婿，那你收的就不是什么外邦来的异乡人，而是你的同胞，是你王国的一分子。请你不要因为天后朱诺不恨我，没有罚我去做那些劳绩，就反对我。至于你，阿尔克墨涅[1]的儿子，你口口声声吹嘘说朱庇特是你父亲，要么他是假父亲，若是真父亲，那也是因为他干了件可耻的事才成了你的父亲。你承认他是父亲，那你就是判你母亲有奸情。你还是情愿朱庇特不是你的真父亲呢，还是宁肯承认自己来历不清白，随你选择。'我说这话的时候，他一直狠狠地瞪着我，怒火燃起，难以控制，只说了这么一句话：'我不会动口，只会动手，我说不过你，可是打得过你。'他猛地向我冲来。我刚说过那番大话，退缩是可耻的，我从身上脱下绿袍，举起两臂，两拳握在胸前，摆好架势，准备战斗。他用手掌舀起一把沙土往我身上撒，他也照样被我撒了一身沙土，成了个黄土人。他一会儿抓住我的脖子，一会儿抓住我闪动的腿，他以为抓住了，其实没有。他从各个角度向我袭击。但是我的体重保护了我，他再攻击也是徒然。我就像一座大岩石一样，尽管洪水轰隆隆地向它冲击，它岿然不动，它本身的重量保证了它的安全。我们各自退了几步，然后又撞到一起交起手来，寸步不让，每一方都下定决心不能输给对方，我的脚抵着他的脚，我全身向前压过去，手捏住他的手，头顶着他的头。我看见过强壮的公牛撞到一起，为争夺一头全牧场上最漂亮的母牛作为战利品而互斗，其他的牛战战兢兢地看着它们斗，不知道哪一个会胜利而获得这大奖品。我们两个的情状和这完全一样。赫剌克勒

---

[1] 参看卷八，544行。

斯三次想把我紧贴着他身体的胸推开，都失败了，第四次他才挣脱
我的钳制，分开了我紧紧抱住他的两臂，接着就给了我一拳（我决
不隐瞒真情），把我打得团团转，他沉重的身体紧紧扑在我背上。
请你相信我，我并不是要用夸张来赢得光彩，我简直觉得好像有一
座大山压在我背上似的。我好不容易才把两只流汗的胳膊塞到他身
底下，好不容易才把他牢牢锁住我前胸的两手掰开。但他继续压着
我，压得我喘气不迭，不给我恢复体力的机会，然后抓住我的脖
子，最后我一下跪倒在地上，吃了一嘴土。比力气比不过他，我就
改用策略，变成一条长蛇从他手里溜走。我把我的身体绕成几圈，
吐出我的两尖舌，拼命地对着他嘶嘶地叫，但他笑笑，嘲讽我的策
略，对我说：'阿刻罗俄斯，我还睡摇篮的时代就降伏过蛇，即便
你比别的蛇都厉害，你也只不过是一条蛇，比起勒耳那的厄喀德
那[1] 来，微不足道。她受伤越多，力气越足，她有一百个头，砍
掉她一个头毫无关系，砍掉的地方又长出两个头来，她的脖子反而
更硬了。这妖物，砍去一个头又有头像树枝一样长出来，越受损
害，长得越茂盛，我把她征服了，征服之后又把她剖开。你想想你
的下场会怎样？你不过变成了一条假蛇，用的是借来的武器，用极
不可靠的伪装把自己包了起来罢了。'他说完，两手就掐住我的脖
子像镣铐一样，我痛极了，就像喉咙被钳子夹住了，我挣扎着想把
下颚从他拇指间抽出来。这个办法失败了，但我还有第三招，变成
一头凶狠的公牛。我变了牛之后，继续和他斗。他从左边用他的胳
膊抱住我厚实的脖子，我就跑，他跟着我跑，揪住我不放。最后，
他硬把我的两个角按到地上，又把我整个身体按倒在厚厚的沙土地
上。这还不算，他的无情的右手握着我坚挺的角，把它折断，从我

---

[1] 勒耳那（Lerna），沼泽名，见卷一，597 行。厄喀德那（Echidna），半女半蛇的妖怪，
为赫剌克勒斯所杀，即卷四，501 行许德拉。

额上扯下来。女河仙们把这只角拿了去，盛上水果和芬芳的鲜花，变成了圣器。现在丰盛女神由于我的角而富足了[1]。"

【89—133 行】
涅索斯抢夺赫剌克勒斯的新娘

河神说毕，他的一个侍女，是位女仙，腰里束了一条带子，很像狄安娜，头发披到两边，走了进来，端着一个盛满秋天果实的角，第二道菜是甜美的苹果。

这时黎明到来，太阳刚刚照上山巅，青年武士们不愿等河水平复，甚至不等洪水退落，就告辞起身了。阿刻罗俄斯把他那乡下佬的脸，缺了一个角的头，藏进了水里。

他失了一个美丽的角确实很丢面子，但其他方面并无损害，他用柳叶或芦苇编了一个环把头上的残损部分遮盖了起来。但野蛮的涅索斯[2]却不这样，他也爱上了得伊阿尼拉姑娘，因而遭到彻底的毁灭，一支飞箭射透了他的脊梁。原来赫剌克勒斯带着新娘还乡途中来到了水流湍急的欧厄努斯河。河水的水位比往常高，因为冬天的雨使河水上涨了，河里还有很多漩涡，无法渡过。赫剌克勒斯自己倒不怕，只为妻子担心，这时涅索斯走上前来，他四体健壮，熟习水性，说道："赫剌克勒斯，我来帮忙把她渡到那边岸上去，你可以靠你自己的力量游水过去！"这位卡吕冬姑娘很害怕，脸色苍白，浑身发抖，她既怕那河，又怕那怪物。但赫剌克勒斯还是把她托付给了涅索斯，他自己先把棒和弓抛到对岸，只披着狮皮，挎

---

[1] "丰盛角"（Comu copiae），富足的象征。希腊神话，这个角是一头母山羊的角，宙斯的奶娘用母山羊奶喂宙斯，羊角折断，宙斯把它变成宝角，从中可以取出任何希望得到的东西。
[2] 涅索斯（Nessus），半人半马的怪物，伊克西翁所生。

着沉重的箭袋，说道："我既已开始，我一定要征服这条河。"他毫不犹豫，也不问哪一段河水最好游，就跳进河里，他更不屑于趁着水势斜游过去。他游到了对岸，拾起掷过来的弓，就听到妻子的呼喊声，原来涅索斯正在准备干那背信弃义的勾当。赫剌克勒斯就对涅索斯喊道："你这个强徒，你就相信你的腿快，你要往哪儿跑？喂，涅索斯，你这两体怪物，我在和你说话。你听着，不要到我和我的新娘中间来瞎缠。即使你不尊重我，至少你父亲绑在转轮上[1]这件事也足以阻止你去做出无耻的事来，你虽然相信你的马蹄能跑得飞快，你也休想逃脱。我不用腿来追赶你，我用致命的武器。"他说到做到，一箭正射中怪物的脊梁，铁箭头一直穿透前胸。涅索斯把箭拔出，胸背两处伤口都喷出血来，血里杂着勒耳那的蛇毒。涅索斯不把血抹掉，自言自语道："我死了也要报仇的。"说着把自己的短袍蘸了热血，作为礼物送给了得伊阿尼拉，说这袍子可以使她恢复失去的爱。

【134-272 行】

赫剌克勒斯之死

好多年过去了，伟大的赫剌克勒斯的事迹传遍了世界各地，也解了他义母的恨。他从俄卡利亚[2]胜利归来，正准备在刻奈乌姆给朱庇特进香还愿，唧唧呱呱的谣言女神就来到得伊阿尼拉耳朵边。她最喜欢真话里面掺假话，一件小事经她一胡说，便成了一件大事。她对得伊阿尼拉说，赫剌克勒斯爱上了伊俄勒了。这位热爱丈夫的妻子相信了这话。丈夫有了新欢使她十分震惊，一开始，她

---

[1] 指伊克西翁。他因垂涎朱诺，罚入地狱，缚在轮上，永不休止地转动。
[2] 俄卡利亚（Oechalia），欧波亚（Euboea）岛上城市。赫剌克勒斯战败了俄卡利亚王，夺了他的女儿伊俄勒（Iole）。

不禁哀恸痛哭，来倾吐自己的悲伤。继而她立即说道："我为什么哭啊？我哭，反而使情敌高兴。她快要来了，我必须赶快，趁现在还可能，想个办法，不要让别人占了我的床榻。跟他吵一场呢，还是一声不响？回到卡吕冬呢？还是留在这儿？离开这家呢，还是呆在家里跟他们作对？做不出更多的事，与他们作对也好。墨勒阿革洛斯啊，我必须牢记我是你的妹妹，我为什么不做一件大胆的事。把我的情敌杀死，来证明一个受到损害而感到痛苦的女人能做些什么？"她想到了各种进攻的办法，其中她选中了一个办法：把染着涅索斯鲜血的那件衣服送给她丈夫，希望借此恢复丈夫的淡薄了的爱情。她亲手把衣服交给了仆人黎卡斯，黎卡斯和她自己都不知道这件衣服将来会导致她自己的不幸[1]，这可怜的女子用甜蜜的话交代他把这件礼物交给丈夫。赫剌克勒斯不知底细，把这件浸过蛇毒的衣服披到了肩上。

这时，赫剌克勒斯刚点好祭坛的火，正在上香祈祷，在大理石的祭坛前举杯奠酒，毒性经火一烤，就分解发生了作用，它分布到赫剌克勒斯的全身上下。他和往常一样，鼓起勇气，尽其全力把痛苦的呻吟压下去。但忍耐终于被疼痛战胜，他一下把神坛推倒，大声喊叫，喊叫声充满了林木茂密的俄塔山。他立刻试图把致命的袍子扯下来，说来可怕，他扯下的那部分，连他的肉也一齐扯了下来，或因为粘在肢体上粘得太牢，他想扯也扯不动，扯下来的地方露出了肉和大根大根的骨头。就连他的血也发出嘶嘶的声响，就像一块烧红的铁往一池冷水里淬火一样，炽热的蛇毒把他的血煮沸了。还不止此，那贪婪的火焰吸吮着他的心，乌黑的汗流遍全身，烧着了的肌腱劈啪作响，看不见的毒在腐蚀他的骨髓，把它化成了

---

[1] 完全失去了丈夫。

液体。他高举双手喊道："朱诺呀，你来观赏一下我的毁灭吧，来观赏吧，冷酷无情的朱诺，你从天上往下看吧，看看我受的罪，满足你禽兽般的心肠吧。我如果还值得敌人怜悯，就是说，还值得你的怜悯，那就把我这条命拿去吧，我受够了可恨可怕的煎熬，我一生出来就注定是干苦活的。把我的命拿去，对我来说将是件功德，这是一个义母能送的最恰当不过的人情了。难道我是为了今天的下场才去征服那个用异乡人的血玷污庙宇的部西里斯吗[1]？我才从安泰俄斯身上夺去他母亲给他的力量吗[2]？我才敢去面对那三个身体的西班牙牧羊人和三个头的刻耳柏洛斯吗[3]？我才用这一双手把那壮牛的角折断吗？我才在厄利斯、斯廷法利斯湖、帕耳特尼亚森林立功吗[4]？我才用我的双手去取得特尔墨多尼亚黄金雕的腰带，和日夜不眠的龙所看守的苹果吗[5]？我才战胜半人半马的怪物肯陶尔和在阿耳卡狄亚为害的野猪吗？我才去战胜那掉一个头又长出两个头的许德拉吗？当我看到特剌刻的马靠人血吃肥，马厩里躺满了残缺的肢体，我一见就把它们都杀了，把它们连同他们主子一齐消灭了[6]，这难道是为了今天这下场吗？我用这一双手砸烂了涅墨亚的庞然大物[7]，我把苍天扛在我的背上[8]，都是为

[1] 部西里斯（Busiris），埃及王，他杀异乡人祭神，为赫剌克勒斯所杀。
[2] 安泰俄斯（Anthaeus），旧译安泰，利比亚王，巨人，母亲是大地，他身体接触大地，力量就倍增，赫剌克勒斯把他举到空中打死。
[3] 西班牙牧羊人指格吕翁（Geryon），一人三躯的巨人，为赫剌克勒斯所杀。刻耳柏洛斯，地府守犬，见前。
[4] 厄利斯（EIis），指赫剌克勒斯清除奥革阿斯（Augeas）的牛圈；斯廷法利斯湖（Stymphalus），他在此杀死凶鸟；帕耳特尼亚（Parthenia），他在此追获金角鹿。
[5] 指他战胜阿玛宗女王希波吕忒（Hippolyte），夺得她的腰带；从三个"西方少女"（Hesperides）看守的花园里，由一条日夜不眠的龙眼目之下，取来金苹果。
[6] 指狄俄墨得斯（Diomedes），特剌刻的君主，他用客人的肉喂他的马（与希腊将领同名，然非一人）。
[7] 涅墨亚（Nemea），在希腊，有一头狮子为害，为赫剌克勒斯所杀。
[8] 为了夺取金苹果，赫剌克勒斯代阿特拉斯负起苍天。以上都是朱诺为了泄愤，罚赫剌克勒斯完成的"劳绩"。

了今天的下场吗？朱庇特凶狠的妻子现在发命令都发得累了，虽然我执行命令的人还不累。但是一场新灾难临到了我的头上，凭气力也好，凭武器也好，都无法抵挡的。在我两肺的深处，有一团火在乱蹿，腐蚀着它们，要把我整个身体吃掉。但是欧律斯透斯[1]还活得好好的，世界上居然还有那些相信有神的人呢！"

他说着这番伤心的话，一面沿着俄塔高山走着，就像一头公牛带着投中它身体的猎枪，而投枪伤害它的人却逃走了。请看他在那山上一会儿发出叹息，一会儿嗥叫，一会儿暴躁如雷，挣扎着想把全部衣服扒掉，把大树连根推倒，一会儿又把两臂伸向他父亲所在的青天。

忽然他看见黎卡斯战战兢兢躲在一个洞窟里。无数的痛苦汇集成极度的疯狂，他喊道："是你把这件害死人的礼物送来的吗？你难道要做置我于死地的人吗？"那仆人吓得发抖，面色苍白，怯懦地说了句为自己开脱的话。他话还未说完，还想去用手抱住赫剌克勒斯的膝，赫剌克勒斯一把抓住他，把他抡了三四圈，扔进了欧波亚海，比那弩弓弹出去还有力。当他飞在高空的时候，他的身体变硬了，就像人们所说，雨点经冷风一吹就凝固，进而变成雪，雪片卷动又变成松软的雪团，最后凝聚成冰雹，同样，黎卡斯被那有力的手抛到空中，吓得脸无血色，浑身的体液都干涸了，据古老的传说，他最后变成了坚硬的石头。至今在欧波亚海面有一片不高的岩石伸出在波涛之间，它还保存着人形，水手们不敢上去，怕它会有感觉，他们就把它叫做黎卡斯。

这时，朱庇特的声名远扬的儿子砍下长在俄塔高山上的树，造

---

[1] 欧律斯透斯（Eurystheus），米刻奈（Mycenae）王，朱诺通过他来控制并折磨赫剌克勒斯。

了一个柴堆，把他的长弓、箭和大箭囊赏给了波阿斯的儿子[1]（这些武器将来还要再度出现在特洛亚王国），因为他是执行点柴堆的任务的。贪婪的火焰开始包围柴堆，他把那张涅墨亚狮皮铺在上面，把大棒当枕头，脸上的表情就像在宴会上斜倚在榻上、头戴花环、周围环绕着斟满醇酒的杯觞时的表情。

火焰向四面扩散，发出劈啪的响声，去舔他的四肢，但他很坦然，不予理睬。天神们这时为这位大地的保卫者[2]担心。朱庇特感到了天神们的心情，很快慰，对他们说："你们的担心令我快慰，众位天神，你们不忘记我的恩典，我能自称为你们这样的臣民的导师和父亲，我是由衷地高兴的。我的儿子，有你们的关怀，就安全无恙了。当然，你们关怀他是因为他本人做出了巨大的成绩，但我也感谢你们。不过，在你们赤诚的心里也不必瞎害怕。这火势是很厉害，但是他既能征服一切，也定能征服你们所见到的火，只有他从他母亲方面继承来的那部分怕武尔坎的威力[3]，他从我这方面继承的部分则是不朽的、安全的、毁灭不了的，什么火也制服不了的。等前面那部分在大地上完成了任务，我就把他接到天国来，我相信我这举动一定会使众位天神高兴的。如果有谁，如果哪一位因为赫剌克勒斯成了神，得到了这么大的报酬而不快意，他尽管可以不乐意，但他应当了解功多就应受赏，现在不情愿，将来会同意的。"

众神都表示赞同。朱庇特的妻子、天后，对朱庇特所说的话也似乎并无难色，唯独对最后一句，脸上显得不快，因为这句话显然是针对她而发的。此时，赫剌克勒斯身上凡是火焰能毁灭的都被武

---

[1] 波阿斯的儿子指菲罗克忒忒斯（Philoctetes），墨利玻亚的王，赫剌克勒斯的朋友，后来参加了特洛亚战争。赫剌克勒斯也到过特洛亚，推翻了拉俄墨冬王（故事见卷十一，213—220行）。

[2] 指赫剌克勒斯为世界除害。

[3] 指火。

尔坎摄走，赫剌克勒斯的形象，凡能认得出的，都已不存在，他母亲遗传给他的任何痕迹也都消失了。他只保留了他父亲的痕迹。就像一条蛇，蜕去了旧皮，变成新蛇，披上新鳞之后，神采焕发，同样，赫剌克勒斯蜕去了凡躯，精华部分更形矫健，更显得高大，具备了神的威严，令人肃然起敬。万能的天父把他攫入云端，让他驾起四马的车，封他为星座。[1]

【273—323 行】
阿尔克墨涅难产；噶兰提斯变成黄鼠狼

阿特拉斯肩上感到了增加的分量[2]。但直到现在斯忒涅罗斯的儿子欧律斯透斯[3]怒气未消，他恨赫剌克勒斯，现在又恨到赫剌克勒斯的后代身上去了。赫剌克勒斯的母亲阿尔克墨涅由于长期的忧虑而精神苦闷，现在有了伊俄勒[4]，倒可以向她倾诉一下一个老太婆的苦情，讲讲她儿子的举世闻名的劳绩，以及她自己的不幸。原来，根据赫剌克勒斯的指示，他的儿子许路斯已经娶了伊俄勒，也爱上了她，而且她也已怀孕。阿尔克墨涅对伊俄勒说："愿天神对你开恩，在你即将分娩，高喊路喀娜[5]的时候，过程不要拖得太长。路喀娜女神专管临产的妇女，叫她们不要担惊害怕，但是她在朱诺的指使下却使我难产。在太阳已经逼近第十宫，我的儿子、注定要劳碌的赫剌克勒斯快要出世的时候，我怀的胎儿的重量使我的肚子感到下坠，真是重得不得了，你可以肯定肚子里藏着这么重的胎儿，他的父亲一定是朱庇特无疑了。我再也忍不住临产的

---

[1] 武仙座。
[2] 他背负苍天，天上多了一个星座，故云。
[3] 见本卷 203 行，他和赫剌克勒斯家族有隙。
[4] 赫剌克勒斯娶的新妇。
[5] 路喀娜（Lucina），司生产的女神。

疼痛了。我现在说到这事，还心惊肉跳，手脚冰冷，想一想都觉得痛苦。我受了七天七夜的熬煎，疼得我浑身无力，我两手伸向苍天，大声呼叫路喀娜和三位助产神尼克希[1]。路喀娜果然来了，但是她事先已受到贿赂，要把我的性命交给残忍的朱诺。她坐在门前的神坛边不动，听我叫痛，她的右腿搭在左腿上，两手镶拢，不让我的孩子生出来。她嘴里还低声念着咒，阻止胎儿出世。我拼命挣扎，差不多要疯了，我咒骂忘恩负义的朱庇特，但又有什么用处？我真想死，顽石听了我诉苦的话也会感动的。忒拜的主妇们都来看望我，也为我祈祷，劝我不要悲伤。在我的侍女中有一个叫噶兰提斯的，她出身平民，一头黄金发，她在我身边听我差遣，很卖力，做事勤奋，我很喜欢她。她感觉到朱诺有偏心，在打什么坏主意。她时常出出进进，总看见那路喀娜稳坐在神坛边，两手手指镶拢，搭在膝头。噶兰提斯就向她撒谎道：'不管你是谁，你要向我们家主母祝贺。阿尔克墨涅已经生了，她的祈祷实现了。'那位掌管妇女生产的女神猛可地跳了起来，散开扣在一起的两手，惊惶失色。据说噶兰提斯见女神受了骗，放声大笑。她正在笑着，凶狠的女神一把揪住她的头发，把她拽倒在地，她挣扎着想起来，女神把她按住，把她的两臂变成动物的前腿。她还像从前那样敏捷，背上毛色还和以前的头发一样，只是形状已不同了。因为她为了帮助她临产的主母而撒了谎，因此她以后也要从嘴里生孩子。和以前一样，她还在我家里出出进进。"

【324-393行】

德律俄珀变成一棵树

她说完，不觉长叹，有感于这位侍女的前车之鉴。她的儿媳见

---

[1] 尼克希 (Nixi)。

她心里难过就对她说："妈妈，你为她变形而难过，她到底和你还不是一家人。我把我姐姐的不寻常的遭遇说给你听听，你将作何感想呢？可是我一想起来就伤心流泪，说不下去。她是她母亲的独生女（我是我父亲第二次结婚生的），她叫德律俄珀，是俄卡利亚最美的姑娘。她被统治得尔福和提洛斯的阿波罗用暴力夺去了童身，又嫁给了安德莱蒙，安德莱蒙娶了她，认为很幸福。

"附近有一个湖，湖岸缓慢地倾斜，有点像海滩，湖的一端长着一丛爱神木。德律俄珀不知大劫临头，来到这里，尤其令人感到不平的是，她来此是为女仙们采撷鲜花做花环的。她怀里抱着她心爱的累赘——还不满周岁的儿子，正在喂他吃奶。靠湖边长着一片罗陀树，正在开花，推罗紫的颜色，很有希望结果。德律俄珀掐了几朵花，举着逗孩子玩。我也在场，我也准备去摘花，忽然看到从花里滴滴答答流出血来，花枝也在发抖。其中原因，至今那些迟钝的乡民们还说，是有个水仙叫罗提斯的，为了逃避居心不良的普利阿普斯，才把自己变成花，她形体虽变，名字还保留着。

"但是我姐姐并不知道这一切。她吓得缩了回来，直向水仙祷告，想离开那地方，但是她的两只脚像生了根一样，固定在地上了。她竭力挣脱，但是除了上半身，一点也动弹不得。树皮慢慢地从下面往上长，逐渐包住了整个下腹部。她看见这情状，就用手去揪自己的头发，却揪了一手树叶，她头上已长满叶子了。她的孩子安菲索斯（这是他外祖父欧吕图斯给他取的名字），觉得母亲的乳房变硬了，吸不出奶水来。我站在她旁边，眼看她遭到如此残酷的不幸，却无能为力，不能解救她。我尽我所能，抱住树干树枝，竭力拖延它们的生长。我坦白说，我真想也让树皮把我包起啊！

"这时她丈夫安德莱蒙和她的可怜的父亲走来找她，他们问我她在何处，我指着那棵罗陀树给他们看。他们过去不住地吻那还保存着体温的树干，又俯身去抱他们亲人、现在变成了树的根。我亲爱的姐姐这时只剩了一张脸，其余都已变成了树，眼泪流到由她可怜的躯体变成的树叶上。这时她的嘴还能说话，还准许她说话，她就把她的怨气对着空中倾吐出来：'如果一个受难人的誓言还有效的话，我对天神发誓，我不应当受到这样不公平的待遇啊。我无罪，可是受到了惩罚。我的生活是无辜的。我若撒谎，我甘愿让我的叶子枯焦脱落，让我被斧子砍断烧掉。不过，把这幼小的孩子从他母亲的枝桠上接过去，把他交给一个奶娘，千万让他常到我树下来吃奶，到我树下来玩。等他能说话了，千万让他来向他母亲问候，悲切地说："我妈妈藏在这树里呢。"不过，叫他当心那湖，不要从树上掐花，让他知道这些结野果的灌木可都是女神的身体。亲爱的丈夫，别了，祝你平安，还有你，我的妹妹和父亲！如果你们还爱我，你们要保护我的枝子，不要让快斧来砍伤，保护我的叶子，不要让羊吃掉。我现在不能弯下身子来凑你们，你们直起身来就就我吧，趁我现在还能够的时候，让我吻你们一回，把我的小儿子抱过来！我不能再多说了，因为柔软的树皮爬到我雪白的颈部，我被树顶包住了。你们不必用手把我的眼睛合上，免了这个礼吧，让树皮爬上来盖住我垂死的两眼吧！'在她停止说话的同时，她失去了存在。尽管她形体变了，很久之后新生的树枝还保持着她的体温。"

【394—453行】

朱庇特呵斥众神不得妄冀恢复青春

正当伊俄勒在讲这段神奇故事的时候，正当阿尔克墨涅以同情的手擦干儿媳的眼泪的时候（她自己也在哭），出现了一件新奇的事，止住了她们的悲伤。原来在高高的门槛前站着一个青年，简直可以算是少年，两颊的胡须还仅是茸毛，他就是恢复童年的伊俄拉俄斯[1]。朱诺的女儿赫柏经不起丈夫的恳求，才让伊俄拉俄斯返回童年。赫柏正要发誓说今后她决不再开这例了，忒弥斯[2]反对道："忒拜现在还在打内战，除非朱庇特帮忙，卡帕纽斯是不会败的；那两兄弟将互相残杀；那先知也将看到自己活生生地被大地吞食；他的儿子将杀死母亲，为父报仇，做一件既孝又不孝的事；这些坏事使他震动，失去了理智，从家里出走，复仇女神的形象和他母亲的阴魂将使他心神不宁，最后他的妻子将向他索取那致命的金项链，菲格乌斯的剑将使自己女婿的血流尽而死。最后阿刻罗俄斯的女儿卡利洛厄将向伟大的朱庇特祈祷，让她两个年幼的儿子赶快长大成人，以便快些为他们的父亲报仇。朱庇特会很受感动，将提前实现她的请求，让你，他的义女和儿媳去执行，使少年早日变为成年。"[3]

这位能卜未来的女神忒弥斯讲完这番预言之后，众神哗然，你一言我一语，嘟嘟囔囔地问，为什么别人不能得到这种好处。黎明

---

[1] 伊俄拉俄斯（Iolaus）（参看卷八，310行），赫剌克勒斯的同伴、侄儿；赫柏（Hebe），朱诺的女儿，无父。赫剌克勒斯成为天上的星座后，朱诺把赫柏嫁给赫剌克勒斯。句中"丈夫"即指赫剌克勒斯。赫剌克勒斯死时，伊俄拉俄斯已老，在他帮助赫剌克勒斯的儿子们抵抗敌人的时候，奇迹般地恢复了青春。此处是另一种说法。

[2] 忒弥斯（Themis），见卷一，321行；卷四，643行，天地之女，正义女神。

[3] 这段叙事很有代表性，诗人只把他需要的人物故事点一点，因为当时读者都很熟悉。这段叙述中，四个人物来自"七将攻忒拜"的故事（参看埃斯库罗斯同名悲剧）。卡帕纽斯（Capaneus），攻打忒拜的阿耳戈斯（Argos）将领。"两兄弟"指俄狄浦斯（Oedipus）的两个儿子，约定在忒拜轮流执政，未能守约，而相互残杀。先知指安菲阿剌俄斯（Amphiaraus），攻忒拜七将之一，他的妻子厄里费勒（Eriphyle）为了一条金项链出卖了他。"他的儿子"阿尔克迈翁（Alcmaeon），阿尔克迈翁的妻子卡利洛厄（Callirhoe），她索取的金项链是她丈夫赠给前妻的，前妻的父亲菲格乌斯（Phegeus）指使他的儿子把阿尔克迈翁杀死。"义女、儿媳"指赫柏。赫柏不仅能使人恢复青春，也能使人加速成长。赫柏的意思是"青春"。

女神抱怨她丈夫[1]年纪太老了；温柔的刻瑞斯也说伊阿西翁[2]的头发都白了；武尔坎也要求厄里克托尼俄斯[3]能恢复青春；还有维纳斯担心未来，也要求把老安喀塞斯[4]失去的岁月还给他。每位天神都有他特别关心的人，为了私心互相争吵，乱成一团，愈演愈烈，最后，朱庇特开口了，他说道："喂，你们简直一点规矩都没有了，你们要干什么？你们以为自己的本事大得不得了，可以压倒命运吗？是命运让伊俄拉俄斯恢复青春的，卡利洛厄的儿子提前变为青年也是命运的旨意，不是靠姻缘或武力。你们也是受命运支配的，我把这点说清楚，你们就可以心平气和了，连我也受命运支配呢。我若能更改命运的规定，那我的埃阿科斯[5]也不致老到直不起腰来，剌达曼堤斯[6]也可以和弥诺斯一起永葆华年，而弥诺斯受尽年老之苦，被人看不起，不能像以前那样掌权了。"

朱庇特的话感动了众神，他们看到剌达曼堤斯、埃阿科斯和弥诺斯如此衰老，也就不抱怨了。弥诺斯在盛年的时候，他的威名震慑各大邦，如今已老朽了，日神福玻斯和代翁涅之子弥勒托斯[7]使他坐立不安，因为弥勒托斯年轻力壮，又身为日神之子，趾高气扬，弥诺斯确信弥勒托斯在计划造反，要推翻他的统治，但又不敢把他放逐出祖国，弥勒托斯却主动逃亡，乘上快艇渡过爱琴海，到达亚细亚，在那里建造了城邦，这城至今还沿袭他的名字。在这里麦安德尔河神的美貌出众的女儿库阿涅，一天正沿着她父亲的河曲

---

[1] 指提托诺斯（Tithonus），他可以永生，但不能永葆青春。
[2] 伊阿西翁（Iasion），朱庇特所生，与刻瑞斯相爱。
[3] 见卷二，553—632 行。
[4] 安喀塞斯（Anchises）与维纳斯生埃涅阿斯，未来指特洛亚战争后，埃涅阿斯携老父幼子流亡事。
[5] 见卷七，474—500 行。
[6] 剌达曼堤斯（Rhadamanthus），朱庇特之子，与弥诺斯为兄弟。弥诺斯，见前。
[7] 剌达曼堤斯、萨耳珀冬（Sarphdon）和弥诺斯兄弟三人，争弥勒托斯为娈童。弥诺斯见他不爱自己，把他放逐。此处说他自动出走。

散步（这条河是多次往返蜿蜒的），和弥勒托斯结交，后来生了一对孪生姊弟，比布利斯和考努斯。

比布利斯的故事

对一切纵情的姑娘来说，比布利斯是前车之鉴，她对她孪生兄弟、阿波罗的孙子，产生了腐败堕落的情欲，她对他的爱不是一个姐姐对弟弟应有的爱。不错，在开始的时候，她不了解这团火是怎么一回事，也不认为她搂着弟弟的脖子去亲吻他有什么不对，在很长一段时期，她还自己骗自己这是姐弟间的正常感情。这种情感逐渐地发生了变化，她每去找弟弟的时候，总要打扮一番，总要让他看到自己的美，如果在他眼里有谁比她更美，她就嫉妒。这时，她对自己的内心还没有认识，还没有形成欲望，但内心仍然像在焚烧一样。她把弟弟叫做"主子"，讨厌"同胞姊弟"这个字眼，不愿意弟弟叫她"姐姐"，而要他叫比布利斯。

但在她清醒的时候，她还不敢让不纯洁的欲望进入她的脑海，但当她进入平静的睡乡，精神松弛的时候，她常常一闭眼就看见心爱的人，看见自己被弟弟抱住，自己羞红了脸，实际上她是躺着睡觉呢。睡醒之后，她还久久地躺着，回忆梦中的情景，心神恍惚地说道："可怜的我，夜里的梦说明什么呢？我真不愿它成为事实！为什么我要做这样的梦？他确实很美，即使在有偏见的人的眼中他也是美的，很惹人爱，他若不是我弟弟，我也能爱他，他也配得上我。但是我是他姐姐，这可害死了我。只要在我清醒的时候不想着去干那蠢事，我真希望在睡眠的时候，那样的梦能常常回来！在梦里，没有谁会看见；欢乐是假的，所以也没有害处。维纳斯啊，生着一双飞翼、有个温柔母亲的丘比特啊，那是多么美妙的经验哪！

我感到的快活和真的一样！我躺着，全身骨髓都酥了！一想起来就觉得甜蜜！可惜欢乐嫌短啊，黑夜匆匆过去，它嫉妒我的欢乐。

"我若能改变姓名[1]和你结合，考努斯，我可以做你父亲的一个好媳妇，你可以做我父亲的一个好女婿呢！天神若是允许，我们可以共享一切，除了祖父一辈以外。我真希望你的出身比我高贵。可是，最美的人啊，你一定不会娶我，而是娶另一个女子做你孩子的母亲；对我来说，我的命不好，和你同父母，你只能做我的弟弟。我们将来可能有的一样东西，现在成了我们的不幸。那么，我的梦又说明什么呢？我的梦有什么重要意义呢？是不是梦真有重要的意义呢？天神啊，别胡思乱想了。

"可是，天神也和自己的姊妹们恋爱呀？萨图尔努斯和自己的胞妹俄普斯结了婚，还有海洋神俄刻阿诺斯和忒堤斯，奥林波斯的主宰和朱诺。天神有他们自己的法律啊！天上有一套不同的规矩，我怎么能拿它来衡量人的行为呢？我一定要把这人间不容的恋情从我心里驱逐出去，如果办不到，我宁可一死，躺在停尸床上，让我弟弟来吻我的死尸吧。

"再说，这件事须要两人同意才成，就算我乐意，也许他认为这是犯罪行为呢？但是风神埃俄罗斯的几个儿子并没有怕和自己的姊妹们结婚啊！但是这些新闻我是从哪儿听来的？我为什么一下就想到这些榜样呢？我的目的是什么？肮脏的欲念，走开，离开我远远的，让我和弟弟之间只存在姊弟之爱吧！但是如果他先爱上了我，我也许可以顺从他的狂热。那么，既然我不会拒绝他的请求，何如我自己主动请求呢？比布利斯，比布利斯，你能自己说出口吗？你能自己坦白吗？是的，爱会迫使我这样做的，我一定能这样

---

[1] 参看《罗密欧与朱丽叶》。

做！如果我羞于启齿，我可以偷偷写封信倾吐我心中的火样的爱。"

这个想法很合她心意，也克服了她的犹豫，她坐了起来，左肘撑住身子，说道："我要向他坦白我疯狂地爱着他，我要写出来让他看！唉呀，我滑到哪儿去了？什么样的爱火占据着我的心呀？"她开始把她所想的写下来，她的手不住地发抖。她右手持笔，左手拿着空白的蜡板。她刚开始写，又犹豫起来，她写了几个字，又骂自己写坏了，她写了又擦，又改，一会儿觉得写得不好，一会儿又觉得不错，一会儿把蜡板拿起，一会儿又放下。她自己也不知道自己要做什么，刚想到要做什么，马上又觉得不好。她脸上的表情既果断，又羞怯。她开始写了一个"姊"字，又决定把"姊"字擦掉，把板面上的蜡抹平，又写道："一个爱你的人寄上此信，祝你幸福，她自己的幸福，除非你给她，她是不会有的。我感到害羞，羞于透露我的姓名。你若要问我希求什么，我希求的是不透露姓名而向你陈情，在我的愿望没有得到肯定的答复之前，我不愿意让人知道我叫比布利斯。你一定早已注意到我内心所受的打击，表现在苍白消瘦的面庞，经常湿润的眼睛，无端的叹息，以及我经常拥抱你、吻你，你也许注意到了，这已经不是什么姊弟的感情了。但是，尽管我内心受到严重的创伤，疯狂的爱火在我灵魂深处燃烧，我已尽我所能（天神可以作我的见证）终于使自己清醒些。长期以来，我都在进行着痛苦的斗争，来逃避小爱神丘比特的猛烈进攻，我所忍受的比你想象中一个女孩儿能忍受的要多得多。我现在迫不得已向你坦白，怯生生地请求你的帮助。只有你能救我，也只有你能毁我这个爱着你的人。你现在选择吧。我的请求不是来自一个敌人的请求，而是来自这样一个人，她和你的关系虽已极为亲密，但是她希望进一步的亲密，用更紧密的纽带联结在一起。让老一代的人去知法吧，高谈什么可以做，什么是错的，什么是对的，让他们守着法律的那些细枝末节吧。爱是符合我们这样年龄的人的，爱是不顾一切的。什么是可以做的，至今我们也不知道，我们相信什么都可以做，我们遵循伟大的天神所树立的榜样。严父、对名誉的考虑、顾虑，都阻止不了我们。即使有可顾虑之处，我们可以在姊弟名义的掩护下偷偷相爱，我可以自由地和你谈心，在众目睽睽下和你拥抱亲吻。此外还有什么可求的呢？可怜我这向你坦白爱情的人吧，若不是极端的爱逼着我，我是不会坦白的。不要让我的墓碑上刻下我死亡的原因是你。"

写完这些无用的话，蜡板已经写满，最后一行已经贴近板边。她立刻在这封可耻的信上加了自己的宝石印章，这印是用她眼泪润湿的，因为她的舌头干了。她羞红了脸叫来一个侍女，怯生生地哄着她，说："你对我最忠心，把这个送给我的……"过了半响才说"弟弟去"。她把蜡板递过去的时候，一失手，蜡板落到了地上。这不祥的兆头使她不安，但是她还是把信送了。

侍女候到适当的时机，来到弟弟处，把这封自我坦白的信交给了他。麦安德尔的孙子接过信，念了几句，就把它一丢，又惊又怒，忍不住掐住侍女的脖子，把那侍女吓得直发抖，对她说："趁早给我滚，你竟敢帮着干这灭绝人伦的罪恶勾当！如果不是断送了你的命于我脸上也无光，我一定要惩罚你，把你处死。"侍女吓得连忙逃走，把考努斯这番凶狠的话回复给女主人。比布利斯听说遭到拒绝，脸色发白，浑身冰冷，不住地抖颤。待她头脑恢复正常，疯狂的爱情也同时返回。她以微弱的几乎听不到的声音说道："这是我应得的！我为什么要冒冒失失地把我内心的创伤告诉他呢？我为什么要急急忙忙地把藏在心里的话写下来呢？我应当先用模棱两可的话去探探他的口气。我应当先看看帆的情况，风是什么样的风，以免出航不利，这才能安全航过大海；可是我却挂了满帆，遭遇到未曾料到的风，结果撞上了礁石，船翻了，我被整个海洋淹没，我的船也没有回头路可走了。

"已经有明确的征兆警告过我，不要纵情，而且当我把蜡板交给侍女的时候，蜡板从手里滑落，这就是告诉我，我的希望要落空。是不是应当换一个日子呢？或者根本改变我的意图呢？不，应当换一个日子，不过天神已经警告我，给了我明确的征兆，只是我丧失了理性。不过我应当亲自去说，当着他的面敞开我的胸臆，而不该写在蜡板上。面对面，他就会看见我流泪，看见一个坠入情网的人的表情，我可以说许多话，是一封信所不能包容的。尽管他不情愿，我也可以抱住他的脖子，他若把我推开，我可以装得像快要死了似的，抱住他的脚，伏在地上，求他救我一命。我应当把这些样样做全，一次做一样是打动不了他的铁石心肠的。也许我派去的人把事情办坏了，没有掌握时机，行动失体，或没有候到他心情舒坦的时候？

"这一切是我失败的原因。他并非是什么母老虎生的，他的心也不是硬得像石头，坚实得像铁或金刚石，他也不是喝母狮的奶长大的。我一定要征服他！我一定得再去找他。只要我还有一口气，我一定要不知疲倦地去争取我已开始争取到的东西。如果要我取消我已经做的事，最好当初就不要开始，第二条好的路就是争取成功。即使我放弃我的追求，他还是会永远记得我敢于做到的一切。不过，如果我放弃，我倒反而会显得我爱他爱得轻率，或显得像是在试探他或要他落入我的圈套。不管怎么说，他会认为我不是被那位促进并点燃我们心中爱火的神所左右，而是被情欲所左右。总之，我做错了事，现在已无法一笔勾销了。我信也写了，求爱也求过了，我的欲望是可耻的。即使我不再多做了什么，我也不能说是无罪的。不过未来的希望还是很大的，能做的错事并不多了。"

她说完，内心仍然很矛盾，不知所从，一方面她后悔不该做那样的尝试，另一方面她还想再试试。她继续做那越轨的事，但是令她不快的是她屡屡遭到挫败。最后，考努斯受不了她的无休止的纠缠，就离开了祖国和罪恶的姐姐，在异土建立了一个新城邦。

后来据说这位弥勒托斯的女儿由于悲伤而完全疯了，她从胸前把衣服扒下，疯狂地捶打着自己的两臂。她当着人的面就胡言乱语，说她希望得到人们禁止她得到的爱，得不到，她就离开了祖国和可恨的家，去追踪她的弟弟了。布巴索斯[1]的妇女们看见她在广袤的田野里一面走一面呼啸，就像特剌刻的巴克科斯女信徒，在三年一度的节日，被巴克科斯的葡萄藤杖抽打得如痴如疯那样。她离开这些妇女之后继续游荡，经过卡利亚人的国土、手持武器的勒勒格斯人和吕西亚人的国土。她又走过克拉戈斯山、利木雷城和赞土斯河和狮头狮胸、蛇尾、喷火的怪物奇迈拉居住的山岭。[2]

树木逐渐稀少，比布利斯这时已疲乏不堪，倒下了，头发散在硬地上，脸被落叶盖住。勒勒格斯的女仙们几次想用她们纤弱的手把她扶起来，又不时地提出医治爱情创伤的办法，安慰她，但她充耳不闻。她躺在地上，一言不发，两手抓住地上的青草，哭得眼泪成河，沾湿了草地。据说水仙曾在她体内植入一条脉管，眼泪永不会流干，水仙们还有什么比这更重的礼物能送她呢？就像从松树皮上流出一滴滴的松脂，就像浓稠的沥青从厚重的土壤里溢出一样，就像寒冬的水凝结成冰，经温暖的西风一吹，在日光照耀下融化一样，顷刻间比布利斯眼泪流干，变成了一眼清泉。这泉至今在这山谷里还保留着它女主人的名字，从黝黑的栎树下流出。

---

[1] 布巴索斯（Bubasus），卡利亚（Caria）地方的城市。
[2] 比布利斯所经过的地方都在小亚细亚。

伊菲斯女变男身

这件反常的故事原来早该传遍克里特岛的一百座城市，谁料在克里特本岛上不久以前也发生了一件怪事，就是伊菲斯变形的事。在淮斯提亚，离开王城格诺索斯不远，住着一个人，名叫利格多斯。他虽然出身贫贱，却是个自由人，他并无名望，但为人正直可靠。一日，他的妻子眼看即将分娩，他便告诫她道："有两件事我希望上天答应我。第一，希望你分娩没有大痛苦；第二，希望你生个男孩。女孩子太麻烦，又是天生没有气力。因此，（天啊，请原谅我说这话！）如果你生下来的是个女儿，（我真不愿意说这话，请天神饶恕！）那就把她弄死。"他说完之后，夫妻二人相对而哭，命令的人和被命令的人脸上都流着热泪。特勒图萨不住祈求丈夫不要把希望限制得这样狭隘，但是祈求是白费的。利格多斯的意志坚定不移。眼看产期已到，这天午夜，特勒图萨恍惚梦见伊那科斯的女儿[1]站在她的床前，有许多庄严的信徒拥护着。她的前额上装着新月般的双角，头上戴着黄金色的麦穗环，美得真像天后一般。在她旁边站着人身狗头的神，名叫阿努比斯[2]，还有布巴斯提斯[3]，五光十色的阿皮斯[4]和缄默之神（他把一个手指按在嘴唇上）。此外还有响铃[5]和久寻不见的俄西里斯[6]，和一肚子催眠毒液的埃及蛇[7]。特勒图萨好像已经醒来，把这一切看得清清

---

[1] 伊那科斯（Inachus），河神。他的女儿伊娥（Io），又名伊西斯（Isis），为埃及国神。
[2] 阿努比斯（Anubis），埃及神。
[3] 布巴斯提斯（Bubastis），埃及的狩猎女神。
[4] 阿皮斯（Apis），埃及神牛。
[5] 响铃（Sistra），埃及宗教祭器。
[6] 俄西里斯（Osiris），埃及丰收之神，为弟所害，其妻久寻其尸骨不得，故云。
[7] 埃及神蛇，"催眠"——致人死命之意。

楚楚。女神对她说："特勒图萨,你是崇拜我的,你不必担心,不用听你丈夫的吩咐。路喀娜帮你分娩以后,你不必迟疑,不论生男生女,只管养活它就是了。我是有求必应的女神,崇拜我的人我都帮助,我绝不叫你后悔,以为崇拜了一个不分恩怨的神。"女神告诫她之后,走出屋子去了。这位克里特妇人高高兴兴地起了床,举起纯洁的双手,对着天上的星辰,默祷梦中所见能够实现。

这时她腹痛增剧,小儿生产了,一看是个女孩。她丈夫并不知道,她便打定主意要瞒过他。她叫人把婴儿拿去抚养,只说是个男孩。她这计策并无人识破,其中奥妙只有奶娘一人知道。父亲在神前还了愿,给孩子取了名字,就叫祖父的名字——伊菲斯。母亲听到这个名字很高兴,因为这名字原是男女两用的,她用这名字叫女儿也可于心无愧。因此她那出于至诚的计策并未被人识破。伊菲斯穿着男孩的装束,她的脸庞不论按男孩说或按女孩说,都称得起娟美。

不觉过了一十三年。伊菲斯,你父亲把金发的伊安特说给你做妻子。伊安特是克里特岛忒勒斯忒斯的女儿,天生一副美貌,在淮斯提亚的女子中最受人称赞。他们两人年岁相当,相貌媲美,而且两人都在相同的塾师那里习艺发蒙,因此两小无猜,互相爱慕。但是各人心中希望不同。伊安特满怀信心,希望结婚,她相信她以为是男子的那个人有一天会做她的丈夫。但是伊菲斯则明知自己的爱情是没有希望完满的,因此更加爱她——真正是叫女孩爱上了女孩。她忍不住哭道:"我真不知道结果怎样?谁都没有尝过我的苦楚,我的爱情是不自然的、奇怪的。如果天神愿意拯救我,他们早该把我拯救;如果天神不愿意,而且想把我毁灭,他们至少让我所受的痛苦是自然的痛苦,是人类所经验过的痛苦。母牛不会爱母牛,雌马不会爱雌马。只有公羊追母羊,雌鹿求雄鹿。百鸟求侣,也复如此,万物之中岂有雌雌相爱之理。我若不是女儿身便好了!

但是克里特岛不是没有出过奇事，日神的女儿[1]曾爱过一头雄牛，这也算得雌雄之爱。说实话，我的爱情比这还热烈。然而她的爱情有希望满足，她用了一条妙计，把自己变成母牛，达到了目的，结果受骗的倒是雄牛。[2]即使把世界上所有的巧匠都聚集在这儿，即使代达罗斯又张着蜡制的羽翼飞了回来，他也没有办法。他的技术虽然高妙，也不能把我从女孩子变成男孩子；恐怕他也不能改变你的性别，伊安特。

"既然如此，伊菲斯，你应当坚定意志，鼓起勇气，把这没有希望的、愚蠢的爱情从你心里排除出去。睁眼看看你自己生来是男还是女，不要自欺欺人；做你应该做的事，按照女人的本分去爱。只有能够实现的希望才能产生爱，只有希望才能保持爱。然而按照事物的本性，你是不可能有这种希望的。固然，没有人监视着她，不准你去拥抱她；也没有嫉妒的丈夫看管着她；她更没有狠心的父亲；而且她自己也没有拒绝你的追求。尽管如此，你还是没法占有她；尽管一切都有利，尽管神、人都帮助你，你也不会有那种艳福。直到现在为止，我的愿望件件实现了；我的要求，天神件件答应，毫无困难。我所希望的，也正是我父亲所希望的，正是她本人和她的父亲所希望的。但是天性不答应，天性比他们都有力量，只有天性使我痛苦。看，我希望的时刻来到了，婚期已经不远，伊安特不久就要属于我了——然而也不属于我。我们身在水中央，反而渴死了。朱诺和许门，你们何必来参加婚礼？我们这里不是男婚女嫁，而是二女相婚。"

她说到这里，停止了。另外那位姑娘同样心里燃烧着爱，祷

---

[1] 指帕西淮（Pasiphae），克里特王弥诺斯之王后。因得罪爱神，爱神使她狂爱一头雄牛。

[2] 巧匠代达罗斯替她制了一个木制的母牛，作为她的假身。参看卷八，133行。

告许门请他赶紧来到。但是伊安特所希望的事正是特勒图萨所担心的，她故意拖延时日，一会儿假装生病，一会儿又说她看到了什么不祥的征兆。到了最后，一切可能想到的理由都已想尽，一再拖延的婚期终于临近，离开婚期只有一日了。母女两个都把束发的带子从头上解下，披散头发，抱住祭坛，祷告道："女神伊西斯——你住在帕来通纽姆、麻利欧塔的田野、法洛斯和七口的尼罗河[1]——我求你帮助我们，解除我们的忧虑吧。女神啊，我曾经见到过你，并且认出代表你的一切象征——你的侍从、仪仗和丁当的法器——你吩咐我的话，我却牢牢记在心里。我的女儿今天还活着，我还没有受到处罚——这些都是因为遵照了你的吩咐才能如此，都是你的恩赐。请你可怜我们两人，帮助我们吧！"她说毕流下泪来。

女神好像把祭坛推推，祭坛果然摇动，庙门也震动了，女神头上新月形的双角发出光芒，响铃丁当作响。特勒图萨看见这样的好征兆，很是高兴，出了神庙，但心中的忧虑并未全消。伊菲斯跟在母亲身旁，步伐比往常要大些。她的脸色也比平常黑些，力气也大些，整个相貌更加棱角鲜明，她的未加装束的头发也比先前短些。她好像比从前做姑娘的时候更加精力充沛。原来，不久以前你还是姑娘，现在已变成少年郎了！去到庙里谢神去吧，不必害怕了，你可以安心高兴了！他们到庙里谢过神明，树了一块碑，碑上写道："这是伊菲斯做姑娘时许的愿，变成男身以后还的。"第二天，太阳的光芒普照大地的时候，爱神维纳斯、朱诺和许门在焚牲谢神的火焰前汇集，少年郎伊菲斯娶了他的伊安特。

---

[1] 以上均为埃及地名。

卷 十

【1—85 行】

俄耳甫斯和欧律狄刻的故事 [1]

从这里，许门飞过无边的天空，他穿着橘红 [2] 色的外衣，飞到齐科涅斯人 [3] 当中，听见俄耳甫斯的声音在召唤他。但是俄耳甫斯召唤又有什么用处？不错，婚姻之神许门在俄耳甫斯结婚时确是在场，但是他既未给新婚夫妇祝福，也没有显露笑容，也没有显示吉兆。他所举的火炬不住劈啪作响，浓烟熏眼，随你怎样扇，也点它不着。婚礼的结束比开始还糟，新娘和陪伴她的一群女仙在草地漫步，被一条蛇在脚踝上咬了一口，倒地死了。这位洛多珀的歌者 [4] 在阳世恸哭尽哀已毕，想到阴间去试试，于是就壮着胆子走进泰那洛斯 [5] 的大门，下到地府。他走过成群的有形无体的死人的鬼魂，他见到了统治这些鬼魂和这片阴森的国土的冥王和他的王

---

[1] 俄耳甫斯是希腊特剌刻（Thracia）的王子，著名的乐师，他的妻欧律狄刻（Eurydice）是个女仙。

[2] 罗马新娘的嫁衣是橘红色，婚姻之神所着衣裳也是橘红色。

[3] 齐科涅斯人（Cicones）是特剌刻地方的一民族。

[4] 洛多珀（Rhodope），特剌刻的一座山，歌者指俄耳甫斯。

[5] 泰那洛斯（Taenarus），指地府。

后珀耳塞福涅[1]。他弹起竖琴，一面唱，一面说道："神啊，你们统治着地下的世界，我们凡人迟早都会来到这里。请你允许我说实话，把花言巧语放在一边，我来此并非寻找塔耳塔洛斯[2]，也不是来降伏三头蛇发的怪物墨杜萨。我到此的原因是寻找我的妻子：她误踏了一条蛇，蛇咬了她，把她毒死，夺去了她的青春妙龄。我不否认我也曾试图努力忍受过。但是爱神把我征服了。在人间，爱神是尽人皆知的，但是他是否在这里也很有名，那我就不知道了。不过我猜想他在这里恐怕也不是默默无闻的。旧日传说你的王后就是被你抢来的，如果此话不虚，那么你也和爱神有过瓜葛。我请这阴森的地界，无边的混沌，广大而死寂的国土帮助我，我请求你告诉我，我的短命的欧律狄刻的命运究竟如何了。我们的一切都是你的恩赐，我们虽然在人间有片刻的停留，但迟早只有一个归宿，我们都要到这里来的，这里是我们最后的家。你对人类的统治最为长久。我的妻子，等她尽了天年，也终究会归你管辖的。我求你开恩，把她赏还给我。但是如果命运拒绝我的权利，不还我妻子，那我就决定不回去了。我们两个都死了，你可以更高兴些。"

他一面弹着竖琴，一面说了这番话，旁边那些无血无肉的鬼魂听了也都黯然泪下。坦塔罗斯[3]也不追波逐浪了；伊克西翁也惊讶不已，连轮子都不转动了；秃鹰也不去啄提堤俄斯[4]的肝脏了；柏洛斯的孙女们[5]也不装水入瓮了；西绪福斯[6]，连你也

[1] 珀耳塞福涅（Persephone），即普洛塞庇娜的希腊名称。
[2] 塔耳塔洛斯（Tartarus），阴界，死亡。
[3] 坦塔罗斯（Tantalus），见卷四，458 行。
[4] 提堤俄斯（Tityus），巨人，他因想抢夺天上女神拉托娜（日神及狩猎女神之母），被罚入地府，有秃鹰啄他的肝脏，啄完又长新肝，苦痛永无止境。
[5] 柏洛斯（Belus），亚叙王，有五十孙女，她们被迫嫁给埃及王的五十王子，因而都把自己丈夫杀死。她们在地府受的处罚是用筛子汲水，倾入无底水槽，槽满为止。诗人此处用瓮（urna），与传说略有出入。
[6] 西绪福斯（Sisyphus），见卷四，460 行。

坐在石头上不动了。据传说，复仇女神也被他的音乐感动，第一次脸上流下眼泪。统治下界的王和王后也不忍拒绝他的请求了。他们把欧律狄刻传来。她是新鬼，由于脚上受伤，走路还是一翘一翘的。俄耳甫斯接过妻子，要把她领回去，不过有个条件，就是，不出阿维尔努斯山谷[1]不准回头看她，否则就要收回原命。他们沿着一条上坡小路走着，走过的地方一片死寂，毫无声响。路很陡，看不清楚，淹没在一片漆黑之中。走着走着，眼看快到人间的边界了，这时他忽然怕她没有跟着他，很想看看她，就忍不住回头看了一下，立刻她就滑下黑暗的深渊中去了。他连忙伸出手去，想把她揪住，想要拉住她的手，但是，倒霉的人，他扑了一个空。她虽然第二次又死去，但是她并没有埋怨丈夫，她埋怨什么呢？丈夫爱她啊！她最后只说了一声"再见"，她丈夫恐怕并没有听见，她便又落回原来出发的地方去了。

俄耳甫斯眼看自己妻子又死了，站着发呆，就像一个人看见了颈上拴着铁链的三头狗一样，吓得麻木了，直到本性变了，自己化为顽石[2]才不感觉害怕；又像自愿担承别人的罪名的俄勒诺斯和自诩美貌而不幸的勒泰亚（两人原是同心相爱，如今却变成流水潺潺的伊得山上的顽石）[3]。俄耳甫斯请求允许他再渡迷津，但是地府的守卫把他赶回。他穿着肮脏褴褛的衣服在岸边痴坐了七天，什么都不吃，每日以忧思、悲伤和眼泪充饥。他一面埋怨地府之神太残忍，一面他便回到洛多珀和北风呼啸的海摩斯山去了。

---

[1] 阿维尔努斯（Avernus），即地府。
[2] 传说赫剌克勒斯战胜地府守犬"三头狗"刻耳柏洛斯（Cerberus），牵着它走，有人看见，就变成了石人。此处所谓"本性变了"即指变成石人而言。
[3] 俄勒诺斯（Olenos），传说系锻冶之神武尔坎之子。他的妻子勒泰亚（Lethaea），自诩比天神还美，被罚变为石头，俄勒诺斯愿意代妻受罚，天神把二人都变为顽石。

倏忽三年过去，太阳已三度到了宝鱼宫[1]，俄耳甫斯一直不和女性谈爱情，也许因为他上次遭到了不幸的结局，也许因为他立誓不再娶妻。虽然如此，许多女子却都热恋着这位诗人，许多人因为遭到他的拒绝而悲伤。他把爱情转移到少年童子身上，爱着他们短促的青春和如花的妙年，在特剌刻各邦树立了风气。

【86—105行】
俄耳甫斯在树丛里

特剌刻有一座山，山上有一大片平原，长满了茂盛的绿草，只是并无树荫。当这位天神的后代、诗人俄耳甫斯坐下来弹起竖琴，就长起了一片绿荫。有卡俄尼亚的橡树，有杨树，高枝的橡树，柔软的椴木，山毛榉，达佛涅女神变的月桂树，脆弱的榛木，适于做枪杆的白蜡树，光滑的银杉，坚果累累的栎树，令人喜爱的梧桐，五色缤纷的枫树，喜欢长在河边的垂柳，恋水的罗陀树，长青的黄杨，纤细的柽柳，双色的爱神木，结深蓝色浆果的灌木。听到了琴声，带青藤也迈开柔韧的脚步来了，和它一起来的还有卷须的葡萄，披挂着藤蔓的榆树，花楸，云杉，挂满红果的杨梅树，奖给优胜者的、柔软的棕榈，还有树干光秃、树顶宽阔叶茂、为众神之母库柏勒所钟爱的长松（库柏勒喜爱她的少年祭司阿提斯，把他的人形换成一个松树，僵立在树干之中）。

【106—142行】
库帕里素斯变成柏树的故事

在这一群树木之中还来了锥状的柏树，从前他是个少年，被喜

---

[1] 黄道十二宫的最后一宫，一年之中，太阳最后经过此宫。

欢弹琴弯弓的阿波罗神所钟爱，现在他已变成一棵树。原来在卡尔泰亚平原上有一头大鹿，是件神物，属当地女仙们所有。它的角展开得十分宽阔，可以给它的头遮荫。这角上还饰着闪闪发光的黄金，在它滚圆的脖上挂一条镶着宝石的项链，直垂到前腿。在它前额上用细皮条系着一个银符，摆来摆去，这是从它一出生就挂着的。在它的两耳上，额角凹陷的地方，挂着散发莹泽的珍珠。这鹿不知什么叫害怕，天性里也没有怯懦，常常来到人家，甚至让陌生人抚摩它的脖子。但是最喜爱它的是库帕里素斯，他是克阿族里最美的少年。他常常领那鹿到牧草鲜美的草地，和清澈的泉水边去，有时候编一个五彩缤纷的花环挂在它的犄角上，有时又像个骑士骑在它背上，揪住套在它嫩嘴上的紫缰，兴高采烈地指挥它一会儿到这儿，一会儿到那儿。

　　一个夏天的正午，喜欢到海滩来的巨蟹，张开弯弯的蟹脚，在太阳光下晒得发热，[1] 这鹿疲倦了，卧在树阴下青草地上乘凉休息。少年库帕里素斯无意之中投了一枪刺中了那鹿，他见这鹿惨遭伤害，眼看就要死了，他也决心和它死在一起。日神把所有的安慰话都说尽了，还告诫他要节哀，要看对象。但是那少年只是一味地哀恸，只求上天赏他一件最后的礼物，那就是让他一直哀恸到永恒。无休止的哭泣使他的血液耗尽，四肢开始变成绿色，本来披在雪白的前额上的头发变成了一丛倒竖的针叶，优美的树梢笔挺地指向星空。日神悲伤地叹息道："我要哀悼你，你也将哀悼别人，你将与哀悼的人们为侣。"

---

[1] 巨蟹指星座，太阳行至巨蟹座，是炎热的夏天。

【143—219 行】

俄耳甫斯弹唱朱庇特抢走伽尼墨得斯、

日神爱上许阿铿托斯的故事

俄耳甫斯招来了这些树之后，又招来一群野兽和飞禽，围成一圈，他坐在中央。他用拇指调弄琴弦，琴弦虽然发出不同的声音，但他最后把它们调到听来和谐了，于是他开口唱道：

"世间一切都拜倒在朱庇特的权威之前，缪斯女神，我的母亲，借朱庇特之力，启发我歌唱吧。我以前经常歌颂朱庇特的威力，我也曾以更严肃的调子歌唱过巨人和胜利地向弗勒格拉[1]平原投下的霹雳。现在我需要的是轻松的音乐，我要唱的是天神所爱的男童，和违礼纵情的姑娘因淫而受罚的故事。

"众神之王有一次强烈地爱上了佛律癸亚一个男童，叫伽尼墨得斯[2]，于是他就想，保持本来面目不行，应当变成另外一个什么。他想变成一只鸟，但又不屑于变成任何一种鸟，只想变成一只能携带霹雳的鸟。主意打定，他立刻展开假翼穿空而去，把伽尼墨得斯这伊利乌姆的牧羊童攫到天上，一直到今天，虽然朱诺不乐意[3]，他还是在给朱庇特合仙露，端酒杯。

"还有一个阿米克莱的青年，叫许阿铿托斯[4]，日神福玻斯本想把他安置到天上，可是严峻的命运不给他时间。但是这青年以另一种方式获得了不朽：每当春风驱走了严冬，白羊星座接替了水淋淋的双鱼星座，他就破土而出，在绿草地上开出鲜花。我的父亲日

---

[1] 天神与巨人战斗的地方，天神获胜，朱庇特建立了统治。
[2] 伽尼墨得斯（Ganymedes），特洛亚始祖特洛斯（Tros）的幼子。
[3] 因为他成了朱庇特的娈童。影射罗马贵族的糜烂生活。
[4] 许阿铿托斯（Hyacinthus）（风信子），日神爱他，但在一次掷圈游戏中受误伤致死。

神福玻斯最爱他。福玻斯不惜离开他主宰的、位于世界中心的得尔福[1]，徘徊在欧洛塔斯河畔和没有城墙的斯巴达[2]附近，琴也不弹了，弓箭也闲置不用了。他把平时做的事都抛诸脑后，宁愿陪伴着许阿铿托斯背起捕兽网，牵着狗，走在崎岖的山岭上，朝夕相处，越发培育了他的恋情。

"一天，太阳刚走在已过的夜晚和未来的夜晚之间，和两头的距离相等的时候，他们两个脱下衣服，用橄榄油把浑身涂得发亮，开始比赛掷宽铁饼。福玻斯先掷，他把铁饼拿平，向天空扔去，它的重量劈开了对面的云层，过了很久才落到地上，显出投铁饼的既有膂力又有技术。那位斯巴达少年一则冒失，二则急于想要赛一赛，立即冲过去，去拾那铁饼。不料铁饼碰在硬地上，弹回空中，正砸在他脸上。日神，正像那少年自己，吓得脸色发白，抱起他瘫软的身体，想恢复他的体温，拭干他那可怜的伤口，敷上草药，想保住他正在流失的生命。但是一切办法都不奏效，伤势已是无可救药了。就像在一座花园里，有人折了紫罗兰或笔直的罂粟花或含着一根根黄蕊的百合花，花就立即凋萎了，垂着萎缩的头，再也直不起来，头顶颠倒，望着地面；同样，这少年低下垂死的脸，头颈里没有一点气力，支持不住头的分量，倒在肩上。福玻斯说道：'俄巴路斯的后代啊，你倒下了，你的青春被剥夺了，我眼看着致你于死命的伤，不能不说这都是我的过错啊。我看着你，不能不悲伤，也不能不谴责我自己，是我的手把你害死的。我造成了你的死。可是，我又错在哪儿呢？和你比赛也能叫做错吗？我爱你也能叫做错吗？我但愿能替你死，这是我应得的，要不就和你死在一起！但是我是被命运的规定所限制，不能这样做，不过我还是要和你永远在

---

[1] 得尔福（Delphi），日神所居圣城。
[2] 许阿铿托斯的家乡。

一起，永远记着你，你的名字永远留在我嘴边。我用手弹琴，我歌唱，我弹唱的都将是你。你将变成一种新花，花上的斑纹将标志我的叹息。将来还有一天，有一位最勇敢的英雄[1]将和这花联系在一起，因为花瓣上的斑纹将标他的名字。'当日神在说这番实实在在的话的时候，只见流到地上染红了绿草的血，已不是血了，在那地方已长出一朵比推罗紫还鲜艳的花，形状颇似百合花，只是百合花的颜色是银白的，它是紫的。日神虽然给了这少年变成一朵花的光荣，但他不满足，他还要把悲伤的感情写在花瓣上，这就是为什么这花的花瓣上有 AIAI 形状的斑纹[2]，这就是日神悲伤的符号。斯巴达也以出了一个许阿锺托斯而骄傲，这光荣一直持续到今天，现在每年还按老习惯举行庆典，纪念许阿锺托斯。

【220–297 行】

俄耳甫斯弹唱皮格玛利翁的故事

"假如你问起矿产丰富的阿玛托斯[3]，假如你问她[4]是否还以她的普洛普洛提得斯[5]为骄傲，她一定会咒骂她们，同时也咒骂那些头生双角，因而名叫克拉斯泰[6]的人们。在他们的门前，在过去，常设有祭朱庇特的神坛。朱庇特是好客的神，凡有外路人看见神坛上挂满了血，还以为是阿玛托斯的居民宰了乳牛或两岁的绵羊放在那上面祭神呢，哪晓得其中的罪恶勾当。神坛上的血乃是

---

[1] 指特洛亚战争中希腊将领埃阿斯（Ajax）。
[2] AI，叹息声。据传说，埃阿斯死后，他的血流在地上，地上也长出一朵花，花瓣上有他的名字：AIAΣ，参看卷十三，398 行。
[3] 阿玛托斯（Amathus），爱神的塞浦路斯岛上的城市。
[4] 指爱神维纳斯。
[5] 普洛普洛提得斯（Proproetides）是阿玛托斯城中的一些女子，她们不承认爱神是神，被罚为娼妓。
[6] 克拉斯泰（Cerastae），意云"生角的"，是塞浦路斯岛上一种居民，因得罪爱神，变为雄牛。

被屠杀的客人的血。好生恶死的维纳斯见了这种渎犯神明的祭法，心中大怒，准备放弃她在塞浦路斯的城池和原野，但是她说道：'这些美好的山河和城市犯了什么过错呢？它们有什么不是呢？我不如把这些不敬神明的人处死或流放，或者给他们一种介乎死亡和流放之间的刑罚。这岂不就等于说把他们的形状改变么？'她正在犹豫把他们变成什么样的形状，忽然看见他们头上的双角，她心想这一对犄角倒可以保留，因此她就只把他们的身体变成凶恶的雄牛。

"但是那些不敬神的普洛普洛提得斯竟敢否认爱神维纳斯为神。因此女神大怒，据说从此她们就成为出卖肉体和名誉的始创者了。她们既然丧失了羞耻之心，脸上的血也硬化了，[1] 因此，只须稍变，就成顽石了。

"塞浦路斯人皮格玛利翁 [2] 看到这些女子过着无耻的生活，看到女子的生性中竟有这许多缺陷，因而感到厌恶，不要妻室，长期独身而居。但同时他运用绝技，用一块雪白的象牙，刻成了一座雕像，姿容绝世，绝非肉体凡胎的女子可以媲美。他一下就爱上了自己的创造物。雕像的面部就像是真正的少女的脸面，你一见就会当作是有生命的，你会觉得如果不是怕羞，她还很想人去抚弄她呢。艺术之高，使人看不出是人工的创造。皮格玛利翁赞赏不已，心里充满了对这假人的热爱。他时常举手去抚摩它，看它究竟是血肉做的还是象牙雕的。他简直不承认这是象牙雕的。他吻它，而且觉得对方有反应。他对着它说话，握住它的手臂，只觉自己的手指陷进它的手臂，于是他又怕捏得太重，不要捏出伤痕来吧。他向它说了许多温存话，有时送给它许多姑娘们喜爱的礼物，例如贝壳、光滑的卵石、小鸟、五颜六色的花朵、百合花、彩色球，以及树上滴下

---

[1] 意谓不知赧颜，厚颜无耻。
[2] 塞浦路斯王（与迦太基女王狄多之兄皮格玛利翁有别）。

的、眼泪似的琥珀。他替它穿起衣服，给它戴上宝石指环，项上挂了一长串项圈，耳朵上戴上珍珠耳环，胸前佩上项链。这些都很美，但是不假装束的雕像本身的美也不亚于这些。他在床上铺好紫红色的褥子，把它睡在上面，称它为同床共枕之人，把一个软绵绵的鸟绒枕放在它头下，好像它有感觉似的。

"这一天正是爱神维纳斯的节日，全塞浦路斯岛都集会庆祝。一只只的小母牛，角上挂着金彩，牵到神坛前，雪白的颈上吃了一刀，神坛上是香烟缭绕。皮格玛利翁也在神坛上供过祭品，站在地上，结结巴巴地祷告道：'天神啊，如果你们什么都能赏赐，请你们赏给我一房妻室——'，他没有敢说'把我的象牙姑娘许配给我，'只说道：'把一个像我那象牙姑娘的女子许配给我吧。'金发的维纳斯正好在场，知道祷告人的心意，于是显示了吉兆，祭坛上的火焰连跳三跳，发出三次光芒。他回到家中，就去看雕像，俯在榻边，吻她。她经他一触，好像有了热气。他又吻她一次，并用手抚摩她的胸口。手触到的地方，象牙化软，硬度消失，手指陷了下去，就像黄蜡在太阳光下变软一样，再用手指去捏，很容易变成各种形状，如此经过处理变成有用之物。这位多情人十分惊讶，又高兴又怀疑，生怕自己弄错了，再三地用手去试。不错，果然是真人的躯体！他的手指感到脉搏在跳动。这位帕福斯英雄连连感谢维纳斯，又去吻那嘴唇，这回是真嘴唇了。姑娘觉得有人吻她，脸儿通红，羞怯地抬起眼皮向光亮处张望，一眼看见了天光和自己的情郎。在结婚的时候，维纳斯也光临了，因为这段婚姻原是她促成的。当月亮九度圆缺之后，他们生了一个女儿，名叫帕福斯，这座岛就是从这位女儿而得名的。

【298—502 行】

俄耳甫斯弹唱密耳拉的故事

"皮格玛利翁又生了一个儿子，叫喀倪剌斯。喀倪剌斯如果没有子女，那他就可以算做一个幸福的人了。我下面要讲的故事是个很可怕的故事。做女儿的，你们走远点；做父亲的，你们也走远点；即使你们听了我这故事感到舒服，也千万不可信以为真，只当它从来没有发生过；假定你们相信它，那你们也应相信恶有恶报。如果人的天性真是允许这种罪行出现，我真为伊斯玛利亚人[1] 庆幸，也为我们国家庆幸，因为我国离那能够产生这种罪行的地域很远。潘凯亚[2] 可以盛产香膏、肉桂、香术、树上溢出的乳香和各种香花，但是它也产没药树[3]，这却是不值得羡慕的，这新树种的出现是付出很大的代价的。就连丘比特也不承认他的箭曾把你射伤[4]，他说他的火炬[5] 与你的罪行无关。是复仇三女神之一带着冥河的柴火和肥胖的毒蛇对着你吹了妖气，才使你犯罪的。恨自己的父亲，是罪过；可是你这种爱比起恨来，是更大的罪过。

"各地的王孙显贵都来向你求婚，整个东方的青年都争着想娶你，密耳拉，你可以从所有这些人里面选一个做你的丈夫，唯独有一个人要除外。

"不错，她自己也感觉到这种'爱'是肮脏的，而且也与它斗争。她对自己说：'天神啊，我祈求你们，虔诚啊！儿女对父亲的神圣职责啊！不要让我犯罪，抵制这种犯罪行为吧，如果这确是犯

---

[1] 即特剌刻，意为远方。

[2] 潘凯亚（Panchaia），阿拉伯以东的岛，盛产香料。

[3] 即密耳拉（Myrrha），这个故事的主要人物。

[4] 指密耳拉是变态，并非爱情。

[5] 引导新婚者入洞房之用。

罪的话！但是爱父之情不可能诅咒这种爱，其他动物都随意杂交，小母牛和生它的公牛，马和它自己生的母马，山羊和它自己生的羊群，以至飞禽，都杂交，这没有什么可耻的。它们有这种权利，真是幸福，人类顾虑太多，订出恶毒的法律；凡是大自然允许的，法律都嫉妒，加以禁止。据说有这样一些种族允许母与子、女与父交配，亲子之情由于两层关系而更增强了。我真不幸，没有出生在这些种族，我只是因为地点这偶然因素而受着熬煎！我为什么要纠缠在这上面呢？不正当的欲望，滚开！他是值得爱的，但只能作为父亲来爱，因此如果我不是伟大的喀倪剌斯[1]的女儿，我可以和喀倪剌斯结合。但是现在因为他属于我，所以他不属于我[2]，我和他很亲，这件事本身对我不利，我若是个陌生人，是不是可以好一些呢？我愿意出走，走得远远的，走出我祖国的疆界，只要我能避免罪恶，可是不幸的爱把我这爱他的人留住，即使别的事不准做，我至少可以看他，碰碰他，和他说话，吻他。但是，你这不害臊的姑娘，你还指望得到更多吗？你要想想，你把名分和关系都扰乱了！你愿意变成你母亲的情敌，你父亲的情妇？你愿意你的儿子叫你姐姐，你的弟弟叫你母亲吗？你难道不怕那一头黑蛇发的三姊妹吗？受良心谴责的人都看到她们在眼前、脸前挥舞着火炬，显露着凶相，而感到骇怕。你应当趁你现在还没有做出罪恶的勾当的时候，心里先不要存罪恶的念头，不要以肮脏的结合来玷污伟大的天伦！就算你想做，现实也不让你做，你父亲是个正人君子，恪守礼数的——唉，我多么希望他心里也有我这种爱啊！'

"这是她所说的；而喀倪剌斯呢，大批有地位的求婚人使他不

---

[1] 喀倪剌斯（Cinyras），亚述王，密耳拉的父亲。

[2] 这类修辞手法是罗马诗人共同的癖好。意思是：因为他是我的父亲（属于我的），所以不能结合（属于我）。

知所从，于是就来问她自己，把求婚人的名字一一告诉她，问她愿意嫁给哪一个。开始时，她沉默不语，眼睛盯住父亲的脸，心里七上八下，热泪充满了眼眶。喀倪剌斯误以为这是姑娘家害羞，叫她不要哭，给她擦干两颊的眼泪，还吻了她一下。这真使她太高兴了，她父亲既问到选婿的事，她就回答道：'我要一个像你这样的。'他当然不懂她的意思，所以就表示赞同，并说：'我希望你永远敬重天神、父母。'她一听这话，意识到自己内心的罪，把头低了下来。

"午夜来临，睡眠解除了人们的忧虑和身体的疲劳。但是喀倪剌斯的女儿彻夜不寐，不能控制的欲火消损着她，她又开始狂热地祈求，她时而绝望，时而跃跃欲试，既想要，又觉得可耻，不知该怎么办才好，就像一棵大树被斧子砍了，只欠一斧就要倒下，左右摆动不知倒向哪边，她的心也是受到各种打击而左右摇摆，一会儿倾向这样做，一会儿倾向那样做，两面倒。她的情欲，除了一死，是不会平息的，不会终止的。她决定一死。她下了床，决定投环自缢，把个绳圈套在房梁上，说道：'亲爱的喀倪剌斯，别了，你要了解我死的原因！'说着就把雪白的头颈套进环里。

"据说，她的喃喃自语被守在门外的忠心耿耿的奶娘听到了。老婆婆立刻起来，打开门，只见密耳拉在准备自杀，立刻大声呼叫，又是捶胸，又是扯自己的衣服，又是把绳套从姑娘的脖子上解开。最后她才腾出工夫又是哭，又是拥抱，又是问她为什么要寻短见。姑娘一言不发，眼睛一动不动望着地上，后悔自己行动太慢，自杀的企图被人发现了。老婆婆露出一头白发和干瘪的奶，说看在从小喂她，在摇篮里摇她的分上，坚持要她说出她的心事，说出她为什么这么痛不欲生。她避开老婆婆的问题，只是叹气。老奶娘却一定要问个水落石出，保证不仅仅代她保守秘密。她说：'告诉我吧，让我来帮助你，我年纪虽老，但还有些办法。如果是疯病，我倒有一个人，她会念咒用草药治这病；如果是谁对你施了妖法，她也可以用道法祓除；如果是神怒，可以献上牺牲，平息神怒。我想不出还有什么其他缘故了。你们的家运是平安的，昌盛的，你的父母也都健在。'

"密耳拉听到奶娘提她父亲，她从内心深处叹了一口气。迄今为止，奶娘并没有怀疑姑娘有什么歹心，可是她预感到这一定是爱情问题。她坚持不懈，恳求姑娘一定要告诉她是怎么回事，又把那哭哭啼啼的姑娘搂在自己衰老的怀里，一面颤颤巍巍地用两臂抱着她，一面又说道：'我觉出来你是爱上谁了，你不要害怕，在这件事上，我一定好好帮你的忙，连你父亲都不让他知道。'

"密耳拉听了像疯了似的，猛地从奶娘怀里跳了起来，一头扑到床上，说道：'我求求你，你给我走开，别让我羞死！'奶娘还逼她说，她叫道：'你给我走开，不要再问我难过些什么了！你费尽气力想知道的，是件有罪的事。'老婆婆听了打了一个冷战，伸出一双抖颤着的手（既因为年老又因为害怕而双手发抖），匍匐在地抱住密耳拉的脚，恳求她，一会儿好言好语，一会儿，如果她还不说，又吓唬她，并且还威胁着要揭发她投环自尽的事，另一方面又答应她坦白了爱情就帮她的忙。姑娘抬起头，泪水涌上来流满了奶娘的胸前，几次想说，几次又止住不说，把一张羞脸用衣服盖住，说道：'我的母亲有这样一个丈夫真幸福啊！'她就说了一句，接着就叹气。奶娘明白了，浑身上下一阵寒战，一直冷到骨髓，她的根根白发吓得倒竖起来，她讲了许多道理，想要尽可能地排除她那些可怕的欲念。姑娘虽然明知奶娘的告诫句句是真话，但是她如果得不到满足，还是决心一死。'你活下去吧，'奶娘说，'占有你的——'她不敢说出'父亲吧'几个字，就不说了，并向神明发誓绝不食言。

"这时正是已婚的妇女庆祝一年一度的刻瑞斯女神节，她们身上都穿了雪白的袍子，用第一批收割的麦穗编成环献给女神，九夜禁止和男子发生关系。在那妇女群中也有国王的妻子肯克雷伊斯，她也来参礼。因此，合法的妻子离去，国王就空床独处，那喜欢奉承的奶娘发现国王喝醉了酒，就告诉他有个姑娘真心爱他，并且捏造了一个假名字，还夸耀了一番她的美貌。国王问她有多大年纪，奶娘说：'和密耳拉差不多大。'国王就叫奶娘把她带来，奶娘回去大叫道：'高兴吧，我的孩子，我们胜利了！'这位不幸的姑娘听了并不全心全意感到快活，相反，心里充满不祥的预兆，使她忐忑不安，但是她也有几分高兴，她的心里就是这样矛盾着。

"万籁俱静，大小熊星之间的牧夫座的车辕已倾斜，密耳拉来干她那罪恶勾当了。金色的月亮逃离了天空，乌云遮住了不愿多看的星辰，黑夜失去了星火，伊卡洛斯第一个把脸遮起，因为敬爱父亲而封为神的厄利戈涅 [1] 也把脸遮起。密耳拉的脚在行路中绊了三次，阻止她前进，报丧的猫头鹰阴森森地叫了三遍，发出不祥的预兆，但是她照旧往前走，暗影与黑夜减弱了她的羞耻心。她左手紧握着奶娘的手，另一只手摸黑探路。她已经到房门口，把门推开，奶娘把她搀了进去。但是她一害怕，两膝一软，坐瘫在地上，脸上失去血色，她起来再走，早已魂不附体。她走得离罪恶越近，就更觉恐怖，后悔不该如此胆大妄为，真想能走回头路，不要被人

---

[1] 伊卡洛斯（Icarus）与第八卷中同名人物为两人，此为厄利戈涅（Erigone）和佩涅洛佩（Penelope）姊妹之父，厄利戈涅因父亡而哀伤，自缢而死，故以"孝"闻，死后变为室女座，伊卡洛斯为牧夫座之大角星。

认出来。她正要缩回去，那老婆子的手早领着她，把她牵到高榻边，交了出去，说道：'喀倪剌斯，拿去吧，她是你的了，'留下这两个该诅咒的人在一起。父亲把自己的亲骨肉接过，叫她不要怕。因为她年轻，他偶然叫了她一声'女儿'，她也叫他'父亲'，这种称呼更十足说明了他们的罪恶。

"她离开的时候，已怀上了罪恶的孕。第二夜他们又重复犯罪，而这远非最后一次。最后喀倪剌斯忍不住想看看情人的模样，取来一盏灯，灯下照见的是自己的女儿和自己的罪行。他痛苦得说不出话来，从挂着的剑鞘里抽出明晃晃的宝剑。密耳拉趁着黑夜的阴影抽身逃跑，才免得死在剑下。她到处流浪，经过广阔的田野、棕榈遍地的阿拉伯、潘凯亚的农田。

"她流浪了九个月，她疲乏了，在萨拜亚停了下来，因为肚子越来越重，几乎无法负担了。她又怕死又对生活厌倦，不知道想要干什么才好，她想了想，祷告道：'天神啊，不知你们哪位肯听听我的忏悔，我应当受到也愿意受到最严厉的惩罚，但是我若活下去，那就是玷污活人，我若死了，也是玷污死人，把我从生死两界都驱逐出去，不要让我活，也不要让我死，把我变了吧！'有的神听到了她的忏悔，她的祈祷获得了反应，因为就在她说话的时候，大地把她的腿埋上了，脚趾破裂，长出根须，向斜里伸展出去，支持着修长的树身；她的骨骼也变成坚硬的木头，骨髓依旧，而血液却变成了树液，手臂变成了大树枝，手指变成了小树枝，皮肤变成了坚硬的树皮。树在长着，包住了她沉重的肚子，掩没了她的胸，眼看就要盖住她的颈部，她忍受不了这样的拖延，她缩下头去凑那向上长的树，把脸埋进树皮里。她的身体虽然失去了旧日的感觉，但是她还能流泪，热泪从树上一滴一滴地流下来。甚至她流的泪也很有名气，从树干上渗出来的树脂至今还保留着女主人的名字叫

'木拉'[1]，这是永世不会被人遗忘的。[2]

【503—739 行】

俄耳甫斯转述维纳斯对阿多尼斯讲的故事；

阿塔兰塔拾金苹果；阿多尼斯之死

"这个乱伦而怀孕的胎儿在树身内日渐成长，就想找条出路，脱离母体。树身的中部膨胀了，母亲觉得腹中沉重不堪，感到产前的阵痛，但是喊不出声音来，无法呼唤路喀娜来帮她分娩。但是它看去仍像个挣扎着的产妇，弯着树身，时常发出呻吟，眼泪下落，树身尽湿。慈祥的路喀娜站在呻吟的枝丫旁，用手抚摩着它，口念助产的咒语。不久，树爆开了，树皮胀裂，生下了一个呱呱喊叫的男孩[3]。林中的女仙们放他睡在柔软的草地上，用他母亲的眼泪[4]当油膏，敷在他身上。甚至嫉妒女神也不得不称赞他的美，因为他简直就像画上画的赤裸裸的小爱神。假如你再给他一副弓箭，那么连装束也都一样了。

"光阴如流水，不知不觉，瞒着我们，就飞逝了；任何东西，随它多快，也快不过岁月。这个以姐姐为母亲，以祖父为父亲的孩子，好像不久以前还怀在树身里，好像才出世不久，不想一转眼，可爱的婴孩早已变成了少年，竟已成人，比以前出脱得更加俊美了。甚至连维纳斯看见了也对他发生爱情，这无疑是他替母亲报了

---

[1] 木拉（Murra），没药树脂，即密耳拉（Myrrha）。

[2] 一说喀倪剌斯夸耀女儿密耳拉比维纳斯更美，维纳斯以乱伦惩罚他。他要杀女儿，维纳斯又把女儿变成树。他把树劈开，生出阿多尼斯（见下），维纳斯又把阿多尼斯藏起。

　　按历史发展，这神话可能写的是母系社会中宗教领袖娶母系女祭司，将来她成为氏族之长，他仍能延续其统治，而女祭司名义上是他的女儿。

[3] 即阿多尼斯（Adonis）。

[4] 香脂。

仇。[1] 原来维纳斯的儿子，背着弓箭，正在吻他母亲，无意之中他的箭头在母亲的胸上划了一道。[2] 女神受伤，就把孩子推到一边，但是伤痕比她想象的要深，最初她自己也不觉得。她见到这位凡世的美少年之后，便如着迷一样，心目中早没有了库忒拉岛、大海围绕的帕福斯、渔港克尼多斯、矿产丰富的阿玛托斯。[3] 她甚至远避天堂，情愿和阿多尼斯在一起，厮守着他，形影不离。虽然平常她最爱在树阴底下休息，保养自己的容貌，增进自己的丰采，但是现在她却翻山越岭，穿林木，披荆棘，把衣服拦腰束起，露出双膝，活像狄安娜的打扮。她也吆喝猎犬，追逐那没有危险的野兽，例如飞跑的野兔，长角的麋鹿；至于什么凶猛的野猪，贪心的豺狼，她却躲开它们；至于那些张牙舞爪的熊，满身牛血的狮子，她更是远远避开它们了。阿多尼斯啊，她也还警告着你，说在这种野兽面前不可以太大胆。她说：'在胆小的野兽面前，要显得勇敢，但是在胆大的野兽面前逞强是很危险的。我的孩子，不要为我而去鲁莽冒险，而且也不要去招惹那些天生有武装的野兽，否则你虽然得到荣誉，我却会付出很大的代价。青春、美貌、任何可以感动我维纳斯的那些东西，是决不会使狮子、浑身是刺的野猪或凶恶的野兽的耳目心窍有所感动的。野猪露着弯弯的尖牙，它若冲来，真有雷电的力量；黄毛狮子如果发怒，更是势不可挡。这一切，我都怕，我又都恨。'他问她原故，她回答道：'我来告诉你吧，你听了一定会惊奇，这件事发生在很久以前，它的结果很是惊人。但是因为我向不打猎，现在着实疲倦了，看，那边正好有一棵杨树，树下一片荫

---

[1] 密耳拉的乱伦是维纳斯勾引的。
[2] 中小爱神箭伤者，必堕情网。
[3] 库忒拉（Cythera）是爱琴海中岛屿，维纳斯在此岛海面上出世。克尼多斯（Cnidos），小亚细亚海港。以上两地，和帕福斯及阿玛托斯都崇奉维纳斯。

凉，正在等我们去，那里又有草地可以作榻。我很想和你在草地上休息休息。'她说着就躺了下来，把头枕在他胸前，一面不时吻着他，一面说出下面的故事。

"'你也许听说过有一个姑娘，在赛跑的时候，比快腿的男人都快。这并不是乱造的谣言，她确实曾把男人战败。你也很难判定是她跑得快更值得你赞美呢，还是她的美貌更值得你赞美。有一次这位姑娘去求签，问婚姻大事，神回答说："阿塔兰塔啊，[1] 丈夫会给你带来不幸，不要想嫁个丈夫。但是你又逃不脱，你纵然活着，还会遭到不幸的。"她接到神签，非常惶恐，于是就独身隐居在树林中，并且严词拒绝大批向她求婚的人。她说："你们是得不到我的，除非哪个比我跑得快。和我赛跑吧。胜过我的，我就做他的同床共榻的妻子，如果落在后面的话，那么你就得死。要比赛，就是这个条件。"她的条件固然残酷，但是她的美貌又确实迷人，因此即使条件如此，还是有成群的冒失鬼前来求婚，要求试试运气。有一次，希波墨涅斯 [2] 在座，观看这不近情理的赛跑。他说："谁愿意为了娶妻而冒这么大的危险呢？"他责备那些青年过分狂热了。但是等到他自己看见阿塔兰塔的美貌和赤裸的身体——她美丽得简直和我一样，或者和你一样,，假如你是女子的话——他就呆住了，伸出手去喊道："请你们原谅，我不该责备你们，我方才不知道你们所追求的是这样的人物。"他一面赞扬，一面心里也发生了爱情，并且希望那些青年都输给她，心里又嫉妒又担心。他说道："我为什么不在这场比赛中试试运气呢？"有勇气的人，必会得到天神帮助。希波墨涅斯正在心中盘算，姑娘两脚如飞，在他面前跑过。他

---

[1] 阿塔兰塔（Atalanta），玻俄提亚（Boeotia）王斯科纽斯（Schoeneus）之女，与卷八，380 行的阿塔兰塔为两个人物。
[2] 玻俄提亚—青年。

虽然佩服她跑得比一支箭还快，但是他却更为赞赏她的美。而她在跑的时候，显得特别美。她齐到脚面的长袍迎着风向后飘荡，头发披在雪白的肩上，光彩夺目的腰带在膝盖前飘舞，在那洁白的少女的身体上泛出红晕，正像太阳透过紫红帘幕照在白玉的大厅上的颜色一样。他正在注意观看这一切的时候，竞赛的人已经到了终点，阿塔兰塔已经戴上胜利者的花冠。那些输了的青年唉声叹气地如约受到惩罚。

"'这些人的前车之鉴并没有能够阻挡希波墨涅斯，他站出人丛，眼望着姑娘，说道："战胜这些笨手笨脚的青年又算得什么光荣？和我比比吧！如果命运注定我胜，那么你败在我这样一个人手中也不算羞辱。我的父亲是翁刻斯托斯城的墨伽琉斯，他的祖父是海神涅普图努斯，因此我就是海上之王的曾孙。我的勇气也不亚于我的出身。假如我输了，那么你把希波墨涅斯战败，必然会得到不朽的大名。"他说这话的时候，斯科纽斯的女儿眼睛望着他，面上露出柔情，不晓得是赢他好呢，还是让他赢了去好。于是她说道："不知哪位天神嫉妒美少年，要毁灭这位少年，让他冒生命的危险来向我求婚。若叫我评判，我是不值这么大的代价的。我也并非被他的俊美的仪表所感动——虽然这确也足以感动我——而是我看他还不过是个孩子。他本人并没有使我动摇，是他那小小年纪使我动摇了。此外，他又如此勇敢，如此不怕死；据他说，他又是海神的第四代后裔；他又爱我，认为和我结婚即使命运不允因而丧生也是值得——这些也都是使我动摇的原因。外乡人，趁现在还不晚，赶快走吧，你要避免这桩流血的婚姻才是，和我结婚是有性命危险的。别家姑娘没有会拒绝和你结婚的，很可能哪位有才智的姑娘会选中你呢。——但是已经有这么许多人死在我手，又何必怜恤你一个呢？他爱怎样便怎样。他既然不以那些求婚者的死当作前车之鉴，他既然不爱惜生命，那就让他死吧。——但是只因为他愿意和我一起生活，就非让他死不可吗？就非让他受到不应得的处罚吗？我即使胜利，也会受人唾骂。但这过错也不在我。我衷心希望你放弃了吧，但是你既然丧失理性到了这样的程度，我但愿你比我跑得快。他那男孩子的脸多像小姑娘！可怜的希波墨涅斯，你要是从没有见过我的面多好！你是应该生活的。但是如果我的命不这样苦，如果严厉的命运之神不禁止我结婚，你是我唯一愿意同床共榻的人。"姑娘说完，也没有人教导她，她就第一次感觉到了爱情的冲动，她也不知道是怎么回事，在不知不觉之中堕入了情网。

"'这时，大家和她的父亲都催促赶快照常举行比赛。海神的后裔希波墨涅斯就向我发出请求的呼声，他说道："我求求库忒拉岛的女神来帮助我完成这桩冒险的事业，完成她对我表示的爱情吧。"一阵和风把他低声吐诉的祷告吹到我耳朵里，老实说，我很感动。但是情况紧迫，必须赶快去帮他。在我这里有一片田野，本地人把它叫做塔玛索斯，是塞浦路斯岛上最肥沃的一块土地，在古时候人们特意把它划出来献给我，用来供奉我的庙宇。在这片田野上有一棵树，树叶是黄金的，果子也是灿烂的黄金，沉甸甸的压得树枝直响。我正从这里来，恰巧手里拿着三个刚摘下来的金苹果。我就单向他显相，别人都看不见，走到他面前，教他如何使用这苹果。这时号角吹出了信号，他们两个蹲在地上，从起点像两支箭似的直向前蹿，飞跑的脚就像不沾地似的。你简直会相信如果他们在海面上跑，脚都不会沾湿，在秋熟的麦田上跑，脚都碰不着麦穗。观众又是喊叫又是鼓掌，给希波墨涅斯喝彩，他们向他喊道："希波墨涅斯，不要错过时机，快跑啊，快跑啊。赶快。用足了气力啊。不要耽误时间。你一定会赢的。"究竟是墨伽琉斯的英雄儿子听了这些话更高兴呢，还是斯科纽斯的女儿听了更高兴，这倒很值得怀疑。

当她本可以越过他去的时候，她却屡次迟迟不前，用很长的时间望着他的脸，看了半天才无可奈何地把他超过。这时他有些疲倦了，喉咙里又是喘气又觉得干燥，而终点还很远呢。最后，他就把三只金苹果中的一只丢了出去。姑娘一见，显出赞赏的神情，很想拾起这灿烂的果子，于是就离开跑道，在地上拾起那还在滚转的金球。希波墨涅斯这回跑在她前面了，观众大声欢呼。她加快速度，弥补耽搁和损失的时间，又把希波墨涅斯丢在后面了。第二只苹果又掷出来，她又停下，又追赶他，又把他超过。现在到了竞赛的最后一段了。他说道："女神啊，你赏了我金苹果，现在来帮助我吧！"说罢他用足气力把最后一只灿烂的金苹果向田野里斜掷了出去，她若去拾，再回来，就会耽误很多时间。姑娘好像犹豫了一会儿，不能决定是去拾呢还是不拾。我就逼着她去捡起来，并且增加了果子的重量，因此既增重她的负担又使她拖延了时间。好了，不要让我的故事说得比赛跑的时间还长吧，姑娘落在了后面，胜利者把胜利品带了回去。

　　"'阿多尼斯，难道我不应该受到感谢、不应当受到他的香烟供奉么？但是他却忘恩负义，既不谢我，也不给我烧香。那我就立刻大怒，感到这是极大的侮辱，决心以后再不轻易叫人这样侮辱我，并决定惩罚他们两个，以儆效尤。有一次，他们两人正走过树林深处一座庙宇，这座庙是古时候著名英雄厄喀翁[1]为了还愿建造的，供奉的是众神之母库柏勒。他们走了半天路，需要休息。这时由于我的鼓动，希波墨涅斯忽然情欲大发。在庙旁不远有一块像山洞似的凹进去的地方，上面有天生的海绵石遮盖，光线幽暗，自古以来就是个敬神的地方，里面有祭司们供着的许多木雕神像。他就进入

---

[1] 厄喀翁（Echion），卡德摩斯播种龙牙，生出许多武士，这些人互相残杀，只剩五人，厄喀翁就是其中之一，见卷三，126行。

这里，做出了不应做的事，玷污了圣地。那些圣像都把眼睛避开，头戴堡垒冠的众神之母几乎要把这对罪人投入地府的迷津，但是又觉这样的惩罚太便宜他们了。因此她就在他们光润的颈项上盖上黄色的鬃毛，他们的手指变成了兽爪，手臂变成了兽腿，全身的重量大部分集中在胸部，他们的尾巴拖到地面的沙土上。他们的脸上带着怒气，他们一说话就发出吼叫的声音，他们的新婚洞房没有了，只在草莽中徘徊。他们变成狮子之后，固然可以恐吓别人，但却老老实实地衔着环替库柏勒拉车。这种野兽，以及任何见人不避反而挺出胸膛和人厮斗的野兽，好孩子，为了我，你千万要躲避，不要逞英勇，害了我们两人。'

"她警戒他一番之后，驾起天鹅车，驰向天空去了。但是青年阿多尼斯凭自己勇气，哪里把她的劝告放在心上。正巧他的一群猎犬追着了一头野猪，把它从窠里赶了出来，正当它要从树林里窜出去，他一枪投中了它的腰部。凶恶的野猪用嘴把血淋淋的标枪拔出，立刻来追赶阿多尼斯，他这时心慌了，死命逃跑。野猪的长牙一下扎进了他的腰里，他躺倒在黄沙地上，奄奄一息。维纳斯驾着轻车，由飞翔的天鹅托着，正走在天空中央，还没有到达塞浦路斯，远远听见阿多尼斯垂死的叹息，立刻勒转天鹅，回头奔来。等到她在半空中看见他躺在血泊中，已经死了，她立刻跳下车来，撕破衣裳，扯散头发，捶胸大恸。她一面埋怨命运女神，一面哭道：'我不能让你们[1]什么都管。阿多尼斯，我一定永远用我的悲痛来纪念你，每一年我一定让人们来纪念你的死，像我一样地哀悼

---

[1] 指命运三女神。

你，[1] 我一定要把你的鲜血变成一朵花。珀耳塞福涅，[2] 据说以前你曾得到允许，把一个女仙变成薄荷花，如此说来，我就不能把我的青年英雄变成一朵花么？'说着她便用芬香的仙露洒在他的鲜血上，鲜血沾着仙露，就像黄泥中的水泡一样膨胀起来。不消一点钟的时光，地上就开出一朵血红的花，就像硬皮中包着榴子的石榴花那样红。但是这花一开就谢；只要轻风一吹，脆弱的花朵就很容易落下。这花的名字就是风的名字。"[3]

---

[1] 指阿多尼斯节日。据说，维纳斯的悲伤感动了地府的神，地府的神就允许阿多尼斯每年有六个月在地上和维纳斯一同生活。他在春天回到人间，冬天死去。
[2] 见本卷 15 行。她所变的女仙门特（Menthe），即薄荷花之意。
[3] 意思是"风神之女"，据说这种花见风即开。

卷 十 一

【1-84 行】

俄耳甫斯的结局 [1]

　　特剌刻的诗人 [2] 唱着这样的歌。他的歌声引来了许多树木，野兽听了也都着了迷，石头听了跟着他走。正在这时，喀孔涅斯的疯狂的女人 [3] 来了。她们胸前披着兽皮，在山顶上望见俄耳甫斯，听见他用竖琴伴奏在唱歌。其中有一个女人，轻风吹着她的头发，喊道："看哪，看哪，这就是那侮辱 [4] 我们的人！"说着就把标枪对准诗人歌唱着的口一扔，但是由于枪头缠着葡萄叶，虽然投中，却没有刺伤。另外一个女人向他投了一块石头，但是这块石头还在半空中的时候听到歌声和琴声，就一落落在他脚边，好像求他原谅它的鲁莽似的。但是这些妇女的攻击并未减少，她们的怒气毫无止境，她们完全被可怕的疯狂所统治。本来任何刀枪，只要听见他的歌声，都会丧失威力的；无奈这些女人的笛声，夹杂着号声、

---

[1] 前章维纳斯和阿多尼斯的故事是俄耳甫斯独自在山上唱的（阿塔兰塔的故事，又是维纳斯说给阿多尼斯听的，是故事中的故事）。现在诗人又回到俄耳甫斯的本事。

[2] 指俄耳甫斯。

[3] 庆祝酒神节日；疯狂，表示醉态。

[4] 指他丧妻后，不与女子来往。

鼓声、捶胸声、喊叫声，早把诗人的琴声淹没。这么一来，石头也听不见诗人的歌声了，石头也被诗人的鲜血染红了。成群的鸟雀，虽然听了诗人的歌声还处于陶醉的状态，但是经不起这些庆祝酒神的女人的干扰已经首先开始飞走了，跟着蛇虫走兽也都逃走了。这些女人就把血腥的手伸向俄耳甫斯，像一群鸟在白天看见猫头鹰似的拥上前来把他围住，又像在清晨的斗兽场中，在表演刚开始的时候，一群狗把注定要死的一头鹿包围起来一样。她们一冲，都冲到诗人身边，就用手里的缠着绿叶的棍棒向他投去，但是这些棍棒原来并非做这种用场的。有人向他投泥块，有人从树上揪下树枝向他扔去，有人向他投石头。也正巧，好像什么人惟恐这些女子还不够疯狂，还缺少一些真正的武器似的，有几头牛套着犁，正在田里耕作；离牛耕地的地方不远，有一些健壮的农夫正在冒着汗在坚实的土地上挖沟。这些人一见来了一群人，立刻都逃得精光，把劳动的工具丢得一地。在田地上到处都是铁锹、长柄的锄头和笨重的耙。这些野蛮的女子就拾起这些工具，把那倒竖双角向她们进攻的耕牛砍成几段，又冲回去要把诗人杀死。这时他伸出双手，苦苦哀求。他的话，在以前，哪个不愿倾听，而现在竟得不到这些妇人的理睬。他的声音一点都没有使她们感动。这些罪恶的妇女竟把他打死了。天呀！从他那感动顽石、使野兽点头的口中，他的魂灵夺路而出，冉冉升空而去了。

俄耳甫斯啊，那些时常来听你歌唱的飞禽走兽、草木顽石，没有一个不为你哭泣流泪的啊。树上的叶子都萧萧落下，好像在扯断头发，表示哀恸。据说，江河也因流泪过多而溢为洪水，林中的女仙和水上的女仙们也都发出哀号之声，穿起黑边的丧服。诗人的肢体散乱满地，但是他的头和竖琴是由你——赫布洛斯[1]——领去

---

[1] 赫布洛斯（Hebrus），特剌刻河流名。

了。说也奇怪，当人头和竖琴在河中漂流的时候，竖琴发出了阵阵的哀怨之声，而僵死的舌头也呜咽着，两岸也发出哀叹的回音。人头和竖琴随着河水流入大海，一直漂到勒斯波斯岛，墨提姆那城外。人头暴露在异乡的土地上，头发还是湿淋淋的沾着海水，就有一条蛇想来袭击它。但是这时日神出现，把正想去咬那人头的蛇驱走，把它连它那张张开的大口，原样不动地都变成了石头。

诗人的魂魄下到地府，这是他旧游之地，处处他都认得。他走过乐土，找到了欧律狄刻，热情地和她拥抱。他们从此就在这地府的乐土上并肩漫步，有时候她在前面走，俄耳甫斯跟在后面，也有时候他走在前面。他走在前面的时候，也不怕回过头来看看他的欧律狄刻了。

但是消愁之神[1]决心要惩罚这种罪行，因为俄耳甫斯是侍奉他的诗人，俄耳甫斯之死使他很伤心。他于是用树根编成绳索，立刻把那些干下这罪恶勾当的特刺刻妇女捆绑起来。他用这种树根制作的绳子系在她们的脚趾上，把绳子的另一端插入土中。就像鸟儿落在捕鸟人设下的巧妙的网子里，愈是拍打翅膀想要挣扎，两只脚就被网子扣得愈紧，这些妇人的两只脚也同样拔不起来，牢牢地长在地上了。她们恐惧万分，想要挣扎逃走，但是枉费心机。纵使她们挣扎，脚上的树根把她们死缠住不放。她们正在奇怪自己的手、脚、指甲都到哪里去了的时候，但见树皮沿着自己的匀称的两腿从下往上长；她们在悲痛之中，拍膝恸哭，但是拍的却是橡树。她们的胸部也变成了橡树，肩部也是橡树了。你一定想，那么她们的两臂也变成树枝了？你想得不错。

---

[1] 消愁之神（Lyaeus）是酒神巴克科斯的别号之一。

【85—193 行】

弥达斯王的点金术和他的驴耳

　　巴克科斯还不以此为满足，他决心完全放弃这片国土，回到他自己的提摩罗斯山和帕克托罗斯河[1]的葡萄园去，去寻找更好的侣伴。帕克托罗斯河这时还不是金川，还不以其金沙为人所称羡。他在这里的侣伴通常是些羊人和狂女，但是羊人之中没有西勒诺斯[2]。原来，这位羊人上了年纪，又喝醉了酒，被佛律癸亚的农民捉住，送往国王弥达斯[3]宫中去了。弥达斯从前和雅典的欧摩尔波斯[4]一同向俄耳甫斯学过庆祝酒神的仪式。这位弥达斯见了西勒诺斯，认得是自己狂欢作乐的老伴当，就传令设宴，欢迎来客，表示庆祝，一共持续了二五一十天。当第十一天的黎明把天上明星的队伍驱散，弥达斯就高高兴兴地来到吕底亚的田野，把西勒诺斯交还了他的义子。

　　酒神看见自己义父安全回来，心里高兴，就请弥达斯王自己选一样东西，作为对他的答谢。这件礼物倒是很美好的，只可惜没有用处。也是命中注定，弥达斯决不会好好利用这件礼物的。他对酒神说：“请你答应我，凡是我的身体所触到的东西都能变成黄金。”酒神答应了他的请求，把这件有百害无一利的本事教给了他，同时他心里很难过，感觉得弥达斯应该要求比这更好的东西才对。弥达斯高高兴兴地回去了，却没有想到带回去的是自己的不幸。他回去之后，在各种东西上试验他新得到的点金术。他简直不敢相信，姑

[1] 提摩罗斯山（Timolus），帕克托罗斯河（Pactolus），均在小亚细亚的吕底亚（Lydia）。
[2] 西勒诺斯（Silenus），酒神的义父。
[3] 弥达斯（Midas），小亚细亚佛律癸亚（Phrygia）的王。
[4] 欧摩尔波斯（Eumolpus），特剌刻的歌者。

且从一棵矮矮的橡树上折下一根青树枝，树枝果然变成了金枝。他从地上拾起一块石头，石头的颜色也变淡了，发出金光。他拿起一块泥土，不想他用手一触，就像魔术一样，泥土也变了一团黄金。他去摘成熟的麦穗，麦穗变成黄金。他从树上摘下一只苹果，拿在手里，你一定以为是西方女仙[1]给他的。他用手指放在高大的殿柱上，殿柱就在眼前发出金光。他洗手，洗手的水可以骗得过女仙达那厄[2]。他的心中涌现出无限的希望，他梦想把一切都变成黄金。他正在高兴之际，他的奴隶们在他面前摆下筵席，有各种精美的食品，也有烤饼。这些都是五谷女神刻瑞斯之所赐，但是经他一沾，便变得又僵又硬；他饥肠辘辘，想吃一片肉，牙齿一碰到肉，肉就变成了一片黄金。他把清水倒在酒神的礼物——酒里，拿起来喝，你会看见他倒进嘴里去的是金水。

这种新奇的灾难使他惶恐。他固然富有了，但是很不快活。他想逃避财富，他痛恨他不久前还在祈求的东西。食物虽多，不能充饥；口渴难熬，喉咙干裂。他被可诅咒的黄金折磨得好苦，真是咎由自取。他把双手和闪闪发光的两臂伸向苍天，喊道："酒神啊，饶恕我吧。我错了。请你可怜我，救救我。这东西看着美好，其实是灾祸。"天神是仁慈的；巴克科斯见他悔过了，就收回了早先应他请求而赐给他的本领。他说："你的欲望给你带来了灾害，你如果不想被四周的黄金闷死，你可以到萨尔狄斯城外，那里有一条河，你沿着往上流走，走过吕底亚的群山，一直到河水的源头，到了那里，就在源头冒水的地方，跳进水去，连头带身体都没在水里，这样就可以把你的罪孽洗清。"国王如命到了河源。他的点金

---

[1] 赫斯珀里得斯 (Hesperides)，希腊语，意谓"西方的女子"，据神话，共有三人，在西方岛上守金苹果园。
[2] 见卷四，611 行。此处即指朱庇特化金雨骗她事。

的能力从他身上转移到了水中。由于这条河接受了黄金的脉种，两岸的田野至今还是又硬又黄，因为土壤吸收了水里的流金。

弥达斯痛恨财富，就在树林和田野中踯躅，追随着潘山神。潘的住处是山中的洞穴。潘还和以前一样愚蠢，他的傻瓜头脑注定要又一次和以前那样给他带来灾害。原来提摩罗斯山俯临大海，高耸陡峭，很难攀登。山的一面斜下去便是萨尔狄斯城，另一面是许派派镇。潘这天正在山上对着一些温柔的林仙歌唱，奏着他那用黄蜡胶着在一起的芦笙，吹着小调。但他竟敢大言不惭地把自己的音乐和阿波罗的音乐相提并论，他要和阿波罗比赛，就请提摩罗斯山作裁判。但是潘如何是阿波罗的对手呢？

老裁判坐在自己山头上，摇摇头把耳边的树木摇落。他的黑头发上只戴了一个橡叶环，橡果挂在他的清癯的额角。他望着牧羊人的神[1]说道："裁判官已经准备好了。"于是潘拿起芦笙吹了起来，粗野的乐调把弥达斯王迷住了，原来潘吹笙的时候，弥达斯正好也在。潘奏完一曲，年高德劭的提摩罗斯把脸朝向阿波罗，山上的树木也随着转动。阿波罗的黄金发上戴着帕耳那索斯山的桂叶冠，他的紫红长袍拖曳在地上。他的竖琴上镶着宝石和印度象牙，他左手持琴，右手执拨。一看他那姿态就知道是位高手。他用熟练的指法开始拨弄琴弦。提摩罗斯被这美妙的琴音所陶醉，命令潘在竖琴前放下芦笙。

大家都同意圣山的神所作的判决。只有弥达斯一人反对，说是裁判不公。阿波罗认为决不能让这种不辨美丑的耳朵继续保持人耳的形状，于是就把它们拉长，并且让它们长满了灰色的茸毛；他还让耳根能够活动。弥达斯在其他方面还保持人形，只有这部分受到惩罚，变成了行动迟缓的毛驴的耳朵了。他的耳朵变得这样丑陋，

---

[1] 即潘（Pan）。

使他羞惭无地，就用紫布缠头，想把它们掩盖起来。但是替他剪发的家奴窥见了秘密，他一方面不敢把丑事宣扬，另一方面他又实在控制不住，老想把这事说出去，于是他就在地上挖了一个洞，对着洞口低声说他看见主人的耳朵如此这般。说完他又用土把自己说的话掩埋起来。把洞填满之后，他便悄悄地走开了。但是从这块地上渐渐长出了一丛密密的芦苇。过了一年，芦苇长大了，就把种苇人的秘密泄露了，因为经风一吹，芦苇就把他所埋葬的话都说了出来，泄露了他主人的耳朵的秘密。

【194—220 行】

拉俄墨冬建特洛亚城，他欺骗天神而受惩

阿波罗报了仇之后就离开提摩罗斯，他穿过澄澈的天空，越过涅斐勒的女儿赫勒[1]的海峡，在拉俄墨冬[2]的平原着陆。在希格乌姆岬的右边，罗厄特乌姆岬的左边，有一座古神坛，是祭祀帕农菲雷神[3]用的。阿波罗在此看到拉俄墨冬在开始建造一座新城——特洛亚，他也看到这伟大的工程进展起来很困难，需要不小的资源，于是他就伙同手持三叉戟的大海之父，变成了凡人的模样，和拉俄墨冬谈妥用多少黄金作为报酬，就帮他把城筑了起来。城筑好了，拉俄墨冬却拒绝付酬，他失信还不算，还撒谎说，他从未作过这种承诺。海神对他说："你休想逃脱应得的惩罚。"于是他就指挥所有的海水冲上吝啬的特洛亚的海岸，把土地全淹没，就像一片汪洋大海，把农民的财产全部冲掉，把农田冲毁。海神这样惩罚之后，还

---

[1] 赫勒（Helle），逃避继母的迫害，和哥哥骑着金山羊逃跑，经过欧亚交界的海峡，堕入海中，此地后称赫勒斯滂托斯，今达达尼尔海峡。涅斐勒是她的母亲。
[2] 拉俄墨冬（Laomedon），特洛亚缔造者，普里阿摩斯（Priamus）之父。从此全书逐渐转到与特洛亚有关的故事。
[3] 即朱庇特。

嫌不足，他还要求把国王的女儿献给一个海怪。正当她被绑在坚硬的岩石上的时候，赫剌克勒斯把她释放了，并向拉俄墨冬讨索答应给他的报酬——马匹，但是这样大的功劳应得的报酬又一次被拉俄墨冬所拒绝，因此赫剌克勒斯就把这两次失信的特洛亚夺为己有。

赫剌克勒斯的伙伴忒拉蒙也没有空手离去，而是获得了国王的女儿赫希翁涅。至于珀琉斯[1]，由于他娶了一位女神，早已赫赫有名，他不仅因为是朱庇特的孙子，而且因为岳父是神，而感到骄傲，朱庇特的孙子不止一个，娶女神为妻的，他却是独一份。

【221-265 行】

珀琉斯娶忒提斯

原来，老普洛透斯[2]曾对忒提斯说："海上的女神啊，怀一个孩子吧，你将来会生一个少年英雄，他成年以后，他的事业将胜过他父亲，人们将说，他比他父亲还伟大。"朱庇特，虽然他心里火热地爱着忒提斯，但又怕世界上出现一个比他更伟大的人物，所以他自己不进忒提斯水下的闺房，而派了他的孙子、埃阿科斯的儿子，代他去做情郎，去拥抱这位海上仙姑。

在忒萨利亚沿岸有一处海湾，弯弯的像一把镰刀，两臂伸入海中，水如果深些，是个很好的港口，但是海水刚刚没过沙滩。海滩很坚实，人走过留不下脚印，可以在上面快走；也没海草。附近长着一丛爱神木，挂满了两色的浆果。林中有一座石窟，不知是天生的还是人工凿的，多半是人工凿的。忒提斯常常裸着身骑着海豚到

---

[1] 参看卷七，477 行。他协助赫剌克勒斯夺得特洛亚，所以借此机会把他的故事引进来。他的父亲埃阿科斯（Aeacus），是朱庇特之子，他的妻子忒提斯（Thetis）是女海神，是海神涅柔斯（Nereus）之女。珀琉斯和忒提斯生阿喀琉斯（Achilles）。

[2] 海神，见卷二，9 行。

这里来。一次正当她躺在这里睡着了的时候，珀琉斯发现了她，他向她求爱，遭到拒绝，他就准备用暴力，用两臂抱住她的头颈。若不是女海神施展她通常用的法术，变换了自己的形状，他早已达到了他冒险的目的。女海神变成一只鸟，但他揪住鸟儿不放；女海神变成一棵粗壮的树，他就紧紧地抱住树不放；第三次，女海神变了一只斑斓雌虎，他一害怕，一松手把女海神放跑了。于是他就向众海神祝祷，把酒奠在海上，献上羊肠，焚了香，最后普洛透斯从海中升起对他说："埃阿科斯的儿子，你会娶得你的心上人的，不过你要趁她在石窟里熟睡的当儿，趁她不备，用网把她套住，用皮绳把她拴住，那么即使她变一百种花样骗你，不管她变成什么，你也把她抓住，一直等到她恢复原形为止。"普洛透斯说完，就把他的脸藏进水里，让海浪淹没了他最后说的几个字。

太阳下沉了，太阳的战车走着下坡路，接近了西海，涅柔斯的美丽的女儿又来到石窟，照旧上床睡觉。珀琉斯刚刚捉住这姑娘的身体，她就变了另一个样子，但她发现她的身体已被捆住，两臂向两边张开着。最后她深深叹了一口气道："一定有神在帮你，你才胜利了。"接着就显露出忒提斯的原形。她既认输，珀琉斯一把将她抱住，达到了他的目的，使她怀上了伟大的阿喀琉斯。

【266—345 行】

珀琉斯投奔刻宇克斯，后者讲述自己的弟弟代达利翁变鹰的故事

珀琉斯生了这样一个儿子，感到很幸福，娶了这样一个妻子，也感到很幸福，一切都完满无缺，只有一件事，那就是他失手把他异母弟福科斯[1] 杀死了。他手上沾满了弟弟的血，从家里被赶了

---

[1] 卷七，477 行。

出来，特剌钦国^[1]收容了他。路锡福的儿子刻宇克斯统治着这个国家，他不用暴力，他不杀人，他脸上还继承着他父亲的光彩。但此刻刻宇克斯却很悲伤，与平常不同，因为他弟弟没有了，所以很难过。珀琉斯一路疲劳，又加忧心忡忡，带着少数随从进了城，来参见刻宇克斯。他把他带来的羊群牛群留在了城外不远一条浓荫的山谷里。很快他就得到晋见的机会，他手持缠着彩带的橄榄杖，以一个乞求者的身份，报告了自己是谁，父亲是谁，至于他为何来此，他却撒了一个谎，掩盖了自己犯的罪。他请求刻宇克斯把他或者安插在城里，或者在乡下。刻宇克斯和颜悦色地回答道："珀琉斯，我们的国家的各种方便向平民百姓都是敞开的，我管理的国家并非是个不好客的国家，你的到来给我们好客的精神增添了动力，因为你的声名显赫，你是朱庇特的孙子，不要恳求了，徒然浪费时间！把你所要的一切都拿去，你看到的任何东西，都可以归你所有！我只希望能中你的意！"他说完就哭了。珀琉斯一行就问有什么事使他这样伤心，他回答道："你看那边那只鸟，它靠掠夺为生，所有的鸟都怕它，也许你以为它一直是一只长着翅膀的鸟吧，其实它从前是人（性格是不会变的，他过去和现在一样凶狠、好斗、随时会动武），他的名字叫代达利翁。他和我是同胞，我们的父亲就是召唤黎明、最后降落到天外的启明星。我的生活方式是和平的，我最关心的是保持和平，还关心我的妻子，而我的弟弟则凶残好斗。他靠暴力征服许多国家民族，现在他变成了鸟还在欺侮提斯柏^[2]的鸽子。他有个女儿叫喀俄涅，是个绝美的姑娘，在她到了十四岁该结婚的年龄，求婚的人上千。恰巧日神福玻斯和女神迈亚的儿子墨丘利，一个从得尔福回来，一个从库勒涅山回来，同时

[1] 特剌钦（Trachin），国王刻宇克斯（Ceyx）。路锡福（Lucifer），启明星。
[2] 提斯柏（Thisbe），玻俄提亚城市，以野鸽闻名。

都看见了她，同时都爱上了她。阿波罗把实现他求爱的希望推迟到黑夜，但墨丘利急不可待，就用他那催眠杖触了一下姑娘的脸。姑娘经魔杖一点就倒下了，忍受了神的强暴。当黑夜把星星撒遍天空，福玻斯扮做一个老婆婆，也得到别人已经享受过的快乐。当怀孕期已满，她生了一对孪生子，给脚上生翼的神生的儿子叫奥托吕斯[1]，天性狡黠，诡计多端，能把黑的变成白的，白的变成黑的，出色地继承了他父亲的本领。给福玻斯生的儿子叫菲拉蒙，他以擅长唱歌弹琴闻名。但是她虽然生了两个儿子，有两位天神爱上了她，她自己父亲有勇，祖父又是光辉的星辰，但是这些对她有什么好处呢？荣耀是否也有不利呢？许多人都已因此而蒙祸，对她来说，这肯定是一场灾祸。因为她居然宣称狄安娜不如她，批评那位女神长得不美。狄安娜大怒，对她说：'我要用实际行动来讨你的喜欢。'她立刻张开角弓，从弦上射出一支箭，箭射穿了她的舌头，给了她应得的惩罚。她的舌头哑了，声音也哑了，想说话也说不出来了。就在她想说话的时候，生命和血都离开了她。我很悲痛地把她抱起来，我心里难过，就像她是我的女儿一样。我安慰我的弟弟，他一个字也没有听进去，就像海边岩石听不见涛声一样，一味地恸哭失去了的女儿。后来他看见女儿要火化了，他四次冲进柴堆的熊熊烈火，四次被烈火挡了回来，他舞动四肢，疯狂奔蹿，就像一头雄牛，脖子被黄蜂螫了，不管有路没路，乱冲乱跑一样。就在那时候，我看他跑得已经比人还快了，你甚至会以为他脚下长了翅膀。就这样他离开我们所有的人跑了，他怀着寻死的念头跑上了帕耳那索斯山巅，他正好从高高的岩顶往下跳，阿波罗动了怜悯，把他变成一只鸟，飘浮在突然生出的双翼上，还让他长出钩子嘴，把

---

[1] 参看卷八，738 行。

他的手指变成弯爪，保留了他往日的勇猛和比它身体还大的力气。现在他是一只鹰了，对谁都不友好，对一切鸟逞凶，自己痛苦，也叫别人痛苦。"

【346—409行】
袭击珀琉斯羊群的狼变成石头

正当路锡福的儿子讲着这关于他弟弟的神奇故事的时候，珀琉斯的羊倌佛奇斯人俄涅托尔气喘吁吁地跑来喊道："珀琉斯，珀琉斯！我来报告你一个大屠杀的消息。"珀琉斯叫他赶快说是什么消息，特剌钦的国王本人也提心吊胆地等他说。他说道："我把疲倦的牲畜赶到海湾的时候，太阳正在中天，它向后看是一半路程，向前看还有一半路程，牛群有一部分跪卧在黄沙地上，它们一面卧下一面望着宽阔的大海，有一部分迈着缓慢的脚步这里那里游荡着，还有一些在游泳，或站在齐颈的海水里。海边上有一座庙，不是大理石和黄金造的，并不华丽，但是用很结实的木料造的，还有老树遮荫。这庙供奉的是涅柔斯和他的女儿们（有个在岸上晒网的水手告诉我这些都是海神）。庙旁边有一片沼泽地，长着密密的垂柳，这片沼泽是海水留下而成的。就从这里只听哗啦一声十分怕人的巨响，传遍了附近一带。原来是一头巨兽——一头狼！它猛地冲出来，浑身是沼泽地里的泥，张着大嘴，满嘴鲜红的血和白沫，眼睛里冒出红色的火焰。愤怒和饥饿使它疯狂，更多的是愤怒。因为它咬死了牛并不想饱餐一顿来结束可怕的饥饿，而是肆意伤害牛群，怀着敌意要杀害所有的牲畜。我们有几个人去阻拦它，被它那可怕的牙咬伤致死。海滩和近岸的浅水以及发出哞哞牛鸣的沼泽都染红了。情况紧急，不容迟疑，趁现在它还没有把一切都毁光，让我们大家聚集起来，收集武器，拿起武器，齐心合力向它反攻吧！"

这个乡民说完之后，珀琉斯对自己遭受的损失不以为意，他想到了自己犯的错误，认为这是失去了儿子的涅柔斯的女儿[1]造成了这场灾难，作为给死去的儿子福科斯的祭献。可是俄泰乌斯的王已命令手下的人们拿起武器，拿起有力的长矛，同时他自己也做好准备同他们一起去。这时嘈杂的人声惊动了他的妻子阿尔库俄涅[2]，她急忙奔出来，头发还没有梳妆，她索性把头发披散，一把抱住丈夫的头颈，说派人去就可以了，自己不要去了，嘴里说，眼睛流着泪，恳求他说保住他一个人的命就是保住两条命。但是珀琉斯对她说："王后，你对你丈夫这番诚心是美好的，但是你不必害怕。我对你们答应给我的支援也非常感谢，但是我不想让你们拿起武器为我而去进攻那怪物。我现在应当向女海神祈祷。"

在城堡的顶上有一座高塔，是一座烽火台，风浪中颠簸的船只最欢迎它。他们登上塔顶，只见海滩上一片被杀害的牛群，都不由得长叹了一声，又见那张开血口的狼，身上的长毛沾满血迹，正在摧毁着一切。珀琉斯双手伸向海岸和开阔的大海，祈求蓝色的海仙普萨玛忒息怒，祈求她来解救他。普萨玛忒听到他的祈求，无动于衷，但是忒提斯也来替丈夫求情，普萨玛忒才原谅了他。那狼接到命令，停止了乱杀的行动，但仍恶狠狠的呆着不走，陶醉于血腥的屠杀。正当它又去用牙咬住一头小母牛的脖子，把它撕开时，海仙把它变成了一块大理石。狼体除颜色不同外，保留了原样，但是石头的颜色却说明它现在已不是一头狼了，无须再怕它了。

但是命运不准许流放的珀琉斯停留在这块土地上，他只得作为一个流放者继续流浪而来到了玛格涅希亚，在此，海摩尼亚王阿卡斯图赦免了他的杀人罪。

---

[1] 即普萨玛忒（Psamathe），海仙，海神涅柔斯的女儿，福科斯的母亲。
[2] 阿尔库俄涅（Alcyone），风神埃俄罗斯之女。

【410—748 行】
刻宇克斯和阿尔库俄涅变翠鸟的故事

刻宇克斯王这时正为他弟弟所遭遇的怪事而烦恼，不仅如此，自从他弟弟的不幸发生之后，还有许多其他的事使他烦恼。因此他打算到克拉洛斯[1]去求神，只有神的启示能使人在困难中得到安慰。他所以要到克拉洛斯去是因为去得尔福神庙的路上不安全，有弗勒癸阿斯人在他们的头目福耳巴斯率领之下抢劫行人。刻宇克斯启程之前，把他的意图告诉了他的最忠实的妻子阿尔库俄涅。她一听立刻浑身战栗，冷入骨髓，她的面色变成苍白，像死灰一样，颊上淌着热泪。三次她想开口说话，三次她都泣不成声。最后，她呜呜咽咽又爱又怨地说道："最亲爱的人哪，你为什么想做这事呢？是我做错了什么事了？你当初认为第一要紧的恩爱到什么地方去了呢？难道把你的阿尔库俄涅丢下不管，你心里感觉坦适么？你真觉得出远门是件快活的事情么？是不是我和你分离之后，我倒反而对你更亲近了呢？不过，我想你一定走旱路，因此我只会感觉悲伤，倒不会为你担心害怕。大海的风暴使我一想起来就心惊胆战；不久以前，我还在海滩上看见一些破碎的船板呢；我也时常看见无尸的坟墓上刻着死者的姓名。[2]你不要以为自己的岳父是希波忒斯的孙子[3]，他会把狂风关在监牢里，使海上风平浪静，因而有恃无恐，但这是不可靠的。因为一旦他把大风放出来，吹到没有遮拦的大海上，什么也挡它不住，它才不管哪儿是陆地，哪儿是大海呢。不仅如此，就连天上的云也会遭它的折磨，它会横冲直撞去向闪闪的电

---

[1] 克拉洛斯（Claros），希腊伊俄尼亚（Ionia）城市。
[2] 航海淹死的人，找不到尸体，建墓纪念。
[3] 希波忒斯的孙子，即风神埃俄罗斯。

光挑衅。我是知道风的厉害的，因为我小时候在父亲的家里时常看见它，我对它愈熟悉，我愈觉得它可怕。但是，亲爱的丈夫，我这番话如果不能使你改变主意，如果你还坚持要出门，那么你把我也带走吧，让我们两人一起受颠簸，受苦固然很可怕，但是可以免得我提心吊胆了，不论出了什么事，我们两人可以在一起忍受，我们可以一起在大海上漂流。"

　　埃俄罗斯的女儿一面说，一面哭。晨星之子深为感动，因为他和他妻子一样，心里也充满了爱的火焰。但是，尽管如此，他还是不肯放弃既定的海程，也不愿携带阿尔库俄涅去分担惊险。他说了许多安慰她的话，叫她不必担心，但是虽然如此，她还是不能同意他的理由。于是他又加上了一句安慰她的话，这才使他的爱妻首肯，他说："我知道，我们两人都不愿分离，哪怕只离开一天。但是我指着我父亲的光芒向你发誓，只要命运之神允许我，不等两次月圆，我一定回家。"丈夫许下诺言，她才感觉有了一线希望，于是他立即命人推船下海，把应有的配备都装到船上。但是阿尔库俄涅看见了船，就像预感到要发生意外，又开始浑身发抖，眼里又落下泪来，满心悲伤把丈夫抱在怀里，最后不胜其悲地呜咽着，说声保重，就完全晕厥过去。刻宇克斯想法推迟开船的时刻，但是两排摇橹的青年早把船橹挽到胸前，海船节奏匀称地破浪前进了。阿尔库俄涅抬起热泪盈眶的眼睛，看见丈夫站在高高的船尾上，首先挥手向她致意，她也挥手回答。船离陆地愈来愈远，她的眼睛已经分辨不出丈夫的形貌，但是只要她还看得见船，她一直以目相送，等到连船身都远得看不见了，她还痴望着桅杆顶上的船帆。等到连船帆也看不见了，她才怀着沉重的心情回到空床，一头睡倒。空床、空闺又引起她伤心之泪，空床、空闺使她想起一对夫妻只剩下独自一个。

　　船上的人离开海港，海风吹来，吹得绳索拍拍直响。船长一见风起，就命收橹，把船帆升到桅杆顶上，把所有的帆都张挂出来，好兜风前进。这条船就在大海中央飞也似的擦着水面向前急驶，两面的陆地早已很遥远了。等到夜幕降落，波浪忽然汹涌，海上发出一片茫茫的白色，大风呼啸，逐渐猛烈。船长喊道："立刻放下船帆，把帆卷紧。"他虽然下了命令，无奈大风迎面吹来，他的命令完全被大风淹没，别人哪里听得见。虽然如此，大家还是自动地把桨取下，把桨眼堵死，把船帆捆紧。有的人把船里的水戽出去，把海水倒回海里，有的人连忙把桅杆扣紧。大家正在忙乱的时候，风暴却愈来愈猛烈，狂风从四面袭来，激起愤怒的波涛，连船长都惊慌了。他承认连他也不知道船的情况怎样，不知道该命令什么，禁止什么。毁灭实在就在眼前，风暴的力量实在远远超过他的本领了。大家这时真是乱成一团——有人的喊叫，有绳索拍打桅杆的声音，有大浪的冲击声，也有雷鸣声。大浪像山一样高，好像碰得着天，好像溅着了布满天空的乌云。时而波浪把海底的黄沙搅起，海水发黄，有时又比地府迷津的水还黑，有时波涛如泻，泡沫沙沙作响，海上又呈现一片白色。特刺钦人所乘的船随波起伏，有时升得很高，就像站在山顶，俯临深渊、地狱一样；有时又像沉入海底，四周海浪席卷而来，就像坐井观天一样。有时大浪轰隆隆地撞着船侧，就像沉重的羊头铁杵或弩弹攻打城门的声音。海浪被四面吹来的狂风激起，向船身上撞去，从高处扑了下来，就像凶猛的雄狮鼓足气力，挺着胸膛，向猎人扑去，并且打落了他的高举的武器和刀枪一样。船身的楔子被浪头打松了，裂开了缝，糊缝的胶蜡全被波浪冲光，海水涌进，死就在眼前了。看着那云化为雨，一泻如注，真会叫你觉得好像整个的天宇都陷落到大海里去了，又好像汹涌的大海蹿到了天上。船帆被大雨淋得透湿；天、水、海潮连成了一片。天上没有半点星光，黑夜和暴风雨一样阴暗。只有闪闪的电光冲破黑暗，刹那之间，把波浪照亮。这时海浪就像洪水一样冲进船舱。就像一个比其他的人更出色的兵士，好几次想攀登被围困的城墙，最后为了争取别人的赞扬居然翻越了城墙，一千人之中只有他一人成功；同样，海浪在九次冲击高大的船身之后，第十次的浪头比所有以前的蹿得更高，冲过来攻击这条疲惫的海船，一下子把它征服，跳进了船舱。因此，当一部分的海水还在企图进袭船身的时候，另一部分早已落在船舱里了。大家都慌作一团，情况正像在攻城战时有人想从外面瓦解墙基，里面的人死守着城墙，而全城则陷于混乱一样。天大的本领和勇气都没有用处；每一个浪头冲来都好像是死亡冲来一样。有的人忍不住就哭了，有的人吓得发呆，有的人说死了有人送葬的人才有福气呢，有的人伸手向看不见的苍天呼吁求援，有的人想起弟兄，有的人想起父亲、家人、儿女，或任何留在家中的亲人。刻宇克斯则一心只想着阿尔库俄涅，口边一直喊着阿尔库俄涅的名字；虽然他一心只挂念着她，但是他却又很高兴她不在身边。他真想再看看自己的家乡，最后看它一眼。但是他连身在何处都不知道；海水就像沸腾了似的，到处都是巨大的漩涡，漆黑的乌云盖住了天空，使黑夜加倍黑暗。船桅早被一阵狂风摧折了，船桨也断了。最后来了一个凶猛的大浪，就像胜利者一样，足踏着战利品，高视阔步，不把其他波涛放在眼里，又像要把阿托斯山和品多斯山连根拔起，投进海里，气势汹汹地卷了过来，以雷霆万钧之势把船葬进海底。大多数水手也都随船沉没，被漩涡卷进水里，从此不见天日。也有少数紧紧抱住船只的残片。连刻宇克斯也用他那执掌王权的手紧紧握住一块破板，连声呼喊岳父和父亲的名字，但是有什么用处呢？他一面洇水，一面喊叫，喊得最多的名字是阿尔库俄涅。他心里想念着她，口里一遍又一遍地叫她的名字。他向波涛祷告，请它们把他的尸体推到她看得见的地方，他希望死后由她亲手把他埋葬。他挣扎着漂浮在海面，只要浪头不打在嘴上，他就不停地呼喊遥远的阿尔库俄涅的名字，即使海浪淹没了他的嘴，他还是低声唤出她的名字。看，黑压压地冲来了一排浪头，压倒了前面的小浪，爆裂成水花，把他的头埋进了水中。次日黎明，晨星黯淡无光，谁也认他不出了，但是由于他不能擅离天上的职守，因而只好用密云遮起自己的颜面。[1]

再说风神之女阿尔库俄涅，她不知丈夫已遭到这场大灾难，一天到晚只算计着日子。她一会儿赶着给他织几件袍子，好等他回来穿，一会儿又给自己织几件，好等他回来后自己穿（然而他永远回不来了）。她恭恭敬敬地在神前烧香，把天神都祭遍了，但是去得次数最多的是朱诺庙，为了丈夫，在神坛前礼拜。（但是丈夫已经不在人间了！）她祷告神明保佑丈夫平安，回到家里，并且希望，在女人之中，丈夫最爱的是她。她的各样希望之中，只有最后这项是应验的。

但是阿尔库俄涅老替死人祈求，女神朱诺再也不能容忍了，她不愿意身带重丧的人老来玷污神坛，于是就说道："伊里斯，我的最忠实的信使，快去到睡神家去，请他给阿尔库俄涅托一个梦，让她在梦中会见刻宇克斯，让刻宇克斯告诉她自己身亡的真相。"女神说完，伊里斯就披上五色缤纷的彩衣，像一弯彩虹一样，斜着飞过天空，在云深处找到了睡神的宫阙。

离钦墨利亚人[2]的国土不远的地方有个山洞，非常幽深，里面住着懒惰的睡神。不论清晨、中午或黄昏，日神的光芒都射不进去。雾气在黑暗之中从地上升起，光线昏暗。在这里听不见高冠报时的雄鸡催晓；也听不见看门的守犬或比它还机警的鹅的声音——

---

[1] 晨星因为儿子淹死而暗淡无光。
[2] 钦墨利亚（Cimmeria），据神话，这族人住在黑洞之中，在黑海之滨。

到处都是寂静。在这里也听不见野兽或牛羊的声音、风吹树枝的窸窣声，或人们说话的喧哗。这里只住着哑口无言的缄默。只有山洞底下，地府的河流勒忒[1]流过河床上的沙石时低声呜咽，催人入梦。在洞口前面，繁茂的罂粟花正在盛开；还有无数花草，到了夜晚披着露水的夜神就从草汁中提炼出睡眠，并把它的威力散布到黑夜的人间。睡神的宫殿并没有门户，怕有了门户，门轴发出吱吱的声响。在入口处也看不见有守门人。但是山洞的中央有一张黑檀木的床，铺着软绵绵的羽毛褥子，上面罩着乌黑的床单。睡神就躺在这张床上，四肢松懈，形容懒散。在睡神周围躺着各种空幻的梦影，形状各自不同，为数之多就像收割季节的谷穗、树上的枝叶、海滩上的沙粒。

彩虹女神走了进去，用手把挡路的梦影拨开，她的衣裙照明了可怕的洞府。睡神这时瞌睡正浓，眼皮都抬不起来，屡次起身，屡次又倒头睡下，下巴不住地在胸口上点，最后好容易把自己挣脱，[2]弯起一肘，支住身体，认得是她，便问她来此何事。她回答说："睡神呀，你能使万物休息；睡神呀，你是神中最温和的神，你能使人灵魂宁静，驱除忧虑，使人在一天劳苦之后恢复体力，第二天好再去劳动。请你造个形象，要能逼真，要像刻宇克斯王，然后把它派到因赫剌克勒斯而著名的特剌刻去，去把他沉船而死的经过向阿尔库俄涅表白。这是朱诺的命令。"她执行完了使命之后，就走了，因为睡眠的魔力使她不能忍受，她感到自己也有些昏昏欲睡，因此赶快逃走，沿着来时的彩虹回去了。

睡神在他的一千个儿子之中把摩耳甫斯[3]唤醒。摩耳甫斯善

---

[1] 勒忒（Lethe），意云忘川。

[2] 挣脱睡眠，即醒来。

[3] 摩耳甫斯（Morpheus），源自希腊语，意为"形态"。他能变各种人形。

于模仿各种人的模样，在学人走路、神态、言谈这种本领上谁也比不过他。他并且还能仿效别人的打扮和别人的口头禅。但是他只能扮人，还有一个儿子能扮飞禽走兽和修长的蟒蛇。天上的神把他叫做伊刻罗斯[1]，而凡人却把他们叫作福柏托耳[2]。睡神第三个儿子叫番塔索斯[3]，他也有各种本领，他能扮成土地、岩石、水、树和任何没有生命的东西。这几个专门在夜晚向君主酋长显相。其余的儿子则和普通人打交道。老年的睡神不选这些，单单在众弟兄之中选中了摩耳甫斯去执行伊里斯的命令。他交代完毕，又把头垂下，回到了温柔的睡乡，在高高的卧榻上缩作一团。

摩耳甫斯无声无响地在黑暗中飞着，很快就到达了特剌钦城。他收起翅膀，变成了刻宇克斯的面貌形态，像死人一样苍白，赤身露体站到可怜的妻子的床前。他的胡须是湿淋淋的，水珠从他的头发上接连不断地流下来。他流着眼泪，俯着身躯，在她床边说道："我的最不幸的妻啊，你可认得你的刻宇克斯么？我死后的面貌改变了么？看看我！你一定还会认得我的。你会发现我已经不是你的丈夫，而是你丈夫的阴魂了。阿尔库俄涅，你为我祷告了半天，全是枉费心机啊，我还是死了。你不必再对我抱着什么希望了。在爱琴海中，我们的船遇到一阵南风，风势凶猛，船在海上颠簸，最后被风浪打得粉碎。我一直喊叫着你的名字，但是海浪把我的嘴堵住了。这件事是千真万确的，不是什么若有若无的谣言。向你报信的不是别人，是我自己。你看我这等狼狈的模样，是我在把我的遭遇告诉你听呢。起来哭我吧，穿起丧服，千万不要让我没有人哭送就悄悄地到了凄凉的阴界。"这些话都是摩耳甫斯说的，为要使她确

---

[1] 伊刻罗斯（Icelos），希腊语意为"相似"。
[2] 福柏托耳（Phobetor），源自希腊语，意为"可怕"，因能使凡人害怕。
[3] 番塔索斯（Phantasos），源自希腊语，意为"幻想"。

信不疑，他还装出她丈夫的声调，并且装得好像真在哭泣似的，连手势都和刻宇克斯毫无二致。阿尔库俄涅听了叹气流泪，在睡梦之中想去拥抱他，但是扑了个空。她大声喊叫道："等等我！你慌慌忙忙的要到哪儿去啊？我跟你去。"她自己的喊叫和她丈夫的梦影使她从梦中惊醒。她赶紧向四周一望，想看看方才看见的丈夫是否还在。这时她的侍女们听见她喊叫早都惊醒，并且去取了一盏灯，拿到寝室里来。她找来找去找不着丈夫，就悲恸得直打自己的脸，把胸前的衣服扯开，捶打自己的胸膛。她也不等把头发解散，就乱扯头发。她的奶娘问她为什么这样伤心，她哭道："阿尔库俄涅已经死了，死了；她和她的刻宇克斯一齐死了。用不着多说安慰的话了！他的船沉了！他死了！我见着他了，我认出是他。正当他要消逝的时候，我想去拉他回来，我还向他伸出手去呢。我看见的只是他的鬼魂，不过，这是我丈夫真神显相，我看得很真切。不错，他的相貌和平常不一样，他的面容也不像平常那样神采焕发，而是苍白的，我见他赤露着身体，头发是湿淋淋的。唉！我好命苦。看哪，他刚才就站在那儿，真可怜哪！"——她说着探头去看看那地方有没有留下脚印——"我老早就担心怕有这么一天，我曾经苦苦哀求过你，叫你不要离开我去乘风破浪。早知你去了会死，我宁肯和你一起去。我若和你一起去了有多好呢，我既可以不必和你有片刻的分离，而且也可以和你同日而死。但是现在我却和我自己两处分离而死，我远离自己而正在风浪中颠簸，我远离我自己而淹没到海里去了。[1] 假如我还挣扎着活下去，还想忍住悲痛苟延残

---

[1] 诗人的修辞说法。（一）阿尔库俄涅痛不欲生，想象自己也如丈夫一样已经在海里淹死了；虽生犹死。（二）离开的"我"，谓指她的肉体，在风浪中颠簸而死去的"我"指的精神。总之，诗人想说的是："我身体虽然没死，我的心早已死了"，"我现在是虽生犹死"。

喘，那我的心肠就算得比大海还要残忍了。但是我决心既不挣扎，也不和你分离，我的可怜的丈夫。我现在至少要做你的一个侣伴；虽然我们不能死后同穴，但是墓碑的铭文至少可以把我们结合在一起；虽然我们两人的尸骨不能同葬，至少我的姓名可以和你的姓名并列在一排。[1]”悲伤的心情使她不能再说下去，只能用哭泣来代替语言，从心的深处发出了呻吟之声。

这时已是清晨。她离家走到海边，怀着满心的悲怆去寻找她当日眼望征帆远去的地方。她徘徊良久，说道：“就在这里他解缆启程，他和我吻别的地方就是这片海滩。”她一面回想当日分别的情景，一面遥望着海外。忽然她看见水面上好像漂着一具尸首。起初她不敢肯定是什么，等到海浪把它冲近了一些，虽然还有相当距离，但是她已经清清楚楚看到是一具死尸了。她分辨不出死者是谁，但是既然是个沉船而死的人，她就感觉到这是个恶兆，她便哭了，俨然像是在替这陌生的死者志哀，她哭着说：“唉，你这可怜的人哪，不管你是谁，总是可怜的。你若有妻室，我也替她难过呀！”正说着，尸首被海浪愈推愈近，她愈看愈不能控制自己。尸首漂到了离陆地很近的地方，她看得十分真切，这不是她丈夫是谁？她大喊一声“是他！”就没头没脸的乱抓自己，把衣服也扯裂了，颤颤巍巍地向刻宇克斯伸出两手，哭道：“最亲爱的丈夫啊，你怎么这样回来了呢，你好可怜呀，你就这样回到了我的身边！”在水边有一道海堤，是建造了防备海潮减弱水力用的。她一跑就跑到堤上，跳进了海里。她居然能跳下去，也是件奇事。她扇着新长的翅膀，沿着水面竟飞起来了，原来她已经变成了一只可怜的鸟。她一面飞，一面张开扁长的嘴哇哇地叫着，好像在哭泣喊冤。她一

---

[1] 指墓碑上刻的死者的姓名。

飞飞到沉默的死尸旁，用新生的双翼拥抱住死者的肢体，用粗硬的嘴吻他冰冷的唇，但是有什么用处呢？究竟刻宇克斯感觉到了呢，还是由于海浪的动荡，才使他似乎把头微微抬起呢，没有人敢肯定。但是事实上他是感觉到了。最后，由于天神见怜，把他们两人都变成鸟类。他二人虽然遭到同样的厄运，但是即便如此，他们还是恩爱如初；即便变成鸟类，夫妻之情并未减少。他们照旧交配生子；每年冬季阿尔库俄涅总在海上的浮巢中孵卵。在这七天里，海上波澜不兴，风神把各种的风关闭起来，不准它们冲出去，为了外孙的缘故，使海平如镜。

【749—795 行】
埃萨科斯变潜水鸟的故事

有个老人看见他们在那寥廓的海面上比翼双飞，非常赞赏他们保持相爱之情而至死不渝。旁边还有一个老人，也许是同一个老人，指着一只长颈的潜水鸟说："你看那只鸟，缩着两条腿在海面上掠过，他也是帝王的后代呢。如果你要问他以前的历代祖先是谁，那么他的一代祖有伊罗斯[1]、阿萨剌科斯和伽倪墨德斯，伽倪墨德斯是被朱庇特抢了去的，接下来是老拉俄墨冬和普里阿摩斯，命运注定他生在特洛亚的末日。这鸟就是赫克托耳的弟弟。他如果不是在青年时代遭了厄运，他的名声也许不亚于赫克托耳。赫克托耳的母亲赫卡柏是杜玛斯[2]的女儿，而这个埃萨科斯[3]的

---

[1] 伊罗斯（Ilus），特洛亚王朝始祖特洛斯（Tros）之子，与阿萨剌科斯（Assaracus）、伽倪墨得斯（Ganymedes）为三兄弟。他建造特洛亚城，故称伊利乌姆。

[2] 杜玛斯（Dymas），出处不详。

[3] 埃萨科斯（Aesacus）是普里阿摩斯与阿列克希罗厄（Alexiroe，河神格拉尼库斯Granicus之女）所生，所以和赫克托耳（Hector）是异母兄弟。河有支流，故云"头上生角"。

母亲则是阿列克希罗厄，是头上生角的格拉尼库斯的女儿，她偷偷地在伊达山下一个树林里生了他。他厌恶城市，远离辉煌的宫殿，住在偏僻的山区和卑陋的乡村，很少和伊利乌姆的人来往。但是他心胸并不粗鄙，对恋爱也无反感，并常在树林里追逐克布伦的女儿赫斯佩利亚[1]。他看见她在她父亲的河畔，在日光下晒干披到肩上的头发。女仙一见他就逃走了，就像受惊的鹿看见灰狼，或野鸭在远离自己的池塘看到一只鹰一样。但是这位特洛亚青年追着她不放，两个都跑得飞快，一个因为爱，一个因为怕。不料有一条藏在草里的蛇在女仙跑过的时候，张开弯弯的毒牙咬了她的脚，把蛇毒留在了她的身上。她停止了奔跑，她的生命也停止了。她的情人抱着失去了生机的赫斯佩利亚，哭道："我后悔啊，后悔不该追你。但是当时我并没有担心你会被蛇咬啊，为了赢得你而付出这样大的代价太不值了。可怜啊，是我们两个把你害了，是蛇把你咬死，但是起因是我啊！我比它的罪还重呢。我要用我的死来安慰你的死。"他说着就登上岩石（岩石下面已被隆隆作响的海浪冲蚀），纵身跳进海里。海中女神忒提斯可怜他的下场，温存地把他接住，给他装上翅膀，让他在海上凫游，不给他机会去追求死。这位情人很生气，因为他被迫违反他的意愿活下去，因为他的灵魂也被迫不得脱离他那不幸的躯壳。不过他现在已经新装上了一对翅膀，他索性飞得高高的，然后再一次投身大海，但是羽毛太轻，把他托住了。埃萨科斯一怒，潜入深水，不停顿地探求一条死路。他的爱使他消瘦，他的两截腿变长了，他的脖子还是和从前一样长，头离身体很远。他爱水，因为他潜水，所以叫潜水鸟。

---

[1] 赫斯佩利亚（Hesperie），女仙。

312　　变形记

卷 十 二

【1-38 行】

希腊人准备出兵特洛亚，因风暴滞留在奥利斯；

蛇吞吃九只鸟；献伊菲革涅亚

普里阿摩斯不晓得自己的儿子埃萨科斯变成鸟还活在人间，以为他死了，极为悲痛。他建造了一座衣冠冢，立了碑，上面刻着亡者的名字。死者的长兄赫克托耳和弟兄们^[1]都到墓前祭奠。但是帕里斯^[2]却没有参加祭礼。在这以后不久，帕里斯就因为强娶他人之妇做自己的妻子而引起了长期的战争。全体希腊人纠集起来，发动了战船千艘去追击他。但是报仇之事遭到了耽搁，海上起了风暴，船只不能启行，只得停在希腊玻俄提亚的渔港奥利斯等待着。在奥利斯，他们按照希腊的习惯，准备了祭品祭祀朱庇特。正当古老的神坛上发出炽热的火光，人们看见有一条墨绿色的蛇爬上了离祭坛不远的地方的一棵梧桐树。在树梢上有一个鸟巢，巢里有八只雏鸟，母鸟看见情势危急，围着巢飞转。蛇爬上树梢，把八只雏鸟

---

[1] 普里阿摩斯有五十个儿子。

[2] 帕里斯（Paris），普里阿摩斯的一个儿子，曾抢夺希腊斯巴达国王墨涅拉俄斯（Menelaus）的王后海伦（Helena），引起特洛亚战争。

和母鸟都吞吃了。人们见此景象，都惊讶不已。但是忒斯托耳的儿子[1]却很明白其中的含义，他说道："希腊人啊，你们高兴吧，我们一定能胜利，特洛亚一定要灭亡，但是我们需要付出长时期的劳力才能成功。"他解释道，九只鸟代表九个年头的战争。这时，那蛇还盘在绿色的树枝上，但已经变成石头蛇了，这条石蛇一直保持着盘绕树枝的姿态。

但是海神仍然在希腊海上暴躁发怒，不准战船渡海。有人就说，特洛亚是海神建造的，因此他护卫着它。但是忒斯托耳的儿子却不以为然。他不仅知道其中真正的缘故，而且把这缘故说了出来。他说女神[2]是处女，她的怒气只有用处女的生命才能平息。阿伽门农考虑了公共的利益，克服了私爱，君主的责任感战胜了钟爱儿女的心情。他命人把自己女儿伊菲革涅亚领来。[3] 她站在神坛前，哭哭啼啼，准备洒出她无辜的鲜血。这时神一见，动了恻隐之心，就在众人眼前撒下一阵雾，这时祭礼还在进行，据说女神就趁祭祀、祷告乱哄哄的当儿，用一头鹿代替了那位公主。狄安娜得到了应得的血祭，怒气平息了，随着她的怒气的平息，大海的怒气也消失了。这千艘快船有好风在后面吹送着，经过了无数艰险，终于达到佛律癸亚[4]的海岸。

---

[1] 忒斯托耳（Thestor），即神巫卡尔卡斯（Calchas）。
[2] 指狩猎女神狄安娜。希腊统帅阿伽门农（Agamemnon）杀死了她所钟爱的鹿，因此她一怒，阻挠他出征。
[3] 伊菲革涅亚（Iphigenia），这女儿在家乡，阿伽门农派人把她领到奥利斯来，以献给女神。参看欧里庇得斯的两出有关伊菲革涅亚的悲剧，歌德的《伊菲革涅亚在陶里人中》等。
[4] 佛律癸亚（Phrygia），指特洛亚。

【39—63行】

谣言女神传播希腊人进攻的消息

在陆、海、空三界交界的地方，在宇宙的中央，有一个所在，
在这个地方无所不见，不论事物有多远，只要它存在就可以从这
里看到；在这里，无论什么地方说的一句话也都能够听见。谣言之
神就住在这里。她选择了一座高山，在山峰上建筑了一所宅第。她
在房屋上开了无数的口，足有一千个孔，上面却不设可以开关的门
户。不论黑夜白昼，房子总是敞开的。房子全部是黄铜铸造的，最
便于传声。整所房子充满了声音，传到这里来的话都被重复一遍。
房子里面无一处是安静的，但是倒也并没有大声的喧哗，只有压低
了的、微细的声音，就像远远听到的波涛声一样，又像朱庇特令乌
云互相撞击发出雷声后的余音一样。宅子里挤满了人群，一批来了
一批又走了；千万种谣言到处游荡，真伪掺杂，到处是混乱不清的
消息。有些闲人倾听着别人的闲谈，还有些则忙着把听到的话到各
处去转告别人。事情愈变愈大，每经过一道传送，述者必然给听
到的事情增加一些新东西。在这里可以遇到"轻信"、不动脑筋的
"错误"、毫无根据的"欢乐"和惊慌失色的"恐惧"；在这里也可
以遇到敏捷的"煽惑"和虚构的"耳语"。谣言女神自己则举凡海、
陆、空三界所发生的一切都看在眼里，在全宇宙间搜寻着新闻。

【64—145行】

希腊人和特洛亚人初次交锋，阿喀琉斯勒死库克诺斯，库克诺
斯变成天鹅

她这时早把希腊人率领强大的军队，乘着战船来到的消息传播
出去，因此特洛亚人对于入侵的军队早有了准备，来阻止敌人登

陆，保卫自己的海岸。普洛忒西拉俄斯[1]，你吃了赫克托耳一枪，成了第一个牺牲者。最初几次战役中，希腊人伤亡很重，他们很快就认识到赫克托耳的英勇。特洛亚人也流了不少血，也领教了希腊人的威力。赤血流遍了特洛亚的海岸。今天海神之子库克诺斯[2]杀死上千的敌兵；明天阿喀琉斯[3]乘着战车，发动攻势，他手执珀利翁山上的木头制成的长枪打倒了整队的敌人。他在阵前到处寻找库克诺斯和赫克托耳，他偶然遭遇到了库克诺斯（赫克托耳的死则注定发生在第十年上）。阿喀琉斯吆喝着战马，战马的雪白的头颈高昂，他驱车直向敌人冲去，手中挥舞着长枪喊道："青年将军，我也不知道你的姓名，你今天死在我阿喀琉斯之手，虽死也足以自慰。"他说着就把好重的一支枪掷将出去，枪掷得极准，正中敌人，但是枪尖打在敌人胸上毫无作用。库克诺斯说道："好个忒提斯的儿子，我早就听人谈到过你，你这一枪没有把我刺伤，那你又何必惊讶？"（原来阿喀琉斯确是吃了一惊）他又接着说道："你看我头上戴的这顶盔，上面插着马鬃做的缨；你看这副空心的盾牌，挂在我左臂之上——这两件东西都不是用来保护身体的，只是两件装饰品。战神的盔甲不也是用来作装饰的么？即使我把这些保护我的盔甲卸下，你还是照样不能伤害我。海神的儿子岂是白当的；你不过是海仙忒提斯的儿子，忒提斯不过是涅琉斯的女儿，我父亲不仅管辖涅琉斯，所有海洋都归他管辖。"他说完就向阿喀琉斯投了一枪，这一枪只投中了阿喀琉斯的弧形的盾牌，刺透了黄铜的盾面，刺透了盾面下的九层牛皮，但是并没有刺穿第十层。阿喀琉斯甩脱了这根枪，拿起一根枪，在手中一抖，使足气力，向敌人投了过去。但

---

[1] 普洛忒西拉俄斯（Protesilaus），希腊将领之一，到达特洛亚后第一个阵亡。
[2] 库克诺斯（Cycnus），特洛亚人的盟友。希腊语，意为"天鹅"。
[3] 阿喀琉斯（Achilles），希腊军中最勇敢的将领。

是他又没有能够伤害敌人的身体。他接着投了第三枪，也没有刺伤库克诺斯，虽然库克诺斯身上并没有任何盔甲。阿喀琉斯这时真是怒不可遏，就像斗兽场上的牛翘着致人死命的双角奔向惹它发怒的红袍一样，它的气势虽猛，却是怎样也撞不着红袍。他把枪拿起检查一番，看看是否铁枪头脱落了。但是枪头好好插在枪杆上。他自言自语道：“是不是我的膂力差了呢？是不是我往日的气力今天都已消失了呢？想前番我率领兵马攻下吕耳涅索斯城 [1] 之时，我的气力是何等强大！我曾经使忒涅多斯岛和忒拜城 [2] 的人流血流遍了自己的国土；卡伊科斯 [3] 河附近各族人被我杀得染红了河水；忒勒福斯 [4] 也曾经两次尝到了我的长枪的滋味。就在今天这战场上，多少人曾经被我杀死，我亲眼看见他们的尸骨堆积在海滩上就像座山似的。我的这只右手，过去是无敌的，今天还是无敌的。”他说完，心想今天倒要试试过去究竟是否膂力过人，就拿起枪来向吕喀亚 [5] 的平民出身的墨诺忒斯投去，打个正中，刺透了胸前的甲胄，刺进胸膛。这人哗啷啷地一头栽倒在硬地上死了，阿喀琉斯过去把枪从温热的伤口中拔出来，说道：“看我这只手，看我这管枪，它们现在不是还能使我获得胜利吗？待我再来用库克诺斯试试它们灵不灵，我希望再一次获得胜利的结果。”他说着，又向库克诺斯投了一枪，这支木柄长枪笔直地向敌人飞去，扑地一声正中库克诺斯左肩。但是枪打到肩上又弹了回来，就像打在一堵墙上和

---

[1]　吕耳涅索斯（Lyrnesus），特洛亚的一个城，阿喀琉斯夺获了城中公主布里塞伊斯（Briseis），但被阿伽门农抢去，引起二将不和，荷马史诗即歌咏二将之争。

[2]　忒涅多斯（Tenedos），特洛亚附近海岛；忒拜，小亚细亚的城市，在特洛亚附近。特洛亚战争初期，阿喀琉斯曾在这些地方作战获胜。

[3]　卡伊科斯（Caïcus），特洛亚河流，附近各族支援特洛亚人抵抗希腊军队。

[4]　忒勒福斯（Telephus），特洛亚盟邦密西亚（Mysia）王，为阿喀琉斯刺伤，其后阿喀琉斯用枪锈把伤口治愈，故云“两次尝过长枪的滋味”。

[5]　吕喀亚（Lycia），特洛亚的盟邦。

一块岩石上一样。但是阿喀琉斯看见中枪之处却有血迹，心里高兴。但是他却空欢喜了一场，原来库克诺斯并未受伤，血迹是墨诺忒斯的血。这回阿喀琉斯当真动了怒，他从战车上一跃而下，去寻找那难以刺伤的敌人，要和他用明晃晃的大刀打交手战。他的刀砍开了对方的盾牌和头盔，但是砍到他的身体时，刀刃却砍卷了。阿喀琉斯怒不可遏，拿起盾牌和刀柄只管向毫无防卫的敌人的头顶和额角用力捣去。一个只管让步，一个一步紧似一步地逼上去，把他打得昏头昏脑，不容他有片刻的喘息。这时库克诺斯心里有些害怕了，眼前一阵阵发黑，他一步步向后退却，不料在平川地上有一块大石头挡住了他的退路。他一跤跌下去正好仰卧在石头上，阿喀琉斯把他一把提起，用力往地上一摔，紧接着把盾牌压住他胸口，并且跪在他的胸口上，把他的系盔的皮绳解下，再把皮绳向他项上一套，用力一勒，把气管勒断了。于是他又开始想把战败的敌人的甲胄剥下，但是甲胄之内却是空无一物，原来海神已经把他的尸体变成了天鹅，至今人们还以他的名字称呼天鹅。

【146—535 行】

休战；

涅斯托耳讲述开纽斯女变男的故事，以及拉庇泰人和肯陶尔的战斗

这次战斗之后跟着是许多天的休战，双方都放下武器休息。特洛亚方面设了哨兵警卫城防，希腊方面也警卫着自己的壕堑。这一天是节日，刚刚打败库克诺斯的阿喀琉斯宰了一条小母牛祭祀雅典娜。他把牛的五脏放到祭坛的火里，那天神最爱闻的肉香直冲云霄，天神享受了祭品，余下的肉就分到各桌。众领袖斜倚在榻上，饱餐着烤肉，喝着酒，既解愁又解渴。他们不听琴，不听歌，也不

听多孔的长木笛的吹奏取乐，而是用闲谈来消磨长夜，他们谈话的主题是"勇敢"，他们谈敌人如何战斗，自己人如何战斗，一次又一次地谈着自己遭遇的险境，十分快活。请想，除此以外阿喀琉斯还能谈什么呢？其他的人在伟大的阿喀琉斯面前还能谈什么呢？话题主要围绕着阿喀琉斯上次打败库克诺斯的胜利。大家都感到可疑的是那青年的身体居然刀枪不入，永不受伤，还能使刀刃砍钝。阿喀琉斯本人和其他希腊将领正在感到稀奇，只听老将涅斯托耳说道："在你们这一代只有一个库克诺斯不怕刀枪，武器刺不穿，当年我可看到有个人能经受枪刺一千次身上没有伤，这人是忒萨利亚的开纽斯。忒萨利亚的这个开纽斯住在俄特吕斯山上，他的事迹非常著名，但是尤其奇怪的是，他生出来的时候是个女性。"大家一听这样新奇的怪事都感到吃惊，就请涅斯托耳说下去，阿喀琉斯也说："老人，你具有我们时代的丰富的智慧，你说下去吧，我们都非常想听，到底这开纽斯是什么人，他为什么改变性别，你在哪次战争中认识他的，他跟哪些人打过仗，他让谁征服了，如果他被人征服过的话。"

老人回答道："时间过去很久了，许多事记不清了，当年我见到的事，许多都让我给忘了，但是还有许多事我还记得。在我经过的战争年代、和平年代的种种事情里，惟独这件事我记得最牢。如果长寿能使人广见博闻，我可以说已经活了两个世纪，现在活在第三个世纪了[1]。

"厄拉图斯有个女儿叫开纽斯，以美貌出名，是忒萨利亚最美的姑娘，在邻近各城，在你们城里，阿喀琉斯（她和你倒是同乡呢），来求婚的人不计其数，互相竞争。如果可能的话，珀琉斯说

---

[1] 涅斯托耳（Nestor）的特征是年老和雄辩。传说他的年龄长达三代人。

不定也会来试试和她攀亲，不过阿喀琉斯，他那时已经和你母亲结了婚，或订了婚了。但是开纽斯不肯跟任何人结婚。据说有一天她正独自一个在海边上散步，被海神粗暴地占有了。海神涅普图努斯享受到了新欢的乐趣，就对姑娘说：'你现在想要什么，尽管说，我保证不拒绝你，选择你要的东西吧！'开纽斯回答说（这当然也是传说罢了）：'你干了这么一件有损于我的事，我对你的要求也是很可观的，我要求再也不遭受同样的损害，我要你答应我不做女人，能做到这一点，你就算尽到了你的全部责任。'她说最后一句话的时候，声音比以前浊重，简直像是男人的声音，事实上也是男人的声音，因为海神已经同意了她的请求，此外还使她不怕刀伤，不会死在刀下。开纽斯得到了这件礼物，高兴地走了，常年练习男人的本领，往来于忒萨利亚的田野间。

"勇敢的伊克西翁的儿子[1]娶了希波达墨，结婚的日子，请了白云生的肯陶尔[2]来赴宴，筵席整整齐齐地设在一座隐蔽的石窟里。忒萨利亚众领袖在场，我也在场。这座宫殿披上了节日盛装，客人很多，声音嘈杂。人们正在唱着结婚的曲子，整座石窟烟火缭绕，这时新娘由母亲和一群少妇簇拥着走了进来，在这些妇女中以新娘为最美。我们向珀里托俄斯祝贺，祝贺他娶了一位有福的妻子，不料祝贺反而错了，并没有带来吉兆。原来欧吕图斯这个野蛮的肯陶尔之中最野蛮的肯陶尔喝了点酒，又见到姑娘的美色，心里就发热，醉意和与醉意成对的情欲统治了他的心思。顷刻之间宴会乱成一团，桌子也推翻了，新娘也被人抓住头发，强行夺走了。欧吕图斯抢了希波达墨，其他的肯陶尔喜欢哪个妇女或能抢到哪个妇

---

[1] 伊克西翁（Ixion），拉庇泰人的王，他的儿子是珀里托俄斯，见卷八，403 行。

[2] 肯陶尔（Centaur）是一族半人半马的怪物，住在忒萨利亚，他们是伊克西翁和朱诺（化成一朵白云）所生，见卷九，121 行。

女，也各自抢了一个，情况就像洗劫一个城市一样。整座宫殿到处是妇女的呼救声。这时，我们大家都立刻站了起来，忒修斯首先喊道：'欧吕图斯，你发了什么疯，干出这事来？我还没有死，你居然敢向珀里托俄斯挑衅？你不知道你侵犯他一个人，就等于侵犯他和我两个？'这位见义勇为的英雄怕空说没有用处，就把气势汹汹的肯陶尔推到一边，从他们疯狂的手中夺回了被抢去的新娘。对方并不答话，因为这种事不可能用语言来辩护，他就动手去打那为人高尚的忒修斯的胸和脸。正好旁边有一个和酒盆，是件古董，盆面雕着花饰，凹凸不平，忒修斯举起这盆，伸直了身子，向敌人脸上投去。对方一下被他打倒，鲜血连同脑浆和酒从伤口、从嘴里一齐喷出来，溅满沙地，两只脚还在乱蹬。他的那些半人半马的兄弟们见他死了，大怒，争先恐后地齐声喊道：'战斗，战斗。'酒使他们气壮，首次交锋，酒杯、不经掷的酒壶、圆盆在空中乱飞，原来是用作餐具的，现在用来打仗杀人了。

"首先，俄菲翁的儿子阿米库斯毫无顾虑地从内殿抢来供器，从神龛夺来了燃着密密麻麻灯烛的灯台，把它高高举起，就像一个人高举斧头用力向一头祭神的牛的雪白头颈上砍去那样，向拉庇泰人刻拉东投去，把他的头骨打破，脸也辨认不出了，他的眼珠脱眶而出，脸部的骨头砸得粉碎，鼻子砸凹，和上颚连到了一起。跟着佩拉的佩拉特斯又从一张枫木桌子上拧下一条桌腿把阿米库斯打倒在地，阿米库斯的下颏陷进胸前，嘴里吐出敲落的牙齿，掺杂着鲜血，佩拉特斯又给了他一下，把他打发到塔耳塔洛斯的阴界去了。

"肯陶尔的格吕纽斯面色可怖，看见身旁冒烟的神坛，叫道：'何不用这家伙？'说着就端起这巨大无比的神坛，连同里面的火，往拉庇泰人堆里扔去，打倒了两个人，布罗特阿斯和俄里俄斯。俄里俄斯的母亲是米卡勒，她是个女巫，人们都说她常常念咒把月亮的两只角拉下来，虽然月亮不情愿。厄克萨狄乌斯对他说：'我但能找到一件武器，你就休想逃脱惩罚！'他说完，拿起的不是一支枪而是挂在一棵高大的松树上、献给神的鹿角，作为武器。格吕纽斯的眼睛被那双叉的鹿角刺穿，眼珠被挤了出来，一个眼珠还粘在鹿角上，一个沿着他的胡须滚下来，裹着凝结的血，垂挂着。

"再看罗厄图斯从神坛里抽出一根燃烧着的李木，向右一甩，打破了一头黄发的卡拉克索斯的额角，头发立即点着，就像干柴一样烧了起来，伤口的血经火一烤发出可怕的嘶嘶的声音，就像一根烧红了的铁杵，铁匠用钳子从火里夹出来，往一桶水里一蘸，所发出的声音，就如热铁浸进温水，嘶嘶嚓嚓地响。受了伤的卡拉克索斯把乱发上的贪婪的火焰甩掉，搬起一块阶石，扛到肩上，这块石头很重，足可以装一车，因为太重了，无法向敌人投出去。他的战友科墨特斯在旁边，大石头砸下来正好把他砸死了。罗厄图斯一见，遏制不住心里的高兴，说道：'我希望你们阵营里其他的人也和你一样勇敢！'他说着就用他那烧了半截的木棒重新投入战斗，三遍四遍地重重地敲打卡拉克索斯，打裂了他的头骨接缝，头骨陷进了脑浆。

"罗厄图斯胜利了，转而去向欧阿格鲁斯、科吕图斯和德律阿斯三人进攻。科吕图斯年纪小，嘴上刚刚长出毛茸茸的胡须，他被打倒了，欧阿格鲁斯叫道：'你打倒一个小娃娃有什么光荣啊？'罗厄图斯不等他说下去，就把烧红着的木棒狠狠地塞进了他张开的说着话的嘴，从嘴里一直插进胸腔。然后他拿着火棒在头上挥舞着，又去追赶凶猛的德律阿斯 [1]，但他进攻德律阿斯的结局却不一样了。他因为连续杀敌成功而沾沾自喜，继续进攻，德律阿斯

[1] 德律阿斯（Dryas），见卷八，307行。

用一根烧焦的木桩刺穿了他的颈和肩连接的部位。罗厄图斯大声呼叫，用力从骨缝里拔出木桩，身上沾满了自己的血逃走了。此外，俄尔纽斯、吕卡巴斯、右肩受伤的墨东、陶玛斯和皮塞诺尔也都逃走了；还有墨尔墨洛斯，在此以前，他在竞赛中跑得最快，现在受了伤，跑得慢多了；还有佛路斯、墨拉纽斯、打野猪的猎手阿巴斯、占卜师阿斯勃路斯也逃跑了。阿斯勃路斯以前曾劝说大家不要打，但大家不听；此刻，他对涅索斯（涅索斯也是怕受伤而逃跑的一个）说：'你不要跑，你一时死不了，等着挨赫刺克勒斯一箭吧[1]。'但欧吕诺姆斯、吕齐达斯、阿列俄斯、伊姆布留斯都没有逃脱死亡，这些肯陶尔在和德律阿斯交锋的时候，都被德律阿斯杀死了。还有克勒奈乌斯，他虽然转身逃跑，却正面受了伤，因为他跑的时候回头看，一支重枪投来正中鼻子和前额之间的眼睛。

"在这一片混乱的喧嚣声中，阿菲达斯却一直睡着不醒，睡意流进了他的血脉，再吵也吵不醒他，他手里还懒洋洋地拿着酒杯，里面还有和好的酒，他直挺挺地躺在一张毛糙的俄萨熊皮上。佛尔巴斯从远处看见了他，他虽不在战斗，但也无用，因为佛尔巴斯早把手指套进了投枪的皮条，对他喊道：'到冥河边去和你的酒，到那儿去喝吧！'说着就把枪向那青年投去，白蜡杆枪的铁头刺穿了他的脖子，因为他正好仰着头躺着呢。他没有感觉到死，乌血从他整个喉咙里流到榻上，流到了酒杯里。

"我还看见佩特莱乌斯试着从地上拔起一棵橡实累累的橡树。他两臂抱住这棵树左右摇晃，树身松动，眼看就要扳倒，不料珀里托俄斯投来一枪，刺进他的肋下，把他的身体钉在了橡树上。据说吕库斯和克罗米斯，也是被珀里托俄斯奋勇杀死的，但是珀里托

---

[1] 涅索斯（Nessus），故事见卷九，101—133 行。

俄斯获得胜利者的称号更是因为他杀了狄克提斯和赫洛普斯。赫洛普斯被他一枪扎穿了太阳穴，从右耳边投进，从左耳边穿出。狄克提斯被珀里托俄斯追赶得惊慌逃跑，跌倒在陡峭的山脊上，头朝下落下山去，全身重量都落在一棵白蜡树上，把它压折，肚子被断枝扎穿。

　　"阿法琉斯过来想为他报仇，他从山上扒下一块石头，试图把它扔出去，他在扔的时候，忒修斯举起橡木棒朝他打去，粉碎了他的巨大的肘骨。忒修斯见他身体已经残废，既无时间，又无必要，就不再进一步要他的命，而是跳上高大的比恩诺尔的背（它以前还从未驮过人），两膝夹紧这"人马"的肚子，左手紧握鬃毛，右手举起结满木疤的棒砸烂了他的脸和不住地进行威胁的嘴以及他坚硬的额头。他用这棒还打死了涅杜姆努斯和投枪手吕科佩斯、长鬃护胸的希帕索斯、身比树高的里弗乌斯，还杀死了特琉斯，特琉斯常在忒萨利亚山上捕熊，尽管熊挣扎，他还是能把熊活捉回家。忒修斯的报复节节胜利，德谟勒翁再也忍不住了，他费了大力想把一棵树干坚固的古松拔起来，但是不成功，只好把它折断，向敌人掷去。忒修斯得到雅典娜的警告，看见敌人的武器飞来，远远退离，这都是据他自己说的，信不信由我。但是大树并没有白白地落下，它击中了高大的克兰托尔的前胸，打断了他的左肩。阿喀琉斯啊，克兰托尔曾是你父亲的武弁，多罗皮亚王阿敏托尔打了败仗，把他给了你父亲珀琉斯做人质，保证信守和平。此刻，珀琉斯远远看到克兰托尔左臂断了，伤得这么惨，喊道：'克兰托尔，最可爱的青年，你至少得接受我送给你的一份丧礼呀，'说着就挥动粗壮的臂，集中全部心力，把一根白蜡枪向德谟勒翁投去，刺透了肋腔，那枪扎进骨头里之后还不停地颤动。那肯陶尔把枪杆拔了出来，枪头拔不出来，即使枪杆拔出来也费了很大力气，枪头就留在了他的肺里。疼痛给了他力量，他虽然受伤，还是挺身扑向敌人，用蹄子去踏他。珀琉斯的盔和盾被他踩得咚咚响，珀琉斯一方面保卫自己的两肩，一方面端起枪刺了出去，一举而刺穿了他的两胸[1]。在这以前，珀琉斯已经杀死过弗列格莱俄斯和许勒斯，这是远距离投枪刺死的，还在近战中杀死了伊菲诺乌斯和克拉尼斯。现在，他又杀了多吕拉斯，这多吕拉斯头上戴的是狼皮帽，他不用枪，用的是一对漂亮的牛角，还用血染红了。我当时勇气很足，因此力气也大，我对他喊道：'你看看，是你的牛角厉害，还是我的枪厉害。'我说完就把枪向他投去。他一看躲不过去，就用手去挡，想护住头部，免受击伤，结果他的手被钉在前额上。他大叫一声，珀琉斯站在他旁边，见他被钉住，伤痛难忍，一刀刺在他肚皮上。他凶狠地跳了起来，肚肠拖在地上，一路走，一路踩着自己的肚肠，一路踩，一路把肚肠踩烂，最后他的腿被肚肠缠住无法迈步，肚子空空地倒下了。

"还有库拉路斯虽然俊美，那就是说如果我们承认他的族类是俊美的，这在战斗中也未能拯救他。他刚开始长胡须，他的胡须是黄金色的，他的头发也是黄金色的，从颈部披到两肩。他的脸很有精神，很喜人，他的颈、肩、手、胸和具人形的部分，你见了会赞美为一件艺术精品；他的具有马形的下体也是完美无疵的，如果他的头部和颈部都具马形，作为卡斯托耳的坐骑也是当之无愧的，他的背形正好适合骑乘，他的胸高昂着，肌肉又是何等矫健。他周身比漆还黑，只有尾巴是白的，四脚也是白的。他的许多雌性同类都追求他，但只有许洛诺墨得到他的欢心。因为在深林里，在半人半马群中，这个雌性是最美的一个，只有她一个会用甜言蜜语把库拉

---

[1] 马胸和人胸衔接部位。

路斯拴住，而且她很会打扮，也就是说在那种形体可能的范围之内。她用梳子把头发梳得平平整整，有时插上一朵迷迭香，有时插几朵紫罗兰或玫瑰花，有时候她又戴几朵雪白的百合花。每天她到葱郁的帕嘎萨山上流下来的清泉里洗两次脸，两次在川流里澡身。不合宜的衣服，她是不穿的，因此她肩上或左半边身上披的是精选的兽皮。他们两个彼此倾慕，一同在山林里徜徉，一同在石窟里栖息。他们两个也一同来到拉庇泰人的家，肩并肩地勇猛战斗。不知是谁从左面投来一枪，投中了库拉路斯胸颈之间的部位，他的心脏虽未受大伤，但已冷却，在把枪拔出之后全身也僵冷了。许洛诺墨立即抱住他将要死的躯体，抚摩着他的伤口，嘴吻着他的嘴，竭力想阻止他的精气逸去，但当她看到他已断气，她说了些什么，因为周围的喧嚣太大，我没有听到，然后她就扑向刺死库拉路斯的枪尖，自戕而死，死时还抱着她的丈夫。

　　"在我面前还站着一个肯陶尔，他叫法埃俄科墨斯，他把六张狮皮用皮条结起来，保护他的人和马的两部分。他投出一块两套牛也拉不动的木头，打中了俄勒努斯的儿子特克塔佛斯的头顶，把它打碎。它的急速摆动的头破了，从嘴里、鼻孔里、眼睛里、耳朵里，柔软的脑浆流了出来，就像结了块的牛奶从橡木罗里流出来，或如浓浆从粗筛的孔眼里被压挤出来一样。正当他要去剥倒在地上的敌人的武装之时，我一刀深深插进他的肚皮，这件事，你父亲是晓得的。克托纽斯和特勒波阿斯也死在我刀下，他们一个拿一把两股叉做武器，一个使枪，还用枪刺伤了我，你看这疤，这旧伤痕直到现在还很明显。我应当在那会儿被派去攻打特洛亚，就算我的武器胜不过，至少也可以抵挡一阵伟大的赫克托耳呢。话又说回，那时候伟大的赫克托耳还没有出世，要不就还是个孩子，现在我老了，气力衰了。

"佩利法斯打败了半人半马的皮莱土斯，安皮克斯用无头樱桃木枪刺穿四脚厄刻克路斯的脸，这些都不必多说。玛卡琉斯用一根铁杠击中了从佩勒特隆来的厄里格杜普斯的前胸，把他打死。我还记得涅索斯投了一支猎枪，埋进了库墨路斯的肚皮。安皮库斯的儿子，库普索斯[1]，你要知道，他不但是位占卜家，能知未来，而且也能打仗，他把半人半马的贺狄特斯打倒，贺狄特斯还想说话，但说不出来了，因为他的舌头已被枪刺钉在下颏上，下颏又钉住在喉咙上了。

"这时开纽斯已经杀了五个敌人，他们是斯提菲路斯、布罗姆斯、安提玛库斯、厄吕姆斯和手拿板斧的皮拉克莫斯。我不记得他们哪里受了伤，他们的人数和名字，我注意了。这时，四肢身体硕大的拉特琉斯[2]杀死了厄玛提亚来的哈勒索斯，披着从他身上剥下的战利品飞奔而来。他的年龄介乎青年和老年之间，力气和青年人一样，但头上已生出华发。他拿着盾牌、刀和马其顿长矛，鲜明夺目，他面对着双方阵营，哗啦啦抖动武器，兜着圈驰骋，对着空中口吐狂言：'喂，你开纽斯，我也能容忍你吗？对我来说，你永远是个女人，永远是开纽斯。你不记得你的出生了？你不记得为了什么事才赏你一个男身？你付了什么代价才获得这个假男人的形象？考虑考虑你出生的时候是什么，你遭遇过什么？去吧，拿起纺锤、羊毛篮子，去捻毛线吧，把打仗的事留给男人。'就在他说这番大话的时候，开纽斯一枪投了出去，正中他侧面，介乎人体马体之间，因为他正在奔跑，这部分伸展得很开。他疼得发疯，用长矛投向青年开纽斯裸露的脸，但那矛却弹了回来，就像冰雹落在屋顶或小小鹅卵石落在空心皮鼓上一样。然后他就走近，想用剑去刺开

---

[1] 见卷八，316行。
[2] 肯陶尔。

纽斯的腰，但是腰很硬，没有一处是剑刺得进的。拉特琉斯喊道：'你反正跑不了！我的刀尖既然钝了，我的刀刃还能杀死你呢。'说着，他就把刀刃横过来，伸出长长的右臂，向他腰部砍来。刀碰着他的身体当啷一响，就像击在大理石上一样，刀刃在他的硬皮上粉碎了。开纽斯站着由他砍，身上毫无伤痕，对方非常惊讶。开纽斯觉得时间够长了，便说：'来吧，现在该让我用刀在你身上试了！'他说着就给了对方致命的一刀，除了刀柄，全部插进他的肚子，他还把刀在对方肚肠里搅来搅去，使他伤里有伤。这些双体怪物见这情况，发作起来，高声呐喊，全向开纽斯一个冲来，举起枪一齐向他投去。枪纷纷落在地上，枪头都钝了，而开纽斯仍屹立不动，所有投来的枪都没有使他受伤流血。这件新鲜事，使他们不胜惊愕。莫努库斯喊道：'这可真是天大的耻辱呀！我们整个民族被他一个人降伏了，而这个人还算不得是个男子汉；但他却真是个男子汉，而我们的行动拖拖拉拉，倒像女人，跟他从前一样。我们体格魁伟又有什么用？我们既是人又是马又有什么用？我们身上结合着双重天性，使我们成为最强大的生物，又有什么用？我认为我们不配做女神的儿子，不配做伊克西翁的儿子，伊克西翁何等了不起，他志气多高，敢去攀朱诺，而我们却败在半个男人的敌人的手里！让我们把石头，把大树，把整座整座大山压到他头上，让我们投出整座整座的树林压倒他顽强的精神！让树木扼杀他的喉咙，让重量代替枪伤而致他于死命。'他说完，正巧发现有一棵被狂暴的南风刮倒在地的树，他举起来就向强大的敌人投去，别个也学他的样子，不一会儿俄特律斯山上的树木全光了，珀利翁山也不再有荫凉了。开纽斯被埋在一大堆树底下，他把这些很重的树拱起，把这堆树用他强健的肩膀扛着，不过这堆树越压越高，压住了他的头和嘴，确实使他透不过气来。他的气力不行了，他试图抬起身子透透空气，想把压在身上的树推开，但是都不成功。他在树堆下面扭动着身体，就像我们看到那边高高的伊达山被地震所摇撼一样。他的结局难保。有人说他的身体被这堆树压进了塔耳塔洛斯的洞穴，但是安皮库斯的儿子莫普索斯不同意，因为他看见有一只黄翅膀的鸟儿从树堆里飞出来，飞到空中去了。我当时也看见了，那是第一次，也是最后一次。莫普索斯看着这鸟儿在他营地上方一圈一圈地轻松地飞着，听到它高声鸣叫，他的两眼，他的思念都追随着那鸟儿。他对那鸟儿说：'拉庇泰族的光荣，我向你欢呼，过去你是最伟大的英雄，现在你开纽斯是一只独一无二的鸟！'这件事既是莫普索斯说的，大家都相信，悲伤更加激起怒火，如此众多的敌人压倒一个人，使我们感到难过。怀着哀伤的心情，我们继续拿起武器，杀死了一半敌人，其余一半有的逃跑了，有的躲到黑夜里去了。"

【536—628 行】
涅斯托耳讲述他弟弟被赫剌克勒斯杀害的故事；
阿喀琉斯之死

皮洛斯的涅斯托耳在讲述拉庇泰族和半人半马的肯陶尔的战斗时，特勒波勒摩斯 [1] 感到难以容忍的气愤，因为涅斯托耳略过赫剌克勒斯而一字不提。他说："老人家，真奇怪，你怎么忘记了夸奖赫剌克勒斯的功劳？我父亲常对我说他是怎样征服这些云生的族类 [2] 的。"涅斯托耳悲痛地回答说："你为什么要逼我去回忆过去那段伤心事呢？过去的事已经被时间埋葬，何必还再去挖开？你父亲对不起我，我恨他，他的事又何必重提呢？不错，他做出过许多

---

[1] 特勒波勒摩斯（Tlepolemus），赫剌克勒斯的儿子，罗地亚（Rhodia）人的领袖。
[2] 指肯陶尔。

令人难以置信的业绩，天神都知道，全世界都受到他的好处，这是我想要否认也否认不了的。但是，我们不称赞代佛布斯、波吕达玛斯以至赫克托耳[1]，谁愿意赞美自己的敌人呢？你的那位父亲曾经洗劫了墨塞涅，无缘无故地毁灭了厄利斯和皮洛斯[2]，用火和剑摧毁了我的家园。他杀的别人我不谈，我们兄弟十二个，都是显赫的青年，除我一个以外，全死在赫剌克勒斯手里。其他的人被他征服还可容忍，唯独珀里克吕墨诺斯[3]死得太奇怪。涅琉斯[4]的父亲海神涅普图努斯给了他一种本领，他想变成什么就能变成什么，想变回来也能变回来。为了逃避赫剌克勒斯的杀害，他各种形状都变过，不见成效，最后变了一只众神之王的心爱的鹰，钩爪里抓着朱庇特的霹雳棒。他鼓起有力的双翼，用他的弯嘴钩爪去抓赫剌克勒斯的脸。这位提林斯的英雄[5]拉开他百发百中的弓，那鸟正高高地飞入云端，张开双翼飘在半空，他一箭射去正中鸟的翅膀和胸侧连接的部位。伤虽不重，但筋被射断，翅膀失去了功能，不能扇动，也就是失去了飞翔的力气。由于两翼无力，兜不住空气，他跌落到地面。那箭原来不过轻轻地插进了翼下，落下之后，被体重一压，一下扎进了上胸腔，从左侧直刺进喉管。漂亮的罗地亚舰队长，现在你还认为我应该大声歌颂赫剌克勒斯的业绩吗？我要为我弟弟们报仇，但我只用这个办法，那就是对赫剌克勒斯的业绩保持沉默。我和你的交情还是牢固的。"

涅斯托耳的话很温和，他说完之后，又唱了一巡酒，众人离榻起身。后半夜，大家都进入了睡乡。

---

[1] 三人都是特洛亚将领，故称敌人。
[2] 三城均在希腊西南端，为涅斯托耳所统治。
[3] 珀里克吕墨诺斯（Periclymenus），涅斯托耳之弟。
[4] 涅琉斯（Neleus），涅斯托耳之父。
[5] 赫剌克勒斯。

但是手持三叉戟统治着海洋的神，作为父亲，心里还在悼念被他变成天鹅的儿子[1]。他恨透了野蛮的阿喀琉斯，他异乎常情地、永不忘怀地对阿喀琉斯怀着愤怒。现在战争已经进行了将近十年，他对永不剃发的阿波罗说道："你是我哥哥的儿子里面我最喜欢的一个，你和我一起建造了特洛亚城（看来是白造了），你看，这些堡垒眼看就要陷落，难道你不叹息吗？成千上万的人为保卫这座城而被杀死，难道你不痛心吗？我不必把他们都一一列举，只提一下赫克托耳，他的尸体被拖着围绕他自己的城市转，他的影像就没有出现在你眼前过？但阿喀琉斯这凶狠的、比战争还残酷的人至今还活着，还在摧毁我们建造的工程。让他来见我，我一定要让他尝尝我的三叉戟的厉害。但是要我和我的敌人面对面遭遇，这是不允许的，我要你冷不防地用你的暗箭把他射死！"阿波罗答应了，为了满足他叔叔的要求，也是为了满足他自己的要求，裹上一团云雾，来到了特洛亚阵前。双方英雄血战方酣，他见其中的帕里斯偶尔向那些不知名的希腊队伍射出一箭。他露出真身对帕里斯说："你为什么要浪费你的箭去杀那些普通平民？你如果真是爱护你的同胞，就瞄准阿喀琉斯，为你的遭到杀害的弟兄们报仇！"他说着就指给帕里斯看正在乱砍乱杀特洛亚人的阿喀琉斯，把帕里斯的弓对准阿喀琉斯，指挥他射出了那致命的一箭。对老普里阿摩斯来说，这是自从赫克托耳死后第一次叫他高兴的事。阿喀琉斯，你这位所向无敌的胜利者，你也被一个胆小的、抢希腊人老婆的人征服了！如果你注定是死在一个女人手里，你恐怕宁肯死在阿玛宗女战士的双刃斧下吧。[2]

---

[1] 指库克努斯，海神涅普图努斯之子，被阿喀琉斯勒死，海神把他变成天鹅。与卷二，367行；卷七，371行的库克努斯，为不同的三个神话人物。
[2] 意为：也比死在帕里斯手里光荣些。

现在，特洛亚人最怕的人、希腊人的光荣和保卫者、不可战胜的战争首领——阿喀琉斯已焚化了。武装他的和焚化他的是同一位天神[1]。现在他已化成了灰，这位一度伟大的阿喀琉斯只剩下一撮灰，连一只骨灰瓮也装不满。但是他的光荣还活着，充塞全世界。这是衡量这个人的标准，这是阿喀琉斯的真面目，他是感觉不到空虚的塔耳塔洛斯的[2]。他的盾牌还在挑起战斗，提醒人们它的原主是谁；为了争夺他的武装，有人又披上了武装。狄俄墨得斯和小埃阿斯都不敢要阿喀琉斯的武装，墨涅拉俄斯和年龄威力比他大的阿伽门农，以及其他领袖也都不敢要。只有忒拉蒙的儿子埃阿斯和莱耳忒斯的儿子乌利斯敢于要这么大的彩头。阿伽门农不作主张，他为了丢掉这吃力不讨好的包袱，把所有希腊将领召集到营中，让大家来裁决。[3]

---

[1] 指武尔坎，司火，司锻铸的神。

[2] 意为"不朽"。

[3] 这一段指阿喀琉斯死后，埃阿斯和乌利斯争夺他遗留的武器和武装。狄俄墨得斯（Diomedes），希腊将领。小埃阿斯（Ajax），俄琉斯的儿子，希腊将领。墨涅拉俄斯（Menelaus）是希腊统帅阿伽门农（Agamemnon）的弟弟。埃阿斯（Ajax），见卷十，207 行。忒拉蒙（Telamon，已见卷七，476 行；卷八，309 行等处）之子，以勇悍出名的希腊将领。乌利斯（Ulixes）通译攸利赛斯（Ulysses），即俄底修斯（Odysseus），伊塔刻（Ithaca）王。

卷 十 三

【1–398 行】

阿喀琉斯死后，埃阿斯和乌利斯争夺他的遗物，展开辩论

众将坐定，士兵环立四周。使用七层盾牌的埃阿斯嗖地站了起来。他满腔不可遏止的怒气，用眼睛向特洛亚海岸和船舰一扫，用手指着它们说："朱庇特在上，我现在面对着这些船舰来替我自己申辩，我的对方是乌利斯。他是什么样的人？当赫克托耳拿着火把来烧船的时候，他毫不犹豫，退到一边，而我却前去把赫克托耳挡住，非但如此，而且还把他驱逐回去，拯救了我们的船只。用扯谎代替战斗确是要比真正动手安全得多！不过我这个人是不善于辞令的，正像他是总不动手一样；我虽然说他不过，但是在战场上论勇猛的厮杀，那他岂是我的对手。至于我的功绩，各位，我想也无须我向你们陈述了，这都是你们亲眼看到的。还是让乌利斯报报他自己的功劳吧。他做的事情鬼鬼祟祟，哪个曾见到过？只有黑夜是他唯一的见证人。我承认我想要争取的奖品是件很伟大的奖品，但是和这样一个人来争，奖品早失去了几分光彩。我埃阿斯即使得到这件奖品，不论它多伟大，只要乌利斯也想得它，就算不得光彩。我和他今天的较论，对他来说，已经是很大的收获，因为即使他输了，他还可以骄傲地说他敢和埃阿斯争夺过奖品。

"即使大家怀疑我的英勇，我的出身也还比他高些呢！我的父亲是忒拉蒙[1]，他和英雄赫剌克勒斯曾经一起征服过特洛亚城，[2]并且随着希腊船到过科尔喀斯。他的父亲埃阿科斯是幽界的判官，在那里埃俄罗斯的儿子西绪福斯用力在推着大石头。[3]至高无上的朱庇特也认埃阿科斯为子。因而我埃阿斯是朱庇特的四代后裔。但是，若是我和伟大的阿喀琉斯没有共同的祖先，各位也不必考虑我的身世，不必把它看作是我申诉中的有利的理由。他是我的堂兄弟，我所求的是一位堂兄弟遗留下来的武器。你乌利斯是西绪福斯的儿子，你和他一样奸诈；你既和埃阿科斯的后代并非同宗，何必来干预我们族内的事呢？

"是不是因为我不需要被人揭露，[4]毅然拿起武器参战，因而现在我就得不到武器了呢？难道他强得过我么？他是最后一个拿起武器的人，他装疯想躲避战争，但是有一个人[5]比他还机灵，这人的机敏使他吃了亏，把他怯懦的诡计拆穿，把他硬拖出来，逼着他拾起他想躲避的武器。难道他不愿拾起武器，而今倒把一副最好的武器给他？难道因为我不畏凶险，反倒得不到荣誉，反倒得不到我自己堂兄弟的遗物了么？

"他当初若是真疯倒好了，若是当初他装疯没有被人发现也倒好了！这个囚徒若是没有和我们一起来和特洛亚人作战，那是最好

---

[1] 忒拉蒙是随伊阿宋取金羊毛的英雄之一。
[2] 指特洛亚战争之前的一次战争。
[3] 乌利斯之母未嫁前曾和他有私。埃阿斯提到他，目的在贬低乌利斯。
[4] 乌利斯不愿赴特洛亚作战，装作发疯，在海边锄地种盐，帕拉墨得斯（Palamedes）把乌利斯的幼子放在地上，乌利斯锄地到此，绕过不锄，因而被发现是装疯。
[5] 指帕拉墨得斯。

不过了！他若不来，菲洛克忒忒斯[1]也不会被遗留在楞诺斯岛，我们不应该把他抛弃，这是我们的耻辱，有人说他躲在树林里，住在洞穴里，他的呻吟感动了顽石，诅咒着乌利斯，乌利斯真该诅咒，上天有灵，但愿他的诅咒灵验。想菲洛克忒忒斯曾和我一起誓师参战，是我们统帅中的一员，他曾继承了赫剌克勒斯的箭，而现在呢？他在楞诺斯岛上饥病交加，披鸟毛，食鸟肉，为了打鸟，只得用那些力能降伏特洛亚的箭！但是也正是因为他没有和乌利斯同来，所以他现在还侥幸活着。再看不幸的帕拉墨得斯。他若活着也定会后悔和乌利斯同来特洛亚的。他若不来，现在岂不还活在人间，即使死也不会死得不光荣。都是那家伙一心记着揭穿装疯之仇，诬赖帕拉墨得斯出卖希腊人的事业，并且捏造证据，事先把黄金藏在帕拉墨得斯帐中，再去搜查。[2]大家看，他就这样使希腊的将领流放的流放，处死的处死，把希腊军队的元气耗尽。这就是乌利斯战斗的方式，人们怎能不怕他呢！

"他的口才虽然比忠实的涅斯托耳好，但是他休想说服我，说他抛弃涅斯托耳[3]并没做错。涅斯托耳战马受伤，跑不快了，加以年迈体衰，恳求乌利斯帮助，但是乌利斯真称得起是战友，竟把他丢下不管了！我并没在捏造故事，有狄俄墨得斯作证，他再三喊叫乌利斯，并且责备他不该逃跑。但是苍天的眼睛是公正的。看哪，他不肯帮助别人，马上自己就要别人帮助；他抛弃了别人，等

---

[1] 菲洛克忒忒斯 (Philoctetes)，希腊将领之一，在出征途中，走到楞诺斯岛 (Lemnos)，脚跟为毒蛇所噬，伤口生脓，气味难当，乌利斯建议把他遗留在岛上，大军继续出发。他在岛上拖延生命十年，后来，由于他有赫剌克勒斯的箭，没有这箭，特洛亚城就不能攻克，于是乌利斯又渡海到岛上，请他来参加战争。

[2] 乌利斯诬告帕拉墨得斯通敌，并预藏黄金诬告他接受特洛亚老王的贿赂，帕拉墨得斯因而被处死。

[3] 老将涅斯托耳为帕里斯射伤，眼看要被赫克托耳擒获，多亏希腊将领狄俄墨得斯去救，而乌利斯则弃涅斯托耳而逃。

到他需要别人的时候，却只剩了自己一人。他自己开了先例。他高声呼喊战友求援。是我看见了他，走到他面前，只见他浑身战栗，脸色苍白，死在眼前，吓得缩作一团。我把大盾牌保护住他躺在地下的身体，我救了他那不值一文的性命！这对我说，并不是什么体面的事情！你现在想和我争？好吧，我们再回到战场去，把敌人叫回来，你再受一次伤，照旧吓成那样子，躲在我的盾牌后面，在我的盾牌底下去和我争吧！早先他推托受伤，站都站不起来，等我救了他，他一下就跑了，伤口似乎丝毫没有妨碍他逃跑的速度！

"想赫克托耳在战场上驰骋，如有神助一样，当他冲锋陷阵，乌利斯，不单你害怕，勇敢的人也都害怕，因为他确实令人畏惧。正当他杀得高兴的时候，是我对准了他扔了一块大石头把他打倒；当他来阵前挑战的时候，只有我一个人出去抵挡他。各位，你们都希望我抽签抽中，你们的希望应验了。你们若问战果如何，我至少没有被赫克托耳打败。特洛亚人带着刀枪火把，并且有朱庇特的帮助，来攻打希腊船队。那时候，口若悬河的乌利斯到哪儿去了？是我挺起胸膛，保卫了希腊人的千条大船，没有这些船，我们怎么回家？难道把阿喀琉斯的武器给我，还抵不过一千条船么？

"假如你们允许我说句老实话，与其说我得到了武器是我的光荣，不如说武器得到了我是它的光荣，因为它归了我就沾得了我的光荣；因此与其说埃阿斯追求武器，不如说武器追求埃阿斯。你们可以请那伊塔刻人[1]把他的功劳和我的功劳比较一下。他杀死过瑞索斯[2]和怯懦的多隆，[3]俘虏过普里阿摩斯的儿子赫勒诺

---

[1] 指乌利斯。
[2] 瑞索斯（Rhesus），特剌刻王子，特洛亚人盟友。据说他的马若喝到特洛亚的赞土斯河水，特洛亚就不会灭亡。但当他发兵尚未在特洛亚参加战斗之前，乌利斯黉夜偷至营中，将他杀死。
[3] 多隆（Dolon），系赫克托耳所派间谍，为乌利斯截住杀死。

斯^[1]，他把帕拉狄乌姆^[2]偷来了。但是这些都不是在光天化日之下干的，而且都靠狄俄墨得斯的帮助才干成功的。假如你们一定要把武器犒赏他那种菲薄的功劳，你们应该把武器分成两份，把大的一份给狄俄墨得斯才是。

"但是你们为什么要把它赏给那伊塔刻人呢？他做的事情总是偷偷摸摸的，从来没有显过真武艺。他只靠他的诡计，乘敌人不备，才能捉住敌人。这顶光辉夺目、黄金闪闪的盔戴在他头上更烘托出他那鬼鬼祟祟的神气，盖也盖不住。再者，阿喀琉斯这顶盔戴在他头上也嫌太重，阿喀琉斯那支用珀利翁山的木材制成的长枪拿在他那怯懦的手中也嫌不容易转动。阿喀琉斯的盾，上面刻着宇宙全图，拿在他的左手里也显得不相称，因为他那只怯懦的左手天生来就是为偷窃用的。你这无耻的家伙，你真是不度德、不量力，竟要求起这样的奖赏来了！万一各位将领一时疏忽，把阿喀琉斯的武器断给了你，敌人见了你也只会来剥夺你的武器，绝不会怕你。虽然说你这胆怯的懦夫比谁都逃跑得快，但是到那时只怕你会嫌这副武器太重了，连累你跑不动了！再说你自己那副盾牌，在作战的时候你很少用它，仍然完整无缺。而我这副盾牌呢，被敌人的枪矛刺穿了一千处，我也需要一副新盾牌了。

"最后，我们不必空谈了，请大家看看我们的行动。请你们把英雄阿喀琉斯的武器送往敌人阵里，然后让我们去把它夺回来，谁把它夺回来，就把它赠送给谁。"

忒拉蒙的儿子说完之后，人群之中立刻纷纷发出赞许之声。接

---

[1] 赫勒诺斯（Helenus），为帕拉狄乌姆斯所俘。他善占卜，因此俘他，要问他特洛亚究竟能否灭亡之事。
[2] 帕拉狄乌姆（Palladium），女战神帕拉斯（Pallas）之像，在特洛亚城中，据说此像在城中，城即不能灭亡，乌利斯把它偷走。

着莱耳斯的儿子，英雄乌利斯，站起身来，眼睛望着地看了一会儿，然后抬起头来望着众将领，开口说出大家等待他说的话，他的言辞娓娓动听，他的神态悠闲潇洒。

"各位，假如天意能随你我的愿望，[1] 那么也就没有继承武器的问题，也就没有今天这样一场争执，而你，阿喀琉斯，也还保留你自己的盔甲，我们也还能和你在一起。但是命运不公，竟然把他从你我手中夺去（他说到这里，用手拭目，作挥泪的样子），既然如此，那么除我以外谁还有资格接受伟大的阿喀琉斯的兵器呢？没有我，伟大的阿喀琉斯怎样会参加希腊军队呢？[2] 那家伙 [3]是个蠢人，他看上去也很愚蠢，但是你们不要以为他愚蠢就有理；各位，我是个机敏的人，我曾经运用我的机敏给大家带来了许多好处，但是不要因为我机灵就认为我没有理。我如果有几分口才，虽然我现在替我自己辩护，但是我也曾用我的口才为你们服务过，所以请各位不要用敌视的态度对待我的口才，请你们允许每个人尽量发挥他的所长。

"至于家世、宗脉、祖先的功绩，这些都是别人创立的，严格说来，都和我们不相干。但是既然埃阿斯自称是朱庇特的曾孙，那么说句老实话，朱庇特也是我家的鼻祖，我和他一样，也是朱庇特的四世后裔。我的父亲是莱耳忒斯，他的父亲是阿尔刻西俄斯，阿尔刻西俄斯是朱庇特的儿子。而且在我们这一支里从来没有过充军的囚徒。[4] 从我的母系来说，我的出身也可以算得起高贵，她是神使墨丘利的后代。可见从父母两系，我都是天神的后裔。但是尽管

---

[1] 意谓，假如阿喀琉斯不死（你我都愿意他不曾战死）。
[2] 阿喀琉斯之母怕他参战亡身，把他扮成女子，寄养在吕科墨得斯（Lycomedes）宫中，但为乌利斯发现，才参加特洛亚战争。
[3] 指埃阿斯。
[4] 指埃阿斯的父亲和伯父杀死自己的兄弟，因而被流放。

从母系来说我的出身高贵，我父亲也没有犯过杀害兄弟之罪，然而我并不拿这个作理由来要求得到这里的这副武器。请各位单凭功劳来权衡曲直。埃阿斯的父亲和伯父是兄弟，这不能算作埃阿斯的优点；在决定奖品应该属谁的时候，不应当考虑亲属关系，而应当考虑能力和荣誉。如果一定要寻找最近的血亲作为合法的继承人，那么阿喀琉斯的父亲是珀琉斯，他的儿子是皮洛斯。那又怎么会有埃阿斯的份儿呢？把这些武器送往佛提亚或者斯库洛斯[1]去吧。至于堂兄弟，除他之外还有透克洛斯呢。你们可看到透克洛斯来讨兵器么？即使他来，他会得到兵器么？如此说来，我们只能比功绩；我的功绩多得我自己都数不过来。尽管如此，我还是要按照次序一件一件叙述一番。

　　"阿喀琉斯的母亲，海仙忒提斯，知道儿子会有不幸的结局，就把他扮成女子，他的女人装束把他们大家都瞒过了，包括埃阿斯在内。但是我却在女人的首饰当中放了几件吸引男子的兵器。阿喀琉斯虽然穿着女孩儿的衣服，却去拿起盾牌和枪，我就对他说：'忒提斯的儿子，特洛亚是注定要灭亡的，它在等候你呢。你为什么迟迟不去把伟大的特洛亚消灭呢？'我一把抓住他，推动了勇敢的人去作勇敢的事。由此可见，他所做的一切都是我的功劳。是我用枪征服了援助特洛亚的忒勒福斯，[2]是我把他治好，是我使他打败仗，使他来求饶。灭忒拜是我的功劳；在勒斯玻斯岛和忒涅多斯岛上，在阿波罗的城克律塞和喀拉，在斯库洛斯岛上的胜利也都是我的功劳。是我一手把吕耳涅索斯城夷为平地。其他战绩不必一一缕举，单说杀死英勇的赫克托耳这件事。杀死他的人是由我请来的。若没我，威名赫赫的赫克托耳怎能打倒？我当初用兵器揭露

---

[1] 前者为阿喀琉斯父亲的住处，后者为其子住处。
[2] 以下均是阿喀琉斯战绩，乌利斯自称这些战绩都是由于他才能实现。

了阿喀琉斯的伪装，我今天讨他的兵器作为补偿。阿喀琉斯活着，我把武器交在他手中；如今他死了，我请求把武器还给我。

"当一人的忧愁[1] 传到全体希腊人的耳中，在奥利斯港聚集了一千艘快船，但是等待很久，没有一点起风的消息，有风的时候，也是逆风。无情的神谕指示阿伽门农把自己的无辜的女儿祭献给狄安娜。但是阿伽门农不肯，对天神发怒。他身为国君，却只重父女之情。是我凭我的一口辞令扭转了他的慈父心肠，使他考虑大家的利益。我不得不承认（请阿伽门农原谅我的率直），他非常偏爱女儿，使我费了九牛二虎的力气。最后，人民的利益、他自己的弟弟以及作为统帅的地位，影响了他，使他为了荣誉抛却了父女之情。然后，大家派我去见姑娘的母亲。劝她是劝不动的，只有用权术。假如当初派了忒拉蒙的儿子[2] 去，那么我们今天还在奥利斯港等风开船呢！

"我也曾奉派作为使节英勇地深入到特洛亚的城堡，走进了高大的特洛亚的元老院。那时元老院中仍然坐满了特洛亚的英雄。我毫不畏惧地陈述了希腊各位将领共同托付给我的使命，我控诉了帕里斯，要求交还海伦和劫走的财物，我打动了老王普里阿摩斯和站在他一边的安忒诺耳[3]。但是帕里斯和他的兄弟们，以及和他一起抢劫的伙伴们几乎要向我动手。墨涅拉俄斯，这件事你是知道的，这是我们两人共同历险的第一遭。

"如果要把我在这漫长的战争期间，为了你们的利益而尽心尽力立下的功劳一件件都说出来，那需要很长的时间。在最初几次交锋之后，敌人深沟高垒，许久不出来应战，没有机会进行正式的战

---

[1] 指墨涅拉俄斯的王后海伦被劫。
[2] 埃阿斯。
[3] 安忒诺耳（Antenor），特洛亚元老。

斗。最后，我们的战争进入了第十年。在这些年代里，你这只知道打仗的人做了些什么呢？你出了什么力没有呢？你若问我做了些什么，我可以告诉你：我设过诱敌之计，我在我们的壁垒周围挖过壕沟，我鼓励同盟军耐心度过漫长的战争岁月，我在粮食和武器的问题上出过主意，我在必要时也曾奉命出使。

"那一次阿伽门农夜晚做梦，梦见朱庇特给他警告，[1] 他醒来就叫我们放弃这场战争。他这主张是有根据的，是神的指示。但是埃阿斯为什么不反对？他为什么不主张消灭特洛亚？他既然能打仗，为什么又不打呢？他为什么不阻止那些准备回家去的人呢？他为什么不拿起武器，给那些涣散的兵士指出一个方向呢？这对于喜欢吹牛的人来说并非过高的要求啊！但是事实上他自己也逃跑了，这又怎么解释呢？我亲眼看见你向后转，准备张挂你那不光荣的船帆，我看见了直替你害羞。我立刻叫道：'你们在做什么？朋友们，你们发疯了，你们怎么竟把已经到手的特洛亚轻轻放弃啊？经过十年战争，一点东西都不带回去，岂不是耻辱吗？'我内心的痛苦使我有了口才，我用这一类的话打动了他们，使他们放弃逃跑的意图，把他们招了回来。阿伽门农这才重整那心有余悸的盟军。到了这时候，忒拉蒙的儿子还是一句话不敢说。但是忒耳西忒斯[2]却敢说话，他出言不逊，责骂各位将领，是我给了他应得的惩罚。我站起来，鼓励胆怯的战友们去和敌人斗争，我用言语又重新鼓舞起他们的斗志。从这时起，我的对方[3]所做的一切可以称起勇敢的事都应当归功于我，因为他逃走了，是我把他又抓回来的。

---

[1] 命他撤兵。
[2] 忒耳西忒斯（Thersites），希腊军中的一员，专爱责骂希腊将领。在这一次，他被乌利斯痛打一顿。
[3] 指埃阿斯。

"最后，在希腊人中，有哪个夸奖过你，有哪个愿意和你搭伙？狄俄墨得斯愿意和我共同立功，他赞成我，只要有我在他身旁，他就有信心。狄俄墨得斯在千万希腊人中只看中了我一个人，恐怕不是全无道理的吧。

　　"我的行动也不决定于抽签。[1] 我冒着黑夜，冒着敌人那方面的一切危险杀死了特洛亚的多隆，多隆的任务也和我们的任务一样是带有冒险性的。我不仅把他杀死，而且先从他嘴里逼出他所知道的一切情报，了解了特洛亚正在谋划些什么诡计之后，才把他杀死。我打听到了一切，本来无须再继续侦探，满可以回到营里，得到我所希望的赞美，但是我不以此为满足，我到了瑞索斯的营中，在他自己的营帐中把他和他的战友们杀死。我胜利了，我的愿望完成了，我乘着俘获的战车欣然凯旋。你们不必把阿喀琉斯的兵器给我，[2] 连我的敌人[3] 做了一夜工作都想得到阿喀琉斯的马呢！不过埃阿斯的心肠比你们还好些！[4]

　　"其他功绩我也不必提起，例如吕喀亚酋长萨耳珀冬的队伍就被我杀得纷纷逃窜；我杀死的吕喀亚人有：伊菲托斯的儿子科拉诺斯，还有阿拉斯托耳、科洛弥俄斯、阿尔堪德洛斯、哈利俄斯、诺厄蒙、普律塔尼斯、托翁、刻耳西达玛斯、卡洛珀斯和被无情的命运之神所追逼的恩诺摩斯等人。此外还有许多名气不大的人都被我杀死在他们城外。同事们，我自己也受过伤，请看我受伤的地方，就知道不是普通的伤。如果你们听我空谈不相信，那么好吧，请看（他说到这里，用手敞开衣服），请看我的胸膛，我为了你们的事

---

[1] 意谓：完全出于自愿。
[2] 这是赌气的话。
[3] 特洛亚间谍多隆接受命令，黍夜侦察希腊营。作为报酬，他要求得到阿喀琉斯的马（见荷马史诗《伊利亚特》卷十）。
[4] 讽刺埃阿斯主张将阿喀琉斯遗物一小部分分给乌利斯。

业，曾经不断地受到创伤！但是忒拉蒙的儿子这些年来却没有为了朋友流过一滴血，他的身上可看得见一点伤痕吗？

"他说他曾经起来捍卫过希腊舰队，不让特洛亚人进攻，挡住了朱庇特的威力。他这样说又有什么关系呢？我承认他确是捍卫过希腊舰队，我向来不中伤别人，不把他做的好事故意低估。但是你们也不能让他独占光荣，光荣是大家的，让他把光荣也分给你[1]一些吧。是帕特洛克罗斯假扮了阿喀琉斯把特洛亚人从希腊舰队边杀退，要不是有他，连军队带船舰都要烧光了。而埃阿斯倒认为只有他敢起来抵抗赫克托耳，全不把三军统帅、其他将领和我放在眼里。按职位次序，他不过只居第九位，多亏抽签才被他得去应战的机会。但是你应战之后结果如何呢，最勇敢的人？赫克托耳身上一点伤痕也没有就退下去了。

"唉！我不得不满怀悲痛回想希腊人的干城阿喀琉斯倾圮的那一刹那。当时，眼泪、悲伤和恐惧都没有能够阻止我去从地下把他的尸体抱起来。我把阿喀琉斯连带盔甲一齐扛在我的肩膀上，是的，就是这副肩膀，我现在也正是要求能再捎起他的盔甲来。我有足够的气力可以扛得动他那副沉重的盔甲；你们如果给我这光荣，我的内心也懂得感谢。英雄阿喀琉斯的母亲，海中女神忒提斯，在她的儿子身上寄托了很大的希望，难道她愿意把这样一副天工巧制的铠甲披挂在一个既粗鲁又愚蠢的军人身上吗？他怎么会懂得盾牌上的雕刻呢？这上面刻着海、陆和万点星辰的苍穹，上面还刻着七星、毕宿星、永不下沉的大小北斗、星罗棋布的城市和猎户[2]的灿烂宝刀。他要求得到盔甲，但是他不能欣赏。

---

[1] 指帕特洛克罗斯（Patroclus），阿喀琉斯的亲密战友，因他战死，阿喀琉斯才一怒而出战。
[2] 猎户星座。

"他骂我躲避战争的艰苦，责备我迟迟不来参加已经开始的战斗。这是什么话呢？难道他不知道，他骂我就等于骂伟大的阿喀琉斯？如果你们认为装腔作势是不对的，我们两个 [1] 都是装腔作势。如果拖延是罪过，那么我们两个之中我总算先到。我迟迟不来是因为爱妻阻拦；他迟迟不来是因为慈母阻拦。我们在她们身上耽误了开始时的一些时间，其余的时间都给了你们。我不怕别人拿这个来控诉我，甚至我无言答辩也不要紧，因为我有这样一位伟大的英雄和我一起被人控诉。然而这位英雄是我乌利斯用机智去找来的，而我乌利斯却不是你埃阿斯用机智找来的。

　　"我们听了他那些愚蠢的、指责我的话也不必惊奇；他那种无耻的滥调也是对你们而发的。我若诬告了帕拉墨得斯固然卑鄙，你们把他定罪又岂是光荣的呢？但是，帕拉墨得斯既不能辩护这证据确凿的弥天大罪，而你们也并非仅仅听我一面之词，你们是亲眼看到证据的，那明明是一笔贿赂。

　　"你们也不应该责备我把菲洛克忒忒斯留在武尔坎神的楞诺斯岛。我是得到你们的同意的，你们替自己辩护吧！但是我也不否认我曾建议请他退出艰苦的战争，放弃艰苦的旅途，休息一个时期，将养他那可怕的创伤。他接受建议——所以他现在还活在人间。我提出这个建议不仅出自善意，而且得到了好结果；而何况善意的建议本身就是件好事。现在我们的神巫既然指出：要灭特洛亚，我们必须有菲洛克忒忒斯，那么请你们不要派我去请他。最好请忒拉蒙的儿子去，凭他那三寸不烂之舌他定能平息菲洛克忒忒斯的怒气和病痛，也能用巧妙的计策把他请到。但是我若不出马为你们的利益效劳，单靠愚蠢的埃阿斯的机智就能替希腊人办事的话，那么西摩

_____

[1] 指他自己和阿喀琉斯。

伊斯河早就倒流了，伊达山早就寸草不生了，希腊也早会派兵来援助特洛亚了！[1]

"刚毅的菲洛克忒忒斯，虽然你痛恨希腊盟军、统帅和我本人；虽然你把无穷的诅咒加在我头上，在痛苦之中希望我能落入你的掌握，好把我杀死，喝我的血；虽然你盼望做一件对不起我的事，正如我做了一件对不起你的事——但是我仍然愿意和你会面，希望能把你请回来。假如命运照顾我，我一定会得到你的箭。这是很可能的，因为我一向受到命运的照顾：我俘虏过特洛亚的神巫赫勒诺斯；我揭露了神谕和特洛亚的命运；我深入敌城把特洛亚的女战神从庙里偷来。埃阿斯能够和我比吗？事实上命运之神宣布说：不取得这座神像，休想攻下特洛亚。那时候勇敢的埃阿斯到什么地方去啦？这位大英雄的大话又到什么地方去啦？在这种紧急关头你为什么害怕啊？为什么乌利斯就敢突破敌人的警戒，不怕黑夜的危险，穿过森严的枪林，独自一个儿进了特洛亚城，不但如此，还进了城里的堡垒，从神龛里把神像偷走，又穿过敌阵把它偷了回来呢？若是我没有立这一功，那忒拉蒙的儿子的七层牛皮制成的盾牌就会白白地挂在他左臂上了。[2] 就在那天晚上，特洛亚可以说是已经被我征服了，因为从那时起，征服特洛亚才成为可能。

"你用不着做手势或低声细语地提醒我，我是和狄俄墨得斯一起去的。他当然也有一份光荣。但是你呢？当你拿着盾牌保卫盟军的舰队的时候，你也不是独自一个人啊。你有一大群人陪伴着你，而我只有一个伴侣。再说，一个只会打仗的人比起会动脑筋的人来，他的用处小多了，一个人不能光凭一双手，不论这双手是多么勇猛，就能得赏。如果狄俄墨得斯不懂得这个道理，他也早来求赏

---

[1] 就好像说：太阳早从西边出来了。表示不可能。
[2] 意谓埃阿斯就会无用武之地。

了。任何人都可以来求赏了，比如：不如他的埃阿斯、勇猛的欧律皮路斯和著名的安德赖蒙的儿子、伊多墨纽斯和他的同乡墨里俄涅斯，甚至墨涅拉俄斯等都要来请赏了。但是所有这些人，虽然膂力过人，在战场上个个都能和我相比，但是论智慧却都不如我。你的右臂在打仗的时候很有用；但是遇到需要思想的时候，你就需要我的指点了。你只有蛮气力，没有脑筋；而我却总想到明天。你很会打仗；但是当统帅选择作战的时间的时候，却要来请教我才成。你的用处仅仅限于体力方面，我的用处在思想。指挥船只的人必然胜过只会摇船的人，将军必然胜过普通的士兵，同样，我也比你伟大。在我们的身体上，头脑比双手更有价值。我们的力量全在头脑里面。

"各位将帅，我是你们的忠实的保卫者，请你们把奖品给我吧。请你们把这荣誉给了我，作为我多年来耗尽心血的报酬，作为我全部功劳所得的奖赏。我的任务已经都完成了；我已经把从中作梗的命运清除，使得攻克特洛亚成为可能，也就等于说我已经把它攻下了。我们有共同的愿望，特洛亚城注定要灭亡，我刚刚从敌人那里把他们的神夺来。如果还有需要我用智慧去做而还未做的事，如果还有需要我去冒险的事，如果你们认为还要做些什么才能使特洛亚灭亡，我愿意去做。不过我请你们不要忘记我！万一你们不把阿喀琉斯的兵器给我，那你们就把兵器给她吧！"他一面说，一面指着女战神的像。

希腊的将领们听了深为感动，他们的判决证明了乌利斯的口才确实不凡——雄辩的乌利斯把英雄的兵器领走了。但是那位曾经多次单独抵抗过伟大的赫克托耳、刀枪、火炬，甚至朱庇特的人，[1]只有一件抵挡不住——怒气。满腹的愤恨征服了这位不可征服的英

---

[1] 指埃阿斯。

雄。他嗖地把刀子拔出来说道："这至少是属于我的。难道乌利斯连这都认为是他的吗？我要用这戕害我自己；我这把刀屡次沾满特洛亚人的血，今天要沾上它自己主人的鲜血了，只有埃阿斯才能征服埃阿斯。"他说完把刀深深刺进自己的胸膛，一直到这时为止，他的胸膛上从未见过伤痕，今天头一次袒露迎接钢刀。刀子深深插入胸膛，谁也拔不出来，倒是涌出的鲜血把它冲了出来。血流在绿草地上，长出一朵紫花，和从前许阿铿托斯[1]的血所变的花一样。花瓣上还有字母，既能代表埃阿斯，又能代表少年许阿铿托斯：前者是名字，后者是悲痛的呼声。[2]

【399-575 行】

特洛亚的灭亡，灭亡后妇女的下场

乌利斯胜利了，接着他就开船前往许普西皮勒王后和著名的托阿斯[3]的国土，这个国名气很不好，因为过去这里的妇女把她们的丈夫都杀死了。乌利斯去那里是去取赫刺克勒斯的箭。他把箭连同箭的主人[4]都带回希腊部队，多年的战争最后结束了。

特洛亚灭亡了，普里阿摩斯也殉国了。普里阿摩斯的王后也丧失了一切，最后连她自己的形体也丧失了：她在赫勒斯滂托斯狭长的海峡上变成了一条狗，望着异乡的天空发出吓人的吠声。[5]

特洛亚城一片火光。大火还没有熄灭，老王普里阿摩斯就被拖到朱庇特的神坛前，他的枯竭的血被神坛吸干。阿波罗的女祭

---

[1] 许阿铿托斯（Hyacinthus），参看卷十，217 行。
[2] 指 AI。希腊文 Ajas 是埃阿斯的名字；Aiai 是悲呼声；二者相似。
[3] 许普西皮勒（Hypsipyle）是楞诺斯岛上托阿斯王（Thoas）的女儿。这岛上的男人嫌妻子臭，娶特刺刻女子，妻子把丈夫都杀光，只有许普西皮勒把她父亲救了。
[4] 指菲洛克忒斯，见本卷，46 行。
[5] 参看卷六，362 行，"迈拉"注。

司 [1] 被人拖着头发俘虏去了，她双手向天呼吁，又有什么用处？特洛亚的妇女紧紧捧着本邦的神像，拥挤在火光烛天的神庙中，一个个被胜利的希腊人拖走，当了俘虏，人们看着这些希腊人好不艳羡。阿斯堤阿那克斯 [2] 被人从碉楼上推下摔死了，当初他时常坐在这碉楼上，母亲指给他看他父亲在城下作战，立下功勋和保卫祖宗社稷。

北风吹起，催她们上路 [3]，在风中飘动的船帆，发出啪啪的声响。船长下令开船。特洛亚的妇女们都喊道："特洛亚啊，永别了！我们是被人强拉去的啊！"她们吻了吻土地，辞别了余烟未熄的家园，转过身去，走了。最后登船的是赫卡柏，人们在她的许多儿子的坟墓间把她找着了，她死抱着坟不肯走，要和她死去的儿子们诀别、亲吻，还是乌利斯一把把她拖走。但是她究竟还是取得了赫克托耳的骨灰，她把这抢救得来的骨灰紧紧抱在胸前。她还把自己一绺苍苍白发留在赫克托耳墓上，这绺头发和几滴眼泪是她祭儿子的菲薄的奠仪。

在特洛亚的对面有个国家，这里的人是比斯通族。国王波吕墨斯托尔住在一座奢华的宫殿里。特洛亚老王曾把儿子波吕多洛斯偷偷地寄养在这里，使他远远离开战争。这原是一条非常妥善的计策，只可惜老王送他去的时候一同送去了一大批金银财宝，这对贪心的波吕墨斯托尔有很大的诱惑力，于是他就存了歹心。当特洛亚国运日衰，这位丧尽天良的比斯通人的王就拿起刀来向着那个托付给他的少年的喉咙刺去，把他刺死了。他觉得杀了人只消把尸首灭

---

[1] 特洛亚公主卡珊德拉（Cassandra），作为俘虏，被分配给阿伽门农。
[2] 阿斯堤阿那克斯（Astyanax），老王之孙，赫克托耳之子，特洛亚的继承人，亡国时还是孩提。
[3] 作为俘虏和奴隶随新主人分往希腊各邦。

迹就完了，因此他把波吕多洛斯的尸体从悬崖上推落海中。

　　就在这国家的海岸外，阿伽门农命令船队停泊，等候海上风浪平息再继续前进。在这个地方突然间地面上裂开了一条大缝，阿喀琉斯的阴魂跳了出来，他的样子和生前一样。他的神情是怒气逼人，就像那天他拿起剑来凶狠狠地要和阿伽门农挑战时一样。[1]他喊道："希腊人哪，你们现在回家了，是不是把我忘记了？你们对我的功劳应表的谢意难道和我一起被埋葬了么？这可不行！我的坟前决不能缺少应有的奠礼，把波吕克塞娜[2]杀来祭我，我的阴魂才能息怒。"

　　他说完之后，希腊盟军将领只得服从死者的残忍的命令。波吕克塞娜是她母亲唯一的骨肉了，但是人们还是把她从慈母怀抱中强拖出来。这位苦命而勇敢的姑娘鼓着妇女所没有的勇气，跟着他们走到坟前，在坟前被人杀死做了牺牲，祭献给阿喀琉斯了。当人们把她牵到祭坛之前，她明知这惨酷的仪式是为她准备的，但是她神色自若。她看见涅俄普托勒摩斯[3]手里提着刀，眼睛盯着她的脸，她说："杀死我吧，我准备好了，把你的刀插进我的喉咙或者我的胸膛，让我这贵族后裔流血而死吧。"说着，她把胸怀祖露，"我波吕克塞娜决不愿做奴隶，苟且偷生。你把我当祭品，天神是不会息怒的。我只希望我母亲不知道我死就好了。我一想到母亲就不愿死了；她减少了死亡给我的愉快。但是她也用不着为我的死而担惊害怕，倒是她自己的生活很可虑呢。我现在只有一件事请求你，我愿意在我走进阴界的时候，保持我的自由人的身份，你如果认为这请求是正当的，请你不要让男人的手碰我的处女身。不管你把我牺

---

[1] 指战争期间，二人争夺一个俘虏的女子，阿喀琉斯大怒之下不肯出战的故事。
[2] 波吕克塞娜（Polyxena），特洛亚公主之一。
[3] 涅俄普托勒摩斯（Neoptolemus），阿喀琉斯之子。

牲是为了向谁讨好，我想他也更愿意我是个自由人。假如我临死前的这番话打动了你们——请求你们的不是普通俘虏，而是普里阿摩斯王的女儿呢——请你们把我的尸首好好交还我母亲，不要向她讨赎金，不要让她用黄金，让她用眼泪偿付埋葬我的权利吧。"她说完，在场的众人情不自禁地流下泪来，虽然她自己倒克制了自己的悲泪。这时祭司也热泪纵横，勉强地把刀子深深刺进她迎上来的胸膛。她两腿一软，倒在地上，一直到死保持着无畏的勇气。在她倒下去的时候，她也还特意把自己身体遮盖起来，不愿暴露自己纯洁的女儿身。

特洛亚的妇女们领回了她的尸首。她们回忆起特洛亚王朝所遭受的一切苦难，她们一个一个地计算着普里阿摩斯的儿女有多少已经不幸死去。公主啊，她们现在在哭你呢；她们也在为你[1]而难过。想你昨天还是王后，还是母后，你昨天还是骄傲的亚细亚的化身，而今天却遭受俘虏的悲运，幸亏你是赫克托耳的母亲，否则胜利者乌利斯还不愿意要你。赫克托耳从没想到自己会替母亲找到了一个主人。[2]她现在抱住她英勇的女儿的冰冷的尸体，又和往常哭社稷、哭儿子、哭丈夫一样哭起女儿来了。她的眼泪流在女儿的伤口上，她乱吻着女儿的脸，她捶打着时常捶打的胸膛。她的白发垂在女儿的凝固的血迹上，她乱搔着自己的胸，哭道（她的话还不止这些呢）："孩子，在你母亲哭过的儿女之中，你是最后一个了。我的儿女如今一个都不剩了。孩子，你现在躺在地上，我看见了你的伤痕，这也是我的创伤。你为什么会受伤？因为他们就怕我的子女得到好下场。但是我本来以为你是个女儿家，不会被人杀死，谁料

---

[1] 指赫卡柏。
[2] 乌利斯嫌赫卡柏年老，虽然抽中她为奴隶，但不愿收留。但继而一想，赫卡柏是王后，是赫克托耳之母，即仍带她回去。

到一个女人也会在刀下亡身。那把你弟兄们都杀光了的阿喀琉斯，也把你杀了。他真是特洛亚的祸星，他害得我心都碎了。当帕里斯用日神的神箭把阿喀琉斯射死的时候，我说：'现在不必再怕阿喀琉斯了吧。'谁想现在我还得怕他。在他死后，尸骨变成了灰，他还对我们家族这么凶狠；即便他躺在坟墓里，我还觉得他是我们的敌人。想不到我为他生育了这许多儿女！伟大的特洛亚灭亡了，在这悲惨的结局中，全部特洛亚人的灾难也结束了。虽然悲惨，总算结束了。唯独对我来说，特洛亚好像还没有灭亡——我的痛苦还方兴未艾。不久以前，我高高站在一切之上，我有许多儿子、女儿，我有丈夫，这一切给我以力量。但是今天，我成了流放的俘虏，分文不名，被人从亲人的坟墓之间强行拖走，好去供珀涅罗珀[1] 的驱使。在我纺着分给我纺的羊毛的时候，她会指着我对伊塔刻的妇女们说：'这女人就是赫克托耳的母亲，普里阿摩斯的王后呢。'今天我多少儿子都已丧失了性命，只剩下你一个来安慰安慰你苦命的母亲，不料连你也在我们敌人的坟前遭到牺牲。我为我的敌人生了这个女儿！我好狠心[2] 呀！我还活着干什么？我还留在人间干什么？我这风烛残年的妇人活着还有什么用处？天神呀，你为什么还拖延我这老妇人的性命，是不是要我再埋葬几个儿女呢？当时谁想得到在特洛亚灭亡的时候，殉国的普里阿摩斯反倒是福气呢？他死得好！他看不见你被人害死，倒在这里；他死了，国也亡了，倒干净。公主啊，你休想还有什么送丧的仪式，休想你的尸体还会葬进祖茔！我们王朝今天已经没有这种好福分了！你母亲的眼泪就代替了葬礼，还有一抔异国的沙土！[3] 我们一切都完了。不过我们还

---

[1] 珀涅罗珀（Penelope），乌利斯的妻子。
[2] 意谓坐视女儿牺牲而不救。事实上她也无能为力。
[3] 预示她将流亡异国。

剩下一点东西，因此我还可以忍痛多活几天，我做母亲的还有一个孩子，他是我现在唯一保存下来的孩子了，他是我现在唯一的亲人了——那就是我的最小的小儿子波吕多洛斯，寄养在特剌刻王的国中。咳，我为什么还不赶快用水洗净我女儿的伤口，和沾满了无情血渍的脸呢？”

她说完歪歪倒倒地迈着衰老的步子走到海边，一面走一面扯着自己的白发。这位可怜的老妇人又说：“特洛亚的妇女，给我一个罐子。”她想用罐子到海边舀水。到了海岸，她一眼看见波吕多洛斯的尸首，被海浪冲到岸边，满身都是特剌刻人用长枪刺透的伤口。特洛亚妇女一见大声惊呼，但是赫卡柏却悲痛得一言不发，她不仅说不出话，而且眼泪也不流了。她一动不动，就像一块石头，眼睛呆望着地上，偶尔把脸抬向天空。她一会儿看看倒在地上的儿子的死尸，一会儿又看看他的伤痕，但是大部分的时候她是在看着儿子的伤口。其实她这时是在武装自己，鼓足怒气。果然怒气爆发，她就像自己还是王后似的一心只想着报复，只想怎样惩罚他们，想得都出神了。就像母狮发现自己的吃奶的小狮被人偷窃，沿着敌人的足迹追踪而去，同样赫卡柏也是悲怒交集，也不顾自己衰老的年纪，只想到要报仇，一冲就冲到害死她儿子的波吕墨斯托尔门前，要求见他，只说她曾经为她儿子埋藏过一窖黄金，现在要告诉他黄金在什么地方，好把黄金赠给他。特剌刻王相信了她的话，他原是贪恋黄金的，因此就跟着她去到藏金的地方。他还甜言蜜语地骗赫卡柏说：“快点走，赫卡柏，把你为你儿子保存的黄金交给我好了。我指天神发誓，我一定把你现在给我的黄金和以前你给我的东西统统都交给他。”他说这话的时候，赫卡柏狠狠地瞪着他，明知他在发假誓。她心里的愤怒就像沸腾的水似的。她一声号令，所有的被俘的特洛亚妇女都攻上前来，她一把把他揪住，用手指把他的眼珠挖了出来（一个人发起怒来，气力就大了）。然后，她又把手伸了进去（她身上沾满了那罪人的血），这回挖出来的不是眼珠了，因为眼珠已经没有了，而是眼眶。特剌刻人看见自己的王遇害，一怒就把枪棒石头向赫卡柏砍去。但是她这时发出低哑的吠声，并且去咬那些向她扔来的石头，她的嘴生来是为说话的，现在她一想说话却只会叫。这地方现在还存在，而且这地方的名字就因为这件事[1]而起的。她一直记得当年的苦难，因而还发出悲惨的呼叫声，整个西托尼亚平原都能听见。她的悲惨命运感动了特洛亚人，也感动了他们的敌人——希腊人，并且感动了天神。甚至朱庇特的妹妹和妻子——朱诺[2]，也说赫卡柏不应该得到这样的下场。

【576-622 行】
黎明女神因儿子被阿喀琉斯杀死而悲恸

黎明女神奥罗拉虽然在战争中也同样站在特洛亚一边，但是她没有闲工夫为特洛亚和赫卡柏的覆亡哀伤，因为有一件更切身的事，一件使她个人痛心的事——她的儿子门农之死，困扰着她。她，这位身穿橘黄色袍子的母亲，亲眼看见自己的儿子在佛律癸亚的战场上死在阿喀琉斯的枪下。黎明时刻的红霞黯然失色了，天空布满了阴云。当儿子的尸体放在柴堆上准备最后烧化的时候，做母亲的实在不忍心去看，而是任头发披散着，放下架子，匍匐在朱庇特的膝前，流着眼泪恳求道："在黄金的天堂里居住的所有神祇中，我是微不足道的，因为在全世界我的庙最少，但是我终究还是

---

[1] 赫卡柏变狗的地方名叫库诺塞玛（Cynossema），希腊语，意为"犬墓"。另一说见前卷十，217 页。
[2] 朱诺一直敌视特洛亚。

个神。我来此倒不是为了要你给我立庙，立我的节日，立烈火熊熊的神坛。不过，我要你考虑一下我，一个女人，给你做了多少事，每当曙光初露的时候，我给你守住黑夜的边界，那么你就会想到应当给我些什么奖赏。但是我并不关心这些，我奥罗拉此行也不是为求得我应得的荣誉。我来是因为我失去了我的门农，他为他的伯父[1]拿起武器，坚强作战，但失败了，小小年纪就死在强大的阿喀琉斯手里，这是因为你要这样的。我求你赏给他一些光荣，以安慰死者吧，众神的最高统治者，让一个母亲所受的创伤得到宽解吧！"朱庇特点头同意，筑得高高的门农的焚化台，烈火高烧，立刻塌陷，滚滚的黑烟遮蔽了天日，就像大河上升起它自身产生的浓雾不让太阳穿透一样。黑烟灰飞向高空，密密地聚成一团，渐渐有了形状，它从火中摄取了热和精气，因为它体轻，就像长了翅膀在飞。起初它颇像一只鸟，很快就真变成了鸟，振翼有声，与此同时有无数的姊妹鸟也从同一来源产生出来，振翼有声。它们围绕着焚化台飞了三匝，它们一齐鸣叫三遍，鸣声直升高空。飞第四匝时，它们分裂了，分成了两群，互相残酷斗争，用嘴、用钩爪互相泄愤，翅膀对翅膀，胸对胸，互相扑打，直到筋疲力尽。最后，他们想起自己都是英雄所生，于是纷纷落下，落到埋葬英雄的骸骨的墓前，起到了祭奠品的作用。鸟由人而生，鸟的名字就取了人的名字，叫"门农尼得斯"。当太阳走完十二宫之后，它们又互相战斗，又战死，来纪念父亲的忌辰。因此，当别人听到赫卡柏作狗叫的时候，奥罗拉则沉浸在她自己的悲痛之中，直到今天她还落着虔诚的泪，像露水一样撒遍全世界。

---

[1] 门农（Memnon）的父亲提托诺斯（Tithonus）是普里阿摩斯的弟弟。

【623—704 行】

特洛亚灭亡后，埃涅阿斯开始流亡；

在提洛斯，阿尼俄斯讲他女儿的故事；

俄里翁女儿自我牺牲的故事

特洛亚虽然亡了，但命运不让特洛亚失去希望。维纳斯的英雄儿子埃涅阿斯背起神圣的家神和同样神圣的父亲，肩着这光荣的负担出走了。在他偌大的家业中，这位虔敬的英雄只选了一件带走，那就是他的幼子阿斯卡尼俄斯。他乘船从安坦德罗斯出发，载着流亡者，渡过大海，经过那家家有罪的特剌刻，经过波吕多洛斯流血的地方，乘着顺风和海潮，他和他一行人来到了阿波罗的都市提洛斯。提洛斯王阿尼俄斯，也是阿波罗的祭司，他既料理民事，也司掌祭祀。阿尼俄斯在神庙里，也在家里，接待了埃涅阿斯，领着他参观城市，著名的庙宇和两棵神树，就在这两棵树下拉托娜生过孩子[1]。在这里，特洛亚客人在火上撒了香，又在香上奠了酒，又照例杀了牛，把牛肠在神坛里烧了，然后回宫，斜倚在高榻上享受五谷女神刻瑞斯和酒神巴克科斯的赏赐。虔诚的安喀塞斯[2]问道："阿波罗的特选的祭司，我第一次访问你的城市的时候，你是不是有一个儿子，四个女儿，我记得是这样，不过也许我记错了？"阿尼俄斯摇摇他扎着白带的头，伤心地回答道："最伟大的英雄，你没有记错，你当时看到我的时候，我确实是五个孩子的父亲，但是现在（人间的事是变化多端的），你所看到的我，几乎是无子无女了。我的儿子不在身边，对我一点帮助都没有，因为他代我去管理一处领地，这地方就用他的名字命名，叫安德罗斯，他也

---

[1] 参看卷六，335 行。

[2] 安喀塞斯（Anchises），埃涅阿斯（Aeneas）之父，普里阿摩斯的同宗。

就是那地方的王。阿波罗神赏了他占卜的能力，但是巴克科斯却给了我的女儿们另外一些本领，这是她们祈求和希望都得不到的：凡是我的女儿们手触到的一切都变成五谷、酒或橄榄油，因此她们能创造巨大的财富。当那个毁灭特洛亚的阿伽门农知道这事之后（你要知道，你们经受的风暴，我们也感受到一部分呢），他就用武力把我的女儿们从我这个做父亲的怀抱里掳去，命令她们用上天赐给她们的本领为希腊舰队提供粮食。她们几个每人用各自的办法逃跑了。两个逃到了欧波亚，两个逃到哥哥的安德罗斯。阿伽门农派出军队，威胁他把人交出来，否则就开战。恐惧战胜了手足之情，安德罗斯竟把同胞姊妹交出去受罪。你是能原谅一个胆小的哥哥的，因为安德罗斯身边没有埃涅阿斯或赫克托耳能救他，你有这两位英雄，所以才能支撑十年的战争啊。人们准备了手铐要把她们两个俘虏铐起来，但她们趁手臂还能自由活动，把手臂伸向高天，喊道：'巴克科斯老爹，救救我们吧！'赏给她们本领的巴克科斯果然来救她们了，如果说让她们奇迹般地失去她们的原形也能叫做救命的话。我从来未能理解，现在也说不出来，她们失去原形的道理。但结果很坏，这我是知道的，她们披上了羽毛，变成了属于你妻子[1]的鸟——雪白的鸽子了。"

他们一面进餐，一面谈着这话题和其他话题，宴会完毕，各自就寝。第二天起来之后，他们就去阿波罗庙求签。阿波罗命令他们去找他们的老母和他们家族的出生地[2]。他们临走，国王来送别，赠给他们送别的礼物，送给安喀塞斯一柄权杖，送给他孙子一件袍子和箭袋，送给埃涅阿斯一只大酒杯。这只杯子是国王的朋友伊斯美尼亚的特尔塞斯送的，送的人虽是特尔塞斯，但是制杯的却

---

[1] 安喀塞斯的妻子是女神维纳斯。
[2] 特洛亚人的祖先条克尔居住克里特岛。

是许利亚的阿尔康，他在杯子上雕了一段很长的故事。故事发生在一个城市[1]，你可以看到这个城有七个城门。人们一见这七个城门就能告诉你这座城叫什么。在城外，可以看到有一座火化堆，许多妇女披散着头发，敞着胸在哀哭。水仙们似乎也在为干涸的泉水哭泣哀怨。树光秃秃的，没有叶子，山羊在干旱的石碛上找草吃。再看，在忒拜城里，他雕了俄里翁的两个女儿，一个在自刎，这不像是一个女子应做的事，另一个在拙笨地用织布梭在戳自己，两个都是为全城百姓而殉难的[2]。人们为她们举行隆重的葬礼，把她们抬出城外，在送葬人群环绕之下火化了。从这两位姑娘的骨灰里升起了两个青年，这样她们的宗族就不致湮没，人们叫他们"科罗尼"。他们两个也参加众人为他们的母亲举行的葬礼。这就是这古铜大酒杯上雕的光辉的图画。在酒杯的口上还有一圈高浮雕，雕的是镀金的阿坎托斯叶。特洛亚人也回赠了同样贵重的礼物：一个祭司用的香炉，一个奠酒碟，一顶镶着宝石的金冠。

【705—897 行】

埃涅阿斯一行抵西西里；
独眼巨人波吕斐摩斯妒忌伽拉忒亚和阿喀斯的爱情，阿喀斯被杀

特洛亚人想起自己祖先是条克尔，就来到了克里特岛。但是他们不能长久忍受此处的气候，于是放弃了有一百座城市的克里特，想去奥索尼亚[3]。冬天海上，狂涛大作，埃涅阿斯一行在海上颠簸着。路上他们停靠在斯特洛法德斯岛的港口，但是岛上的埃洛，这个鸟身人首、不守信义的妖怪把他们吓走了。他们又经过杜利齐

---

[1] 指忒拜城。
[2] 为解除瘟疫而自我牺牲。
[3] 意大利。

乌姆、伊塔刻、萨摩斯的港口，经过涅利图斯的家——狡猾的乌利斯的国土。他们还望见安布拉齐西城[1]，天神曾为争夺此城而发动战争，望见那块法官变成的石头，此处现在则因供奉阿波罗而著名。他们又经过多多那城，这里的橡树能说话[2]；经过卡俄尼亚的港湾，这里的摩罗索斯王的儿子长了翅膀逃脱了恶人放的火[3]。

接着，他们航行到了菲亚齐亚，这里果园繁茂。从这里他们到厄皮鲁斯，在布特罗屯登陆，这里有一座仿照特洛亚建造的城，由佛律癸亚的祭司统治，他就是普里阿摩斯的儿子赫勒诺斯[4]。赫勒诺斯对他们的未来作了忠实的预言，他们了解了之后就来到了西西里。

这座岛有三个角[5]伸向海里，帕库诺斯角面向多雨的南方，利吕拜翁角暴露在温和的西风之中，而佩罗路斯角则遥望着北方永不落入海里的大小熊星。特洛亚人就来到岛的北端，他们的船队顺着潮水在夜色中划到了赞克勒[6]的沙滩。右岸有斯库拉作祟，左岸卡里勃底斯不停地旋转着。卡里勃底斯捉住了船只，先把它吞了，然后又吐出来；斯库拉在她那可憎的腰里围着许多条恶狗，她长着一张少女的脸，如果诗人说的不都是捏造的话，她一度也曾是一位少女[7]。许多人向她求过婚，但她都拒绝了。她常去找海上的女仙们，女仙们非常爱她，她就把她怎样使青年们失意的故事讲给她们听。

---

[1] 地点不详。
[2] 有朱庇特庙，朱庇特摇动橡树，回答人们的祈求。
[3] 强盗纵火烧了他的王宫，朱庇特把他的儿子变成鸟，避免烧死。
[4] 参看《埃涅阿斯纪》卷三，294—355行。又本卷99，335行。
[5] 参看卷五，350—351行。
[6] 赞克勒（Zancle），即西西里岛墨萨那（Messana）的别名。
[7] 斯库拉（Scylla），水仙克拉泰伊斯（Crataeis）的女儿，她的故事见本卷和卷十四。又见卷七，65行。与卷八，11行的斯库拉为两人。

有一天女仙伽拉忒亚[1]让斯库拉给她梳头，深深叹了一口气，对斯库拉说道："姑娘，向你求婚的人至少还是有情义的人类，你拒绝他们，像你所做的那样，也不必怕报复。但是我，虽然身为涅柔斯的女儿，母亲又是蓝色海洋的女儿多利斯，又有一大群姊妹保护着，却逃不脱库克罗普斯[2]的追求，除非付出痛苦的代价。"她流泪呜咽，说不出话来，斯库拉姑娘用她的玉手擦干了女仙的眼泪，安慰了一番，因说道："亲爱的，把你的事儿说一说，不要掩盖你悲伤的原因，我是信得过的。"涅柔斯的女儿回答克拉泰伊斯的女儿说：

"阿喀斯是浮努斯[3]和女仙素迈提斯所生，父母都十分疼爱他，我更爱他，他也愿意我只和他好。他长得很美，刚过十六岁，在他娇嫩的两颊刚微微地露出点胡须。我爱他，而库克罗普斯却没完没了地追求着我。你若问我，在我心里是对库克罗普斯的恨多呢，还是对阿喀斯的爱多，我的回答是两方相等。温柔的维纳斯啊！你的威力真大啊！请看，就像他这样一个野蛮的家伙，树林见了他也害怕，任何陌生人见了他都要遭殃，他连奥林波斯山上的伟大的天神都看不起，居然懂得什么是爱。他被强烈的情欲俘虏了，他像火燎一样，把他的牛群和他的洞窟忘得一干二净。波吕斐摩斯啊，你现在开始注意起你的仪表来了，想要讨人喜欢了，用耙子梳你的硬头发，爱用镰刀割你蓬乱的胡须，到水边去照你那凶脸，做出各种表情。你那喜欢屠杀的嗜好，你那凶残的天性，你那无止境的喝血的渴念都中止了，船只已能安全往来不受你蹂躏了。

"这时，忒勒摩斯来到了西西里的埃特纳山，忒勒摩斯是欧吕

[1] 伽拉忒亚（Galatea），海神涅柔斯和多利斯（卷二，11行，269行）所生的女儿之一。
[2] 见卷一，259行。
[3] 浮努斯（Faunus），拉提乌姆（Latium）王。

木斯的儿子，他能观鸟占卜，灵验不爽。他对这可怕的波吕斐摩斯[1]说：'你天庭上那只独眼，乌利斯有一天会从你头上挖走的。'他听了大笑说：'你这愚蠢的占卜师，你错了，另外有人，是个女的，已经把它挖走啦。'忒勒摩斯真心给他警告，他却当成耳边风，警告也是枉然。他照旧迈着大步，抬起笨重的脚在海滩上走来走去，疲倦了就回到乌黑的洞窟里去。

"有一条很长的楔形的石岗伸出到海里，两面都被海水包围，凶恶的库克罗普斯爬上了这岗子，在岗子中间坐了下来，他的一群毛茸茸的羊跟着他，没有人照管。一棵松树的树干放在他脚边，这是他拿来当拐杖用的，足可以做成一根船桅杆。他吹起牧羊人的笛子，这是用一百根芦苇做的。满山都听到他的牧笛，连海波也听见了。我这时正躲在岩石下面，躺在我的阿喀斯的怀里，从老远就听见他唱的歌词，我注意听。只听他唱道：

"'伽拉忒亚啊，你比那雪白的楼斗花花瓣还白，比草坪上的花朵还美，比桤树还修长苗条，比水晶还耀眼，比娇嫩的小羔羊还活泼，比那海水不断冲刷的贝壳还光洁，比冬天的太阳、夏天的荫凉还可爱，比苹果还精贵，比高大的梧桐还漂亮，比冰还澄澈，比熟葡萄还甜蜜，比天鹅的羽毛和奶酪还柔软，如果你不躲避我，那么你就比一座灌溉过的花园还美。

"'但是你，还是你伽拉忒亚，却又比一头野性的小母牛还野，比一棵多年的老橡树还死硬，比大海还不可靠，比柳条和白藤还难拗，比石头还坚定不移，比一条河还汹涌，比受到赞扬的孔雀还骄傲，比火的性子还烈，比刺还扎人，比生崽的母熊还凶猛，比大海还聋，比一条挨踩的蛇还无情。而我最最希望能从你身上打消掉的

---

[1] 波吕斐摩斯（Polyphemus）是这个独眼巨人的名字。

不仅是比那被汪汪叫的猎狗追赶的鹿还跑得快，而且是比那风和疾风跑得还快的逃跑的速度。你若很熟悉我，你就会后悔不该跑得那么快，躲避我，你就会责骂自己不该一味拖延，而是努力争取我。

"'这部分山是我的，我有岩洞，上面都是没有开采过的石头，在洞里感觉不到仲夏的炎日；我有果实累累的果树，我有一球球黄金色的葡萄结在长长的藤蔓上，还有紫葡萄，这两样葡萄我都留着给你呢。你可以亲手摘那长在树林里树荫下的肥美的草莓，还有秋天的樱桃和李子，不仅有紫黑多汁的，也有黄得像新蜡的。你如果肯嫁给我，还有栗子和杨梅也是你的，所有的树都供你享用。

"'这群羊是我的，此外还有许多在山谷里放牧，还有许多在林子里，还有许多圈在洞窟里，你若要问我有多少羊，我也回答不上来，只有穷人才数自己有多少羊。夸耀羊群的话，你尽可不信，你可以自己看看这些羊的奶胀得多大，路都走不动了。在暖和的羊圈里还有小羊羔，在另外一些羊圈里还有小山羊，岁数和小羊羔一样大小。雪白的羊奶从来不缺，有的留着喝，有的加上酶做成奶酪。

"'你要养些动物玩玩，也有，我不给你那普通的容易捉到的，像鹿啊，兔子啊，山羊啊，一对鸽子啊，一窝树梢上的小鸟啊。我在山顶上找到过一对毛茸茸的小熊，长得一模一样，分不清哪个是哪个，它们可以跟你玩。我发现它们的时候就说："我要把这些留下给我的女主人。"

"'伽拉忒亚，让你的光彩夺目的容颜露出蔚蓝色的海面吧，来吧，不要看不起我的礼物。不错，我最近在清亮的水里照了照我的形象，我很喜欢我所看到的相貌。你看，我多么魁梧，天上的朱庇特身材也没有我的大，是你常说天上有个什么朱庇特统治着天堂的。茂密的头发垂到我雄浑的脸上，像树荫一样遮盖着我的双肩。我身上长满了又密又硬的毛，你可不要认为它丑，树不长叶子，那才丑呢；马的脖子上不披上金黄色的鬃毛，那才丑呢；飞鸟有羽毛遮体，绵羊有羊毛装扮；因此一个男人脸上应当有胡子，身上应当有毛。我在我前额的正中只有一只眼睛，可是这只眼睛大得跟盾牌一样呢。想一想，伟大的太阳从天空看世界上的一切，而太阳也只有一只眼睛。

"'再说，我的父亲涅普图努斯是统治你们海洋的王，我把他给你做你的公公。只是，你要可怜可怜我呀，听听我的恳求吧！我只向你一个拜倒，我不把朱庇特放在眼里，不把苍天和刺穿一切的霹雳放在眼里，我只怕你一个。涅柔斯的女儿，你一发脾气比霹雳还可怕。你如果避开所有其他求婚的人，不见他们，那我遭到的怠慢还好受些。可是你为什么既然拒绝我库克罗普斯，却又爱上阿喀斯，不让我拥抱，却让阿喀斯拥抱呢？也许他很快活，也叫你快活，可是伽拉忒亚，我真希望你不喜欢他。我真希望有个机会让他知道我个子大，力气也不小！我要把他的五脏六腑活活地掏出来，把他的四肢拧下来抛到田野里，抛到你的海里，让他这样和你结合去。我心里一团火，爱火受到挫折烧得更旺，我心里好像装着埃特纳火山，而你，伽拉忒亚，却无动于衷。'

"他白白地埋怨了一番，站了起来（这一切我都看见了），他就像一头公牛丢了母牛，发了疯，站立不定，在林子里，在常去的草地上走来走去。忽然这凶狠的巨人看见了我和阿喀斯，我们没料到他会来，也没有担心他会来，只听他叫道：'我看见了，我要让你们这次爱情的结合成为最后一次。'他的响亮的声音正是一个发怒的库克罗普斯所应有的，埃特纳山也被他的声音所震撼。我害怕得不得了，跳进了旁边的海里。阿喀斯也已经转身逃跑，喊着：'伽拉忒亚，救救我，我求你，父亲母亲啊，救救我，让我进入你们的王国吧，否则只有一死了！'库克罗普斯追他，从山边掰下一块大石头向他投去，这块石头不过是整座山的一角，但已经足够把阿喀斯整个人埋葬。我这时只能做命运允许我做的——叫他使出他祖先的本领来。鲜红的血从石头下面淌出来，不一会儿，红色慢慢地淡了，变成雨后混浊的河水的颜色，又过一会儿，完全清了，压在他身上的大石头裂开了，从裂缝里长出一棵长长的、生机勃勃的芦苇，从石缝的空隙里可以听到欢腾的流水声，这真是奇迹，忽然间冒出一个青年，站在齐腰的水里，他新生的角上还挂着柔软的蒲草。这青年除了身材大些，脸是蔚蓝色的以外，就是阿喀斯。他虽然变成了河神，他仍然是阿喀斯，这条河还保留着他从前的名字。"

【898-968 行】

海神格劳科斯向斯库拉求爱

伽拉忒亚讲完这故事之后，涅柔斯的女儿们散了，沿着平静的海面游水而去。但斯库拉缺乏信心，不敢到深海里去。回到了岸上。她光着身子在吸水的沙滩上走来走去，走累了就找一个人迹不到的深池，把身子隐蔽在水里，凉爽一下。忽然间，她听到海上有吹海螺的声音，原来是深海里的新居民[1]格劳科斯来了，因为他最近才在欧波亚的安特东变了形。他一见女仙立刻止步不前，产生了欲念，连连向姑娘喊话，以为能够让她停步不逃。可是她继续逃跑，而且因为害怕，跑得飞快，跑上了海边一座山的山巅。这座大山面临大海，山慢慢升高成为一个独峰，峰上长了一圈树，俯临着大海。斯库拉到此停了下来，才觉得安全，她不知道追她的妖还是神，因此从这安全的位置惊奇地看到格劳科斯的颜色，看到他盖住双肩和脊背的头发，看到他腰以下变成的扭曲的鱼形。格劳科斯感

---

[1] 格劳科斯（Glaucus），原是渔人，偶然吃了仙草，变成了海神。

觉到斯库拉在看他，就靠在矗立在旁边的一块大石上，对斯库拉说："我不是怪物，我也不是凶恶的野兽，姑娘，我是海神。在大海上，普洛透斯也好，特里同也好，阿塔玛斯的儿子帕莱蒙也好，都没有我的权力大。从前我是凡人，但是我当时就献身于大海，在大海里讨生活。有时候我撒网捕鱼，有时候坐在岩石上用鱼竿麻线钓鱼。

"海边上有一带绿草地，一边临海，一边围着杂草，这里从来没有牛来吃草践踏，也没有安静羊群或毛茸茸的母山羊来吃草。蜜蜂也从不来这里采花，把蜜采走；也没有人来这里采花编成节日的花环戴在头上，也从来没有人拿着镰刀来这里割草。我是第一个到那里的人，我坐在草地上把我的湿漉漉的鱼丝晾干，我把捕到的鱼按次序摊在地上，数数有多少，有的鱼是碰巧游进了渔网的，有的是毫无戒备就上了我的弯钩。下面我要说的听起来倒像瞎编的故事，但是我编这故事对我又有什么好处呢？我捕到的鱼一沾着草就动了，翻了个身，在陆地上闪动着游来游去就像在水里一样。正在我惊得发呆的时候，整群的鱼都逃回它们自己的海里去了，丢下了它们的新主人和海滩地。我是又惊又疑，半天想不出道理来。是什么神的力量么？还是草里有什么汁液？我问道：'什么草能有这种力量呢？'我掐了几根草，用牙嚼了嚼。还没有等我把这从没尝过的叶汁咽下喉咙，我忽然觉得我的心在我身子里跳，它被一种强烈的欲望所占有，只想获得另一种生活环境——大海。我再也不能坚持了，我高喊道：'永别了，陆地，我再也不能回来了！'说完，我就钻进了水里。众海神接纳了我，认为我有资格成为他们中的一员，又请了俄刻阿诺斯和忒堤斯把我从前凡根涤除。他们两位给我行了净身礼，我把咒语念了九遍，把我的罪孽洗清，他们又命令我在一百条河里浸身。顷刻间，大小河川从各个方向流来，河水在我头顶搅动着。我能记得的事，我能告诉你的事，就是这些，我只记得这些，其他的事在我脑子里就没有印象了。等我恢复了知觉，我的身体已经完全变了，已经不是不久前的身体，也不是不久前的头脑了。我这才第一次发现我这部墨绿色的胡子，在海里飘动着的长头发，宽大的肩膀，蓝色的胳臂，我的腿变成了弯弯的、长着鳍的鱼了。但是，变成这个样子又有什么好处呢？海神们欢迎我，又怎么样呢？变成了神，又有什么可高兴的呢？如果你对此不发生兴趣的话。"

他这样说着，他还想继续说下去，但斯库拉已经离开他走了。他受此冷落，大为恼怒，于是就向日神之女喀耳刻的奇异的洞窟走去。

卷 十 四

【1-74 行】

格劳科斯向喀耳刻求援，斯库拉变形

欧波亚的格劳科斯经过了压在巨人[1]头上的埃特纳山，经过了库克罗普斯的田野，这地方从来不知道什么叫耙，什么叫犁，收成也不靠耕牛。这位海上的居民格劳科斯又经过了赞克勒和对面的雷吉乌姆城，还有介乎奥索尼亚和西西里之间的、夹在两岸之间的、经常翻船的海峡。从这里，他大力泅过提连努姆海，来到了一带绿草覆盖的小山岗，来到了日神之女喀耳刻的宫殿，里面满是些憧憧兽影[2]。格劳科斯上前见过，互相问候，说道：

"女神啊，我请求你可怜可怜我这个神吧！如果我还值得你帮助，那么只有你能减轻我爱情的痛苦。提坦的女儿啊，魔草的威力有多大，我知道得最清楚，因为我就是吃了魔草才变的形。也许你还不知道我发狂的原因，那么我来告诉你。

"在意大利海边，麦萨那城的对面，我见到了斯库拉。我对她

---

[1] 参看卷五，346—571 行。
[2] 喀耳刻（Circe），提坦神（Titan）与海仙珀耳塞（Perse）所生，貌美，擅妖术。她把乌利斯的水手们变成猪。参看《奥德赛》卷十。

许了许多愿，我恳求她，我说了许多甜言蜜语，我的话她都不屑一顾，说来让我感到羞愧。如果念咒能起作用，我倒想请你用你的金口念个咒，如果魔草力量更大，请你为我用一下那经过考验而有效的魔草吧。我这样求你，不是为治我的病，不是为医好我的创伤，不是为了结束我的恋爱。我是要她也分担一下我的炽热的激情。"

喀耳刻的天性比任何人都更容易受爱情之火的影响，原因可能在她自身，也可能是维纳斯因为喀耳刻的父亲乱说乱道得罪了她，现在来报复，总之，喀耳刻是这样回答格劳科斯的，她说："你最好还是追求一个和你有同样愿望和要求的人，同样被爱情所俘虏的人。再说，你是一个值得人来追求的对象，我敢说一定有人会追求你，你给她一点希望，你可以相信我，她一定会追求你的。为了打消你的怀疑，增强你对你自己堂堂仪表的信心，我虽然是女神，虽然是光辉的日神的女儿，虽然我能诵咒、使用魔草，而这些都是威力巨大的，但我还是求你，让我做你的心上人吧。你要蔑视那蔑视人的人，追求那追求你的人，这是一举两得的。"

但是格劳科斯回答她的试探说："树叶可以长在海里，水草可以长到山顶上，只要斯库拉活着，我的爱是不会变的。"女神听了大怒，但是她不能伤害格劳科斯，因为他是神，同时也因为她自己爱他，所以不肯伤害他，因此她就迁怒于斯库拉，因为格劳科斯喜欢斯库拉而不喜欢她。她求爱遭到拒绝，心里恼怒，于是立即把一些秽草捣成毒汁，一面搅拌一面唱着赫卡忒[1]的咒词。然后她穿上一件蓝灰色的袍子，穿过一群向她谄媚的牲畜，从她的宫殿里出来，向赞克勒岩石对面的雷吉乌姆城出发。她走在汹涌的波涛上，就像走在平地上一样，她走在水上，但她的脚是干的。

---

[1] 参看卷六，139 行；卷七，194 行等处。

那地方有个小海湾，弯弯的像一张弓，斯库拉喜欢这里安静，常来休息。每当太阳行到中天，光焰最烈，由于直射使万物的影子缩得最小的时候，斯库拉就到这里来避避从海上和天上来的暑热。喀耳刻事先就在这里放了毒，把药力强大的毒草汁染污了水域。下完毒以后，她又撒上毒根的汁，她的魔嘴念了三九二十七遍神秘的咒语，她的咒语奇异而晦涩，像谜语一样。这时斯库拉来了，走下齐腰的水，忽然她发现自己的腰变成了兽形，发出汪汪的狗叫声，起初她还不相信这是她自己身体的一部分，她吓得连忙逃避，想把这些张着嘴乱吠的狗赶走，但是她一路逃，这些狗一路跟着她，她摸摸自己的身体，摸摸大腿、小腿、脚，发现这些肢体已不存在，只有许多张着嘴的狗头，活像地狱看门狗刻耳柏洛斯那样。她脚踏一群疯狗，她的大腿截断，小腹凸出，腰里围着一圈背朝下的野兽。

她的情人格劳科斯哭了，让毒草发生这样的威力，实在太残忍了，他逃避了喀耳刻的拥抱。斯库拉一直留在此地，她抓住机会发泄她对喀耳刻的仇恨，她夺走了乌利斯的一批伙伴[1]。她也可能让特洛亚人的船队沉没，但在此之前她已经变成了一块岩石，至今还在。水手们还是躲着她，虽然她已变成岩石。

【75—100行】

埃涅阿斯一行继续前进；狄多娜殉情；

刻尔科普斯人变成猴子

特洛亚船队安全躲过斯库拉这妖怪和贪婪的卡里勃底斯，差不多快到奥索尼亚海岸了，一阵风又把他们吹到了利比亚。西顿出生

---

[1] 因为乌利斯爱恋喀耳刻，故事见本卷248行以下。

的女王狄多娜把埃涅阿斯接到家里，也接到了她的心里。但是一旦她的佛律癸亚的丈夫离开，她将无法忍受。她佯称要举行祭礼，造了一座火化堆，饮刃自尽，骗过众人，就像她自己受骗一样[1]。埃涅阿斯离开了这座新建在沙滩上的城市迦太基，又回到厄律克斯和忠实的阿刻斯忒斯[2] 的国土。在这里，他祭了神，又在自己的父亲墓[3] 前行了礼。然后他乘上朱诺使女伊里斯烧剩[4] 的船只离开，经过希波特斯的儿子[5] 的国土和冒着硫磺气的国土[6] 和人鸟塞壬[7] 居住的岩岛。

此后船队失去了舵手[8]，他就沿着伊那利墨、普洛齐特和皮特库塞航行，这皮特库塞位于一座荒山上，以其居民而得名[9]。从前众神之父痛恨刻尔科普斯人专爱欺骗撒谎，痛恨这诡计多端的民族犯下的罪行，把他们从人变成了很丑的动物，看上去不像人，却又像人。他把他们的四肢缩短，把他们的鼻子翻上去，把他们脸上挤出许多皱纹，像老头一样，全身披上黄毛，让他们住在皮特库塞。前此，他也已剥夺了他们说话的能力，因为他们的舌头生来就爱恶毒地发假誓。他现在让他们只会发出喳喳的刺耳的叫声来发泄哀怨了。

---

[1] 参看《埃涅阿斯纪》卷四。"佛律癸亚丈夫"指埃涅阿斯。

[2] 厄律克斯（Eryx），维纳斯的儿子，所以是埃涅阿斯的同母兄弟。阿刻斯忒斯（Acestes），西西里王。关于前者，参看《埃涅阿斯纪》卷五，24行；后者，同书卷一，195行等处。

[3] 《埃涅阿斯纪》卷三，708行以下。

[4] 同上书卷五，604行以下。

[5] 即风神埃俄罗斯（Aeolus），国土指西西里北埃俄利亚岛。

[6] 可能指埃特纳火山。

[7] 塞壬（Sirenes），参看本书卷五，552行以下。

[8] 指帕里努鲁斯（Palinurus），见《埃涅阿斯纪》卷五，827行以下。

[9] 皮特库塞（Pithecusae），在意大利枯迈附近的小岛，"居民"指下文的猴子。

【101-153 行】

埃涅阿斯抵达枯迈，和枯迈女先知的故事

埃涅阿斯经过了这些地方，经过了右面的帕耳忒诺珀城[1] 之后，到达了枯迈[2] 的海岸，枯迈在船的左方。在这地方埋葬着风神之子，号手弥塞诺斯[3]。这地方原是沼泽地带，这里有个山洞，住着长寿的女先知西彼拉[4]。埃涅阿斯走进山洞，请求女先知带领他到下界去会一会他父亲的亡魂。女先知眼睛望着地，看了半天，最后抬起头来，心里充满了神的灵感，回答说："你是个做过大事的人，你的双手受过刀枪的锻炼，你的虔诚受过火的考验，你所要求的是件了不得的事。但是，特洛亚人，你不必害怕，我一定让你实现你的愿望，我一定引导你去观看地下的乐土、宇宙间最后形成[5] 的王国，而且带你去见你父亲的亡魂。有德行的人到处都走得通。"她说完就带他下到地府，指着下界树林上的金枝，叫他从树上折下一枝。[6] 埃涅阿斯从命折了一枝，才看到冥王的疆土，和他自己祖宗们的亡魂，以及年老、心灵伟大的安喀塞斯。[7] 他父亲把冥土中的戒律告诉了他，同时也把他未来将要经历的战争和危险告诉了他。当他拖着疲倦的脚步向上走回人间的时候，他一路和枯迈女先知闲谈，借以减少劳顿；当他沿着幽暗、凄惨的路走着的时候，他说："不管你是否当真是女神，还是天神所眷恋的姑娘，

---

[1] 帕耳忒诺珀（Parthenope），即今日意大利那波里城（Napoli，或译那不勒斯），船向北驶，故城在右方。
[2] 枯迈（Cumae），在那波里之北，位于海峡之上，船向东折，故在左方。
[3] 弥塞诺斯（Misenus），为王子的号令兵，在枯迈淹死，遂葬于其地。
[4] 西彼拉（Sibylla）是日神的女祭司，是通称，非人名，她引王子入下界，见到他已故的父亲，父亲告诉他未来的事，如罗马的立国等。见《埃涅阿斯纪》卷六。
[5] 天、地形成在先，而后才有下界。
[6] 手持金枝，在阴府渡河时，船夫就肯摆渡。
[7] 随子出奔后，死于中途。

对我来说，你永远是和神一样的。我可以坦白地说，我的性命完全是你所赐予，由于你的愿望，我到了幽界，我看到了幽界，并且安全地从幽界逃回。等我回到人间，我一定给你立一座庙，烧香敬奉你，来报答你的恩情。"女先知望着他深深叹息道："我不是天神，你也不必把一个凡人当作天神似的焚香供奉。但是，免得你不知真相而弄错，我可以告诉你：假如当初我做闺女的时候答应了热爱我的日神的请求，他就能使我长生不老。他对我一直抱着希望，而且用馈赠的方式来打动我的心。他说：'枯迈的姑娘，你任意选一件你心爱的事，我一定替你办到。'我就指着一堆沙土，作了一个愚蠢的要求；我说，我愿我的岁数和沙数一样多。但是我忘记说，不管我活多少岁，我要永远年轻。他答应使我长寿，而且还答应使我永远年轻，只有一件，我必须接受他的爱情。我拒绝了他的馈赠，一直到现在还没有结婚。但是欢乐的青春已经飞逝，衰弱的老年已经蹒跚而来，这老年的痛苦我还得忍受很久很久呢！你看我现在已经活了七百岁，但是要比起沙子的数目，我还得看到三百次的秋收，三百次的酿酒。总有一天我的身体会因为活得太久而从今天的样子缩成一点点，我的衰老的四肢会缩得和羽毛一样轻。到了那时候，谁也看不出我曾经被人热爱过，曾经被天神眷恋过。也许连日神看见了我也都不认识了，或者不承认他曾经爱过我了。我一定会变成这个样子的。虽然我会萎缩得别人都认辨不出来，但是人们还可以从我的声音听出是我，命运之神会把我的声音留给我的。"

【154-317 行】
阿开墨尼得斯被抛弃在埃特纳岛；
玛卡瑞乌斯讲述乌利斯和喀耳刻的故事

女先知沿着陡路一面走着一面叙述她的经历。特洛亚的埃涅阿斯走出了地府，在枯迈城附近上来。在这里，他照例献了祭礼，又继续登舟前进，在一处登了陆，这地方目前还没有用他奶娘的名字命名[1]。受尽苦难的乌利斯的战友玛卡瑞乌斯[2]经过长期辛苦的流浪，流落在此地。玛卡瑞乌斯在这里遇到了阿开墨尼得斯，[3]认出是他。原来他们早把他抛弃在埃特纳[4]的乱石丛中，如今玛卡瑞乌斯发现他还活着，大吃一惊，因问道："阿开墨尼得斯，是什么机会，是什么神把你救了呢？希腊人怎么坐起特洛亚人的船来了呢？你们的船要到什么地方去呢？"阿开墨尼得斯这时已非衣衫破烂，满身荆棘，而是衣冠楚楚的了；他听了这些问题便回答道："我宁肯再遇到波吕斐摩斯，对着它那滴着人血的大嘴[5]，我也决不愿抛弃我所乘的船而回到家乡伊塔刻去，我已把埃涅阿斯当父亲一样尊敬。我把一切都拿出来，也不能报答他的恩情。我今天还能说话、呼吸、看见苍天和太阳的光辉，全亏了他，我岂能不感谢他、不想念着他？我没有落进独眼巨人的腹中，保住了性命，也全亏他。即使今天我离开生活的光明，我也会葬进坟墓了，绝不会落在独眼巨人的肚里。当我看你们向海边奔跑的时候，我当时的心情又是怎样的呢？也可以说，我当时害怕得失去了知觉和情感了。我当时真想喊住你们，但是我又怕让敌人发现我。[6]乌利斯叫了一声，连你们的船都几乎因此遭到损害。我看见巨人从山坡上掰下一大块

---

[1] 埃涅阿斯奶娘的名字叫卡耶塔（Caieta），她随埃涅阿斯流亡，死于此地。因葬其处，其地因她而得名，亦称卡耶塔。

[2] 玛卡瑞乌斯（Macareus），伊塔刻人，乌利斯的同伴，他的经历后详。

[3] 阿开墨尼得斯（Achaemenides）也是乌利斯的同伴，他们同舟回国，在西西里岛被乌利斯抛弃，为埃涅阿斯所救，因而随埃涅阿斯一同流浪，现在卡耶塔地方又遇见玛卡瑞乌斯。

[4] 埃特纳（Aetna），西西里岛上火山。

[5] 阿开墨尼得斯和乌利斯一行飘流到西西里岛，遇见独眼巨人波吕斐摩斯（卷十三，744 行以下），乌利斯把他眼睛砍瞎，逃回船上，抛下阿开墨尼得斯。

[6] 独眼巨人已被刺瞎，只靠听觉去发现乌利斯一伙人。

岩石，远远向海中投去，我又见他用他的巨臂连连不断地扔出大块的石头，简直像一架弩机，我真怕石头激起的风浪会把船掀翻，我当时也忘了自己并不在船内。但是在你们逃出了必死之地以后，他发出一阵阵痛苦的呻吟，在埃特纳山到处徘徊，在树林中摸索前进，等到盲目地撞在山岩上，他就向大海伸出受伤流血的手臂，咒骂希腊人，说：'我但愿有一天乌利斯或他的朋友再被我捉住，我一定把他的五脏六腑吞吃了，我一定亲手把他的身体活活撕碎，喝他的血，嚼碎他那血肉模糊、哆里哆嗦的四肢，方解我心头怒气！我瞎了眼又算得什么！'这一类的气话他还说了许多。我看见他脸上还在淌血，他的凶恶的手上、瞎了的眼睛上、他的腿上和胡须上还沾满了人血，我吓得脸都发白了。我眼看只有死路一条。但是当时最使我难过的倒不是死不死的问题，而是怕。我一直在想：唉呀，这回他可要把我捉住了，这回他可要把我吃掉了，把我的血肉变成了他的血肉。我想起我曾经看见他一把捉住过我的两个朋友，再三地把他们对着地上直摔的情景；随后，他就像一头毛茸茸的狮子蹲在他们尸体旁边，只管把他们的肚肠、肉、骨头带着白色的骨髓和还没死透的四肢往嘴里塞。我看他一会儿嚼，一会儿把血吐出来，一会儿又把一块一块的肉和着酒一齐呕出来，我吓得直抖，脸色苍白。我想我现在的命运也必然和他们一样了。我躲了好几天不敢出来，听见有声响就哆嗦，既怕死，又想死。我拾些橡实草叶充饥，独自一个，求救无门，毫无希望，只有受罪等死。后来，过了很久，我远远看见了这条船，就打手势求他们来救我。我奔到海边，我感动了他们的好心：特洛亚的船收容了希腊人！现在你也来谈谈你的经历吧，我的最亲密的战友。谈谈你们的首领[1] 以及和

---

[1] 指乌利斯。

你们一起航海的伙伴们的遭遇吧。”

玛卡瑞乌斯就告诉他说，希波忒斯的儿子，风神埃俄罗斯统治着土斯库斯[1] 以外的海面，他把各种的风都禁锢在监牢里。禁锢这些风的监牢实际上是个牛皮口袋。埃俄罗斯就把这只口袋赠给了乌利斯，这是一件很值得纪念的礼物。他们[2] 在路上航行了九天，一路风力很好，最后望到了陆地。第十天清早，乌利斯的侣伴们忽然生了忌妒掠夺之心，他们以为口袋里装的是黄金，于是就把口袋解开。这一来，大风就把他们又沿着原路吹了回去，又回到了风神的港口。玛卡瑞乌斯接着说道：“后来，我们到达了拉摩斯[3] 所统治的古城。这时的统治者名叫安提法图斯[4]。我奉派和两名同伴一起去参见他。我和一位同伴拼命逃跑才跑到了一个安全的地方，另一位的鲜血已经染在了那蛮人的嘴上了。我们逃，安提法图斯在后面追，并且驱使他手下的一群野蛮人追赶我们。他们一大群人蜂拥而来，把石头和大块木头向我们乱扔，把我们的人和船都打沉了。只有我和乌利斯所乘的一条船总算逃脱了。我们丧失了伙伴非常难过，唉声叹气，最后到达了陆地，你看就在那边。（请你相信我，那座岛屿只可远观，不可近玩）维纳斯的儿子，最正直的特洛亚人[5]（现在战争结束，你已不是敌人了，埃涅阿斯），我警告你，千万远远躲开喀耳刻[6] 的海岛！我们把船泊在喀耳刻的海岸边，我们还没有忘记安提法图斯和凶

---

[1] 土斯库斯（Tuscus），意大利西北部。

[2] 意谓我们。

[3] 拉摩斯（Lamus），意大利佛尔米埃（Formiae）城的王，这里的人据说都是“吃人生番”。

[4] 安提法图斯（Antiphatus），他是一个巨人。

[5] 指埃涅阿斯。

[6] 喀耳刻（Circe），参看本卷10行。她住在意大利拉提乌姆（Latium）海岸外埃埃亚（Aeaea）岛上。

恶的独眼巨人的事，因此都不肯深入内陆，我们只得用抽签的办法决定谁去访问那些陌生的人家。结果我和忠实的波利忒斯、欧律罗科斯和喝得烂醉的厄尔珀诺耳，还有其他十八个人，抽中了签，向喀耳刻的城市出发。我们到达了她住的王宫，立刻有成千的豺狼、雌熊和雌狮，一齐向我们蜂拥冲来，我们顿时惊慌失措。但是实际上这些野兽没有一个是值得害怕的，我们身上一点都没有受伤。不仅如此，它们还摇着尾巴表示亲善，跟在我们背后，表示乞怜的样子。后来，有些侍女把我们接了过去，领我们走过大理石的厅堂，引到她们的女主人的面前。她坐在一个极其华丽的角落，坐在一张宝座上，穿着光彩夺目的长袍，上面披着一条金纱巾。她的侍女都是河仙、林仙。这些侍女既不梳羊毛，也不纺毛线，纤纤十指只做一件工作：选择花草。她们从一大堆花草中间按不同颜色，分门别类，装进花篮。她自己则只监督她们工作；她知道每一片叶子的用处，哪些是可以掺和在一起的。她指挥工作，称称花草的分量。她看见我们就向我们表示欢迎，我们道了谢，她向我们微微一笑，好像表示友好，而这正是我们所需要的。她立刻命令侍女们摆起筵席，上面放了麦饼、蜂蜜、烈酒和奶酪。她在甜酒内暗地里挤了一点毒药汁，药汁和酒相混之后，谁又会发现呢？她用天仙似的手向我们递杯，我们接了过来。我们正在口渴唇焦的当儿，接过杯来，一饮而尽。我们喝完，这位无情的女仙用魔杖在我们头顶心轻轻一点（说来惭愧，但又不得不说），我就觉得长了一身粗毛，也不会说话了，只会发出粗哑、咕咕的声音，我的身子也向前弯了，脸完全朝着地面。我觉得我的嘴变硬变长了，成了一只猪嘴，我的脖子也胀粗了，长出一条条的肉纹，我方才还在举杯饮酒的手，我现在用来刨土了。其他的人也和我变得一样，（她的药汁的威力真大！）我们都被关进了猪圈。我们看见只有欧律罗科斯一个人没有变成猪，因为只有他不肯举杯。如果他喝了酒，我今天还是一头毛茸茸的猪呢。幸亏他去把我们遭到的大难告诉了乌利斯，乌利斯来找喀耳刻替我们报了仇。和平之神——神使墨丘利——给了他一朵白云，天神们管这种花叫"魔吕"[1]，它的根是黑的。乌利斯有了这朵花就不怕了，天神们并且对他作了一番交代，他便来到了喀耳刻的宫殿。喀耳刻也请他喝药酒，并且想用魔杖拍他的头发，他把魔杖拨开，拔出宝剑要杀喀耳刻，喀耳刻吓得直打战。最后，两人立了盟誓，互握右手，她答应嫁给他。他就要求喀耳刻把他的朋友们交出来代替妆奁。她在我们身上洒了一种异草的汁水，又倒执魔杖，在我们头上轻轻一敲，又念了一道解符。她还没念完，我们就一点一点地从地上立起身来，猪毛从我们身上脱落，我们的蹄子也变成脚，恢复了肩膀和手臂。我们过去拥抱乌利斯，我们哭，他也哭了。我们第一句话就是感谢他的话。我们在喀耳刻的国内居留了一年，在这样长的一段时间里，我亲眼看到许多奇事，而且也听到许多奇事。现在我来给你讲一件事，这是替她摘花的四名侍女之中的一个私下讲给我听的。这时喀耳刻正和我们的首领谈情说笑，这位侍女就指给我看一座雪白的大理石的青年雕像，头上立着一只啄木鸟。这座像放在一个神龛里，上面有许多花环，引起了我们的注意。我们很奇怪，就问这人是谁，为什么供在神龛里，为什么头上顶着一只鸟。侍女就给我讲了下面的故事：

---

[1] 魔吕（Moly），一种黑根白花植物。

喀耳刻把匹库斯变成啄木鸟

"'玛卡瑞乌斯，你听着，你听了就会明白我的女主人魔力多大。你务必仔细听我说。萨图尔努斯的儿子匹库斯过去是奥索尼亚的王，专爱战马。他的相貌就像你所见的这座雕像。你看这座雕像有多美，你看了假的，如果再看真的，你一定觉得真的和假的一样美。他的相貌美，他的心灵也同样地美。光阴过去，恐怕他还没有经过四次在希腊厄利斯举行的、五年一度的奥林匹克竞技会，但是拉提乌姆 [1] 附近山林中的仙女早为他的俊美而倾倒，泉水边的林仙为他而害相思，在阿尔布拉、努米库斯、阿尼俄、短小的阿尔莫、急速的那尔和林木翁郁的法尔法尔 [2] 附近居住的河仙也都迷恋他，此外还有居住在狄安娜的泉水边和附近湖泊中的仙女也都爱他。但是这些他都不理睬，单爱一位仙女，这位仙女据说是双面神雅努斯 [3] 的妻子维尼利亚在帕拉提乌姆山 [4] 所生。这位姑娘渐渐成长，到了出嫁的年龄，有许多人来求婚，但是父母把她许配给了匹库斯。她的美真称得上不同凡艳，但是提起她的歌喉，那就又比她的美貌更为稀有。因此她的名字就叫卡南斯 [5]。树木顽石听了都会感动，野兽听了变得驯顺，江河听了就不流了，飞鸟听了就停止下来。有一次，她正在歌喉婉转地唱着，匹库斯从家里出来去到野外打野猪。他骑着一匹跳跃如飞的骏马，左手挟着一对长枪，身穿紫袍，用金针在胸前扣紧。恰巧喀耳刻走过以她的名字命名的喀

---

[1] 拉提乌姆（Latium），今罗马所在地。
[2] 以上均为拉提乌姆一带河流。
[3] 雅努斯（Janus），古意大利神，有两个脸，可以看两个不同方向。
[4] 罗马七山之一。
[5] 卡南斯（Canens），"歌唱"之意。

耳刻原野，也到了这座树林，想去山坡上采鲜草。她在绿叶丛中忽然瞥见这位美少年，大吃一惊。采得的花草纷纷从手中落在地上，只觉浑身发热，像火烧一样。等到一阵热情过去，比较镇定了，她几乎想过去把自己的情意向他坦白。但是他的马跑得飞快，他的随从又多，使她无法接近。她叫道："哪怕你驾起风来，我也绝不能让你逃走。我还了解我自己，我的仙草的威力也还没有完全消失，而且我的美貌是从来不会不发生作用的。"她说完就变出了一只有形无体的野猪，让它在王子马前闪过，窜进茂密的丛林，那里树木横斜，马不能过。果然匹库斯不知其中有计，立刻策马去追赶那幻象；他从口中吐沫的骏马背上跳下来，步行着追进了密林深处。这时她口中念念有词，向古怪的神祇念出古怪的咒语。平常她一念咒，皎洁的明月就会阴暗，她父亲[1]的脸面就会盖上一层乌云。今天也复如是，她朗诵咒语之后，天色立刻阴暗下来，平地上升起了浓雾，王子的随从在雾中迷失了方向，更无法保护王子。在一个最有利的时间和地点，她说道："最俊美的少年，你的眼睛把我迷住了，你的美使我身为神仙都不得不向你苦苦哀求。请你特别照顾照顾我的热火一样的爱情吧，请你接受无所不照的索尔神做你的岳父吧，不要无情地拒绝巨人的女儿喀耳刻。"但是他凶狠地把她推到一边，拒绝了她的请求，并且说道："不管你是谁，我不是你的人。我心里早有了别人，她已经占有了我的心，我愿意她永远保有我的心，永无尽期。只要命运之神不从我手中夺去雅努斯的女儿卡南斯，我决不违背誓约，另觅新欢。"喀耳刻再三恳求无效，便说道："我决不让你好好地走掉，决不让你回到卡南斯那儿去。我要让你不仅亲身体验到普通女子爱上了一个人又遭他鄙弃之后能做得

---

[1] 即日神索尔（Sol），他是巨人（Titanes）之一。

出什么，而且要让你体验到我喀耳刻这个女子爱上了一个人又遭他鄙弃之后能做得出什么。"说完，她就两次面西，两次面东，用魔杖在少年身上点了三下，念了三道咒。他转身逃跑，但是觉得自己比平常要跑得快些，心里奇怪，又看见身上长出了翅膀。他发现自己变成了一只怪鸟，在这拉提乌姆的树林中飞翔，心中很是愤懑，用嘴啄着粗硬的橡树，想损坏橡树的长枝来发泄胸中怒气。他的翅膀的颜色就和他那猩红的斗篷的颜色一样，他在胸前衣襟上插着的金别针也变成了羽毛，他的脖子围上了一道金黄色的圈，他以前的一切，除了他的名字匹库斯[1]以外，什么都不剩了。

"'他的游伴们在田野间不时地呼唤他，但是毫无结果，到处找他不着。他们在路上遇见了喀耳刻（因为她已经驱散了云雾，风起日出，天空晴朗），毫不犹豫地把罪名加在她身上，要她还出王子来，并用武力威胁，还举起长枪要向她进攻。但是她在他们身上洒了毒液，把黑夜之神从下界和混沌之中召来，并且发出悠长的哀嚎，召请了女魔神赫卡忒。说也奇怪，树林跳开了原来的地方，地底下发出轰隆的响声，附近的树林都变成白色，她的毒液所溅着的青草都染上了一摊摊的血迹。地上的石头也好像发出低沉沙哑的声音。人们时时听见犬吠之声，地上黑压压的爬满了一些肮脏的东西，死人的幽魂也好像在无声无闻地来回飘荡。大家看着这离奇的景象，听见这些声音，一个个吓得战栗惶恐。她又用魔杖在他们惊慌失色的脸上轻轻一点，这些青年经这一点个个失去了原形，变成了一群可怕的野兽。

"'这时太阳已经落到西海外，卡南斯望眼欲穿地期待着、注视着她的王子归来。她打发奴仆人等打着火把到树林中去找他，希望

---

[1] 匹库斯（Picus），啄木鸟。

能把他找到。她自己又是啼哭，又是撕扯头发，又是捶击着胸膛；这一切她都做了，但是还不满足，又冲了出去，在拉提乌姆的田野里疯狂地奔跑。六天六夜她不睡不吃，登山涉谷，任凭命运的引导。最后因为忧伤过度，行路疲倦，到了台伯河畔，在长河岸上倒下了。她含着眼泪，用微弱的声音，吐诉了心中的忧思，就像天鹅临死所唱的丧歌一样。最后，她瘦削到只像个影子了，连她的骨髓都化成了清水，她就这样渐渐坐化，变成了一阵清风。古代诗人就把这块地方叫作卡南斯，因此她的故事至今还有人记得。'

"我住了一年，这一类的事我听到了并且看到了不少。最后我们由于无所事事都变得懒惰迟钝。喀耳刻就命令我们再度扬帆航海。她指点给我们哪些是海上的歧路，并告诉我们海上的航路又是如何无边地宽阔，以及有哪些危险。老实说，我很怕冒这险，后来到了这里，我决定留在这里不再走了。"

【441—525 行】
埃涅阿斯和图耳努斯开战；图耳努斯派人向狄俄墨得斯求援，狄俄墨得斯拒绝，并讲述自己的遭遇

玛卡瑞乌斯讲完之后，埃涅阿斯把他奶娘葬在一只大理石瓮里，在她坟上立了碑，镌了一首简短的铭文：

> 我，卡耶塔，逃出了希腊人的战火，
> 以虔诚闻名的我的儿子把我依礼火化于此。

随后特洛亚人一行从绿草岸解开缆绳，远远离开这座危险的岛屿和臭名昭著的女神的家，向台伯河驶去。这地方林木蓊郁，台伯河裹着黄沙滚滚流入大海。在这里，埃涅阿斯娶了浮努斯的儿子拉丁努

斯王的女儿，获得了他的王位。但这都是经过了一番斗争的。他和一个非常剽悍的民族进行了战争，图耳努斯则为保住自己的未婚妻而疯狂作战[1]。整个厄特鲁利亚[2]和拉提乌姆发生了冲突，双方为了争取胜利，都费尽心机，苦战了很久。

双方都想求得外援来增强自己的军力，不少人来支援鲁图利亚阵营，也有不少人来支援特洛亚阵营。埃涅阿斯到厄凡德尔的都城求援，很成功，但图耳努斯派维努鲁斯去找流亡到意大利的狄俄墨得斯就没有成功，狄俄墨得斯在雅皮吉亚王道努斯的保护之下建立了一座庞大的城市，而且作为妆奁还拥有一片土地。但当维努鲁斯按图耳努斯的命令向他提出援助的要求时，他推诿自己没有这力量，并说他不愿让他自己或他岳父的人民卷入战争，他自己本族又没有人可以武装起来。他说："为了使你相信我没有说假话，虽然我把过去的遭遇重提一下是件痛苦的事，但是我还是要鼓起勇气说一说。

"在高大的伊利乌姆被烧毁，佩尔噶蒙喂足了希腊人的火焰，[3]埃阿斯夺走了一位受处女神保护的处女，把他一个人应受的惩罚，转嫁给了我们全体希腊人[4]，在发生了这一切之后，我们希腊人就分手了，在无情的大海上，任凭风吹，忍受着雷电、黑夜、暴雨、天怒和海怒，而最大的灾难是卡法琉斯[5]。我不必把这许多

---

[1] 图耳努斯（Turnus），鲁图利亚王，与拉丁努斯（Latinus）王的女儿拉维尼亚（Lavinia）订婚，但神规定她必须与埃涅阿斯结婚，因而引起图耳努斯和埃涅阿斯之间的战争。《埃涅阿斯纪》后半部即写这次战争。

[2] 厄特鲁利亚（Etruria），意大利部落，支援埃涅阿斯，与拉丁努斯－图耳努斯联盟作战。

[3] 伊利乌姆（Ilium），佩尔噶蒙（Pergamum 或 Pergama），特洛亚的别名。"喂足"（Posco），把佩尔噶蒙比作柴禾。

[4] 特洛亚即将覆灭之时，埃阿斯把老王的女儿卡珊德拉（"处女"）从雅典娜（"处女神"）神庙夺走，得罪了女神。见卷十三，410 行。

[5] 卡法琉斯（Caphareus），欧波亚附近礁石。

伤心事一一列举了，白耽误时间，不过希腊人当时的处境，连普里阿摩斯见了也能落泪。我幸亏因为女战神弥涅耳瓦的关注，没有葬身大海，但是我又一次被赶出了我的阿耳戈斯家乡，因为慈爱的维纳斯想起了从前我给她的创伤[1]，要对我施加惩罚。于是我又在大海上，在陆地的战争中，经历了多少艰辛，我常想和我们一起忍受海上风暴或那些触了倒霉的卡法琉斯礁石而终于淹死的人倒幸福，我很希望我也是其中的一个。我的同伴们吃足了海上和战争的苦头，失去了信心，求我停止我们的流浪生活。

"但是我的伙伴阿克蒙，他天生是火烈的性子，我们受的挫折反使他更加暴烈，他说：'朋友们，你们已经受了这么多的苦，还有什么不能忍受？维纳斯，就算她还想做，还能做出什么来呢？越是怕情况会越来越糟，就越容易受到攻击。但是当运气坏得不能再坏的时候，"怕"就被我们踩在脚底下了，坏到了顶点，就没有什么可担心的了。尽管让维纳斯听见好了，让她去恨狄俄墨得斯手下的人好了，事实上她是恨的，但是我们藐视她的恨，她的伟大的威力在我们眼里是微不足道的。'

"阿克蒙用这样污蔑的话激怒了维纳斯，再度激起她的凶恨。我们多数人，作为阿克蒙的朋友都责备他，很少人同意他的话。他正想回答，但他声音，他的声道，都忽然变细了，头发变成了羽毛，头颈也变了，上面也盖上了羽毛，胸口和脊背都盖上了羽毛，两臂长出许多大翎毛，弯曲的两肘变成了灵活的翅膀，他的脚大部分都变成了脚趾，他的嘴变硬了，变成角质，嘴端变尖。吕科斯一见感到惊奇，伊达斯、努克特乌斯和雷克塞诺耳、阿巴斯也都惊奇不已；正当他们惊奇的时候，他们也变成同样的模样，他们之中多

---

[1] 在特洛亚战争中，维纳斯为了保卫儿子埃涅阿斯（所以称她为"慈爱的"），被狄俄墨得斯打伤。

数飞上了天，拍打着翅膀围着划桨手飞翔。你若问这些四不像的鸟是什么鸟，它们不是天鹅，但是很像白天鹅。

"至于我，手下剩的人不多了，土地贫瘠，能维持我岳父道努斯给我的这片庄园已经很不容易了。"

这就是俄纽斯的孙子狄俄墨得斯的回答。维努鲁斯离开了这个以卡吕冬命名的国土，经过佩乌刻提亚湾和墨萨皮亚平原回去复命。在墨萨皮亚，他看见一座洞窟，树木浓密，所以十分幽暗，又隐蔽在摇曳的芦苇丛中，半人半山羊的潘神此时正住在这里，但以前此处是女水仙住的地方。有一次，这一带有个阿普利亚的牧羊人来到这里，把她们吓跑了。她们开始很害怕，但是镇定下来之后，一看追赶她们的人并没有什么了不起，于是又回来踏着轻快的步伐，载歌载舞起来。但牧羊人却嘲笑她们，迈着乡下佬的步子，又跳又蹦，模仿她们，嘴里还不干不净，说些粗俗的骂人话。他说个不停，最后一棵树干堵住了他的喉咙，他也变成了一棵树，人们只须尝尝它的果子的味道，便知他的性格。野橄榄树的果子又苦又涩，这便是他那张舌头的特色，他的语言的尖刻味道传给了橄榄果了。

【526—565 行】
图耳努斯火烧埃涅阿斯船队

维努鲁斯一行出使回来，报告说狄俄墨得斯不能出兵，鲁图利亚人就不靠他的支援继续战斗，双方流血伤亡都很重。

这时图耳努斯就向埃涅阿斯船队发动进攻，他用贪婪的火炬点燃了松木船只，这些木船没有被海浪吞没，现在却遇上了可怕的火。火神武尔坎已经烧着了沥青、白蜡和其他易燃的材料，蹿上了高高的桅杆和麻布帆，横在弯弯船体上一排排摇橹人的座位也冒烟了。这时众神的圣母[1]想起造这些船用的松木是从伊达山采的，于是就在空中响起了铜铙钹和刺耳的木笛声，乘着驯狮，穿过清空，喊道："图耳努斯，你那亵渎神灵的手扔出的那些火把都是无用的，我要把这些船从火里救出来。我不允许贪婪的火焰烧了我的树林的木头，造这些船的木头是我的树林的一部分。"女神说话的时候，只听一阵雷声，雷声过后接着下起了大雨和弹跳的冰雹，阿斯特莱乌斯的儿子们——风神[2]也投入战斗，把天空和突然奔腾高涨的大海都搅翻了。这位慈爱的母亲借助其中一位风神的力量折断了特洛亚船只的麻缆绳，迫使船头朝下，浸没在海里。船体忽然变软，木头变成了肉体，弯弯的船头变成了头，船桨变成了手指和能游水的腿，原来是船舷，现在成了人腰，船底中心的龙骨变成了脊椎，缆绳变成了柔软的头发，帆杆变成了臂膀，颜色还是从前的蓝灰色。这些水上女仙在她们原先很怕的波涛里像小姑娘一样地嬉戏。她们虽然出生在艰苦的山峰上，现在却在柔弱的水里流连，并不去想她们的出身了。不过她们还记得在海上经历的种种艰险，所以她们每见船只在风浪中颠簸就用手去把船托住，但是船上载的若是希腊人，她们就不理睬，因为迄今她们还记得特洛亚是怎么亡的，还痛恨希腊人。所以她们见到乌利斯的船只撞得粉碎，脸上就露出笑容；见到阿尔喀诺俄斯[3]的船变硬，从木头长成了石头，脸上也露出笑容。

---

[1] 指朱诺。朱诺一向仇视特洛亚人，后来才和解。

[2] 系提坦神（Astraeus）与黎明女神奥罗拉所生。

[3] 阿尔喀诺俄斯（Alcinous），淮阿喀亚王，他对乌利斯表示友好，激怒海神，海神把他的船和水手都变成石头。参看《奥德赛》卷六，卷十三。

【566—622 行】

图耳努斯战死；埃涅阿斯封神；埃涅阿斯的后代

　　船只变成了有生命的海上的女仙，就有希望使鲁图利亚人因此异兆而害怕，从而停止战争。但是战争仍然继续打，双方都有天神的帮助，或和天神差不多的助力——勇敢。鲁图利亚人现在所追求的既非一个作为妆奁的王国，也非岳父的权杖，也非拉维尼亚姑娘，而是胜利，他们继续战争，只是因为放弃战争太丢面子。最后，维纳斯终于见到自己儿子胜利了，图耳努斯打败了。在图耳努斯活着的时候号称强大的阿尔代阿城陷落了。但是当外乡人埃涅阿斯的刀把它消灭，一片废墟埋葬在温热的灰烬里之后，从这片瓦砾场中飞出了一只鸟，这种鸟以前从未见过，它拍打着双翼，扑起阵阵飞灰。它的鸣声，它的清癯，它的苍白，它的一切，完全是一个被占领的城市的化身，甚至这城市的名字还保留在这只鸟的身上 [1]，它拍打着翅膀，哀叹自己的命运。

　　现在，埃涅阿斯的英勇气概已迫使所有天神，包括朱诺在内，不得不结束他们旧日对他的忿恨，他的正在成长的儿子尤路斯的事业已经打下了很好的基础，维纳斯的英雄儿子升天的时刻也就到来了。维纳斯拜访了各位天神，最后搂住她父亲的脖子说道：“父亲，你对我从来都是不严厉的，这回你要对我格外好。我的埃涅阿斯是你的外孙，是我的血肉，好爸爸，赏他一个神当当吧，再小也没关系，只是你赏他一个就行 [2]。他已看到过一次那个不可爱的王国，渡过一次斯堤克斯河，这就够了 [3]。”众神都同意，就连朱庇特的

----

[1] 阿尔代阿（Ardea），城名，意为苍鹭。
[2] 恺撒于公元前 42 年封神，屋大维本人也尽量神化自己，诗人的讽刺十分大胆。
[3] 指埃涅阿斯游地府事。“不必让他死后再入冥界了”，弦外之音是“让他升天吧”。

妻子、天后也不板起面孔，毫不动情，而是点头表示了和解。于是天父说道："上天的恩赐，你们两个——你是祈求恩赐的，他是通过你的祈求而得到恩赐的——都当之无愧。女儿，你要的东西，你拿去吧！"

朱庇特说完，维纳斯非常高兴，谢过她父亲，就驾起飞鸽穿过清空降落到劳伦土姆的海边。努密苦斯河蜿蜒流过遮荫的芦苇，在此流入附近的大海。维纳斯命河神把埃涅阿斯身上死亡留下的污浊全部洗净，把这些污浊沿着静悄悄的河流送到海底深处。头上生角的河神执行了维纳斯的命令，在他自己的河水里把埃涅阿斯身上的一切可朽的东西用水喷洒洗净，保留了他的精华部分。他的母亲又在他洗净的身上涂上神香，在他唇上点了仙露和蜜酒，这样就把他变成了神。罗马的民众称他为印地格斯[1]，并立庙立神坛尊奉他。

此后，双名的阿斯卡尼俄斯[2]统治了阿尔巴和拉提乌姆王国。西尔维乌斯[3]继承阿斯卡纽斯，西尔维乌斯的儿子拉丁努斯继承了先王[4]的名字和王杖。遐迩闻名的阿尔巴[5]继承了拉丁努斯，阿尔巴之后是厄庇图斯，再下是卡佩图斯和卡皮斯，卡皮斯在卡佩图斯之前[6]。在他们之后，台伯里努斯继承了王位，他淹死在图斯坎一条河里，这条河就以他的名字命名[7]。他生了两个儿子，雷木路斯和尚武的阿克罗塔。长子雷木路斯模仿造雷，被雷霆击毙；阿克罗塔不像他哥哥那样鲁莽，把王权让给了强大的阿汶提努

---

[1] 印地格斯（Indiges），本地的、土生土长的；国神。
[2] 阿斯卡尼俄斯（Ascanius），埃涅阿斯与前妻克瑞乌萨（Creusa）所生，又名尤路斯（Iulus），以下全书转入罗马传说和罗马历史。
[3] 西尔维乌斯（Silvius），埃涅阿斯与拉维尼亚所生。
[4] 拉丁努斯（Latinus），拉维尼亚的父亲，埃涅阿斯的岳父，见前。
[5] 阿尔巴（Alba），人名；上面的阿尔巴为地名。
[6] 因诗歌格律限制，故名次不得不颠倒。
[7] 台伯里努斯（Tiberinus），他淹死的河即台伯河（Tiberis）。

斯，阿汶提努斯后来让位，葬在山下，这山就以他的名字命名[1]。后来，普洛卡统治了帕拉提努斯族[2]。

【623—771 行】

维尔图姆努斯向波摩娜求爱的故事

在普洛卡为王的时候有一位林仙名叫波摩娜[3]，论起园艺的技术和看护果木的热情，拉提乌姆的林仙之中没有能和她相比的。因此人称她为波摩娜。她不爱山林河水，单爱结着鲜美果实的果园和果树。她从不玩弄枪棒，手里总拿着一根弯弯的修枝的钩镰，把长得太茂密的枝叶加以剪裁，树枝长得太开了，她把它砍断，时而在树干上割开一道口子，插进一根枝子，让它从老干上吸取营养。她从不让果树干着没有水喝，时常浇水使树根的盘绕的纤维能够湿润。这是她最喜爱的事。至于维纳斯，她丝毫没有把这位女神放在心上。但是她又怕有粗俗的人对她无礼，因此就在果园里深居简出，免得男人接近她。附近一群跳跳蹦蹦的青年羊人，还有角上挂着松环的潘神，永远看着比实际年轻的西勒诺斯，[4] 还有坏人所怕的、手拿镰刀、相貌丑陋的普里阿波斯[5] ——他们都费尽心机想要得到她。但是在这些之外，最爱她的是维尔图姆努斯，[6] 然而他也并没有获得成功。他时常穿了割麦人的衣服，送她一篮麦穗。他真是个十全十美的割麦人的样子！时常，他来的时候，头上戴一顶新麦秆编的环，很像刚翻过那新割的草的样子。有时候，他又笨手

---

[1] 指罗马七山之一的阿汶提努斯（Aventinus）。
[2] 帕拉提努斯（Palatinus），罗马一山，泛指拉丁族。
[3] 波摩娜（Pomona），意为果树。
[4] 西勒诺斯（Silenus），羊人中的一个。
[5] 普里阿波斯（Priapus），花园、葡萄园之神。
[6] 维尔图姆努斯（Vertumnus），罗马的神，主四季收成。

笨脚地拿着一根刺牛棒，你当真以为他刚耕完地刚解下耕牛呢。他有时又扮成个拾落叶的人或者手拿钩镰扮成修剪葡萄树的人。要不他就扛着一架梯子来了，你以为他要去采苹果。他也会扮成个兵士，拿着刀，或者扮成渔夫，拿着钓竿。总之，他扮成各种人物，因而时常能和波摩娜会面。能见到美人，他感觉非常高兴。有一次他戴上一顶灰白的假头发，用一块花布把头包起，手里挂着拐杖，扮成个老婆婆模样，走进了波摩娜的整齐的果园，他赞美了一番她的果子之后，说道："你可比这些果子美得多了。"他称赞完了她的美丽，连连吻了她几次。真正的老婆婆绝不会像他那样吻她的！这位老态龙钟的婆婆在草地上坐了下来，抬头望着累累地结着秋天的果实的枝桠。对面有一棵很美丽的榆树，上面挂着亮晶晶的葡萄。他看见榆树和葡萄长在一起，像一对佳侣，看了半天，点点头，表示赞许。他就说："如果那棵树不和葡萄结合，除了它叶子多以外，谁又会来看中它呢？这棵葡萄缠在榆树身上多么安全，假如它不和榆树结合在一起，它只好倒在地下，憔悴枯萎。你怎么看见这棵葡萄的榜样毫不动心呢？你躲避婚姻，不愿意和别人结成夫妇。你应该想结婚才对。你若愿意，不愁向你求婚的人不比向海伦求婚的人还多。引起拉庇泰人的战争的希波达弥亚 [1]，胆怯无勇的乌利斯的妻子也都不能和你相比。就以现在的情况而论，虽然你躲避向你求婚的人，虽然你不理他们，但还是有上千的男子在渴求你，其中也包括天神、半人半神的人物和阿尔巴努斯山 [2] 的神。我劝你放聪明一些，好好地嫁一个男人，听从像我这样一个老太婆的劝告

---

[1] 希波达弥亚（Hippodamia），即卷十二，210 行，希波达墨（Hippodame）嫁给拉庇泰人领袖庇里托俄斯，被半人半马怪物抢去，引起两族战争（参看卷十二），极言争夺她的人很多。

[2] 阿尔巴努斯（Albanus mons），拉提乌姆的神山。

吧。比起别人来，我是最爱你啦，说起来你也许不相信。别人向你求婚，你都不要答应，你应该单选维尔图姆努斯，和他同床共枕。我可以替他向你担保，我对他的了解和他自己对自己的了解不相上下。他这个人并不到处漫游，他就住在附近的田野里。此外，他和其他的求婚人不一样，他并不是见了女人就爱的人。他自始至终只爱你一个，他肯为你贡献出生命。此外，他很年轻，天生长得一副可爱的样子，而且他想变成什么样子就能变成什么样子，你无论叫他做什么事情，他总能替你办到。再说，你们的兴趣也很相近，你所珍爱的果子他一定愿意先尝，他一定高高兴兴地接受你的礼物。但是你树上结的果子、你花园中长的鲜嫩的绿草和其他一切他都不稀罕，他只想要你。他这样爱你，你应该可怜他；请你相信，虽然是我在说话，其实就好像他亲身在向你恳求一样。你不要忘记天上有复仇的神，维纳斯最恨硬心肠的人，得罪了涅墨西斯[1]，她是永远忘不了的。我活了这一把年纪，懂得了许多事，我讲个故事给你听听，好让你知道敬畏天神。这个故事在塞浦路斯是家喻户晓的，你听了一定会变得不这么倔强，一定会变成一个软心肠的人。

"从前有个出身贫贱的青年，名叫伊菲斯[2]。有一次他偶然遇见一位骄傲的公主名叫安娜克莎瑞特[3]，她是条克尔[4]的后裔。他一见她，爱情的火焰就烧遍了他的全身。他挣扎了很久，但是无论如何不能用理智克制自己的情欲，于是就走到她门前求见。他向她奶娘表白说，他不幸爱上了公主，并且求她转告姑娘，不要对他太狠心了。他认为奶娘去说，希望很大。有时候，他又用甜言蜜

---

[1] 复仇女神，参看卷三，406 行注。
[2] 伊菲斯（Iphis），塞浦路斯青年。
[3] 安娜克莎瑞特（Anaxarete），塞浦路斯美女。
[4] 条克尔（Teucer），参加特洛亚战争的希腊大将之一，与特洛亚的祖先条克尔为两人。
　　参看卷十三，157 行。

语去说动姑娘的侍女，诚恳地请求她去说句好话。他时常在写字板上写好一封情书托侍女转交公主。又有些时候，他把花环挂在她门上，花环上洒满了他自己的眼泪，自己的柔软的身体则躺卧在她的坚硬的台阶下，向那毫无情感的大门诉苦。但是她却比小羊星落山时的海涛还要残酷，比诺利库姆[1]地方所锻炼出来的钢铁还要无情，比牢牢生长在石床上的石头还要坚定。她把他一脚踢开，她嘲笑他。她不仅行为残忍，而且出言高傲侮慢，不给他丝毫希望。他长期的痛苦使他再也忍受不下去了，伊菲斯就到她的门口说出他最后想说的话，他说：'安娜克莎瑞特，你胜利了，你再不必因为我来麻烦你而感到烦恼。你可以高高兴兴地庆祝你的胜利，高唱胜利的凯歌，头上戴起光辉的桂冠！你胜利了，我死而无恨。好，铁石心肠的人，你可以尽情欢乐了！我想你也不得不承认我是爱你的，你多少也觉得我还不错，你也会承认我有优点。但是请你记住，我对你的爱情是一直保持到我死的时刻为止的；我一死我就失去了双重的光明。[2]我绝不让你道听途说地听到我死的消息：请你放心，我一定亲自来报告，而且要你亲眼看见我，让你的无情的眼睛对我的僵死的尸体可以饱看一顿。天神啊，你们如果看到了我们凡人做的事情，我唯一的请求是，请你们记住我，让我的事迹得到流传，永世不绝。你们获得了我的生命，你们还我一个身后之名吧。'他说完，泪眼汪汪地抬起头来，他举起双手摸着他经常悬挂花环的门柱，在最高的横梁上系上一根绳索，一面说道：'残忍、目无天神的姑娘，这个环儿可中你意么？'说罢，他把头伸进了圈套，同时他把脸面朝向姑娘，这位不幸的青年就这样吊死了。他的抽搐的脚踢着大门，门上发出的声音令人听了毛骨悚然，奴仆们把大门打

---

[1] 诺利库姆（Noricum），在多瑙河与阿尔卑斯山之间。
[2] 意谓公主和自己的生命。

开，看见出了事，大惊呼喊，把人抱了下来，但是已来不及了。随后，大家把他抬到他母亲家中（他父亲已经去世）。他母亲一把抱住了他的冰冷的尸首，她说了做父母的在这种不幸的场合说的话，做了一般的母亲在这种不幸的场合应做的事。她哭哭啼啼地走在送葬的行列之前，穿过市街，把她孩子平躺在尸床上的惨白的尸首引到火葬场去。安娜克莎瑞特的家正巧是在出殡行列要经过的一条街上，这位铁石心肠的姑娘听见了外面出殡的声音。一半是复仇之神催使着她，一半是出殡的声音吸引了她，她就说：'我们看出殡去。'于是她走上高楼，打开窗户一望，清清楚楚看见尸床上躺的是伊菲斯。她一见，就双目发呆，浑身失去了血色。她想从窗口退回，但是就像脚下生钉一样挪动不得。她想把头掉转，但是头也转不动了。渐渐地她那顽石一般的性情，原来只盘踞在她的心中，现在占领了她的全身。你如果不相信，萨拉米斯[1]城至今还有一座石像，那就是她的像。这座城里，也还有一座庙，里面供奉的爱神叫'旁观的维纳斯'。这些事情你要记在心上，我的亲爱的姑娘，请你不要这样固执，这样高傲，答应你情人的请求。这样，晚春的寒霜才不会冻坏你果树的花蕾，狂风才不会把它们吹落。"

维尔图姆努斯就这样扮了老婆婆替自己在波摩娜面前说项，但是没有效果。于是他卸下老婆婆的披戴又变回美少年的样子，在姑娘面前显出真相，就像乌云吹散之后露出来的太阳的光芒一样的辉煌，没有一丝儿东西遮掩它的光彩。他几乎想逼她答应了，但是不需要威逼，因为这位天仙看见了俊美的维尔图姆努斯早已神往，也相应地感觉到了爱情的创伤。

---

[1] 萨拉米斯（Salamis），在塞浦路斯。

【772-851 行】

罗马建城；萨宾人攻罗马，罗穆路斯战胜萨宾人；

罗穆路斯和他的妻子赫耳西利亚死后成神

此后，邪恶的阿穆利乌斯[1] 靠军队夺取了奥索尼亚的权利，统治着这国家。但是老努弥托耳靠两个外孙的力量恢复了失去的王权，在帕勒斯[2] 节日造起了城墙。

塔提乌斯和萨宾[3] 长老向新建的城邦宣战，塔尔佩亚[4] 打开了通向城堡的路，结果在一大堆武器下送了命，这是她罪有应得的。接着库列斯[5] 人像静悄悄的狼似的，压住话音，来偷袭酣睡的罗马人，他们摸到了伊利亚的儿子牢牢上了闩的大门。但是朱诺亲自打开了一扇门，门轴转动毫无声响。这时只有维纳斯发现门闩落下了，她很想去把门关上，但是某位天神做的事，别的天神是永远不准破坏的。

在雅努斯[6] 庙附近有一口涓涓的冷泉，这里住着奥索尼亚的水仙。维纳斯来求她们帮助，水仙们对女神的正当要求不加拒绝，就把泉脉打开，让泉水畅流。但此刻雅努斯的大门还畅通无阻，水

---

[1] 阿穆利乌斯（Amulius），普洛卡（Proca）的少子，篡夺了长兄努弥托耳（Numitor）的王位，但被努弥托耳的两个孪生外孙罗穆路斯（Romulus）和瑞穆斯（Remus）推翻。这对孪生兄弟是努弥托耳的女儿伊利亚（Ilia）与战神玛尔斯所生。

[2] 帕勒斯节（Palilia），牧人所奉的帕勒斯（Pales）神的节日，四月二十一日，此日罗马城建成。

[3] 塔提乌斯（Tatius），萨宾王。萨宾族（Sabini），意大利中部古老民族，传说罗穆路斯率部把萨宾妇女掳来成亲，萨宾人兴兵报复，被掳的萨宾妇女举起新生婴儿，阻止了萨宾人的进攻，双方言和。

[4] 塔尔佩亚（Tarpeia），罗马少女，她开门放进萨宾人，萨宾人答应把左臂携带的物品给她作报酬，结果被萨宾人左臂上的盾牌压死。

[5] 库列斯（Cures），萨宾首府。

[6] 雅努斯（Janus），罗马神，有两张脸，专掌开门关门和一切的开始。罗马对外宣战，庙门就开启，和平停战，就关闭。此处雅努斯庙显然是通向城堡（Arx）的门户。

还没封闭住通道。随后，水仙们又在泉眼里埋进一些淡黄色的硫磺，在泉脉的空隙里放进沥青，把它燃着，冒出浓烟。用这些方法和其他方法，热气直透到泉底，原来敢和阿尔卑斯山比冷的泉水，现在热得不亚于火。雅努斯庙的两根门柱冒着烟，喷射着火花，已经为勇敢的萨宾人打开的大门已不起作用了，因为被这口新泉眼挡住了去路，这就给了罗马士兵准备武装的时间。

接着，罗穆路斯就开始反攻，在罗马人的土地上，萨宾人的尸体狼藉，自己人的尸体狼藉，女婿的血和岳父的血[1]在无情的刀下流到了一起。最后双方同意和平结束战争，不用刀枪较量打底，同意塔提乌斯参加政权。

塔提乌斯死后，罗穆路斯实施两族平等的法律。战神玛尔斯摘下闪亮的头盔，向众神和万民之父说道："父亲，罗马国已经建立在伟大而牢固的基础上，不再靠一个人的独力保卫，现在是到了犒赏的时候。你答应过要犒赏我和你的应该受赏的孙子，请你把他从地上转移并安插到天上吧。有一次在天神的会议上，你曾对我说（我还记得你诚心诚意说过的话，我是牢牢地把那话铭刻在我的心上的）：'有一天你会把一个人送上青天的。'让你说的话现在兑现吧。"

全能的天父点头同意，随即在天上布满乌云，向大地打出雷电，震慑住大地。玛尔斯懂得这是信号，准许他按照朱庇特的许诺去取他的儿子上天。他用枪一点，毫无惧色地跳上战车，骏马在血迹斑斑的车辕下奋力拉着车。玛尔斯抽了一鞭，吆喝它们前进。他飞速穿过天空，降落到林木覆盖的帕拉提努斯山头。伊利亚的儿子罗穆路斯毫无国君的架子正在裁决百姓的事务，玛尔斯一下就把他

---

[1] 指罗马人娶了萨宾女子，因而构成翁婿关系。

攫走了。罗穆路斯的凡胎化入了清空，就像一粒铅丸从宽大的弩弓的弦上弹出，在半空中慢慢溶化了一样。他换上了一副俊美的容颜，更配坐上天神的高椟，他的仪态就像身披礼袍的奎里努斯[1]。

罗穆路斯的妻子赫耳西利亚以为他死了，正在哭泣，天后朱诺就派使女伊里斯沿着弧路[2]下去，去向这位孀妇传达她的命令，要伊里斯这样说："王后啊，你是拉丁人和萨宾人两族的光荣，过去你最配得上做这样一个伟大英雄的妻子，现在你仍最配得上奎里努斯，不要哭泣，你若想见到你的丈夫，跟我来，去那边树林去，就是奎里努斯山[3]上那片绿树林，树荫下有罗马王的庙。"

伊里斯遵命，沿着彩虹的路下到了人间，把朱诺吩咐她说的话说了。赫耳西利亚低着头，谦逊地回答道："女神啊，我说不出你是什么神，但是很明显你是位神，领我去，领我去见见丈夫的面吧。命运如果允许我哪怕只见一次面，我就真应当说是登上天堂了！"她说完立刻跟着陶玛斯的姑娘[4]来到了罗穆路斯的山上。在这里，一颗星从天上滑翔到地上，赫耳西利亚的头发被星光燃着，她随着这颗星离开了人世，升天而去。罗马城的缔造者用她所熟悉的双手把她接过，改变了她的形貌和她旧日的名字，叫她荷拉[5]，现在她已是女神，又和奎里努斯结合了。

---

[1] 奎里努斯（Quirinus），古代意大利的神，后来人们用来称呼罗穆路斯。"奎里努斯的人民"（Populus Quirini）即罗马人。
[2] 彩虹之路。
[3] 罗马七山之一。
[4] 即伊里斯。陶玛斯（Thaumas），海神之子。
[5] 荷拉（Hora）。

卷 十 五

【1-59 行】

努玛继位；克罗托那城的建立

现在的问题是这样一副重担谁能来承担，谁能接替这样一位伟大的国君。法玛女神 [1] 这位可靠的报信人选中了显赫的努玛 [2] 继承王位。努玛不以仅仅知道萨宾族的风习为满足，他胸怀大志，想要研究万物的本性。他对这问题的倾心热爱促使他离开他出生的库列斯，去到接待过赫剌克勒斯的城市 [3]。在这里他询问是谁第一个在意大利土地上建立这座希腊城市的，本地一位熟悉掌故的老者对他讲了下面这个故事：

"据说朱庇特的儿子赫剌克勒斯从俄刻阿努斯回来，赶着一大群从希贝利亚 [4] 掳来的牛，一路顺利，来到了拉齐尼亚的海滨，他把牛群放在嫩草地上吃草，他自己来到了伟大的克罗托恩 [5] 的

---

[1] 法玛（Fama），传布消息的女神，谣言，见卷九，137 行；卷十二，43 行以下。此处相当于舆论。

[2] 努玛（Numa），传说中的罗马二世王，萨宾人，出生库列斯城。此处讲的是他未被选为罗马王以前的事。

[3] 指克罗托那（Crotona）。

[4] 希贝利亚（Hiberia），即伊比利亚（Iberia），即今西班牙。

[5] 克罗托恩（Croton），神话中的英雄。

家，受到热情的招待，他经过长期劳累，得到了安静的休息。当他离开的时候，他说：'在我们孙子一代，这地方将建起一座城市。'他的预言后来实现了。事情是这样的：

"有个人叫木斯克路斯，他是希腊阿耳戈斯人阿勒蒙的儿子，在他那一代人当中，神最喜欢他。一天正在他酣睡之际，手持粗棒的赫剌克勒斯来到他身边，俯视着他对他说：'起来，离开你父亲的家，去找那遥远的以岩石为河床的埃萨尔河！'并且恫吓他，如果他不遵命，后果是很可怕的。神说完，木斯克路斯的睡意和神都消失了。他起来默默地回想方才梦中的情景，在心里展开了长时间的斗争。神命令他去，但是法律却禁止他去，法律规定凡意在改变国籍的人都要处以死刑。光辉的太阳已经把它雪亮的脸藏进海里，黑夜带着密密麻麻的群星已经升起，那位天神好像又出现在他面前，又来警告他，如果他不遵命，就会受到更重的处罚。木斯克路斯非常害怕，立刻准备带着父亲传下来的家产迁往新居。

"城里的人们开始纷纷议论。他以蔑视法律罪受到审判。原告先把提起诉讼的理由陈述了，他的罪已非常明显，无须再提证人作进一步的肯定了。这狼狈不堪的罪犯双手伸向青天高呼道：'赫剌克勒斯啊，十二件劳绩使你有权进入天堂，我求你救救我吧！是你让我犯罪的啊！'

"按古老的惯例，表决要用黑白两色的石子，黑的定犯人有罪，白的表示无罪。现在还是用这个方法进行决定木斯克路斯生死的判决。投进那可怕的罐子里去的石子全部是黑的，但等到把罐子倒翻，数那倒出来的石子的时候，所有石子的颜色却都从黑的变成了白的。由于赫剌克勒斯的神力，阿勒蒙的儿子获得了无罪的宣判，得到了自由。他首先谢过恩神赫剌克勒斯，随后就趁着顺风出伊俄尼亚海，经过萨伦廷人的涅瑞土姆城、希巴利斯城、斯巴达移民居住的塔连土姆城、西利斯湾、克里米萨和雅皮吉亚海岸。他还没有走完这沿海一带各个国土，就发现了他命中注定要来到的埃萨尔河口，在河口附近他还发现了埋葬克罗托恩神圣的遗骸的土丘。他按神的吩咐在这块土地上建造了一座城，用埋葬在此的英雄的名字，命名为克罗托那。"这就是从古代流传下来的关于这地方的起源的传说，以及何以在意大利土地上建城的故事。

【60-478 行】

毕达哥拉斯的学说

在克罗托那住着一个人，他是萨摩斯[1]人，但是他痛恨萨摩斯统治者的暴虐，逃出萨摩斯，自动过着流放生活。尽管天堂路远，但是他心目中总放着个"神"的念头；大凡自然界中凡眼看不见的一切，他就用心眼去汲取。他辛勤地用心注意观察一切事物，然后把值得人们学习的，教导给他们；大家怀着钦佩的心情屏息静听他的谈论。他演说大宇宙的草创，事物的成因，事物的性质。他解释上帝是什么；霜雪因何而成；闪电的来源；云中的雷声是朱庇特发出来的呢，还是风造成的；地震的原因为何；星辰运转的规律为何；以及人类知识所不能解释的一切。他是第一个反对肉食的人。他的学问渊博，但是他的素食的主张不为众人所信服。下面的教义是他所首创的：

"凡人啊，不要吃那些肮脏的食物，玷污了你们的身体。为什么放着许多果实不吃呢？有沉甸甸压着枝丫的苹果，有挂在藤枝上饱满成熟的葡萄，还有鲜美的野菜蔬菜，可以用火烧熟煮烂了吃。再说，你们也不是没有奶可以喝，没有香花蜂蜜可以吃啊，大地的

---

[1] 萨摩斯（Samos），地中海近小亚细亚的岛屿。努玛王到克罗托那又向毕达哥拉斯求教。毕达哥拉斯（Pythagoras），公元前六世纪希腊哲学家，定居意大利的克罗托那。

物产丰饶，供给你们醇美的食粮，无须杀生流血，你们便可生活。只有兽类才吃肉充饥呢，况且也不尽然，马、牛、羊都是吃草的，只有天性野蛮的兽类，如阿尔美尼亚的老虎、凶暴的狮子、熊、狼等等，才喜欢吃带血的食物。把肉吃进肉身里，这是件罪过的事情，因为这是吃掉别人来养肥自己，来满足自己的贪欲，是一个族类靠消灭另一族类使自己能继续生存的勾当。大地是最爱你们的慈母，它出产这样丰富的粮食，而你们偏喜欢屠宰牲畜，像野人一样把那腐肉放在牙根上咀嚼，这岂不是仿效独眼巨人的野蛮行为么？你们怎么不杀生就不能满足你们贪吃无厌的馋欲呢！

"但是在古代，我们所谓的黄金时代，人们过的是幸福生活，树上结着果子，地上长着菜蔬，污血从不沾唇。飞鸟在天空安全地翱翔，野兔在田垄间安全地踯躅，游鱼毫无猜疑，也没有吞钩的危险。天地万物不畏网罗，安享太平。但是不知是什么人羡慕狮虎之所食，也吞吃起肉食来，他开了恶端，从此罪孽之门大开。我相信人类杀生是从杀野兽开始的。有的野兽威胁我们的生命，我们把它们杀了，本来也合乎情理，没有什么不应该。杀尽管杀，但是万万不应该吃它们。

"从此罪孽就愈来愈扩大，据说人们最初杀猪是完全应该的，因为猪翘着嘴把人种的种子从土里拱开，毁坏了一年的收成。又说，山羊把葡萄的嫩芽吃了，因此把它在祭坛前杀死，以示惩罚。这两种动物之死是咎由自取的。但是绵羊啊！你们生性和平，给人类服务，你们的饱满的乳房供给我们甘美的奶汁，你们的绒毛供我们作温软的衣服，你们做错了什么事，也要处死呢？你们活着倒比你们死了对我们的帮助大些呢！还有那些耕牛又犯了哪一条罪？它们是忠实善良的牲畜；从不伤人，性情坦率，生来就为了劳动。人把沉重弯曲的耕犁从牛身上卸下来，而转眼之间就把代他耕地的牛杀死，牛为他劳作，脖子都磨秃了，他靠牛的力量把坚实的土地翻新，种了许多谷物，他却用斧头砍断它的脖子，这种人真是没有良心，不配吃五谷。我们犯了这种罪行还不满足，还要让天神来分担我们的罪行，并且相信，天上的神爱喝辛劳的耕牛的血。纯洁无瑕，形貌俊美的牛，正因为美才做了牺牲。人们给它戴上飘带，[1] 角上涂了金色，牵到祭坛之前，听祭司念过祷告文，但也不懂是什么意思，只见有人把它自己劳动所产生的谷粒撒在自己两角之间，最后等人们把它砍死，它的血染在钢刀上，也许以前它还在清水池边看见过这把钢刀呢。[2] 人们立刻从它温热的腹中把五脏取去，仔细端详，看看是否看得出上天的意旨。[3] 然后你们这些凡人又竟敢把它吃了，人们贪吃禁物的欲望真是强啊！我请求你们不要这样，听从我的劝告，你们嘴里吃进屠宰了的耕牛的肉，就等于吃了你们劳动伙伴的肉，这一点你们应当理解。

"我现在是受神的感召在说话，因此我就服从神的旨意，说他叫我说的话。我要把得尔福和天堂打开，把至高的神意向你们表露。我要发前人所未发的奥秘，歌唱前人所不能想象的奇迹。我喜欢离开沉浊的人寰，翱翔于万点星空，足乘青云，凌驾阿特拉斯之上而俯视尘世，望着众人浮游其间，全无理性，惶惶不可终日，惟恐寂灭；我要劝告他们，我要把命运的究竟展示给他们看看。

"人类啊！死使你惊慌寒栗了。但是你为什么要怕斯堤克斯河呢？这无非是空名、幻影，是诗人们捏造的；他们虚构了这样一个死后的痛苦世界，但是实际并不存在。至于你们的躯体，不论是火葬焚化或是埋在泥土中久经岁月而消失，都不会痛苦。我们的灵魂

[1] 祭神牺牲的标志。
[2] 指池边磨刀。
[3] 据牲畜内脏的情况以占卜吉凶。

是不死的，灵魂一旦离开躯体，又有新的躯体接纳它，它又在新的躯体中继续存在。我记得清清楚楚，我自己在特洛亚战争时期是潘托俄斯的儿子欧福耳玻斯[1]，被墨涅拉俄斯一枪刺死。最近我在阿巴斯王的京城阿耳忒斯的朱诺庙中还看见我当日左腕上悬挂的那副盾牌。一切事物只有变化，没有死灭。灵魂是流动的，时而到东，时而到西，它遇到躯体——不论是什么东西的躯体——只要它高兴，就进去寄居。它可以从牲畜的躯体，移到人的躯体里去，又从我们人的躯体移进牲畜的躯体，但是永不寂灭。灵魂就像在蜡上打印，第二次的形状和第一次的形状决不相同，而且它也决不长久保持同一形状，但是蜡本身还是那块蜡。同样我教导人们说，灵魂永远是同一个灵魂，虽然它所寄居的躯体老在变换。因此，不要让你们的天良被口腹之欲所制服，我以先知的资格警告你们，不要杀生，被驱出的灵魂和你们自己的灵魂是一样的，不要以血养血。

"我现在在大海上航行，任凭海风吹满我的帆篷。[2] 宇宙间一切都无定形，一切都在交易，一切形象都是在变易中形成的。时间本身就像流水，不断流动；时间和流水都不能停止流动，而是像一浪推一浪，后浪推前浪，前浪又推前浪，时间也同样前催后拥，永远更新。过去存在过的，今天就不存在了；过去没有存在过的，今天即将到来。时间永远在翻新。

"你们注意，黑夜消殁，黎明到来；白日的光芒继黑夜而升起。在万物困乏休息的午夜时分，和在晨星乘着雪白战马升起的时候，天空也各自不同。而在黎明报晓女神把天空染红，等候日神来临，这时的天空又是一番景象。日神的圆盾从地面升起的时候是朱红的；在落山的时候，也是朱红的；而在当头的时候则是雪白的，因

---

[1] 欧福耳玻斯（Euphorbus），特洛亚勇将。
[2] 意谓我将"海阔天空"，无所不谈。

为天顶的气最清，离开污浊的尘世最远。黑夜女神狄安娜[1] 的相貌也是变化的。在上弦时候，她一天比一天大；在下弦时候，一天比一天小。

"此外，你们不见一年有四季的变化么？岁月效法人生分为四段。春天是新生，一切娇嫩，就像婴孩。这时候，绿草生芽，使农夫见了充满喜悦与希望，但是仍然荏弱无力。随后，百花竞放，开遍沃野，宛如锦绣，但是此时绿叶也仍然不很茁壮。春天过去，气候转入夏令，万物日渐结实，就如强健的青年。这一季节最为健壮，最为炽热。然后秋天到来，青春的红润逐渐消失，进入成熟境界，这时的情景介乎青年与老年之间，额角上渐渐露出华发。最后是残冬老年，步履蹒跚，形容瘦缩，头发不是雪白，便是脱落干净了。

"我们自己的身体也是不停地在变化。过去的我们，或今天的我们，绝不会是明天的我们。在过去，我们长在娘胎里，不过是一粒种子罢了，只是人们的希望。[2] 然后，大自然运用她的妙手，不愿我们的身体蜷缩在膨胀的母体之内，把我们送出了家门，进入自由自在的大气之中。婴儿见了天光，但是还只能仰卧着，毫无气力。不久，他就会手足并用，像牲畜一般地爬行了。然后逐渐地会站起来了，脚步很软，摇摇晃晃，扶墙摸壁地会走几步。此后，他便矫健敏捷，度过了青年时期。等到中年过去，他便走上了下坡路，到了老年。这时，早年的气力耗尽了，衰退了。米隆[3] 在老年看着自己的双臂，曾经流过泪，因为在当年他的双臂肌肉坚硬，和大力士赫剌克勒斯一样，而今天却变得软绵绵毫无力气了。海伦在镜子里看到自己皱纹满面，老态龙钟，也曾伤心哭泣，她含泪问

---

[1] 月神。
[2] 意谓还未成为现实，还未出生。
[3] 米隆（Milon），克罗托那城著名的运动家。

自己道，为什么她会两度被男子夺娶呢？伟大的时间，你吞噬一切，你和嫉妒成性的老年，你们把一切都毁灭了，你们用牙齿慢慢地咀嚼，消耗着一切，使它们慢慢地死亡。

"即使我们所谓的构成宇宙的元素也不是一成不变的。它们怎么变化呢？请你们注意，我来讲给你们听。在永恒的宇宙之中有四种元素。其中两种，土和水，因为有重量，所以沉落到下面；另外两种，气和比气还纯的火，因为没有重量，若再没有阻挡，便升到上面。这些元素虽然隔离很远，但是彼此相生相成。土若溶解，就会稀薄，变成水；再稀薄，便由水变成风、气。气已经是很稀薄，若再失去它的重量，便跃而为火，升到最高的地方。反之亦然，火若凝聚即成浊气，浊气变为水，水若紧缩，就化硬成土了。

"万物的形状也没有一成不变的。大自然最爱翻新，最爱改变旧形，创造新形。请你们相信我，宇宙间一切都是不灭的，只有形状的改变，形状的翻新。所谓'生'就是和旧的状态不同的状态开始了；所谓'死'就是旧的状态停止了。虽然事物或许会由此处移往彼处，由彼处移来此处，但是万物的总和则始终不变。

"我相信事物决不会长久保持同一形状。以时代而论，黄金时代转变为铁的时代；同样，地方的情况也在变更。我亲眼看见陆地变成沧海，而沧海又变成陆地。在远离海洋的地方可以发现贝壳，在山巅上发现过古代的船锚。古代的平原，山洪把它变成河谷；而山岭也曾被洪水冲进海洋。过去的沼泽地带，今天变成一片沙漠；过去的干枯的沙地，今天又变成池沼。大自然在此处让泉水涌现，在另一处又把泉水封闭。河流有时受到大地内部的震动，便会决口；或则干涸而失踪。譬如，吕科斯河[1]被裂开的大地吞没之

---

[1] 吕科斯（Lycus），小亚细亚河名。

后，又在很远的地方冒出，在另外一个出口涌现。又如厄剌西诺斯河[1] 也被大地吞没，在地下形成暗流，又在阿耳戈斯的田野出现，俨然是一条大川了。据说密索斯河恼恨自己的源头和上游的两岸，就流向另一方向，改名开科斯[2] 河。阿墨那诺斯河[3] 现在滚滚地流过西西里的沙地，但是有时候泉源枯竭，河水就全干了。又如阿尼格鲁斯河[4] 的水原来是可以喝的，但是它今天泻下来的水，你绝不愿去尝尝，因为据诗人们说（如果诗人的话可以相信），半人半马的怪物被持棒大力士赫剌克勒斯用箭射伤，就到这河里洗过伤口。又如许帕尼斯河[5] 发源斯库提亚的山中，从前河水又清凉、又甜美，现在却又咸又苦。

"安提萨[6]、法洛斯[7] 和腓尼基人的堤洛斯城在以先都被海水包围，而现在没有一个是海岛了。在古代琉卡斯[8] 是大陆的一部分，而今天则被海浪包围了。据说西西里岛从前也是意大利的一部分，后来大海把两者毗邻的部分割断，陆地退让，海水冲进。你若问阿开亚[9] 的城市赫利刻和布里斯现在何处，你只有到海底去找了；水手们会指给你看被海水浸没的倾斜的城墙。在庇透斯统治的特洛曾[10] 附近有一座山，山很高，光秃秃的没有树木，据说（真可怕啊）在幽暗的地下禁闭着的风，想要找一个流通的出路，

---

[1] 厄剌西诺斯（Erasinus），在希腊。
[2] 密索斯（Mysus），小亚细亚河名。开科斯（Caicus），下游的名字。
[3] 阿墨那诺斯（Amenanus），西西里岛上小河。
[4] 阿尼格鲁斯（Anigrus），在希腊，河水有腥臭味。
[5] 许帕尼斯（Hypanis），流入黑海。
[6] 安提萨（Antissa），爱琴海中勒斯伯斯岛上城市。
[7] 法洛斯（Pharos），埃及亚历山大城附近岛屿。后与大陆接壤。
[8] 琉卡斯（Leucas），希腊西部海岛，原为半岛。
[9] 阿开亚（Achaia），在希腊科林斯湾，赫利刻（Helice）和布里斯（Buris）港即位于湾上，地震时陷入海中。
[10] 特洛曾（Troezen），希腊阿耳戈利斯的城邦，是一片大平原，附近只有一座山。庇透斯（Pittheus）是这城邦的王。

好吹向自由自在的天空，使足蛮劲，毫无用处，因为它们的监牢关闭得一条裂缝都没有，无法出气，因此就把土地拱起，就像吹膨的羊皮囊或尿泡一样。地上拱起的这个膨皮一直保存到今天看去还像一座高山，日子一久也变得坚硬了。

"我虽然还想到许多我听说的或知道的例子，但是我只再举几个吧。你们可知道，水也会自己变形，也会改变其他东西的形状吗？新月形的阿蒙湖[1]在中午水是冷的，早晚水是温的。据说阿塔玛尼亚人[2]在下弦末尾的时候把水浇在木头上就可以取火。在齐科涅斯人住的地方有一条河，人喝了河水，五脏就会变成石头，水碰到的东西都会变成大理石。克拉提斯河和离我们本地不远的苏巴里斯河[3]可以把头发变成琥珀和黄金。更奇怪的是，有的水不仅能改变人的身体，而且还能改变人的头脑。谁没有听说过丑恶的萨尔玛喀斯湖[4]和埃塞俄比亚[5]的湖呢？谁喝了这些湖里的水就会发疯，不然就昏昏入睡。谁要是喝了克利托里乌姆[6]的泉水就会怕酒，只爱喝清水，保持清醒。有的说这是因为这种泉水有克酒的效力，而本地人则说这是因为当日墨兰波斯[7]用符咒和仙草救治了普洛托斯[8]女儿的疯病，就把这些使头脑纯净的仙草丢在水里的缘故，因此泉水至今还有戒酒的能力。但是林库斯[9]的河的效能却适得其反，谁若是喝这条河的水喝得太多了，走路就会摇摇摆摆好像喝了纯酒一样。在阿耳卡狄亚有一个地方，古时叫做斐纽

---

[1] 阿蒙湖（Ammon），在非洲利比亚。
[2] 阿塔玛尼亚（Athamanes），希腊西北部居民。
[3] 克拉提斯（Crathis）和苏巴里斯（Sybaris）均在意大利，离克罗托那不远。
[4] 萨尔玛喀斯（Salmacis），在小亚细亚。
[5] 埃塞俄比亚（Aethiopia），在非洲。
[6] 克利托里乌姆（Clitorium），希腊城名。
[7] 墨兰波斯（Melampus），著名的先知和医师。
[8] 普洛托斯（Proetus），阿耳戈斯王，有三女，都患疯病。
[9] 林库斯（Lyncus），城名，在希腊西北部。

斯[1]，这地方的水有两重性，人人怕喝。这地方的水千万不要晚上喝，晚上喝了有害；白天喝了没有关系。可见湖水、河水的作用往往因时而异。据说，提洛斯岛从前是在海上浮动的，今天它已固定不动了。取金羊毛的人很怕辛普勒伽得斯双岛，因为当时这两个岛屿互相撞击，激起高高的浪花，而今天也已经固定不动，不怕风吹了。埃特纳火山今天像一锅硫磺冒出炽热的火焰，但是将来未必冒火，而从前也不像今天经常喷火。为什么？因为大地就像生物一样，它有生命，有许多呼吸的孔道，它从这些孔道里呼出火焰。既是如此，它就可能改变呼吸孔道的地位。它时常震动，这样就可以把有些孔道闭塞，又震开一些新孔道。在地心深处的洞穴里幽禁着大风，大风把石头吹得彼此乱撞，遇到含有火种的物质，和石头相撞就发生了火，但是这不要紧，等到风停了，洞穴仍旧会冷却。假如遇到油质或是遇到发着肉眼看不见的火光的硫磺，着了火，这也不要紧，把地下能烧的东西，容易燃烧的东西，烧完了，年长日久火力耗尽，大自然虽然贪婪，但是想再烧也没燃料了，它既不甘忍受饥饿，看看没有火了，便只好走掉了。[2]

"传说在北方帕勒涅[3]地方有些人在附近女战神的湖[4]浸没九次，身上就长出羽毛。我不大相信，但是据说斯库提亚的女子在身上洒了魔水也能产生同样效果。

"但是有许多事情是确实可以证明的，因此可以相信。你们没有见过放了很久的死尸或是热天腐烂了的死尸身上长出许多小动物么？掘一条沟，把一头祭过神的精壮雄牛埋了，腐烂的肚肠里就会

---

[1] 斐纽斯（Pheneus），此处的水，人畜喝了可以致死，陶器沾着就破，金属碰上就溶化。
[2] 作者企图解释火山熄灭的可能性。他认为地下硫磺烧尽，火自熄灭。
[3] 帕勒涅（Pallene），在希腊东北。
[4] 这湖在非洲，名叫特里同湖（Triton），是女战神狄安娜的诞生地。

生出采花的蜜蜂，这是尽人皆知，屡验不爽的事实。这些蜜蜂就像生它们的雄牛一样喜欢到田野里去，喜欢工作，希望得到劳动的报酬。马这种动物本来很像战士，一旦埋葬地下，就会滋生马蜂。[1]你把海螃蟹的脚砍落，然后埋进地里，就会生出蝎子来，弯着尾巴吓人。毛虫在树叶里作茧，就会变成一只不祥的飞蛾。[2] 这种事，农民们在乡村常常见到。

"烂泥里含有长青蛙的种子，青蛙开初没有脚，后来才长脚，便于游泳，后脚特别长，便于跳跃。雌熊生的小熊在初生时根本不是小熊，只是一个几乎没有生命的肉团，但是雌熊舔它，把它舔成熊的样子，就这样把它舔成自己的形象。你们不见蜜蜂的幼虫在六角蜂房里藏着，生出来的时候一只脚都没有，后来才长脚长翅膀么？朱诺的孔雀张着星辰万点的长尾，朱庇特的鹰拿着朱庇特的武器，爱神的鸽子，以及整个鸟类——谁会相信，谁不知道，它们都是从蛋里孵出来的？有人还认为人死了埋在地下，他的脊椎骨腐烂了，骨髓就变成一条蛇。

"所有这一切，初生的时候和后来都很不相同。但是惟有一只鸟，它自己生自己，生出来就再不变样了。亚述人称它为凤凰。它不吃五谷菜蔬，只吃香脂和香草。你们也许都知道，这种鸟活到五百岁就在棕榈树梢用脚爪和干净的嘴给自己筑个巢，在巢上堆起桂树皮、光润的甘松的穗子、碎肉桂和黄色的没药，它就在上面一坐，在香气缭绕之中结束寿命。据说，从这父体生出一只小凤凰，也活五百岁。小凤凰渐渐长大，有了气力，能够负重了，就背起自己的摇篮，也就是父亲的坟墓，从棕榈树梢飞起，升到天空，飞到太阳城下，把巢放在太阳庙的庙门前。

---

[1] 马蜂也好斗。
[2] 有一种飞蛾像骷髅，因此不祥。又，罗马人墓碑上常刻一飞蛾，以代表死者的幽魂。

"这类奇事还有许多，例如鬣狗就会变性，有时候它是雌性和雄狗交配，有时候它自己又变成雄性。又如小动物蜥蜴以空气为食粮，它的颜色随它所附着的东西而改变。印度被酒神巴克科斯征服以后就献给他一些山猫，据说这种山猫的尿一见空气就会变成坚硬的石头。同样，珊瑚一见空气也会变硬，而在水里则是软的。

"我若是把所有的能变的东西都说完，那恐怕说到天黑、日神已经在海里洗他喘息的骏马了，还说不完。时代在变，国家也在变，有的强盛了，有的衰弱了。当初特洛亚的人力物力何等强大，十年流血战争都支持住了；但是今天，它却衰败了，财富耗尽，只留下一片残迹，几堆荒冢。斯巴达当年也是威名赫赫的城邦，密刻奈 [1]、刻克洛普斯 [2] 和安菲翁 [3] 的城堡也都是无比强大。但是今天斯巴达已经是鄙陋的乡村，骄傲的密刻奈也灭亡了，俄狄浦斯 [4] 的忒拜城，潘狄翁的雅典也都只留得空名。听说现在特洛亚人所奠定的罗马城一天天兴盛了，根深蒂固地建立在起源于亚平宁山的台伯河上。可见罗马正在改变形状，正在生长，有一天会成为整个世界的首都。大家都对我们说，先知和指示命运秘密的神谕都这么说。我自己也记得，特洛亚灭亡的时候，普里阿摩斯的儿子赫勒诺斯看见埃涅阿斯为前途怅惘哭泣，曾对他说：'维纳斯的儿子，你记住，我心灵里有一种预感，我觉得只要你活着，特洛亚是不会完全灭亡的。火光刀剑见了你会让开道路。你会带着你的特洛亚前去开创天下，你会在海外找到一片国土，这片国土对你和特洛亚比起你的故乡来会慈祥得多。我现在似乎已经看见特洛亚子孙注定要

---

[1] 密刻奈（Mycenae），阿伽门农都城。
[2] 刻克洛普斯（Cecrops），雅典奠基人。
[3] 安菲翁（Amphion），希腊忒拜城的王。
[4] 俄狄浦斯（Oedipus），忒拜王，命运注定他要演弑父娶母的悲剧。

得到的城市，这座城市将是古往今来最伟大的城市。几百年之内自有许多统治者会增添它的威势，但是只有尤路斯[1]所生的一位后裔才能使它统治全世界。人间享有过他以后，然后轮到天上，天堂是他最后的归宿。’我记得，当埃涅阿斯背起社稷神位[2]的时候，赫勒诺斯曾对他预言过这些事。我看到我宗属[3]的城市一天天兴旺非常高兴，希腊人打了胜仗，但是特洛亚人得到了好处。

"但是我们不要离开正题，我的马忘了向目的地奔驰了。天上和天下的一切都在改变，地上和地下的一切也都在改变。我们是宇宙万物中的一部分，我们也在改变；我们不仅有肉体，也有生翼的灵魂，我们可以托生在野兽的躯体里，也可以寄居在牛羊的形骸之中。凡是躯体，其中都可能藏着我们父母兄弟或其他亲朋的灵魂，因此我们不应该伤害任何肉躯，而应予以尊重，否则就像吃堤厄斯忒斯的筵席了。[4]用刀宰杀小牛，听它哀鸣而不动心的人就会养成一种罪恶的习惯，并且很容易进一步去杀人。谁能忍心听见羔羊像婴儿一样地啼哭还把它杀死呢？谁又能忍心把一只刚刚亲手喂完的家禽杀了吃呢？这种行为和杀人的行为又相差多少呢？这种行为会导向什么后果呢？应该让公牛耕地，让它老死，让绵羊供给你御风的羊毛；让山羊供给你羊奶。把网罟机弩抛掉，不要用胶枝捕鸟，不要用羽毛吓鹿捕鹿[5]，不要在漂亮的食物下暗藏钓钩。对你有害的生物可以杀，但是即便如此，杀死也就完了，不要吃它的肉，吃些更恰当的食物。"

---

[1] 尤路斯（Iulus），埃涅阿斯之子，此处后裔指作者生时罗马皇帝屋大维（Octavius）。

[2] 即逃离特洛亚的时候。

[3] 毕达哥拉斯自称前世是特洛亚将领欧耳玻斯。

[4] 堤厄斯忒斯（Thyestes），其兄阿特柔斯（Atreus）为了复仇，杀死堤厄斯忒斯之子，请他吃亲生子的肉。

[5] 把羽毛悬在树枝上，逼鹿入网。

【479-546 行】

努玛之死；

希波吕托斯用自己的遭遇安慰努玛的妻子

　　据说努玛学到了这些学问和其他学问之后，回到了故乡，在人民的请求下，接过了拉提乌姆的国柄。他的妻子厄革里亚[1]是位女仙，这使他很幸福；他又受到卡墨娜[2]的教导，因此他把宗教仪式教给他的人民，他的人民原来只懂打仗，他训练他们学会和平的技艺。后来他年老了，他的统治和他的寿命也都告终了。拉提乌姆的妇女、百姓和长老无不为努玛的去世哀痛。但他的妻子却离城出走，躲进了阿利齐亚山谷的密林中，她在那里痛哭哀号。她的哭声妨碍了人们礼拜狄安娜的仪式（这是当年俄瑞斯忒斯[3]引进的）。林中女仙和湖上女仙屡屡劝阻她，并且好言安慰她。忒修斯的英雄儿子希波吕托斯也屡屡劝她不要哭，并对她说："不要流泪了，遭遇你这样可悲的命运的人不止你一个。看看那些遭到同样不幸的人吧，你就会觉得好受些。我倒希望我没什么悲惨的遭遇可以作为例子来安慰你。不过我的例子也还可以给你一点安慰吧。

　　"我想你也许听到有人提到过希波吕托斯吧，说他因为父亲轻信，因为万恶的继母的谗言而死。我说出来，你也许会感到惊奇而我也无法证明，希波吕托斯就是我。有一次帕西淮的女儿[4]引诱我去玷污我父亲的床榻，要我去干她想干的事，但没有成功，于是

_____

[1] 厄革里亚（Egeria），意大利女仙，努玛的教师、妻子。

[2] 卡墨娜（Camenae），意大利女先知。

[3] 俄瑞斯忒斯，阿伽门农之子，他把狄安娜神像移到阿利齐亚。

[4] 希波吕托斯（Hippolytus）的父亲是忒修斯（Theseus），继母是淮德拉（Phaedra），她是弥诺斯和日神之女帕西淮（Pasiphae）的女儿。关于希波吕托斯的故事，请参看欧里庇得斯的同名悲剧。

（是出于怕人发现呢，还是因为遭我拒绝而怨恨，就难说了），她就颠倒黑白，归罪于我。我父亲把我这个无罪之人驱逐出境，临走还诅咒我，愿灾难落到我头上。我被流放之后就驾车到了庇透斯[1]的特洛曾城。我正沿着科林斯海岸驱车前进，忽然海水高涨，水越涨越高，样子像座大山，还发出吼叫的声音。接着浪头的顶端裂开了，在浪头分开的地方冒出一头弯角雄牛，上半身露出水面，从鼻孔里、从张开的大嘴里喷出大量的海水。我的同伴们的心都在发颤，但是我心里并不害怕，因为我一心只想着流放的事。忽然我那些骏马都把头转向大海，竖起耳朵，显得很惊慌，原来它们看见了那头怪物，因而害怕。它们拖着车子直冲下陡峭的崖岸。我用手死拉着沾了白沫的缰绳，我拉着柔韧的皮绳拼命向后仰，但没有用处。马再疯狂，我的力气本来还是可以胜过它们的，但是围绕车轴不停地转动的车轮撞上了一根树桩，被树桩撞碎，飞了出去。我从车上摔了下来，缰绳绊住了我的腿，我这身体活活地被拖着走，我的肌肉却被树桩钩住，我的四肢有的被拖走，有的被钩住而留下了，我的骨头折断，发出低沉的声响，我不住呼气以致气息耗尽，我全身没有一处还能辨认，整个身子就是一团伤。女仙，现在你还能、你还敢把你的灾难和我的灾难相比么？我已经看到了没有光明的王国，我的伤残的躯体已经在佛勒革同[2]的水里沐浴过了。若不是靠阿波罗的儿子[3]的灵药，我的命早没有了。靠他的灵草和阿波罗的帮助，虽然冥神狄斯不高兴，我恢复了生命，后来狄安娜用一团浓云把我包住，免得被人看见我有这样的福分而妒忌；她又把我变成一个老人，改变了我的面貌，使人认不出来，这样我就

---

[1] 庇透斯（Pittheus），忒修斯的祖父；特洛曾（Troezen）在阿尔各里斯（Argolis）。
[2] 佛勒革同河（Phlegethon），冥界的火焰河。
[3] 埃斯枯拉庇乌斯（Aesculapius），医神。

安全了，不必怕报复了。她又考虑了很久是给我克里特岛为家呢，还是提洛斯岛，后来她决定这两处都不好，把我安置到了这里，又叫我放弃我的名字，因为它使人联想到马[1]，她说：'你从前叫希波吕托斯，从现在起就叫维尔比乌斯吧！'从此我就生活在这片树林里，成了小神中的一员，在我女主人神灵庇护下隐居起来，成了她的一员随从。"

【547—564 行】
土块变人、罗穆路斯的枪变树的故事

但是别人的不幸并未能减轻厄革里亚的悲痛，她躺在山脚下化成了一摊泪水，福玻斯的妹妹狄安娜可怜她一片虔诚和悲哀，把她身体变成一口冷泉，把她的四肢化成不息的川流。

这件奇事给女仙们留下很深的印象，也使希波吕托斯惊愕不已。吃惊的还有一个埃特鲁里亚的农夫，他吃惊是因为他在田里看见一个土块，没有人碰它，它自己就动了，很快就失去土形，变成了人形，张开新生的嘴宣告未来的命运。本地人叫他塔革斯[2]，他是第一个教埃特鲁里亚人预卜未来的人。

吃惊的还有罗穆路斯。有一次他看到他插在帕拉提乌姆山上的一支枪忽然长出了叶子，枪头已不是铁枪头，而是变成了新长的树根，枪已不是枪了，而是成了一棵粗皮的树，给那些来观看这奇景的人们遮荫。

---

[1] 希波吕托斯（Hippolytus），逃窜的马。
[2] 塔革斯（Tages），埃特鲁里亚的神，朱庇特的孙子，善卜。

【565－621 行】

奇普斯[1]的故事

吃惊的还有奇普斯，他在河边照见自己头上生出两角，他看见之后，以为是影像在捉弄他，连连在头上摸了几遍，果然摸着他所见的东西。这时他不敢不相信他的眼睛了，他停止了凯旋的进军，举手告天说道："天神啊，这生角的奇事如果主吉，我望吉祥降给我的国家和奎里努斯[2]的人民；如果主凶，我愿一人承当。"他说完，用绿草皮堆成一座祭坛，烧起香烟，奠过酒，把牺牲宰了，掏出肚肠，占卜一下。罗马先知一看，说占卜主建大业，但是目前尚不分明。他说完抬起头来，锐利的目光看到奇普斯头上的双角，便叫道："王啊，祝福你，奇普斯，恭喜你；你头生双角，这块地方和拉提乌姆的城堡，都将臣服于你。不要耽搁，城门大开，赶快进城。这是命运的命令，你进了城，就是王了，安安稳稳执掌王权，永世无尽。"他听了吓得倒退一步，固执地把脸背着城墙，说道："我愿天神千万不要降给我这种命运。我宁肯远离故乡，在流放中度生涯，我决不愿在卡皮托里乌姆[3]前加冕为王。"他说毕，立刻召集平民和可敬的元老举行联合会议。他先把自己的双角用桂叶环遮住，站在勇武的兵士所砌起的土堆上，行礼祷告天神，然后对大家说道："我们这里有一个人，我们必须把他从城里驱逐出去，否则他就要称王。这个人是谁呢？我不必提他的姓名，我可以向你们宣布他的标志：他的头上有两个犄角。神巫曾经宣

---

[1] 奇普斯（Cipus），传说中的罗马执政官。故事发生在他得胜班师的时候。
[2] 奎里努斯（Quirinus），罗穆路斯封神后之称号。
[3] 卡皮托里乌姆（Capitolium），罗马城内朱庇特庙，执政官宣誓就职，将军凯旋谢神，均在此地。

布，一旦他进了罗马城，他就会把你们变成奴隶。你们的城门是开着的，他也许已经闯进来了；但是我把他抵挡住了，虽然我和他的关系很亲密。罗马人，把他驱逐出你们的城去，如果你们觉得应该，就用沉重的镣铐把他锁起来，或者把他处死，以免你们担惊害怕出一个暴君！"人群之中发出嗡嗡的低语之声，就像大风吹过松林的低吟声，又像远处听见的海涛声。忽然在乱哄哄的声音之中，有人响亮地喊道："这个人是谁？"大家彼此望着彼此的额角，都想发现方才谈到的犄角。这时奇普斯又说话了，他说："你们要找的人就在眼前。"他从头上摘下桂冠，有人就想阻止他，但是他依然暴露自己的额角，上面长着两只角。人人把眼垂下，大声叹气，真是不能令人相信，谁都不愿意看那光荣的奇普斯的头。大家不忍见他毫无光彩地站在那里，又把桂冠替他戴上。奇普斯，因为你不能留在罗马城内，元老院决定给你一块田地，叫你用两头耕牛，一部耕犁，从早到晚，一日之内所能圈的地，都算作你的。他们又在城门的铜柱上照样刻了一对美丽的犄角，作为永久的纪念。

【622—744行】
罗马人请来医神埃斯枯拉庇乌斯消除瘟疫

诗神啊，你们是永远在诗人身边的神灵，你们什么都知道，年代再久远的事你们也记得，请你们揭示给我：科洛尼斯的儿子[1]是怎样来到被深深的台伯河水包围的岛上，罗马城的神祇中是怎样又加添了他这位神明。

从前，有一次一场可怕的瘟疫污染了拉提乌姆的空气，人得了

---

[1] 阿波罗与科洛尼斯（Coronis）生医神埃斯枯拉庇乌斯，在医神未出生前，阿波罗因嫉妒，杀死科洛尼斯，剖腹取子。

这个病，浑身血气耗尽，苍白消瘦。仅仅埋葬死人就使人们筋疲力尽，人们发现凡人的一切努力都无作用，医术也无能为力，于是就去求神的帮助，来到了居于大地中心位置的得尔福，求福玻斯的神谕，恳求他能不能指点一条康复之路，解救一下那可悲的情况，以结束他们那伟大都城的灾难。大地、月桂树、神自己身上的箭囊同时晃动起来，从神龛深处的三足鼎发出了话语，使听到的人战栗不已。

只听那声音说道："罗马人啊，你们想在这里得到的，你们应当就近寻求。现在就去近处寻求吧。你们不必求阿波罗解救你们的灾难，你们去求阿波罗的儿子。带着我的祝福，去吧，去请我的儿子吧。"有远见的元老们听了神的命令之后，就打听福玻斯的儿子住在哪里，派人乘船去寻找厄皮道路斯的海岸。派出去的使团把弯弯的船靠在岸边，就去到希腊长老们的议事堂，请求他们把那位天神交给罗马人，因为这位天神一到就能够终止意大利族面临的死亡，这是神谕，是无可怀疑的。

希腊长老对这个问题意见分歧，一部分人认为不应当拒绝支援，大多数人则认为要保住神，不能把神送走，因为这等于把自己安全的支柱送走。正在他们左右摇摆之际，黄昏又已驱走了白昼的余光，黑夜的阴影又笼罩了大地。这时医神在罗马使团的睡梦中显相了，他站在罗马人的卧榻前，左手拿着一根种田的杖，右手捋着长髯，就和庙里的塑像一样。他心平气和地说道："不要怕！我一定去，我会留个假象在庙里。不过，你们要注意看盘在我手杖上的这条蛇，记住它的形状，以便能辨认它。我自己也要变成一条蛇，不过比这大，看起来就像天神变形时应该达到的大小一样。"他的话音刚停，神就消失了，随着话音和神的消失，罗马人的梦也消失了，随着梦的飞逝，慈爱的天光到来了。第二天的黎明驱走了星火，希腊的长老们仍然不能决定怎么办，他们聚集到医神的华丽的庙里，祈求医神显兆，昭示众人他自己愿意驻留何处。他们的话还未停，金色的神就变成一条蛇，头上一撮高高的蛇冠，口里发出嘶嘶的声音，宣告它的到来。它一出现，神像、祭坛、门户、大理石的地面和镀金屋顶都震动了。它挺直上半身，停在庙堂中央，用一双火眼四面一扫，众人吓得不住地打战，但是神的祭司，他的神圣的头发用白带箍着，认出这是神，便喊道：“看，这是神，这是神！凡是在场的人都要保持肃静，心里勿存杂念！最美丽的神啊，愿你的显相给我们带来福祉，为这些在你庙里礼拜的人祝福吧！”

在场的人都照祭司的吩咐向神膜拜，大家都重复着祭司的话，罗马人无论从心里或口头上也都表示了虔诚的敬意。神向他们点点头，摆动了一下头顶上的冠，屡屡闪动舌头，发出嘶嘶的声音，表示肯定了他们的要求。随后，他滑下光洁的台阶，回过头去，看看他即将告别的古神坛，向他的故居和驻留的庙宇致意。然后，这条巨蛇就蜿蜒游过撒满鲜花的地面，弯动着身体，穿过城市中心，来到了有弧形堤岸防护的港口。到此他就停住，脸上好像带着慈容打发跟来告别的群众回去，然后上了意大利的船，找了一个安身的地方。船感到了神的重量，神的重量使船吃水加深了。

罗马人心里充满喜悦，在海滩上杀了一头牛，用花环装饰起船只，解开绞在一起的船缆，乘着顺风离港返航。神高耸着身躯，他的颈部压在弯弯的船尾上，眼睛望着沧海。

他一路顺风经过伊俄尼亚海，第六天黎明就到了意大利，航过以朱诺庙而著名的拉齐尼亚，航过斯库拉克乌姆和雅丕吉亚海岸，躲过左边的安弗里希亚岩石和右边的科钦提亚峰，又沿着罗墨提乌姆、考隆和那吕齐亚航行，经过西西里海和佩洛鲁斯海峡，经过希波塔德斯王的国土，产铜的特墨萨，向着琉科希亚和气候温和、以玫瑰园闻名的派斯土姆驶去。从这里他又经过弥涅耳瓦的海角卡普勒埃，盛产葡萄的苏连土姆山，从这里又驶向赫尔库拉尼姆、斯塔比埃和天生闲散的帕耳忒诺珀[1]，然后才抵达枯迈，这里有西比尔的庙。再往前就是拜埃的温泉和利特尔努姆的乳香树林和伏尔图尔努斯河，这条河漩涡多，从上游带来大量泥沙；接着是希努厄萨，这里有成群的雪白的鸽子；敏图尔奈，此地沼泽很多；卡耶塔，这就是埃涅阿斯葬他奶娘的地方；安提法特斯的故居；水泽包围的特拉卡斯；还有喀耳刻的领地；安提乌姆，此地海滩坚硬。由于海上风浪太大，水手们把船开到这里停靠。

神伸直了他盘绕着的身体游到岸上，蜿蜒爬行，进了黄色沙滩上他父亲的庙，受到父亲的接待。等到大海恢复平静，他又离开他父亲的神坛，沿着沙滩游回船去，一路上他的鳞甲在沙滩上划过发出沙沙的声音，并且划出了一道深沟。他沿着船舵爬上了船，把头枕在高高的船尾上，这样一直到抵达拉维尼乌姆的圣城卡斯特鲁姆和台伯河口。

全体居民不论男女从各方拥来欢迎他，人群之中也有维斯塔少女[2]，她们是看守特洛亚女神维斯塔的圣火的，她们也向神欢呼。当那船快速地逆流而上的时候，两岸排列整齐的神坛上燃起了劈啪作响的乳香，把空气都熏得一片芳香馥郁。人们宰了牺牲，刀上沾满了牺牲的热血。

小船进了罗马城，这座世界的首都。神挺直了身躯，头倚在桅杆顶端，左右摆动，环视哪些地方适合他居住。只见台伯河绕城流

---

[1] 帕耳忒诺珀（Parthenope），即今那不勒斯（Naples）。
[2] 维斯塔（Vesta），古代罗马女神，萨图尔努斯（Satumus）之女，保护家庭的女神，传说她是特洛亚人传入的，有一批少女专司祭祀。

去，有一处河分两支，形成一个名叫英素拉[1]的岛，也就是，岛的两边河面相等，把这片土地夹在当中。这条蛇，福玻斯的儿子，下了拉丁船，来到这座岛上，恢复了神的本相，结束了民众的苦难，给这座城市带来了健康。

【745—879行】

恺撒被刺；对屋大维的歌颂

医神是外来的神，而恺撒是他本国的神。恺撒的武功文德并茂，后来成为天上的星宿；但是他成为天上星宿并非完全因为征战得胜，政绩昭著，光荣立就，而主要因为后继得人。恺撒最大功业在于是当今皇帝[2]之父。恺撒征服过不列颠岛；他曾领着常胜的舰队沿着盛产纸草的七口尼罗河溯流而上；他曾替罗马人民征服过叛逆的努密底亚人、利比亚的尤巴王[3]和蓬托斯[4]的声势浩大的米特利达特斯王，使罗马人民更加强大；他庆祝过许多胜利，他获得过更多的胜利。但是这些功业的伟大都不能和他得子同日而语。天神啊，你们让他统治世界，真是等于给人类降下甘雨，造福不浅。他难道可能是俗骨凡胎么？他既不是俗骨凡胎，他当然是神。埃涅阿斯的母亲维纳斯早看出这点了；当她发现有人在暗算要毁灭她的祭司[5]，并且在酝酿暴力阴谋时，她吓得面色苍白，遇见天神便说道："请看，他们在发动大阴谋要陷害我呢。特洛亚的尤路

---

[1] 英素拉（Insula），意为岛，在古罗马城外台伯河中。

[2] 屋大维（Octavius），亦称奥古斯都（Augustus），罗马第一任皇帝，是恺撒妹妹的女儿的儿子，恺撒认他为义子。

[3] 努密底亚（Numidia）王素法克斯（Syphax）和利比亚（Lybia）王尤巴（Jubia），在非洲帮助恺撒政敌卡托（Cato）等抵抗恺撒追兵，均被恺撒军队消灭。

[4] 蓬托斯（Pontus），即今黑海。

[5] 指恺撒。原文Pontifex，意为"人神之中介"，诗人恭维恺撒"替天行道"。

斯的后裔都完了，我现在只有他[1]一个，他们居然还设下陷阱，要害他的性命。为什么独有我老得担心害怕呢？一会儿狄俄墨得斯用卡吕冬出产的枪把我刺伤；[2]一会儿特洛亚的城墙无人保卫坍塌了，几乎把我压死；我的儿子在风浪之中颠簸上下，过着长期的流离失所的生涯，下至幽灵的冥界，还要和图耳努斯作战，其实说实话，是和朱诺作战。这些都是我的子孙在过去遭到的不幸，何必还旧事重提呢？目前的事更使我担心，不容我回想过去的悲痛。你们不见他们在磨匕首么？我求你们阻止他们，不要让他们杀人，不要让维斯塔的香烟被她祭司的血浇灭。"[3]

忧虑万分的维纳斯在天上到处呼吁，但是毫无结果。不错，天神都很感动；他们虽然不能破坏命运三女神的铁一般的命令，但是他们也毫不含糊地向世人指出了即将来临的大难。据说，人们在乌云之中曾听到刀枪之声，在天上曾听到森严的号角，警告着人们大祸即将临头。同时，日色无光，惨淡地照着骚扰的大地。在星群之中常常发现火光；从云端里时常落下血点；晨星黯淡，它的表面呈现暗红色的斑点；月神的车上沾着血迹。在千百处都有幽界的猫头鹰在报着凶信；在千百处，象牙雕像落下眼泪；在祭神的树林中可以听到哀号和怒骂之声。杀死的牺牲没有一个呈现吉兆：肝脏显出动乱的迹象，肝尖在腹内就裂成两半。在市肆间，在人的住宅左右，在神庙附近，夜间有犬吠，地下的幽灵出来行走，地震撼动城市[4]。即便如此，天神的警告并未能抑止人的阴谋，也未能阻止

---

[1] 指恺撒。维纳斯在特洛亚战争中是祖护特洛亚人的。

[2] 狄俄墨得斯（Diomedes），卡吕冬（Calydon）王之孙。在特洛亚战争时期，维纳斯为了保护埃涅阿斯，被狄俄墨得斯刺伤。

[3] 维斯塔（Vesta），特洛亚人家中供奉的女神。埃涅阿斯抵达意大利后，继续供奉。祭司仍指恺撒。维纳斯请求其他天神阻止刺杀恺撒，以免特洛亚后裔绝种，无人祀奉特洛亚的神了。

[4] 参看莎士比亚《恺撒大帝》、《哈姆雷特》。

命运的来到。人们携带着赤裸裸的刀走进了元老院，他们觉得全城只有这个地方干这罪恶流血的勾当最好。这时，维纳斯双手捶胸，想要布起云阵掩护埃涅阿斯的后人，就像很久以前她解救帕里斯抵住墨涅拉俄斯，或帮助埃涅阿斯逃避狄俄墨得斯的刀剑那样。她的父亲对她说："我的女儿，你想用你一个人的力量改变不可改变的命运吗？你可以到命运三姊妹家中去看看，你会发现世界上发生的一切都早刻在铜碑和铁碑上了。这些碑硕大无比，牢固永久，不论雷电或是天塌地震都不怕。你会发现万世常存的碑上早刻下了恺撒的命运。我自己早已见过，而且记得很清楚，我来告诉你，免得你对未来之事感觉茫然。维纳斯啊，你为你的这个后代悲伤，你可知他的寿限已经到了，他在人间的岁月已经完满。你和他的儿子没有完成的功业就在于把他化为神祇，使他进入天堂，在人间立庙供奉他。他的名号的继承人[1] 将要独自负担起落在他肩上的重担，勇敢地替他复仇，我们必须帮助他进行斗争。他将要统帅三军征服被围困的木提那城，[2] 逼它求和；法尔萨利亚将会感到他的威势；[3] 菲力匹将会再度沾染鲜血；[4] 庞培的声名壮大的儿子将在西西里海面被他击败。埃及女王和罗马将勾搭，自以为很有把握，也将被他臣服；[5] 她吹嘘说，我的卡匹托里乌姆会向她的卡诺普斯[6] 低头，这话绝不会实现。关于这些野蛮地带和大洋两岸的国家，我不必多说；此外，大地上只要有人住的地方，甚至海洋，都将归他统治。等到寰宇各国都安享了太平，他将会考虑公民的权益，他将是

---

[1] 奥古斯都亦称"恺撒"。
[2] 木提那（Mutina），在高卢，奥古斯都在此击败政敌安东尼（Antonius）。
[3] 法尔萨利亚（Pharsalia），在希腊，恺撒在此击败政敌庞培（Pompeius）。
[4] 菲力匹（Philippi），在希腊，奥古斯都和安东尼击败布鲁图斯（Brutus）于此。
[5] 指埃及女王克利俄巴特拉（Cleopatra）和安东尼联合和奥古斯都作战。
[6] 卡诺普斯（Canopus），埃及城市。

最公正的立法者，他将促进法治。他将以身作则，为万民表率；他将瞻瞩未来和后代子孙，把自己的名号和国政让贞节的妻子所生的儿子 [1] 担承起来。他将和涅斯托耳 [2] 同寿，升遐之后，回到天上归位，列为星宿。目前，你可以从被刺的尸身中迎取他 [3] 的灵魂，把他化为星宿，使他永为天神，高高在天护卫着卡匹托里乌姆和佛鲁姆。" [4]

朱庇特话未说完，慈爱的维纳斯早已到了元老院，谁也看不见她。她从她的恺撒的尸身上捉住了冉冉上升的幽魂，她怕它化为清气，立刻把它带到天上万星丛中。她一路捧着，但觉这灵魂发光发热，就把它从胸口撒开。灵魂一升，升得比明月还高，后面拖着一条光彩夺目的带子。他在天上看到自己儿子的善政，他承认这些善政比他自己的更为伟大，他看到儿子青出于蓝很是快慰。虽然为人子者不准人们把他的功业评得比父亲还高，但是名誉是不容阻挡的，不服从任何人的意志；不管他的意欲如何，他的名誉还是在上升。只有在这一点上，名誉不服从他的命令。这种事情，古亦有之。阿特柔斯的荣誉绝不如他的儿子阿伽门农。同样，埃勾斯不能比儿子忒修斯；珀琉斯不能比儿子阿喀琉斯。最后我再举一个最恰当的例子：萨图尔努斯怎能和朱庇特相比？朱庇特统治天堂，统治三体合一 [5] 的天界；奥古斯都统治大地，二者都是既为父又为君。刀火不伤的埃涅阿斯所带来 [6] 的神祇；意大利本土的神祇；我们

---

[1] 奥古斯都娶涅罗（Tiberius Nero）妻利维亚（Livia）时，她已怀孕，生子名提勃琉斯（Tiberius），奥古斯都都收为义子。
[2] 特洛亚战争中，希腊军最年长的将领。
[3] 指恺撒。
[4] 卡匹托里乌姆（Capitolium），罗马城中的山。佛鲁姆（Forum），罗马市场和集会场所。
[5] 据说天界由天堂、太空、灵气三部分合成。
[6] 从特洛亚带到意大利。

罗马城的父亲，奎里努斯；恺撒家中最敬奉的维斯塔；和恺撒的维斯塔一同受人供奉的阿波罗；高高坐在罗马山巅神庙中的朱庇特；所有其他值得被诗人吁请的神祇：千万把奥古斯都放弃他统治的世界而登天、在天上倾听我们的祷告的日期推迟到遥远的将来，推迟到我们死后！

我的作品完成了。任凭朱庇特的怒气，任凭刀、火，任凭时光的蚕食，都不能毁灭我的作品。时光只能销毁我的肉身，死期愿意来就请它来吧，来终结我这飘摇的寿命。但是我的精粹部分却是不朽的，它将与日月同寿；我的声名也将永不磨灭[1]。罗马的势力征服到哪里，我的作品就会在那里被人们诵读。如果诗人的预言不爽，我的声名必将千载流传。

---

[1] 参看莎士比亚十四行诗。

贺拉斯

诗　艺

据人民文学出版社 1962 年 12 月初版《诗学·诗艺》中之《诗艺》整理；中文本译自 Horace: *Satires, Epistles and Ars Poetica*, Loeb Classical Library, Cambridge MA: Harvard University Press, 1929

这原是一封诗体信简，无题，发表后不及百年，即被罗马修辞学、演说学家昆提利阿努斯（Quintillianus，约公元35—95）称之为《诗艺》（*Ars Poetica*），其后遂以此名著称。受信人是皮索氏（Piso）父子三人。当时皮索氏甚多，不知确指何人，根据此信内容，三分之一谈戏剧，三人中可能有人想写剧本，求教于贺拉斯，贺拉斯作此复函，信笔所之，谈谈写作的体会。

如果画家作了这样一幅画像：上面是个美女的头，长在马颈上，四肢是由各种动物的肢体拼凑起来的，四肢上又复盖着各色羽毛，下面长着一条又黑又丑的鱼尾巴，朋友们，如果你们有缘看见这幅图画，能不捧腹大笑么？皮索啊，请你们相信我，有的书就像这种画，书中的形象就如病人的梦魇，是胡乱构成的，头和脚可以属于不同的族类。（但是，你们也许会说：）[1]"画家和诗人一向都有大胆创造的权利。"不错，我知道，我们诗人要求有这种权利，同时也给予别人这种权利，但是不能因此就允许把野性的和驯服的结合起来，把蟒蛇和飞鸟、羔羊和猛虎，交配在一起。　　　13

　　（诗人）在描写的时候，（譬如）写狄安娜[2]的林泉、神坛，或写溪流在美好的田野蜿蜒回漾，或写莱茵河，或写彩虹[3]，开始很庄严，给人以很大的希望，但是这里总是出现一两句绚烂的词

---

[1] 译文中凡括弧中的词和句都是根据译文的需要补充的。下同。
[2] 狄安娜（Diana），罗马神话中的狩猎女神。
[3] 这些显然是当时流行的诗歌题材。

藻[1]，和左右相比太显得五色缤纷了。(绚烂的词藻很好，)但是摆在这里摆得不得其所。也许你会画柏树吧，但是人家出钱[2]请你画一个人从一队船只的残骸中绝望地泅水逃生的图画，那你会画柏树又有什么用呢？开始的时候想制作酒瓮，可是为什么旋车[3]一转动，却作出了一个水罐呢？总之，不论作什么，至少要作到统

23　一、一致。

　　三位贤父子，我们大多数诗人所理解的"恰到好处"实际上是假象。我努力想写得简短，写出来却很晦涩。追求平易，但在筋骨、魄力方面又有欠缺。想要写得宏伟，而结果却变成臃肿。(也有人)要安全，过分怕风险，结果在地上爬行。在一个题目上乱翻花样，就像在树林里画上海豚，在海浪上画条野猪。如果你不懂得

31　(写作的)艺术，那么你想避免某种错误，反而犯了另一种过失。

　　在艾米留斯学校[4]附近的那些铜像作坊里，最劣等的[5]工匠也会把人像上的指甲、鬓发雕得纤微毕肖，但是作品的总效果却很不成功，因为他不懂得怎样表现整体。我如果想创作一些东西的话，我决不愿仿效这样的工匠，正如我不愿意我的鼻子是歪的，纵

37　然我的黑眸乌发受到赞赏。

　　你们从事写作的人，在选材的时候，务必选你们力能胜任的题材，多多斟酌一下哪些是掮得起来的，哪些是掮不起来的。假如你选择的事件是在能力范围之内的，自然就会文辞流畅，条理分明。

---

[1] "绚烂的词藻"原文 purpureus pannus，原意是深红的布片。这一名词，如本文中其他片言只字，经后代特别是古典主义文学家的宣传，已成为文学批评和修辞学中的格言成语。

[2] 沉舟脱险的人，往往请人绘图，供在神庙，以示感恩。

[3] 陶工用的旋车。

[4] 艾米留斯(Paulus Aemilius Lepidus)，公元前34年为代理罗马执政官，在罗马首建训练角力士的学校。

[5] 或作"最好的、独一无二的"，imus 与 unus 二字在抄本中容易混淆，故也可译作"最上等的工匠……"。

谈到条理，如果我没有弄错的话，它的优点和美就在于作者在写作预定要写的诗篇的时候能说此时此地应该说的话，把不需要说的话暂时搁一搁不要说，要有所取舍。[1]

此外，在安排字句的时候，要考究，要小心，如果你安排得巧妙，家喻户晓的字便会取得新义，表达就能尽善尽美。万一你要表达的东西很深奥，必须用新字才能表明，那么你可以创造一些围着腰巾的克特古斯这类人[2] 所没有听见过的字；这种自由，用得不过分，是可以允许的。这种新创造的字必须渊源于希腊，汲取的时候又必须有节制，才能为人所接受。罗马人为什么单把这种权利给予凯齐留斯和普劳图斯，不给维吉尔和瓦留斯呢[3]？如果我也有这能力，为什么不允许我也扩大一下我的贫乏的词汇呢？为什么卡图和恩纽斯[4] 的妙笔就可以丰富我们祖国的话言，为一些事物发明新的名称呢？（每个时代）创造出标志着本时代特点的字，自古已然，将来也永远如此。每当岁晚，林中的树叶发生变化，最老的[5] 树叶落到地上；文字也如此。老一辈的消逝了，新生的字就像青年一样将会开花、茂盛。我们和我们所有的（一切）都注定要死亡的。帝王的伟大工程把大海引进陆地，来保护我们船舶，不使受北风的摧残；一片荒瘠的湖沼，长期以来只通舟楫，如今却供养着周围的城市，感到耕犁的分量；一条河流过去给农作物带来灾

---

[1] 或译"有所好恶"。

[2] 克特古斯（Cethegi），古罗马 Cornelius 族的"绰号"。腰巾乃公元前三世纪罗马人的服装，所谓"围着腰巾的克特古斯这类人"，实即"古人"的意思。

[3] 凯齐留斯（Caecilius）、普劳图斯（Plautus）是公元前三至前二世纪的罗马喜剧家；维吉尔（Vergilius）、瓦留斯（Varius）是作者同时代的诗人。意谓古人可以创字，当代作家为什么不能创造新字。

[4] 卡图（Cato）、恩纽斯（Ennius），前者是公元前二世纪罗马史家、演说家；后者是公元前二世纪罗马诗人。总指"古之作者"。

[5] 据说在意大利，树叶可以隔一冬，或隔两冬才落下，所以"最老的"树叶指的是已经经过一二冬天的树叶。

害，现在改流了，懂得什么是正途了[1]，但是这一切能够消亡的成就都将消亡，我们的语言不论多么光辉优美，更难以长存千古了。许多词汇已经衰亡了，但是将来又会复兴；现在人人崇尚的词汇，将来又会衰亡；这都看"习惯"喜欢怎样，"习惯"是语言的裁判，它给语言制定法律和标准。

72

　　帝王将相的业绩、悲惨的战争，应用什么诗格来写，荷马早已作了示范[2]。长短不齐的诗句搭配成双[3]，起先用来作为哀歌的格式，后来也用它表现感谢神恩的心情，但是这种短小的挽歌体是哪个作家首创的，学者们还在争辩，没有定案。阿喀罗科斯用他自创的"短长格"[4]来表达激情；（演员穿着平底鞋的）喜剧，（演员穿着高底鞋的）悲剧，也都采用了这种诗格，因为这种诗格用于对话最为适宜，又足以压倒普通观众的喧噪，又天生能配合动作。诗神规定竖琴[5]（的任务）是颂扬神和神的子孙、拳赛胜利者、赛跑第一的骏马、青年人的情思，以及饮酒的逍遥。如果我不会遵守，如果我不懂得这些规定得清清楚楚的、形式不同的、色调不同的诗格，那么人们为什么还称我为诗人呢？为什么我由于一种错误的自尊心，宁肯保持无知而不愿去学习呢？喜剧的主题决不能用悲

---

[1] 作者用这三件浩大的工程（都在凯撒和奥古士都统治罗马时期）来说明事物不能长存不变。（一）把意大利西南岸上两个湖 Avernus 和 Lucrinus 打通，又把后一湖和地中海接连，形成一个很大的避风港。（二）指庞厅沼泽（Palldes Pontinae）的排水工程，变沼泽为良田。地在罗马以南，海岸边。（三）指把罗马城所在的第伯河改道，使不泛滥。

[2] 按指一长二短（或二长），六步的诗行。

[3] 按指"挽歌体叠句"，首行六步，次行五步，这种诗格最初用作挽歌，其后用来写感恩辞，长短如"警句"。

[4] 按指每行三双音步，每步一短一长（iambus）的诗格，系公元前七世纪希腊诗人阿喀罗科斯（Archilochus，约公元前 714—前 676）所创造，古希腊喜剧和悲剧中的对话多用这诗格。贺拉斯在《书信集》卷1，第 19 函中说他自己是第一个用这种诗格写作的罗马诗人。

[5] 按指抒情诗中的各种诗格。

剧的诗行来表达；同样，堤厄斯忒斯的筵席[1]也不能用日常的适合于喜剧的诗格来叙述。每种体裁都应该遵守规定的用处。但是有时候喜剧也发出高亢的声调；克瑞墨斯[2]一恼也可以激昂怒骂；在悲剧中，忒勒福斯和珀琉斯[3]也用散文的对白表示悲哀，他们身在贫困流放之中，放弃了"尺半"[4]、浮夸的词句，才能使他们的哀怨打动观众的心弦。

98

　　一首诗仅仅具有美是不够的，还必须有魅力，必须能按作者愿望左右读者的心灵。你自己先要笑，才能引起别人脸上的笑，同样，你自己得哭，才能在别人脸上引起哭的反应。你要我哭，首先你自己得感觉悲痛，这样，忒勒福斯啊，珀琉斯啊，[5]你的不幸才能使我伤心，如果你说的话不称，你只能使我瞌睡，使我发笑。忧愁的面容要用悲哀的词句配合，盛怒要配威吓的词句，戏谑配嬉笑，庄重的词句配严肃的表情。大自然当初创造我们的时候，她使我们内心能随着各种不同的遭遇而起变化：她使我们（能产生）快乐（的感情），又能促使我们忿怒，时而又以沉重的悲痛折磨我们，把我们压倒在地上；然后，她又（使我们）用语言为媒介说出（我们）心灵的活动。如果剧中人物的词句听来和他的遭遇（或身分）不合，罗马的观众不论贵贱都将大声哄笑。神说话，英雄说话，经验丰富的老人说话，青春、热情的少年说话，贵族妇女说话，好管闲事的乳媪说话，走四方的货郎说话，碧绿的田垄里耕地的农夫说

---

[1] 堤厄斯忒斯（Thyestes），他引诱了他的嫂嫂，他哥哥为报复，杀死他的儿子，拿他们的肉请他吃。意谓悲剧的题材。
[2] 克瑞墨斯（Chremes），罗马喜剧家泰伦斯（Terentius）三部喜剧中的人物——吝啬鬼，此处用以概括喜剧中人物。
[3] 忒勒福斯（Telephus）、珀琉斯（Peleus），欧里庇得斯和索福克勒斯悲剧中的人物。
[4] 长字、大字眼、过甚之词。
[5] 一种修辞手段，作者不用第三人称叙述，而用"呼格"，以表示生动。

话，科尔科斯人说话，亚述[1]人说话，生长在忒拜的人[2]、生长在阿耳戈斯的人[3]说话，其间都大不相同。

或则遵循传统，或则独创；但所创造的东西要自相一致。譬如说你是个作家，你想在舞台上再现阿喀琉斯受尊崇的故事[4]，你必须把他写得急躁、暴戾、无情、尖刻，写他拒绝受法律的约束，写他处处要诉诸武力。写美狄亚要写得凶狠、慓悍；写伊诺要写她哭哭啼啼；写伊克西翁要写他不守信义；写伊俄要写她流浪；写俄瑞斯忒斯要写他悲哀。[5]假如你把新的题材搬上舞台，假如你敢于

创造新的人物，那么必须注意从头到尾要一致，不可自相矛盾。

用自己独特的办法处理普通题材[6]是件难事；你与其别出心裁写些人所不知、人所不曾用过的题材，不如把特洛亚的诗篇改编成戏剧。从公共的产业里，你是可以得到私人的权益的[7]，只要你不沿着众人走俗了的道路前进，不把精力花在逐字逐句的死搬死译上，不在模仿的时候作茧自缚[8]，既怕人耻笑又怕犯了写作规则，不敢越出雷池一步。此外，在作品开始的时候，不要学古代的英雄诗系的诗人[9]，写道："我要歌唱的是普里阿摩斯的命运和一

---

[1] 科尔科斯（Colchus），亚述（Assyrius）人都是亚洲人，从古希腊人观点看来，他们的语言都很"野蛮"。

[2] 指忒拜（Thebes，旧译"底比斯"）的暴君克瑞翁（Creon），见索福克勒斯悲剧《安提戈涅》（Antigone）。他的性格固执。

[3] 指阿耳戈斯（Argos）王阿伽门农（Agamemnon），性格老成持重。

[4] 按指荷马史诗《伊利亚特》第9卷阿伽门农求阿喀琉斯（Achilles）出营助战的故事。

[5] 美狄亚（Medea）、伊诺（Ino）、伊克西翁（Ixion）、伊俄（Io）、俄瑞斯忒斯（Orestes）均希腊神话中人物，每一人物后面所附都是这人物的特征，是家喻户晓的。

[6] "普通题材"指"广泛的"、"日常生活的"，亦即不适于诗歌、戏剧的"新奇的"题材。贺拉斯主张用在他那时代已是"古典的"题材。

[7] 所谓"公共产业"指人所共知的文学题材。贺拉斯主张采用"古典的"题材，在这范围内体现独创——"私人的权益"。

[8] 原文作"跳入井中"，借用羊受狐狸的欺骗跳进井里的典故。

[9] 在希腊文学中曾有这样一种写大型史诗的诗人，例如把特洛亚战争事迹从头到尾包括进去。贺拉斯主张不要模仿这种大而无当的史诗，应学荷马选择全部过程中的一个插曲。

场著名的战争。"你若夸下这样的海口，你拿什么出来还愿呢？（这就像）大山临蓐，养出来的却是条可笑的小老鼠。有人[1]就不费这无谓的气力，这真不知要好多少倍；（他说：）"诗神，告诉我，在特洛亚灭亡之后，那位英雄怎样阅历了许多城市，见到人间各种各样的风习。"（荷马的）作法不是先露火光，然后大冒浓烟，相反他是先出烟后发光，这样才能创出光芒万丈的奇迹，如安提法忒斯、斯库拉、卡吕布狄斯[2]和独眼巨人。他写狄俄墨得斯回家不从墨勒阿革洛斯的死写起[3]；他写特洛亚战争也不从双胞[4]的故事写起。他总是尽快地揭示结局，使听众及早听到故事的紧要关头[5]，好像听众已很熟悉故事那样；凡是他认为不能经他渲染而增光的一切，他都放弃；他的虚构非常巧妙，虚实参差毫无破绽，因此开端和中间，中间和结尾丝毫不相矛盾。

153

请你倾听一下我和跟我在一起的观众要求的是什么。如果你希望观众赞赏，并且一直坐到终场升幕，[6]直到唱歌人[7]喊"鼓掌"，那你必须（在创作的时候）注意不同年龄的习性，给不同的性格和年龄[8]以恰如其分的修饰。已能学语、脚步踏实的儿童喜和同辈的儿童一起游戏，一会儿生气，一会儿又和好，随时变化。口上无髭的少年，终于脱离了师傅的管教，便玩弄起狗马来，在阳

---

[1] 按指荷马，下引诗句即《奥德赛》的开始。

[2] 安提法忒斯（Antiphates）、斯库拉（Scylla）、卡吕布狄斯（Charybdis）都是俄底修斯一路上遇到的怪人、妖物。

[3] 墨勒阿革洛斯（Meleager）是狄俄墨得斯（Diomedes）的叔父。意谓不必原原本本、从头到尾都叙述。

[4] 指特洛亚故事中的海伦的诞生，海伦之母一胎双胞。亦谓从头说起。

[5] "故事的中心"（In medias res），荷马史诗《奥德赛》一开始就是故事的中心，然后再倒叙，这种结构成为后代史诗的典范。

[6] 罗马剧院开演时幕落到台下，剧终幕升起。

[7] "唱歌人"（cantor），罗马喜剧中，随伴音乐和演员舞蹈的歌者，在剧终由他喝"鼓掌"，以示收场。

[8] 或译作"给性格随年龄而不同的人"，也许更和下文符合。

光照耀的"校场"[1] 的绿草地上嬉游；他就像一块蜡，任凭罪恶捏
弄，忠言逆耳，不懂得有备无患的道理，一味挥霍，兴致勃勃，欲
望无穷，而又喜新厌旧。到了成年，兴趣改变；他一心只追求金钱
和朋友，为野心所驱使，作事战战兢兢，生怕作了又想更改。人
到了老年，更多的痛苦从四围袭击他：或则因为他贪得，得来的钱
又舍不得用，死死地守着；或则因为他无论做什么事情，左右顾
虑，缺乏热情，拖延失望，迟钝无能，贪图长生不死，执拗埋怨，
感叹今不如昔，批评并责骂青年。随着年岁的增长，它给人们带来
很多好处；随着年岁的衰退，它也带走了许多好处。所以，我们不
要把青年写成个老人的性格，也不要把儿童写成个成年人的性格，
178　我们必须永远坚定不移地把年龄和特点恰当配合起来。

　　情节可以在舞台上演出，也可以通过叙述。通过听觉来打动人
的心灵比较缓慢，不如呈现在观众的眼前，比较可靠，让观众自己
亲眼看看。但是不该在舞台上演出的，就不要在舞台上演出，有许
多情节不必呈现在观众眼前，只消让讲得流利的演员在观众面前叙
述一遍就够了，例如，不必让美狄亚当着观众屠杀自己的孩子，不
必让罪恶的阿特柔斯公开地煮人肉吃，不必把普洛克涅当众变成一
只鸟，也不必把卡德摩斯当众变成一条蛇。[2] 你若把这些都表演给
188　我看，我也不会相信，反而使我厌恶。

　　如果你希望你的戏叫座，观众看了还要求再演，那么你的戏
最好是分五幕，不多也不少。不要随便把神请下来[3]，除非遇
到难解难分的关头非请神来解救不可。也不要企图让第四个演员

---

[1]　"校场"（campus martius），罗马阅武场，也是罗马居民的游戏场。
[2]　阿特柔斯（Atreus）、普洛克涅（Procne）、卡德摩斯（Cadmus）故事都见希腊神话。
[3]　指 deus ex machina，意思是"用一种机械把神送下来"。古代戏剧中每逢局面到了无
　　可收拾时，就用这种办法来收拾。后来成为一个文学术语，凡情节不可收拾，另求神
　　力或奇遇来解决，都叫 deus ex machina，

说话 [1]。

歌唱队应该坚持它作为一个演员的作用和重要职责。它在幕与幕之间所唱的诗歌必须能够推动情节，并和情节配合得恰到好处。它必须赞助善良 [2]，给以友好的劝告；纠正暴怒，爱护不敢犯罪的人。它应该赞美简朴的饮食，赞美有益的正义和法律，赞美敞开大门的闲适（生活）。它应该保守信托给它的秘密 [3]，请求并祷告天神，让不幸的人重获幸运，让骄傲的人失去幸运。

至于箫管，（古代和近代有所不同。）近代的外面包着红铜，声音可以和喇叭相比；而古代的却很细小简朴，洞孔很少，用来引导并配合歌唱队，音量足够使在座的观众听见，因为当时的观众还不似今日拥挤，那时聚集的人群确是屈指可数的，而且他们都是清醒、纯洁、有廉耻的人。但是后来国势日盛，疆土日拓，城市的围墙日益扩大，在节日为了媚神 [4]，人们竟白昼狂饮，毫无禁忌，这时（箫管的）节奏和牌调也便更加随意了。本来么，观众中夹杂着一些没有教养的人，一些刚刚劳动完毕的肮脏的庄稼汉，和城里人和贵族们夹杂在一起——他们又懂得什么呢？因此，奏箫管的乐师便在古法之外加上些动作和花巧，在舞台上曳着长裙走过。同样，本来是肃穆的竖琴也有了歌声陪伴；过分热中于雄辩，使语言也变得怪诞；而雄辩的内容又充满了"智慧"和"有用之物"，并且能"昭示未来"，简直和阿波罗庙里的神签一样（令人费解。）[5]

---

[1] 台上至多只能有三个演员同时说话。

[2] 指善良的人物。

[3] 例如不将剧中某人物的秘密泄露给其敌人。

[4] 罗马人相信每个人都有他的"守护神"（genius）。

[5] 在这一段里，作者批评了希腊悲剧以后的戏剧，在形式方面日趋繁缛，失去古朴之风；在内容方面晦涩难明。原因，一方面由于贵族竞尚浮华，另一方面，作者又站在贵族奴隶主立场，认为演员在迎合"庄稼汉"的嗜好。

最初的悲剧诗人为了（赢得）一头廉价的山羊[1]参加竞赛，很快就把山林旷野中的赤身露体的"萨堤洛斯"[2]（搬上舞台），尝试创造些粗鄙的笑料，却也无伤大雅；（他们所以这么作是因为）观众在作过宗教仪式之后[3]，已经喝得烂醉，无法无天，只有用这种新颖节目才能吸引住观众。但是你若要为你的嬉笑怒骂、冷嘲热讽的"萨堤洛斯"[4]赢得观众的喝采，如果你想反庄为谐，你千万不可刚刚让你的天神和英雄穿着庄严的金紫袍褂呈现在观众面前，忽然又让他们在舞台上说一些粗俚的话，在黝暗的市肆中出出入入，或者为了逃避尘寰又把他们送上虚无缥缈的云端。悲剧是不屑于乱扯一些轻浮的诗句的，就像庄重的主妇在节日被邀请去跳舞一样，它和一些狂荡的"萨堤洛斯"在一起，总觉有些羞涩。皮索先生们，我若是写"萨堤洛斯剧"，我不喜欢只用些不加雕琢、平淡无奇的名词与动词，我也不愿尽力抛弃悲剧的文彩，就好像不论是达乌斯说话也好，或刚从西摩那儿骗得一千两银子的大胆的皮提阿斯说话也好，或守卫并侍奉酒神的塞勒诺斯说话也好[5]，都不加区别。我的希望是要能把人所尽知的事物写成新颖的诗歌，使别人看了觉得这并非难事，但是自己一尝试却只流汗而不得成功。这是

---

[1] "悲剧"一辞在希腊文意为"山羊之歌"，据信，参加悲剧竞赛优胜者所得彩头是一头山羊。实则因为最初的悲剧中的歌者都披山羊皮，扮成"萨堤洛斯"，参看本页注[2]。
[2] "萨堤洛斯"（Satyrus），希腊神话中半人半羊的、居住在树林里的神。"萨堤洛斯剧"乃悲剧三部曲（每次竞赛必须演三部曲）后附加的第四部曲，故与悲剧关系密切。作者在本节即处理"萨堤洛斯剧"，认为古代作者演这第四部曲意在吸引观众，但他警告作家们不应把这种剧写成喜剧。（作者以为"萨堤洛斯剧"是从悲剧发展出来的，实则相反。）
[3] 演戏是节日宗教活动的一部分，特别在"酒神节"，参加者更须狂饮。
[4] "萨堤洛斯"在舞台上的语言有嬉笑怒骂、冷嘲热讽这些特点，因此萨堤洛斯一词即引申为"讽刺的"（satyricus）之意。此句实即："你若希望你的第四部曲成功。"
[5] 达乌斯（Davus）、西摩（Simo）、皮提阿斯（Pythias）均喜剧中的典型人物。塞勒诺斯（Selenus）是众"萨堤洛斯"之父，酒神年轻时的师傅，是"萨堤洛斯剧"中不可少的角色。

因为条理和安排起了作用，使平常的事物能升到辉煌的峰顶。我认为，把山林中的"法乌尼"搬上舞台时必须注意不可把他们写成像是出生在三岔路口^[1]，或者简直像是出生在城市之中，或写得像些纨袴少年不时咏唱着款软的诗歌，或满口淫词秽语聒噪不休。这些虽然引起买烤豆子、烤栗子吃的人^[2]的赞许，却使骑士们、长者们、贵人们、富人们反感，他们听了是不会心平气和的，更不会奖赏什么花环。

250

短音后面加个长音，（这样的音步）叫作"短长格"^[3]，是个快步，因此三双音步^[4]的诗行必须用"短长格"，虽然（每行）从头到尾都是"短长格"，一共有了六个音步^[5]。但是在不久以前，有的诗人也允许在这种诗行里安置稳重的"长长格^[6]"，使这诗行听起来略为缓慢持重些，这是可以作到的，因为这种诗行伸缩性大，能够包容，但是有个限度，逢双的音步仍不允许用"长长格"。阿齐乌斯^[7]写的"崇高庄严"^[8]的三双音步诗行，"短长格"便很少出现，在恩纽斯的戏剧中，诗句极其笨重，他受到责难，被人认为写作潦草仓促，甚至被人认为不懂写作的规则。不是每个批评家都能指出（这样的）诗的音律是和谐还是不和谐，因此过分地放纵了罗马诗人。难道因此我也就可以毫无拘束地乱跑，随便乱写

---

[1] 人迹车轨交集之处。不应把这些狂野的人物写成城市出身的人物，具有城市人物俚俗的或"优雅"的谈吐。"法乌尼"（Fauni）与"萨堤洛斯"类似，也是半人半羊的林木之神。
[2] 普通人。
[3] 短长格（iambus），一个短音一个长音的音步。
[4] 三双音步等于六步。
[5] 每音步两个音节。
[6] 长长格（spondeus），两个长音的音步。
[7] 阿齐乌斯（Accius），公元前一世纪罗马悲剧诗人。
[8] 赞成阿齐乌斯的人таким用这话赞美他的诗，贺拉斯正相反，认为三步诗行应多用"短长格"。以下对恩纽斯的批评也如此，恩纽斯用"长长格"太多，以致诗句"笨重"。

了么？但即使我的错误人人可以看到，难道我就应该只求安全，小心翼翼地希望别人原谅我么？我最多不过是避免了（别人的）谴责，我并未赢得（别人的）赞许。你们应当日日夜夜把玩希腊的范例。但是（你们会说）你们的祖先不是赞美过普劳图斯的诗格和锋利的才华么？我们即使不能说他们赞美普劳图斯这两点是太愚蠢了，至少是过分宽大了些。你我至少要能分辨什么是粗鄙，什么是漂亮文字，用我们耳朵、手指辨出什么是合法的韵律[1]。

274

据说悲剧这种类型早先没有，是忒斯庇斯[2]发明的，他的悲剧在大车上演出，演员们脸上涂了酒渣[3]，边唱边演。其后，埃斯库罗斯又创始了面具和华贵的长袍，用小木板搭起舞台，并且教导演员念词如何才能显得崇高，穿高底靴举步如何才能显得优美。其后便出现了古代的喜剧，颇赢得人们的赞许，但是后来发展得过于放肆和猖狂，须要用法律加以制裁。法律发生了作用，丑恶的歌唱队偃旗息鼓了，它危害观众的权利被取消了。

284

我们的诗人对于各种类型都曾尝试过，他们敢于不落希腊人的窠臼，并且（在作品中）歌颂本国的事迹，以本国的题材写成悲剧或喜剧，赢得了很大的荣誉。此外，我们罗马在文学方面（的成就）也决不会落在我们的光辉的军威和武功之后，只要我们的每一个诗人都肯花功夫、花劳力去琢磨[4]他的作品。三位庞皮留斯[5]的后人，你们若见到什么诗歌，不是下过许多天苦功写的，没有经

---

[1] 作者不赞成普劳图斯的喜剧，认为内容既不尖锐，只一味粗俚（inurbanum），而形式也不合规格。作者在《书信集》卷2第一信176行，曾云普劳图斯一心只想牟利，不管剧本是好是坏。"耳朵、手指辨出"即"听出、指出"之意。
[2] 忒斯庇斯（Thespis），希腊传说中的悲剧创造者。
[3] 在庆祝酿酒节的行列中，演员乘大车表演，但这是喜剧的起源，作者在此有所混淆。
[4] "花功夫、花劳力去琢磨"，原文是 Limae labor et mora，"用锉磨光"，也为本文名句之一。
[5] 庞皮留斯（Pompilius），古罗马第二个国王，皮索一家是他的后代。

过多次的涂改，没有（像一座雕象，被雕塑家的）磨光了的指甲修正过十次[1]，那你们就要批评它。

294

由于德谟克利特[2]相信天才比可怜的艺术要强得多，把头脑健全的诗人排除在赫利孔[3]之外，因此就有好大一部分诗人竟然连指甲也不愿意剪了，胡须也不愿意剃了，流连于人迹不到之处，回避着公共浴场。假如他不肯把他那三副安提库拉[4]药剂都治不好的脑袋交给理发匠里奇努斯[5]，那肯定他是不会撞上诗人的尊荣和名誉的！咳，我的运气真不好，春天来了，我的肝气消了，否则我就可以写一首谁都不能比拟的好诗[6]，但是也犯不上[7]。因此，我不如起个磨刀石的作用，能使钢刀锋利，虽然它自己切不动什么。我自己不写什么东西，但是我愿意指示（别人）：诗人的职责和功能何在，从何处可以汲取丰富的材料，从何处吸收养料，诗人是怎样形成的，什么适合于他，什么不适合于他，正途会引导他到什么去处，歧途又会引导他到什么去处。

308

要写作成功，判断力是开端和源泉[8]。苏格拉底的文章能够给你提供材料；有了材料，文字也就毫不勉强地跟随而至。如果一

---

[1] 雕刻家用指甲在石像上擦过，以检验接缝处是否光润。

[2] 德谟克利特（Democritus），公元前五世纪希腊哲学家。他主张只要有天才就能成诗人，不必勤学苦练。

[3] 赫利孔（Helicon），诗神所居的山，即诗歌的领域。

[4] 安提库拉（Anticyra），希腊城名，产一种治精神病的毒药（elleborus）。意即："他那狂狷、不近情理的头脑已无可救药；不修边幅，如狂如痴，如何能成为诗人？"

[5] 里奇努斯（Licinus）——任何理发匠。替他剃须净面。

[6] 来讽刺这种所谓的天才诗人。

[7] 写诗泄忿，丧失理性。

[8] Scribendi recti sapere est et principium et fons。贺拉斯这一名句成为古典主义作家的信条。句中 sapere 一字或译作"智慧"（如本·琼生 Ben Jonson），或译作"判断"（如罗斯康门 Roscommon），或"正确的思考"（如圣茨伯利 Saintsbury）。作者的意思是指：要写得好，首先要知道什么是应该写、可以写的，什么是不应该写、不可以写的，以及怎样才写得恰如其分。"适度"，"合理"是作者的基本思想之一。各种译法可作参考。

个人懂得他对于他的国家和朋友的责任是什么，懂得怎样去爱父兄、爱宾客，懂得元老和法官的职务是什么，派往战场的将领的作用是什么，那么他一定也懂得怎样把这些人物写得合情合理。我劝告已经懂得写什么的作家[1]到生活中到风俗习惯中去寻找模型，从那里汲取活生生的语言吧。时常，一出戏因为有许多光辉的思想，人物刻画又非常恰当，纵使它没有什么魅力，没有力量，没有技巧，但是比起内容贫乏、（在语言上）徒然响亮而毫无意义的诗作，更能使观众喜爱，更能使他们流连忘返。

322

诗神把天才，把完美的表达能力，赐给了希腊人；他们别无所求，只求获得荣誉。而我们罗马人从幼就长期学习算术，学会怎样把一斤[2]分成一百份。"阿尔比努斯的儿子，你回答：从五两里减去一两，还剩多少？你现在该会回答了。"[3]"还剩三分之一斤。"[4]"好！你将来会管理你的产业了。五两加一两，得多少？""半斤。"[5]当这种铜锈和贪得的欲望腐蚀了人的心灵，我们怎能希望创作出来的诗歌还值得涂上杉脂，保存在光洁的柏木匣里呢？

332

诗人的愿望应该是给人益处和乐趣，他写的东西应该给人以快感，同时对生活有帮助。在你教育人的时候，话要说得简短，使听的人容易接受，容易牢固地记在心里。一个人的心里记得太多，多余的东西必然溢出。虚构的目的在引人欢喜，因此必须切近真实；戏剧不可随意虚构，观众才能相信，你不能从吃过早餐的拉米

---

[1] 已经懂得该写什么，再到生活中去观察。
[2] 罗马人一斤分为十二两，学童要学会怎样用十进位计算它。
[3] 作者举例说明罗马学童在学校所受的教育。
[4] 即四两。
[5] 即六两。

亚^[1]的肚皮里取出个活生生的婴儿来。如果是一出毫无益处的戏剧，长老的"百人连"^[2]就会把它驱下舞台；如果这出戏毫无趣味，高傲的青年骑士便会掉头不顾。寓教于乐，既劝谕读者，又使他喜爱，才能符合众望。这样的作品才能使索修斯兄弟^[3]赚钱，才能使作者扬名海外，留芳千古。

不过，错误总有的，我们愿意原谅。琴弦上不可能永远弹出得心应手的声调，想要弹个低音，发出来却时常是个高音。射箭也如此，不能永远射中瞄准的鹄的。是的，一首诗的光辉的优点如果很多，纵有少数缺点，我也不加苛责，这是不小心的结果，人天生是考虑不周全的。如此说来，怎样才算过失呢？就像抄书手，尽管多次警告，还犯同样错误，那就不可原谅了；又如竖琴师老在那一根弦上弹错，必然引起讪笑。同样，我认为一个诗人老犯错误，那一定变成科利勒斯^[4]第二；偶尔写出三两句好诗反倒会使人惊讶大笑。当然，大诗人荷马打瞌睡^[5]的时候，我也不能忍受；不过，作品长了，瞌睡来袭，也是情有可原的。

诗歌就像图画：有的要近看才看出它的美，有的要远看；有的放在暗处看最好，有的应放在明处看，不怕鉴赏家锐敏的挑剔；有的只能看一遍，有的百看不厌。

现在我向长公子进一言。虽然令尊教导你（怎样）正确（判断事物），你自己也聪慧多识，但是你千万要记住这句话：世界上只有某些事物犯了平庸的毛病还可以勉强容忍。（例如）中等的律师

346

361

365

---

[1] 拉米亚（Lamia），专吃婴儿的女妖。
[2] 古罗马把公民按年岁分为"长老"和"青年"。"百人连"，古罗马武装部队的单位。
[3] 索修斯（Sosius）二兄弟，为罗马著名书商。贺拉斯的作品即由他们销售。
[4] 科利勒斯（Choerilus），马其顿亚历山大的随军诗人，每次战争胜利，他都写一部史诗。
[5] 写得不精采的时候。

和诉讼师纵然不及麦萨拉[1]那样雄辩，纵然不及奥路斯·卡斯开留斯[2]那样博学，但是他还是有一定的价值。唯独诗人若只能达到平庸，无论天、人或柱石[3]都不能容忍。在欢乐宴会上，乐队如果演奏得不和谐，香膏[4]如果太厚，罂粟子[5]如果配的是萨丁尼亚的蜂蜜，必然大煞风景，宴会没有它们也可以进行；同样，一首诗歌的产生和创作原是要使人心旷神怡，但是它若是功亏一篑不能臻于最上乘，那便等于一败涂地。不会要弄兵器的人索性不去碰校武场上的军械，不会打球、掷饼、滚环的人索性不去参加这些游戏，反倒不会引起层层围观者的嘲笑，不怕引起非难。但是不会吟诗的人却敢吟诗。有什么不敢的呢？他有自由，他是个自由公民，
384　特别是他很有钱，骑士阶级出身，身上不会沾有任何瑕疵。

　　你无论说什么，作什么，都不违反米涅瓦的意志[6]，你是有这种判断力的，懂得这道理的。但是如果有一天你想写作，让迈齐乌斯[7]，或令尊，或我本人先听听，提出批评，然后把稿子压上九个年头[8]，收藏在家里。没有发表的东西，你是可以销毁的：
390　一言既出，驷马难追。

　　当人类尚在草昧之时，神的通译——圣明的俄耳甫斯[9]——就阻止人类不使屠杀，放弃野蛮的生活，因此传说他能驯服老虎和

---

[1] [2]　麦萨拉（Messalla），历史家、诗人、演说家；奥路斯·卡斯开留斯（Aulus Cascellius），不详。二者均作者同时人。

[3]　罗马习惯，新诗都张贴在书店外面柱子上，此处实指书店、书商。

[4]　用以涂身。

[5]　焙烤过的罂粟子和蜜算是名贵菜，但蜜味若苦，便煞风景。

[6]　米涅瓦（Minerva），艺术、科学、智慧的女神。意为"违反自然"，"违反理智"。

[7]　迈齐乌斯（Maecius），当时著名批评家。

[8]　修改九年。

[9]　俄耳甫斯（Orpheus），希腊神话中的乐师，他的歌声能感动鸟兽。此处指诗歌、文学的开化作用。

凶猛的狮子。同样，忒拜城的建造者安菲翁 [1]，据传说，演奏竖琴，琴声甜美，如在恳求，感动了顽石，听凭他摆布。这就是古代（诗人）的智慧，（他们教导人们）划分公私，划分敬渎，禁止淫乱，制定夫妇礼法，建立邦国，铭法于木 [2]，因此诗人和诗歌都被人看作是神圣的，享受荣誉和令名。其后，举世闻名的荷马和堤尔泰俄斯 [3] 的诗歌激发了人们的雄心奔赴战场。神的旨意是通过诗歌传达的；诗歌也指示了生活的道路 [4]；（诗人也通过）诗歌求得帝王的恩宠 [5]；最后，在整天的劳动结束后，诗歌给人们带来欢乐。因此，你不必因为（追随）竖琴高手的诗神和歌神阿波罗而感觉可羞。　　407

有人问：写一首好诗，是靠天才呢，还是靠艺术？我的看法是：苦学而没有丰富的天才，有天才而没有训练，都归无用；两者应该相互为用，相互结合。在竞技场上想要夺得渴望已久的锦标的人，在幼年时候一定吃过很多苦，经过长期练习，出过汗，受过冻，并且戒酒戒色。在阿波罗节日的音乐竞赛会上的吹箫人，在这以前也经过学习，受过师傅的斥责。今天他可以说：“我写出了惊人的诗篇；让落在后面的人心痒难搔吧；我不屑于落在别人后面，我也不愿承认我没有学过，所以我确实不知道。[6]”　　418

商贩叫卖，招来一大群人买他的整齐的货物；诗人也一样，如果他的田产很多，放出去收利的资财也很多，也可以召唤一批牟利

---

[1] 安菲翁（Amphion），宙斯之子，善奏竖琴，石头听了，自动砌成城墙。
[2] 希腊索伦立法即刻在木牌上。
[3] 堤尔泰俄斯（Tyrtaeus），公元前七世纪斯巴达诗人，他的诗歌鼓舞过作战中的斯巴达兵士。
[4] 指道德教谕诗，如希腊诗人赫西俄德（Hesiodus）的作品。
[5] 指品达（Pindaros）、西蒙尼得斯（Simonides）、巴库里得斯（Bacchylides）等希腊诗人的颂歌。
[6] 意谓：“我什么都学过，所以什么都会。”全段假想的引语的意思是成功的诗人今天可以说这种话，但是我们不应忘记他过去曾勤学苦练过。

之徒来替他捧场。假设有人有力量大设丰盛的筵席，他有力量替家财微薄的穷人作保；他有力量把一个纠缠在一场黑暗官司中的人救出来[1]——我的确怀疑像他这样一个有福分的人能不能分辨真朋友、假朋友[2]。假使有这样一个人，你曾经赠过礼物给他，或者你想赠些礼物给他，你千万不可在他高兴头上把他请来听你念你作的诗。他一定会喊道："妙啊，好啊，正确啊！"他听了会激动得面色苍白，他那充满友情的双目中甚至会凝结出露珠般的眼泪，他会手舞足蹈。出殡的时候雇来的哭丧人的所说所为几乎超过真正从心里感到哀悼的人；同样，假意奉承的人比真正赞美（你的作品）的人表现得更加激动。据说有些国君想要洞察某人，就用一杯连一杯强灌醇酒的办法测验他是否可以交友。假如你想写诗，不要让心怀诡诈的狐狸[3]欺骗了你。

437

　　假如你把任何作品念给昆提留斯[4]听，他就会说："请你改正这一点，还有这一点。"你试图修改了两遍三遍，不成功，你如果对他说你没有办法把它修改得更好了，他就会让你把你的歪诗全部涂掉，拿去重新在铁砧上锤炼。假如你宁愿包庇自己的错误，不愿修改，他便不再在你身上多费一句话，不白费功夫了，让你去钟情于你自己，钟情于你自己的文章，自封为天下第一去吧。正直而懂道理的人对毫无生气的诗句，一定提出批评；对太生硬的诗句，必然责难；诗句太粗糙，他必然用笔打一条黑杠子；诗句的藻饰太繁缛，他必删去；说得不够的地方，他逼你说清楚；批评你晦涩的字

---

[1] 以上三种具体情况可以概括为："凡是有钱有势的人。"

[2] 人们阿谀富人，贪他的财，不说真话。这样的富人得不到真朋友。

[3] 原文作"潜伏在狐狸心中的意念"。指伊索寓言中乌鸦受狐狸阿谀，得意忘形，口中食物，落入狐狸之口。

[4] 昆提留斯（Quintilius Varus），作者的朋友，批评家。

句；指出应修改的地方。他真称得起是个阿里斯塔科斯[1]。他是不会说这种话的："我何必为一点小事得罪朋友呢？"一旦这点小事使朋友受人讥笑，遭人咒骂，这点小事便能成了大乱子。 452

　　懂道理的人遇上了疯癫的诗人是不敢去沾染的，连忙逃避，就像遇到患痒病[2]的人，或患"富贵病"[3]的人，或患疯痫病或"月神病"[4]的人。只有孩子们才冒冒失失地去逗他，追他。这位癫诗人两眼朝天，口中吐出些不三不四的诗句，东游西荡。他像个捕鸟人两眼盯住了一群八哥鸟儿，不提防跌进了一口井里，或一个陷坑里，尽管他高声喊道："公民们，救命啊！"但是谁也不高兴拉他出来．万一有人高兴去帮他，悬一根绳子下去，那我便会（对那多事的人）说："你怎么知道他不是故意落进去，不愿让人帮忙呢？"而且我还要和他讲讲一位西西里的诗人如何毁灭的故事。（这位西西里诗人）恩拍多克利[5]希望人们把他看作是不朽的天神，很冷静地跳进了喷火的埃特那火山口。让诗人们去享受自我毁灭的权利吧，勉强救人无异于杀人。他自杀已不止一次，你把他救出来，他也不会立即成为正常的人，抛弃死爱名气的念头。谁也不明白他为什么要写诗。也许因为他在祖坟上撒过一泡尿，也许因为他惊动了"献牲地"[6]，亵渎了神明。总之，他发了疯，像一头狗熊，如果他能够冲破拘束他的笼子的栏杆，他一定朗诵他的歪诗，把内行人和外行人统统吓跑。的确，谁若被他捉住，他一定不放，念到你死为止，像条血吸虫，不喝饱血，决不放松你的皮肉。 476

---

[1] 阿里斯塔科斯（Aristarchus），公元前二世纪亚历山大城的研究荷马史诗的学者，是个著名的严厉的批评家。
[2] 癣疥一类的疾病。
[3] "富贵病"（morbus regius），即黄疸病，用药昂贵，只有富人才治得起，故名。
[4] "月神病"（iracunda Diana），即痫病，古人相信由月神引起。
[5] 恩拍多克利（Empedocles），公元前五世纪唯物哲学家，著有诗体的论"自然"的论说。
[6] 凡被雷殛之地，即视为神圣，献羊祀神。亵犯祖宗、神明，罚得吟诗的疯症。

译后记

　　贺拉斯的《诗艺》在欧洲古代文艺学中占一个承前启后的地位，它上承亚理斯多德的《诗学》，下开文艺复兴时期文艺理论和古典主义文艺理论之端，对十六至十八世纪的文学创作，尤其戏剧与诗歌，具有深远影响。

　　贺拉斯（Quintus Horatius Flaccus，公元前65—8年）生于意大利南部一个获释奴隶家庭。他父亲略具资财，送他到罗马受很好的教育，其后又送往雅典去学哲学。内战时期，贺拉斯在希腊参加共和派军队（公元前42年），共和派失败，他回到罗马。这时他父亲已死，田产充了公，他谋得一个小官，并开始写作。公元前39年由维吉尔介绍，他加入了奥古士都的亲信麦刻那斯的文学集团，约六年后，麦刻那斯在罗马附近赠送他一座庄园，他便在庄园与罗马二地消磨了此后的岁月，生活宁静。他的创作（抒情诗、讽刺诗等）一方面表现他依附宫廷，歌颂奥古士都，一方面又保持一定的独立态度。他的社会地位决定了他的生活哲学，其中最根本的一点就是有节制的、适度的享乐。这种适度的思想也反映在他的文学观点中。

　　他在许多诗作中阐述了他的文学观点，但是最集中的阐述是他的晚期作品《诗艺》。在这封诗体书信里，他根据自己的创作实践，写下了一些经验之后，今天读来也还有可取之处。

这封信大体可以分为三个部分。（一）在开始的七十几行中，作者提出了他的总原则：一切创作都要合乎"情理"；一部作品要注意整体效果，结构要首尾一致、恰到好处；事物不断变化，所以允许创新，但创新不能超过"习惯"所允许的范围。（二）接下去二百行主要谈戏剧。贺拉斯一方面强调作家应有生活感受，另一方面又强调程序的重要性；剧种、人物、场景、诗格都应有一定程序；题材最好利用现成的，才容易为人接受，而在组织安排上可以出奇制胜，这样来体现首创性。（三）最后二百行又一般地谈论文学创作问题，贺拉斯特别强调判断在创作中的作用，一个作家要能判断什么该写、什么不该写；他强调了文学的开化作用和教育作用，文学要起教育的效果，必须寓教诲于娱乐，不仅要内容好，而且艺术也要高超，语言要精炼，允许虚构，以便引人入胜；为了引人入胜，形式（包括语言）必须仔细琢磨，必臻上乘而后已，错误难免，但诗歌最忌平庸；天才固然重要，但必须与刻苦的功夫相结合，而刻苦功夫更为重要；要善于听取忠实的批评，以便一再修改。

贺拉斯继亚理斯多德之后，主张文学摹仿自然，到生活中去找范本，诗人必须有生活经验、真实感情。他肯定文学的教育作用，主张戏剧宣扬公民道德，歌颂英雄业绩，写爱国题材。这些论点对贵族统治、铜臭熏天、道德败坏的罗马社会不失为一种针砭。罗马戏剧自公元前三至前二世纪以来，每况愈下，到了公元前一世纪后半专以机关布景竞胜，不重内容，完全成为缺乏教养的贵族的消遣品，贺拉斯的主张也有一定的积极作用。

但是贺拉斯的总的倾向是保守中求创新。他不反对创新，但要求合乎传统。他不贬低罗马文学成就，但更主张以希腊为师。他不忽视内容的重要，但更注意形式的完美，他所提出的"判断是成功之母"主要指恰当地掌握并运用文学形式的各种因素而言，占了全信很大比例。他认为形式决定于内容，形式允许创新，但他更强调形式与形式不可相互混淆。这些论点反映了作者对缺乏素养的作家的不满，同时也反映了罗马奴隶主文化的衰竭。

贺拉斯对诗歌的崇高任务、对生活的肯定、对罗马国家的高度评价等论点，激发了文艺复兴时期的诗人与评论家。他的理性原则、克制和适度的原则给十七世纪古典主义提供了依据。十七世纪法国古典主义作家在贺拉斯的启发下提出理性来反对封建的不合理，同时提倡克制，对王权作一定让步。贺拉斯主张借用古代题材、英雄业绩进行创作，深为古典主义剧作家所赞同，以此来鼓起当时所需要的公民热情；他们由此进一步同意并引伸了贺拉斯提出的一系列有关戏剧形式的主张。十八世纪启蒙作家十分强调文学的宣传教育作用，也推崇贺拉斯，贺拉斯的"寓教诲于娱乐"的主张正符合他们的要求。但到了十九世纪，浪漫主义崇尚感情，贺拉斯的影响就大大减退。

贺拉斯在信中强调教诲和娱乐的结合，可以理解为思想性与艺术性的结合，不仅要内容好，而且艺术也要高超。他强调作家必须有生活体验，作品才能感动读者；他劝告诗人要写力所胜任的题目，其主旨也在于叫人不要贸然写自己生活经验以外的题目，必须有生活经验才写得好。这些虽属老生常谈，但仍足取法。此外，他还提出要注意作品的整体效果，这也是他从实践和观察中得出来的一点经验，也还值得重提一下。贺拉斯不否定天才，但一再强调写诗要下苦功夫，不能仅靠天才，写成之后要反复修改，才能避免平庸，达到形式的完美。他虽然有些为形式而形式之嫌，但是为了更好表达内容，在形式上必须下功夫，这一点也是符合创作要求的。贺拉斯主张沿用旧情节、旧题材写剧，只要在安排组织方面体现革新。这种意见有因袭的、表现罗马贵族趣味的一面，而且革新也只限于形式方面，但另一方面旧情节的好处在于它是"公共的产业"，有更广泛的群众基础，未始不是一个好办法，文学史上这类成功的例子很多。至于人物性格问题，贺拉斯从"适宜"的原则出发，只谈类型，未触及人物性格应如何表现本质特征，即典型问题，也未触及人物的具体性及个性问题。

《诗艺》并非一部体系精密的理论著作，也没有十分深奥的原理，而是两千年前一个实践家的一席创作经验谈，在历史上起过很大作用，今天也还值得一读。

译文根据《罗勃（Loeb）古典丛书》拉丁原文译出，排列及句读均根据这个本子，并参考过该丛书英译文及本·琼生、罗斯康门、圣茨伯利等英译文。

杨周翰

1962 年 8 月

人名对照

阿喀罗科斯 Archilochus
阿里斯塔科斯 Aristarchus
阿齐乌斯 Accius
埃斯库罗斯 Aeschylus
奥路斯·卡斯开留斯 Aulus Cascellius

德谟克利特 Democritus
堤尔泰俄斯 Tyrtaeus

俄耳甫斯 Orpheus
恩纽斯 Ennius
恩拍多克利 Empedocles

荷马 Homerus

卡图 Cato
凯齐留斯 Caecilius

科利勒斯 Choerlus
昆提留斯 Quintilius

迈齐乌斯 Maecius
麦萨拉 Messalla

庞皮留斯 Pompilius
普劳图斯 Plautus

苏格拉底 Socrates
索修斯兄弟 Socius

忒斯庇斯 Thespis

瓦留斯 Varius
维吉尔 Vergilius

文
景

Horizon

社 科 新 知　文 艺 新 潮

变形记·诗艺

［古罗马］奥维德 贺拉斯 著　杨周翰 译

出 品 人：姚映然
责任编辑：章颖莹
装帧设计：蔡立国

出　　品：北京世纪文景文化传播有限责任公司
　　　　　（北京朝阳区东土城路8号林达大厦A座4A 100013）
出版发行：上海人民出版社
印　　刷：山东临沂新华印刷物流集团有限责任公司
制　　版：北京大观世纪文化传媒有限公司

开 本：890mm×1240mm　1/32
印 张：14.5　字 数：315,000　插页：2
2016年4月第1版　　2025年4月第7次印刷
定 价：79.00元
ISBN：978-7-208-13616-8 / I·1493

图书在版编目（CIP）数据

变形记 /（古罗马）奥维德（Ovid）著；杨周翰译.
诗艺 /（古罗马）贺拉斯（Horace）著；杨周翰译. —
上海：上海人民出版社，2016
（杨周翰作品集）
书名原文：Metamorphoses, Ars Poetica
ISBN 978-7-208-13616-8

I.① 变… ② 诗… II.① 奥… ② 贺… ③ 杨… III.
① 史诗-古罗马 ② 诗歌-文学理论 IV.① I546.22
② I052

中国版本图书馆CIP数据核字（2016）第029012号

本书如有印装错误，请致电本社更换 010-52187586